改革现场

李德林 著

上

北京联合出版公司
Beijing United Publishing Co.,Ltd.

图书在版编目（CIP）数据

改革现场：全二册 / 李德林著. —北京：北京联
合出版公司，2016.12
　　ISBN 978-7-5502-9426-4

　　Ⅰ.①改… Ⅱ.①李… Ⅲ.①长篇历史小说—中国—
当代 Ⅳ.①I247.5

　　中国版本图书馆CIP数据核字（2016）第295105号

改革现场

作　　者：李德林
责任编辑：李　伟

北京联合出版公司出版
（北京市西城区德外大街83号楼9层　100088）
北京玺诚印务有限公司印刷　新华书店经销
字数：715千字　700毫米×980毫米　1/16　印张：42.5
2017年1月第1版　　2017年1月第1次印刷
ISBN 978-7-5502-9426-4
定价：99.00元

目录

晚清的改革之鉴

历史总是在不断地演绎昨天的故事，当我们面对抉择的时候，回头冷静地看看，原来昨天已经有了答案。

清政府采购一艘军舰，在历史的长河中简直就是沧海一粟，可是放在清末的改革背景下，意义却非同寻常。因为它不仅可以揭开清末经济改革的密码，还为今天提供了可以管窥的历史天空。

鸦片战争后，"康乾盛世"已经成了爱新觉罗王朝的一个回忆，财政枯竭、吏治腐败、外交软弱成了这个王朝的代名词，改革势在必行。军舰采购正是在平定太平军的非常时期提出的一项军事计划，这一计划拉开了军事工业改革的序幕。

清末的军事工业是完完全全的国有企业，无论是曾国藩、李鸿章那样的科举干部，还是左宗棠那样幕府出身的军事奇才，在他们的主导下，国有企业的改革最终都改成了官方主导。人浮于事、效率低下、官僚作风、贪腐现象严重，像马尾船厂、江南制造总局这样的顶级国有军工企业最终都成为腐败的重灾区。

以军事工业为首的清末国有企业改革独自走过了十年的曲折道路，在人才、技术、管理、机制等诸多方面博弈不断，甚至成了政治家们争夺权力的筹码。保守派同改革派的冲突日益激烈，国退民进成了改革派的唯一选择，百年轮船招商局最终以"官督商办"的体制转变而横空出世，成了以李鸿章为首的改革派争夺改革话语权的重要筹码。

体制的改变吸引来的不仅仅是资金，更重要的还有人才、管理和市场。轮船招商局的崛起证明了改革必须坚持多元化的战略。纵观清末五十年的经济改革历史，一直都在国退民进、国进民退的博弈中前行，政府的体制、公信力是改革不断向前推动的重要保障。

随着改革的不断深入，在历史上地位一直卑贱的商人不断地积累财富，不断地推动改革的深化。当八国联军进入北京后，政府的公信力消失殆尽，商人的利益毫无保障，几十年的财富顷刻间灰飞烟灭。商人作为一个新崛起的精英阶层，他们需要话语权为人身、财富安全护航，商人成了清末新政的重要推动者。

清廷已经灭亡，历史已经远去。《改革现场》为我们拂去了历史的尘埃，以曾国藩、李鸿章、左宗棠、袁世凯为首的官僚精英，同胡雪岩、盛宣怀、唐廷枢、郑观应为首的商业精英，共同演绎了长达五十年的改革大戏，漫长而华丽。唐太宗李世民告诫他的子孙，"以史为鉴，可以知兴替"。历史走过了一百年，但其影子没有走出我们的视线。

纵观清末的经济改革，无论是政府、官员、商人，还是普通的民众，都要同旧的时代告别，要进行新的利益重组。晚清的经济改革在国有和民营的不断冲突之下，经济结构、社会阶层均发生了翻天覆地的变化，当经济快跑的同时，制度的桎梏导致经济利益重组积累的矛盾进一步激化，清廷的执政精英们试图通过局部的经济改革来缓和社会矛盾的想法落空。

《改革现场》生动地再现了清末五十年的经济改革历史，用大量的史料证明，改革不是一个特定阶层的利益重组，而是一个国家的系统工程，制度、体制、人才、资金缺一不可。以李鸿章为首的晚清改革派，试图通过经济改革来化解社会矛盾，进而推动制度、体制的改革。无论是甲午海战摧毁了李鸿章的改革蓝图，还是晚清新政败于辛亥，都说明一场局部的改革只能临时性地缓解矛盾冲突。

改革是一个古老的话题，如果我们将视野放开阔一点会发现，无论是商鞅变法，还是王安石变法，抑或是康有为掀起的戊戌变法，千百年来的改革都是一场全面的利益重组，在维护任何一个阶层利益的前提下的局部改革结果只能加剧利益冲突。更为重要的是，任何一个时代的改革如果没有有效的制度保障，随着新旧利益阶层冲突的加剧，改革失控只是时间问题，最终无法摆脱失败的命运。

陈九霖

中国航油（新加坡）股份有限公司前执行董事兼总裁

改革现场

01

第一章
改革前夜

一封密折引发的皇权猜忌

奕䜣的密折

1861年8月12日清晨，一匹快马从残垣断壁的圆明园飞奔而出。

圆明园大东门口站着一位身穿锦袍的王爷，远远地望着飞奔而去的快马，脸上挂着无尽的惆怅。昔日皇家御园，今日一片狼藉。王爷用右手掸了掸锦袍上的尘土，转身走进了圆明园。王爷身形瘦削、眉头紧锁，担心几个时辰之后，百里之外的热河行宫会翻江倒海。

这位王爷名叫爱新觉罗·奕䜣，是道光皇帝生前最宠爱的一位皇子，现任大清帝国皇帝咸丰的六弟，一度是咸丰争夺帝位最大的对手。此人文武双全，雄心勃勃。1860年9月22日，咸丰皇帝逃往热河之时，担心素有大志的六弟联手已经围攻北京的英法联军取天下而代之，密令奕䜣在圆明园"督办和局"，不准其进入紫禁城。

"康乾盛世"早已成为爱新觉罗王朝的回忆，到了道光皇帝执政期间，清政府执政精英已经失去了入关前的锐气，第一次鸦片战争完全将帝国军队的无能暴露在了世人面前。清政府执政集团的腐败搞得民怨沸腾，以洪秀全为首的一帮基层精英最终发动了武装起义。英法两国在清政府军队镇压太平军起义期间，寻找借口向中国军队开战。内忧外患之时，清政府的八旗军和绿营军对洪秀全的军队毫无抵抗之力，在英法军队面前更是节节败退。

洪秀全的部队一路北上之时，英法远征军更是长驱直入。咸丰皇帝试图派出代表跟英法两国和谈，以便集中全部力量围剿洪秀全的起义部队。遗憾的是，派出跟英法两国谈判的代表皆以失败告终，咸丰皇帝别无选择，最后决定将一直赋闲的奕䜣推向前台。咸丰还有一个想法，身为爱新觉罗皇族成员，和谈是奕䜣的分内之责，一旦失败，他将成为帝国的罪人。

咸丰皇帝逃离北京之时，带走了军机处、六部九卿的高级官员，只留下手无兵权的奕䜣在圆明园筹谋抚局。英法联军立即洞悉了清政府执政集团内部的分裂，决意焚烧圆明园，击垮咸丰皇帝的精神，力争在谈判中取得最大的利益。1860年10月24日，英法联军火烧圆明园之后，奕䜣带领20名贴身侍卫在礼部大堂跟英国方面签署了中英《北京条约》，第二天，又与法国人签订了中法《北京条约》。

奕䜣在礼部大堂跟英国方面签署《北京条约》时，极尽屈辱，那是年仅27岁的奕䜣第一次跟洋人打交道，尤其是英国全权代表额尔金勋爵的傲慢，令奕䜣相当尴尬。英国司令格兰特准将回忆道：对于恭亲王的致意，额尔金答以"骄傲而轻蔑的一瞥"，"这一定令可怜的恭亲王怒火中烧"。[1]

这一次，快马飞奔承德，携带的正是奕䜣写给咸丰皇帝的一份秘密奏折。此刻奕䜣心中也是翻江倒海，他脑子里不断闪现出咸丰皇帝的身影，不，还有那个英国人的身影。奕䜣心里非常清楚，国难受辱，唯有图强，可救国难。但他不知道，当自己给皇帝哥哥写奏折的时候，英国人的密报也早已送达伦敦维多利亚女王的手上。

咸丰皇帝躺在龙床上辗转难眠，御前大臣肃顺未经内侍太监传唤，就急匆匆直奔咸丰皇帝的寝宫。肃顺深得咸丰皇帝的宠信，在热河，没有人敢得罪肃顺，就连咸丰皇帝的妃子懿贵妃（后来的慈禧）都要对其退让三分。肃顺将一份奏折递到幔帐前，咸丰皇帝硬撑着身子接过了奏折。

灯光下，肃顺发现咸丰皇帝的脸色越来越难看。"啪"，奏折被咸丰皇帝重重地摔在了地上。咸丰皇帝盯着肃顺，脑子里全是熊熊烈火焚烧圆明园的场景，那可是老祖宗的百年心血，奕䜣不仅没有守好圆明园，居然还要跟英国人联手。

肃顺再次将折子递到咸丰皇帝眼前。

这封奏折的名称是《奏请购买船炮折》，奕䜣在奏折中提议要联手桂良、文祥建立大清帝国海军舰队。肃顺最担心的局面终于出现了。英法联军进兵北京给了奕䜣再度崛起的机会，在同英法联军和谈的过程中，以奕䜣为首的一个政治集团形成了。文华殿大学士桂良是奕䜣的老丈人，现在跟奕䜣一起在总理衙门办事，也参与了和英法谈判的全过程。户部左侍郎文祥身为正红旗的贵族，在和谈过程中同奕䜣结为政治联盟。现在奕䜣的政治联盟如同哥们儿一般，这三位联手要咸丰皇帝批准成立海军舰队，这是要夺兵权。

奕䜣的计划远非"军事强国"那么简单，英法联军一路北上，如入无人之境，大清帝国脆弱的军事力量背后是经济的衰败，现在大清帝国需要强军，更需要富国。有了强大的海军舰队，大清帝国才可以进行一系列的富强改革。奕䜣在奏折中向咸丰皇帝滔滔不绝地讲述了组建海军舰队的急迫性，当时洪秀全的起义部队席卷帝国南部，自然是奕䜣组建海军舰队最好的理由，"粤逆起事以来，蔓延七八省，滋扰十数年"。

咸丰皇帝相当清楚洪秀全部队的实力，太平军一度摸到了天津，差点儿就打到北京。曾经席卷大江南北的八旗劲旅，两百年间竟沦落到"不能为国家出力，惟知要钱"[2]的地步，在一帮农民部队面前两腿发软。在肃顺的力荐之下，[3]咸丰皇帝起用了曾国藩等汉族文官势力，可太平军依然是"一发而不可骤制"。

汉族文官势力活跃在围剿太平军的前线，在一场场战争中，已经成为千锤百炼的野战统帅，一个新生的汉族武装集团正在战火中成长。在这期间，以奕䜣为首的清政府执政精英在跟英法联军交涉的过程中，在外交舞台上逐渐得到了国际势力的认可。奕䜣在北京已经拥有了自己的精英盟友，这也将是清政府执政集团内部最大的一股新生势力。咸丰皇帝越来越焦躁不安，一旦奕䜣成功组建海军舰队，整个帝国将出现多股武装势力，皇权将受到严重削弱。

奕䜣在秘密奏折中反复强调，英法联军之所以北上京都，根源就是洪秀全领导的太平军起义，导致朝廷"用兵既久，财用渐匮"。[4]奕䜣在密折中对英法联军火烧圆明园的轻描淡写令咸丰皇帝很是焦虑，他现在无法判断自己这位兄弟跟洋人的关系。奕䜣在汇报的时候说，帝国之大乱，对付英法联军"不过治其枝叶"，[5]在跟英法官员谈判的过程中，"英法渐见信服"。

奕䜣在密折中对英法联军的恶行轻描淡写，毫无订立城下之盟的羞耻感。只是看客一般告诉咸丰皇帝，英法联军进京后也是各怀鬼胎，"各国心志不齐，互相疑贰"，尤其是沙俄侵占吉林等边界，"英法两国均以为非，盖其意恐俄国日益强大，不独为中国之患，即伊等亦不能不暗为之防"。

深仇大恨刚结下，奕䜣就如此为英法侵略者粉饰，这令咸丰皇帝极度惶恐，奕䜣难道真的在跟英法暗中勾结？国际势力对奕䜣的支持将会让咸丰皇帝陷入极度尴尬的境地：否决奕䜣组建海军舰队的计划，可能会刺激英法两国；同意奕䜣的计划，皇权又将受到极大的威胁。咸丰皇帝隐隐觉察到火烧圆明园的那位主角儿才是海军舰队真正的操盘手，这背后一定隐藏着一个更大的阴谋。

奕诉的密折核心，是为了加快进剿太平军，才从英国购买现代化军舰，组建一支强大的帝国海军舰队的。奕诉在奏折中汇报了组建海军舰队的资金问题，主要是通过征收鸦片税来筹集资金。"洋药（即鸦片）一项""如办理得宜"，"岁可增银数十万两"，"此项留为购买船炮，亦足裨益"。[6]咸丰皇帝一看到通过鸦片税组建海军舰队的计划，立即意识到奕诉的奏折背后，一定有大清海关总税务司赫德的影子。

赫德和李泰国的算盘

赫德（Robert Hart），英国人，以优异成绩毕业于贝尔法思特皇家学院，习汉文、哲学。大学毕业后的赫德于1854年来到香港，给香港总督包令（John Bowring）当秘书。赫德在香港工作期间很受包令赏识，很快就被调到英国驻宁波领事馆担任助理翻译。1858年，赫德调任英国驻广州领事馆助理及英法管理委员会秘书。翌年，任广州领事馆翻译，转任粤海关（广州海关旧称）副税务司。

包令的提携令赫德的仕途一帆风顺，可是，从1859年起包令不再担任位高权重的香港总督，赫德必须找到新的靠山。1861年，第一任中国海关总税务司李泰国（Horatia Nelson Lay）担心洪秀全的部队灭了清王朝，跟当时主持北京大局的奕诉告假回国，临走之前私自指派江海关税务司费资赖（G.H.Fitz-Roy）与赫德共同代为负责。

赫德在粤海关任职期间极力讨好李泰国，加之跟包令这样的英伦政要关系密切，成为帝国海关的共同负责人之一不足为奇。这一年，赫德26岁，他事实上是总税务司的实际操盘者，因为费资赖不通中文及中国事情，帝国海关就成了赫德的舞台。

李泰国的安排让赫德很不舒服，他觉得共同负责人的名头难以让自己真正施展拳脚。当时咸丰皇帝已经到了承德，大清帝国真正的管理者是恭亲王奕诉，赫德决定以新任官吏的身份北上，一方面是汇报接管总税务司的具体事宜，另一方面是拉拢关系。当年6月，赫德只身来到北京，先见总理衙门大臣文祥，继谒恭亲王奕诉。赫德在北京的述职给奕诉的印象极佳，甚至被邀请到恭亲王府喝茶。

"洋药"在奕䜣的秘密奏折之中实际上就是鸦片,鸦片战争后,随着通商口岸的不断增加,欧美商人,尤其是犹太裔的商人蜂拥中国,鸦片成为鬼佬们出口的大宗商品。赫德到中国后没有为伦敦方面立下汗马功劳,如果能将鸦片贸易与大清帝国的海军舰队捆绑在一起,那可是英国人梦寐以求的理想局面。

英国人的野心已经昭然若揭,难道奕䜣就看不出来?其实奕䜣对赫德的算盘了然于胸,但是他认为现在鸦片贸易凶猛,与其走私泛滥,不如规范化管理,还可以通过税赋增加成本的方式控制销量。咸丰的心里跟明镜儿一样,奕䜣只身在京稳住了气焰熏天的英法联军,现在英法大使只知恭亲王,不知皇帝。这位志向远大的皇弟迅速跟新上任的赫德联手,背后肯定不止组建海军舰队、规范鸦片贸易那么简单。

奕䜣抓枪杆子的意图相当明显,但他真正的目的是取得在清政府执政集团中的领导地位。在咸丰皇帝看来,初入中国政坛的赫德根基不深,在庞大的军事采购背后,火烧圆明园的主角、第一任海关总税务司李泰国应该才是奕䜣海军计划的真正操纵者。咸丰皇帝甚至怀疑两人在背后有更大的交易。

李泰国,1832年生于伦敦,其父为英国驻厦门领事。李泰国于1847年来到香港,1854年被包令任命为英国驻香港领事馆代理翻译,后又出任英国驻上海副领事。在此期间,李泰国利用副领事的身份,为英国海军部海外情报局效力。1857年,李泰国以汉文副使身份北上天津,参与交涉修订《南京条约》事宜。

北上的李泰国迅速成为英法联军的情报提供者,尤其是李泰国将大清帝国漕粮运输的情报提供给了英法联军,这成为联军攻打北京城的重要判断依据,也为维多利亚女王立下了盖世奇功。在北京和谈期间,李泰国的表现让桂良等人非常不爽,"李泰国狡骄异常,虽此前唉以重利,仍于暗中陷害,万分可恶!"更让桂良等人气愤的是,在谈判过程中,李泰国根本就没有将大清帝国的和谈大臣们当回事儿,"自该臣与夷人接见数次,夷酋额尔金通使李泰国等,每至必盛陈兵卫,该臣等止于堂司数人,一言不合,咆哮而去,何议之有?何抚之有?"[7]

李泰国身为翻译,在跟朝廷大臣交涉的时候,先用森严的卫兵来营造气氛,进而恐吓桂良等人,还经常在会场咆哮,甩手而去。到后来,《北京条约》签订了,大清帝国总税务司的交椅也给了李泰国。坐上大清海关总税务司的李泰国就向大清帝国建议购买炮船,镇压太平军,"愿立军令状,效力戒行"。当时咸丰皇帝难以判断李泰国的居心,在李泰国的建议上朱批:"勿堕其术中，预杜患萌。"[8]

随着洪秀全的起义部队不断向北推进，李泰国对清政府军队越来越失望，甚至怀疑洪秀全的部队会打进北京城，取清政府而代之。在奕䜣向咸丰皇帝递交组建海军舰队奏折的前夕，李泰国突然以身体不适为由请假回国了。

奕䜣在奏折中的一个细节令咸丰皇帝对李泰国的请假回国高度警觉。

在递交给皇帝的奏折中，奕䜣为了显示自己选择与英国合作的公允性，特将同法国方面接触的情况也进行了汇报："昨法国哥士耆来见，亦称现欲回国，请总理衙门给札，令其购买船炮，伊即禀请国主，代为购买。"奕䜣毫不信任法国人，"其意虽为见好，而其言未可尽恃，但未便遽行拒绝，使其意存轩轾。"[9]

拒绝了法国人，英国人就真的很可靠？李泰国在签订中英《天津条约》时，塞进一条"中英共同肃清海盗"的条款，难道就是为今天的海军舰队计划埋下的伏笔？李泰国一走，奕䜣筹建海军舰队的秘密奏折就来了，这表面上看跟赫德有关，可是赫德人在中国，不可能成为奕䜣抓枪杆子的伦敦代表，李泰国一定是带着奕䜣的秘密任务回国了。

山河破碎，饿殍千里。

奕䜣的海军舰队谋局很是迫切，他在给咸丰皇帝的秘密奏折中已经显得急不可待，甚至毫不忌讳跟英国人联手做交易："若不亟乘此时，卧薪尝胆，中外同心，以灭贼为志，诚恐机会一失，则贼情愈张，而外国之情，必因之而肆。"[10]

奕䜣的急切让咸丰皇帝更坚信自己的判断，李泰国作为奕䜣的伦敦代表，回到伦敦一定会跟英国海军部、维多利亚女王进行汇报。奕䜣为了军权，一定会答应维多利亚女王以及海军部的隐秘交换条件。更为重要的是，奕䜣的行动已经将大清帝国卷入了更大的一场风暴之中。

帝国财政危机，皇弟图改，皇兄拦腰斩

洋人的连环计

西暖阁灯火通明，咸丰皇帝坐在床上紧紧地攥着奕䜣的秘密奏折，肃顺在旁边盯着额头冒汗的咸丰皇帝，身子微微地一颤。突然，从两江传来的加急奏报称，太平军平西主将吴定彩部自菱湖北向湘军攻击。

咸丰皇帝大怒，两江总督曾国藩督师长江，未能在安庆将吴定彩给剿灭，居然使其窜向湖北，吴定彩部一旦跟黄州府的太平军赖文光部会师，武汉三镇将成为太平军的囊中之物。咸丰皇帝心里咯噔一下，嘴里不断地念叨着李泰国、巴夏礼两人的名字。

英法联军进入北京，李泰国提供了绝密的漕粮情报，甚至辱骂朝廷的和议大臣。巴夏礼（Harry Smith Parkes）是一个典型的英国小混混，当年跟李泰国的父亲一起给璞鼎查当翻译兼秘书。1860年，他跟随英法联军总指挥额尔金北上，被蒙古王爷僧格林沁抓起来投进了天牢，这也成了额尔金火烧圆明园的借口。

难道巴夏礼也跟奕䜣组建海军舰队有关系？咸丰皇帝的脑子里飞快地搜索所有关于李泰国、巴夏礼以及奕䜣三人的信息。肃顺的门生湖广总督官文曾奏报，1861年3月，巴夏礼同英国驻上海海军司令贺布（James Hope）乘战舰西上汉口。3月22日，巴夏礼跟太平军英王陈玉成在黄州府进行了秘密接触。[11]

黄州府中，陈玉成跟巴夏礼到底达成了什么交易？

巴夏礼在跟陈玉成秘密接触之前，官文已经根据《北京条约》的规定，跟巴夏礼达成了在汉口通商的约定。英国人难道成了骑墙派，脚踩两只船？陈玉成能给巴夏礼什么样的承诺呢？

咸丰皇帝想起巴夏礼还有一个更重要的原因。1861年3月，巴夏礼向大清帝国提出要购买船炮，镇压太平军。在巴夏礼看来，大清帝国围剿太平军的劲旅，诸如曾国藩者，尽管看上去很厉害，但是船炮不行，灭不了太平军。巴夏礼称："贼情断无成事之理，而官文、曾国藩、胡林翼水陆各军，纪律严明，望而生畏。惟饷项不足，船炮不甚坚利，恐难灭贼。" [12]

一方面建议帝国组建海军舰队，另一方面秘密会晤太平军高级将领，巴夏礼到底搞什么鬼？错综复杂的关系背后，帝国海军舰队可是一笔巨大的生意，关系到白银跟军权。咸丰皇帝心里越发觉得十分蹊跷，难道巴夏礼跟陈玉成见面之前，跟奕䜣有了秘密交易？

李泰国、巴夏礼、奕䜣、陈玉成、曾国藩，这是一个漫长而又环环相扣的谋划。咸丰皇帝听闻前线的战报，汗珠子越来越密，自己的身体每况愈下，有着皇位继承权的儿子还很小，一旦让奕䜣掌握了海军大权，帝国的江山将来完全可能是奕䜣的，连自己儿子的小命也许都难保。

肃顺脑子不停地琢磨着，终于将复杂的关系给串起来了。咸丰皇帝的身子骨儿一天不如一天，完蛋也就是一两个月的事。一旦奕䜣抓住枪杆子，将成为清政府执政集团的领军人物，同咸丰逃往承德的近臣们都将成为奕䜣最大的政治对手。更为关键的是，奕䜣在购买军舰的过程中独选英国，甚至拒绝了法国人的好意，此举更加令咸丰皇帝跟肃顺怀疑其背后有一个惊天阴谋。

面对难以改变的现实，肃顺决定将海军舰队的指挥权掌握到自己手上。他给咸丰皇帝出了一个主意，可以让奕䜣的如意算盘落空，同时确保咸丰皇帝的儿子在辅政大臣们的辅佐下一统天下。咸丰皇帝听从了肃顺的主意，当天晚上就在烟波致爽殿的西暖阁发出了一道上谕。

咸丰皇帝在上谕中批准了奕䜣的奏请，他说，军舰是要买的，无论是安内还是攘外，现代化的坚船利炮是提升清政府威权的最佳途径，更是捍卫爱新觉罗皇权的保障。朝廷有了海军舰队，消灭太平军就容易多了，更为重要的是"内患既除，则外国不敢轻视中国，实于大局有益"。但是，他将组建海军舰队的大权交给了别人，"着官文、曾国藩、胡林翼先行妥为筹议，一俟船炮运到，即奏明办理"。 [13]

肃顺那是相当开心，曾国藩是自己鼎力举荐的，官文是自己的学生，胡林翼的亲娘是官文小妾的干娘，这三人就是自己的亲信，现在咸丰皇帝的一道上谕，就将奕䜣筹划的帝国海军舰队划归到了自己手上。但是肃顺万万没有想到的是，奕䜣

"师夷长技以制夷"的军事改革背后，一场前所未有的金融风暴已经席卷而来。

奕䜣的货币改革

奕䜣在书房中来回走动，桂良坐在一旁不断地摇头。

奕䜣非常清楚自己尴尬的角色。自己一腔热血，却被哥哥赶出了军机处，英法联军来了，哥哥又将自己留在了血雨腥风的战争前线。鬼佬们趁着太平军的声势浑水摸鱼，他们扛着长枪大炮，耀武扬威地开进了紫禁城，他们抢走了圆明园的奇珍异宝，焚毁了千年古卷。他们张口要的是通商口岸，闭口要的是战争赔款。口岸有，银子在哪里呢？

皇帝逃跑令清政府执政集团的威权丧失殆尽，更为要命的是，大清帝国同时发生了严重的财政危机。身在北京的奕䜣非常清楚户部的账目，户部银库黄册及四柱册的报表显示，1860年，户部进项银为543万两、钱801万串，支出银为728万两、钱1111万串，亏空高达340万两。这样的财政赤字已经创下了大清帝国的历史纪录。

8月的承德犹如天上人间，咸丰皇帝在烟波致爽殿享受着承德的清凉，可是他没有看到大清帝国的财政账目，进项银并非进账的实银。太平军起义以来，大清帝国的财政就出现了严重危机，早已入不敷出。为了弥补财政赤字，帝国官员们挖空心思发行了以银两为单位的官票。

奕䜣突然抓起桌子上的账册，这是1860年的国家财政数据。户部当年进账实银为14.5万两，只占进库银两总数的2.7%，而户部所存实银为6.9万两。这个数字实在令奕䜣担忧，每年的军费跟财政开支上千万两，而户部的银子不到10万两。巧妇难为无米之炊，这样的国家如何运转？

奕䜣看着户部的账册跟咸丰皇帝的上谕，无奈地摇了摇头。

咸丰皇帝早已胆战心惊，国家财政赤字这样的问题他根本就不管不顾。他在出逃承德之前，名义上将国家管理大权交给了奕䜣，留下的却是空空如也的财政烂摊子。英法联军退出了北京，可是剿灭太平军、稳定国家政局，推动富国强兵之政策，都需要大把的银子。当下组建海军舰队更需要一笔庞大的资金，奕䜣现在需要关注财政问题。

上帝要让一个人灭亡，总是先放任其疯狂。

没钱了就发行货币，大清帝国的官员们脑子里相当清楚货币的威力，他们不断怂恿皇帝批准发行"官票"。官票这种没有准备金保证的纸币已经成为帝国各级官员搜刮民脂民膏的工具，不少地方官员以镇压太平军为由，对官票采取强制搭收、搭放，民间纳地丁钱粮、关税、盐课及一切交官解部协拨筹款，都准许搭交官票、宝钞五成为限。

咸丰皇帝只知道英法联军跟太平军为非作歹，把国家搅得天翻地覆，他万万没有想到的是，国家的货币也已经成为威胁帝国财政系统的最大杀手。在官票发行之初，咸丰皇帝就想当然地认为，政府发行官票天然拥有无上的国家信用，"国家定制当百则百，当千则千，谁敢有违"。[14]但是在没有准备金的情况下，官票无法正常兑换现银，这就导致民众不愿意使用官票，官票也就不断贬值。

一个国家的皇帝跟臣子不懂经济学的后果相当严重：经济混乱，民不聊生，严重者丢掉政权。官票贬值并没有引起咸丰皇帝跟宠臣肃顺的注意，他们反而加大了对官票的发行力度，面值也越来越大。户部为了收取现银，当州县地方官缴纳税赋的时候，不允许搭官票，这导致地方官在收税的时候也不敢要官票，官票就更不值钱。

咸丰皇帝想当然地发行官票的结果就是通货膨胀。1860年，北京香油上涨了3倍多，硬煤4倍，茶叶5倍，猪肉6倍，羊烛7.5倍。老百姓的日子越来越难过，京城"饿莩相属于道"。[15]时在常州的两江总督何桂清在私人函牍中记载："已历时过久，百姓真熬不过矣！"[16]老百姓日子不好过，钱庄和票号也纷纷破产，甚至创下了一天之内200家钱庄倒闭的惊人纪录。

官票的推出令政府信誉扫地，并且危及了大清帝国的财政基础。大清帝国要想稳定货币之乱，在腐朽的肌肤上推动经济发展，就要重建中央的基础货币储备。奕䜣为帝国的财政算了一笔账，这笔账不仅能够用于赔款，还能为帝国完成货币储备。

奕䜣的财政改革计划是：组建现代化的国家海关体系，将贸易税的40%当作《北京条约》的赔款而截留，另外40%解送户部存储，20%的剩余部分用作地方财政以及充为军饷。奕䜣认为，新财源比中国各地关卡的预计收入更大，因为地方"往往以多报少，隐匿侵蚀，无从彻底清查"。事实证明，奕䜣的设想效果显著，1861年，海关税收总数为500万库平银，1871年，就跃升至1007万库平银，十年翻一番的增长，再次创下了大清帝国海关税收的纪录。

财政改革成为拯救帝国的第一招，奕䜣有着自己的算盘。

20%的贸易税交给地方或者军队，依然存在地方官员侵蚀国家财富的现象，现在剿灭太平军的主力是以曾国藩为首的汉族武装集团，20%的贸易税交给地方就是交给了汉族武装集团。如果直接用这部分税款购买军舰，组建帝国的海军舰队，一方面可以安内攘外，更重要的是可以将帝国军权跟制海权掌握在自己的手上，这可是推动帝国改革的最大军事筹码。

赫德跟李泰国自然是恭亲王实施自己伟大抱负的理想人选。

当时的中国经济掌握在南北商帮之手，北方以山西商人为首，他们掌握着帝国的金融命脉，控制着大量的票号。南方则是安徽跟江浙商人，他们因为地处江南，控制着大量的生丝、茶叶贸易。鸦片战争之后，现代金融跟中国传统商业开始结合，江浙商人开始逐渐显现出卓越的才能。事实上，当时在广东、福建的两大商帮才是帝国对外贸易的真正主角，十三行曾经是大清帝国国际贸易的垄断性企业，其中潘、伍、卢、叶四大行商家产总额超过帝国国库收入，堪称富可敌国。

大清帝国在鸦片战争之前就形成了内外两大财税收入，以最南的广东、福建为首的贸易商帮成为外税的主要来源。在大清帝国历次战争中，广东、福建商人都是最大的捐款方。在鸦片战争之前，十三行是有名的天子南库，掌管海关的都是皇帝派出的包衣奴才，所以外税绝大部分都流入了皇帝的私人腰包。

赫德上任海关总税务司后，大清帝国外税收入才真正有了国家账目。奕䜣的算盘已经非常明了，那就是让广东、上海、厦门、汉口、宁波等对外贸易口岸的外税，都通过赫德之手，流向自己掌握的军队之中。这样就可以一举通过赫德之手，将盘踞在上海的浙商、广东帮、福建帮纳入自己的麾下。

当大量的官票冲击着大清帝国金融体系的时候，奕䜣通过组建海军舰队，还要一举整肃山西商帮。在1861年的金融危机中，山西票号纷乱庞杂，出现抗风险能力弱的劣势，一旦将江浙跟南方的商帮划归到自己旗下，那么商业贸易这一根牛鼻子自然就会将山西票号牵引到自己的战舰之上。

帝国凋敝，金融危机。

上帝之手都难以拯救死亡边缘的清政府帝国。瘦削的奕䜣尽管有点近视，[17]但是在大清帝国最艰难的关键时刻，他却有着满洲亲贵少有的"超凡的才智和勇气"。[18]他将帝国税制从皇帝腰包里掏出来，利用政府税收的无形之手，抛弃腐败的帝国官僚，又利用现代化的海关管理制度，将南北商帮的财力集中起来，通过组建帝国海军舰队重振清政府八旗军威，重塑清政府执政集团的威权，挽回清政府执政的合法性，从而通过一场前无古人的经济改革来复兴爱新觉罗王朝的昔日荣光。

当奕䜣拿到咸丰皇帝的上谕，心里非常清楚咸丰皇帝与肃顺的心思，他们一定认为财政改革跟军事改革是一场勾结洋人夺权的阴谋。咸丰皇帝的上谕击碎了奕䜣苦心谋划的棋局，但是十天之后，咸丰皇帝在烟波致爽殿龙驭上宾，一场血腥政变随后秘密酝酿。而远在伦敦的李泰国收到了海关总税务司赫德的一封绝密书信，这封书信将改革前夜的大清帝国搅得天翻地覆。

洋人"请君入瓮"，帝国舰队傻做"梦"

皇帝的"非正常死亡"？

东堂子胡同49号。

一匹快马如旋风般穿越深深的胡同，刚刚走进办公室的总理衙门大臣奕䜣就听到咸丰皇帝驾崩的奏报。奕䜣顿时目瞪口呆，总理衙门大臣文祥、桂良闻讯赶到奕䜣的办公室。看着悲切的奕䜣，他们还是将刚刚得到的另一个信息告诉了奕䜣。

这一天是1861年8月22日，奕䜣的哥哥咸丰皇帝在凌晨卯时宾天了。奕䜣脑子里不断闪现出最后一次面见皇帝哥哥的情景。按照咸丰皇帝的计划，在承德将身体调养好后，秋高气爽的时候就能回到北京，怎么这么快就死了呢？文祥他们的另一个消息令奕䜣相当错愕——咸丰皇帝临终前任命了八大辅臣，亲弟弟奕䜣居然没有份儿。

从奕䜣的秘密奏折送到承德，到咸丰皇帝龙驭上宾，十天之内，承德究竟发生了什么？咸丰皇帝的死亡是正常，还是非正常？执政集团的内部迅速分裂为对立的两个阵营：一个是以奕䜣为首的北京派，他们在英法联军进京后结成了一个总理衙门政治联盟；另一个是以肃顺为首的承德派，他们通过政权交接结成了辅政政治联盟。

总理衙门政治联盟作为一个新崛起的政治集团，擅长同国际势力打交道，跟多国驻京公使私人关系密切。肃顺领导的辅政集团"延揽天下文艺之士"，其力荐的以曾国藩为首的汉族武装集团已经牢牢地掌握了枪杆子。咸丰皇帝在位时，两大政治集团相安无事。咸丰皇帝一死，新君年幼，辅政集团成功通过政府管理大权操控皇权。以总理衙门为首的北京派在没有抓住枪杆子之前，其命运将被承德派操控。

咸丰皇帝的死令奕䜣难以释怀。

8月21日早上，咸丰皇帝在烟波致爽殿西暖阁用餐，喝了一碗鸭丁粳米粥。午饭更是胃口大开，吃了羊肉片白菜、脍伞单（牛肚）、炒豆腐、羊肉丝炒豆芽等多个菜品。[19]胃口如此之好，怎么突然就死了呢？

咸丰皇帝的死亡令奕䜣错愕。除了十天前的密折，奕䜣跟肃顺有着太多的恩怨，结怨最深的莫过于肃顺执掌户部期间，他的政治盟友们为了独霸军机处，掀起了一场规模空前的反腐风暴，奕䜣、翁心存等一批军机大臣被卷入其中。突然有一天，一场大火将户部的账册等证据烧毁，奕䜣才得以脱身。肃顺成为反腐的最大胜利者，奕䜣则远离了清政府执政集团的权力中枢。

更让奕䜣怀恨在心的是，咸丰皇帝逃到承德之后身体一直虚弱。奕䜣向咸丰皇帝申请到承德请安，可是咸丰皇帝在奏疏上批下了一句话："相见徒增伤感，不必来觐。"甚至在咸丰皇帝的最后时刻，自己依然被排除在权力中枢之外，八大辅臣中居然没有自己的份儿，奕䜣极度怀疑是肃顺从中作梗。

尽管咸丰皇帝在位期间批阅了大量奏折，但在奕䜣看来，自己的四哥没有远见，更没有雄才，当年依靠着装傻充愣，用滔滔不绝的眼泪谋得了皇位。[20]可是太平军起义，英法联军闯入北京，咸丰皇帝却不断在逃避，而自己满腹的雄才却无处施展。

1860年，肃顺身为户部尚书，掌管着大清帝国的钱袋子，可是这位尚书大人却跟着咸丰皇帝跑到了承德。农民起义、洋人进京，硝烟弥漫在帝国上空，通货膨胀引发的金融危机更是彻底摧毁了大清帝国的财政根基。奕䜣担心通货膨胀将成为国家灭亡的催化剂，他认为只有在改革中打造帝国现代化的精锐之师，大清帝国才有希望。

奕䜣庆幸自己抓住了总理各国事务衙门这个舞台。

没错，总理各国事务衙门是以奕䜣为首的北京派系创造的一个政治舞台，这个跟外国人交涉的临时性衙门，最终成为大清帝国改革复兴之路的重要舞台。1861年1月20日，咸丰皇帝下谕，批准成立"总理各国事务衙门"，当时以肃顺为首的承德派强力弹劾，甚至担心以奕䜣为首的北京派跟洋人交往密切，最后联手洋人在北京夺权。

官场犹如屠宰场，面对明晃晃的大刀，智慧可以击退死神。为了打消咸丰皇帝的顾虑，北京派将总理衙门的办公地点选在了僻静的东堂子胡同49号。奕䜣联手文华殿大学士桂良、户部左侍郎文祥向皇帝反复强调，总理衙门只是一个临时机构，一旦"军务肃清，外国事务较简，即行裁撤，仍归军机处办理"。[21]

咸丰皇帝当然明白洋人不会很快离开中国，因为从1583年的明朝到第二次鸦片战争，洋人不惜发动战争要打开中国市场。[22]洋人的事情只会随着通商口岸的增加而越来越多，越来越复杂。《北京条约》签订了，功劳是奕䜣的，谁能接替他呢？咸丰皇帝别无人选。

海军舰队还没有组建起来，肃顺就将军权抓到了自己手上，现在清政府执政集团逃亡的承德派全部成了辅政王大臣，一旦这几位挟小皇帝回到北京，总理衙门也有大权旁落的危险。肃顺一派对李泰国本就恨之入骨，他们找个理由就可以推翻现代化的海关系统，李泰国的继任者赫德自然滚蛋。那样一来，大清帝国的财政、军事改革计划将落空，奕䜣决定联手在承德的两宫太后。

祺祥政变

1861年9月5日，一直不能进入承德的奕䜣将自己化装成"萨满"，进入了热河行宫。[23]在行宫跟慈安、慈禧两宫太后"密定计，旋返京，做部署"。这一次秘密会议进行了两个小时，会议决定两宫太后联手恭亲王发动政变，恭亲王立即返回北京，进行宫廷政变的系列部署。

奕䜣进入承德的第二天，醇郡王奕谭就被任命为正黄旗汉军都统。9月14日，御史董元醇奏请两宫皇太后垂帘听政，两宫皇太后与八位赞襄政务大臣在承德激烈辩论，双方的争吵"声震殿陛，天子惊怖，至于涕泣，遗溺后衣"。[24]朝堂上声嘶力竭的争吵，吓得小皇帝都尿裤子了。

"垂帘听政"是慈禧太后利用董御史的奏折来试探以肃顺为首的承德派，没想到肃顺等人反对激烈。慈禧一行掌握了一份绝密的情报，肃顺在承德将小皇帝回京的日子一拖再拖，已经密令剿匪前线的两江总督曾国藩带兵北上助阵。看来肃顺一党要借助汉族武装集团彻底夺权。

当时，奕䜣跟慈禧太后听闻了一个可怕的消息："闻粤寇之据金陵，文宗显皇帝顾命，颇引为憾事，"肃顺给曾国藩许下诺言，"能克复金陵者可封郡王。"[25]清政府入关后，只有皇室贵族才能加封王爵，肃顺给曾国藩的承诺可谓前无古人。更令奕䜣他们不安的是，咸丰皇帝死后，肃顺的幕僚们开始不断暗示曾国藩，希望他能够站在肃顺一边，力挺八大辅政大臣。

官场如战场，瞬息万变。

曾国藩手握十万湘军，已经是汉族武装集团中势力最强悍的一支劲旅，一旦肃顺的幕僚们说服了曾国藩，十万湘军兵围北京城，将是一场血雨腥风。奕䜣他们决定先下手为强。10月7日，慈禧太后再为奕譞争取到了步军统领的职位。奕譞跟奕䜣是兄弟，一下子掌握了京城的军警大权。只要肃顺一党进入北京，就将落入北京派的手中。

11月2日，奕䜣联手两宫太后发动政变，将肃顺一党悉数逮捕。"肃顺方护文宗梓宫在途，命睿亲王仁寿、醇郡王奕譞往逮，遇诸密云，夜就行馆捕之。咆哮不服，械系。下宗人府狱，见载垣、端华已先在。"[26]以奕䜣为首的北京派在密云将肃顺抓捕，身为首席辅政大臣的肃顺尽管大权在握，这个时候却成了阶下囚。他破口大骂，以奕䜣为首的北京派甚至对其动了粗，才将其拘捕。肃顺进了大牢才发现，自己一党的人马全都被抓了，一切都完蛋了。

政变需要理由，尤其是在列强跟帝国签订了一系列不平等条约的情况下，洋人对新政权自然放心不下。以奕䜣为首的北京派给肃顺一党找了一堆理由："海疆不靖，京师戒严，总由在事之王大臣等筹划乖张所致，载垣等不能尽心和议，徒以诱惑英国使臣以塞己责，以致失信于各国，淀园被扰。我皇考巡幸热河，实圣心万不得已之苦衷也！"

当游戏终局，肃顺被枭首菜市口，成为有清一代唯一一位被斩首于菜市口的军机大臣。肃顺一党其他人等要么自尽，要么解职发往军台效力，而政变胜利的北京派则瓜分权柄。11月3日，奕䜣被任命为议政王、兼领军机处，北京派的文祥、桂良等人为军机大臣。清政府执政集团再度回到正轨，以皇帝、两宫太后为首的皇族精英执掌皇权，以奕䜣为首的清政府精英执掌国家政务管理大权。

阿思本舰队背后的图谋

奕䜣再度进入帝国的权力中枢，鬼佬们一片欢腾。

英商埃德温·璧克伍德（Edwin Pickwoad）控制的《北华捷报》欢呼，奕䜣联手慈禧太后发动的政变如同1848年的欧洲革命，他们兴奋地预言："有利于外国在华权益的恭亲王掌握权力，我们有充分的理由相信，不久，外国的代表将对北京政府发挥较大的影响。"[27]

可是，就在奕䜣夺权期间，太平军李秀成部连续攻克宁波、杭州，进逼上海。以议政王身份负责军机处的恭亲王奕䜣得到情报说，太平军进攻上海的目的，是想从上海滩的洋人手上买一批火炮船。奕䜣决定加快海军舰队的组建步伐，令大清帝国海关总税务司赫德拿出一份详细的时间表。

咸丰皇帝的死去、军机处的彻底换血、奕䜣的掌权，让赫德相当激动，这些变化意味着组建大清帝国海军舰队的事情将是板上钉钉了。当赫德接到奕䜣的命令时，激动之情可想而知。赫德很快就拿出了舰队组建的时间表：1861年年底派人订购船只，1862年9月船只就可全部到华，再经过一段时间训练，1863年4月即可投入长江作战，六日之内可抵太平天国首都南京，一天即可攻破南京城。

赫德在给奕䜣时间表的同时，也在跟伦敦的维多利亚女王进行着秘密的联系。赫德为了将军舰购买民间化，将大清帝国的采购清单委托给了第三方。赫德选定的第三方正是已经身在伦敦的大清帝国首任海关总税务司李泰国，因为李泰国跟大英帝国海军部关系密切。英国外交密档印证了当初咸丰皇帝跟肃顺的猜测，李泰国请假回国跟中国组建海军舰队是一个完整的计划。

1862年3月14日，赫德给李泰国的函电称，议政王、军机大臣、总理衙门大臣奕䜣已经委托赫德代为向英国购买中号兵船3艘、小号兵船4艘以及船上所需火炮弹药。赫德在函电中将奕䜣的海军舰队采购计划转手委托给李泰国，使李泰国摇身一变成为大清帝国海军舰队的伦敦采购操盘手。

面对这么一笔庞大的国家采购，无论是奕䜣还是赫德，心情都是非常迫切的，都希望这笔买卖尽快成交。赫德在函电中交代："现在舰队的建造已获批准，恭亲王急于见到它早日到来，因为你所熟知的种种原因，毫无延迟地把造好的舰船遣送来华，将是至关重要的。就我来说，我将尽力迅速获得款项并寄给你，我深信你必能尽力设法，使舰船能迅速装备起来并遣送来华。"[28]

赫德的信函让已经回国的李泰国很是激动，他立即给赫德回函："关于此事，以往我曾经屡次向中国高级官员建议，他们也据以上奏。正因为如此，我才获得批准，购买'孔夫子'号炮舰。在天津谈判时，我又亲自提出这个问题，并在我的授意下，《天津条约》才增加了关于中英共同肃清海盗的条款，这个条款的措辞也使我有根据促使清政府购置船只。"[29]

1862年6月16日，李泰国接到赫德的书信，立即就去了英国外交部拜会了外交大臣罗素勋爵。李泰国给罗素勋爵的报告中非常明确地提出，希望英国政府批准他为大清帝国在英办理购买军舰并招募海军官兵，以便成立一支"英中联合海军舰队"。李泰国在报告中强调："这支部队不会在任何方面妨碍女王陛下的政府，反而会使它在没有进行直接援助时，享有一切好处。"[30]

李泰国在伦敦游说罗素勋爵期间，英国驻华公使普鲁斯给罗素勋爵的信函也送抵伦敦，普鲁斯建议英国政府支持李泰国的计划。罗素勋爵将李泰国以及普鲁斯的报告向英国首相帕麦斯顿进行了汇报。帕麦斯顿将报告转交给海军部，海军部大臣萨默塞特给罗素勋爵的意见是："这件事如果不致引起其他国家的猜忌，将不失为一件大好事，应受到你的鼓励和支持。"[31]

奕䜣在北京城苦等李泰国的舰队开到中国海面，万万没有想到的是，这笔庞大的国家采购计划，正落入英国政客们的一个巨大阴谋之中。英国政府为了控制奕䜣组建的帝国海军舰队的领导权，鼓励英国军官"报名去海关任职"，以便"英国政府同意将他们出借"。[32]

1862年5月9日，李泰国给赫德发了一封密电，将伦敦对大清帝国舰队领导权的控制意图进行详细说明，并提出了舰队司令人选。李泰国密电中提到的舰队司令是一位中国人非常熟悉的英国海军上校舍纳德·阿思本（Sherard Osborne），这位阿思本上校两次参加鸦片战争，对中国军队了如指掌。为了垄断大清帝国海军舰队的大权，英国政府密令李泰国跟阿思本签订聘请合同，由阿思本执掌舰队。

为了将舰队控制在英国政府手上，英国政府的法律专员致函枢密院办公厅，希望政府能够通过红头文件的方式，下令舰队的英国将士必须统一由李泰国跟阿思本领导。英国枢密院很快发布饬令，要求"不论在陆上或海上，任何人只能听命李泰国和阿思本，而不能听命其他人，这样才能合法地应募为中国皇帝服役"。[33]

为了保证阿思本执掌大清帝国海军舰队，并同太平军作战，李泰国要求英国政府取消1854年颁发的关于大清帝国内战的"中立条例"。英国海军部根据李泰国的建议，发给了阿思本组建舰队的许可证，同时酝酿了一个特别法令——以国家的名义授权李泰国跟阿思本为大清帝国组建海军部队。[34]

强国之梦的伟大军事改革竟成为鬼佬们的政治游戏。伦敦的政客们发现，大清帝国长江沿线的海军掌握在以曾国藩为首的汉族武装集团手中，为了避免舰队指挥权旁落，普鲁斯给奕䜣发了一份强硬的照会："这支部队应直属于帝国政府，只接受帝国政府的命令，只对帝国政府负责，并据此与地方当局协同动作，但不接受地方当局的节制。"[35]

普鲁斯的照会犹如一把利剑，搅得奕䜣不安。

英国人只接受政府命令，现在大清帝国的议政王是奕䜣，很显然，英国人这是要将奕䜣绑架到他们的指挥棒上。奕䜣非常清楚，自己尽管是议政王，可是坐在龙椅背后的还有两宫太后，她们才是帝国真正的主人。奕䜣一旦答应英国人的要求，两宫太后一定会警觉，因为同治皇帝刚刚登基，奕䜣一旦掌握军权，慈禧太后就能想到当年的多尔衮！

多尔衮率领满洲八旗鼎定中原，为大清帝国立下了旷世奇功。顺治皇帝即位后，多尔衮权倾朝野，被顺治皇帝称为"皇父"。多尔衮死后，顺治皇帝以谋逆大罪之名，褫夺了多尔衮生前所有的封爵，"命令毁掉阿玛王（多尔衮）华丽的陵墓，他们把尸体挖出来，用棍子打，又用鞭子抽，最后砍掉脑袋，暴尸示众，他的雄伟壮丽的陵墓化为尘土"。[36]

奕䜣跟多尔衮有着同样的人生经历，年轻之时跟兄弟争夺皇位，夺位失败后，一个成了打江山的功臣，一个成了救江山的功臣。多尔衮南征北战，让大清帝国江山一统；奕䜣纵横捭阖，跟英法联军签下了和平条约，让洋夷军队撤出了京师。多尔衮开国建制；奕䜣期冀改革图强。

奕䜣不想重蹈多尔衮的覆辙。

奕䜣还想到一个人，那就是曾国藩。如果将长江沿岸的海军指挥权收归到自己手上，那么汉族武装集团一定会强烈反弹。太平军依然占据着江南，大清帝国要安内攘外，团结以曾国藩为首的汉族武装成为必然选择。

这是一场隔空的绝杀，以奕䜣为首的北京派通过政变抓住了帝国大权。英国政府却在伦敦给奕䜣背后顶上了致命火枪。曾国藩也是如芒在背，宿松的那一次秘密会议已经成为云烟。在这风云变幻的改革前夜，汉族武装集团领袖曾国藩别无选择。

▶▶ 注释

[1] "侮辱恭亲王"（*Humiliation of Prince Kung*），载《纽约时报》。

[2]（清）黄濬：《花随人圣庵摭忆》，上海古籍出版社1983年版。

[3]《筹办夷务始末》（咸丰朝卷79），上海古籍出版社2008年版。

[4]《筹办夷务始末》（咸丰朝卷79），上海古籍出版社2008年版。

[5]《筹办夷务始末》（咸丰朝卷79），上海古籍出版社2008年版。

[6]《筹办夷务始末》（咸丰朝卷79），上海古籍出版社2008年版。

[7]《筹办夷务始末》（咸丰朝卷27），上海古籍出版社2008年版。

[8]《筹办夷务始末》（咸丰朝卷13），上海古籍出版社2008年版。

[9]《筹办夷务始末》（咸丰朝卷79），上海古籍出版社2008年版。

[10]《筹办夷务始末》（咸丰朝卷79），上海古籍出版社2008年版。

[11] Prescott Clarke and John Stradbroke Gregory：*Western Reports On the Taiping：A Selection of Documents*，London：Croom Helm Limited，1982．

[12]《筹办夷务始末》（咸丰朝卷79），上海古籍出版社2008年版。

[13]《筹办夷务始末》（咸丰朝卷79），上海古籍出版社2008年版。

[14]《中国近代货币史资料》第1辑上册，中华书局1964年版。

[15]《郭嵩焘日记》卷一，"咸丰八年十一月十六日纪事"，湖南人民出版社1983年版。

[16]《何桂清等书札》，江苏人民出版社1981年版。

[17] [美] 丁韪良：《花甲记忆：一位美国传教士眼中的晚清帝国》，广西师范大学出版社2004年版。

[18] [美] 丁韪良：《花甲记忆：一位美国传教士眼中的晚清帝国》，广西师范大学出版社2004年版。

[19]《咸丰起居注·咸丰十一年八月二十一日》，国学文献馆出版社1983年版。

[20] 小横香室主人编：《清朝野史大观》卷六，"清人逸事"，中央编译出版社2009年版。

[21]《筹办夷务始末》（咸丰朝卷71），上海古籍出版社2008年版。

[22] 李德林：《暗战1840》（下），中华工商联合出版社有限责任公司2011年版。

[23] 爱新觉罗·溥仪：《我的前半生》，群众出版社·同心出版社2007年版。

[24] （清）李慈铭著、吴语亭编注：《越缦堂国事日记》第1册，文海出版社1960年版。

[25] （清）薛福成：《庸庵笔记》卷二，"曾左二相封侯"，江苏古籍出版社2000年版。

[26]《清史稿·宗室肃顺传》卷三百八十七，列传一百七十四，中华书局1977年版。

[27]《北华捷报》，1861年12月21日。

[28] 1862年3月14日赫德致李泰国函电。葛松：《李泰国与中英关系》附件四。

[29] 1862年5月9日李泰国致赫德函电。葛松：《李泰国与中英关系》附件四。

[30]《英国蓝皮书·关于为中国政府在英国聘用海陆军官兵的文书》（1862）第一号文件。

[31] 1862年6月15日萨默塞特致罗素勋爵函电。葛松：《李泰国与中英关系》附件四。

[32]［英］赛克斯编著，梁从诚译：《太平天国问题通信·英国公使违反指示的手法》，载北京
太平天国历史研究会编：《太平天国史译丛》（第一辑）。

[33] 1862年8月29日法律专员致枢密院办公厅奏折。葛松：《李泰国与中英关系》附件四。

[34]《英国蓝皮书·下院关于中国事务的文件》（1863年）。

[35]［英］布鲁纳等编，傅曾仁等译：《赫德日记》，中国海关出版社2003年版。

[36]［意］卫匡国：《鞑靼战纪》，中华书局2008年版。

02

第二章
湘军大计

无路可走，唯有抓牢枪杆子

宿松龙虎会

1861年11月，安庆城旌旗蔽日，千帆肃立。

11月的大清帝国波谲云诡，遥远的密云城血雨腥风，北京卫戍部队包围了咸丰皇帝的送葬大队。两天之内，咸丰皇帝生前钦命的八大辅政王大臣皆成阶下囚，慈禧太后跟恭亲王奕訢联手成为北京城的新主人。11月的一天，千里之外的安庆城中，两江总督曾国藩正在府邸跟李鸿章密谈。

曾国藩连日来惶恐不安，肃顺一党下大狱后，慈禧太后就派人抄了肃顺的家，希望能找到他与汉族武装集团领导人的往来证据。曾国藩身为两江总督，手握十万湘军，加上盟友左宗棠招募的楚军，以曾国藩为首的汉族武装集团掌控的军力已经跟八旗绿营旗鼓相当。

强大的汉族武装集团足以令朝廷寝食难安。曾国藩非常清楚，朝廷清查肃顺就是要找到肃顺和自己串谋的证据。"骇悉赞襄政务怡亲王等俱已正法，不知是何日事，又不知犯何罪戾，罹此大戮也！"11月14日，曾国藩内心的恐慌溢于言表，当天在日记中详细记录了跟李鸿章密谈政变的细节，"少荃来，道京城政本之地，不知近有他变否，为之悚仄忧皇。"[1]

曾国藩在为北京城的血雨腥风担心之时，更是为自己担心。奕訢身为最高军事指挥官，同湘军集团毫无关系，对湘军动手自然毫不手软。更为重要的是，太平军集结数十万大军扑向安庆，奕訢的海军舰队一旦从海上向南京进发，背腹受敌的太平军极有可能同湘军鱼死网破。

曾国藩想起了自己的老朋友，湖北巡抚胡林翼。胡林翼幼年时聪明异常，博览群书，成年后吃喝嫖赌样样精通。胡林翼考中进士后，娶两江总督陶澍之女，成为官二代，但恶行不改。没几年，老丈人陶澍死了，胡林翼突然性情大变，军事才华显露，在同太平军作战过程中声名鹊起，颇得咸丰皇帝赏识。

9月30日，胡林翼在军中吐血而亡。身为老朋友，曾国藩非常了解胡林翼，这位风流的湘军奇才，可能是年轻的时候身体透支过度，幡然醒悟却已晚矣，健康状况越来越糟糕，患肺结核多年，尤其在跟太平军交战的过程中，时间跟精力快速消耗着他的身体。曾国藩万万没有想到，宿松一别竟成永别。一个秘密随着胡林翼的死亡而湮灭在历史的尘埃中。

那是1861年5月19日，曾国藩的行军大营驻扎在宿松，当时的安庆还在太平军英王陈玉成手上，十万太平军兵临集贤关。曾国藩在这一天将汉族武装集团中最精英的代表召集到了宿松。一场决定中国历史命运的秘密会议在宿松悄然召开，参加会议的有曾国藩、左宗棠、李鸿章、胡林翼、李瀚章、曾国荃、李元度。

会聚宿松的七人手握大清帝国官场的半壁江山。

李鸿章、李瀚章为兄弟，其父李文安于1838年考中进士，同科还有一位，就是曾国藩。在八股选士的年代，同科联谊是一种非常微妙的官场纽带。李文安迅速跟曾国藩交好，甚至将自己的儿子李鸿章送到曾国藩府邸，向其学习经世之学。

胡林翼是两江总督陶澍的女婿，左宗棠曾经在陶府当家教，后来同陶澍结为儿女亲家，跟胡林翼的关系自然密切。曾国荃是曾国藩的弟弟。李元度是曾国藩的门生，曾国藩在靖港自杀时，李元度死死抱着曾国藩，可谓救主之功甚伟，自然成为曾国藩的铁杆儿心腹。

宿松龙虎会，曾国藩与众人在军中大帐召开秘密会议，其他人等一概不准进帐。会议头两天讨论的内容为攻打太平天国安庆联军的军事部署。因为早在1860年5月，洪秀全就在南京召开了军事会议，发动安庆保卫战。1861年5月18日，胡林翼抵达宿松的当天，陈玉成的部队已经进逼桐城。

宿松的军事会议召开了两天，到了5月21日，参会人员只有三人。曾国藩在日记中这样记载："十二日（5月21日），早饭后，与胡中丞、左季高畅谈。"[2] 曾国藩并没有记录当时畅谈的内容，甚至连自己的亲弟弟曾国荃、心腹李元度、秘书李鸿章兄弟都不准旁听，可以想象三人会议的绝密程度。

到底是什么会议在大军压境的情况下如此绝密？军事会议已经召开了两天，

在这一天前的5月20日，陈玉成抵达桐城，与太平天国干王洪仁玕一行召开了战前会议。很显然，5月21日的宿松会议没有了集贤关主将曾国荃出席，反而是湖北巡抚胡林翼跟拥有四品京堂候补的左宗棠参与，肯定不是军事部署会议。

李鸿章作为曾国藩的门生也无缘绝密会议，尽管他后来成为大清帝国的擎天柱，可当时在曾国藩与胡林翼看来，将来能够带领湘军走得更远的只有左宗棠。

左宗棠，湖南湘阴人，从小就聪明有志向，可是考中举人之后，六年中三次赴京赶考，就是考不中进士，后来一直在湖南官场给人家当师爷。师爷没什么地位，可是湖南官场那些高官见到左宗棠都要下跪请安。此外，胡林翼的老丈人、大清禁烟名臣林则徐的老上司、赫赫有名的封疆大吏陶澍，非常看重左宗棠的才干，要让唯一的儿子跟左宗棠的女儿定下姻亲，那个时候左宗棠还是白丁一个。

早在1852年，当时胡林翼为贵州道员，就给时任湖广总督的程矞采写推荐信："湘阴孝廉左君宗棠，有异才，品学为湘中士类第一。林翼曾荐于林文忠（林则徐），因文忠引疾，故未果行。文忠至湖上时，招至舟中，谈论竟夕，称为不凡之才。"[3]

胡林翼调任湖北巡抚后，对精修兵法战略的左宗棠更是赞赏有加，写信给当时的湖南巡抚张亮基："廉公刚方，秉性良实，忠肝义胆，与时俗迥异。其胸罗古今地图兵法，本朝国章，切实讲求，精通时务，其才品超冠等伦。"[4]在胡林翼的信中，左宗棠就是一个完人，足见他的军事跟行政才华非同凡响。

曾国藩也是见识过左宗棠的远见卓识的。尤其是在湖南保卫战中，尽管当时左宗棠还是一个幕僚，可是他排兵布阵的才华在三湘大地无人能比。曾国藩在靖港大难不死，左宗棠对其堪有救命之恩。每每书信往来，曾国藩跟左宗棠都直呼其名。左宗棠到宿松时，正在用餐的曾国藩握着筷子就出大门迎接，足见两人情深。

1861年5月21日，宿松一干人马一起用了午饭，午饭后的会谈更为机密，只有曾国藩与左宗棠二人。随后的24日到26日连续三天上午，曾国藩、胡林翼与左宗棠三人都在军营中召开秘密会议。曾国藩的日记中记载，25日傍晚，自己召集了多人讨论江南事，[5]这应该是总结24日伏击洪仁玕部的军事会议。

曾国藩的日记记载，25日上午，自己与胡林翼、左宗棠熟商一切。

到底商议什么呢？湘军的未来成为曾国藩、胡林翼、左宗棠三人讨论的焦点。尽管咸丰皇帝对胡林翼很赏识，可是胡林翼看着没落的爱新觉罗王朝，对腐朽的满洲八旗失望至极。在当天的会议上，胡林翼更是力谏曾国藩举事。胡林翼的主张并不是一时头脑发热，因为在他看来，早在1854年曾国藩率领湘军出征时发表的《讨粤匪檄》文中，口号是保卫中国数千年的礼义人伦，而非满族八旗之江山。

胡林翼鼓动曾国藩："天下糜烂，岂能安坐而事礼让？当以吾一身任天下之谤！"[6]天下定，良弓藏；狡兔死，走狗烹。胡林翼担心的是湘军将太平军剿灭了，糜烂的清政府王朝转身就对湘军集团下手，而曾国藩起事是对湘军最大的保护。

那一次会议尽管三品按察使衔的李鸿章参加了部分讨论，但是核心机密他一点儿都不知道；相反，四品京堂候补左宗棠成了主角儿。

宿松会议后，曾国藩安排四品京堂候补左宗棠回湖南招募兵丁，李鸿章继续留在总督府当幕僚。一直希望独自带兵征战的李鸿章自嘲：书剑飘零旧酒徒。[7]高阳酒徒郦食其怀才不遇，一大把年纪才遇到刘邦，最终成为刘邦问鼎中原的谋士。李鸿章无奈自比郦食其，可以窥见其当时的不满与非一般的野心。

改革向左，政变向右

胡林翼死了，宿松会议的三大联盟成为追忆。

一个四品京堂候补，能成为湘军集团未来的领袖吗？曾国藩深知领军的艰难，如果没有肃顺那样的清政府执政精英在权力中枢支持，不会有现在的十万湘军。更何况，一心想搞军事集权的奕䜣岂能一如既往地支持湘军？剿灭太平军后，庞大的汉族武装集团会立即成为清政府八旗军队的威胁，清政府执政精英甚至会担心以曾国藩为首的汉族武装力量上演"黄袍加身"的夺权游戏。

曾国藩需要重新定位宿松结盟，因为没有胡林翼的制衡，三人政治结盟将失去均衡，一旦左宗棠同曾国藩发生冲突，湘军集团内部就毫无缓和的余地。更为要命的是，一旦左宗棠成了湘军集团的实际控制人，内部冲突加剧，曾国藩将何去何从？如果将左宗棠定位为湘军集团的衣钵传人，那么曾国藩可以在有生之年对其进行有效钳制，可保湘军集团内部稳定，进而能有效地对抗清政府执政集团的政治冲击。

太平军的飓风扫荡已经令清政府执政集团极度恐惧，现在为了消灭太平军而不得不默认湘军的合法地位。一旦太平军被剿灭，以湘军为首的汉族武装集团的去留将成为考验奕䜣跟曾国藩智慧的最大难题。奕䜣跟慈禧太后扳倒了肃顺八大臣，他们不得不选择用怀柔之策来笼络手握重兵的曾国藩，令其节制江浙四省军务。曾国藩很快掌握了奕䜣跟英国人的交易情报，越来越感到清政府的优渥只是一场权谋。

大清帝国现在正处于八旗绿营、太平军、湘军三足鼎立的态势，在海军舰队没有组建成之前，清政府执政精英们需要利用曾国藩的力量消灭太平军。曾国藩在跟李鸿章密谈的时候显得很是忧虑："余近浪得虚名，亦不知其所以然便获美誉。古之得虚名而值时艰者，往往不克保其终，思此不胜大惧。将具奏折，辞谢大权，不敢节制四省，恐蹈覆𫗧负乘之咎也。"

突如其来的军政大权令曾国藩不安。因为当年武昌大捷后，咸丰皇帝原本要实授曾国藩二品湖北巡抚，可是三朝帝师、四朝重臣祁寯藻说："曾国藩以侍郎在籍，犹匹夫耳。匹夫居闾里一呼，蹶起从之者万余人，恐非国家福也。"[8]老祁头儿的一句话让咸丰皇帝的脸色都变青了，一个毫无实权的兵部侍郎，就能够招募上万的兵勇，这对皇帝、对无能的八旗军队来说，是一个极度危险的信号。

坐在府邸的曾国藩望着茶几旁的李鸿章，脑子里再次想起京城政变一事。政治犹如一台铰肉机，只要卷入其中就停不下来，在权力与利益的争夺中，只有输家和赢家。曾国藩一介书生，战争将他推向了权势的巅峰，成了清政府执政集团的心腹大患，肃顺的人头落地让他毛骨悚然。曾国藩当天的日记可以窥见这位两江总督对权力中枢突变的心惊："雨竟日不止，天不甚寒冷，而气象愁惨。少荃来，与之邑谈。"

湘军的未来在哪里？

改革还是剿灭太平军之后取天下而代之？曾国藩是进士出身，深受儒家文化、程朱理学熏陶，骨子里的忠君思想令他备感折磨。可是在剿灭太平军的过程中，八旗军队的腐败无能让曾国藩对改革颇为迷茫，林则徐二十年前提出的改革策略一直被束之高阁，自己能够推动腐败的大清帝国的改革进程吗？

取天下而代之后，中国又走向何方呢？洪秀全仿效欧美，甚至开始有系统地实施《资政新篇》，但太平天国革命尚未成功，同志们就开始内乱不已。

尽管曾国藩自己手握数十万湘军，可是湘军之中帮会林立，甚至出现白天小弟坐军帐，大哥执行小弟的军令，到了晚上，小弟长官就要跪在大哥下属脚下请安的现象。曾国藩的弟弟曾国荃尽管打仗凶猛，可他是个典型的地主老财式的人，只要一打胜仗，就要全军休假三天，自己回家买田置地。亲弟弟都这样，曾国藩还能靠这样的军队征战天下？

咸丰皇帝为了剿灭太平军，让曾国藩回老家组织武装部队，可是从来没有给过曾国藩钦差的圣旨。这导致曾国藩征收军队的钱粮跟化缘一般，中央不供给，全靠地方财政支持，名不正则言不顺，地方督抚对这位湖南来的侍郎要跟地方分钱分粮大为不爽。

粮饷一直困扰着曾国藩，以至于他在给弟弟们的信中抱怨："饷项已空，无从设法，艰难之状，不知所终。人心之坏，又处处使人寒心。吾惟尽一分心作一日事，至于成败，则不能复计较矣。余近来因肝气太燥，动与人多所不合，所以办事多不能成。"[9]

粮饷没有，曾国藩能不肝火上蹿？自然就跟地方督抚的关系更加紧张。取天下而代之，曾国藩无粮无饷，凭什么呢？曾国藩军队所到之处，地方官员都可以以"未奉明诏，不应称钦差字样""曾经革职，不应专折奏事""系自请出征，不应支领官饷"[10]等借口嘲讽曾国藩。

曾国藩现在是手中有枪无权。更为重要的是，一旦举事，湘军可是腹背受敌。一方面是太平军，另一方面是清政府八旗的精锐部队。咸丰皇帝将最精锐的部队交给了蒙古王爷僧格林沁，这一支部队跟英法联军从天津打到北京，尽管败给了联军，但蒙古精锐之师不可小觑。

奕䜣也是一个不可小觑的人物，当年道光皇帝就一度非常看好这位六王爷，甚至打算将皇位传给奕䜣。尽管咸丰最后坐上了皇位，可是英法联军打进北京后，还是要仰仗奕䜣给他收拾烂摊子。咸丰皇帝尸骨未寒，奕䜣就将朝政大权掌握在了自己手中，何况这个狠角色又在联合英国人。

更为重要的是盟友胡林翼的突然死亡，湘军取天下已无可能，留给以曾国藩为首的汉族武装集团的，只有继续效忠爱新觉罗王朝一条路。庞大的湘军集团要想安身立命，必须由武装集团向文官集团转型。以奕䜣为首的清政府执政集团会不会给湘军集团转型的机会？战争结束后，富国的改革是大清帝国唯一的选择，湘军集团只有抓住改革的主导权，才能立于政治上的不败之地。

改革，在那个战火纷飞的年代，是一个多么奢侈的大胆想法。

海疆是大清帝国难以抹去的伤痛，现在好了，英国人要帮助大清帝国组建海军舰队，战舰还没有下订单，英国人就将手伸到了帝国的军队之中，这样的军事改革只能是引狼入室。曾国藩非常清楚，朝廷给了自己四省军权，可是海军舰队的大权将落入奕䜣跟英国人的手里，尤其是以赫德为首的海关税务司，已经落入了以奕䜣为首的清政府执政集团手中。财税决定战争的未来，剿灭太平军的最后功劳也将由海军舰队独占。

枪杆子是政治跟外交的绝对保障。

当起事的联盟成为历史，为使中国免于沦为鬼蜮，为了在未来事关湘军集团转型成败的改革中取得主动权，曾国藩决定抓住枪杆子走改革之路。在跟李鸿章喝茶密谈期间，曾国藩还在等待两位幕僚的到来，他们将成为曾国藩改革之路的奠基人。

军工基地定安庆，帝国军事初始航

数学双星

曾国藩突然起身，快步走向大门口。

两个书生模样的人向曾国藩行礼致敬。李鸿章在旁边有点纳闷儿，六个月前在宿松，正在大帐中用午餐的曾国藩听闻左宗棠到，手上攥着筷子就直奔帐外，那时候的左宗棠只是个四品京堂候补。今天这两位书生从穿戴上看亦无功名，到底是什么来头，令统率四省兵马的曾国藩辕门相迎？

曾国藩笑容满面地将两位书生迎入客厅。说实话，对这两位，曾国藩其实了解得也不多，只是听江苏巡抚薛焕在信中介绍过。其中一位叫徐寿，年纪大一点，1818年出生，是个苦孩子，出生在一个没落的地主家庭，五岁那年死了老爹，在老妈的拉扯下学习过四书五经，学了一阵儿将私塾先生给炒鱿鱼了。

徐寿身边是一个官宦子弟，名叫华蘅芳，出生于1833年，别看小伙子一脸稚气，可在他的家乡甚至上海都是一个异数。华蘅芳的老爹华翼伦，举人出身，官至四品。徐寿跟华蘅芳能够成为忘年之交，完全是因为华翼伦通过一个偶然的机会，发现徐寿跟自己的儿子华蘅芳的兴趣都不在科举，而在科学方面，于是介绍两人认识，没想到两人一见如故。

华蘅芳跟徐寿在无锡的老百姓眼中是典型的不学无术之徒，两人整天不学习四书五经，却都喜欢收集西洋玩意儿。徐寿年纪大一点儿，但对洋玩意儿的好奇远甚于华蘅芳。徐寿跟华蘅芳都喜欢与几何、科学相关的东西。他们对中国古代数学的研究在当地颇有名气，甚至还利用仅有的一点了解，拆解西洋玩意儿，华蘅芳跟他老爹华翼伦说那是科学研究。好东西都拆了，在华翼伦这个四品文官看来，很是可惜。

　　曾国藩很快了解到这两位书生的一段传奇经历。华蘅芳听闻了上海墨海书馆出版西洋科技书刊，立即鼓动徐寿一同前往。两人到了上海，立即迷上了西洋数学。当时，李善兰和伟烈亚力（Alexander Wylie）所译的《代微积拾级》尚未脱稿，华蘅芳等不及出版，就在书馆找了个地方，日夜奋笔疾书，竟把译稿全部抄录了下来。

　　华蘅芳跟徐寿来到上海，注定了两人对这座城市会有难以割舍的情缘。不过，年纪大的徐寿更喜欢实战，在无锡没有的西洋玩意儿，在上海都能看到，那些玩意儿简直超越了自己的想象。尤其是墨海书馆的印刷机等西洋器物让他着魔，每天都围着这些机器钻研。可以说，墨海书馆成了徐寿跟华蘅芳的科研所。

　　战争让两位科学爱好者失去了学习的机会，墨海书馆的关门也击碎了两人的科学迷梦。当太平军围攻上海时，徐寿跟华蘅芳结束了上海之旅，回到无锡。上海的游学经历让两人对科研更是神往，在没有任何科研设备的情况下，两人依靠在洋商那里买来的一杆火枪，通过子弹射击活鸟的办法，完成了"抛物线"试验。1859年，华蘅芳写出了他的第一部数学著作《抛物线说》，徐寿为之作图。

　　尽管两人著书立说，尽管《抛物线说》让中国的读书人眼前一亮，可是徐寿和华蘅芳没有功名，在进士和举人们的眼中，他们跟怀着科学知识到中国传教的西方冒险家一样，都是社会的下九流。徐寿跟华蘅芳得不到社会的尊重，只能闭门捣鼓那些西洋玩意儿。

　　徐寿跟华蘅芳在无锡进行科学试验的时候，安庆城的曾国藩就早已听闻了他们的奇闻逸事，但是他们肚子里到底有什么样的学问，曾国藩心里可没底，但又担心太平军将二人弄到南京效力，于是下令江苏巡抚薛焕暗中查访。薛焕行动迅速，告知曾国藩二人在科研方面拥有过人之处，并随后将二人送抵安庆军营。

　　曾国藩与徐寿、华蘅芳交谈之后，觉得两人的科学知识绝非常人能比，当即聘请两人为幕僚。那个时候没有科学顾问一说，徐寿二人只有以幕僚的身份留在曾国藩身边。他们这个时候都没有想到曾国藩的宏大计划，更没有想到中央政府一场釜底抽薪的行动正在上演。

流产的税金争夺计划

　　1861年是大清帝国的多事之年，皇帝死了，王爷政变了，太平军进攻江浙了。当英国人攥着恭亲王奕訢的密令在伦敦策划阴谋的时候，两江总督曾国藩在安庆战场上寝食难安。曾国藩清醒地意识到，恭亲王这场以自强为名义进行的改革，不仅会将湘军集团推向灭亡的深渊，还会将大清帝国推向英国殖民的歧路。

奕訢组建海军舰队之前已经提出改革自强路线图，"探源之策，在于自强，自强之术，必先练兵"。[11]身为清政府执政集团中的皇族精英，奕訢的改革路线首先要抓住军权，他认为只有掌握了军权才能维系爱新觉罗家族的皇权。改革一定是中央主导，地方政府全面配合的从上而下的格局。奕訢推行的第一步军事改革就是在京城组建了神机营，装备了全新的沙俄枪炮。

蒙古禁卫军葬身八里桥的悲剧时刻提醒着清政府执政精英们，只有现代化的武器才能维护国家安全，有了中央掌控的海军舰队，才能拒海外势力于海上。

北京神机营的枪炮是沙俄提供的，现在奕訢让赫德采购军舰，一定是英国人提供的。奕訢有些尴尬，那些曾经在马上驰骋的八旗汉子，整天跟刀剑打交道，手上一握枪杆子，立即就手不是手，脚不是脚了。洋人只好派出教练来指导，这些洋教练也就成了神机营的真正操控者。更为关键的是，随着战争进入胶着状态，枪炮船只的大宗采购，使得大量的真金白银流入了洋人的腰包。洋人又通过武器控制了帝国的经济。

在曾国藩下令薛焕寻访徐寿、华蘅芳期间，以奕訢为首的清政府执政精英为了装备神机营、步军统领衙门的皇家卫戍部队，提高八旗子弟的现代化军事作战能力，将手伸向了曾国藩的湘军。他们的第一步是废掉官票，因为随意印发的官票导致帝国流通的货币太多，贬值严重，通货膨胀已经到了无法控制的地步。

在咸丰皇帝龙驭上宾这一年，大量的钱庄倒闭，生丝商人、茶叶商人纷纷卷入金融危机之中，物价飞涨导致民怨四起。废掉官票，帝国财政的赤字问题进一步加剧，为了削减帝国的财政赤字，议政王、军机大臣奕訢决定改革厘金制度。

厘金实际上就是商业税。商业税在每个朝代都有，天下承平的时候，商业税一般都归于"杂赋"，根本就不是国家财政的主要来源。八旗军队进关之后，商业税一样成为杂赋。到了咸丰皇帝时期，由于第二次鸦片战争跟太平军起义，大量的军费支出将帝国财政拖入了连年赤字的恶性循环之中，一直被朝廷视为杂赋的商业税成为削减财政赤字的重要大税。

围剿太平军期间，前线军费紧张，清军将领胜保看到了商业税这个杂赋的玄机。他在给皇帝的奏折中强调，商业税是帝国国家财税收入的一个杂赋，这点儿小钱儿就让"用兵省份就近随收随解,他省亦暂存藩库,为协拨各路军饷之需"。在太平军席卷江南、情势危急之时,朝廷答应了前线将领们的请求,胜保这一招让带兵的将帅有了自主财源。

手握兵权的将领们很快就尝到商业税的甜头,征税对象也由一开始的大米扩大至日用百货,尤其是对茶叶、食盐、鸦片等特殊产品征收的税率高达20%。"军兴十余年,各省仿行,源源不竭。"[12]地方督抚只需将各省商业税的收入数与支出数,按季报户部核查即可。这样一来,中央政府根本就管不着地方大员们操控商业税。

曾国藩能够在安庆会战中围攻多年,商业税无疑成为湘军军费最大的保障。1857年至1862年,平均每年有128万两白银的商业税流入湘军之中。当年曾国藩驻军的江西相当贫穷,可那里是主战区,事关江浙命运,曾国藩征收商业税毫不手软,1859年,湘军征收了167万两商业税,此后四年共计为700万两。曾国藩自己也在日记中记载"岁入二百数十万两"。

大量的商业税流入以湘军集团为首的汉族武装集团的腰包,这让以奕䜣为首的清政府执政精英们忐忑不安,当时的国库实际收入不到十万两,可是上百万两的商业税银却实实在在地进了曾国藩们的腰包。奕䜣决定对曾国藩等人下手,当时身为户部侍郎的潘祖荫给新皇帝同治递呈了一份奏折:"十分之中,耗于仆隶者三,耗于官绅者三,此四分中,又去正费若干,杂费若干,国家所得几何?"[13]

身为户部的高级官员,潘祖荫建议各地向户部提交商业税明细,因为从1853年开始征收以来,平均每年有上千万两的商业税银流入到地方督抚们手中,这是一笔巨大的财富。潘祖荫希望将商业税征收大权收归中央。潘祖荫看到的是银子问题,奕䜣看到的是改革的问题,地方督抚有了银子就能造枪造炮,自己设计的改革方案到时候就会沦落到掌握枪杆子的人手中。[14]

打仗打的就是金钱,现在户部要地方商业税的明细,这就会让领兵督抚的账本一清二楚地暴露在清政府执政集团的面前,这怎么可以呢?曾国藩更不可能将好不容易抓到自己手上的商业税财权上交,如果上交征税大权,庞大的湘军集团到时候只有到北京乞食,就成了清政府执政集团的刀下鱼肉,那样一来自己的改革蓝图也将成为泡影。

曾国藩们以战争为借口不给中央汇报详细数据,理由是南征北战,进出财税难以周详。以奕䜣为首的执政精英们最后也拿地方督抚没有办法,只能说各路统兵大臣、各省督抚要有天良这样的安慰话。最后，主管户部的大学士倭仁被迫采纳户部郎中王文韶的建议，将各省累年军费奏销，简化为勒令各路统军督抚大员"分年分起，开具简明清单"。[15]

军工业上马

枪杆子里出政权，但没有财权的支持，枪杆子就会擦枪走火。

潘祖荫的中央集财举动尽管以北京派的妥协告终，但这助推了曾国藩在安庆搞军事工业的步伐，生产枪炮船只成为军事工业的主营业务。

奕䜣的改革计划令曾国藩的危机感越来越强烈，清政府执政集团试图通过财政手段削弱汉族武装集团的实力。可以想象，剿灭太平军的战争一结束，汉族武装集团向文官集团的转变将危机四伏。安全转型的筹码在哪里？曾国藩进行了利弊权衡，他认为改革是最有效的利益重组，只有打破清政府执政集团的垄断利益，才能确保汉族武装集团成功转型。

改革的方向在哪里？

皇权一统的政治延续了两千年，国家资本主宰着王朝的命运，民营商业只是王朝的点缀，清政府执政集团岂能甘心垄断利益被瓜分？军事工业无疑是最好的改革突破口。一方面，太平军席卷江南，大清王朝岌岌可危，加之国际势力的频繁威胁，军事工业改革可以满足捍卫皇权和政权的需要。另一方面，军事工业改革的费用从军费而来，属于国家资本控制，名义上在清政府执政集团的掌控之中，他们没有理由反对。

曾国藩已经有了自己的谋划。湘军集团的军费更多地来自地方的商业税，只要做大汉族武装集团的军事工业规模，就可以犹如铰肉机一样将更多的国有资本吸纳到军事工业之中。军事工业改革推行后，一方面可以让湘军集团装备上现代化的武器，在战争中占据主动地位，扩大集团的实力；另一方面也可以遏制奕䜣夺取军权的计划，因为奕䜣试图通过组建现代化舰队来削弱汉族武装集团的影响力。

枪炮船只的生产在欧美那儿可是大宗买卖，它们有一个很时髦的叫法：军工产业。中国的皇帝尽管身居九重，可他们都是土老帽儿，除了知道农耕养殖外，产业、资本啥的都不懂，对西洋的新奇玩意儿都叫奇技淫巧，一脑子的八股糨糊。

曾国藩一开始也没有整明白啥是军工产业。在江西跟太平军作战期间，太平军使用的都是从洋人那里买来的火枪大炮，曾国藩的湘军弟子们举着大刀片子去送死，看着都心疼。没办法，曾国藩只好在江西设置火炮工厂，搞军工产业试点，资本完全是军费。

进入安庆城的曾国藩已经不是当年那个在江西抱怨无权无钱的兵油子了。有了商业税支撑，曾国藩在一定程度上就可以瓦解海关总税务司抓南北资本的大棋局。奕䜣组建海军舰队的行动，让曾国藩有了自己造枪炮轮船的长远计划，他给皇帝的奏折中这样写道："将来师夷智以造炮制船，尤可期永远之利。"[16]

造枪炮造战舰，这可是一个庞大的军工产业，硝粉、钢铁、硫黄、木材等原材料需要大量的供给。一旦汉族武装集团自己开设军工厂，在以军费为主的国有资本的推动下，军工厂将带动整个军工产业资本的兴起，到时候吸引的不仅仅是南北的传统资本，还将吸引洞庭帮这样的新兴买办资本。那时还可以延展与军工相关的各个产业的上下游产业链，一场浩大的经济改革即将推行开来。

徐寿跟华蘅芳的到来，曾国藩早有安排。在江西的时候，关于造枪造炮，湘军已经有相当的技术了，只需要将当年江西的枪炮局搬到安庆就可以，唯独机器局跟造船局令曾国藩担心。这两项可是前所未有的工程，尽管徐寿和华蘅芳出版了数学、物理方面的专著，但是机器跟轮船不是仅凭抛物线理论就能造出来的。

轮船是要造的，机器更是要造的。尽管曾国藩对徐寿跟华蘅芳的真功夫了解不多，但是他深信："智者尽力，劳者尽心，无不能制之器，无不能演之技。"[17]不难发现，曾国藩对徐寿跟华蘅芳的到来信心满满，"访募覃思之士，智巧之匠"，不过一两年，就可以剃发逆，勤远略。

徐寿跟华蘅芳到达曾国藩府邸之后，三人进行了一番长谈，政治军事两人自然不会提及，他们明白曾国藩关心的是他们能否造出轮船机器。徐寿跟华蘅芳尽管在数学跟物理方面已经名声在外，可是真正造机器他们就不行了，他们对机器的了解仅限于从英国人合信（Benjamin Hobson）所写的《博物新编》中见过的轮船插图。

造轮船最为关键的是发动机，曾国藩曾经打算从洋人手上购买一艘让徐寿他们仿造。可是奕䜣跟英国人动作迅速，一旦英国人的战舰开到中国沿海，安庆的造船工程就要停下来，因为那个时候自己造船已经没有必要了。曾国藩等不及了，让徐寿跟华蘅芳立即投入火轮的研发中。华蘅芳负责"推求动理，测算汽机"，徐寿负责"造器置机"。

　　徐寿跟华蘅芳真正开始工作的时候发现，造火轮根本就不是看一两本书就能搞定的，两人只好购买了《博物新编》《海国图志》以及何卜森翻译的《蒸汽机简述》，不分白天黑夜地学习蒸汽机的基本原理。两位技术幕僚的闭门造船，让曾国藩陷入了美好的梦境之中。两位在安庆刚刚安顿下来，遥远的上海滩就惶惶不可终日，诡异的上海局势让曾国藩陷入了两难的境地。

钱袋子与枪杆子的较量：淮军渡兵上海滩

一封来自上海的求援信

1861年11月18日，安庆城阴霾密布。

曾国藩正在参观徐寿、华蘅芳的工作室，这两位以幕僚身份秘密研发蒸汽机的年轻人很是卖力。这个时候，曾国藩对两位的专业功底依然是有所怀疑，但是他坚信，只要用心去研究，就一定能够造出拥有中国知识产权的蒸汽机轮船，大清帝国就能自己打造海上舰队。

突然，一位军校飞奔至工作室，曾国藩眉头一皱，对这位鲁莽的军校擅闯工作室感到很不爽。军校已经顾不上曾国藩的训令，跪在他面前大声禀报，说一位叫钱鼎铭的户部主事从上海而来，携带着一封庞钟璐的密函，要当面呈送部堂大人，正在会客厅等候。

曾国藩一听钱鼎铭跟庞钟璐，就直奔会客厅。钱鼎铭尽管只是一个小小的户部主事，可他的老爸是原湖北巡抚、林则徐的铁杆禁烟盟友钱宝琛。钱宝琛去世之后，钱鼎铭在太仓丁忧，此时为何来安庆？

庞钟璐更是个了不起的人物，1847年，殿试原本是第八名，道光皇帝看了他的卷子，钦点为一甲第三名，也就是人们常说的探花郎。在八股取士的岁月里，庞钟璐那是正儿八经的天子门生。此人官运亨通，做过礼、工、吏、户、兵诸部的副部长，做过刑部一把手。老父亲死后，丁忧结束的庞钟璐担任江南督办团练大臣，一直跟太平军激战在江南一线。

曾国藩非常了解庞探花，庞探花在江南督办团练期间，国家财政拨款少之又少，只能自己设置税务局征收商业税，再用商业税招兵买马。跟太平军激战数十次后，庞探花被迫撤退到了上海，现在在上海领军上千人。曾国藩之前没有跟这位天子门生有过交往，这一次钱鼎铭亲自送来庞钟璐的密函，一定有十万火急的大事。

会客厅，钱鼎铭正端起茶杯，见曾国藩快步走进来，立即起身行礼。曾国藩扶起钱鼎铭，眼前这位小小主事仪表不凡，颇有他父亲钱宝琛的风范。钱鼎铭从马蹄袖里将庞钟璐的密函摸出来。带着钱鼎铭体温的密函实际上是多位江浙官绅的联名信。

庞钟璐的署名后，还有正在吴江老家丁忧的兵部侍郎殷兆镛、湖北盐法道顾文彬、在籍刑部郎中潘曾玮、吴江人侍读学士杨庆麟。这是一个庞大的江浙利益集团，这个集团希望节制江南四省兵马的两江总督曾国藩出兵援救被太平军攻打的上海。

曾国藩认为，太平军在安庆会战失利之后，一定会猛攻上海，甚至为了取得跟西方势力的合作，他们完全可能跟西方势力有秘密的谈判。而经历了安庆会战之后的湘军还需要休整，所以这个时候不能贸然出兵上海。

钱鼎铭离开了曾国藩的会客厅，不过这位户部主事并没有立即回到上海，他知道曾国藩身边有一位正在练兵的道台李鸿章。李鸿章是八股文士出身，其父令其在曾国藩手下学习，一直没有单独带兵打过仗。钱鼎铭决定会会李鸿章。

钱鼎铭的到来，令正忙于练兵的李鸿章颇为惊讶。现在太平军围攻上海，钱鼎铭秘密抵达安庆，看来江浙势力已经失去了抵抗力。钱鼎铭为了让李鸿章怂恿曾国藩答应出兵助剿，滔滔不绝地给李鸿章讲解上海的形势，说尽管上海只是一个县的行政编制，但是自从向洋人开放以来，"商货骈集，税厘充羡，饷源之富"，如果放弃这么好的地方，"弃之资贼可惋"。[18]

钱鼎铭的分析大大地刺激了李鸿章，可是最终的决定还需要曾国藩下，李鸿章也无能为力。最终，钱鼎铭只能遗憾地回到了上海。

势力复杂的新经济中心

自《南京条约》签署后，欧美商人就纷纷从广州向上海转移。到1843年年底，就有11家外国商人开设的洋行。到1859年，洋行数量已经增至75家，主要是以怡和、宝顺、旗昌、沙逊、琼记为首的老牌鸦片商行，以及义记、泰和、裕盛、丰茂、祥泰等为首的纺织品洋行。随着贸易的攀升，上海已经逐渐取代了广东的经济地位，成为帝国新兴的经济中心。

广东商人早年在广州黄埔跟洋人做生意，他们都是做轻资产的对外贸易。《南京条约》的签订废掉了广东十三行的公行制度，中国开启了自由贸易时代，加之两度发生大火，导致大量的贸易商人倾家荡产。不少商家子弟随洋商北上，到上海打拼。广东商人到上海后，被中国官吏盘剥，导致其以合股的名义，继续跟洋人合资做生意。

广东商人在上海同洋人合资，加速了上海经济的繁荣。曾国藩的部队投入安庆会战后，上海每年为湘军贡献的军饷超过180万两白银。曾国藩在写给家人的信中感叹："上海为苏杭及外国财货所聚，每月可得厘金60万金，实为天下膏腴。"[19]

钱鼎铭送抵安庆的密函中，给曾国藩传递了另一个重要信息，即广东商人跟江浙商人是两个不可调和的利益群体。尽管江浙富商在太平军进入江浙后涌入上海，但他们跟洋人做生意需要通过广东商人，所以他们跟洋人的合作要远逊于广东商人。

曾国藩给家人的信中提到的每月60万厘金，事实上主要来源于江浙商人。广东商人因为卷入欧美商人的寡头政治中，曾国藩这样的地方大员很难将广东商人掌控在自己手中。第一次鸦片战争结束后，欧美商人涌入上海，在上海租界已经形成了一个庞大的财阀政治集团，他们也成为这个集团的实际控制人。

怡和洋行就是一个典型代表。作为鸦片战争的幕后推手，沿着大江大河北上扩大其经营范围是怡和洋行的奋斗目标。到了上海，怡和洋行为了保住商业领袖的地位，为自己争取更多的商业利益，就经常操纵其他洋行将怡和洋行的行东选为工部局的总董。以怡和洋行为首的财阀们通过控制政府机构，进一步牟取更大的利润。

中国商人成为政府官员的也有，当初的上海道台吴健彰，早年是个鸡贩子，后来做国际贸易，成为广东十三行中同顺行的老板，人称"爽官"。鸦片战争后到上海做生意，后来花50万两白银买了一个道台的宝座，一下子从卑贱的商人变成了大清帝国的高级干部。

吴健彰花大本钱买官，自然就要从官场、商场上找补回来，贪污腐败成为必然。可惜吴健彰的官瘾还没有过足，小刀会就在上海闹起义，吴健彰就计划联手洋人剿灭起义军。因为他发现，一旦起义军占据了上海，那么洋人跟自己都将完蛋。洋人做生意跟自己不一样，他们身上有着的不仅是一官半职，还代表着他们的国家，所以说跟洋商联手，剿灭起义军不在话下。

当太平军猛攻上海的时候，以唐廷枢、徐润为首的广东商人在怡和洋行、宝顺洋行中舒舒服服地做生意。而以钱鼎铭、庞钟璐为首的上海士绅则一下子成为太平军打击的重点。潘曾玮、顾文彬、应宝时等人一时惊慌失措，不过，他们了解到恭亲王奕䜣跟英国人正在做战舰采购生意，如果英国人这个时候跟太平军联手，那么恭亲王的那一笔生意以及《北京条约》就将成为空谈跟废纸。江浙财团决定冒险一搏。

发兵上海滩

巴夏礼，江浙财团冒险的理想人选。

这个第二次鸦片战争的重要推手，现在正在上海担任驻沪领事。他在黄州府跟太平军英王陈玉成因为进攻武汉问题洽谈得并不愉快，他肯定也不想冒着生命危险换来的《北京条约》成为废纸，加上欧美商人为了防止太平军烧杀抢掠，已于1862年1月3日组织了"西人会防公所"，这个时候巴夏礼完全会答应联手中国商人进行会防。

1862年1月13日，上海中外会防局成立。附属于西人会防公所的潘曾玮、顾文彬、应宝时等人入局听命。上海中外会防局下设11个分局。[20] 各个分局负责向总局提供情报、筹措军费、供送粮秣。

情报很快就送到了曾国藩的案头。广东商人已经依附洋商旗下，因为自己拒绝了庞钟璐等人的请求，江浙财团立即倒向了洋人的怀抱，尤其是倒在了巴夏礼的脚下。更令曾国藩怒不可遏的是，上海中外会防局还制订了三大军事行动计划："复宁波以树声援""乘空虚以取苏州""会曾兵以攻南京"。[21]

江浙财团跟巴夏礼联手，将军事行动计划都给曾国藩做好了。如果曾国藩不答应江浙财团的借师助剿的计划，那么将面临每月60万厘金的损失，湘军的军饷跟后勤保障就会出现大问题，安庆造枪、造炮、造船的军事工业改革自然也就无法进行。更重要的是，洋人可以通过"以华制华"的策略，假江浙财团组建军队，向江浙腹心地带扩张，湘军辛辛苦苦跟太平军鏖战十年的战果都将功亏一篑。

在枪杆子决定钱袋子，钱袋子决定改革命运的时刻，曾国藩选择狙击巴夏礼的计划。

曾国藩决定派李鸿章出兵上海。曾国藩命令李鸿章按湘军模式改编庐州一带的团练，名曰"淮军"。由合肥的张树声约集了潘鼎新、刘铭传、吴长庆、张遇春等团练领导人，在皖北招募，先后编成了张树声的树字营、潘鼎新的鼎字营、刘铭传的铭字营、吴长庆的庆字营、张遇春的春字营。

淮军诸营在两个月内陆续成军开至安庆。1862年2月22日，淮军各营在安庆北门外集合，由曾国藩跟李鸿章检阅。清一色的新建淮军让曾国藩很是担心，一旦到上海被一击即溃，那自己将彻底失去江浙财团。曾国藩当天拨出曾国荃的开字两营、薛焕的林字两营、陈士杰的熊字一营和垣字一营划归淮军，自己的两营亲兵充任李鸿章的亲兵。淮军一下子成为十三营6500人的庞大队伍。

曾国藩出兵上海令江浙财团立即兴奋起来，面对太平军海上的重重封锁，江浙财团决定帮助李鸿章海渡淮军。1862年3月28日，钱鼎铭带领一帮江浙财团人员，驾驶着从英国商人那里租借来的21艘商船，分三路悄然抵达安庆。4月5日，第一批淮军从安庆坐船出发，到6月初，李鸿章的6500人全部运抵上海。曾国藩的兵渡上海滩行动令北京的恭亲王如芒在背，北京跟安庆之间一场更大的较量开始了。

你唱双簧，我将计就计：曾国藩和奕䜣的钱袋子之争

奕䜣再奏购买船炮

1862年2月19日，朔风漫卷紫禁城。

远在安庆的曾国藩跟李鸿章正在调兵遣将，上海滩的士绅正在商议租借英国商船运送李鸿章的军队到上海。就在2月19日这一天凌晨寅时初刻，议政王大臣奕䜣走进了朝房，在等待寅时三刻的这短短30分钟里，奕䜣时不时摸摸马蹄袖里的奏折。

奕䜣的马蹄袖里除奏折外还有两封书信，一封是海关总税务司赫德的信函，一封是江苏巡抚薛焕的信函。赫德在信函中提到，只要大清帝国在各个通商口岸征收鸦片税，每年可增收数十万两白银，用这笔钱来购买战舰绰绰有余。赫德在信中还详细罗列了采购清单：轮船、鸟枪、火箭、大刀、水手和兵丁，三个月开销总计至少110万两白银。[22]

赫德的清单极其详尽，奕䜣感觉很不对劲，大刀片子对于清政府八旗军来说是发迹的家伙，这个不用在英国采购吧。更让奕䜣感觉有点儿毛骨悚然的是，赫德在清单中已经按照伦敦的意思，将英国将士人数由之前的两三人扩充到数百人，而中国800人只是一般的兵丁。大清帝国的海军舰队，怎么能在关键岗位上都安排英国人呢？

奕䜣在收到赫德的信函之后，立即给在上海的薛焕发令，让他在上海就近跟赫德商量，看看中间到底出现了什么状况。收到奕䜣的密令后，薛焕立即找到赫德商议。

薛焕在信函中给奕䜣回忆了一段往事，那是在1860年，李秀成围攻上海，两江的官员跟上海租界的英国人联手拒敌，一开始合作融洽，可是打着打着，英国

人就将水手、舵手、炮手悉数撤走了。奕䜣当然记得,那一年英法联军进入北京城,当时大清帝国跟英国是交战国,掣肘大清帝国的江南势力,英国人的目的不言而喻。

购买英国战舰,组建大清帝国海军舰队,是奕䜣已经下定决心要做的大事。赫德跟远在伦敦的李泰国已经开始行动,薛焕的担心固然重要,但是往日跟今日早已时空变换。赫德提出的抽鸦片税无疑是鼓励鸦片交易,但这样一来,全国人民都要唾骂奕䜣,两次鸦片战争就真的白打了,帝国的荣光真的就在自己手上丢得干干净净。

英国人派将士的理由是中国人技术不行,耽误行军打仗,实则是想派大量的英国将士到中国,其挟制中国海军的意图昭然若揭。薛焕在信中给奕䜣出了一个主意,既然中国人技术不行,帝国可以招募一直效力于欧美的吕宋人(今菲律宾人),他们操练枪炮的技术早在明末时就已经很厉害了。

无论是英国人还是吕宋人,帝国舰队的开销都是个大问题,也是个敏感问题。薛焕在信函中提出,粤海关、江海关(今日上海海关)作为帝国最大的海关,每关筹银20万两,厦门、福州、宁波三口岸各筹5万两。[23]奕䜣非常清楚,按照薛焕的筹银方略,加上地方财税,购买英国战舰的资金是够了,可是上海、广州一直处在战火的威胁之中,一旦抽走当地的银两,统兵大将势必会跳出来阻挠。

寅时三刻,小皇帝同治被太监领到龙椅前,奕䜣率领一帮文武臣工在殿下行三跪九叩大礼。礼毕,奕䜣从袖口里摸出还带有体温的奏折。他将赫德跟薛焕反映的情况如实向皇帝做了汇报,并在最后提出,一旦从英国购买的战舰进入大清帝国海域,一部分战舰将直接开到天津,令三口通商大臣崇厚掌管。

组建帝国舰队是"叔嫂共和"的军国大事,作为政变盟友的奕䜣是主持这种大事的不二人选,慈禧太后听完奕䜣的汇报后,立即以同治皇帝的名义发了上谕,一切按照奕䜣说的办。更令远在安庆的曾国藩想不到的是,皇帝的上谕中要求曾国藩从水师官兵中挑选得力兵丁进行操练,一旦英国战舰运抵中国,曾国藩的水师精锐将远赴上海、天津等口岸效力。

平步青云的崇厚

崇厚,奕䜣选定的帝国海军舰队掌门人。

英法联军北上进入天津的时候，崇厚以长芦盐运使的身份，一直在天津协助僧格林沁跟鬼佬战斗。在第二次鸦片战争期间，一直在前线战斗的崇厚成为奕䜣的亲信，自此仕途一帆风顺。

奕䜣为了将崇厚培养成帝国舰队的掌门人可谓煞费苦心。1860年10月22日，奕䜣在北京给咸丰皇帝写了一封保举信："适有二品顶戴长芦盐运使崇厚……察看该司办事勤能，堪以差委。"[24]就这样，崇厚成了奕䜣的人。

当年12月24日，奕䜣又为其请功："因候补京堂崇厚熟悉夷情，札饬随同恒祺等前赴夷营，面与该酋申定条约……二品顶戴候补三四品京堂崇厚，应如何给予奖励之处，出自圣裁。"尽管咸丰皇帝之前认为崇厚"人非出色"，[25]但是既然奕䜣都这么说了，咸丰皇帝只有下发圣旨："候补三四品京堂崇厚，著加恩赏给侍郎衔。"[26]

在第二次鸦片战争中表现并不出色的崇厚，因为在天津没法逃走，只有跟着僧格林沁与洋人斡旋，留在北京的奕䜣自然对这样战斗在一线的人亲近。在动荡的大时代，崇厚跟着沉稳睿智、胸怀天下的奕䜣，也就借此走上了动乱时代的康庄大道。奕䜣的一封保举信，皇帝的一道圣旨，崇厚就一跃成为副部长级别的帝国高级官员，品秩为从二品。

1860年12月，奕䜣主导的总理各国事务衙门成立。这个相当于外交部的衙门成立之后，分设南北口岸通商大臣。身为奕䜣的亲信，崇厚首任三口通商大臣。

奕䜣掌权的总理衙门在皇帝眼中只是个临时办差的对外衙门，可奕䜣不这么想，从《南京条约》签订后，洋人的胃口就一直没有得到过满足，天下通商成为必然，总理衙门注定会成为帝国步入国际舞台的一个重要窗口。如果说军机处是主导内政的权力中枢，那么总理衙门就是主导外交的第二权力中心。奕䜣将崇厚推到了窗口看门人的位置。

大清帝国海军舰队这个梦幻般的设想，在奕䜣心中是一定要成为现实的。崇厚就成为奕䜣的执行者，从一开始奕䜣有了想法，到跟赫德具体磋商舰队的组建、军备的筹办等，都是由崇厚在前台操办一切。

奕䜣提出组建海军舰队之后，所有的圣旨、上谕、军机处文书中，都在强调曾国藩等地方大员要挑选精兵强将进行操练，一旦英国战舰开到中国海域，训练有素的中国水师官兵就可以立刻开着帝国的龙旗舰队直取南京，彻底剿灭盘踞在南京的太平军。

可是，帝国海军舰队是以奕䜣为首的清政府执政集团拱卫皇权的筹码，更是清政府执政精英们掌握军事力量、维护政权安全、主导国家经济改革的护身符，他们从来没有想过要将帝国海军舰队交给以曾国藩为首的汉族武装集团指挥。崇厚，这个奕䜣的理想人选，就在李鸿章渡兵上海滩的前夜，已经将手伸向统辖四省兵马的两江总督曾国藩的钱袋子里了。

1862年2月5日，崇厚函请总理衙门调拨两三艘轮船到天津备防。崇厚在给总理衙门的函中非常明确地提出了北洋军事区域的概念："现在海防紧要，本地防费已属不轻，若再筹雇轮船，力有不逮。且北洋辽阔，既欲防守海口，又欲出洋巡哨，必须两三艘方可。可否将所购轮船，分拨两三艘来津，以为防剿之用。"[27]

崇厚开口跟总理衙门要战舰，这是奕䜣组建帝国海军舰队行动以来，北洋第一次提出要瓜分部分战舰，并且将其编制成为北洋舰队。帝国舰队计划购买大轮3艘、中轮2艘、小轮5艘。尽管崇厚在信函中没有狮子大张口，但两三艘已经不是小数目。天津作为京畿重地，是海路上通向北京城的最后一道防线，奕䜣完全可以以拱卫京畿为借口，将大轮全部划归崇厚掌握的北洋。

战舰可不是打鱼船，精良的火器、一流的炮手、强壮的水手，这些都是要花银子的，当然，战舰本身的维护保养更是常年需要银子的。崇厚给总理衙门的信函中不仅要战舰，还要军费。这是一件令帝国财政部头痛的事情，地方督抚们现在以战争为借口，将大量的商业税留在地方，财政部没银子了。

钱从何来？

不急，这事儿不用奕䜣操劳，大清帝国最有钱的地方莫过于江南，因为太平军跟帝国军队一直在江南进行拉锯战，其实争夺的就是江南税赋。但是上海滩的商业贸易现在已经超越了广州，上海也成了帝国最大的贸易港口，管辖上海的江苏巡抚那里有钱。

"每月经费，由苏抚筹给，庶免支绌。"这就是崇厚给总理衙门信函中提出的军费解决办法，北洋是京畿重地，商业没有江南发达。为了帝国的安危，让江苏巡抚筹集北洋军费也在情理之中。这是崇厚的逻辑。江苏是两江总督驻地，曾国藩将太平军剿灭之后，是要移师南京的，江苏给北洋舰队筹集了军费，自己的军队难道解散不成？

奕䜣收到崇厚的信函后，一出赤裸裸的双簧大戏就开场了。总理衙门动作非常迅速，四天后就给崇厚回函："现在天津海防吃紧，务望赶紧筹备款项，或买或租。倘所费甚巨，即可奏明税项动拨，不必拘泥，须量事之缓急轻重，以期于大局有裨为要。"[28]

总理衙门给崇厚的回函意思再明显不过了，那就是让崇厚赶紧筹款自行买或者租轮船。回函中没有明确说崇厚筹款必须在天津地界儿上筹，意思就是可以找江苏巡抚薛焕要嘛。奕䜣如此回函，意在提醒曾国藩，汉族武装集团只是王室的一枚棋子，棋子要听从棋手安排，海军舰队作为帝国海上生命的筹码，北京自有主张。

奕䜣跟崇厚的双簧戏对于曾国藩、李鸿章正在谋划的上海防务简直就是釜底抽薪，崇厚若真从薛焕手里提走了银子，那浩浩荡荡的湘军就要喝西北风了，更别说争夺海军舰队的控制权了。安庆的国有军工企业也将断粮断炊，徐寿跟华蘅芳一肚子的学问，也只有烂在肚子里了。宿松联盟消失之后，曾国藩的改革谋划第一次遭到严重挑战。

奕䜣图谋枪杆子

双簧戏只是一个开始。

奕䜣将崇厚的信函给同治皇帝汇报后，同治皇帝知道这是六叔的人，还不等英国战舰开到大清帝国海域，就立即给江苏巡抚薛焕下了一道圣谕，强调北洋防务紧要，让薛焕加紧在上海买船，具体的费用由广东、福州、厦门、上海多处关口筹集。

同治皇帝的上谕中告诫天下："闽粤两海关所筹银两，现已令总理各国事务衙门行文各省，办理洋药票税，俟征有成数，即为归补各关之款，以昭严实。"[29]为了组建北洋舰队，大清帝国将粤海关跟闽海关的关税调拨到北洋，那么这两个地方应该截留的军费，只有总理衙门发文各地通过增收鸦片税的方式来填补。

江海关的关税呢？挪了白挪，同治皇帝在上谕中压根儿就没有提及要归还两江应该截留的军费问题。上谕的结尾，同治皇帝还告诫军机大臣以及各省督抚，事关海疆要务，大家要协力同心，迅速办理，不得有个人意见，更不能推诿拖延，以免贻误军机。

北洋的防务一下子成为帝国的头等大事，以奕䜣为首的清政府执政集团从南方战区抽调大量进出口关税，这令以曾国藩为首的汉族武装集团颇为尴尬。北洋为京畿重地，这当然是清政府执政集团对汉族武装集团釜底抽薪最好的遏制手段。更为重要的是，崇厚执掌的北洋舰队先富起来后，会成为帝国海军舰队真正的主人，南方的汉族武装集团即便有满腔的热血，也只能听命于清政府执政集团。

掌控钱袋子对于清政府执政集团来说，是掌握枪杆子的关键，而曾国藩的枪杆子比福建跟广东方面厉害得多。上海从鸦片战争之后就成为帝国最大的贸易中心，江海关富得流油，每个月有上百万两银子入账，这笔钱本应上交帝国财政部，因为江浙战火不断，才留给了曾国藩他们。现在十万湘军浩浩荡荡向江浙推进，如果不收紧曾国藩的钱袋子，安庆的军械所规模扩大后，汉族武装集团的枪杆子就是尾大不掉。

崇厚可谓双簧高手。在给奕䜣的信函中，崇厚说现在天津有英国军校愿意教演中国军队，这些人简直就是廉价的劳动力，每个月也就二百多两银子的工钱，让这些鬼佬当教练，也可以看看他们的功力到底怎么样，这对中国军队是相当有好处的。

奕䜣拿着崇厚的信函就以总理衙门的名义给同治皇帝写了一份奏折，奏折自然对崇厚的提议大加赞赏。赞扬完了，奕䜣向皇帝提议说，原来总理衙门想派200名京兵到天津学习，可担心英国人不尽心教导，所以准备从火器营、健锐营、圆明园八旗三营中，每营挑40名，另派章京2名担任管带，一共126人去天津学习。[30]

奕䜣从帝国三支最精锐的部队抽调将校到天津跟英国人学习，主要是练习海上排兵布阵。这已经非常明确地向曾国藩释放信号，即便湘军集团不为海军舰队储备人才，清政府执政集团也能够训练出举世无双的海军队伍。奕䜣为了分担崇厚的经费问题，保证帝国精英能够顺利完成训练任务，先行解决了一干费用。

皇家禁卫军中的精英们在正月十五之前，已经办理好了一切手续。正月十五刚过，奕䜣派出的这支126人的特种部队就从北京出发了。奕䜣已经向同治皇帝取得了上谕，北京的部队一到天津就立即归崇厚节制。加上崇厚自己在天津挑选的500人，一支626人的特种部队在天津秘密开练。

三营精英尽归崇厚节制，这无疑是告诫曾国藩等人，无论是汉族武装集团操练的舰队精英，还是北京派出的皇家禁卫军精英，都是帝国的部队，只要划归北洋，就要归崇厚节制。因为皇家禁卫军已经做出了榜样，曾国藩将来没有理由遥控北洋的湘军旧部。

禁卫军精兵进了天津，这令崇厚欣喜。三个月后，崇厚给奕䜣写了一份练兵奏折："天津郡城地方，前经会折奏明酌挑天津镇标兵500名，随同京营旗兵学习外国枪炮，亦经奏明派委天津镇中营游击春霖督率备，会同英国统教各官认真训练，奴才崇厚随时校阅，步法日见娴熟。解到俄国枪支，认真习演。"

崇厚掌握着大清帝国最精锐的舰队人才，英国战舰一到，自然就是未来舰队的主人，将来就能指挥帝国海军舰队直捣金陵。曾国藩、李鸿章已经摸清了崇厚跟奕䜣的双簧，决定将计就计。

▶▶ 注释

[1] 《曾文正公手书日记》，凤凰出版社2010年版。

[2] 《曾文正公手书日记》，凤凰出版社2010年版。

[3] 《胡文忠公全集》卷五十四，"启程晴峰制军"，世界书局1936年版。

[4] 《胡文忠公全集》卷五十五，"壬子上张石卿中丞书"，世界书局1936年版。

[5] 《曾文正公手书日记》，凤凰出版社2010年版。

[6] 《胡文忠公遗集》卷五十五，湖北崇文书局刻本，清光绪元年（1875年）。

[7] 《李鸿章全集》十二册，卷六，"再叠前韵赠仲仙"，时代文艺出版社1998年版。

[8] （清）薛福成：《庸庵全集·庸庵文续编》下卷，上海醉六堂，石印本光绪十三年（1887年）。

[9] 《曾国藩家书》卷四，线装书局2008年版。

[10] 《曾国藩全集·奏稿》，"沥陈办事艰难仍吁恳在籍守制折"，甘肃文化出版社2002年版。

[11] 《筹办夷务始末》（咸丰朝卷72），上海古籍出版社2008年版。

[12] （清）黄钧宰：《金壶七墨》卷一，上海古籍出版社2002年版。

[13] （清）王延熙、王树敏编：《皇朝道咸同光奏议》卷三十七"遵议整理厘捐章程疏"，上海：久敬斋，清光绪二十八年（1902年）。

[14] 罗玉东：《中国厘金史》，商务印书馆2010年版。

[15] （清）吴庆坻：《蕉廊脞录》卷二，中华书局1997年版。

[16] 《曾文正公全集·奏稿》卷15，中国书店2011年版。

[17] 国学整理社编：《曾文正公全集》第2册，世界书局1936年版。

[18] （清）薛福成：《庸庵全集·庸庵文续编》下卷，上海醉六堂，石印本光绪十三年（1887年）。

[19]《曾文正公全集·家书》，中国书店2011年版。

[20]《太平天国史料丛编简辑》第三册，中华书局1963年版。

[21]《太平天国史料丛编简辑》第三册，中华书局1963年版。

[22]《海防档》（甲）《购买船炮》，1957年版。

[23]《海防档》（甲）《购买船炮》，1957年版。

[24]《筹办夷务始末》（咸丰朝卷66），上海古籍出版社2008年版。

[25]《清文宗实录》卷275，中华书局1987年版。

[26]《筹办夷务始末》（咸丰朝卷70），上海古籍出版社2008年版。

[27]《海防档》（甲）《购买船炮》，1957年版。

[28]《海防档》（甲）《购买船炮》，1957年版。

[29]《筹办夷务始末》（同治朝卷4），上海古籍出版社2008年版。

[30]《筹办夷务始末》（同治朝卷4），上海古籍出版社2008年版。

03

第三章
京湘合流

华尔洋枪队，帝国舰队最大的炮灰

华尔洋枪队

陈兵黄浦江，李鸿章望着滔滔江水思绪万千。

远处江面上，往来穿梭的巡逻船队是美国人费雷德瑞克·汤森得·华尔（Frederick Townsend Ward）领衔的洋枪队。李鸿章对这位美国人有所耳闻，知道他出生在美国，却一直在欧洲的军队里混日子，后来流浪到中国，在美国炮艇"孔夫子"号（Confucius）上当大副。1860年，太平军进逼上海，苏松太道吴煦委托华尔招募了一批欧美亡命徒组成洋枪队，成为一支对抗太平军的多国部队。

到了上海，李鸿章才明白曾国藩为何突然转变态度，出兵上海。因为华尔的洋枪队并非只是简单的一群欧美亡命之徒，而是由英国海军部跟江浙买办商人两股势力所操纵，华尔只是这两股势力的棋子罢了。特别是华尔身后那位财大气粗的浙江商人杨坊，才是这支部队的实际操控者。曾国藩可不想让杨坊打着国际雇佣军的旗号成为上海滩的主人。

浙江宁波鄞县人杨坊早年在宁波当绸布店店员，后入教会学校习英语，继因赌博欠债流浪到上海，混迹洋行，成为怡和洋行在上海的第一任买办。杨坊在怡和洋行十分卖力，为怡和洋行设计了一套用鸦片交换生丝的制度。在担任怡和洋行买办期间，杨坊积累了大量的财富。后来又在上海东门外开设泰记钱庄跟嘉明客栈，还联手福建龙溪郭氏家族一起经营航运业务。[1]一时间，杨坊成为上海滩家资百万的富豪，名噪一时。杨坊财大气粗，很快担任宁波四明公所董事。赚了钱的杨坊不想人们将他当成金融家、暴发户，立即捐得候选同知头衔。

上海滩富豪杨坊的好日子随着太平军席卷全国而受到威胁，越来越大的危机让这位富豪夜不能寐，尤其是1853年9月，上海小刀会起义。起义军占领了县城并活捉了那位靠卖鸡发家的苏松太道吴健彰，杨坊抓住机会伙同美商裴福洋行将吴健彰从囚禁地偷偷抢出，藏于租界内的新银号钱庄。杨坊从此步入仕途，当年由同知升为道员。1856年，加盐运使衔，担任苏松太粮道。

加官晋爵的杨坊血管里开始山呼海啸，决定玩儿一票大的。杨坊之所以想玩儿大的跟流浪汉华尔有着密切关系。华尔早先掌舵的"孔夫子"号实际上属于上海银钱业工会，上海滩的资本家们担心战乱期间资金不安全，就租借了美国的炮艇来为银庄护送银两，华尔就经常为杨坊的泰记钱庄运送银子。

流浪汉遇到金融家，还是戴有红顶子的金融家，一定会图谋更大的生意。华尔跟杨坊商议，如果由华尔组建一支雇佣军来保护上海的老板们，太平军就不会轻易进攻上海，条件是上海老板们要支付雇佣军的军费。当然，一旦华尔跟太平军作战胜利了，还需要老板们奖励一定的赏金。

杨坊是店员出身，混到盐运使官衔，在商场跟官场没有冒险精神那是办不到的。杨坊一合计，觉得这是一个不错的主意，有鬼佬看家护院，太平军不敢惹，政府军也要惧怕三分。有了鬼佬的枪杆子，到时候看谁还敢对商人大不敬。

上海滩的资本家为了保护自己的利益，经红顶商人杨坊一撺掇，立即行动起来。华尔跟杨坊一干钱庄老板率先达成了协议：华尔负责组建洋人雇佣军保卫上海，钱庄老板们除每个月固定支付100至600美元不等的固定工资外，雇佣军每攻下一座太平军占领的城池，就可以得到4.5万美元到13万多美元不等的赏金。[2]

华尔要组建军队围剿太平军，可他是美国人，美国大使馆没有授权华尔的军事行动。这个问题让杨坊很头疼，杨坊找到了吴煦，决定由大清帝国的政府官员出面委托华尔组织洋枪队。为了让华尔彻底为自己卖命，杨坊将自己的亲生女儿杨章妹嫁给了华尔。很自然，杨坊带头拿出大笔钱财资助洋女婿掌舵的多国部队。

华尔有了富豪老丈人的支持，不断地扩充武装。很快，华尔发现，高价招募的欧美亡命徒投入战场上伤亡很大，这样一来，创建精英部队的成本很高，随即他瞄上了廉价的中国人，转而让欧美亡命徒当军官，中国士兵冲锋在前当炮灰。到了1861年11月，华尔的这支多国部队的规模就达到了两千多人。在这个关键时刻，华尔决定联手英国人，将雇佣军变成一支正规的国际化部队。

因为华尔已经得到消息，英国政府正在同北京方面进行一桩大买卖，英国议院已经取消了"中立条例",一支由英国现役军官统率的海军舰队将开到中国海域同太平军作战。英国政府为了控制大清帝国的海军舰队以及陆地军队大权,向北京提出"舰队司令的权限条款,除了在他的管辖之下,中国政府应不雇用其他外籍军事人员"。

伦敦向北京提出的权限条款点名"解散道台的舰队及华尔上校的洋枪队",英国政府非常露骨地向奕䜣他们提出,英国军队在大清帝国的"陆地上不能有一个竞争对手"。

杨坊梦想着自己的生意能够越做越大,华尔在琢磨着联手英国人保存自己的军队。可是赫德早已接到伦敦的密令,阿思本舰队到中国的时候,华尔的军队必须解散。更让英国人下决心要除掉华尔是因为华尔经常在紧邻英国大使馆的美国大使馆旁招募英国逃兵,大量的赏金随着战争的推进使得逃兵越来越多。

英国驻上海海军司令贺布在接到伦敦海军部命令后,立即派人去抓华尔,可是华尔躲在松江大本营。当时美国方面在中国保持中立,贺布抓不到华尔自然也没有办法找美国大使馆要人。不过华尔倒霉,在1860年8月1日的青浦大战中,他遭遇一位效力于太平军的原英国中尉萨维治的一发子弹,脸部被子弹穿透。

当华尔伤好之后重返军营时,贺布率领4艘炮艇直扑松江,将华尔跟20多名英国逃兵逮捕。

贺布在外交方面是一位老手,他将华尔交给了美国大使馆,要求美国大使馆以破坏美军中立和进行非法战争的名义,将华尔逐出中国。但贺布有所不知,华尔的老丈人可是生意人,早就给华尔设计好了前程,他让华尔三番五次向美国大使馆打招呼,说自己要加入大清帝国国籍。华尔在审判庭上大呼自己是中国臣民,贺布顿时傻眼。[3]

华尔走出美国大使馆后,贺布不甘心,再度将华尔逮捕。杨坊动用泰记钱庄的大量银子,通过上海道台衙门以及上海的地方驻军向贺布施压。贺布无奈,只有将华尔放出。华尔很会来事儿,回到松江大本营就给贺布写信道歉,保证不再招募英国逃兵,甚至邀请贺布共商剿灭太平军大计。

在李鸿章跟曾国藩密商出兵上海之际,杨坊跟华尔商议了一个更大的扩张计划,那就是要从国际大局出发,获得英国人的支持。杨坊决定拿出巨资让华尔出面,邀请英国驻上海海军司令贺布检阅华尔的雇佣军。贺布客套地对华尔的部队赞誉了一番,华尔抓住机会提出同英国人合作,贺布立即表示支持,并誓做"华尔的朋友和同盟者"。[4]大清帝国风云变幻的1861年，华尔的雇佣军跟英国远征海军部队在上海滩合流了。

灭不了华尔，那就温水煮青蛙。贺布将伦敦意图渗透到华尔的洋枪队之中，在上海的巴夏礼充分利用了中国商人的危机感，让中国人出钱出枪，洋枪队大规模招募中国人当炮灰。最后让中国商人出面给中国军队施压，令中国军队跟英国人掌控的华尔部队联合围剿太平军，那样一来，中国人冲锋在前，英国人就可以借机深入江浙之地。

望着远处的洋枪队，第一次带兵远征的李鸿章终于理解了曾国藩在安庆大搞军事工业的深意。英国人要远征太平军，就要有一支庞大的舰队，他们调整军事战略后，就可以让大清帝国政府出钱打造这样的舰队。当奕䜣将大量的银子掏给英国人的时候，英国人正在有计划地推进他们的舰队棋局。

洋人渗透帝国海军

遥远的伦敦城，李泰国信心满满地准备成为大清帝国海军舰队的统治者。

赫德一直担心李泰国在伦敦把事情搞砸了，因为从小缺乏父爱的李泰国脾气暴躁。在中国的那段时间里，简直就是目中无人，在他的眼中，大清帝国的官员都必须遵照英国人的指令办事。赫德担心李泰国将火暴脾气带回伦敦，可在英国那些贵族跟官僚眼中，李泰国只是伦敦放到中国的一条狗。

伦敦的密谋已经超越了赫德的想象，议院的贵族们听闻了李泰国的宏大设想后，进一步讨论了特别法令，决定让这条狗到中国放手去干，如果能够通过阿思本上校掌控大清帝国海军，那是最好不过的了，那样英国海军就不用亲自动手了。最后大家决定特别法令不用经过议会审议，直接由政府批准就可以了。李泰国跟英国海军部正在紧锣密鼓地商议应付奕䜣的招数，因为这位大清皇帝的叔叔不是一个容易糊弄的人。

作为大清帝国在伦敦的全权代表人，李泰国跟阿思本的合同已经谈判得差不多了。合同约定阿思本作为舰队的总统，任期为4年，除了阿思本外，大清帝国不得聘请任何外国人做总统。李泰国在跟阿思本的合同中还特别强调，大清帝国所有外国样式的船只，或内地船雇外国管理者，或大清帝国调用官民所置各轮船，议定嗣后均归阿思本管辖调度。

阿思本成了大清帝国海军舰队的大当家，更为要命的是，大清帝国采购的任何外国船只，以及聘请的外国管理者都要归阿思本管理。这样一来，大清帝国的海军就全归英国人掌控了。李泰国跟伦敦高层汇报说，阿思本只执行李泰国转交的大清帝国皇帝的命令，其他第三人的传谕，阿思本都可以不听。

李泰国将阿思本推向了大清帝国海军掌门人的显赫高位，又将自己推向真正掌权者的位置。大清帝国皇帝的命令需要李泰国传谕，阿思本才能执行。也就是说，李泰国如果认为大清帝国皇帝的命令跟英国政府利益有冲突的时候，自己就不会传谕给阿思本。

控制大清帝国海军舰队，最重要的还是对人的控制，赫德当初跟奕䜣的承诺是欧美管理者只有两三名船长跟炮手，其余的将校均从大清帝国海军中挑选。可是李泰国在伦敦跟英国贵族们合计，无论水手、兵弁还是将校，都要由阿思本选用，经李泰国批准之后才能录用。

伦敦城的密谋在赫德的信函中早有苗头，尤其是将将校人数上报到数百人，已经向奕䜣传递了一个信号，那就是李泰国要在伦敦招募大量的海军将校到舰队效力。在那个"叔嫂共和"的癫狂岁月，奕䜣给同治皇帝的奏折中，看重的是上百人的费用问题，而没有意识到英国人觊觎的军权问题。

曾国藩倒是三番五次地想从奕䜣手里将舰队的控制权给夺回来，他在给总理衙门以及同治皇帝的奏折中强调，一旦英国人将舰队开到中国，应该立即开赴安庆跟汉口，因为太平军的攻击重点并不在上海，尽管从上海可以直捣金陵，但是安徽等地驻防薄弱，容易令太平军北上。曾国藩的用意已经再明显不过了，无论是安庆还是汉口，那都是自己的势力范围，帝国舰队的掌门人到时自然就会落到他手上。

奕䜣一方面让崇厚训练帝国最精锐的部队，将来充作海军舰队的中坚力量，一方面筹划部分舰队留在上海直捣金陵。那样一来，以奕䜣为首的北京派就将成为帝国最具实权的利益集团，大清帝国的改革之路再无阻力。崇厚在天津那是相当卖力，在第一批禁卫精兵进津门之后，崇厚分多批训练了上千名特种兵，成为大清帝国第一批完全西式化训练的新军。

英国的军舰还没有开到大清帝国海域，帝国内部的派系已经为舰队控制权开始了明争暗斗，自然也就看不清英国人在伦敦的谋划。奕䜣自认为让赫德代理大清帝国总税务司可以让赫德很卖命，让依然顶着帝国总税务司头衔的李泰国在伦敦采购军舰可以刺激这位狂傲的英国人。这是一个一箭双雕的冒险行动。

奕䜣的意图非常明显，推李泰国的下属代理总税务司之职，意在告诫李泰国，如果胆敢不听话，那么总税务司的位子就要换人了。赫德则是奕䜣更大的筹码，在李泰国跟赫德这两个英国人的努力之下，已经让大清帝国的海关脱胎换骨，步入现代化的管理通道之中。如果军舰的采购出现问题，你赫德也就别干了，大清帝国可以找更听话的人来干。

李泰国在伦敦，觉得奕䜣跟他的皇帝哥哥咸丰一样好笑，在他看来，自己这样高贵的人是在拯救腐败无能的中国政府："我帮助你们征税，只要外国人的质疑是对的，你们必须去做。我的地位是作为一个外国人受中国政府雇用来替他们执行某些工作，而不是受你们的差遣。我根本不需要说，一个高贵的人受亚洲野蛮人差遣的想法是非常荒谬的。我不是中国官员，而是一个没有头衔但有很高地位和影响力的外国顾问。因为我受到信任，受到尊重。"

奕䜣跟崇厚还在梦想李泰国采购英国最先进的战舰，可是李泰国的骨子里压根儿就是将大清帝国当成了垃圾桶，根本没有向英国的船厂下采购订单，而是直接向皇家海军下了订单，采购皇家海军退役的8艘舰只。李泰国居然用英国皇家海军已经不能再用于作战的船只来武装大清帝国的舰队，奕䜣如果当时了解到这一真实情况，不吐血也要晕厥过去。

英国皇家海军的破船卖给大清帝国不说，李泰国还跟阿思本在伦敦招募了600多名皇家海军军官。按照两人的计划，这些退役的皇家精英将掌握舰队的各个要害部门，甚至将来输送到大清帝国已经采购的外国船只之上，通过这些招募的将校将大清帝国的水师牢牢掌握在英国人手上。

李泰国跟阿思本在伦敦还设计了舰队的军旗，这是一支军队在战场上的灵魂。中国战场上有一句俗话：人在旗在，旗在士气在、阵地在。舰队军旗围绕英国来做文章，做成一面多国联合舰队的旗帜。李泰国的行动令英国贵族大为开心，英国海军部发出军事训令，要求在舰队效力的皇家海军军官要尊重李泰国为大清帝国选定的海军旗帜。

李泰国在伦敦的秘密行动令在上海的赫德感到压力十足，因为只要阿思本舰队开到中国海域，按照伦敦的计划，华尔的洋枪队就要从中国消失。可是贺布没有立即让华尔的军队解散，而是通过联合执掌的方式进行渗透。赫德担心，华尔现在同贺布是一种合作方式，一旦贺布全面接管华尔的雇佣军，那些美国、法国、德国等多国流氓军人会不会心甘情愿接受英国人的指挥。

更为要命的是，华尔的这支部队背后有一位小伙计出身的中国官商杨坊，没有这位中国官商旗下钱庄的资金输血，华尔的洋枪队不可能不断地扩充实力。贺布现在虽然已经充分获得了华尔的信任，可是还没有得到杨坊的明确支持，加上华尔是杨坊的女婿，所以贺布要想接管洋枪队，难过杨坊这一关。如果洋枪队失去了杨坊的资金支持，即使贺布控制了这支部队也只能是英国人的负担。

赫德想到了巴夏礼，现在这位领事跟江浙以及广东的商人们关系融洽，这帮商人终于通过巴夏礼出兵江浙将曾国藩的部队逼到上海，商人们对巴夏礼是感恩戴德，那么只要巴夏礼站出来做出一个要跟李鸿章的部队一同深入江浙的态度，曾国藩与李鸿章一定会反弹，让大清帝国官商杨坊操控的华尔洋枪队冲锋在前，到时候可以一箭双雕。

华尔之死

华尔已经被推到了死亡的边缘。

杨坊其实是在蒙蔽美国大使馆跟贺布，因为此时华尔压根儿就不是大清帝国的子民，还没有中国国籍。江苏巡抚薛焕当时兼任南洋通商大臣，自然要跟杨坊这样的官商走在一起。为了帮助杨坊解决华尔的国籍问题，薛焕在1862年2月25日给同治皇帝写了一份奏折。

薛焕在奏折中先是将华尔围剿太平军的功劳说了一大通。当然，萨维治一枪打烂华尔脸的那一段没说。薛焕在一通表扬之后，向皇帝提出要赏赐华尔四品官头衔，他认为这样方能让更多的外国人为大清帝国卖命剿匪。可华尔不是中国人，怎么能赏给他官衔呢？薛焕告诉皇帝，华尔三番五次向美国大使馆打招呼要脱离美国国籍，申请加入中国国籍，穿中国服饰，剃中国头型。[5]

一个雇佣军头目要脱离自己的民主国家，三番五次申请取得专制国家的国籍，这在大清帝国的历史上很是罕见。同治皇帝还不懂事，以奕䜣为首的清政府执政精英们对这位死心塌地要为帝国卖命的洋人很是不理解，一方面下令褒奖华尔，另一方面密令薛焕暗中调查华尔的背景，甚至要将华尔的言行记录下来送报京城。

李鸿章到了上海发现，杨坊他们一手操控的华尔洋枪队现在已经跟英国人合流了，巴夏礼跟上海商人们秘密制订的三大军事行动计划，就是要让华尔的洋枪队打头阵，成为深入江浙腹心地带的棋子。不过李鸿章很快掌握了华尔跟贺布的恩怨，隐隐感觉英国人将华尔推向前线只有一个目的，那就是让华尔死。

英国人为什么要弄死华尔？

李鸿章很快明白了英国人的意图，他们是要为海军舰队扫清犬牙交错的雇佣军势力。李鸿章跟曾国藩进行了频繁的书信沟通。围剿太平军是汉族武装集团在清政府立足的筹码，为了最终拿下金陵，现在包括淮军在内的湘军集团就一定要顺着以杨坊为首的商人借洋兵"助剿"的"人心"，利用"华夷混一"已成的局势，[6]壮大湘军集团的势力。

英国人要弄死华尔，赫德不是玩一箭双雕吗？英国人既然都在学中国兵法谋略，八股文士出身的李鸿章跟曾国藩怎能不回敬一下赫德？于是，李鸿章给曾国藩的信函中提出"上海总要他（英美等国）保护方好，似当与委曲周旋"。李鸿章认为，英美出兵保护上海意在获得更多利益，中国方面可以跟他们周旋，一方面做出合作的姿态，一方面加紧自强，到时候既可以笼络上海滩商人的心，也能笼络列强。

曾国藩对巴夏礼以及上海滩商人早就拟订的军事行动计划一直耿耿于怀，他在给同治皇帝的奏折中三番五次强调："宁波、上海，皆系通商码头，洋人与我同其利害，自当共争而共守之；苏、常、金陵，本非通商之口，借兵助剿，不胜为笑，胜则后患不测。"[7]

曾国藩跟李鸿章决定要求外国部队只能"会防不会剿"。[8]李鸿章跟曾国藩的意图再明显不过了，外国军队只能在上海地区"会防"，不能深入到苏、常、南京等地区"会剿"。1862年5月17日，法国侵华海军上将卜罗德在上海奉贤南桥被太平军击毙。法军立即龟缩在租界，这让李鸿章跟曾国藩暗自欢喜，现在至少法国军队不能向江浙一带扩张了。

刚到上海滩的李鸿章部处于看热闹的状态，贺布跟华尔率领的部队像疯子般扑向太平军，可是太平军势头太猛，迅速拿下了嘉定、青浦等地，这样一来英国军队也不敢贸然离开租界了。很快，英法商议将军事行动范围定在"上海30英里半径以内"。[9]

李鸿章跟曾国藩"会防不会剿"的目的达到了，可是贺布心里很不踏实，因为英国人还没有完全掌握洋枪队。一直提供资金支持的杨坊心里也不踏实，只有华尔不断在围剿太平军的战场上攻城略地，自己才能加官晋爵，有了枪杆子跟官帽子，生意才会做得更大。

华尔的洋枪队必须不断地冲锋陷阵。1862年9月20日，华尔在慈溪城外跟太平军交火，突然被一发子弹击中。第二天，华尔经抢救无效死亡，当时华尔官居三品副将。华尔死前，同治皇帝还在派人调查华尔的底细，强烈要求华尔穿大清帝国臣子的服装。一直不听话的外国雇佣军兵头华尔，在死后装入棺材的时候，终于被帝国官员穿上了长袍马褂儿。

英国驻上海领事麦华佗一听华尔死了，立即给苏松太道吴煦发来照会，要求让贺布全权接管华尔的军队。[10]李鸿章立即给同治皇帝上疏，坚决反对英国人接管华尔的军队，建议让出钱的杨坊统带这支部队。同治皇帝给李鸿章下了一道圣旨："常胜军如不听调，李鸿章派员接替。"华尔旧部控制权旁落，这让英国海军部相当地窝火，远在安庆的曾国藩哈哈大笑。

师生的金权暗战

跋扈的白齐文

阳光穿透纱窗，洒满整个书房。杨坊正在书房里盘点着自己的金银珠宝，这是他觉得存放珠宝最安全的地方，没有人会想到书房就是黄金屋。当合上账本的那一刻，杨坊脸上露出一丝诡异的表情。

杨坊站起来，将官帽戴在头上，跨出书房，路过一个长长的走廊，经过女儿杨章妹的闺房。十多天前，这里还是女儿杨章妹跟女婿华尔的卧房，现在华尔已经穿上大清帝国臣子的官服，被埋在了松江城内玉皇阁北，留下杨章妹形单影孤。

突然，听见客厅外传来了争吵声，来人叽里呱啦说的都是鸟语。杨坊听出是美国佬白齐文（H. A. Burgevine），白齐文是华尔之前的副手，现在跟自己共同掌管洋枪队。这位美国佬在1862年3月15日与华尔一起，在上海举行了归化入籍仪式，正式成为大清帝国子民。杨坊对白齐文印象并不好，认为他简直就是一只吸血乌贼。

不用问，白齐文是来要军饷的。杨坊今天盘点家里的金银珠宝可不是为了给白齐文发军饷。现在龙溪郭氏家族的万丰商船号正在清算账目，杨坊的泰记钱庄跟万丰商船号有业务往来。杨坊挪用了郭氏家族的资金，一旦郭氏追账，泰记钱庄就可能出现挤兑风潮。

杨坊现在最担心的倒不是万丰商船号的郭氏家族，而是李鸿章。这位远道而来的李大人让人琢磨不明白，他不太喜欢英法的军队深入到江浙前线，可是他却不断地为华尔邀功，让洋枪队冲锋在前。尽管杨坊能讲一口流利的英语，也穿着大清帝国的朝服，但毕竟是小伙计出身，在政治博弈方面，跟经过八股系统培训出来的李鸿章相比，自然差得就远了。

李鸿章向同治皇帝保举杨坊继续管带洋枪队，一方面是不想让这支部队落入英国人之手，更为重要的是这支部队可以成为淮军的先锋队。李鸿章已经摸清了杨坊的家底，这家伙之所以能够豢养军队，是因为背后有一大批宁波商人在撑腰。如果能将杨坊拴在自己的枪口下，宁波商帮自然也就成为自己的钱袋子。

杨坊除了具有钱庄、航运、客栈等公司的老板身份和上海官场的苏松太粮道官衔之外，还有一个职衔：四明公所董事。"四明公所"就是宁波商人在上海成立的宁波会馆。这个会馆于1797年成立，随着上海商业的迅猛发展，四明公所的重点也转向了上海。四明公所主要是由宁波的商贾巨富投资成立的，设有董事局，在会所发生所有重大事件的时候，董事局全权负责处理。

四明公所以及其他金融集团供养洋枪队的资金都存在泰记钱庄，华尔也将洋枪队的资金统统存放在泰记钱庄。白齐文私闯杨公馆，是因为洋枪队的资金出了大问题，曾经同为华尔副手的福瑞斯特（Forrester）在华尔倒在战场上的时候，偷走了洋枪队的账本，从杨坊那里敲诈了一大笔属于洋枪队的军费。[11]

白齐文打仗是一把好手，可是这位美国佬脾气很差。李鸿章到达上海之前，大清帝国上海军队每次跟洋枪队联合出战都是让洋枪队去冲锋陷阵，所以白齐文对大清帝国的军队从来都是嗤之以鼻。可能是看多了的缘故，白齐文对初来乍到的李鸿章一样没有好感。

李鸿章摸清了白齐文的脾气秉性，决定利用自己的职权跟福瑞斯特的敲诈来降伏宁波商帮。此时，龙溪郭氏发现杨坊的钱庄挪用了其往来款，已经将杨坊告到江苏巡抚衙门。身为江苏巡抚的李鸿章，一方面暗中将龙溪郭氏状告杨坊的官司给压下来，理由是事关剿匪大计；另一方面密令上海当局不予理睬追讨军费的白齐文，并告知白齐文洋枪队在泰记钱庄没有存款，泰记钱庄也没出现退还军费的事情。

杨坊傻乎乎地以为李大人帮着自己侵吞宁波商帮、各大金融集团以及洋枪队的军费，他万万没有想到，赖账势必激怒白齐文。这正是李鸿章希望看到的结果。白齐文蠢猪一个，气冲冲闯进杨坊家中。杨坊拒绝承认泰记钱庄拖欠洋枪队的军费。杨坊的赖账令原本脾气火暴的白齐文气急败坏，当场将杨坊揍了一顿，并带着一帮兵痞子，抢走了杨坊家中跟钱庄的4万两白银。

白齐文在光天化日之下抢走洋枪队军费，这让李鸿章抓住了把柄，立即上书朝廷，以"不遵调遣，劫饷殴官"为由，将白齐文的职务解除。杨坊跟吴煦自然成了倒霉蛋。李鸿章给皇帝的奏疏上说："该道等创募此军及换人接带，始终主谋。又有督带之责，不能实力钳制，办理不善，咎亦难辞。"[12]杨坊遭遇革职，整个上海滩官场商场震动，李鸿章实际上成为上海滩的新主人。

师徒间隙

上海滩一夜之间变了主人，远在安庆的徐寿跟华蘅芳却成了热锅上的蚂蚁，这令曾国藩狠狠地捏了一把汗。

两位科学家当初在上海看了几本书，还是那种"二把刀"翻译的，怎能从中领悟到欧美造船技术的精髓？蒸汽机原理、轮船结构都是徐寿跟华蘅芳不能解决的，徐寿万般无奈地从头开始研究发动机原理。曾国藩可等不了他们现学现卖，于是两位科学家推荐了吴嘉廉和龚云棠等科学家进入安庆。

科学家是越来越多，可是曾国藩高兴不起来，因为一帮子科学家在一起更乱套了，大家都有自己的想法跟主张，可是谁都没有真正在造船厂跟机械厂待过，更没有人见过欧美人怎么造轮船，所以一帮人"日夜凝思，苦无法程"。[13]

曾国藩一直很有耐心地等待徐寿一帮人能够将轮船模型弄出来，只要有模型了，造船就不再是难题。可是几个月过去了，科学家们都没成功。曾国藩冷静下来后想到一招，现在大清帝国的江河湖海有那么多外国轮船，只要弄两艘洋轮到安庆，就可以让科学家们拆卸学习。

奕䜣已经将战舰购买权委托给了赫德一干人马，现在曾国藩要自己弄轮船的话，可是明目张胆地跟奕䜣对着干。湘军集团现在可没有那么牛气，敢直接跟奕䜣对着干。曾国藩想到一招，对朝廷说上海滩有两艘破船，只要修修补补就可以开到安庆，到时即可围剿太平军。

赫德是人精，他了解到曾国藩在安庆捣鼓自己的轮船，一旦让曾国藩造船成功，英国人的生意就黄了。赫德立即给总理衙门写了一封信，目的就是要将曾国藩造船的事情给搅黄。赫德在信中告诉奕䜣，在上海滩确实有两艘旧船，都是之前打击水上盗贼用的，"并非打仗之船"。[14]

曾国藩弄破船的目的已经是司马昭之心了。奕䜣为了打造大清帝国的海上舰队，曾经让咸丰皇帝龙颜大怒，现在眼看英国人的战舰就要开到帝国海域了。曾国藩一旦造出战舰，即便英国战舰全部开到天津让禁卫精英们把控，依然无法从军备上钳制以曾国藩为首的汉族武装集团。奕䜣决定利用风雨飘摇的吴煦做文章。

身为官场的老油条，吴煦自然对曾国藩、奕䜣等人的钩心斗角洞若观火。吴煦给总理衙门写了一封信，强调欧美轮船有兵船跟商船区分，兵船自然是政府掌控，从来不向他国租售，货船可以租售，但是不允许充作战舰。尽管有人出售商船，但都是木质不坚，多有暗损。[15]

曾国藩一听急了，奕䜣搬出赫德跟吴煦的信件，就是要打消自己造船的念头。令曾国藩窝火的是，李鸿章尽管在行军打仗方面早请示晚汇报，可是怎么就不能为安庆弄两艘轮船呢？

祸根埋在了宿松那一次秘密会议上。

曾国藩、胡林翼跟左宗棠三人多次密会，李鸿章被排斥在外。当时对身为三品官员的李鸿章来说，政治前途比四品京堂候补的左宗棠光明，而且左宗棠还是个久考不中的读书人，老李家可是两代进士。宿松会议有左宗棠没李鸿章，注定这两位在漫漫人生道路上会分道扬镳。

奕䜣瞄准了机会，已经觉察出李鸿章跟曾国藩的嫌隙。当初薛焕还在江苏巡抚任上时，就给奕䜣写了一份奏折，提议让江海关掏出20万两银子用于购买英国战舰。奕䜣觉得薛焕的这个提议正好是将曾国藩跟李鸿章的联盟瓦解的催化剂。

李鸿章在上海滩纵横捭阖的时候，收到了奕䜣的信。李鸿章一看激动坏了，奕䜣许诺购买英国战舰的费用，"自不能专令江海关一关支应"。[16]这就是要告诉李鸿章，原来薛焕给江海关领了最大的一个出资任务，但这是大清帝国的舰队，怎么能让你老李一个人出呢？这对于拉着淮军兄弟独闯江湖的李鸿章来说，简直就是雪中送炭。

奕䜣没那么小家子气，还给李鸿章许诺，"此船板就，驶赴上海听候拨用"。意思是战舰一到，就听从李鸿章指挥。曾国藩开始就梦想的好事，奕䜣让李鸿章轻松获得。奕䜣还派人告知李鸿章，只要英国人的船一到，立即带兵去接收，不能让大清帝国战舰的兵权掌控在英国人手上。

李鸿章高兴坏了，可是曾国藩不高兴了，奕䜣这是明显地挑拨离间，要分化汉族武装集团。奕䜣能将海军舰队交给李鸿章？不可能的，崇厚正在天津训练着皇家禁卫精英，为了打造一支攻无不克的雄师，奕䜣默许崇厚在天津征收鸦片商业税，用以训练军队。

崇厚冒天下之大不韪开鸦片贸易之禁来训练军队，奕䜣怎可将舰队指挥权让给李鸿章呢？

李鸿章乐于配合奕䜣的小把戏，祸根还是在宿松会议。胡林翼的英年早逝令曾国藩痛心疾首，也令曾国藩改变了人生轨迹。安庆军事工业的改革行动是曾国藩改变自己、改变湘军、改变汉族武装集团以及改变大清帝国命运的开始。

曾国藩的行动才刚刚开始，他给同治皇帝写了一份奏折，告诉皇帝，自己没有派人操练舰队官兵，现在楚军水勇多系土著，尽管生活在江边，可是没去过海上，加上他们平日操练的都是舢板一类的船只，根本不能出洋。曾国藩在奏折中强调，尽管江洋都是一样的水面，可是汪洋惊涛骇浪，如果不是熟悉汪洋大海之人，可以说是寸步难行。

奕䜣最先看到曾国藩的奏折，这无疑是一份檄文，曾国藩是嘲笑崇厚在津门练兵。曾国藩提醒奕䜣，不要口口声声说组建海军舰队是攻打太平军，他们的活动范围在江浙，不在海上，"臣忝任江督，本有海疆之责，发兵剿贼亦系分内之事"。[17]曾国藩还是坚持要将从英国购买来的军舰开到汉口跟安庆。

无论是宿松密谋还是为湘军未来考虑，曾国藩都不希望让李鸿章掌握海军舰队，因为那样一来，上海输送到安庆的军饷就会立即截留到李鸿章的淮军集团，远在安庆的湘军兄弟到时候就要干瞪眼了。更为重要的是，李鸿章在上海滩拿杨坊开刀，已经将以宁波商帮为首的江浙商人攥到了自己手上，没有上海滩的资金支持，安庆军工计划就会泡汤。

徐寿跟华蘅芳造船进展得缓慢令曾国藩夜不能寐，以赫德为首的西方势力压根儿就不希望将任何船只送到安庆，他们担心破坏伦敦的军事大计。曾国藩担心上海滩金融命脉会落到李鸿章一个人手中，他现在的当务之急就是要让帝国海军舰队大权掌控在自己手上，只要掌握了枪杆子，江浙跟广东商人都会站到自己这一边。

安庆的军事工业改革计划是曾国藩在这一场海军舰队争夺中的重要筹码，一旦安庆的轮船在英国军舰到达之前没有突破性成功，自己的改革计划也将随着湘军的衰落而湮灭。曾国藩决定利用十万湘军这一张牌，给奕䜣敲警钟，不要以剿灭太平军为借口操控帝国海军舰队，更不要利用海军舰队插手两江的军事。李泰国万万没想到，曾国藩已经想好了反戈一击的计划，在安庆等着他的舰队到来。

京湘联手，英人图谋帝国舰队计划落空

法国人的离间计

1862年7月30日夜，大清帝国的安庆城，荣升街英王府灯火通明。偌大的英王府已经成了曾国藩的两江总督行辕，曾国藩铺开了纸张，右手握着毛笔在砚台边儿调了调，落墨之间喜上心头："喜洋人之智巧我中国人亦能为之，彼不能傲我以其所不知矣！"[18]

曾国藩终于等到了这一天，中国第一台实用型蒸汽机在安庆试验运转成功。徐寿他们在没有任何核心技术支撑，也没有任何先进材料的条件下，依靠大家的智慧，用最简陋的器材，成功制成了大清帝国拥有自主知识产权的蒸汽机。曾国藩一直站在蒸汽机试验场边，他万万没有想到，徐寿他们捣鼓出来的蒸汽机跟当时世界上最先进的往复式蒸汽机的功能一样。

"火愈大则气愈盛，机之进退如飞，轮行亦如飞。"[19]曾国藩感到蒸汽机很是神奇，火力越大，机器的转速越快，简直就跟飞一样。曾国藩坐过轮船，可是从来没有见过蒸汽机的工作状态。之前，曾国藩还为徐寿他们捏了一把汗，在李泰国的军舰抵达大清帝国海域之前，如果蒸汽机轮船造不出来，以奕訢为首的清政府执政精英们可能会以曾国藩利用国有资金进行军工建设为由，将安庆的军工厂给关门。

蒸汽机的成功试验，让曾国藩难掩内心的喜悦。因为之前他提出，将停泊在上海的轮船运到安庆，但吴煦遵循奕訢的心思，给总理衙门写了一封信件，这让曾国藩企图利用破船研究蒸汽机以及造船原理的想法破灭。一直不死心的曾国藩为了赶在英国舰队到达中国之前造出轮船，希望能够从香港采购轮船，赫德又从中作梗，破坏了曾国藩的计划。

赫德给全权负责战舰商业谈判的薛焕写了一份报告，强调香港的轮船"仅可货运"，并无兵船。赫德非常肯定地告诉薛焕，不仅香港没有一处有军舰，中国各港口出售之船皆然。[20]这样的报告进一步强化了之前吴煦给总理衙门的信件，彻底断绝了曾国藩借壳造船的梦想，也大大地刺激了曾国藩一定要造出中国人自己的军舰的决心。

安庆内军械所成功试验蒸汽机的消息让远在上海的赫德很紧张，之前大家一直嘲笑曾国藩手下都是一帮无用书生，没想到徐寿跟华蘅芳他们居然真的捣鼓出蒸汽机了，而且结构与当时具有世界先进水平的往复式蒸汽机相差无几。赫德不断催促伦敦的李泰国启航，让他一定要在1863年春天将舰队开到大清帝国的海域。

阿思本是一位野心勃勃的军人，他通过李泰国获得了舰队掌控权后，还跟李泰国密商舰队一定要悬挂英国旗帜。刚刚结束越南战争的法国人很是失望，因为法国驻中国海军上将卜罗德已经死在了前线，以巴夏礼为首的英国人对华尔的洋枪队蠢蠢欲动。如果阿思本的舰队再开到中国，那么中国的海上势力就真的让英国人一股独大了。

法国皇帝拿破仑三世野心勃勃，自然不愿意看到维多利亚女王成为统治中国势力的老大。巴黎卢浮宫给驻大清帝国公使哥士耆发了密报，说维多利亚的丈夫阿尔伯特亲王死了，没有多少心思花在李泰国、阿思本他们身上，这两个恶棍正在密谋将英国军舰贩卖到中国，身为英国海军部的前台人，他们已经做了详细的部署，甚至包括舰队的旗帜都已经设计好了。

旗帜在中国那可是权力的象征。"旗"在古代是国家的标志物，"帜"代表不同的军队单位。在封建专制社会，军队将领可以单独打自己名号的军旗，但是需要跟国家的旗一起悬挂。在欧美国家，旗帜已经是国家的象征，军人出征一定要悬挂国旗。

哥士耆在中国混了很久，对大清帝国的专制皇权了如指掌，这个国家的统治者尽管是一个马背上的民族，但是他们依靠着高压的专制来维系这个国家的秩序，杏黄龙旗一直伴随着满洲八旗冲锋陷阵。哥士耆决定抓住舰队军旗的问题，先给英国人上一道眼药水。

哥士耆提醒奕䜣，在江南的江河湖海之上，英国人经常与大清帝国的兵勇发生摩擦，闹到厉害的时候，英国人就炮击大清帝国的兵船，恶劣者甚至焚烧船舰。这一点奕䜣有切肤之痛，英国人每次都是理屈词穷，到了最后经常用一句"不能识别"进行狡辩。哥士耆提醒奕䜣，只要大清帝国的兵船悬挂国家旗帜，英国人狡辩就没有机会了。

"法国公使哥士耆论及外国船只，向皆竖立各国旗号，易于认识。"[21]奕䜣在听闻哥士耆关于战舰旗帜的高谈阔论之后，立即给同治皇帝写了一份奏折。哥士耆可不仅是提醒战舰旗帜便于识别，他还告诉奕䜣，在欧美国家，谁胆敢改旗易帜，那就是犯了国家大忌。奕䜣身为议政王大臣，自然明白哥士耆的意思，旗帜是一个国家主权的象征，哪能随便更改呢？

奕䜣压根儿不知道阿思本跟伦敦的阴谋，身为大清帝国海关总税务司的赫德，现在跟李泰国是在一条利益链上，那就是对伦敦宫廷死心塌地，自然不会将阿思本他们的计划告诉奕䜣。经过哥士耆的一番洗脑之后，奕䜣向皇帝建议，大清帝国的所有军队都要悬挂黄色龙旗。

曾国藩的湘军集团都是挂着斗大的"曾"字旗，曾国藩下面的将领也都分别挂有营字旗。奕䜣为了让帝国的军队统一旗帜，命令曾国藩的湘军集团以及各地督抚，都要悬挂龙旗，各营旗帜只能悬挂在龙旗之下。奕䜣还向各国公使馆发出了照会，告诉欧美诸国，以后见了黄色龙旗就不要再乱开火了，那是大清帝国的旗帜。

哥士耆笑眯眯地回到公使馆，想起当初自己给奕䜣推销法国军舰的情景，法国人不要定金，奕䜣就是选定了英国，只因英国人掌握了大清帝国的海关，现在英国人马上就要将大清帝国这只鸭子给煮熟了，然后美美地吃下去，那么法国人未来的利益谁来保障呢？旗帜是舰队的脸面，军队的旗帜更是主权的象征，事关一个国家在国际上的地位问题，清政府执政集团岂能让英国人的旗帜悬挂在大清帝国的战舰上？

俄国人企图南下

哥士耆的一通狂侃令赫德坐不住了，他已经知道伦敦的预谋，法国人这一招就是要离间奕䜣跟英国人的关系。更让赫德心烦意乱的是，沙俄在这个时候也站出来捣乱，在一位海军上将的指挥下，两艘战舰南下上海滩。[22]沙俄在欧洲皇室之间有着宪兵之誉，这一次他们的战舰到上海，名义上是免费帮助大清帝国清剿太平军。

英国驻上海司令官贺布想方设法将华尔推到前线当了炮灰后，没想到又冒出个沙俄上将来。贺布唆使一批上海滩的政客给奕䜣打了个报告，力陈沙俄的野心，因为沙俄在上海基本没有商船，所以太平军再怎么闹也侵害不了沙俄的利益。但沙俄在大清帝国北部虎视眈眈，奕䜣现在也不能拒绝。

奕䜣也有自己的如意算盘，英法两国在上海滩为了自己的利益卖命助剿，让俄国人的军队进入上海滩，英法两国就不会那么肆无忌惮了。更重要的是，沙俄的军队免费助剿还可以钳制以曾国藩为首的汉族武装集团。

"长江水师单薄，并风闻贼匪于南岸制造艇船，广掳民船，设一旦北驶，未免可虑。"[23]奕䜣在给同治皇帝的奏折中强调，上海、宁波已经有英法帮助防守，可是长江沿线的军队防范能力很差，导致太平军攻城略地，现在太平军也在造船，一旦他们展开大规模的水战，那么长江以北大面积的土地将会沦陷。

沙俄战舰开赴长江剿匪，那么楚军的长江水师只能作壁上观了。奕䜣的用意已经非常明显，你曾国藩之前不是说楚军水师羸弱，都不能出海练习吗，那就放入沙俄这一条鲇鱼吧。奕䜣身为议政王大臣，自然有一套拿捏曾国藩的招数，他非常委婉地在奏折中说，现在欧美人跟太平军做生意的很多，沙俄人没有这样的利益关系，让沙俄的军队防范长江没有利益冲突。

贺布跟赫德得到的伦敦密令就是要弄清楚大清帝国江河湖海上的所有外国军事力量，使英国皇家海军成为大清帝国水上唯一的主宰。让沙俄人南下，奕䜣可谓一箭三雕，既钳制了曾国藩势力，又警告了英法两国，大清帝国对他们在长江流域是不信任的，更重要的是提醒赫德，伦敦的舰队不能一而再再而三地漫天要价，大清帝国有更多的选择。

李鸿章最为傻眼，奕䜣一边给自己许诺，一边以各种借口让沙俄的海军深入上海，这可不是简单地钳制曾国藩，清政府执政精英们从骨子里就对汉族武装集团有着天然的防范心理。李鸿章联名曾国藩向同治皇帝写奏疏，对沙俄免费助剿深为怀疑，认为奕䜣放沙俄军队进入上海，势必会引起英法的不满，更令人担心的是，沙俄的军队以防范长江遭太平军围攻为由，闯入其他未开放的口岸。[24]

赫德已经被上海滩一团糟的角力给搅得头晕脑涨，他立即北上紫禁城，要跟奕䜣当面磋商舰队的问题。赫德告诉奕䜣，伦敦为了交付大清帝国的军舰，已下令开足马力造船，这一批新的军舰在1863年春节一定会开到大清帝国海域。赫德这是在暗示奕䜣，不要接受沙俄人免费的助剿，大清帝国有了英式舰队，足以保家卫国。

奕䜣已经了解到曾国藩在安庆加班加点地造轮船，他只要在曾国藩造出轮船之前得到英国的舰队，那么海军的统兵大权就可以牢牢地掌握在自己手上，而曾国藩造出来的轮船，清政府执政集团就可以借助军队国家化的理由，理所当然地归北京统一调遣。听到赫德交付军舰的时间表，奕䜣是相当高兴的，立即将这个好消息奏给了同治皇帝。[25]

赫德在中国官场这个大染缸生活数年，对这个专制国家的官场潜规则了如指掌。跟专制官员打交道，一定要先给他们一个梦想，让他们迷失在梦中，然后就可以放开手脚夹带私货。那个时候官员已经晕头转向，根本意识不到危险跟危害，到最后还会主动成为邪恶计划的推动者。中国有句话很生动：不能自拔。

曾国藩看到赫德给奕䜣的时间表后，当时就乐了，因为赫德不会玩中国的兵法。赫德之前为了不给曾国藩盗版轮船的机会，三番五次向奕䜣强调，欧美国家不可能将军舰出售给中国人，商船改装成军舰都要由制造国同意。现在伦敦在给大清帝国造军舰，这显然自相矛盾，除非英国海军部是想真正控制大清帝国未来的海军舰队。

阿思本舰队闹剧

曾国藩非常清楚奕䜣、英国人、沙俄人，甚至法国公使哥士耆背后的玄机。英国人突然开禁，向大清帝国出售新军舰，奕䜣跟英国人都有着自己的小算盘，曾国藩现在只要让战舰开赴安庆、汉口两地，大清帝国的海军舰队就不再是湘军集团的威胁，而是自己扬威海上的先锋。

赫德再次摸出了一份伦敦传来的协议。这一下让奕䜣傻眼了，李泰国在伦敦坐地起价，非要说造船成本上升，至少要赫德再争取15万两白银。更让奕䜣愤怒的是，阿思本跟李泰国已经为舰队设计好了军旗，这明显就是跟自己过不去。因为中国军队一律悬挂龙旗，这已经通过照会的方式晓谕各国，阿思本这是蔑视大清帝国的主权。

没错，李泰国就是这么给阿思本灌输的，要通过蔑视专制的清政府王朝，才能让他们服服帖帖。赫德将李泰国和阿思本签订的条约透露给奕䜣，主要包括：

阿思本做总统四年，除阿思本外，中国不得另延外国人做总统。中国所有外国样式船只，或内地船雇外国管理者，或中国调用官民所置各轮船，议定嗣后均归阿思本一律管辖调度。阿思本只执行李泰国转交的中国皇帝命令。[26]

奕䜣顿时有一种上当受骗的感觉，因为赫德一直跟自己汇报的情况与李泰国提出的差距太大，李泰国简直就是这支海军舰队的主宰。奕䜣原计划将海军舰队放手给崇厚，可是这帮狂妄的欧罗巴人，简直把自己都不放在眼中。更为重要的是，一直惦记舰队的曾国藩肯定要跳出来反对。

曾国藩听闻了英国人的风声之后，决定先下手为强。奕䜣为了独掌舰队大权，已经让崇厚在天津训练精兵。当然，为了平衡曾国藩他们，奕䜣一直下令曾国藩等人训练水师部队，英国舰队一到中国就立即将训练的水师调到军舰之上听用。现在英国人要独掌舰队大权，曾国藩自然不乐意，立即提出派湘军骁将、统带巡湖营提督衔记名总兵蔡国祥、参将盛永清等一干将军统领楚军水师训练。[27]

奕䜣的接班人崇厚在天津傻等消息，无奈曾国藩先下手为强。李鸿章这个时候摇摆不定，尽管奕䜣承诺江海关的银子可以想法减少，可是奕䜣没有一点儿实际动作，粤海关、闽海关都将银子交给了赫德，江海关的银子还记在李泰国采购的欠款科目中。李鸿章了解到李泰国的合约后，更有一种上当的感觉，阿思本成了老大，曾国藩派出了猛将，自己在帝国海军舰队中岂不是失去了核心位置。

李泰国率领的舰队还没有开到中国海域，大清帝国的各种势力已经开始角逐，一场没有硝烟的龙虎斗已经令这个脆弱的帝国摇摆不定。奕䜣的政治与改革图谋遭遇前所未有的挑战，如果答应李泰国的条件，汉族武装集团就将成为一股危险的暗流，而自己却一无所有，这种损人不利己的交易，最终将葬送自己的梦想。

1863年5月，李泰国率领由6艘驱逐舰、1艘炮艇、1艘供应船组成的"英中联合海军舰队"，从英国利物浦港启碇，驶过当时还需绕道好望角的漫长的欧亚航线，这支高悬英国旗帜的舰队经过几个月的航行，终于抵达上海。李泰国带来的舰队并不是新造的轮船，而是英国皇家海军退役的旧船，只是在利物浦港口进行了翻新处理而已。

奕䜣决定跟李泰国好好地谈谈，李泰国掐准了奕䜣的脉搏，知道现在大清帝国需要用这支舰队去剿灭南京的太平军。因为南京城内出现了严重的内乱，一旦奕䜣失去了剿灭太平军的最佳时机，让曾国藩他们抢先，那么清政府执政精英们一直忌惮的汉族武装集团将成为大清帝国最强悍的部队，"叔嫂共和"的均衡局势将受到汉人最严重的威胁。

谈判是艰苦的，因为曾国藩已经让蔡国祥一干人马做好了接收舰队的准备，阿思本还要当舰队的总统，那么曾国藩会第一个跳出来反对。李泰国还是他那老一套，下令让阿思本带兵进京，企图通过军事手段逼迫奕訢就范。阿思本是进京了，可是兵员一个都没有进京，因为他们还没有跟大清帝国签约，雇佣关系都不存在，也不是英国皇家海军现役军人，一旦动手，大清帝国可以围剿流氓为借口，将其歼灭。

李泰国发现耍横不好使，坐下来跟奕訢谈判。谈判的结果是双方议定了《火轮师船章程》五条。按照章程规定，由中国人充任舰队的"汉总统"，阿思本降为"帮同总统"，作战时必须听从地方督抚大员的指挥调遣。但曾国藩发现，汉总统是争取到了，可是蔡国祥的水师部队只是听用，依旧带领中国师船，跟阿思本的舰队停泊在一起而已。

曾国藩愤怒了，给奕訢写了一封信："蔡国祥仍为长龙、三板之主，不得为轮船之主矣。轮船之于长龙、三板，大小既已悬殊，迟速更若霄壤，假令同泊一处，譬之华岳高耸，众山罗列，有似儿孙，洋人本有欺凌之心，而更授以可凌之势。"[28]在阿思本的舰队面前，帝国师船犹如儿孙，这样的话出自儒家进士之口，可想而知，曾国藩的胸中是怒火熊熊。

蔡国祥坐冷板凳只是奕訢跟李泰国妥协的一部分，他们还秘密制定了一个攻打南京的分账协定：以三分归朝廷充公，以三分半归阿思本赏外国兵弁，以三分半归中国兵弁作赏，如果阿思本率舰队独占南京，则七分归阿思本充赏。身为统率十万兵马的铁血男人，曾国藩能不愤怒吗？奕訢跟李泰国的密约，就是摘取汉族武装集团十年浴血的胜利果实。

"此次总理衙门奏定条议，将兵柄全予李泰国，而令中国大吏居节制之虚号，不特蔡国祥如骈拇枝指，无所用之，即吾二人，亦从何处着手？"[29]曾国藩给李鸿章的信中，对奕訢的愤怒溢于言表，甚至挑动李鸿章的情绪，希望他们二人能够联手反对奕訢跟李泰国的密约。

李鸿章身为江苏巡抚，南京就是自己的地盘，怎么能让李泰国他们摘桃子。李鸿章跟李泰国的关系其实已经很僵，李泰国从北京回到上海，立即去找李鸿章要舰队采购欠款。奕訢之前有许诺，李鸿章自然不给李泰国一两银子。一番争吵之后，手握重兵的李鸿章威胁李泰国，银子是淮军的命根子，要银子先问问淮军的兄弟们。

李泰国气急败坏地跑到北京，再次找到奕䜣，提出之前商定的五条章程不行，还是要按照自己当初提出的条件，否则就将舰队解散，不排除卖给太平军。李鸿章听闻之后，立即给奕䜣写信，提醒奕䜣不要听信李泰国的话，甚至用哄抢杨坊钱庄的白齐文来提醒奕䜣，现在那位白齐文已经开着两艘军舰投靠了太平军，谁又能保证李泰国将来不重蹈白齐文的覆辙。

奕䜣看了李鸿章的信，立即陷入尴尬之中。李泰国没有给奕䜣磋商的时间，于1863年10月15日，以阿思本的名义向奕䜣发出了最后通牒。阿思本在通牒中扬言，若不同意十三条合约，他就拒绝从事任何活动；如果在48小时内，不能收到他理想的答复，那么他就将这支舰队解散。

李鸿章眼中的蠢猪阿思本真是得到了李泰国的真传，他天真地认为通过威胁、恐吓就能让皇族精英奕䜣就范，他万万没有想到现在的大清帝国已经是周室式微，以曾国藩为首的汉族武装集团已经成为帝国的中坚力量。阿思本的"一字不可更易"照会让李鸿章愤然："金陵已成合围之势，可勿庸外国兵船会剿。"

奕䜣一看，愚蠢的阿思本让密谈的遮羞布完全暴露到阳光之下，已经没有任何谈判的余地了，现在曾国藩、李鸿章的一致行动令奕䜣更为担心，一旦自己跟李泰国他们妥协，伦敦宫廷将成为最大的赢家，而自己就真正站到了汉族武装集团的对立面，自己纵有千般宏愿，没有以曾国藩为首的地方势力支持，也只能是一个梦想。

安庆城在此刻行动迅速，徐寿他们已经完成了轮船的设计，火轮的制造正在紧锣密鼓地推进。奕䜣知道，曾国藩强势让蔡国祥接掌英国舰队大权，是为了将来一统帝国海军。现在安庆的军工企业发展迅速，一旦火轮下水，那么湘军集团将形成陆军、海军协同作战的全能局面，与其让英国人掌权而跟曾国藩对立，何不抛弃李泰国，结盟曾国藩他们呢？

"有害无利，已属显然，若或勉强从事，中外将恐不能相协，将来胜则彼此争功，败则互相推诿，设一旦激发声辩，于大局关系匪轻。"[30]1863年11月16日，奕䜣向同治皇帝提交了撤退英国舰队的奏折。为了拉拢曾国藩，奕䜣给曾国藩写了一封亲笔信，"惠书详论轮船办法，足征成竹在胸，荩谋宏远"。

经过一年的博弈，统率四省军马、手握十万大军的协办大学士曾国藩，在李鸿章一干汉族武装集团大佬的协同之下，终于让野心勃勃的李泰国回到了伦敦。

1863年11月23日，阿思本灰头土脸地带着他的舰队，离开了上海。曾国藩给奕䜣写了一封回信，信中对奕䜣的撤退一番恭维，"尊处博采公议，委令撤退"。曾国藩非常清楚，挫败了奕䜣军事集权的计划后，奕䜣要想维持"叔嫂共和"的均势，一定要寻求第三方势力支持，现在是跟奕䜣结成松散联盟的契机，有了以奕䜣为首的清政府执政集团开明派的支持，自己的改革之路才能按照计划走下去。

▶▶ 注释

[1] Hosea Ballou Morse: *In The Days of The Taiping*, Massachusetts: Essex Institute, 1927.

[2] 史景迁：《改变中国》，三联书店1990年版。

[3] Hallett Abend: *The God from the West—A Biography of Frederick Townsend Ward*, Montana: Literary Licensing, LLC, 2011.

[4] Hallett Abend: *The God from the West—A Biography of Frederick Townsend Ward*, Montana: Literary Licensing, LLC, 2011.

[5] 《筹办夷务始末》（同治朝卷4），上海古籍出版社2008年版。

[6] 《李文忠公全集·朋僚函稿》卷1，上海商务印书馆1921年版。

[7] 《筹办夷务始末》（同治朝卷4），上海古籍出版社2008年版。

[8] 《李文忠公全集·朋僚函稿》卷1，上海商务印书馆1921年版。

[9] ［美］马士：《中华帝国对外关系史》第二卷，上海书店出版社2006年版。

[10] 《筹办夷务始末》（同治朝卷9），上海古籍出版社2008年版。

[11] Hallett Abend: *The God from the West—A Biography of Frederick Townsend Ward*, Montana: Literary Licensing, LLC, 2011.

[12] 《李文忠公全集·奏稿》卷2，上海商务印书馆1921年版。

[13] 杜石然等编著：《中国古代科学家传记》，科学出版社1992年版。

[14] 《筹办夷务始末》（同治朝卷5），上海古籍出版社2008年版。

[15] 《筹办夷务始末》（同治朝卷5），上海古籍出版社2008年版。

[16] 叶明、石军：《正说清朝十大贵族》，"恭亲王奕䜣家族"，海风出版社2006年版。

[17] 《筹办夷务始末》（同治朝卷4），上海古籍出版社2008年版。

[18] 《曾文正公手书日记》，凤凰出版社2010年版。

[19] 陈真、姚洛：《中国近代工业史资料》第一辑，三联书店1957年版。

[20]《筹办夷务始末》（同治朝卷7），上海古籍出版社2008年版。

[21]《筹办夷务始末》（同治朝卷9），上海古籍出版社2008年版。

[22]《筹办夷务始末》（同治朝卷9），上海古籍出版社2008年版。

[23]《筹办夷务始末》（同治朝卷9），上海古籍出版社2008年版。

[24]《筹办夷务始末》（同治朝卷10），上海古籍出版社2008年版。

[25]《筹办夷务始末》（同治朝卷10），上海古籍出版社2008年版。

[26]《筹办夷务始末》（同治朝卷21），上海古籍出版社2008年版。

[27]《筹办夷务始末》（同治朝卷12），上海古籍出版社2008年版。

[28]《筹办夷务始末》（同治朝卷21），上海古籍出版社2008年版。

[29]《曾文正公全集·书札》，中国书店2011年版。

[30]《筹办夷务始末》（同治朝卷21），上海古籍出版社2008年版。

第四章

师生博弈

八股文士与留洋商人终会合

赴美留学第一人

1863年9月的一天，一位大辫子书生穿越刀光剑影，直奔两江总督府内堂。

曾国藩坐在白虎节堂，旁边的茶杯还缭绕着雾气。这是一位从太平军占领区来的书生，曾国藩急切地希望看到这位极具传奇色彩的读书人，不，现在是个生意人。

一位将校将书生带进了白虎节堂，曾国藩很是诧异地看着这个年轻人，大辫子拖在笔挺的西装上，这样的装扮曾国藩见识过，也只有留过洋的人才会这样穿衣打扮。战乱让这位书生的脸上多了一分沧桑，书生很绅士地弯腰向曾国藩行礼。

眼前的这位书生令曾国藩五味杂陈。是的，这位拖着大辫子、穿着西装的书生就是中国历史上第一位耶鲁大学留学生，也是耶鲁大学历史上第一位中国学生容闳。容闳归国背后，有着一个令大清帝国，甚至中国今后上百年都维系着的谜局。

1828年出生于广东香山县的容闳，在7岁那一年跟随父亲到了澳门。他进入了一所西方人兴办的私塾学校。容闳的父亲在村子里只是个一般的农民，但是香山县有很多人跟洋人做生意，容闳的父亲自然也就希望自己的儿子学习一门洋文，将来能够跟洋人打交道赚钱。

容闳进了私塾，可是他并不知道自己进入的学堂实际上是一所女校，自己上课的班级是这所女校的男生班，也是这所学校的第一届男生班。事实上，容闳上的学校只是一个预备学校，在这里上完课之后，还要去马礼逊学校。马礼逊学校由基督教新教派旗下的"马礼逊教育协会"创办，"马礼逊教育协会"是为纪念第一位到中国的英国基督教新教派传教士马礼逊而成立的，容闳上的预备学校也是该协会拨款兴办的。

预备学校的校长正是一位虔诚的基督教新教徒沃恩斯托。尽管这位校长是一位女人，可是她跟两个在大清帝国赫赫有名的男人有着血浓于水的关系。

这位沃恩斯托小姐跟随两位斯密斯家族的女人来到东方。1834年3月，沃恩斯托小姐跟一位名叫郭士立的普鲁士人结婚，当时的郭士立是伦敦宫廷一位了不起的间谍，跟李泰国的父亲是莫逆之交，在广州办了一份月刊《东西洋考每月统记传》，成为欧美鸦片贩子在大清帝国的舆论阵地。郭士立甚至亲自撰文，狂骂大清帝国是一只纸老虎。

沃恩斯托小姐还有一位很牛的表弟，那就是令奕䜣、曾国藩、李鸿章等人头大的巴夏礼。容闳在进入预备学校的第三年，郭士立将《东西洋考每月统记传》的办公地搬到了新加坡，因为那个时候郭士立为了配合马地臣他们在伦敦请战，在报纸上的言论越来越激烈，两广总督一怒之下加强了对洋人报纸的管制。

容闳那个时候根本没有意识到，报人郭士立的激进将给沃恩斯托小姐的学校带来致命的打击。到了1839年，随着以林则徐为首的禁烟派占据大清朝廷舆论上风，大清帝国跟英国的关系越来越紧张，容闳上的预备学校关闭，自然也就无法再上马礼逊学校。

郭士立的老婆沃恩斯托小姐对容闳可是念念不忘，因为这个小孩子太聪明了。1843年，马礼逊学校在香港摩理臣山开课。沃恩斯托小姐让容闳回到了马礼逊学校，并成为当时的校长美国人布朗牧师（S.R.Brown）的学生。1847年1月4日，容闳在布朗的带领下坐上了美国阿立芬特兄弟公司的"亨特利思"号运茶帆船，远赴美国求学。[1]

1850年，在布朗牧师的游说下，乔治亚州的萨伐那妇女会（The Ladies Association in Savananh, Ga.）答应资助容闳上学，容闳成为耶鲁大学的第一位中国留学生。[2]1854年，容闳在耶鲁大学毕业。毕业典礼那一天，耶鲁大学的毕业礼堂人满为患，他们就是想一睹拖着长辫子的中国留学生的风采。

容闳毕业之时，洪秀全领导的太平军起义已经三年，战争席卷了帝国南部。那一天，容闳的同学们在他的毕业留言簿上写下了这样一句话："愿你回归天朝时，将发现它已成为神圣的共和国。"

"我将常常深深思念你，你为人民谋求福祉的光荣使命。获悉（因为我希望获悉）你的故土从专制统治下和愚昧锁链中解放出来的欢乐。"[3]耶鲁的校友们对遥远的太平军革命寄予了厚望。那个时候正是曾国藩在湖南前线血战太平军的第一年，容闳带着耶鲁同窗好友们的祝福，于1854年11月13日登上纽约海萨公司帆船"欧利加（Eureka）"号启程归国。

考察太平军

万里风浪，险象环生。容闳带着耶鲁大学的荣光和一腔热血，奔向他朝思暮想的祖国，那里有年迈的爹娘，还有同学们寄予厚望的民主共和国。尽管在美国留学多年，容闳骨子里还是流淌着封妻荫子的封建血液，他希望利用毕生所学，找到一份好工作，更重要的是结交达官贵人，最好是有影响力的。

1855年3月15日，"欧利加"号驶进了黄埔港，容闳回到了广州。当时的广州已经没有百年前的荣光，大量的商人涌向上海滩。那个时候的广州城血雨腥风，两广总督叶名琛从英美两国的军火商手上，购买了大量的西洋火器，用来对付天地会会员。

1855年，容闳一进入广州城，就遇上叶名琛在广州大开杀戒，将75000名投降的所谓的"粤匪"的人头一颗颗砍下来。广州城血流成河，血腥之气弥漫在城市上空，久久难以飘散。"时方盛夏，寒暑表在90度（32.2摄氏度）或90度以上，致刑场四围2000码以内，空气恶劣如毒雾。"[4]

古昔尼罗王的残暴行径和法国大革命时代的惨剧在容闳的脑子里不断地回荡，他绝没有想到在他的祖国，在他的眼前会发生比古昔尼罗跟法国残酷千百倍的暴虐。"胸中烦闷万状，食不下咽，寝不安枕。日间所见种种惨状，时时缠绕于脑筋之中。"[5]刚从自由之邦归来的容闳悲愤至极。

容闳决定先在外国人的堂口观察一下帝国形势。经友人歇区可克的介绍，容闳结识了耶鲁大学校友、美国驻华公使派克博士。派克需要一名秘书，于是容闳成了驻华公使的秘书。当时美国人在大清帝国还没有什么势力，只能是跟在英法等欧洲列强的屁股后面，所以公使馆自然很清闲，加上每个月15元的薪水令容闳养家糊口都比较难。三个月后，容闳离开了耶鲁校友。

耶鲁留学生这个身份给容闳带来了不少的帮助，辞去了公使秘书后，容闳在《中国日报》（The China Mail）主笔蓄德鲁特先生（Andrew Shortrede）的介绍下，很快就在香港审判厅谋得了翻译的职位。当时的香港已经是英国人的天下，容闳企图考取大律师执照，这让一大帮英国籍的律师恐慌。容闳一口流利的英语也平息不了英国人的猜忌。[6]

容闳在香港审判厅的日子是没法继续过了，只能辞职而去。那个时候，容闳的马礼逊学校校友、香山县老乡唐廷枢正在香港政府担任翻译。唐廷枢可没有容闳那么老实，在给香港政府工作期间，同时开了两家当铺，还经营一家叫"修华号"的棉花行，跟怡和洋行进行大宗的棉花贸易。

容闳跟唐廷枢有着不解之缘，唐廷枢的哥哥唐廷植当年在马礼逊学校与容闳是同班同学，唐廷枢比容闳低一个年级，经常跟在容闳他们屁股后面玩儿。尽管容闳取得了耶鲁大学的博士学位，尽管唐廷枢没有自由、民主、共和的梦想，可是唐廷枢成功的经商生活大大刺激了受窝囊气的容闳。容闳决定离开英国人控制的香港，远赴上海滩。

第一次到上海滩的容闳大开眼界，这里简直就是东方的伦敦。容闳决定利用自己的英语优势，去江海关找一份翻译的工作。到了江海关，容闳发现一位老熟人正在掌舵江海关关税管理委员会英方司税，他就是年仅23岁的李泰国。

容闳对李泰国不是很友好，因为他们都曾经在沃恩斯托小姐的照顾下成长。李泰国骨子里的傲慢让农村小孩儿容闳难以忍受。23岁能够混到江海关的高位，李泰国在官场堪称老手。不过，现在混饭吃，看在那份优厚工资的份儿上，容闳只能委屈自己，在这位不喜欢的李泰国手下混。

理想总是一次次在现实中被无情地强奸。容闳发现，李泰国根本就没有管理海关的能力，他利用自己手中的权力，给洋商大开方便之门，通过"免税证"的方式，让很多洋商进出江海关如赶集一般。李泰国当时的心思其实是在收集大清帝国漕运情报。

更让容闳失望的是，海关的翻译们利用语言优势，蒙蔽大清帝国官员，生意人只要搞定翻译，就可以骗过中国官员。容闳眼中呈现出翻译跟商人狼狈为奸的情景。"无论何往，必保全名誉，永远不使玷污！"[7]容闳再度挂冠而去。

容闳又在一家英国公司工作，也不甚得意，最后决定去南京看看太平天国的情况。

容闳去南京，一方面是受欧美民主共和思潮的影响，更重要的是他有一位至交在南京红极一时，他就是容闳在香港结识的洪仁玕。这位太平天国天王洪秀全的族弟于1860年到达南京，洪秀全就一改权力分配机制，直接将洪仁玕封为干王。

洪仁玕在南京大兴内政改革，禁朋党，设新闻官；主张发展交通运输业，修筑道路，制造火车轮船，兴办邮政；鼓励民间开矿、办企业，奖励技术发明；创立银行和发行纸币。容闳对老朋友洪仁玕的改革深感兴趣，那个时候他还不知道，太平军的将领们对这位横空出世的干王个个不服气，改革举步维艰。

1860年冬天，容闳跟几个传教士进了南京城。干王的客人驾到，容闳受到了回国以来的空前礼遇。在南京城，容闳跟洪仁玕促膝长谈，一股脑儿地将自己的治国七策献给了干王。容闳建议太平天国要设立军事学院，培养有现代化军事指挥能力的高级指挥官，还需要组建自己的强大海军，在整个国家组织一支良好的军队。

容闳在给干王的七策之中还强烈建议，太平军既然提出了消灭私有制的共产主义主张，那么太平天国就要建立公民政府，聘用富有经验的人才。当然，这样的国家需要创立银行制度，完善各级学校教育制度，设立各种实业学校。

庞大的治国方略是容闳多年的心血，他在南京甚至希望能够觐见一下天王洪秀全，可是身居九重的洪秀全沉浸在三宫六院的温柔乡中，根本没有时间搭理这个西装辫子留学生。洪仁玕转交了一份天王的厚礼。容闳打开一看是一枚官印，四等爵位，他对太平天国彻底失望了。

容闳回归追逐天朝之梦时，曾国藩整天一边忙着跟太平军作战，一边忙着在安庆大兴军事工业振兴大清帝国的蓝图，为了给自己的改革之路铺平道路，还整天筹划着跟以奕䜣为首的北京派争夺枪杆子。现在好啦，英国人图谋大清帝国军权的计划落空了，追梦的耶鲁博士来到了自己身边。但是他没想到，一场更令他棘手的博弈开始了。

安庆图谋广东帮

曾李裂缝

曾国藩端详着西装革履的辫子书生。

洪秀全怎么就那么不识货呢？曾国藩端起茶杯，轻轻地吹了一口悬浮在水面的叶芽儿。容闳站在对面，望着眼前这个老头儿：方肩阔胸，首大而正，额阔且高，两颊平直，胡子一直披垂到胸前，看人时喜欢稍作眯缝，显得三角有棱，榛色的眸子，平视过来的目光透着杀伐之气。[8]他就是传说中杀人如麻的"曾剃头"？

曾国藩放下茶杯，示意容闳坐下说话。容闳的心跳得很快，真不知道眼前这位手握四省兵马大权的老爷子，葫芦里到底卖的什么药。对广州的失望，对南京的失望令容闳对自己生活的国度失望至极，眼前这位老爷子又能给这个黄昏帝国带来什么惊喜呢？

容闳很忐忑地坐下，没有端起已经泡好的茶，脑子里不断闪现出张斯桂的身影，如果没有张斯桂三番五次的邀请，自己这一生可能都不会跟这位两江总督见面。容闳压根儿就没有想到，无论是他自己还是张斯桂，都是曾国藩棋局里的一枚棋子。

李泰国跟阿思本的舰队滚蛋了，奕䜣将剿灭太平军的希望又寄托在曾国藩的湘军集团身上，可曾国藩心里现在却是五味杂陈。当初因为奕䜣离间的小把戏让李鸿章一度迷失，李鸿章在跟李泰国闹僵后，方才站到自己这一边。曾国藩更为担忧的是，以杨坊为首的江浙商人已经成了李鸿章的马前卒。抓住钱袋子的李鸿章，在上海滩将洋枪队指挥得团团转，淮军迅速崛起，正在改写湘军的历史。

隐患从1861年11月钱鼎铭秘抵安庆就开始了。曾国藩答应江浙财团出兵上海后，就开始为派谁去犯难了。

当时有一位人物正盘踞在上海，那就是曾国藩的政敌何桂清，何桂清的死党薛焕是江苏巡抚。一旦湘军派人到上海滩，就会取薛焕而代之。取代薛焕的人必须能征善战。十万湘军在安庆，去了上海滩的人还要确保安庆湘军的巨饷供给。

1862年，李鸿章率领淮军子弟，乘坐江浙财团们包租的商船到了上海滩。面对富得流油的上海滩，曾国藩怎么就让李鸿章去了呢？事实上，曾国藩一开始选定的并不是李鸿章，而是自己的弟弟曾国荃。这为李鸿章急于在上海滩抓钱抓枪，甚至独立于湘军集团而自治淮军集团，埋下了祸根。

肥水不流外人田，曾国藩也难以免俗，更何况自己的兄弟曾国荃当时已经是布政使。按照大清帝国的官衔升迁机制，曾国荃调任巡抚是正常的升迁程序。在湘军集团中，曾国荃是个能打大仗、打硬仗的猛将，早在1856年就因攻打太平军有功，被赏"伟勇巴图鲁"名号和一品顶戴。

曾国藩已经想好一套方案，让自己的弟弟曾国荃带兵赴上海滩，尽管他在处理外交事务方面能力欠缺，但只要让饱读诗书的李鸿章随行，一切问题就能迎刃而解。1861年12月25日，曾国藩给曾国荃写信："浙江危急，上海亦有唇齿之忧，务望沅弟迅速招勇来皖，替出现防之兵，带赴江苏下游，与少荃、昌岐同去。得八千陆兵、五千水师，必能保朝廷膏腴之区，慰吴民水火之望。"[9]

当时曾国荃正在前线对抗英王陈玉成，他最大的心愿就是直捣南京，拿下剿灭太平军的天下第一奇功，所以他对出兵上海、保护商人毫无兴趣。曾国藩没有把李鸿章作为首选，是有自己的担心，当时左宗棠、彭玉麟与曾国藩号称"湘人三杰"，湘军将领瞧不起待在曾国藩身边的李鸿章。让李鸿章统率一支湘军赴上海作战，恐怕军中内乱不断。可是不明内情的李鸿章心中的压抑难泄，给老朋友刘秉璋的信中抨击左宗棠"胸有鳞甲"，彭玉麟"有许多把戏"。[10]

历史总是在细微之中裂变。辛酉政变后，以奕䜣为首的清政府执政精英担心跟肃顺集团关系密切的曾国藩阵前倒戈，命其节制皖、苏、浙、赣四省兵马钱粮之权，图谋拉拢曾国藩。身为两江总督，曾国藩不主动派兵救援上海，这让清政府执政精英们意识到湘军集团已经相当危险。

1862年1月7日，奕䜣操控的皇帝上谕称："军兴以来，制兵不足，更议招募，战场上勇多于兵，湖南弁勇又常居十分之七八。用兵之道，择将为先；求将之道，当量其识之短长，才之大小，以为器使。……何地无才？不必湖南之人充勇，湖南之人始能杀贼。嗣后各直省督抚及各路统兵大臣，务当认真选将，就地取材，各就各省按照湖南募勇章程妥为办理。"[11]

　　清政府执政集团的意图再明显不过，紫禁城对湘军将才满天下、无湘不成军的局面已经很忌惮了，这个时候曾国藩再派自己的亲弟弟渡兵上海滩，取代薛焕巡守江苏，那曾家就真的是权倾朝野、兵霸一方了。派谁去上海滩呢？胡林翼已经死了。左宗棠？左宗棠当时正在赶往浙江的路上，只有李鸿章了。

　　成功渡兵上海滩的李鸿章，很快就意识到自己跟洋人交往的细节、攻防布局都会遭到曾国藩的操控。曾国藩尽管派出自己的卫队随李鸿章到上海，可还是担心李鸿章带兵出问题。他在信中要求李鸿章要像胡林翼、左宗棠他们一样，"都从战争中学习，身先士卒处下手，不宜从牢笼将领，敷衍浮文处下手"。

　　曾国藩再三叮嘱李鸿章，不要打击薛焕的亲信，尤其是吴淞道吴煦，吴煦在上海滩"广交洋商，厚结华尔"，"吴煦关道一席，断不可换"。[12]曾国藩的意思就是吴煦可以跟湘军结成统一战线。华尔的洋枪队成了英国人的猎物，李鸿章自然不会放过这支装备精良的部队。当华尔被推到前线当了炮灰之后，李鸿章又抓住了吴煦跟杨坊的死穴，顺势也操控了能影响紫禁城决策的江浙财团。

　　在上海滩两年，淮军人马发展到了8万，跟湘军势均力敌。李鸿章在上海抓钱抓枪让远在北京的奕䜣看在眼里，记在心头。当曾国藩三番五次要控制海军舰队的时候，尤其是明确指出让舰队直接开赴安庆、汉口的情况下，奕䜣抛出了减免江海关购舰队银两的离间诱饵，李鸿章的坐山观虎斗让曾国藩很失望。为了拉拢李鸿章对抗奕䜣，曾国藩只能痛下决心，写信给李鸿章送大礼："上海所出之饷，先尽沪军；其次则解济镇江；又其次乃及敝处。"[13]

　　曾经亲密无间的师徒，在清政府执政集团的离间诱惑之下，一切都那么赤裸裸。权力的春药在经过发酵之后，可以摧毁人间的亲情、友情跟爱情，也可以让人在极乐诱惑之中迷失自我。曾经的压抑、隐秘的恩怨、权力的诱惑，将曾国藩、李鸿章这一对黄金师徒推到了对峙的巅峰。

　　徐寿、华蘅芳一行在安庆造船造炮，进展迟缓的一个重要原因就是经费支持跟不上，以致设备简陋。只有掌握了地方财富之源，才能够加快军事工业的谋划。硝烟未散的安庆城，根本无法保障曾国藩的计划，而上海滩则财源滚滚。曾国藩决定先从江浙财团内部下手，张斯桂成为曾国藩选定的第一枚棋子。

张斯桂和他的"宝顺轮"

张斯桂，中国第一舰长，进入了曾国藩的视线。

出生于宁波马径村张氏豪族的张斯桂在宁波府通过了童子试，取得了庠生文凭。[14]张斯桂潜心攻读八股文的时候，大批的西洋轮船涌入宁波，商人们在此云集。新风潮立即吸引了张斯桂，"讲求西学，凡水陆行军之制、炮火测量之术，竭十余年心力，深窥奥邃。识者已知其可施诸实用矣"。[15]

太平军席卷江南，考验着大清帝国脆弱的漕粮运输。

从1853年开始，清政府将漕粮改由浙江海运北上。宁波商人拿到了海运漕粮的巨额订单，可当时浙江沿海被一个广东海盗吴胜垄断，帝国水师见到海盗就跑。宁波商人李也亭和船帮同行慈溪人费纶志、盛植琯商议，集银元7万，在怡和洋行买办杨坊的牵线搭桥之下，到广东购买了一艘战舰，专门用于漕粮的武装押运。

宁波商人的兵轮进入山东海域，山东地界的官员从来没有见过如此豪华的战舰，立即上书咸丰皇帝，弹劾宁波商人。当时的咸丰皇帝内忧外患，太平军跟英法联军让其惶惶不可终日，一听一帮商人手握兵轮，觉得这简直是狗胆包天。一个国家机器要对商人找碴儿的最好办法就是设置准入门槛，龙颜大怒的咸丰皇帝要求两江总督彻查兵轮执照。[16]

冒险精神是宁波人与生俱来的优势，他们将兵轮命名为"宝顺轮"，聘请熟悉西洋军事的张斯桂担任舰长。在宁波知府段光清的庇护之下，张斯桂以商船护运漕粮的名义取得了执照。漕粮运输是帝国命脉，咸丰皇帝也就无话可说。张斯桂令宁波商人大开眼界，那个号称"天下都元帅"的广东海盗吴胜，遇到"宝顺轮"后望风而逃。"宝顺轮"北上南下，在浙江、江苏和山东屡败海盗，令朝野震惊。

张斯桂掌舵的"宝顺轮"成为大清帝国第一艘民用西洋兵轮，在木船垄断漕运的时代，"宝顺轮"掀开了中国航运变革的新时代。太平军席卷江南时，张斯桂上书朝廷，希望"仿西彝兵法训练士卒，并造轮船"，但其建议未被采纳。曾国藩在安庆造轮船的最早想法，就源于这位剿灭海盗的无敌舰长张斯桂。

"宝顺轮"南征北战的背后，聚集着一大帮江浙商人，张斯桂成为江浙商人的核心纽带。当以杨坊为首的江浙商人组建洋枪队的时候，张斯桂掌舵的

"宝顺轮"别无选择地跟华尔合作，可是华尔"傲睨一切，不可向迩，张君乃将轮船交卸，洁身登岸，不屑与哈等为伍"。[17]张斯桂不屑与华尔为伍，离开了"宝顺轮"。

张斯桂一身军事才华无处施展，刚到上海滩的李鸿章立即将张斯桂收入帐下，协助外国军官训练中国士兵。[18]在此期间，张斯桂为美国传教士丁韪良翻译的《万国公法》撰写了一篇序文。丁韪良在日记中高度赞扬了张斯桂："序文为我的书增色不少，同样也为他开启了通往外交界的大门。"[19]张斯桂在序文中一再强调，只有通过自我改革才能实现国家的振兴。

1863年，是安庆军事工业发展的关键一年，徐寿将李善兰推荐给了曾国藩。浙江海宁人李善兰在数学方面造诣很深，曾国藩要造兵轮，数学为关键之学问。李善兰到了安庆发现分管造船的人都是湘军将校，根本就不是专业人才，立即向曾国藩举荐了张斯桂。曾国藩听闻过张斯桂扬眉碧海的传奇，一直想下手，但是从华尔军营到李鸿章麾下，都让曾国藩有挖墙脚的嫌疑。

李善兰跟张斯桂在上海的时候就是好哥们儿，他们对西方文化有着共同的志趣。张斯桂给《万国公法》写序的时候，已经在李鸿章的帐下待得很不爽，因为李鸿章手下的将领诸如刘铭传之流都是私盐贩子或土匪出身，习惯跟洋人打交道的张斯桂自然难以融入淮军之中。

曾国藩看准时机，通过李善兰的举荐，将张斯桂挖到了自己的帐下，让其专门负责火炮跟军械。曾国藩挖张斯桂到安庆，真正的目的并不是让他造枪造炮。张斯桂当初掌舵的"宝顺轮"可是宁波商人的军舰，江浙财团跟张斯桂都是风里来雨里去的兄弟，张斯桂投奔安庆总督帐下，曾国藩希望江浙的财团也能够到安庆地界做生意。

掌控江浙财团是曾国藩拉拢张斯桂的真正目的。可曾国藩没办法言明让张斯桂挖李鸿章的墙脚，他将张斯桂调到九江火炮局，九江是瓷器、茶叶交易的集散地，那里也云集着江浙财团、广东财团和福建财团。

曾国藩的良苦用心不言而喻。历史往往会跟有心人开玩笑，当钱鼎铭搬兵的时候，曾国藩图谋上海滩的布局，被北京派一纸冠冕堂皇的上谕给搅黄了，湘军独霸天下的时代结束了。张斯桂没有给曾国藩拉来江浙财团，却给他招来了耶鲁留学生容闳。

举荐容闳

容闳跟张斯桂于1857年相识在上海滩，那个时候李善兰、徐寿、华蘅芳都在上海滩饱读西洋书籍。离开南京后，容闳就一直在做茶叶生意，主要跟宝顺洋行合作。在1861年曾经到安庆收购太平军手上的茶叶，那次冒险行为差点儿让容闳丢了性命。不过那一次冒险也让容闳在商界名声大振。张斯桂九江履新的时候，容闳正好在九江一带收购茶叶。

同在九江，张斯桂却不知道容闳就近在咫尺，看着徐寿他们为造船焦头烂额，张斯桂决定给留过洋的容闳写信，希望他能到安庆助曾国藩完成强国之梦。容闳对这位老朋友的来信很是诧异。

容闳给张斯桂回信一封，以茶叶商务繁忙为由，说等生意忙完，就去拜见曾国藩。收到容闳的回信后，张斯桂觉察到他的苦衷，决定拉上李善兰一起劝说容闳，因为容闳在上海滩的时候就很敬重李善兰。两个月后，张斯桂在给容闳的信中，夹带了一封李善兰的亲笔信。

容闳有点儿为难了，张斯桂是老朋友，李善兰是自己敬重的学者，两人都在信中诚挚邀请自己去安庆。李善兰甚至透露曾国藩将对其委以重任，并告诉他徐寿、华蘅芳都在曾国藩帐下担当军事工业改革的重任。话都到这份儿上了，自己还有什么理由拒绝呢？容闳只能给张斯桂回信一封，答应数月后一定去安庆，其实这是缓兵之计。

张斯桂尽管只有个庠生学历，但他知道容闳对于大清帝国的官员还是极度的不信任。一个杀人如麻的专制政府，官员监守自盗，行贿受贿成风，在权力跟利益面前谎话连篇，官员们喜欢沉溺在自己的谎言中，他们没有诚信可言，甚至荒唐地认为所有人都是傻瓜，殊不知天下最大的傻瓜就是那些愚蠢的官员。

容闳万万没有想到，自己的婉言拒绝并没有打消张斯桂的积极性。在张斯桂收到容闳的第二封婉拒信之后，曾国藩对容闳已经有了一个全面的了解。张斯桂无力实现曾国藩掌控江浙财团的梦想，容闳却能让曾国藩操控广东商帮。

曾国藩给了张斯桂一个明确的诺言，只要容闳来安庆，"居其属下任事"。[20]张斯桂得到曾国藩的许诺之后，再度给容闳写信，将曾国藩的话转告容闳。容闳一看张斯桂的信，觉得曾国藩不是要诓骗他到安庆杀头，为了杀一个人，完全可以委任李鸿章在上海干了，没必要不断写信诓骗。容闳给张斯桂回信：下个月启程。

关系复杂的广东商帮

容闳到了安庆城，先与张斯桂、李善兰、徐寿、华蘅芳一帮上海滩的老朋友见面，他要摸摸曾国藩的脾气秉性。容宏发现老朋友们在安庆过得不错，就是研究压力很大，枪炮、轮船是曾国藩推行的帝国改革第一步，他还有一个庞大的军事工业向民用工业转变的改革计划。

戒备森严的白虎节堂是湘军军事会议重地，曾国藩在这里接见容闳，不难看出他对容闳的信任。曾国藩突然放下茶杯，身子朝容闳方向倾了倾，跟晚辈们唠家常一样问容闳在国外居留几年，今年几何，有无娶妻，目前有无投身军旅的打算。

一连串的问题让容闳有点儿发蒙，这老爷子到底要干吗？难道是要让自己带兵打仗？容闳一五一十地介绍了自己留洋和在上海滩的经历。曾国藩再次上下打量了一番，笑眯眯地夸容闳相貌堂堂，目光威严，一看就是个有胆有识的人，必能发号施令，驾驭军队。

张斯桂在信中说曾国藩要对自己委以重任，难道他是想找一名耶鲁毕业生来带兵，那样湘军可就有了美国名校的将领了。容闳一听曾国藩的话，也跟这个老头儿掏心窝子说，自己从美国回到自己的祖国，就是想报效国家，可自己的专长并不是军事指挥。

曾国藩经过一番客套之后，终于摸清了容闳的想法。湘军集团现在不缺带兵打仗的武将，缺的是改革的人才跟资金。容闳壮着胆子向曾国藩提出：建华股汽船公司，培养科技人才；派优秀学子出洋留学；政府要禁止外国教会干涉民间诉讼；国家应大力发展地质矿产事业，提供丰富的矿产资源，来发展民族工业等。

曾国藩对容闳庞大的改革蓝图很是着迷。大清帝国沿袭了千年的八股选拔人才的方式，已经难以应付现代工业化的改革，徐寿、华蘅芳、李善兰已经算是拔尖人才，可是在造船等先进技术方面，还是进展缓慢。容闳的改革规划之中，人才教育、航运工业、工业制造、矿产资源、律法外交等十分周详，不愧是耶鲁大学的高才生。

曾国藩对容闳的改革设计相当满意，但他更看重容闳身后那一张庞大的关系网。容闳曾在宝顺洋行打过工，跟宝顺洋行的买办曾寄圃关系密切，当时的曾寄圃是宝顺洋行分管财务的一等买办，在上海滩洋商之中颇有影响力。宝顺洋行在日本开设分公司的时候，曾寄圃曾力荐容闳担任宝顺洋行日本分公司CEO，但遭到容闳婉拒。

曾寄圃出生于广东，跟香山郑氏家族是亲戚关系。容闳还在宝顺洋行的时候，郑氏家族的公子哥儿郑观应到了上海，跟着曾寄圃当学徒。容闳到安庆的时候，马礼逊学校的同班同学唐廷植正在江海关当翻译，唐廷植的弟弟唐廷枢也到了上海滩。唐氏兄弟跟郑观应他们家又是姻亲，关系更为密切。

容闳跟曾寄圃在宝顺洋行共事的时候，曾寄圃还招收了一名高徒，此人叫徐润。徐润所在的徐氏家族在上海滩堪称买办豪门，伯父徐钰亭是上海宝顺洋行总办，四叔徐瑞珩在上海经营绿茶业。徐氏家族跟郑观应家族又是两百年的世交。

穷苦出身的容闳跟买办世家子弟们一开始并不是一个圈子的人，尽管他们在宝顺洋行有着交集，但唯有曾寄圃才是容闳打入广东商帮的引路人。1858年，黄河泛滥，江苏北部顿成泽国，难民涌向上海滩。上海滩的中国商人决定成立募捐代表团，曾寄圃希望熟悉中英文的容闳撰写一篇募捐通告。

容闳的募捐书很快写成，募捐委员会将其在英文报纸上发布。令曾寄圃很吃惊的是，不到一个星期，募捐代表团就募集到了2万两白银。[21]募捐结束，容闳以募捐委员会的名义写了一封公开感谢信，感谢信同样刊登在英文报纸上。一下子，容闳成了上海滩的名人。

黄河募捐之后，以徐润、郑观应、唐廷枢兄弟为首的广东商帮跟容闳交往变得更深。曾国藩在张斯桂到安庆后了解到，容闳的广东商帮圈子在上海滩跟江浙财团平分秋色，在洋商影响力方面，随着广东十三行商人的北上，广东商帮实力甚至超越了江浙财团。

曾国藩对容闳的改革计划赞赏有加，要想实现庞大的改革计划，那就需要雄厚的资本支持。钱从何来？曾国藩权衡利弊，在安庆这座城市，通过容闳操控远在上海滩的广东商帮，那只是镜中之花。曾国藩已经秘密在上海选定了一块地皮，只要容闳按照计划行事，广东商帮就能被湘军集团掌控，自己的工业改革计划就能一步步推行下去。

军企谁家大：上海洋炮局与安庆军械所交锋

制器之器

　　窗外阴霾笼罩，容闳望着眉头紧锁的曾国藩，心里忐忑不安。

　　容闳到现在都没有弄明白曾国藩心里是怎么想的。曾国藩从上海滩弄了一大帮的科学家，蒸汽机是研制出来了，但轮船模型整了很久都没有谱儿。尽管之前造了一艘轮船，可是只能坐两个人，当时曾国藩坐在船头，船行了一公里，蒸汽就没有了。现在曾国藩的弟弟曾国荃急于合围南京，李鸿章的部队又一直在向南京方向移动。曾国藩现在正处于军事工业改革的决战阶段，一步都不能有失。

　　曾国藩面对眼前这位留学生时，心里也在不断地琢磨，民富国强的那一套理论从林则徐时代就有了，容闳的改革之梦能执行下去吗？现在安庆军械所人才不少，可是生产设备老土，曾国藩现在只希望容闳能拿出一套可行的方案。

　　容闳没有憋住，一股脑儿跟曾国藩说了自己的想法：根据我在美国的观察和经验，大清帝国现在政局不稳，经济也很糟糕，基础设施都没有，先进的设备更没有，在这样的条件下要想办机器厂，那就应该先办基础性的普通的机器厂，而不是建立那种只适应特殊需要的机械厂。[22]

　　曾国藩在安庆大搞军事工业，尽管资金都是从湘军的军饷中节省出来的，但其性质也属于国有，国有企业就应该制造现在最紧缺的枪支弹药，更重要的是轮船。在安庆城，从来没有人给曾国藩指出，大跃进的军工项目有什么不对，因为执行具体项目的都是自己的老部下，身为军人，服从命令是他们的天职。

　　安庆军械所的轮船计划是曾国藩跟奕䜣博弈的早产儿，曾国藩现可不想这个早产儿夭折，一方面他需要用安庆的军事工业来武装湘军集团，更重要的是为湘军集团未来的转型做护身符。容闳进一步给曾国藩描绘了他的计划：建立一个能够再派生出许多专门性分厂的集团公司，集团公司作为控股企业，能够生产制造枪炮、机车、农业器械、钟表等机器的机器。

什么样的机器有这么牛？

当然是"制器之器"。耶鲁大学高才生的话让曾国藩茅塞顿开，没错，徐寿他们捣鼓出来的蒸汽机不能长久运行，就是因为设备太老土，导致蒸汽不够，枪炮的制造基本是手工作坊，这样的生产力怎么能够推而广之呢？有了制造枪炮轮船的机器，富国强兵的宏愿就只是时间问题了。

曾国藩听完容闳这么一说，当天晚上兴奋难眠，连夜写日记记录容闳提出的"制器之器"之说。[23]曾国藩决定重用这位耶鲁高才生，他授予了容闳五品军功，让他代表湘军集团到海外采购机器设备，一定要建立一家正规的现代化工业集团。

这一天，是容闳到安庆的第三个星期。容闳万万没有想到，当初以为自己到过南京，曾国藩是要将自己诳到安庆杀头的，没想到这位"杀人如麻"的两江总督，在百忙之中跟自己畅谈富国强兵之策。三个星期的时间，一个商人一跃成为两江总督的座上宾，走进了大清帝国权力核心，耶鲁之梦正在一步步走向现实。

曾国藩的举动让容闳感激涕零。"曾国藩的伟大是不能用爵位来衡量的，这不在于他克服了叛乱，更不是因为他收复了南京，而是在于他了不起的品德。"容闳在自己的回忆录中回想到安庆的一幕幕。曾国藩的知遇之恩依然让他激动不已，"他的纯洁而无私的爱国精神、他的廉洁奉公和他的深刻而有远见的政治头脑，他在历史上以正直著称，所以死后被谥为'文正公'"。[24]

海外采购机器的银子从哪里来呢？安庆城是没有购买机器的银子了，曾国藩给容闳开了空头支票，让他去找广东财政厅跟上海道台要6.8万两白银。广东财政厅不归曾国藩管，现在上海道台又归李鸿章管。曾国藩将容闳推到了前台，只是不愿意同李鸿章发生正面冲突，一旦李鸿章拒绝容闳用上海的资金为安庆的军事工业采购机器，曾国藩就可以两江总督之名站出来为容闳周旋。

1863年春天，太平军大肆封王，朝野乌烟瘴气。曾国藩图谋合围南京，一举剿灭太平军。这一次让李鸿章筹备专款，又加大了师徒二人的隔阂。

围剿南京是大清帝国的政治任务，面对曾国藩的筹集专款指令，李鸿章难以违背，只能将九江茶捐指拨南京大营，又加收上海厘金一成指拨安庆大营。两项商业税每个月加在一起才3万两，这对于10万湘军将士来说简直就是杯水车薪。曾国藩急了，要求李鸿章"每月酌提4万，万不可减"。[25]

李鸿章对此也是满肚子的牢骚，因为淮军也在前线跟太平军进行最后的血战。李鸿章对曾国藩规定的每月4万两的底线很是不满意，他给正围攻南京的曾国荃写信发牢骚，甚至引用《史记·李斯列传》中形容为官遭祸，抽身悔迟的"东门黄犬"[26]典故，表达自己的不满。

海军舰队事件让奕诉不得不接受跟汉族武装集团结盟。奕诉非常清楚现在爱新觉罗皇族的尴尬，八旗劲旅已经堕落，汉族武装集团在剿灭太平军的过程中迅速崛起，大清帝国只有利用、分化汉族武装集团，维系整个帝国军事平衡才是保卫皇权的最佳选择。奕诉不希望曾国藩的湘军一支独大，金钱是瓦解权力最好的毒药，李鸿章的"东门黄犬"之叹正是清政府执政集团希望看到的结果。

一对曾经亲密无间的师生，从宿松会议到渡兵上海滩，宿怨在一步步加深。军费问题只是上海滩利益争斗的一个表象，军事工业竞争才是这对师生宿怨的最大症结。曾国藩之所以要挖人，图谋控制商帮，甚至派容闳到美国采购机器，都是因为李鸿章到上海滩抓住了江浙商人命脉之后，在跟曾国藩博弈的过程中，开始大兴军事工业。李鸿章的军工产业从一开始就引入了国际人才，势头远远超越曾国藩的安庆军械所。

李鸿章的上海洋炮局

当年初到上海，李鸿章就被华尔洋枪队的火炮威势给镇住了。在曾国藩的帐下，李鸿章也见识过曾国藩造的火炮，但其威力根本没办法与洋人火器的杀伤力相比。李鸿章给曾国藩写信，提出要向洋人购买军火。当时在安庆忙着造枪炮的曾国藩一听，觉得自己就在造炮，但李鸿章偏要将大把的银子交给洋人，就很冷淡地给李鸿章回信，告诫李鸿章洋枪火药并非战争的唯一利器，用兵"在人不在器"。

战争是一门血腥的艺术，这一点李鸿章自然明白。但运筹帷幄在冷兵器时代是制胜的关键，当火炮满天飞的时候，用大刀片子指挥就会失灵。他给曾国藩写了一封信，言辞激烈："深以中国军器远逊于外洋为耻。"[27]

李鸿章的回信从表面上看是抨击中国的军备，实际上是暗批曾国藩老土的军事工业大跃进。因为李鸿章解送到安庆的军费，一部分就是用于安庆军械所的创业。李鸿章希望直接购买洋枪洋炮，可是英法列强对李鸿章采取了武器禁售政策，淮军即便高价买到的也是非常普通的枪支弹药。

为了打破湘军集团一家独大的局面，奕䜣于1862年11月指示各省督抚派出将校学习洋人制造各项火器之法。奕䜣在中央指示中特别强调，派出学习的人员不必得到密传，能征善战就好，"以为自强之计"。[28]

在清政府执政精英的支持下，李鸿章决定派手下将士虚心学习，希望能够从洋人那里"得其密传"，学到制造枪炮的秘诀。[29]李鸿章的想法只是一厢情愿，欧美的军火商可不愿意传授军火制造的手艺，万般无奈之下，李鸿章花高价购买了洋枪洋炮，其中炸弹成为李鸿章采购的重点。很快，李鸿章就弄到了32磅、68磅的大炸弹。李鸿章名义上是为淮军采购军火，真实目的是"设局仿制"。

上海洋炮局，是李鸿章到上海后创办的第一家军工企业。李鸿章的军工企业比曾国藩的现代化，企业从一开始就引入大量国际人才。相比之下，曾国藩的安庆军械所就寒酸得多了。曾国藩尽管一开始就从上海搞了一批所谓的知名科学家，可是这些科学家基本都是"二把刀"，英语说得都不利索，他们依靠自己翻译的外文书籍在安庆依葫芦画瓢，这就不难理解为啥捣鼓了一两年连个模型都捣鼓不出来了。

李鸿章引进的第一个国际人才叫马格里（Macartney Halliday）。说马格里是一位军工方面的国际人才，那其实是开国际玩笑。因为这个出生于苏格兰的美国人，毕业于爱丁堡大学医科专业，他是以第99联队军医的身份于1858年随英国侵略军来华的。第二次鸦片战争结束后，马格里给那个带领士兵抢劫杨坊钱庄的洋枪队头领白齐文当秘书。

马格里跟李鸿章结缘，与他的妻子有关。马格里的妻子郜氏有一位声名显赫的叔叔，他就是太平天国的纳王郜永宽。郜永宽献出苏州城投降，李鸿章却大开杀戒。国际舆论批评洋枪队新统领戈登帮助李鸿章蒙骗投降的太平军，英国政府下令戈登"中止给帝国（清朝）事业的一切积极援助"。戈登为讨回公道，跟李鸿章闹得水火不容。李鸿章遂让江浙财阀潘曾玮出面，找到马格里出面游说戈登。

杀降矛盾和解后，马格里觉得李鸿章还不错，跟戈登打招呼，准备去李鸿章手下打工。戈登很是诧异，李鸿章刚刚杀了马格里妻子的叔叔，马格里转身就要给李鸿章卖命。但戈登还算开明，既然英国的军营留不住马格里，就批准他脱离英国军队的申请。马格里拿到退伍批复后，立马投奔到李鸿章的帐下。

李鸿章对马格里的投奔很是热烈欢迎。正是因为马格里的到来，改变了李鸿章从欧美列强手上购买军火的想法。马格里在笔记中写道："当时他购买外国军火所付的价格过高，买一颗从英国炮船上偷来的普通的12磅炮弹要花费30两银子，买一粒最坏的铜帽也要16两银子，即6英镑。我告诉他，欧洲都开办大工厂制造军火。中国若要为本身利益着想，也应该建立这样的制造厂。"

洋人将李鸿章当成傻帽儿给糊弄了，马格里让李鸿章恍然大悟。李鸿章让马格里带领一帮淮军将校在上海一座高昌庙里制造炮弹。军医出身的马格里根本就不懂军火制造，但是他在洋枪队的见闻让他迅速成为军火专家。马格里居然使用简陋的工具，造出了一批炮弹、药引、自来火。

李鸿章在国际人才的带领下造出来的炮弹，跟曾国藩在安庆造的差不多。炮弹造好的时候，英国驻华陆军司令士迪佛立（Charles W. Staveley）正好来拜访李鸿章，李鸿章请士迪佛立鉴定马格里造的炮弹，士迪佛立给予了好评。

士迪佛立的鉴定并没有让李鸿章安心，因为马格里之前就说了，英法人在军火方面没有诚信。士迪佛立在第二次鸦片战争中的职务是侵华陆军旅长，他能坐上驻华陆军司令的位置，可是由大清帝国无数将士的头颅铺就的。士迪佛立走后，李鸿章决定跟太平军交火的时候试用一下，没想到自己造的炮弹威力跟洋枪队的炮弹一样猛烈。

马格里在破庙里仿造出了威猛的炮弹，这让李鸿章扬眉吐气。他立即授权马格里，让其招募工人，并在松江县的那座破庙里筹建上海洋炮局。也正是因为上海洋炮局，才让曾国藩、李鸿章这一对师生的关系更趋紧张。

上海洋炮局的并购步伐

马格里带领50名工人在破庙里忙活了4个月，于1863年4月成立上海洋炮局。上海洋炮局一成立，马格里就招募了大量的从英法军队退役的洋人，因为这些人对军火相当熟悉。为了规模化生产，马格里还从香港购办了造炮器具。

马格里对李鸿章可谓忠心耿耿，甚至向李鸿章提出申请，要加入大清帝国国籍，这让李鸿章很诧异，也很为难。因为之前华尔三番五次要加入帝国国籍，江苏地界上的官员也接二连三跟皇帝汇报华尔移民的事情，可是华尔到死都不改服剃头。马格里会听紫禁城的话吗？洋人移民大清帝国，闹不好还会惹出国际麻烦。

李鸿章的军工事业可不想豪赌在马格里一个人身上，他将自己的心腹爱将韩殿甲从战场上抽调回来，这位官至正三品参将的韩殿甲对军火制造技术有一定了解。李鸿章给韩殿甲下令，一定要带领中国工匠认真学习洋人的手艺。很快，韩殿甲带领的中国工人掌握了造炮技术。上海洋炮局第二分厂成立，韩殿甲担任二炮厂长。

韩殿甲的成功刺激了李鸿章，他认为扩大规模成为必然。李鸿章又想起了自己在曾国藩幕府的老朋友丁日昌。这位被惠潮嘉道李璋煜赞为"不世之才"的卢陵知县于1861年入曾国藩幕府，后来被派到广东征收商业税。丁日昌到了广州，发挥通晓西洋火器的专长，造出了2000多颗炮弹，在广东地界名声大振。

身为曾国藩的幕僚，丁日昌被李鸿章调到上海，摇身一变成为淮军的干将，这对曾国藩来说无异于釜底抽薪，因为丁日昌去广州征收商业税就是为湘军筹集军饷的。丁日昌到上海后，李鸿章立即让他组建上海洋炮局第三分厂，并让他担任三炮厂长。

上海洋炮局规模扩大之后，马格里又瞄上了阿思本舰队的基础设施，因为阿思本舰队有一套制造、维修军火的机器设备，包括蒸汽锅炉、化铁炉、铁水包和各种机床等，号称"水上兵工厂"。阿思本他们是不可能将这座水上兵工厂搬回伦敦的，他们要么卖给欧美其他国家，要么卖给大清帝国的邻居——日本。

中国有一句俗语：不为良医便为宰相。马格里没做成良医，到了中国却拥有了一肚子的政治斗争才能。马格里跟李鸿章分析，阿思本他们为了急于变现回国，很可能将工厂就近卖给中国人，最有可能卖给的就是两江总督曾国藩。曾国藩买下后肯定要在上海设立分厂，然后让安庆军械所跟上海的水上兵工厂遥相呼应，那样一来，北京政府就可能从国有资金运作成本考虑，让已经集团化的安庆军械所出面吞并上海洋炮局。

李鸿章一听，觉得马格里的想法很有远见，立即找到阿思本，商洽买下他们留下的这座水上兵工厂。李鸿章已经率先一步跟阿思本他们谈判了，这让远在安庆的曾国藩鞭长莫及，只能眼睁睁看着阿思本舰队留下的水上兵工厂成为上海洋炮局的家当。1864年1月，李鸿章买下了水上兵工厂的所有设备，以扩充洋炮局的规模。

有了阿思本舰队留下的兵工厂，李鸿章的军事工业才算真正走上了正轨，上海洋炮局成为大清帝国第一个引进西方技术和设备，并具有机械化生产能力的企业。上海洋炮局的生产能力也突飞猛进，每周能生产2000发左右的枪炮弹及其他一些军火。

李鸿章很快发现，上海洋炮局的生产成本大幅度降低。当初李鸿章从欧美军火投机商手里采购一枚12磅的炮弹要30两银子，现在不超过3块银元，成本一下子降低了十倍。李鸿章对此相当地开心，连续两次奏请清廷，授予马格里三品顶戴，并加道员虚衔。[30]

上海洋炮局的快速扩张与并购，使曾国藩明显感到安庆军械所的利益受到了威胁。因为从上海滩解送到安庆的商业税、关税越来越少，李鸿章将大量的银子都砸到了自己的军工企业中。1864年7月底，李鸿章给同治皇帝提交了一份淮军的财务奏折，这份财务奏折详细披露了淮军学习西洋练兵、制造军火的成本。

"恭呈御览"的财务奏折显示：1862年5月起至1864年7月底止，支付英法军官教练工资313390两；购买西方军火911582两；置买租雇各项轮船207326两；西洋炮火各局置买器具料物和雇用中外工匠等支付177912余两。淮军集团为学习西洋练兵跟制造军火，两年里一共支出了1610210两白银。按照当初曾国藩的判断，上海的财政收入可以贡献军费60多万两白银，李鸿章显然将上海的财富透支耗费了。

容闳到了上海后，跟美国罗素公司（Russell&CO.）的工程师约翰·哈司金（John Hawkins）达成了机器采购协议。约翰·哈司金跟容闳商议，自己先回国绘制机器跟未来机器厂的图纸，等容闳资金筹集齐了，那个时候美国的机器也就可以交货了。

曾国藩的采购协议达成了，李鸿章不得不面对一个难题：上海道跟广东财政厅要分担6.8万两白银，也就是说上海道至少要拿出3.4万两白银。这对当时正在谈判购买阿思本舰队的李鸿章来说，简直就是釜底抽薪。李鸿章发现，在上海逗留的容闳跟广东商帮往来密切。一番琢磨后，李鸿章决定先下手为强。

倒霉的五品官，受牢灾又亏财

旗昌洋行

骷髅会，容闳选定的一条入美通道。

骷髅会的创始人之一威廉·亨廷顿·罗素（William Huntington Russell）是容闳的校友，他有位堂兄叫塞缪尔·罗素（Samuel Russell）。塞缪尔是美国康涅狄格州的一位商人，也是旗昌洋行的老板。旗昌洋行前身为罗素公司（Russell&CO.），用广东话叫赖素洋行。塞缪尔尽管只是一个商人，可是他出生在显赫的罗素家族，该家族跟美国政坛关系密切。威廉当初联手老同学阿方索·塔夫脱（Alfonso Taft）组建骷髅会的时候，堂兄塞缪尔已经成为旗昌洋行的大老板，在中国沿海大肆走私鸦片，跟怡和洋行、宝顺洋行形成三足鼎立之势，塞缪尔在十几年里就家财万贯。当时，威廉的骷髅会刚刚组建，塞缪尔将在中国贩毒赚取的银子用来大力赞助堂弟威廉的骷髅会。

容闳找到旗昌洋行，一方面跟威廉是校友，更重要的是这家公司跟广东商帮有着密切的关系。旗昌洋行成立之初的两个股东都是美国驻广州领事。鸦片战争前夕，中国首富、怡和洋行老板伍秉鉴的两个美国干儿子福布斯兄弟，凭着伍秉鉴的巨款，成为旗昌洋行的大股东，其中罗伯特·贝内特·福布斯（Robert Bennet Forbes）还是旗昌洋行的经理。[31]

到了第二次鸦片战争时，广州商人、吴松道台吴健彰更是帮助旗昌洋行将9名生丝商、茶叶商拉入其旗下的轮船公司，为旗昌轮船贡献了三分之二的资本金，成为旗昌轮船的股东。到了1862年，身为道台大人的吴健彰同时兼任旗昌轮船的买办。约翰·哈司金到上海，就是从美国运送旗昌轮船的第一批轮船过来，旗昌轮船后来成为大清帝国航运工业最大的竞争对手。

容闳跟约翰·哈司金签约，就是希望借助广东商帮在旗昌洋行跟旗昌轮船的影响力，从美国采购制器之器。选定旗昌洋行，跟威廉的骷髅会有着莫大的关系，因为那个时候威廉已经是州立法机构成员，加上其他股东在美国政坛的背景，美国当局就不会封杀旗昌洋行向大清帝国出售尖端设备。

李鸿章这下子抓住了容闳的尾巴。尽管那个时候吴健彰已经回到广州，可是他在旗昌洋行的股权影响力依然存在。容闳通过吴健彰持有股权的公司采购美国机器，要知道吴健彰当年可是因为"通夷养贼"给摘了乌纱帽的。

一个五品军功的耶鲁高才生，跟美国骷髅会的创始人家族做生意，交易对象中一名重要股东又是大清帝国的罪臣。李鸿章跃跃欲试，只要这个时候向奕䜣打个小报告，容闳的美国订单就会黄。因为容闳去美国采购的费用是上海海关跟广东财政厅出的官银，那可是国有资产。旗昌洋行赚钱分给吴健彰这样的股东，那是将国有资产扔到罪臣腰包里，这是不可饶恕的洗劫国有资产罪。

但是旗昌洋行是一个藏龙卧虎的地方，罗素家族在美国可不是吃素的，骷髅会也不是那么无能的。他们将美国驻上海领事金能亨（Edward Cunningham）吸收到旗昌洋行当合伙人。这位美国领事在组建旗昌轮船的过程中，一方面笼络大清帝国的官商入股，另一方面笼络一位把控着中国海关的英国人赫德当股东。

如果李鸿章将奏折送进北京，容闳的美国之行肯定会被暂缓，安庆方面跟旗昌洋行的合同也可能会被叫停。可是这样一来，李鸿章就真的跟老师曾国藩势不两立了。一旦旗昌轮船的股东赫德出面跟奕䜣撒娇，奕䜣也会从稳定曾国藩的角度，放行容闳的美国采购。那样一来，李鸿章就真的里外不是人了。

李鸿章的策略

权衡利弊得失，李鸿章决定来一招暗度陈仓。他了解到，旗昌洋行从成立到容闳与其签订单期间，已经有不少于五位买办是广东商帮成员。更让人脊背发凉的是，广东商帮中的精英都是宝顺洋行、怡和洋行等一大批欧美公司的买办。

容闳跟旗昌洋行签约，进一步增强了李鸿章要奴化广东商帮的想法。丁日昌，李鸿章想到了这位曾国藩曾经的幕僚，现在正在跟马格里忙着造枪造炮，由他领导的三分厂红红火火，已经成为上海洋炮局效益最好的分厂。丁日昌是广东丰顺县人，由于老家做生意的人很少，他跟以香山人为首的广东商帮交情很淡薄。李鸿章决定将丁日昌调任苏松道台，坐镇上海滩盯住广东商帮。

丁日昌早年落魄的时候，是曾国藩收留了他，曾国藩派丁日昌到广东征收商业税，给了他一个崛起的机会。在曾国藩想方设法操控广东商帮的时候，李鸿章以办理军务的名义将其调到上海。曾国藩表面上啥都没说，但容闳的上海之行，以及跟旗昌洋行签订采购合同，已经是在给李鸿章警告了。

李鸿章将丁日昌提升为分管上海的道台，就是给曾国藩做个姿态，意思是，对老师您的人，我可是一心为公全力保举的。李鸿章给曾国藩埋下丁日昌这颗广东钉子，将来却成了他一举掌握大清帝国经济改革主动权的有力武器。不过，李鸿章为眼下江浙的政治格局感到焦虑。

从1864年开始，南京的洪秀全政府已经到了崩溃的边缘，容闳那位好朋友洪仁玕推行的改革新政，在各位王爷眼中就是开玩笑。太平天国内部倾轧，湘军、淮军全面出击，南京的太平天国政权已经摇摇欲坠，连洪秀全都在金銮殿大嚼野菜充饥。

太平军气吞万里如虎的气象早已远去，洪秀全在饥饿中图谋使太平天国回光返照，一心想封侯拜相的曾国荃可不想给洪秀全最后挣扎的机会。曾国荃跟曾国藩尽管是亲兄弟，可两人性格迥异，他要独揽拿下南京的天功。曾国荃哪里能读懂曾国藩的担心，湘军一旦拿下南京，将太平军彻底消灭，那么最后很有可能落个狡兔死、走狗烹的下场。

李鸿章将面临和曾国藩一样的问题，刚刚形成一定规模的淮军也将可能面临刀枪入库、马放南山的局面。另外，南京一旦被攻破，身为两江总督的曾国藩一定会进驻南京。而身为江苏巡抚的李鸿章，也只能回到自己的省会城市苏州，那样就必将远离上海滩，而曾国藩则可以利用两江总督的身份，直接插手上海滩的政界、商界。

更让李鸿章感到不安的是曾国藩在安庆成功试航了小火轮船。1864年1月28日，安庆军械所轮船制造总办蔡国祥在安庆江面试航小火轮船，曾国藩坐在船中督看。当天的试航很成功，明显比第一次试航途中熄火好得多。曾国藩在日记中写道："看蔡国祥驾驶新造之小火轮船长约二丈八九尺，因坐至江中，行八九里。约计一个时辰可行二十五六里，试造此船，将以此放大，续造多矣。"[32]

"以练兵学战为性命根本，吏治洋务皆置后图。"[33]曾国藩在李鸿章奔赴上海前夕说的这句话，时常在李鸿章耳边回响。而曾国藩的兄弟为了独揽攻破南京天功，不断催促李鸿章筹粮抽饷。一方面是谆谆教诲，一方面是钱粮逼宫。攻破南京是淮军的分内职责，这不正是曾国藩说的战为性命根本吗！这时，总理衙门下发的一封信函，立即让李鸿章莫名兴奋。

剿灭太平军进入了关键时刻，李鸿章的上海洋炮局因为生产量极大，成为议政王奕䜣关注的重点。奕䜣给李鸿章发函，要求李鸿章详细汇报上海洋炮局的生产状况。让李鸿章感到意外的是，奕䜣在信函中提出要各地抽调精兵到江苏学习军火生产技术，所有的经费由北京负责。[34]

安庆军械所在当时堪称国内第一家集团化的军工企业，共计设立了五局二所：子弹局、火药局、枪炮局、善后局、谷米局和内军械所、内银钱所。安庆军械所分工非常明确，有供应湘军军火的，有供应湘军军需物品的，其中火药局生产各种炸炮、火药，子弹局生产炮弹，枪炮局制造劈山炮、抬炮、小炮等，内军械所制造轮船。令人奇怪的是，奕䜣为何不派人到安庆派出学习的精兵，而向曾国藩的学生李鸿章处派出学习精兵呢？

奕䜣的信函犹如雨露一般，润泽了李鸿章焦急的内心，他在给总理衙门的回函中向奕䜣揭露了一个惊天秘密：西方制造枪炮时有很精准的算术支撑，而中国的造炮都是以康熙皇帝时期汤若望的经验以及福建商人丁拱辰的《演炮图说》为秘籍，汤若望的造炮技术已经相当落后，丁拱辰尽管出过国经商，但只是到过中东等地，没有到过欧美，秘籍也只是"浮光掠影""附会臆度之谈"。[35]

李鸿章矛头直指以曾国藩为首的国营枪炮企业，他在信函中以近乎嘲笑的口气说道："无怪乎，求之愈近，失之愈远也。"影射曾国藩手下的军火人才都是在上海滩混出来的，没有像样的国际人才。李鸿章在信函中毫不客气地指出安庆等地造炮不精是制造者之过。

北京政府面对太平军的攻势以及洋人的威胁，自然对曾国藩利用军饷搞国有军工企业睁一只眼闭一只眼。现在是剿灭太平军的最后时刻，奕䜣自然不希望得罪曾国藩，但是为了给曾国藩和湘军集团敲警钟，他给李鸿章写了一封表扬信，信中写道："阁下莅沪以来，设立军火局，广觅巧匠，讲求制器以及制器之器，击锐摧坚，业已著有成效。"[36]

奕䜣表扬李鸿章，一方面是因为上海洋炮局为合围南京太平军的部队输送了

10000多颗炸炮，另一方面是要告诫曾国藩，国有企业是拯救帝国的经济之本，但是大跃进需要用成绩说话。

1864年6月1日，太平天国的领袖洪秀全在南京身亡，太平军的覆灭指日可待。第二天，总理衙门大臣恭亲王奕䜣向同治皇帝递交了一份奏折指出："查治国之道，在乎自强。而审时度势，则自强以练兵为要，练兵又以制器为先。"[37]身为帝国执政者的奕䜣，这个时候考虑的是国家稳定后的发展问题，明确提出了以军事工业为试点的工业改革国家战略。

改革就是摸着石头过河，帝国舰队的夭折令奕䜣难以释怀，他依然希望帝国的工业改革能够从军事工业开始试点。一方面是国家资本容易调动，改革成败皆在政府掌控之中，另一方面是朝廷可以以皇帝的名义掌控军队，将整个改革大权控制在清政府执政集团手里。奕䜣在奏折中不惜笔墨向皇帝提出，一定要派人向西方强国学习技术，只有帝国富强了，国威才能提升。

奕䜣在给同治皇帝的奏折中附带了李鸿章的一封信。

当时的李鸿章正在剿匪前线，他看到战争即将结束，而战争一旦结束淮军就面临飞鸟尽、良弓藏的局面，淮军集团只有转型一条路可走。面对一个溃烂的帝国，改革是唯一的选择。

李鸿章在包括军事在内的工业改革方面提出了一个明确的战略："鸿章以为中国欲自强，则莫如学习外国利器；欲学习外国利器，则莫如觅制器之器；欲觅制器之器与制器之人，则或专设一科取士。"李鸿章对曾国藩派容闳一人到美国采购机器不以为然，认为通过洋人培养帝国自己的人才是第一要务，赏给为改革奉献的人功名，则"业可成、艺可精，而才可云集"。

李鸿章的信简而言之就是一句话：要强国，就得造利器；造利器，就要办工业。身为淮军集团的领袖，事关淮军军事集团向政治集团转型的成败，李鸿章在给奕䜣的信中提出改革战略，意在将来在改革的意识形态上抓住主导权，更重要的是淮军集团的改革需要中央支持。奕䜣的改革奏折送到了慈禧太后手上，强国的执政战略自然一路绿灯。这无疑是给了李鸿章兴办军事工业一针强心剂，而丁日昌也给李鸿章带来了好消息。

丁日昌的圈套

1864年的秋天，帝国上空万里无云。

那个秋天，容闳已经带着曾国藩的使命到达美国，但让他失望的是美国南北战争打得如火如荼，新英格兰地区的工厂都忙着为政府造枪造炮，最快也得半年才能造出机器。

美国的南北战争大大地刺激了容闳，这是一场解放奴隶的战争，老百姓为了民主与自由，正在用鲜血和生命进行战斗。容闳决定利用这半年时间，参加这一场民主与自由的战争。容闳找到一位老同学的父亲巴恩斯（Barnes）将军，请求批准他作为北方的志愿军参加战斗。巴恩斯将军认为，采购现代化的机器回大清帝国比戴着为民主与自由而战的军功章回国更具重要性。[38]

容闳在美国为机器奔走的时候，苏松道台丁日昌在属下的陪同下，漫步在黄浦江畔。李鸿章让他到上海可是要盯住广东商帮，大搞经济实体的。现在太平军已经剿灭，可是经济实体却毫无起色，丁日昌吟出心中惆怅："不筹盐铁不筹河，独倚江南涕泪多。师夷何日能制服，欲问浦江泪更多！"

一首惆怅诗吟罢，丁日昌蓦然走到了一栋花园别墅跟前，里面丝竹之声悠扬婉转。这栋别墅的主人正是容闳的同班同学唐廷植，现在是上海海关的翻译。

丁日昌对唐廷植已经关注很久了，一方面是他的弟弟成为怡和洋行的总办后，唐氏家族在上海滩影响力越来越大。更重要的是，丁日昌打探到一个绝密的消息，赫德已经将唐廷植列入了华人税务司的内定名单里。

上海海关是两江的肥缺，尽管海关在丁日昌的管辖区域之内，可是赫德让洋人把持着各个关口，丁日昌想筹集资金，还要跟赫德反复交涉。赫德经常装出大公无私的样子，不把丁日昌放在眼里。丁日昌一直希望向上海海关掺沙子，派自己的人担任华人税务司一职。没想到广东商帮跟赫德走得如此之近，只要拿下唐廷植，就能对广东商帮与曾国藩来个釜底抽薪。

赫德很喜欢唐廷植处理商务的西式方式，除了翻译之外，他还让唐廷植管理进出口税单，检查进出口货物等。赫德给唐廷植指派超额任务，一方面是他能干，更重要的就是希望唐廷植能尽快进入税务司的状态。唐廷植尽管游学海外，但他还是担心上海海关的倾轧，毕竟这是大清帝国的海关。为了能够寻找政治靠山，唐廷植出资捐了一个五品同知的官衔。

丁日昌决定给唐廷植设个圈套，他先将唐廷植的两位助手押起来，让这二位交代唐廷植在海关的所作所为。唐廷植的两位助手非常清楚丁日昌跟李鸿章的关系。太平军被剿灭之后，李鸿章加速筹建更大的工业公司，丁日昌整天到海关要银子，他这一次抓唐廷植的助手，就是看上了唐廷植海外经商赚的银子，所以这两位助手只能按照丁日昌想要的去说。

李鸿章很快就拿到了丁日昌的破案报告：因华商每遇洋船装货，所议合同及水脚总单并洋行保险凭证，均系洋字，华商往往不能辨认，嘱托唐廷植翻译，偶然送给银两酬劳，续因翻译较多，并因到关纳税应给税单妥速，遂各相沿送银酬谢。丁日昌跟李鸿章将唐廷植收受酬劳的行为定性为收受贿赂，对一个拥有五品官衔的海关首席翻译，这可是犯罪。拿住唐廷植后，李鸿章一个更庞大的计划开始了。

两江易主，生吞活剥的并购棋局

学生向老师发难

唐廷植被关进了牢房，他的脑子里一片迷茫。

丁日昌抓了唐廷植以及他的助手，目标非常明确。唐廷植是唐廷枢的哥哥，身为怡和洋行的总买办，唐廷枢岂能眼睁睁看着哥哥在监狱里受刑？郑观应、徐润一干大买办都是唐廷枢家族的姻亲世交，老哥哥进了号子，自然要鼎力相救。道台丁日昌只是台面的小人物，李鸿章现在才是上海滩真正的主人。

抓唐廷植只是李鸿章牛刀小试，那个时候曾国藩跟左宗棠的关系发生了天翻地覆的变化。曾国荃攻破南京后，曾国藩给同治皇帝写了一份奏折说："伪幼主洪福瑱积薪自焚而死。"太平军的幼主自焚了，这让皇帝很高兴。可是左宗棠偏偏在一个月后也给皇帝写了一份奏折，说："福瑱并未死，已逃至湖州。"谎报军情，在历朝历代可都是大罪。[39]

李鸿章乐得看见曾国藩跟左宗棠分道扬镳。在淮军集团向南京开进的路上，曾国荃曾鼓动湘军将士诸般设障，他认为自己浴血奋战数年，岂能功亏一篑，将功劳让与他人？[40]没错，曾国荃从未将哥哥的这位学生放在眼里，尤其是淮军崛起于上海滩，湘、淮二军已经成为大清帝国旗鼓相当的两支汉族武装，曾国荃自然不会让淮军最后给湘军来个一剑封喉。

左宗棠的奏折让李鸿章莫名欣喜，更为关键的是曾国藩跟左宗棠还闹到慈禧太后那里去了。慈禧太后跟奕䜣扳倒肃顺集团后，一直担心湘军集团尾大不掉，现在是曾国藩在宿松最信赖的左宗棠告了他，而且洪福瑱在一个月之后就被活捉了，这也证实了曾国藩谎报军情。慈禧太后自然希望看到湘军内讧，最后下诏调解，曾国藩跟左宗棠的关系降到了冰点。

曾国藩跟左宗棠是真攻讦还是唱双簧？

李鸿章抓唐廷植是要试探一下曾国藩。因为当初曾国藩派丁日昌南下广州，就是希望掌控广东商帮，他能挖走张斯桂，甚至派容闳赴美采购机器，以及容闳跟旗昌洋行签订单已经向李鸿章证明，广东商帮是跟着曾国藩的。现在朝廷反正已经盯上曾国藩跟左宗棠了，李鸿章决定拿容闳的同班同学开刀，利用唐廷植来个火上浇油、一石二鸟。

李鸿章非常清楚，唐廷植兄弟二人跟海关总税务司赫德关系密切，一度是汉人税务司的热门人选。现在尽管自己以收受贿赂的名义将唐廷植给逮捕了，但上海滩的洋人会在唐氏兄弟的煽惑下闹事，搞不好英国的驻华公使又要跳出来找碴儿。李鸿章决定利用国际势力给曾国藩下套儿："吾师威望为西人所慑，调济于刚柔之间，当能为国家增重。总理衙门似趋柔和，须外有重臣阴持其柄也。"[41]

没错，曾国藩是总督四省兵马的两江总督，上海滩本是他管辖的地盘，震慑上海滩的洋人也在情理之中。不过在洪福瑱生死一案中，慈禧跟奕䜣对曾国藩已经失去信任，曾国藩在家书中担心自己"用事太久，兵柄过重，利权过广"，[42]容易让清政府执政集团猜忌。李鸿章建议以曾国藩的威望震慑洋人，理由是总理衙门不行，跟洋人打交道太过柔和，曾国藩到上海滩可以为国家争面子。李鸿章这一招可谓司马昭之心路人皆知。

烈火烹油只是一个开始，曾国藩去上海滩已经不可能。剿灭太平军成就了湘军跟淮军，八旗跟绿营兵已经没落，湘军出身的将领执掌了大清帝国半数的督抚大印。湘军收复南京的时候，军队总人数已经达到30多万，当时大清帝国总兵额为63万，曾国藩的湘军占据了全国兵力的一半。而曾国藩直接指挥的湘军包括其嫡系曾国荃部在内亦多达12万人。更为关键的是，曾国藩还控制了江西、浙江、江苏、安徽四省的商业税，以及多个省份的财政收入。

清政府执政集团现在最担心的就是曾国藩尾大不掉，慈禧太后跟奕䜣一旦知道湘军集团不将总理衙门放在眼里，那么一定会对湘军集团动手。李鸿章邀请曾国藩到上海滩震慑洋人，让以奕䜣为首的北京朝廷大为不爽。危机四伏的曾国藩，不得不主动向北京上了一份奏折，说自己的弟弟曾国荃身体不好，需要回老家调养，另外要将5万嫡系部队进行遣散，并将精兵良将整编到帝国绿营之中。

在官场，当诸侯势力让中央高层担心时，再怎么装孙子也会被整成孙子。曾国藩为了保存实力，在遣散5万嫡系部队的同时，设法保存了左宗棠的4万人马，还划拨了3万人马给江西巡抚沈葆桢。曾国藩如此安排可谓处心积虑,一方面是保存精锐实力为湘军集团由军事向政治集团安全转型,另一方面淮军已经达到7万,左宗棠是湘军三巨头之一,自然不会受制于李鸿章,沈葆桢是李鸿章的同门师兄弟,手握数万兵马,又怎可受制于师兄呢?

曾国藩跟左宗棠真假内讧依然让李鸿章担心,尤其是左宗棠跟曾国藩内讧之后,依然稳如磐石一般坐上了闽浙总督的宝座,两人的内讧是分道扬镳,还是曾国藩借机交班给左宗棠?左宗棠的后人发现,曾国藩与左宗棠两人有生之年一直交换奏折底稿。曾国藩裁军之后依然是湘军灵魂,完全可以在幕后执掌左宗棠、沈葆桢率领的湘军,跟李鸿章的淮军制衡。

李鸿章这个时候劝说曾国藩主持上海大局,一方面是让曾国藩离开军事工业重镇安庆,那样安庆内军械所就会因为曾国藩的调离而资金链紧张,在同上海洋炮局的竞争过程中自然会败下阵来。另一方面,太平军攻占上海期间,曾国藩曾坚决反对借助洋人军队围剿太平军,同洋人关系冷淡,曾国藩一旦在上海"阴持"外交权柄,很容易激怒洋人,即便湘军集团自解武装,对洋人畏之如虎的清政府执政集团又岂能容下曾国藩?

关键时刻,清政府执政集团倚重的科尔沁亲王僧格林沁在山东曹州被捻军击毙,僧军可是爱新觉罗皇族控制的最后一支精锐骑兵部队。1864年11月6日,同治皇帝下令已经裁减了湘军的曾国藩前往安徽跟湖北交界处剿灭捻军,圣旨上写得相当严厉:"督兵剿贼,务期迅速前进,勿少延缓。"

李鸿章期待的正是这样的局面,因为他的算盘中还有更大的谋局。北京的命令距离湘军集团剿灭南京太平军不到四个月,这一天比李鸿章想象的来得早,来得快。奕䜣为了削弱湘军集团的势力,一直拉拢李鸿章,将曾国藩调往剿匪前线后,奕䜣又给李鸿章送上了一份大礼:署理两江总督。

李鸿章走进了两江总督的大门,曾国藩"为之咤叹忧愤"!李鸿章给曾国藩写了一封信:皇上倚重老师您保障北方,剿灭捻军,而我是安徽人,属于总督管辖的地盘,按照规矩是需要回避的。现在湘军裁了,如果老师需要调集军队,以您老的威信,淮军将士焉有不听调遣?[43]

这是一个千载难逢的机会,曾国藩手上的精锐已经裁减,剿灭捻军的严令已下,谁能带兵剿灭捻军。李鸿章决定先下手为强,主动调拨三十三营17000人让曾国藩指挥,一举掐断了左宗棠跟沈葆桢的湘军北上路线。李鸿章后来陆续调集

6万人马北上，淮军集团大举向北方扩张势力。

曾国藩统率着李鸿章的淮军，发现淮军之中门阀森严，各营将帅姻亲关系复杂，以刘铭传为首的淮军将士根本就不听调遣，尽管远在千里之外的战场上，淮军依然被李鸿章操纵。李鸿章操控淮军令曾国藩忍无可忍，他给李鸿章写信发火："鄙人于淮军，除遣撤营头必须先商左右外，其余或添勇，或休息假归，皆敝处径自主持。"[44]

李鸿章接到曾国藩的信函，怨恨之情溢于言表，他在写给心腹潘鼎新的信函中牢骚满腹。因为淮军将领向他控诉，曾国藩裁撤湘军的时候保留了精锐将校，湘军的将帅根本看不起淮军。李鸿章在信中抱怨："湘军将帅，藐视一切淮部，如后生小子亦思与先辈争雄，惟有决数死战稍张门户。"[45]曾国藩遭遇淮军将领掣肘，上海洋炮局的长枪大炮在前线成了摆设，李鸿章决定联手侍读学士陈廷经，利用唐廷植的铁厂抓住工业改革的制高点。

利用京官铺路

陈廷经是道光二十四年（1844年）的进士，从编修一直混到内阁侍读学士的高位，现在是掌管北京南城刑狱的司法大员，同时还掌管四川的检察院。陈廷经尽管是寒窗苦读的八股进士，可是他对欧美的工业化非常了解，在京城因敢说真话而名声大噪。李鸿章跟陈廷经在道光二十四年同时参加科考，遗憾的是李鸿章落榜，未能与其结同科联谊。陈廷经经常在紫禁城给皇族子弟讲课，跟爱新觉罗皇族关系密切。李鸿章深知，要想实现自己的计划，陈廷经这样开明的高级京官，是一条通往大清帝国权力核心的通道。

李鸿章给陈廷经写了一封信，说国家要自强，就要推行军事改革，那种大刀片子的冷兵器时代已经结束，一定要兴办大清帝国自己的军事工业。李鸿章在信中说："兵制关立国之根基，驭夷之枢纽。"但是以前每次言及改革，都会遭遇保守大臣的阻挠，久而久之封疆大吏们都不敢提及改革。李鸿章鼓动陈廷经说："您是朝廷重臣，身处帝国机要，天下大事还望向皇帝一一陈说。"[46]

陈廷经被李鸿章的一番溜须拍马给感动得鼻涕一把泪一把，他立即给同治皇帝写了一份军事改革奏折，说现在帝国海军部队纪律松散，根本没法打仗，应该进行彻底的军事改革，统一筹划海军布防，置造外洋船炮，抵抗欧美侵略者。

一个国家的军事改革，装备精良的武器只能扬威一时，尤其是在农业化体系中，没有工业化的后期保障，仅凭全面军事装备采购是难以真正在战场上占据主动权的。李鸿章相当清楚，大清帝国的军事改革中，海外军事采购不能满足帝国的军事现代化改革，只有建立自己的军事工业，才能真正在武器弹药、军事后勤保障方面提供全面的支持。在李鸿章的鼓动下，陈廷经刻意将"购置外洋船炮"改成了"置造外洋船炮"六字。

"置造"二字一方面是堵住拿来主义者之口，因为"置造"中有一部分是需要从欧美购买的，一方面是要为自己在上海大搞军事工业埋下棋子。陈廷经的奏折递上去，皇帝就下令让曾国藩、李鸿章研究研究。

曾国藩在剿匪前线焦头烂额，安庆的军事工业自然也就停顿了下来。安庆是一座军事化的城市，当湘军进入之后，大量的资金拨款涌入，在没有任何内生性逻辑的前提下，安庆迅速膨胀为一座军工城市。安庆城的繁华泡沫，随着湘军的出走快速凋零。资金、人才、交通运输都成了安庆军械所发展的天花板。

生存还是死亡？

留给曾国藩的军事工业选择只有一个，那就是将安庆军械所搬迁到两江总督府驻地——南京。曾国藩此时哪里有心情谋划更大的军事工业计划，可李鸿章不同，他自然不会放过谋划好的机会，利用好丁日昌这枚上海滩的棋子就是他大展拳脚的时候。抓捕唐廷植之前，丁日昌就为李鸿章的军事工业大布局进行了资本积累，抓唐廷植就是要让广东商帮乖乖地站到李鸿章一边，成为李鸿章改革的资本盟友。

并购旗记铁厂

这一次李鸿章要通过唐廷植彻底抓住大清帝国军事工业改革的话语权，包括曾国藩手上已经拥有的。丁日昌给唐廷植开出了一个自由的条件，那就是去跟美国的旗记铁厂（Thos Hunt & Co.）进行谈判，并且以最低的价格将其收购。唐廷植到现在才算明白自己被抓进来就是丁日昌设下的一个圈套，他们真正的目的是收购旗记铁厂。

李鸿章惦记旗记铁厂已经很久了，这家铁厂的老板美国人汤姆·詹姆士·福尔斯（T.J.Falls）在上海滩人缘不好，经常跟英国人发生商场上的冲突，生意自然做得一般般。不过旗记铁厂能够造出美国最先进的火炮，而且这家铁厂的大股东——旗记洋行在上海滩有码头，在广州黄埔港还拥有船坞，能够造出战舰。

旗记铁厂的大股东——旗记洋行早在1842年就跟大清帝国做政府采购生意了。当时身为两广总督的林则徐从旗记洋行购买了一艘排水量高达900吨的"甘米力治"号商船，装上34门新式炮，将其改成一艘战舰。后来林则徐又以此仿造了两艘25吨欧式双桅纵帆船，建造一艘小型蒸汽机明轮船，加上许多艘帆船，组成大清帝国第一支新型海军舰队。

商船改战舰在鸦片战争之后受到欧美政府的严格管制，旗记铁厂卖给林则徐的商船也是二手货，是从英国人手上买来的，所以，之后旗记洋行的生意一直遭遇欧洲封杀。尽管福尔斯领衔的旗记铁厂能够制造出开花炮，却依然难以突破武器禁售规定跟大清帝国继续做生意。李鸿章到上海前，两江官场就跟福尔斯进行了接触，希望能够买下旗记铁厂，当时福尔斯开价10万两白银，这让两江官员望而却步。

福尔斯是个技术出身的管理者，没有学会商场上的圆滑，卖铁厂的时候跟欧美商人一样，凡是政府官员来谈生意，价格一分钱不少，民营商人就另当别论。在丁日昌抓唐廷植之前，没有商人敢出面跟福尔斯洽谈收购，一方面是旗记铁厂生产枪炮，帝国商人没有特别许可证，造枪造炮视同谋反，那可是要诛灭九族的。更重要的是政府一直打旗记铁厂的主意，谁敢跟政府抢生意！

李鸿章已经成了两江地盘真正的主人，淮军集团的兵力已经超过了7万人，尽管曾国藩统率着大量的淮军在前线剿匪，可是淮军将校真正听命于李鸿章。剿匪前线的曾国藩甚至在军饷供给方面都要看李鸿章的脸色。唐廷植很快了解到，江苏在京官员曾控告李鸿章征收粪桶捐，可是北京朝廷听李鸿章的诡辩之后，反而严厉批评江苏京官等"假公济私，要誉乡党"。[47]

唐廷植决定听从丁日昌的建议，跟旗记铁厂的福尔斯进行谈判。唐廷植"历游外国多年，熟悉洋匠"，[48]跟福尔斯进行了多个回合的谈判，终于将10万两的价格给砍到四折。能够制造开花炮的军工铁厂只要4万两白银。

负责这次收购资金筹集的是丁日昌，可是4万两也是一笔不小的数目，丁日昌不可能挪用李鸿章克扣曾国藩的4万多两白银，那可是李鸿章从100多万两中一点点克扣下来的。曾国藩在剿匪前线行动迟缓，北京政府下令李鸿章剿灭捻军的可能性越来越大，怎么能够动用李鸿章手中的银子收购旗记铁厂呢？

李鸿章这一次在上海收购旗记铁厂，是大清帝国兴办国有企业以来第一次收购外资企业，可谓开大清帝国国际并购之先河。丁日昌导演的这次国际并购是真正的空手套白狼，也是李鸿章奴化广东商帮的试金石。丁日昌告诚唐廷植，有官衔之人收受贿赂在大清帝国严重者是要杀头的，如果能够掏出一笔银子，将旗记铁厂买下，那么李鸿章大人可以向皇帝求情，以"报效军需"之名进行赎罪。[49]

丁日昌的圈套已经十分露骨，唐廷植还有什么选择呢？

广东商帮的大佬们已经将丁日昌导演的这一出杀鸡儆猴的把戏看得清清楚楚。在专制的国家，商人如同政客的衣服，冷的时候拿来穿上，不需要的时候脱掉。在权力之下，万贯财富也不如一只政客厨房里的蟑螂。4万两白银事小，广东商帮未来在上海滩立足事大。唐廷植选择了被踩躏，跟两名副手联合出资4万两白银，帮助李鸿章将旗记铁厂连同原材料一起收购。

唐廷植买下旗记铁厂令丁日昌兴奋不已，他立即给李鸿章写信汇报，将旗记铁厂渲染成上海滩最大的外国机器厂，能够修造大小轮船，制造开花炮、洋枪。丁日昌还在汇报材料中说，唐廷植很着急赎罪，决定跟两名副手联手将旗记铁厂买下。这显然是为李鸿章向皇帝汇报帝国第一起国际并购安排说辞。李鸿章一干人等设套收购了旗记铁厂，在给皇帝的奏折中以报效军需赎罪有先例为由，向皇帝求情免掉唐廷植牢狱之灾，这是李鸿章打压之后收买广东商帮人心。

旗记铁厂让李鸿章大开眼界，厂里一切机器俱全，相当先进，所有的技术工人都在厂里等待重组，没有人脱岗，作为技术总监的福尔斯也决定留在厂里，继续为大清帝国打工。丁日昌在给李鸿章的汇报材料中提出，要对铁厂一部分岗位进行调整，技术工人的工资照发。对于厂里的原材料，经过唐廷植的进一步谈判，最终将大量的铜铁木料以2万两的价格卖给铁厂，丁日昌决定向海关以及地方财政借款，让专人进行采购。

李鸿章在给总理衙门的奏折中强调，要将旗记铁厂更名为江南制造总局，原因是这座铁厂机器精密，采购起来相当困难，英法商人对旗记铁厂也是虎视眈眈，只有正名办厂，才能断了洋人的念想。[50]江南制造总局这块招牌经过总理衙门批准后，李鸿章决定旗记铁厂跟上海洋炮局进行资产重组，将江南制造总局重组成一个军事工业集团。

江南制造总局重组的第一步就是人员的重组。

当初随着对太平军的包围，李鸿章将上海洋炮局分厂开到了巡抚驻地苏州，将掌管上海洋炮局二厂的厂长韩殿甲提升为军分区司令员级别的总兵，三厂的厂长丁日昌提升为道台。李鸿章决定将两人掌管的分厂与马格里的总厂一并划入江南制造总局。丁日昌被提名为江南制造总局第一任总经理，韩殿甲、熟悉精算的补用同知冯焌光、候补知县王德均、谙熟军火的候选直隶州知州沈保靖进入江南制造总局担任经理。

李鸿章对江南制造总局可谓事无巨细，他向同治皇帝打奏折说，旗记铁厂就是帝国一直在寻找的制器之器，江南制造总局可以不断仿造，那样一来就可以造枪、造炮、造轮船，集团的产品以军用为主，具体的费用直接在军需项下进行划拨。李鸿章担心军工企业在上海远离总督府，不便于就近督察，所以建议将江南制造总局的地方分局迁移到南京。李鸿章这一次在给同治皇帝的奏折中，第一次公开向自己的老师曾国藩开刀了。

▶▶ 注释

[1] 容闳：《西学东渐记》，中州古籍出版社1998年版。

[2] 容闳：《西学东渐记》，中州古籍出版社1998年版。

[3] 《耶鲁大学1854级同学留言簿》，耶鲁大学档案馆藏。

[4] 容闳：《西学东渐记》，中州古籍出版社1998年版。

[5] 容闳：《西学东渐记》，中州古籍出版社1998年版。

[6] 容闳：《西学东渐记》，中州古籍出版社1998年版。

[7] 容闳：《西学东渐记》，中州古籍出版社1998年版。

[8] 容闳：《西学东渐记》，中州古籍出版社1998年版。

[9] 《曾国藩全集·家书》，"致澄弟沅弟"，甘肃文化出版社2002年版。

[10] 刘体智：《异辞录》卷1，中华书局1997年版。

[11] 《清穆宗实录》卷十二，华文书局股份有限公司2008年版。

[12] 《曾文正公全集·书札》卷9，中国书店2011年版。

[13] 《曾文正公全集·书札》卷10，中国书店2011年版。

[14] 张宏订等主编：《慈东马径张氏宗谱》卷七，1926年刻本。

[15] 张宏订等主编：《慈东马径张氏宗谱》卷七，1926年刻本。

[16] 《清实录·文宗实录》，故宫博物院藏。

[17] 张宏订等主编：《慈东马径张氏宗谱》卷十，1926年刻本。

[18] 张宏订等主编：《慈东马径张氏宗谱》卷七，1926年刻本。

[19] [美] 丁韪良：《花甲记忆：一位美国传教士眼中的晚清帝国》，广西师范大学出版社2004年版。

[20] 容闳：《西学东渐记》，中州古籍出版社1998年版。

[21] 容闳：《西学东渐记》，中州古籍出版社1998年版。

[22] 容闳：《西学东渐记》，中州古籍出版社1998年版。

[23]《曾文正公手书日记》，凤凰出版社2010年版。

[24] 容闳：《西学东渐记》，中州古籍出版社1998年版。

[25]《曾文正公全集·书札》卷18，中国书店2011年版。

[26]《太平天国史料丛编简辑》第三册，《能静居士日记》，中华书局1962年版。

[27]《李文忠公全集·朋僚函稿》卷2，上海商务印书馆1921年版。

[28]《筹办夷务始末》（同治朝卷10），上海古籍出版社2008年版。

[29]《李文忠公全集·朋僚函稿》卷2，上海商务印书馆1921年版。

[30]《筹办夷务始末》（同治朝卷28），上海古籍出版社2008年版。

[31] 李德林：《暗战1840》（下），中华工商联合出版社有限责任公司2011年版。

[32]《曾文正公手书日记》，凤凰出版社2010年版。

[33]《李文忠公全集·朋僚函稿》卷1，上海商务印书馆1921年版。

[34]《筹办夷务始末》（同治朝卷25），上海古籍出版社2008年版。

[35]《筹办夷务始末》（同治朝卷25），上海古籍出版社2008年版。

[36]《海防档》（丙）《机器局》（一），1957年版。

[37]《筹办夷务始末》（同治朝卷25），上海古籍出版社2008年版。

[38] 容闳：《西学东渐记》，中州古籍出版社1998年版。

[39] 左景伊：《左宗棠传》，华夏出版社1997年版。

[40]《太平天国史料丛编简辑》第三册，《能静居士日记》，中华书局1962年版。

[41]《李文忠公全集·朋僚函稿》卷1，上海商务印书馆1921年版。

[42]《曾文正公全集·家书》卷23，岳麓书社1984年版。

[43]《李文忠公全集·朋僚函稿》卷6，上海商务印书馆1921年版。

[44]《曾文正公全集·家书》卷25，岳麓书社1984年版。

[45] 年子敏编注：《李鸿章致潘鼎新书札》，中华书局1960年版。

[46]《李文忠公全集·朋僚函稿》卷5，上海商务印书馆1921年版。

[47]《李文忠公全集·朋僚函稿》卷6，上海商务印书馆1921年版。

[48]《筹办夷务始末》（同治朝卷35），上海古籍出版社2008年版。

[49]《筹办夷务始末》（同治朝卷35），上海古籍出版社2008年版。

[50]《筹办夷务始末》（同治朝卷35），上海古籍出版社2008年版。

05

第五章

马尾风波

三权豪抢枪杆子

曾国藩的焦虑

徐州城内一片肃杀之气，曾国藩心神不宁。

"余决计不回江督之任……" 1865年9月25日，曾国藩在徐州城官邸给曾国荃写家书。两天前，曾国藩率领军队进驻徐州城，听闻一万多名捻军骑兵劲旅在山东飘忽不定。想起僧格林沁的蒙古铁骑败走山东，曾国藩强烈预感到重返两江总督府的机会已经很小了。

坐在徐州城，曾国藩脑子里一片茫然。"在外太久，精力日疲。"曾国藩突然感到自己老了，精力一天不如一天，对剿灭捻军更是"茫无头绪"。[1]曾国藩在信中表达了退隐江湖的向往。不过，他心底依然希望自己的弟弟能够出山，助自己一臂之力。因为北京朝廷下诏调曾国荃担任山西巡抚，山西是富庶之地，朝廷每年的饷银主要依靠山西。

曾国荃是湘军骁将，剿灭南京太平军后，赏加太子少保衔，封一等威毅伯。曾氏家族当时出现两位爵爷，可谓风光无限。曾国藩遭遇捻军流寇的侵袭后，自然希望归隐老家的弟弟出马。

山西巡抚在当时绝对是个肥差，曾国藩早在8月15日就给曾国荃写信，希望他能够到山西，因为那里的商业税维持在太平军起义期间的水平。一旦曾国荃去了山西，曾国藩率领的剿捻部队的军饷就有了保证，也就不用再依赖于李鸿章。但曾国荃给曾国藩写了一封信，强调自己身体不好，需要静养，同时还将写给同治皇帝的辞职奏折抄了一份给曾国藩。

曾国藩在徐州城孤独沮丧，李鸿章的淮军不听帅令，想通过亲弟弟担任山西巡抚打通新的军饷渠道，可弟弟却死活不去山西。他也担心曾国荃花钱如流水，一不小心就会整出个贪污大案，到时候保不住的不仅仅是爵爷爵位，还有可能置己于死地。曾国藩在万般无奈之下，只有让住在南京的家眷赶紧回湖南老家。

曾国藩在写给弟弟曾国潢、曾国荃的家书中抱怨，捻军的数万骑兵劲旅在山东曹县、单县等地流窜，每天行进一百四五十里，而自己接管的僧格林沁的蒙古骑兵，被捻军骑兵拖得人困马乏，疲惫不堪。曾国藩的蒙古骑兵跟捻军骑兵交手屡战屡败，人人胆战心惊。身为主帅的曾国藩很是担心："何能破此悍贼？殊为焦灼。"[2]

前线战事不利，李鸿章步步为营，自己的弟弟曾国荃还窝在老家不出来，曾国藩心底有一种前所未有的失望，他决定将妻儿老小统统送回老家。曾国藩在家书中吩咐弟弟们，不要修盖新房子，将老房子修缮一下就可以了。这足以窥见曾国藩当时心里的失望。曾经打造的湘军集团已经被打散，一手培养的学生克扣自己的军饷，奋不顾身保下来的爱新觉罗江山成了叔嫂的角斗场。还有什么可以留恋的？

曾国藩向往"采菊东篱下，悠然见南山"的田园生活，向往妻儿老小围炉而饮的寻常百姓日子。曾国藩在作出不回南京的决定之前，跟李鸿章进行过数月的谈判，李鸿章掌管两江大权，自然不愿意让曾国藩回来。

李鸿章的改革大计

李鸿章对山东的捻军了如指掌。当初僧格林沁的蒙古骑兵跟捻军对抗，结果僧格林沁被击毙，爱新觉罗皇族倚重的骑兵劲旅精神随之崩溃。这支部队在曾国藩手上已经成了烂泥。现在前线的捻军骑兵令淮军将士心神不宁，[3]只要捻军在前线拖住曾国藩，李鸿章的两江总督就能安稳地做下去。李鸿章听闻朝廷调曾国荃担任山西巡抚，已经明显感觉到朝廷的意图。

淮军精锐在曾国藩手上，将帅矛盾日趋恶化，曾国藩跟李鸿章依然维持着联盟关系的根源在于军饷。一旦曾国荃到了山西，曾国藩的军饷就不再依赖于李鸿章，那么李鸿章操控淮军的能力也就会下降，两人的关系自然会更加紧张。淮军将士的真正主人是李鸿章，可曾国藩有了经济靠山，一定会对淮军将士痛下杀手，那样曾国藩的剿匪大军就会出现淮军将士跟湘军老班底制衡的局面。

捻军的数万骑兵劲旅在李鸿章看来只是群宵小之徒，太平军盛世时有百万雄师，但在与湘军、淮军的八年争战中逐渐被消灭，更何况以太平军残余为班底的捻军呢！

唐廷植花钱消灾，让广东商帮迅速倒向李鸿章。旗记铁厂让李鸿章的军事工业布局上升到国家改革的战略高度。集团化的运作刚刚开始，需要大量的机器、人才跟资本。搬迁到南京的安庆军械所，以及曾国藩从美国采购的机器，不能跟随曾国藩回老家，一旦将曾国藩的军工产业划归到江南制造总局，江南制造总局的规模将会进一步扩大。

李鸿章给同治皇帝写了一份长长的奏折，说制造轮船跟枪炮的机器有专用的，也有通用的，如果要采购齐全了，需花数十万两黄金，加上招募中外工匠，采购欧美铜铁木炭等原材料，花费也是数万金。李鸿章在奏折中强调，一味地从欧美采购制器之器，对于割地赔款的大清帝国来说，无异于雪上加霜，最后大清帝国的资金链就会断送在盲目的改革中。[4]

改革没有浪漫曲。

李鸿章在奏折一开始大讲改革的苦难，甚至提出上海洋炮局的那些机器尽管价值万金，但是缺的机器还很多，只能量力不断添置。关于军事工业的设备问题，李鸿章现在已经盯上了曾国藩。曾国藩如今在剿匪前线，李鸿章不能明目张胆地让皇帝将曾国藩的资产划拨给自己，只能先从价格等问题说起，说曾国藩委托洋人采购的机器成本太大，根本就没有把握。

李鸿章在给皇帝的奏折中强调说，海外采购增加成本的同时，还要派人去海外学习，等学成归来已经是多年以后的事情了。欧美工业并非全是为了军工，民生日用品也已经工业化了。数十年后，大清帝国的民用工业也一定兴盛，那个时候商人可以用制器之器追求更大的利益，到时候国有跟民营就没有什么区别了。

李鸿章的言外之意是提醒同治皇帝，大清帝国的经济改革一定要集中优势，通过国有资本控制的军事工业开始，不要太过分散资源。一旦国有企业在改革中失去了主导地位，等民营企业发展起来，即使铜钱火器这样的生意他们也会涉足，那个时候国家想要禁止都会很难。李鸿章在上海眼巴巴看着广东商人、江浙商人依附在欧美商人名下做各种生意，一旦华商跟欧美商人合资造枪造炮形成规模，就会威胁到国家安全，政府到时想管都没法管了。

"取外人之长技，以成中国之长技。"[5]为了大赶快上，李鸿章提出了自己的改革思路。不若就近海口，直接买洋人要卖的铁厂机器，只要价格谈好，可立即进行生产。在技术方面要学习欧美人的长处，将欧美人的技术变成中国人自己的技术。这一思路被总理衙门以及改革派人物采纳，并上升到大清帝国改革模式：师夷长技以自强。李鸿章自然盯上了容闳去美国采购的最新机器，因为从第二次工业革命开始，世界的经济重心开始转移，美国的机器已经达到全球技术的巅峰。

李鸿章向同治皇帝建议："曾国藩采办西洋机器，到沪后，应归并臣处措置"。[6]李鸿章直接让皇帝划拨曾国藩的军工资产，一方面是容闳采购机器的款项中，有2万两白银是李鸿章筹措的，如果容闳的机器被他人调走，那么李鸿章自然就是给他人做嫁衣。更重要的是，曾国藩的接班人左宗棠在杭州一直捣鼓轮船，还从洋枪队中挑选了懂枪炮制作的人，充当闽浙总督幕僚，左宗棠一旦提走容闳采购的机器，那他开办的军事工业将得到飞速发展。

同治皇帝少不更事，对李鸿章的长篇奏折不知如何安排，慈禧太后对军事工业改革也是一窍不通。李鸿章的奏折被推来推去，同治皇帝琢磨了十天，只在奏折上写了一句话："总理各国事务衙门知道。"御批的这句话应该是慈禧太后的主意，明明是自己拿不了主意，又不好意思直说，只能让奕䜣管理的总理衙门去办。慈禧太后刚刚免掉了奕䜣议政王的乌纱帽，又不好意思说让奕䜣去办，只能批示让总理衙门知道。

总理衙门知道，可不仅仅是知道而已，李鸿章的军事工业改革大计早在咸丰皇帝时期就提出了，一直是奕䜣在领头。奕䜣现在虽被挤出了清政府执政集团的权力核心，强国的改革还是要继续推行下去的。唐廷植做梦也没有想到，丁日昌算计自己的背后，犬牙交错的政治博弈跟经济改革远谋已经直通紫禁城，自己的消灾交易成了大清帝国国企大跃进重要的一步。

李鸿章在得到同治皇帝的批复之后，立即对江南制造总局进行了大规模的重组，他将上海洋炮局的资产全部注入到江南制造总局。容闳从美国采购的机器还没有运抵上海，就已经被李鸿章记到了江南制造总局的账目中，另外他还将旗记铁厂的工人、技师统统高薪留下，包括旗记铁厂的原老板福尔斯。

在资产重组的大棋局中，李鸿章已经不用担心广东商帮跟浙江商帮分化，他留下马格里以及福尔斯一帮洋人，就是希望洋人们将技术留在江南制造总局。依靠几个洋人想将江南制造总局发展成国际化的军工集团，那基本是白日做梦。李鸿章盯住容闳采购的美国机器背后，实际上是对曾国藩的安庆军械所的垂涎。安庆军械所现在已经完完整整地搬迁到了南京，跟着到南京的是一帮对八股文没有兴趣的科学家，尽管他们只是国产的"二把刀"，但在人才奇缺的时代，那可都是不可多得的人才啊。

李鸿章已经对曾国藩曾经苦心招徕的人才张开了温暖的怀抱，他在给同治皇帝的奏折中，决定将苏州的洋炮局搬迁到南京，跟安庆军械所进行资产重组。

重组安庆军械所与苏州洋炮局的重任落在了马格里肩上，因为李鸿章希望将重组后的企业做成江南制造总局的军火龙头。马格里综合了两块资产的优势，决定将安庆军械所的子弹、火药、枪炮剥离出来，跟苏州洋炮局的枪炮业务重组成金陵制造局，专门生产各种口径的火炮、炮车、炮弹、枪子及后勤配套军火品。金陵制造局的定位立即清晰：国有全资控股军火制造商。远在上海的江南制造总局则定位为：国有全资控股军事设备制造商。

奕䜣的一石二鸟计划

上海滩波谲云诡，紫禁城杀机四伏。

李鸿章如愿掌控了江南制造总局跟金陵制造局，这是曾国藩的湘军集团裁军之后，汉族武装集团掌握的最大军事工业资产。李鸿章心里非常清楚北京城的政治斗争。当初，奕䜣联手慈禧太后发动辛酉政变后，在"叔嫂共和"的美好时光背后，是奕䜣跟慈禧太后都在蓄养自己的势力，只要其中一方的势力超越另一方的时候，"叔嫂共和"的均势便立即被打破。

赌场无父子，官场无朋友。在奕䜣跟慈禧太后"叔嫂共和"的均势中，有一支不可忽视的力量，那就是世代同爱新觉罗皇族联姻的蒙古科尔沁部。执掌科尔沁部的亲王僧格林沁是道光皇帝姐姐的养子，手握着帝国最精锐的蒙古骑兵，更为重要的是僧格林沁曾经统率过皇家禁卫军精英部队，健锐营、火器营、两翼前锋营、八旗护军营都有僧格林沁的心腹，蒙古诸王劲旅尽归僧格林沁调遣。在剿灭捻军初期，僧格林沁节制五省兵马，成为满蒙军队的最高统帅。

僧格林沁是大清帝国最后的骑士，他手上的军权跟在皇族中的影响力，让奕䜣跟慈禧太后都敬畏有加。1865年，捻军在山东、安徽等地与太平军残余势力合流，僧格林沁已经带领骑兵到了山东剿匪前线。僧格林沁远离帝国权力核心的时候，慈禧太后决定向奕䜣动手。僧格林沁战死前线令奕䜣措手不及，在汉族武装集团中寻找自己的枪杆子成为奕䜣最后的选择。

曾国藩的湘军集团跟太平军作最后决战时已经是强弩之末，再经过裁军之后，更已一分为三了，加上江湖帮会暗布，以奕䜣为首的清政府执政集团很难直接掌控湘军集团。淮军集团是一支成长神速的汉族武装力量，李鸿章身为淮军领袖，思维活跃，视野开阔，控制李鸿章需要一个令其心动的筹码。可是，失去"议政王"绝对权威的奕䜣，拿什么离间师徒二人？李鸿章曾经鼓动曾国藩赴上海"阴持外交权柄"，正是这一封私信让奕䜣窥见了师徒二人的嫌隙。

裁军剪除了曾国藩的羽翼，一纸调令又让曾国藩率领淮军在前线剿匪，让李鸿章顶替了他的两江总督位置。这一切的一切都在奕䜣的算盘之中，让曾国藩统率李鸿章的部队，曾国藩势必难以驾驭，这就会导致师生失和。奕䜣的离间之计相当成功，但这仅仅是抓枪杆子的第一步。李鸿章在两江地盘上大兴军事工业的时候，奕䜣的盟友、漕运总督吴棠出马了。

吴棠跟李鸿章是安徽老乡，是穷苦人家出身，从知县一路奋斗到漕运总督的高位。吴棠跟奕䜣原本没有任何关系，因为户部右侍朗王茂荫是奕䜣的盟友，在1853年向咸丰皇帝力荐吴棠，吴棠才得以在官场平步青云。

王茂荫在1863年担任六大部委之首的吏部副部长，专管帝国人事任免、升迁、考核大权，成为二品大员。当年，吏部给吴棠的考核评语是剿捻得力，并推荐其到扬州担当剿匪主帅。身为奕䜣阵营得力的干才，王茂荫的意见自然得到奕䜣的首肯。

奕䜣掌控枪杆子可谓煞费苦心，他在曾国藩带走大批淮军征战在山东地界的时候，又下令李鸿章抽调淮军精锐渡海北上天津布防，刘铭传率领的淮军劲旅就被抽调到周家口驻防，那可是八面受敌之地。[7]调走刘铭传部之后，奕䜣又下令杨鼎勋等部驰往河南、山西、陕西三省边境，防止转移至河南的捻军主力跟西北回民义军联合反清。

杨鼎勋部是整编的洋枪队，为了全面接管洋枪队，李鸿章在上海跟英国人斗智斗勇，最后让英国驻华海军司令贺布将洋枪队指挥权拱手相让。洋枪队被整编到杨鼎勋部后，一下子成为淮军的精锐之师。淮军精锐部队在两江总督府屁股还没有坐热，奕䜣又将其调走了。这等于架空了李鸿章。

李鸿章突然意识到奕䜣的如意算盘：用李鸿章牵制曾国藩，然后调走李鸿章的部队，让淮军精锐尽归爱新觉罗皇族掌管。一石二鸟的布局才刚刚开始，奕䜣决定将没有大军且跟曾国藩剑拔弩张的李鸿章赶到河南的战场之上，由北京派的吴棠接替李鸿章的两江总督。

奕䜣将曾国藩跟李鸿章调离两江，一个更为重要的目的是要掌控江南制造总局跟金陵制造局。早在1862年，三口通商大臣崇厚就在天津训练禁卫精英，并聘请英国军官组建洋枪队。当时英国军队已经有现代化的火炮，崇厚在天津大规模仿制外国炮车，试铸炸炮。崇厚在天津高调搞军事工业，甚至可以直接从北京拨款，可是规模上不去，所以一直没有办法组建天津洋炮局。

1864年6月2日，奕䜣以"议政王"的身份向同治皇帝上奏折，要派禁卫军中的炮兵精英到苏州洋炮局学习炸炮、炸弹以及各种军火机器的制作，以及制器之器的使用。奕䜣当时谋划禁卫军精英学成之后，再向所有八旗部队推广。奕䜣对禁卫军精英们到苏州学习很有信心，他跟皇帝说："半年后，当能自出机杼，为他处设局制器之先导。"

天津尽管有英国的军官，可是军火制造水平相当有限，跟马格里他们没法相提并论。在军事工业技术缺乏的情况下，奕䜣对崇厚有一种恨铁不成钢的无奈。奕䜣挑选精英到苏州学习制造军火以及军工设备的技术，就是要在天津开设军工企业，他要给已经没落的八旗部队提供最先进的现代化军事装备，让满洲劲旅重振雄风。在"叔嫂共和"均势下，只有让八旗部队起死回生，才能真正成为他们的绝对领袖，也只有抓住八旗军权才能真正主宰帝国命运。

禁卫军精英们在苏州很快学成北上，奕䜣以总理衙门的名义给崇厚下令，要求崇厚在天津兴办军事工业企业，主要造枪炮。崇厚训练禁卫军的时候，武器都是购买的，尽管也督造过火炮，但是对开办工厂进行规模化生产就很外行了。崇厚将天津制造局的筹建委托给了密妥士。密妥士是英国领事官密迪乐的弟弟，曾经担任过法、荷、比、普鲁士等国驻华领事的翻译。

密妥士是个大手大脚的人，他给崇厚开列了一份建厂清单：购买国外机器、雇觅外洋工匠、所需船价费用等项约计需银10余万两。李鸿章设立江南制造总局的时候，购买旗记铁厂才花了4万两，密妥士一开口就给崇厚开了10万两的预算清单。崇厚是奕䜣的铁杆儿盟友，天津制造局开办关系到禁卫军的现代化军事装备，也是自己重振、掌握八旗劲旅的制胜砝码。奕䜣马上就给总税务司赫德下令，将天津、东海两关应解户部两成之款，改拨天津局，专办军器火药。

关税征收需要时间，天津制造局的第一笔启动资金从何而来？奕䜣立即召集总理衙门与户部联席会议。户部当时穷得叮当响，哪里还能拿得出银子给天津制造局。联席会议开了几天几夜，总理衙门终于将目光盯向了阿思本舰队。根据阿思本舰队解散的约定，英国人变卖轮船后，要将轮船款项划拨给大清帝国。当时，英国人在香港卖掉了轮船，有8万两白银要划拨给户部。[8]

天津制造局的资金问题解决了，奕䜣立即又以总理衙门的名义给皇帝上奏折，让李鸿章派熟悉军火制造的管理人员北上。[9]同治皇帝很快就给李鸿章发了上谕，尽管上谕中没有明示要他派谁，但李鸿章已经明白了奕䜣的心思，他们是要丁日昌北上天津。

淮军精锐调离两江、吴棠觊觎两江，一旦奕䜣的谋局成功，两江地界上的军工产业都将成为奕䜣掌握枪杆子的重要筹码。李鸿章在写给曾国藩的信中感叹道："内廷斟酌之苦心。"[10]现在师生俩别无选择，只能放下恩怨再度联手。

王爷的新猎物：马尾船政

师徒联手

李鸿章在总督府如坐针毡，提笔给远在徐州城的曾国藩写信。

吴棠跟李鸿章是老乡，尽管两人表面上关系不错，在这之前也号称是金石之交。可是奕䜣的用意再明显不过，只要李鸿章到了河南剿匪前线，吴棠立即就会跑步进入两江总督府，两江人事、军政大权将全部落入奕䜣手中。曾国藩率领的汉族武装剿灭了南京的太平天国，在帝国中枢具有举足轻重的影响力，所以李鸿章希望曾国藩能够就两江人事"熟筹密陈"。

李鸿章在给曾国藩写信的时候内心是矛盾的，奕䜣的"议政王"头衔被慈禧太后褫夺了，他为了巩固自己的军政大权，一定会加速对汉族武装集团的渗透、控制，寻求对抗慈禧太后的政治筹码。两江军政大权的背后就是财富，要想东山再起就得依靠两江。李鸿章此时跟曾国藩合作是最好的选择，因为这个时候老师在前线，手握重兵，慈禧太后会有所忌惮，奕䜣更会忌惮。可跟曾国藩合作，自己在两江的布局就会重归湘军集团。

紫禁城的波谲云诡令李鸿章真切地感受到了政治的险恶，官场上没有永远的朋友，只有利益与利用。

李鸿章给曾国藩提交了一份新的两江人事名单：李瀚章担任江苏巡抚兼南洋通商大臣，[11]丁日昌担任类似财政厅厅长角色的江苏布政使。

李鸿章的算盘是，即便吴棠总督两江，只要李瀚章控制了两江重地江苏，丁日昌控制了财政大权，两江依然在淮军集团手上。李鸿章在信中还提出了一套更为露骨的人事安排：李瀚章署理两江总督，丁日昌当江苏巡抚兼南洋通商大臣。李鸿章知道按照哥哥的资历，只能做个代理总督，但只要两江位子控制在自己人手上，自己就可以随时回到两江地盘上。

　　信函快马加鞭被送往徐州城，李鸿章希望老师在人事问题上不要一味地隐忍，尤其是在如此紧要的关头。瞬息万变的官场令李鸿章坐立不安，因为在给曾国藩写信的时候，奕䜣跟他要人的命令已经过了三天，老师曾国藩在这个时候会不会真心跟自己合作呢？如果不合作，吴棠会给他筹集剿匪粮饷吗？如果合作，曾国藩会答应淮军集团独霸两江吗？

　　李鸿章在总督府坐立不安，书信送出的当天，李鸿章收到李宗羲的一封信函。李宗羲在信函中提议，现在曾国藩率领淮军在山东剿匪，淮军将士多有掣肘，李鸿章身为淮军领袖，领兵剿匪自然事半功倍。曾国藩回师南京，坐镇两淮，为剿匪大军筹粮筹饷。如此一来就断了爱新觉罗王族瓦解汉族武装集团的计划。

　　李鸿章对李宗羲可是敬畏有加，这位曾国藩的部下在湘军攻克南京后，迅速接管征收商业税的江北厘金局，成为曾国藩搂钱的笆子。李鸿章提出的人事方案中，让丁日昌担任江苏省布政使，其实就是直接夺了李宗羲的饭碗儿。

　　李宗羲自然不想让丁日昌取代自己的布政使之位，他了解到李鸿章给曾国藩的信已经发出，但是他知道他给李鸿章提出的新的人事方案，李鸿章也会如实跟曾国藩通报。因为李鸿章在奕䜣的逼宫下，希望得到曾国藩的支持，如果曾国藩不支持他，吴棠把持了两江，曾国藩最多就是解甲归田，可李鸿章辛辛苦苦打造的淮军集团却会失去根基，到时洛阳剿匪前线就是淮军瓦解的墓场。

　　李鸿章非常清楚李宗羲自保的目的，他必须想一个两全其美的办法，一方面将李宗羲的建议告诉曾国藩，一方面又要让曾国藩无法选择李宗羲的方案。11月4日，李鸿章再次提笔给曾国藩写信，信中陈述了李宗羲的方案。李鸿章在信中很委婉地说，当初曾国藩出征山东，已经向朝廷说不再回任两江总督，所以自己在第一封信中就没有提及。

　　曾国藩对朝廷的承诺是李鸿章最好的借口，另外按照现在奕䜣的野心，还是不要急于对调。可是自己不走，朝野上下就会嘲笑李鸿章不管国家安危，贪恋权位。李鸿章在信中虚与委蛇，提出按照李宗羲的意见，相互对调，曾国藩回任两江总督，自己赴山东剿匪，如此一来朝廷难以掣肘，汉族武装集团后路大局满盘俱活。

　　李鸿章的这封信无疑将了曾国藩一军。曾国藩之前已经向朝廷表明不回两江，现在因为奕䜣插手两江，自己突然要跟李鸿章对调，这更容易引起朝廷猜忌。李鸿章万万想不到，他在给曾国藩写信的11月4日，曾国藩同时也在给自己的弟弟曾国荃写信，他也为朝廷调李鸿章到洛阳剿匪大伤脑筋。尽管李鸿章一度克扣自己的军饷，可他真要调离两江，由吴棠来执掌的话，那么前线粮饷供给将更糟糕，可是自己如何跟朝廷建议李鸿章的调令暂缓呢？

曾国藩在收到李鸿章第一封信函的时候很是失望，淮军将士在山东战场消极怠战，徽州的淮军将校蠢蠢欲动，大有闹饷风潮的危险，而捻军在曹州境内烧杀抢掠，曾国藩苦心布局才抽调了6000人马，从徐州城兵发曹州。[12]战场上一塌糊涂，两江地盘现在成了北京派争夺的筹码，李鸿章言辞恳切希望自己安排两江人事，可是他第一次提出的人事方案，完全将湘军集团排除在两江之外。湘军集团八年抗战，曾氏兄弟解甲归田，可还有一大帮兄弟在政界、军界，曾氏兄弟需要为兄弟们谋一个美好的未来。

令曾国藩欣慰的是，李鸿章听取了李宗羲的建议，提出了互调的方案。曾国藩在11月7日给同治皇帝写了一份奏折，提出李鸿章不宜去洛阳，应该继续留在两江，为剿匪大军筹措稳定的粮饷。

李鸿章现在难以理解曾国藩的寂寥，当他了解到朝廷将曾国藩的折子留中不发后，决定亲自给同治皇帝写一份奏折。11月25日，李鸿章斟酌再三，在给皇帝的奏折中提出：部队没办法远调，粮饷也没有办法专项筹措，江南制造总局生产的军火难以供应多条战线。[13]

奕䜣早已预料到两江地盘争夺惨烈，李鸿章的这份奏折让奕䜣意识到，曾国藩跟李鸿章师徒之间可以离间，但当他们有着共同利益时，又会联手。没有枪杆子的爱新觉罗皇族，已经成为汉族武装集团的附庸。左宗棠在福建马尾的行动，让奕䜣看到了一个更好的棋局。

赫德阻挠左宗棠

一位头戴蓝宝石顶戴，身穿九蟒五爪蟒袍，胸前绣着孔雀补服的官员，急匆匆跨进了闽浙总督府，直奔总督府内堂。

这位官员可不是一般的官员，他可是左宗棠的财神爷，在江南是享有盛名的富豪，他就是红顶商人胡雪岩。胡雪岩是小伙计出身，跟杭州巡抚王友龄关系密切，在太平军攻破杭州之前，已经混到了杭州粮道的位置。太平军攻占杭州城后，已经身为江西候补道的胡雪岩，转身带领粮队直奔江西，迎接楚军大帅左宗棠。

胡雪岩的千里迎楚军让左宗棠感动莫名，左宗棠在1862年2月26日给同治皇帝写了一封推荐信。左宗棠跟皇帝说，部队已经进入浙江境内了，大军所有粮饷供给需要设立粮台转运，以资接济。左宗棠推荐了一堆人之后，话锋一转，说有一位浙江籍的江西候补道，叫胡光墉（胡雪岩字光墉），急公慕义，勤干有为，现已经到江西了，可以委托办理粮道业务。[14]

左宗棠的一封推荐信，立即让胡雪岩成为楚军的粮草大总管，当时身为议政王、军机大臣的奕䜣替皇帝下达了胡雪岩的新官职任命。[15]左宗棠的大军进入浙江境内后，胡雪岩的家业开始壮大，钱庄、药房也进入快速扩张期。左宗棠挥师福建的时候，胡雪岩的阜康钱庄已经在全国多个省份开设了分号，福州自然成为扩张的重点。

胡雪岩跟随左宗棠进入福建的时候，官职已经升到了按察使福建补用道。这个官职可不像唐廷枢他们那样是花钱买的，而是货真价实一步步混出来的。按照大清帝国官职品级，胡雪岩已经是分管福建官吏的正三品大员了，只是没有上任而已。胡雪岩根本就不在乎上任的问题，他要的就是这个头衔，因为他还有庞大的生意需要料理。

胡雪岩深知左宗棠的艰难，他在杭州的时候就一直试验小火轮，当时已经晚了曾国藩的安庆军械所三年，可是杭州的试验速度极慢，法国人德克碑说是轮机的问题。左宗棠立即派德克碑到法国去采购轮机。正因为德克碑的采购，引发了轩然大波，赫德串联北京各路势力，抨击左宗棠的造船行动，甚至动用了英国政府力量来干预左宗棠的计划。

德克碑（Paul-Alexandre Neveued' Aiguebelle），出生于法国巴黎，踏上中国土地之前是法国海军少尉，第二次鸦片战争时来到中国。1862年，德克碑跟宁波海关税务司日意格联手组建了常捷军。1863年，驻上海法国海军舰队司令伙恭任命德克碑为常捷军统领。在跟左宗棠合作的过程中，德克碑颇为卖力。左宗棠向朝廷请功，朝廷特授德克碑提督衔，赏黄马褂。

一位小小的法国海军少尉，两年多就混到了提督将军，德克碑可谓官运亨通。在剿灭太平军的战争结束后，德克碑就面临着失业的危机，因为大清帝国不希望英法雇佣军留在国内。德克碑跟左宗棠表忠心，希望继续留在中国效犬马之劳，甚至愿意仿效华尔，自愿加入中国国籍，留辫子穿马褂儿。

德克碑到法国采购机器的消息一出来，第一个跳出来的就是赫德。赫德当年跟李泰国没有做成奕䜣的舰队生意，对以曾国藩为首的湘军集团恨得是咬牙切齿。曾国藩在安庆试验轮船就让赫德紧张了一把，左宗棠在杭州试验不成反而让法国人回国采办机器，这样一来英国人的轮船生意就更难做了。更为关键的是，德克碑回到法国，已经向法国皇帝进行了详细汇报，法国政府支持德克碑的行动。

赫德担心德克碑的生意一旦做成，英国政府脸上难看，那样一来英国驻中国领事就会向自己施压，自己一个英国人能够坐上大清帝国总税务司的交椅，一方面是跟奕䜣关系密切，更重要的原因是强大的大英帝国政府力量在背后支撑。阿思本舰队已经让伦敦的政客们丢了大脸，这一次伦敦政客们一旦发火，自己在中国的官位也就难保了。

赫德决定联手威妥玛。

威妥玛，剑桥大学高才生，跟随英国陆军踏上侵华之路，后进入英国政界。威妥玛脑子灵活，喜欢琢磨，到中国发明了用罗马字母标注汉语的发音系统。他琢磨更多的是中国内政。1855年，威妥玛成为大清帝国上海海关税务司，开启了洋人掌控帝国海关税务的时代。1861年，威妥玛荣升英国驻华使馆参赞。

赫德跟威妥玛在中国混了多年，对爱新觉罗日益削弱的皇权了然于胸，民心与皇权的对峙已经成为大清帝国不可调和的矛盾，根源则在于吏治的腐败。赫德跟英国驻华使馆商议之后，决定率先以一个旁观者的身份给奕䜣写个报告。

《局外旁观论》送抵总理衙门奕䜣办公室的时候，整个大清帝国官场震动了。赫德的报告言辞激烈：肱骨腐败、税如牛毛，整个帝国已经陷入岌岌可危的地步，"种种非是，以至万国之内，最驯顺之百姓，竟致处处不服变乱"。[16]赫德在报告中毫不客气地指出，帝国的各种制度是腐败的温床，导致民不聊生，如果不能有效根治，中国要么亡国要么被列强瓜分。

赫德在撰写报告的时候，肯定跟威妥玛进行了商议，因为他的报告是跟威妥玛的《新议论略》一起送达奕䜣办公室的。两人在报告中抨击帝国官员"视洋人以夷，待之如狗"。帝国官员的虚荣背后是知识的浅薄、国家实力的贫弱。两人向总理衙门建议，大清帝国自强革新之路，只有帝国官员改掉妄自尊大的心态，虚心学习，借西法以自强，才能维护主权和强国富民。[17]

赫德跟威妥玛在报告中一番慷慨陈词之后，开始兜售英国的产品：铸钱、轮船、军火、铁路。这两位给帝国开出的改革药方就是拿来主义，因为中国官员太腐败，也不懂什么科学技术，在改革的过程之中，重要的项目先请洋人来操盘，一如大清帝国的海关管理。至于经费问题，帝国可以向西洋国家进行借贷。

赫德跟威妥玛颐指气使的报告犹如炸弹，英国人的真正目的是全面插手帝国改革。威妥玛撰写的报告事实上是英国驻华公使阿礼国（Rutherford Alcock）授意，因为阿礼国上任驻华公使之前，威妥玛一直担任代理驻华公使一职。阿礼国到中国上任的时候，赫德正在跟威妥玛联络要插手帝国改革，这一举动正合英国女王维多利亚给阿礼国的旨意，大英帝国在华利益至上。[18]

阿礼国以照会的方式，将威妥玛的《新议论略》跟赫德的报告送达奕䜣办公室。尽管总理衙门的大臣们大惊失色，可是坐在办公室里的奕䜣突然变得异常冷静。现在慈禧太后已经削掉了自己"议政王"的顶戴，掌控两江的改革又遭遇曾国藩、李鸿章师生的联手阻击，但现在阿礼国给自己送来了筹码。洋人都看出帝国需要整体的改革谋划，汉族武装集团怎么能四分五裂搞改革割据呢？

赫德跟威妥玛的报告是总理衙门操盘帝国改革的最好借口，江南制造总局现在已经尾大不掉，但是左宗棠的造船计划才刚刚开始。奕䜣非常清楚左宗棠跟李鸿章的微妙关系，如果将左宗棠掌控在自己手上，那左宗棠计划中的造船工业将是对抗、吞并李鸿章手上军事工业的最大筹码。奕䜣决定以总理衙门的名义，让曾国藩、左宗棠、李鸿章、崇厚等一干跟经济改革相关的大臣，以通盘大局为重，将各地改革情形，以密折的方式向总理衙门报告。[19]

左宗棠一眼就看穿了英国人的把戏。太平军被剿灭后，英国再无剿匪借口，加上第二次鸦片战争的赔款已经结清了，英国再无利益可图。现在中国开始大面积地推行改革，西洋各国都在想办法推销它们的产品，这些国家为了自己的利益，势必相互竞争，英国人以中国自强的名义，无非就是想卖轮船等给中国，率先套利。

奕䜣身在北京，自然难以知晓欧洲诸国的风云际会。法国国王拿破仑三世忙着跟英国人在货币方面一较高下，组织欧洲各国在巴黎召开了一次货币会议，要在各国采用一种统一的、普遍通行的金银通用货币。拿破仑三世的野心就是要成立一个以法国为核心的拉丁货币同盟。拿破仑的货币同盟背后，就是要将欧洲多国的货币主权操控在法国人手上，让法郎成为取代英镑的全球性货币。

拿破仑三世的疯狂举动令英国女王维多利亚相当愤怒，法国人操纵货币就是要图谋英国人的全球霸主地位，在东方自然不会将中国市场拱手相让。当德克碑回到巴黎，通过军方向拿破仑三世传递了大清帝国南方重臣左宗棠的造船计划后，拿破仑三世当即表示同意，并下令从法国选派工匠，跟随德克碑一起到中国，传授法国的造船技术。

左宗棠得到德克碑从巴黎传来的信息后，意识到大清帝国的改革已经卷入英法两个列强的争霸战争中，英国人跟法国人无论是兜售轮船，还是派出工匠，都压根儿没想让中国人掌握西洋先进技术，他们只是希望通过垄断技术，向大清帝国倾销工业产品，套取大量黄金白银，进一步操控大清帝国的改革，以增加他们称霸全球的筹码。

当左宗棠收到总理衙门关于赫德跟威妥玛报告的抄阅件时，意识到伦敦跟巴黎宫廷的较量背后，赫德是这一场国际角力的重要幕后推手。因为在左宗棠的计划中，除了选定法国人德克碑帮办轮船工业外，正在汉口海关税务司任上的法国人日意格，也是左宗棠内定的国际人才。赫德跟日意格的恩怨情仇，在左宗棠重用日意格开始时就进一步恶化了。

日意格（Prosper Marie Giquel），自幼家贫，早年效力于法国海军，1858年随英法联军进入广州。1863年，李泰国辞去海关总税务司一职，日意格成为赫德最有力的竞争对手，曾经亲密无间的侵略盟友，顿时形同陌路。失意总税务司的日意格重返军界，跟德克碑一样就职于常捷军。太平军被剿灭后，日意格向左宗棠保证，愿意留在帐下效犬马之劳。

左宗棠对赫德跟日意格的恩怨了然于胸，可万万没想到赫德将个人恩怨推向了国际交锋，他立即给总理衙门写了一份密折，提出西方各国都在搞工业革命，不能上了西洋列强的当。更重要的是邻居日本也正迎头赶上，中国这么多年一直内乱不已，已经落后于日本了，中国必须学习并引进西方的科学技术，尤其是能综合体现科学技术的轮船制造工业，如此一来，则漕政兴、军政举，商民之困纾，海关之税旺，一时之费，数世之利。[20]

左宗棠在给总理衙门的密折中，详细汇报了兴办轮船工业的计划：在福建海口罗星塔建立造船基地，聘请西洋工匠，同时派出大量好学者，学习西洋技术。至于造船经费，直接从闽海关划拨，如果费用不够，可以通过在闽浙征收商业税的方式，补贴费用差额。轮船造成之后，派人跟西洋技师出海操练，优秀者可加官晋爵。

兴办轮船工业的阻力不仅仅来自以赫德为首的西洋势力，北京城的顽固分子经不住赫德的忽悠，认为现在不打仗了，造船没用，如果真要用轮船进行国防，可以直接购买，那样成本低廉。左宗棠为了堵住顽固分子之口，给总理衙门提出，轮船造成之后，可以投入漕粮运输之中，一方面可以提高政府运输效率，另一方面也可以促进商业运输，降低商民的运输成本，有利于商业的兴旺。[21]当然，战争一起，轮船可以立即成为军舰，护卫国家安危。

轮船工业是曾国藩朝思暮想的一项改革，奕䜣也非常清楚，英法列强就是从海上打到北京城的，如果大清帝国没有强大的海军舰队，那么两次鸦片战争的悲剧将重演。

一场国际国内的博弈，矛头直指帝国的核心利益：改革自强。奕䜣一看左宗棠说得在理，如果此时总理衙门拖延，不批准左宗棠的造船计划，自己在帝国这一场轰轰烈烈的工业改革中将筹码尽失。奕䜣鼓动同治皇帝批准左宗棠的造船计划。在拿到皇帝批复后，左宗棠第一时间将胡雪岩叫到总督府，命令胡雪岩立即筹备建厂。红顶商人胡雪岩出马，大量的江浙资本涌向左宗棠，身在北京的奕䜣决定对左宗棠釜底抽薪。

左爵爷马尾布局

左宗棠调任陕甘总督

1866年10月14日，闽浙总督府议事厅。

身穿锦鸡补服、头戴珊瑚顶戴的闽浙总督、二等恪靖侯左宗棠望着对面的德克碑，频频地点头。德克碑身穿西服，头发油光可鉴，他一字一句很是费力地表达完自己的意思后，将一份合约递给左宗棠。

德克碑静静地等待左宗棠的答复。左宗棠一遍又一遍地看德克碑的合约，这是跟胡雪岩商议过的一个人才引进模式。左宗棠担心西洋技术人才跟管理人才会依仗背后的国家政治，在中国人掌握了技术之后赖着不走，决定用合约的方式来对其进行约束，只要聘用期一到，中方有权按照约定，解除洋人的一切职务。

左宗棠正在琢磨合约的时候，突然接到京城传来的圣旨："奉到恩令，调督陕甘。"[22]

陕甘总督的调令一到，让左宗棠跟德克碑都惊讶不已。因为福建造船工业才刚刚开始，左宗棠正准备让德克碑、日意格与胡雪岩一起草拟造船厂的章程、设计规划、人员招聘、机器采购等事宜。现在德克碑的合约还没有签订，日意格还在江海关税务司任上。左宗棠一旦离开福建，以德克碑为首的法国技术班底将作鸟兽散，生意本在杭州的胡雪岩，也不会将大量的物力财力投向福州，那么福州造船工业将前功尽弃。

同治皇帝已经下令吴棠接任闽浙总督之位。

吴棠接任闽浙总督背后是一场错综复杂的官场交易，奕䜣的目的就是要夺走左宗棠刚申请下来的福州造船工业项目。奕䜣迫不及待地要操控闽浙地盘，有一个非常好的借口。早在左宗棠担任浙江巡抚期间，法国海军在宁波开办了一家船厂，法军东亚舰队司令饶勒斯不善经营，令三艘炮船荒废，当他了解到左宗棠在杭州试验轮船的消息后，派宁波海关税务司日意格去游说左宗棠买下船厂，条件是一旦法国人需要则要允许利用。[23]左宗棠拒绝了饶勒斯的无理建议，但是日意格此后一直充当左宗棠造船工业的幕后推手。奕䜣有理由怀疑法国人假手日意格，实现操控大清帝国造船工业之目的。

事实上，在奕䜣将吴棠调任闽浙总督的背后，英国人也一直在盯着福州的造船项目。英国驻华公使阿礼国的照会没有阻止左宗棠的造船计划，赫德担心巴黎宫廷会通过日意格、德克碑掌控中国的造船工业。从1867年赫德一手操纵吴棠转任四川总督看，不排除英国人可能在1866年同样运作吴棠出任闽浙总督一事。

吴棠调任闽浙总督对于奕䜣、李鸿章、赫德来说是一个皆大欢喜的局面。奕䜣通过赫德掌控造船工业，未来的新式海军舰队将顺理成章地落入他的手里。奕䜣通过工业、军事两大筹码足以对抗慈禧太后，重建"叔嫂共和"的和谐政局指日可待。对于赫德来说，吴棠出任闽浙总督后，福建造船厂一定会聘请大量的英国人才，采购大量的英国设备，英国人将成为造船工业的核心。

对于李鸿章来说，吴棠调任闽浙总督一方面可以让奕䜣的心态平衡一点，更重要的是可以清除一个在江南争夺工业改革话语权的强悍对手。当年李鸿章的部队长驱直入浙江辖区，收走了大量税赋，令他和左宗棠关系更加紧张。左宗棠在福建的造船工业一旦做大，势必会分流江南的资金。更让李鸿章紧张的是，张斯桂已经离开了两江的军工企业，意欲随胡雪岩南下，一旦张斯桂将大量的江浙资本带到左宗棠阵营，这对于淮军集团来说简直就是釜底抽薪。

另外，曾国藩在山东剿捻力不从心，可能跟李鸿章对调，重返两江总督府。一直盘踞两江的李鸿章，若出马剿灭捻军，将左宗棠拉到剿匪战车上的谋划就不足为奇了。

吴棠成为奕䜣南下的急先锋，李鸿章跟赫德也没有反对，所以在左宗棠毫无准备的情况下，一纸调令就下来了。奕䜣的理由是陕甘回民叛乱，需左宗棠调集大军前往镇压。左宗棠深知调任陕甘背后，是一个复杂的大棋局，他决定想一个两全其美之计，保全福州的造船工业。

左宗棠请沈葆桢出山

左宗棠在家仆的陪同下，走进了福州城宫巷。宫巷沈家是福州城有名的官宦之家，沈家进士老爷沈葆桢和林则徐的次女林普晴喜结良缘，在福州城早已是家喻户晓的美谈。没错，左宗棠就是要去沈府。

沈葆桢在福州城可谓传奇人物，小时候体弱多病，一直跟舅舅林则徐关系密切。1839年，沈葆桢考中举人，当年跟林普晴完婚。次年，沈葆桢携妻进京赶考，结果落第不中，夫妻俩伤心而归。1844年与父亲沈廷枫一同上京赴秋闱。考场上的这对宫巷父子兵，双双落榜，黯然而归。1847年，沈葆桢三进北京城，终于以第36名的成绩考中进士。那一年的进士榜上，有一位终身成为沈葆桢阴影的同科，即第34名的李鸿章。

沈葆桢在太平军席卷江南期间，保全了江西广信，名闻天下，咸丰皇帝立即擢升他为广饶九南兵备道员。曾国藩对沈葆桢的能力很是赏识，1861年，他请沈葆桢到安庆大营，跟李鸿章同为幕僚。曾国藩对沈葆桢委以重任，力荐其出任江西巡抚，沈葆桢成为湘军大佬。1864年捕杀太平天国幼天王、干王洪仁玕等。

左宗棠跟沈葆桢同为湘军大佬，交情甚笃。左宗棠到福州后，沈葆桢正在家丁忧守制。左宗棠万万没有想到，自己在闽浙总督的位置上还没有坐热，就被各方势力盯上了，眼下的轮船工业才开始，一旦让吴棠到了福州，轮船工业就可能落入英国人的掌控之中。左宗棠决定请沈葆桢出山。

沈葆桢丁忧的背后是官场倾轧，他其实是被排挤出了江西官场。如果让沈葆桢接手轮船工业管理，他就可以通过改革之路，重返帝国官场，光耀沈林两家门第。

沈葆桢将左宗棠礼让进客厅，两人深入交流了轮船工业的未来，左宗棠希望沈葆桢能够出山，帮他将马尾轮船工业搞起来。沈葆桢一直在听左宗棠高谈阔论，杯中茶叶都换了三轮，直到华灯初上，沈葆桢也没有答应左宗棠的邀请。最后，左宗棠只有带着家人消失在灯火阑珊的宫巷尽头。

福州将军英桂跟福建巡抚徐宗幹走进了总督府，左宗棠正忙着跟德克碑、胡雪岩商议马尾船厂事宜，面对这两位不请自来的同僚，左宗棠请二位坐定。徐宗幹将一份联名信递到左宗棠手上，原来是沈葆桢率领百名福州贤达，恳请闽浙总督左宗棠暂缓西行，留下来造轮船兴工厂。[24]

在联名信中，贤达们认为轮船工业乃国家万世之功，现在以德克碑为首的洋官乖顺，法兰西皇帝已经承诺将造船技术传授给中国人。加之福州的马尾—马平川，地质坚实，是帝国造船基地的不二之选。现在可谓天时地利人和都具备了，机不可失，非左宗棠这样的封疆大吏不能成事。

沈葆桢在联名信中强调，轮船工业是一个国家的千秋伟业，事成则可以享受到无穷的好处，如果失败，大清帝国将让天下寒心。联名信中还提出，西征不是一朝一夕之事，朝廷可以让左宗棠暂留福州，让先头部队前行部署。等外国工匠齐聚马尾，造船大业有了头绪，左宗棠再北上西征。

英桂跟徐宗幹两人很快将百贤请留疏送抵紫禁城。同时，同治皇帝的御前还收到了一份来自福州的折子，内容是奏请朝廷派沈葆桢总理船政，写折子的人正是左宗棠。左宗棠认为，兴办轮船工业势在必行，不能因为自己离开福州而将轮船工业搁置，由于轮船工业事多烦琐，久负清望的沈葆桢是不二人选。

左宗棠在给皇帝的奏折中，对沈葆桢的赞美之词极度华丽。沈葆桢身为林则徐的女婿、曾国藩的门生，剿灭太平军时功勋卓著，名望为中外敬仰。更为可贵的是沈葆桢思维缜密，早在皇上的圣明洞见之中。左宗棠在给皇帝的奏折中强调，现在沈葆桢是闲居在家的在籍公务员，自己跟英桂、徐宗幹他们商议，沈葆桢可堪重任。[25]

拉着皇帝来抬举沈葆桢，左宗棠的目的已经非常明确，只有让沈葆桢接手轮船工业，自己多年苦争的事业才能延续。左宗棠心底还有一个如意算盘，李鸿章在上海大搞军工，一旦左宗棠离开福州，李鸿章的手就会想方设法伸向福州，操控轮船工业，那样一来万里海疆都是李鸿章的势力范围。而让沈葆桢执掌福州船政，他岂能让同科李鸿章操控自己的命运？

左宗棠在西征之前，一定要将沈葆桢这位显赫的官二代推向帝国改革的前台，这样才能遏制住李鸿章的一家独大。沈葆桢一眼就看穿了左宗棠的用意，跟已经是淮军领军人物的李鸿章抗衡，自己单枪闯马尾，各色人等岂能听命于自己？如果局面不能操控，终将败兴而归。

左宗棠有十足的把握请沈葆桢出山。现在曾国藩在山东境内陷入僵局，李鸿章需要亲自上前线，这个时候根本没有心思来顾及沈葆桢的复出。加上现在西北回民跟捻军有联盟合围京城的倾向，朝廷希望自己早日北上平乱，如果不答应自己的安排，乱军围攻北京，那时爱新觉罗王朝真的就到了尽头。

宫巷深深，左宗棠再次来到沈家大宅。左宗棠向沈葆桢承诺，自己一定向皇帝争取，特命沈葆桢为船政大臣，由中央颁发专门的关防大印，凡是涉及船政的事情，都由沈葆桢专折密奏，以防掣肘。最重要的经费问题，可以跟闽浙总督、福州将军、福建巡抚会商，随时调取。[26]

左宗棠的允诺让沈葆桢心里有了底儿，但是沈葆桢还是没有答应左宗棠的邀请。沈葆桢非常清楚现在马尾船政的症结，德克碑跟日意格追随左宗棠多年，在左宗棠面前恭顺，换了新主人后，法国人的恭顺会延续吗？现在的马尾还是烂泥塘，自己一头扎进去，那可就跟如日中天的同年李鸿章成了官场对头，一旦出现问题，自己将身败名裂。

左宗棠又给同治皇帝写了一份奏折，提出一切工料、洋匠的聘请、华工的雇用、工艺局、学堂等事项都由胡雪岩一手经理。左宗棠再次向皇帝推荐胡雪岩，夸奖胡雪岩有才干，办事用心，熟悉洋务，是船政断不可少的人才，更重要的是胡雪岩在洋人中信用很好。

左宗棠的折子送达紫禁城，以奕䜣为首的北京派密谋于东堂子胡同49号，整个总理衙门灯火通明。左宗棠的目的已经非常明确，马尾的轮船工业由船政大臣专项料理，无论是闽浙总督，还是福州军区，都只能是会商配合。现在西北回民造反，跟捻军形成东西夹击态势，有合围京畿的动向，如果不答应左宗棠之请，左宗棠一旦拖延出兵西北的时间，那样一来京城危急。

总理衙门经过一番密谋之后，决定将吴棠塞到船政的大局之中。很快，同治皇帝就以廷寄的方式，向闽浙地界上的大员们宣布了朝廷的决定："沈葆桢办事向来认真，先刻木质关防大印，以昭信守，待船政办成，再颁发新的关防大印。一切应该办理的事情、需要的经费，闽浙总督吴棠、福州将军英桂、福建巡抚徐宗幹经理，随时与沈葆桢会商，不可延误。"[27]

奕䜣伸向轮船工业的手在皆大欢喜的结局中现形了。沈葆桢身为船政大臣，总理一切船政事务，费用问题需要闽浙官场合力解决。吴棠身为闽浙总督，自然要参与船政大业会商。左宗棠已经意识到，朝廷没有明确胡雪岩在船政中的角色，只是交给沈葆桢差遣，而奕䜣已经给马尾船政成立了四人董事局，沈葆桢为执行董事、董事长，吴棠、英桂、徐宗幹为董事，他们手中可是攥着沈葆桢的资本命脉。

法国海军部的部署

1866年12月28日，两位法国人登上了开往香港的轮船。

两位法国人站在甲板上，遥望北方。戎马倥偬的大帅已经北上剿匪，现在他们带着大帅的合约，踏上了回国之路。没错，甲板上一位是日意格，一位是德克碑。这两位就是左宗棠北上剿匪之前，为沈葆桢签下的洋人高级管理人员，都是跟左宗棠征战杀伐过来的洋人，对左宗棠言听计从。

日意格现在是马尾船政监督，德克碑是副监督。德克碑心里多有不快，因为在跟左宗棠剿灭太平军的时候，日意格在大清帝国的最高官衔是总兵，自己是提督。左宗棠本来要任命自己为监督，没想到法国驻上海总领事白来尼冒出一句：日意格通晓中国语言文字，且礼数、公牍亦所熟谙，不须言凭通事，字凭翻译。就这样，德克碑的监督位子被让给了日意格。

白来尼一句话就让日意格摘了桃子，德克碑的胸中怨气为帝国轮船工业埋下了致命的隐患。在左宗棠北上之前，德克碑、日意格两人已经跟大清帝国签订了五年合同，要在五年之内建造11艘150马力的轮船，5艘仿外国"根婆子"（Gunboat，小炮舰）式样的80马力轮船。

日意格跟德克碑这一次回国任务艰巨，一方面要采购设备、招聘人员，更重要的是回国灭火。现在法国巴黎充斥着福州船政的谣言，传得最邪乎的是福州的船政跟北京政权无关，法国人现在卷入福州地方当局，一旦福州地方当局跟北京闹翻，那么法国军人就可能变成协助地方政权造反的帮凶，到时候北京朝廷就可以拒绝履行跟巴黎签署的一切合约。

巴黎的谣言正是来自日意格他们的法国同胞巴·德·美理登（Baron De Meritens）。美理登能够讲一口流利的中文，1860年，他跟随侵华法国专使葛罗向北京挺进。那个时候的美理登还只是一个翻译，可这个小翻译在联军抵达天津后，威胁咸丰皇帝派出的钦差大臣，说不答应法国人的条件就要挥师北京。美理登在第二次鸦片战争结束后，混到了一个闽海关税务司的美差。

美理登跟那个挑动第二次鸦片战争的英国人巴夏礼关系密切，所以赫德执掌中国海关税务司后，美理登就成了赫德的心腹。当赫德跟威妥玛在北京布局失败后，眼见从巴黎回到中国的德克碑成为船政监督人选，尤其是带着拿破仑三世的支持回到中国的。赫德没办法向伦敦宫廷交差，便立即掉转枪头，唆使法国人内讧，企图将亲伦敦宫廷的美理登安插进福州船政。

这时正好有一个天赐良机，可以让赫德顺理成章地利用美理登。1866年，法国要在巴黎搞博览会，这是拿破仑三世在国际上扬威的一次行动，所以邀请大清帝国参加。当时总理衙门将参展任务交给总税务司，赫德就派美理登协助大清帝国到巴黎参展。作为赫德在海关税务司的下属，只要美理登借机在巴黎给日意格他们造谣，就能在巴黎宫廷搞臭日意格他们。赫德假意将美理登推向福州船政监督的位置，美理登出于感恩，就开始不断造谣。

美理登身为闽海关税务司，现在又是助大清帝国赴法参展全权代表，他的言论很快引起了法国远东舰队的注意，消息迅速传到了巴黎宫廷。一个是地方势力，一个是全国正统，地方势力在短时间内不可能一举夺得天下，拿破仑三世自然不想丢掉跟北京朝廷的合约，他要与英国人同享中国利益。

巴黎宫廷被谣言蒙蔽，日意格跟德克碑身为局中人，自然要回国争取巴黎宫廷的支持。左宗棠、胡雪岩跟两位法国人提出一个五年造船计划：预算300万两白银，建设船厂、建造蒸汽舰船；开办学堂，培训造船技术人员和舰船驾驶人员；建造世界第二座，也是当时最大的一座拉拔特式（Labat）拖船坞；建设铁厂，自行冶炼制造船用铁材；雇用外国工程技术人员。[28]

德克碑跟日意格更看重左宗棠在合同中提出的现金激励措施：在五年期限内，以日意格、德克碑为首的洋人承包商，如果能够完成造船任务的同时，还能"教习中国员匠能自按图监造，并能自行驾驶"，则奖励总承包人日意格、德克碑各24000两银，奖励各类师匠共6万两银。左宗棠在给皇帝的奏折中提出，如果日意格他们出色完成任务，朝廷应该再加奖励，以昭著忠顺。[29]

左宗棠将马尾船政移交沈葆桢之前，一方面跟国际人才签订聘用合同，让大清帝国的轮船工业规范化，一切按照契约精神执行，另一方面推出巨额现金激励，刺激国际人才的积极性。左宗棠在离开福州之前，如此周密安排，大兴轮船工业之苦心可见一斑。在大清帝国以军事工业开启的改革浪潮中，左宗棠开创了现金激励之先河。

左宗棠北上期间，日意格跟德克碑在海上航行了33天，于1867年2月1日抵达巴黎。两位法国军人在大清帝国混成了将军，更成为左宗棠大帅的帐下红人，自然也成为法国海军的光荣。法国海军部对德克碑、日意格的归来给予了高规格的欢迎仪式。日意格和德克碑向法国海军部说明，福州的船政是大清帝国皇帝的一项工程，属于中国的国家工程，它对法国来说是有百利而无一害的交易。一番欢迎之后，海军部没有继续听日意格跟德克碑的陈词，甚至一度回避二位。

法国海军部背后一刻也没有闲着，尽管美理登的说辞令巴黎各方拿捏不准，可是日意格跟德克碑实实在在拿下了中国轮船工业的巨额承包合同。面对巨大的诱惑，法国海军部行文向其驻香港海军司令调查真相。胡雪岩迅速获知了法国海军部调查船政一事，意识到日意格他们在巴黎遇到了麻烦，决定专程到上海争取白来尼的支持。

1866年3月，胡雪岩走进了法国驻上海领事馆，白来尼跟胡雪岩也不是第一次见面，双方自然显得很轻松。胡雪岩反复跟白来尼强调，福州船政是在大清帝国皇帝的支持下创建的，自然是国家的。另外造船需要帝国多个海关的财政支持，面对强大的资金压力，地方政府岂敢跟北京作对？胡雪岩还向白来尼说，左宗棠一向讨厌英国扩张势力，所以在剿灭太平军的过程中，他跟法国人的合作一直都很愉快，自然希望这一次也跟法国合作。[30]

胡雪岩的一番说辞令白来尼动心了，眼见白来尼眼睛里对船政大生意冒绿光，胡雪岩进一步向白来尼说，大清帝国愿意跟巴黎合作，不想让英国人独占好处。白来尼一听非常高兴，但胡雪岩话锋一转，他希望白来尼调查美理登的真实身份，不能因为赫德在背后唆使，就破坏了中法两国政府的合作。

白来尼听后很无奈地告诉胡雪岩，美理登虽是法国人，可他并不是法国政府派往中国的官员。他在第二次鸦片战争中只是翻译，之后就一直受雇于中国海关，是在替中国工作。大清帝国聘用日意格跟德克碑，他们的担保还是自己出面的，所以巴黎宫廷并没有让美理登取代他们的意图。

法国驻香港的远东海军司令罗杰正一筹莫展，法国海军部让他调查福州船政，现在德克碑跟日意格已经脱离了法国海军，美理登在英国人手下为中国政府做事，如果让美理登进入福州船政，身后的英国人将从中渔利。如果自己支持日意格他们，一直图谋中国海军的英国人，一定会认为法国人搅黄了英国人的计划，伦敦跟巴黎的冲突将进一步加剧。

身为远东海军司令，罗杰自然不希望放弃打入大清帝国海军心脏的机会，他很快掌握到美理登身后是英国人在操盘。罗杰同时还了解到，白来尼在上海已经站到了日意格这一边，于是罗杰跟白来尼联手，向巴黎宫廷报告说，福州船政是大清帝国皇帝支持的国家工程。罗杰在7月10日写给海军部长热罗利的函件里，非常坚决地劝告他不要阻止日意格的工作。罗杰担心海军部无法改变巴黎的局势，还写信给法国皇帝拿破仑三世，希望皇帝支持日意格的主张。

法国海军部得到上海跟香港的报告后，作出了一个令日意格他们意想不到的决定，他们允诺保留二位的法国军籍，并同意他们以法国海军军官身份受雇于大清帝国。此时，无论是左宗棠还是北京的奕䜣，都万万没有想到法国海军部在巴黎的部署。沈葆桢在两位洋人重返中国后，依然按照左宗棠签署的聘用合同，重用两位带着法国海军部秘密使命的军人。

竹枝词案震京城

福州船政遭掣肘

巴黎城酝酿着一个天大的阴谋。

法国海军部迅速将日意格、德克碑的情况向国王拿破仑三世进行了汇报。一心要当欧洲老大的拿破仑三世兴奋异常，没想到两位法国低级军官，居然能够在短短几年内混成中国将军，还能拿下轮船工业的大单，这是英国人都没有实现的宏伟目标。当初，拿破仑三世听闻左宗棠的庞大计划后，就叮嘱海军部一定要抓住机会，没想到德克碑他们这么快就将计划变成了现实。

拿破仑三世决定见见这两位闯荡中国的将军，就立即让海军部安排两位将军进宫。1866年7月15日，日意格跟德克碑在王宫中觐见了拿破仑三世，当他们将中国轮船项目介绍一番后，拿破仑三世早已激动得心跳加速，"谕令监督用心办理，并沐恩典，传谕各部尚书大臣，咨行驻扎中国提督，随时照应"。[31]拿破仑三世还给日意格和德克碑颁发了勋章，以示奖励。

日意格跟德克碑走出王宫，带着拿破仑三世跟海军部的神圣使命，开始为大清帝国招揽人才。历经7个月，日意格率先带着12名法国工匠回到福州，还带回了轮机、洋铁、机器等设备。日意格率领的欧洲技术团队到马尾后，沈葆桢发现这样一支队伍要完成五年期合约很困难，于是电告还在巴黎的德克碑，令其再招技术人员来华。

德克碑迅速跟阿弗尔市马泽利娜商行（Lamaison Mazelinedu Havre）的一位工程师搭上关系，在这位工程师的帮助下，德克碑又招聘了39名法国工人跟工头，其中绝大部分工人都在铁路建筑工地工作过。到了1868年3月，德克碑带领扩招的法国工人回到了马尾工地。

曾经荒凉的马尾，一下子拥入了51名欧洲人。最让沈葆桢满意的是法国罗什福尔船厂的工程师达士博（Trasbot）的到来，这位是日意格带回来的第一位真正拥有造船技术的专家。[32]不懂船政的日意格，委任达士博为马尾船厂总工程师。

沈葆桢很快就遇到了麻烦，奕䜣为了掌控船政，命令闽浙总督吴棠从上海跟香港船坞招了一批工人。总督大人招来的工人工资比其他工友高，纪律却很差，对考勤制度视若无睹，经常迟到早退，令其他工友很是不满。

更让沈葆桢头疼的是，吴棠经常跟左宗棠留下来的管理人才发生摩擦。左宗棠除了留下胡雪岩，还推荐了处理财务的护理福建巡抚周开锡，负责军事的前台湾兵备道吴大廷，善于人事经理的补用道叶文澜，熟悉洋务、后来测绘出近代化中国海图的同知黄维煊，精通舰船驾驶的五品军功贝锦泉，熟悉西洋火炮的候补布政司徐文渊等。[33]

吴棠对左宗棠北上之前的人事安排相当不满，这让自己根本就没办法按照计划掌管福州船政。令沈葆桢意想不到的是，在大搞人事斗争之前，吴棠试图拉拢福州将军英桂。吴棠跟英桂说，马尾船厂未必能搞成，即便成功了又有什么用呢？英桂是满洲正蓝旗赫舍里氏，是举人出身的帝国将军，在帝国军政界具有相当的话语权。

吴棠拉拢英桂还有一个非常重要的因素，左宗棠之前在给北京的奏折中，强调船政资金的重要来源是闽海关的关税，现在英桂兼任闽海关监督，掌握着福州船政的钱袋子。吴棠想当然地认为，只要英桂站到自己这一边，掐断一阵儿船政的资金，沈葆桢一干人马自然就会乖乖出局，自己掌握福州船政就只是时间问题了。

吴棠有点找错了庙门，身为沿海军区的司令员，英桂自然对左宗棠是极力支持的，左宗棠请沈葆桢出山背后，英桂一直出谋划策。[34]英桂没有搭理吴棠，这让吴棠的计划落空。吴棠决定给沈葆桢一个下马威，拿出总理衙门的信函，说总理衙门担心沈葆桢他们乱花钱，到时候搞得船没有造出来，钱反而花光了。

吴棠这样做，就是利用奕䜣来弹压沈葆桢，要让沈葆桢明白，总理衙门对福州船政不放心。可沈葆桢是个认真的人，立即阅读了总理衙门的信，发现总理衙门的信函就是问问马尾船厂的进展，根本没有担心沈葆桢他们乱花钱一说。[35]

吴棠万万没有想到，左宗棠虽在千里之外，英桂跟沈葆桢两位还将船政事业奉为圭臬。吴棠决定对左宗棠的死党、护理福建巡抚周开锡动手，一出惊天大案在闽浙总督府密谋开来。堂堂总督要对左宗棠留下的船政要员下手，一干不得重用的官员摸准了吴棠的心事。英桂跟左宗棠关系密切，对初来乍到的总督大人爱搭不理，那就硬将英桂拉入局中，将一出大戏唱响紫禁城。

吴棠大搞冤错案

1867年3月11日，同治皇帝雷霆大怒。

同治皇帝接到了福州将军英桂的奏折，说署理福建布政使夏献纶交给英桂一首竹枝词，里面牵涉督、抚、司、道大员。英桂不敢专断，故"钞录呈览"。

这首竹枝词记叙的是周开锡买的一个婢女是延平知府李庆霖送的，休掉的小妾是让同知沈应奎安顿的。周开锡身为护理巡抚，为一省之父母官，居然收受下属赠送的婢女，[36]还让下属给安顿休掉的女人，整个福建官场成了拉皮条的风月场所。同治皇帝正处于青春期，没想到帝国官员如此张狂，自然对竹枝词描述的香艳情事难以饶恕。

令同治皇帝暴怒的还有周开锡跟李庆霖结党跑官的嫌疑。当初朝廷调左宗棠西征，新任总督吴棠远在两江，福州将军英桂兼任福州巡抚。朝廷决定让英桂代理闽浙总督，这样英桂就不能再兼任巡抚一职，周开锡担任护理巡抚。竹枝词也记叙了周开锡担任福建护理巡抚之前，以李庆霖为首的一批左宗棠老部下，向英桂求情让周开锡上位的事情。[37]

英桂向朝廷上呈竹枝词一个重要的原因是，按照竹枝词反映的情况，周开锡跑官成功，起到决定性作用的就是英桂自己。英桂面对这样的指控，知道自己不可能扣押下来。

周开锡跑官，英桂成为案件的主角之一，所以必须向皇帝汇报，否则就会落下欺君之罪。竹枝词的逻辑非常严密，它记叙李庆霖跟周开锡一干人马属左宗棠一党，周开锡坐上福建巡抚的位子，就会成为左宗棠遥控福州政局最有力的棋子，李庆霖等人也可以官运亨通。自然，李庆霖送给周开锡婢女，沈应奎为周开锡照顾休掉的小妾等官场上的龌龊勾当就上演了。

竹枝词还指出周开锡的护卫亲兵问题。周开锡本是福建的布政使，按照大清帝国的官员级别，是不能够配备亲兵护卫的。尽管周开锡后来成为护理巡抚，但官衔没有任何变动，自然也就不能享有亲兵护卫的待遇。竹枝词指控周开锡擅自配备亲兵护卫，按照帝国宪法《大清律·兵律》，应交由兵部进行军事审判。

同治皇帝攥着英桂的奏折，看到周开锡只是竹枝词揭发的诸多官员中的一位，其他征收商业税、创造轮船、重用亲信等问题，都被一一编进了打油诗里。闽浙地界上，上至总督，下至知府道员，整个官场都成为举报对象。更为奇怪的是，英桂通过审查发现，夏献纶手上的竹枝词是管理盐场的盐法道海钟递交的，海钟又是从道员丁杰手上拿到的。

丁杰当时的职务是按察使衔候选道员，按照行政级别，他跟周开锡是平级的，可是周开锡的布政使是实权，丁杰虽拥有按察使的官衔，却只是一个候补的干部，只有等福建官场有空位子，他才能获得实权。丁杰跟英桂汇报说，自己走在大街上，有人向自己的轿子里投了竹枝词，具体是谁投的，他根本就不知道。

匿名的竹枝词牵涉了整个闽浙官场，左宗棠以及跟左宗棠相关的一干人马都成为控诉对象。面对连环指控，同治皇帝认为一定要弄清楚事件真相，否则将后患无穷。

同治皇帝在3月11日这一天给军机处发了一道上谕，说在英桂呈送的《道员丁杰交出竹枝词，钞录呈览》一折中，丁杰的说辞反复，有不少疑点，这些疑点都涉及闽浙军政大事，军机大臣一定要让英桂面传丁杰，搞清楚竹枝词到底是什么人所编。吴棠刚刚抵达福建，不用回避，应该跟英桂一同调查此案。

同治皇帝命令一下，吴棠立即跟英桂组成专案组。

吴棠有了同治皇帝的上谕，觉得比总理衙门的信函管用多了，看沈葆桢这次还能怎么对付。当时，休病假的周开锡，身体已经痊愈，准备回福州上班，因为这时马尾船厂的基建工程已经开始了。沈葆桢希望周开锡能够早日回来帮忙办理船政，但吴棠却下令让周开锡继续休病假。[38]

竹枝词中提到的征收商业税、创办轮船工程等都跟周开锡有关，吴棠不让周开锡重返官场，以休病假的名义将沈葆桢的这位得力助手打入冷宫。他的用意十分明显，就是一方面让沈葆桢失去左膀右臂，因为周开锡被调查，远在杭州的胡雪岩就不敢来福州，他身为红顶商人，一旦牵扯到福州官场大案中，他的生意可就完蛋了。另一方面，吴棠可以安插自己的人员进入船政，迅速清理左宗棠在福州的势力，完全孤立沈葆桢。

吴棠立即将相关涉案人员进行隔离审查。李庆霖成为审查的重点人物，延平府那么清静安逸的地方，李庆霖不在那里舒舒服服当知府，偏要跑到福州帮沈葆桢搞船政，这背后一定有文章。竹枝词中显示，李庆霖给周开锡送了一个婢女，这就是李庆霖拉拢周开锡，向沈葆桢船局渗透的手段。

远在北方的左宗棠听闻吴棠的行动，立即给他写了一封信。左宗棠在信中大夸吴棠担任河道总督时美誉满天下，连皇帝都常常问起吴棠。左宗棠夸吴棠那是有目的的，就是要把吴棠架到道德圣人的高度，让他沾沾自喜，这样他才会听取自己关于竹枝词案的劝告。左宗棠在书信中说，吴总督初来乍到，可能有不少小人蒙蔽视听，令其对福建官场和船政有误解。[39]

吴棠根本就没有在意左宗棠的规劝，继续将竹枝词案扩大化。周开锡、李庆霖、沈应奎一干人马全部被隔离审查，而跟竹枝词毫无关系的叶文澜也被隔离审查了。

审查叶文澜是因为一个叫陈永禄的讼棍。叶文澜是地方绅士，加之与左宗棠关系密切，所以在福州声望很高。左宗棠一走，陈永禄就开始纠缠叶文澜，将陈年旧账一股脑儿往叶文澜身上招呼。吴棠亲自过问陈永禄诉叶文澜案，他明明知道叶文澜是被人诬告，却不立即结案，反而对陈永禄诉叶文澜一案一审再审。[40]

夏献纶一直是左宗棠倚重之人，在福建负责为左宗棠筹措粮饷，没想到丁杰的一本竹枝词，让他充当了举报的托儿，这就是吴棠的高明之处。周开锡是布政使，夏献纶顶替周开锡代理布政使，这就是要分化左宗棠阵营，让周开锡跟夏献纶分道扬镳。

夏献纶给左宗棠写了一封信，将福州官场的情况详细向左宗棠进行了汇报。左宗棠万万没有想到，自己在给吴棠写信后没有任何效果，反而使颠倒是非黑白的现象进一步扩大。左宗棠给夏献纶的信中告诫，不要因为他人的诽谤而退缩，也不要去跟小人争执，我辈肝肠如雪，何惧造作言语？如果你夏献纶跟周开锡都要离开福建，我们对轮船事业的一腔热血，将洒向何处呢？

在给夏献纶的信中，左宗棠告诉在福州的嫡系们，沈葆桢关于船政事务的奏折，左宗棠是要联名才能上奏的。按照朝廷给福州船政的批文，沈葆桢作为专门负责船政的大臣，新到的闽浙总督是不能擅自插手的。吴棠作为新任闽浙总督，连基本的情况都没有了解清楚，就听信那些宵小之徒的谣言，搞得整个福州城人心惶惶。[41]

左宗棠一眼就看穿了竹枝词的背后玄机，一个是商业税问题，一个是楚军嫡系问题，吴棠把矛头对准的是船政，真正的目标是自己。吴棠利用专案调查之权，宣布降低商业税的征收比例，这让做生意的人很是开心，大多称颂吴棠爱民。左宗棠嘲笑吴棠这是沽名钓誉，表面看是降低商人税赋，实质上是为了恢复陋规，以便征收名目繁多的杂税。

商业税的征收事关船政的经费和左宗棠北上剿匪的军饷，吴棠降低征收标准，势必造成船政跟军饷资金链紧张。现在摆在左宗棠面前的一个难题是：如果造船，北上剿匪难保成功；如果确保剿匪军饷，那么船政的五年之约难以实现，那可是左宗棠当年给北京朝廷立下了军令状的。左宗棠劝告夏献纶，商业税背后涉及吴棠对船政核心利益的争夺，就是要逼迫自己放弃对船政的控制，所以吴棠轻易不会放弃关于商业税征收的主张。

夏献纶现在进退两难，身为福建代理财政厅厅长，商业税的征收若听命于吴棠，就会让左宗棠陷入两难之中。左宗棠在第二封信中跟夏献纶说，福州的兵制、财政问题都在朝廷备案，现在吴棠搞的税改事关船政，他想改，就需要上奏北京。在吴棠税改方案还没有得到朝廷批准之前，身为财政厅厅长的夏献纶不要跟吴棠激烈争执，否则会激怒他，他会走北京的门路，让税改成为事实。[42]

左宗棠给夏献纶出了一招，长官有错，下属不能不说，否则就未能勤勉尽责，所以夏献纶应该向吴棠详细说清楚各项原委，建议吴棠去详细阅读原委成案。当然，如果吴棠执意我行我素，不问青红皂白，左宗棠建议夏献纶在那个时候一定要据理力争，不能坐视沈葆桢一手经营的船政伟业被破坏。[43]

这时，被调查的主角儿周开锡不想干了，他给左宗棠写了一封信，倾诉自己心中的委屈跟苦闷。左宗棠在给周开锡的回信中说，自己跟吴棠没有什么交情，不知道这个人的深浅，当初收复杭州的时候，自己在胡雪岩分管的粮道看过吴棠的公文，从公文中可以窥见吴棠的庸鄙。[44]

面对船政伟业，左宗棠依然劝慰周开锡要和悦而铮，如果实在理解不了，那就洁身而去。[45]

面对闽浙地界不可动摇的楚军帮，吴棠明白不彻底将左宗棠的人给搞出局，自己就难以掌控船政。左宗棠面对老部下欲纷纷离开福州的局面，长叹一声："平生志事，百无一就，一腔热血，尽付东流。"左宗棠在给夏献纶与周开锡的信函中忧愤感叹："近日封疆之吏，将帅之选，多不惬人意，而时事则日棘一日，深为可忧耳！"

左宗棠的无奈

想当年，作为曾国藩府邸四大布衣幕僚之一的周开锡，如今成为震惊大清帝国的竹枝词大案主角。尽管左宗棠千里传书对其劝慰，可负责调查的吴棠明知竹枝词乃诬蔑之词，仍对周开锡的桃色绯闻大搞恶搞。一腔热血报效无门，周开锡心灰意冷。

吴棠利用专案调查之权，将整个福州官场闹翻了天，左宗棠留在船局的人才被隔离的隔离、审查的审查。远在杭州的胡雪岩本来要去福州，一听新到的闽浙总督吴棠在福州的霹雳手段，便写信给沈葆桢，说自己不想在船厂干了。尽管沈葆桢一再写信让他到福州，胡雪岩就是拖着不去。吴棠拿下周开锡、叶文澜等人后，还没有罢手的迹象。

沈葆桢守制期间，左宗棠三顾茅庐，将沈葆桢所有的担心都给化解了，甚至同意所有船政事务，两人都要联名会奏。现在日意格他们带着一帮法国技术人才到了福州，船政的官员却不断遭遇清洗。沈葆桢无法向法国人解释帝国官场潜规则，只能给左宗棠写信，希望手握十万大军的左宗棠能够向北京反映，遏制住福州船政的局势，否则船政伟业将尽毁吴棠之手。

面对吴棠的步步紧逼，左宗棠也是一筹莫展。左宗棠在给曾国荃的信中抱怨说，吴棠到福州改弦易辙，让周开锡等一干人马都不想干了，不少提督、镇总兵、知府等人都写信，要跟自己一同西征，西征大军行至潼关，已经有四五人北上。左宗棠西征的粮饷取于闽浙，所以在给曾国荃的信中很无奈地说，自己对吴棠不得不委婉。

左宗棠在信中感谢曾国荃经常写信安慰自己，左宗棠感叹，国家时局越来越危险，打仗的日子一长，民力、物力都不能支撑，加之官场钩心斗角，大清帝国已经暮气沉沉了。每当夜深人静，华灯初上的时候，自己一个人独坐深思，总是汗流浃背，百忧交集。[46]

军饷来自闽浙，左宗棠在跟吴棠的较量中只能隐忍，但是他没有停止跟沈葆桢联手反击。左宗棠跟沈葆桢商议，让沈葆桢以船政工作需要为由，向皇帝提出让周开锡继续留在船政效力。在给沈葆桢的信函中，左宗棠痛批福州官场喜欢造谣，挟持长官，这一次竹枝词案根本就是没有证据的诬蔑，如果从轻了结的话，以后这一类谣言就会更多，甚至会影响到船政大业。

沈葆桢立即给同治皇帝写了一份奏折，控诉吴棠假总理衙门的公信，意欲克扣船政经费，明知周开锡被诬陷，仍然下令让周开锡继续休假。沈葆桢在奏折中说，以日意格为首的洋人都尽心做事，帝国的官员却在相互争斗，自己身为船政大臣，个人生死不足为虑，但事关国家命运，恳请朝廷留下以周开锡为首的船政干才。[47]

奏留周开锡，那就一定要将周开锡身上的桃色案化解。沈葆桢决定另辟蹊径，单独就李庆霖送婢女一事向同治皇帝汇报。沈葆桢在给皇帝的奏折中强调，李庆霖在左宗棠离开福州之前，尽管做过马尾船厂的选地工作，可是之后就去了延平担任知府，直到左宗棠离开福州后，英桂跟周开锡才向朝廷奏请李庆霖到船政工作。延平府地方安静，李庆霖没必要卷入船政的旋涡，所以他不会笼络周开锡、英桂等官员。

沈葆桢在竹枝词案爆发后，专门问讯了李庆霖，李庆霖跟沈葆桢说，吴棠审问自己的时候，根本就没有问及船政之事，就勒令李庆霖回原籍。沈葆桢给皇帝的奏折中强调，李庆霖在福州并没有劣迹，如果这一次带着冤屈离去，以后还有谁敢在船政做事？[48]

周开锡案的关键在李庆霖送婢女环节，沈葆桢向皇帝提出了李庆霖并未笼络周开锡，那么就不存在送婢女的贿赂行为。沈葆桢在给同治皇帝的奏折中还强调，周开锡、李庆霖两人的案件有冤情，吴棠视若无睹。而叶文澜案更是彻头彻尾的闹剧，希望朝廷能够秉公审理，给叶文澜一个公道。

流痞铁匠撒欢马尾船厂

竹枝词案真相大白

西风烈，悍匪千里掠。

突然，北京城密旨送抵左宗棠营帐。左宗棠看完皇帝的圣旨，脸上露出了灿烂的笑容，这真是一个天赐良机。《北京条约》签订的时候，英法两国约定十年后修订合约，北京朝廷决定提前让督抚臣僚出出主意，为两三年后的修约做准备。左宗棠决定抓住这个机会绝地反击，向同治皇帝写了一封悲愤交加的奏折。

左宗棠在奏折中说，中外通商主要在南北洋两大臣之手，由总理衙门总揽全局，自己只在闽浙跟海口领事、税务司有过交涉。而在西征后，距离闽浙太远，加之新上任的总督吴棠，"务求反臣所为，专听劣员怂恿"，这导致凡是自己引进的人才，所用的将校，无不纷纷要求离开福州。左宗棠在奏折中强调，船政乃大清帝国千秋之伟业，是唯一能跟列强在海上抗衡的通途，皇帝既然已经交由沈葆桢专事操办，船政的管理应该也由沈葆桢筹划。[49]

左宗棠当然也对修约一事提出了自己的意见，但他着重强调的还是竹枝词一案。此时的慈禧太后已经跟恭亲王奕䜣关系变得紧张，吴棠作为奕䜣一党，在福州官场只手遮天，自然让慈禧太后担心。加之左宗棠现在正带领十万大军转战西北围剿捻军，福州竹枝词案若不公正处理，何以安抚左宗棠？

慈禧太后给军机处的命令是，在左宗棠的奏折上写了一个"留"字。身为军机大臣的奕䜣自然明白慈禧太后的用意，这是暗示军机处，一定要尽快调查清楚竹枝词案，平息福州官场争斗案，让福州船政恢复正常。北京城的消息很快传到了福州城，吴棠深感情况不妙，只得主动找到英桂，要将竹枝词案快速了结。

1867年7月13日，竹枝词案真相大白。

这一天，同治皇帝向内阁发布了一道上谕，说无论是商业税、制造轮船，还是调员到福州，左宗棠都向北京进行了汇报，调到福州的官员也并非完全是楚军嫡系。"周开锡所买师姓之婢，并非知府李庆霖所送；同知沈应奎，并未为周开锡安顿已出之妾。英桂因兼署督篆，不能再兼巡抚，奏请以周开锡接护抚篆，并非李庆霖等代为恳求。周开锡、夏献纶现无亲兵随从。"

同治皇帝在上谕中强调，调查结论毋庸置疑。对于丁杰所呈竹枝词，英桂跟吴棠的调查结论是，系不知姓名人投入轿中。丁杰身为按察使衔的候补官员，对处理匿名控告的规矩是知道的，按照《大清律》的规定，竹枝词这一类的文件应该销毁，而不是一层层上交。因此要"将丁杰交部议处，并饬令回籍听候部议"。[50]

左宗棠最关心的是竹枝词案的幕后黑手，同治皇帝说道："左宗棠前在闽省办理军需、厘捐等事，均系地方要务，岂可任令无知之人信口雌黄！所有编造竹枝词之人，仍着英桂等严拿究办，以儆刁顽。"闽浙总督吴棠在同治皇帝公布竹枝词案调查结果后，很快调任四川总督。左宗棠留下的船政人才，纷纷回到沈葆桢的身边。

不过，一场更为猛烈的风暴正向福州船政以及沈葆桢席卷而来。

船政风波

1868年1月18日，马尾船厂旌旗猎猎。

船政大臣沈葆桢朝服冠带，在欢快的鼓乐声中，走向妈祖牌位。沈葆桢身后紧跟着船政监督日意格、副监督德克碑、总工程师达士博。法国人西装革履，在一帮身着朝服的帝国官员中，显得极为扎眼。沈葆桢手握三支巨大的佛香，跪在妈祖牌位下，希望这位海上神灵能够保佑马尾船厂。

焚香祈祷的高潮是龙骨上船台。在达士博的调度指挥下，沈葆桢与船政提调周开锡、布政使夏献纶等一干官员，将第一号轮船的第一截龙骨捧上马尾船厂的第一座船台。当龙骨上台安稳的时候，整个船厂"闻者皆欢声雷动，手舞足蹈"，这为大清帝国现代造船史书写了浓墨重彩的一笔。[51]

从马尾船厂传来的消息，令远在上海滩的赫德坐立不安，日意格跟德克碑两位左宗棠的马仔，到了沈葆桢手里依然是忠心耿耿，一旦让马尾船厂造出了轮船，英国人的生意就没有了。赫德再次想到了美理登，这位法国人上次造谣失败后，还在觊觎福州船政的监督之位，现在马尾船厂第一号轮船已经开工，美理登岂能放过眼前的机会？

美理登对上次的造谣事件丝毫没有悔过之意，反而对日意格心生怨恨，在赫德的一番撺掇之下，他决定要让日意格在福州船政不得安宁。美理登学会了赫德教导的离间招数，决定从脑子愚蠢的人入手。很快，一个叫博士巴的法国人进入美理登的视线，博士巴在第二次鸦片战争时期来到中国，是法国侵华陆军中一名随军铁匠，没什么文化。

博士巴脑子不灵光，可是骨子里瞧不起中国人，经常以大师父自居，他忘记了中国的铁器已有上千年历史。博士巴在船厂名声不太好，跟工友们关系很紧张。他的上司博士芒也是一位法国人，对这个随军铁匠很是头疼。美理登经常以战友聚会的名义，跟博士巴喝小酒，酒过三巡菜过五味，他总会夸赞博士巴铁匠技术一流，为其屈居博士芒之下感到愤愤不平。

美理登每次愤愤然的时候，总是搂着博士巴的肩膀，搞得博士巴有一种浪子回家的感觉，鼻涕一把泪一把后，就捶胸顿足，拍桌子摔碗的。时间一长，博士巴真将自己当成一人物，在工厂里脾气越来越大，博士芒身为工头，不得不出面管理，博士巴一肚子的火立刻倾倒在博士芒身上。辱骂之声不绝于耳，搞得工厂里面鸡飞狗跳。

博士芒难以管束博士巴，这件事就闹到了船政总工程师达士博那里。达士博对日意格跟德克碑很是不满意，因为这两人虽是行伍出身，实则就是两个兵痞，尽管他们一直在法国海军混日子，可对造船一窍不通。只因傍上了中国的左宗棠跟法国海军部，就一下子成了大清帝国的一方大吏。更让达士博介怀的是日意格在法国期间的承诺。

日意格当时领着法国海军部的密令到处招人，跟达士博谈判的条件就是，只要有副监督离开福州船政，达士博就立即上位。

日意格跟德克碑的关系表面平静，但德克碑一直对日意格抢夺了自己的监督之位耿耿于怀。达士博对迟迟没有副监督离开心里不快，自然对日意格心生怨恨，博士巴辱骂工头博士芒是一个绝佳的机会。身为总工程师的达士博装聋作哑，分管的副监督德克碑也充耳不闻，以至于博士巴得寸进尺，搞得此事在整个船政都传得沸沸扬扬。日意格不好跟沈葆桢交差，只有批评达士博，两人关系越发紧张。

德克碑很快就了解到一个让他气急败坏的消息，那就是达士博消极管理的背后，是日意格在法国跟达士博有承诺。现在大清帝国方面派出的官员，日意格是不能动的，达士博唯一能够补上副监督空缺的机会，只有德克碑走了才可能。德克碑到中国后一直在军队里面混，早年跟左宗棠合作的时候，左宗棠就要让他滚回老家，这家伙鼻涕一把泪一把向左宗棠哭诉，最后夹着尾巴做人，才博得了左宗棠的信任。堂堂将军做了副监督，备感窝囊的德克碑决定给日意格来个火上浇油。

有一天，沈葆桢的办公室来了一干中国工匠，义愤填膺的中国工匠没等沈葆桢说话，就开始控诉法国工匠设套刁难。按照船厂规定，工匠需要卯时上班，可是这一天法国工匠辰时才到，先到的中国工匠不能停工，只能先生产，结果法国工匠到了到处挑毛病，最后导致双方在船厂群殴。[52]

沈葆桢立即派出调查组，查明法国工匠故意迟到的背后，导火索是德克碑跟日意格的矛盾，德克碑暗中导演了群殴事件。沈葆桢决定将德克碑调出船厂，到求是堂艺局当教授。德克碑的离开让达士博心花怒放，可是日意格依然没有履行他的诺言。达士博尽管不敢像博士巴那样有恃无恐，却在言语上攻击日意格。

离开了实权位子的德克碑一方面给左宗棠写信控告，另一方面暗中撺掇博士巴进一步捣乱。福州船政被弄得乌烟瘴气，而这正是赫德、美理登他们希望看到的。博士巴在多人的怂恿下，愈发地骄横，不服从工作调动，经常辱骂工头，还经常无故迟到早退，将左宗棠时期定下的规定当成废纸。沈葆桢忍无可忍，决定开除博士巴。

沈葆桢让博士巴滚蛋，这时候他才深感后悔，可是船政大臣的决定无可更改。博士巴很快就得到高人指点，去法国驻福州领事馆告状，将福州船政内部的管理问题上升到外交问题，那样一来就不是一个日意格，更不是沈葆桢能够决定的，需要大清帝国的皇帝跟拿破仑三世大皇帝出面解决。沈葆桢忙着向第一号轮船的最后竣工冲刺，根本没有料到博士巴正在掀起一场惊天波澜。

现任福州领事馆代理领事为巴士栋（Ernest Blancheton），在到福州之前是法国驻宁波副领事。当马尾船厂的第一座船台竣工后，在没有征求大清帝国总理衙门同意的情况下，巴士栋跟他的上司宁波领事西蒙（G. Eug. Simon）突然移驻福州。巴士栋一行到福州后做的第一件事情就是到船厂张贴法文告示，收集日意格跟德克碑的问题。[53]

巴士栋一行意图明显，就是要搞掉日意格跟德克碑。日意格跟德克碑回到中国之前，得到了法国海军部跟拿破仑三世的密令。巴士栋现在要搞这两人，一方面是法国驻上海领事白来尼已经离开了，更重要的是法国军方觉得日意格两人没有完成密令。巴士栋的福州行动背后，无疑是法国军方急于操控福州船政的谋局。

沈葆桢对巴士栋一行的无礼行为相当反感，严厉呵斥巴士栋的行为是干涉大清帝国内政，领事是为通商而设，跟船政没有关系，加上船厂非领事管辖之地，不能够张贴告示。巴士栋的夺权计划流产，正是因为巴士栋明目张胆干涉船政，才让随军铁匠博士巴肆无忌惮，搅得船厂法国工匠相互猜忌，互不信任，跟中方管理层以及工匠关系剑拔弩张。

西蒙在福州的时间很短，所以巴士栋成为代理领事。博士巴的状纸递到了巴士栋手上，控告法国海军军官日意格违约解除劳工雇佣合同，要求日意格恢复雇佣关系，如不恢复需赔偿3500两白银。美理登一直在背后搞阴谋诡计，眼见着博士巴的官司打到了领事馆，决定联手德克碑、巴士栋，先将矛头对准日意格，再图操盘帝国船政大计。

1869年7月11日，巴士栋将一份法文公文发到马尾船厂，要求博士芒、博士巴、日意格及中国工人张维新等六人到领事法庭会审。[54] 日意格拿到巴士栋的传票，立即向沈葆桢提交了一份书面说明。沈葆桢看完日意格的书面说明，已经洞察到巴士栋的终极目标，这个代理领事当初没有将手伸进马尾船厂，这一次是要通过官司将领事裁判权凌驾到船厂之上，这是对帝国主权的公然践踏。

领事裁判权一旦渗透到船政，福州的船政大业将掌握在法国人之手。沈葆桢在日意格的信函上作了长篇批示："监督为船政而设，船政为中国工程，中国有大臣做主，如果法国领事馆可以任意把持，则是法国船政，非中国船政。监督有约束外国工匠之责，不受约束者，监督理应检举，至于撤与不撤，船政大臣自有权衡。"[55]

沈葆桢的意思再明显不过了，博士巴的解聘完全是根据合约办事。更重要的是，代表巴黎宫廷的驻华公使早就书面承诺，船政是中国人做主，巴士栋岂能违背公使之诺！

沈葆桢在批示里面非常明确地强调，博士巴的问题是船政管理问题，是内部事件。日意格拿到了沈葆桢的批示，顿时信心倍增，决定不出庭受审。为了传达沈葆桢的意思，日意格向巴士栋提交了一份书面辩护意见，声称："如果为这件事向这些中国官员提出交涉，就会将内部事件变为外交问题，而这已超越了领事的权限。"[56]

巴士栋一看日意格居然跟沈葆桢站在一边，显然这位法国海军部军官没有将代理领事放在眼里，那拿破仑三世大皇帝的任务也就难以实现了。巴士栋等不来日意格受审，决定搞缺席审判。

7月21日，巴士栋在领事馆开庭审理博士巴一案。德克碑、美理登、达士博三人作为陪审团成员，坐在巴士栋两旁。博士巴一案的幕后推手们终于以审判合议庭成员的身份浮出水面。身为利益人的德克碑跟达士博不断攻击日意格，一直没有拿下监督位子的美理登，终于可以借助领事法庭恶搞日意格，自然不会放过审判日意格的机会。

当一干人马正在领事法庭恶搞的时候，沈葆桢正在加班加点进行第一号轮船的试航准备工作。没想到巴士栋不听劝谏，公然判决日意格违约，需要处罚日意格3500两白银。在整个判决中，德克碑没有任何责任。德克碑参加庭审已经是破罐子破摔，判决下达后他离开福州，北上找左宗棠告状去了。[57]

1869年9月18日，第一号轮船试航。

沈葆桢给第一号轮起了一个吉祥的名字：万年清。万年清这个名号在之前向皇帝汇报的时候提过，但是在后来提出要北上接受国家检阅的奏折中，沈葆桢再也没有提过这个名号，而是希望朝廷能够取一个代表国家形象的名号。作为大清帝国自己制造的第一艘巨型轮船，沈葆桢为试航准备了四个月。

万年清号的试航是中国航海的第一次大检阅，沈葆桢希望整个试航过程由中国人主导，所以船上全部用中国人。身为总工程师的达士博坚决反对沈葆桢的决定，提出必须洋员领航。达士博一方面是为了给日意格难堪，因为德克碑走了，副监督的位子被一位叫斯恭赛格（E. D. Degonzac）的法国海军军官坐了；另一方面是想让洋人掌控万年清号。

沈葆桢拒绝了达士博的建议，坚持任命五品军功游击贝锦泉为舰长。沈葆桢没想到达士博撂挑子不干了，拒绝参加试航。沈葆桢面对达士博的不合作，开始苦口婆心给他讲万年清号试航的重要意义，这艘船将会北上接受国家检阅，试航是万万不能马虎的，没有总工程师参加，万一出现问题那可是杀头的大罪。

达士博才不管你杀头还是诛灭九族，巴士栋给他的信号是沈葆桢不让步，就坚决不参加试航。巴士栋的小算盘再明显不过了，就是等着看沈葆桢出问题来求达士博。达士博万万没有想到，日意格聘请的副手斯恭赛格尽管是军人出身，却一直在海军效力，是一位地道的技术军官，对轮船制造和驾驶技术相当娴熟，成为日意格在马尾船厂重要的技术副手。

检阅的时间定在10月，万年清号在10月1日就要启程北上，如果不进行最后试航，到时候真是要出大问题的。面对达士博的不合作，联想到7月审判日意格，沈葆桢已经意识到是巴士栋在背后捣鬼，决定不给巴士栋机会，立即解除达士博的合同，让达士博马上滚蛋。沈葆桢一定要拿达士博杀杀洋人的威风：坚决不再姑息达士博，否则洋人纷纷仿效，到时候还有谁听号令？船政只能半途而废。

开除了达士博，沈葆桢还放狠话："假令法国竟将各员匠一并撤回，本大臣纵万分为难，亦自当另行设法办理。"达士博后悔来不及了，决定仿效博士巴，将日意格告上了福州领事法庭，依据和日意格签订的合同，认为解雇他违反了合同条款。巴士栋主审的结果是日意格败诉，赔偿达士博损失22000两白银。赔款后来由船政经费中支出。[58]

沈葆桢对巴士栋的搬弄是非是相当恼火的，德克碑的离开，达士博在船厂的表现越来越令沈葆桢失望，自己已经给皇帝写了奏折，要将第一号轮船开往天津接受国家检阅。沈葆桢决定给总理衙门上书："闽省向无法国洋商领事之设，本属赘疣，巴士栋恃领事以阻挠船政，摆弄是非，更不能不撤之势。"沈葆桢希望总理衙门能通过外交手段，将法国驻福州领事馆给撤了。沈葆桢万万没有想到，一场更大的劫难正在扑向紫禁城。

▶▶ 注释

[1]《曾国藩家书》卷四，线装书局2008年版。

[2]《曾国藩家书》卷四，线装书局2008年版。

[3]《曾国藩家书》卷四，线装书局2008年版。

[4]《筹办夷务始末》（同治朝卷35），上海古籍出版社2008年版。

[5]《筹办夷务始末》（同治朝卷35），上海古籍出版社2008年版。

[6]《筹办夷务始末》（同治朝卷35），上海古籍出版社2008年版。

[7]《大清历朝实录》（同治朝卷149），中华书局影印本，2009年版。

[8]《筹办夷务始末》（同治朝卷78），上海古籍出版社2008年版。

[9]（清）刘锦藻：《清朝续文献通考》（兵政）卷36，浙江古籍出版社2000年版。

[10]《李文忠公全集·朋僚函稿》卷6，上海商务印书馆1921年版。

[11]《李文忠公全集·朋僚函稿》卷6，上海商务印书馆1921年版。

[12]《曾国藩家书》 卷四，线装书局2008年版。

[13]（清）周世澄：《淮军平捻记》卷一，清光绪（1875—1908）刻本。

[14]《左宗棠全集·奏稿》卷1，岳麓书社2009年版。

[15] 牟安世：《洋务运动》卷5，上海人民出版社1956年版。

[16]《筹办夷务始末》（同治朝卷40），上海古籍出版社2008年版。

[17]《筹办夷务始末》（同治朝卷40），上海古籍出版社2008年版。

[18]《筹办夷务始末》（同治朝卷40），上海古籍出版社2008年版。

[19]《筹办夷务始末》（同治朝卷40），上海古籍出版社2008年版。

[20] 牟安世：《洋务运动》卷5，上海人民出版社1956年版。

[21] 牟安世：《洋务运动》卷5，上海人民出版社1956年版。

[22]《筹办夷务始末》（同治朝卷45），上海古籍出版社2008年版。

[23]《日意格1864年关于中国内战的日记》，载于《近代史资料》总第90号，中国社会科学出版社2007年版。

[24]《筹办夷务始末》（同治朝卷45），上海古籍出版社2008年版。

[25]《筹办夷务始末》（同治朝卷45），上海古籍出版社2008年版。

[26]《筹办夷务始末》（同治朝卷45），上海古籍出版社2008年版。

[27]《筹办夷务始末》（同治朝卷45），上海古籍出版社2008年版。

[28]《左宗棠全集·奏稿》卷3，岳麓书社2009年版。

[29]《筹办夷务始末》（同治朝卷46），上海古籍出版社2008年版。

[30]《左宗棠全集·奏稿》卷3，岳麓书社2009年版。

[31] 牟安世：《洋务运动》卷5，上海人民出版社1956年版。

[32]《船政文化研究：船政奏议汇编点校辑》，海潮摄影艺术出版社2006年版。

[33]《左宗棠全集·奏稿》卷3，岳麓书社2009年版。

[34]《筹办夷务始末》（同治朝卷51），上海古籍出版社2008年版。

[35]《筹办夷务始末》（同治朝卷51），上海古籍出版社2008年版。

[36]《清穆宗实录》（满文本稿卷197），华文书局股份有限公司2008年版。

[37]《清穆宗实录》（满文本稿卷197），华文书局股份有限公司2008年版。

[38]《筹办夷务始末》（同治朝卷51），上海古籍出版社2008年版。

[39]《筹办夷务始末》（同治朝卷51），上海古籍出版社2008年版。

[40]《筹办夷务始末》（同治朝卷51），上海古籍出版社2008年版。

[41]《左宗棠全集·书信》卷2，岳麓书社2009年版。

[42]《左宗棠全集·书信》卷2，岳麓书社2009年版。

[43]《左宗棠全集·书信》卷2，岳麓书社2009年版。

[44]《左宗棠全集·书信》卷2，岳麓书社2009年版。

[45]《左宗棠全集·书信》卷2，岳麓书社2009年版。

[46]《左宗棠全集·书信》卷2，岳麓书社2009年版。

[47]（清）李元度：《沈文肃公传略》，清光绪刻本。

[48]《筹办夷务始末》（同治朝卷51），上海古籍出版社2008年版。

[49]《左宗棠全集·奏稿》卷3，岳麓书社2009年版。

[50]《清穆宗实录选辑》下卷，台湾文献丛刊第四辑收。

[51]《船政文化研究：船政奏议汇编点校辑》，海潮摄影艺术出版社2006年版。

[52]《海防档》（乙）《福州船厂》（上），1957年版。

[53]《海防档》（乙）《福州船厂》（上），1957年版。

[54]《福建省志·外事志卷》，方志出版社2004年版。

[55]《海防档》（乙）《福州船厂》（上），1957年版。

[56]《海防档》（乙）《福州船厂》（上），1957年版。

[57]《海防档》（乙）《福州船厂》（上），1957年版。

[58]《海防档》（乙）《福州船厂》（上），1957年版。

06

第六章

洋行拼杀

洋行眼中的香饽饽：长江航线

酉阳教案

恭亲王奕䜣坐在总理衙门办公室内焦头烂额。

法国驻华参赞罗淑亚（Julien de Rochechouart）的翻译官吴伯尔三天两头来总理衙门，催促奕䜣派员赴川东调查酉阳县教案。此事的起由是酉阳县一帮民众冲进天主教堂，将一个名叫李国（Jean Francois Rigaud）的法国传教士杀死。罗淑亚给总理衙门的照会态度强硬，他说如果中国当局不交出杀人凶手，给法国政府一个说法，法国远东舰队司令摩笛将派军队入川，围剿川东暴民。[1]

奕䜣派出成都将军崇实组成专案组调查，其得出结论是仇杀。

早在1868年，天主教川东牧区代主教范若瑟（Eugène-Jean-Claude-Joseph Desflèches）跟法国传教士李国在酉阳县成立了四川第一支教堂洋枪队。李国身为教堂洋枪队首领，奴役当地人民，令其修筑寨堡。不少游手好闲的恶棍为了躲避教堂奴役，就接受教堂洗礼，摇身一变成为教民。恶棍教民有了洋人庇佑，在当地无法无天，还教授李国强奸女教民的经验。

远游异国他乡的李国，一直没有娶妻生子，面对恶棍们的诱惑，迅速下水。传教士身份成为李国与恶棍们行恶的护身符，教堂武装成为他们称霸一方的枪杆子。崇实经调查发现，李国身为传教士，在弥撒之时，必令有姿色的妇女跪其膝前，弥撒后则选其中一位闭置密室，行禽兽之事。

教堂洋枪队令李国有恃无恐，他已经无法满足于强奸游戏，还让女教民侍寝。李国搞了一套侍寝的游戏规则，只要他在妇人额头点上墨点，妇人就要到李国的卧室侍寝。慢慢地，川东教区的传教士争相仿效，天主教堂成为传教士淫乱的窝点。而女教民的夫家畏惧教堂洋枪队，一直不敢声张。

　　法国的传教士在川东犹如土皇帝，要风得风，要雨得雨。李国并不满足于这种奸淫良家妻女的兽行，他还发明了新的玩法。在耶稣会忏悔的时候，他让女教民都脱光了衣服"洗罪"，为了增强活动的观赏性跟趣味性，还将散钱抛洒在地上，令女教民们哄抢。李国在女教民哄抢的时候，也赤身裸体混在人群中大肆淫乱。[2]

　　李国的兽行在酉阳县家喻户晓，那些恶棍教民更是有恃无恐。根据崇实调查发现，酉阳县教案跟一个叫尤秀元的恶棍有关。尤秀元游手好闲，恶霸乡里，经常被知县董贻清盯着。尤秀元看李国组建了洋枪队，知县对洋人点头哈腰，便马上参加了天主教。有了洋人的庇佑，尤秀元抢人财产，毁人房屋，还看上平民朱永泰的媳妇，逼朱永泰退婚。

　　酉阳县早在1865年就爆发过教案，当地民团对洋人的排斥情绪很大。范若瑟指令李国成立洋枪队后，教堂武装更是成为民团的威胁。李国的兽行早已让民团忍无可忍，没想到一个恶棍教民竟然猖獗到要霸占人妻的地步。民团首领何彩拍案而起，聚众捣毁了酉阳县府的教堂，杀死了传教士李国。

　　在民团跟教堂武装发生冲突的过程中，双方伤亡数十人。双方激战正酣，知州田秀栗下令将民团缴械解散。恶棍教民覃辅臣乘机率教堂洋枪队疯狂报复，杀死民众145人，伤700余人。酉阳县教案震动京师，更让奕䜣棘手的是，帝国子民死伤800多人，罗淑亚却在照会中将矛头对准了四川总督吴棠，认为吴棠跟酉阳县教案有关。

　　罗淑亚在照会中强调，酉阳县教案跟1865年的教案有一个共同的主谋，就是乡绅张佩超。因为在1865年教案中，张佩超被控跟教案有关，当时77岁的张佩超跟儿子遭遇羁押，后来认罚银2万两，到了1869年还有12000两没有交，所以罗淑亚咬定这一次主谋也是张佩超。但是四川总督吴棠调查后发现，张佩超与教案无关。尽管教案再次发生之前，恶棍教民张添兴强奸了张佩超的亲眷，杀死了他家三名仆人，但案发时张佩超在家，也没有任何主使何彩的证据。[3]

　　吴棠的调查结果令罗淑亚难以接受，奕䜣只得再派崇实调查。罗淑亚得寸进尺，要求奕䜣将吴棠提到北京审讯。没想到这个时候奕䜣收到了沈葆桢的控诉信，一旦他答应了沈葆桢的要求，将法国驻福州领事馆给撤了，法国远东舰队司令摩笛就真的可能带兵入川，到时候就不是镇压暴民那么简单，而是两个国家的战争了。

奕䜣万般无奈，只好在1869年9月派出了湖广总督李鸿章赴川查案。

李鸿章当初在上海滩，就一直跟洋人打交道，外交手段已经很老到了。奕䜣派出李鸿章还有一个重要原因，就是李鸿章将吴棠挤出两江地界，无论是看安徽老乡的情谊，还是看在吴棠丢失两江总督大位的落魄上，李鸿章都应该帮吴棠一把。李鸿章到重庆后，逮捕了正在逃亡的何彩，砍了他脑袋，还将张佩超逐出了酉阳县。

酉阳县教案令巴士栋躲过了沈葆桢的弹劾，巴士栋还在领事馆等着看沈葆桢的笑话。沈葆桢为了确保检阅成功，调台湾兵备道吴大廷回福州，全权负责万年清号的检阅工作。吴大廷是左宗棠的心腹爱将，左宗棠北上之前将吴大廷调往台湾，就是要给沈葆桢保留一个熟悉海战的人才。沈葆桢调回吴大廷后，命令舰长贝锦泉专门负责轮船操练工作。

贝锦泉接到沈葆桢的领航命令后玩命操练，甚至在狂风暴雨的时候，还载着沈葆桢一干官员出洋试航。沈葆桢在给同治皇帝的奏折中描述："东北风大作，万年清号直出大海，在逆风巨浪中，船身坚固，轮机轻灵，驾驶自如，经受了考验。"

10月1日，吴大廷督率万年清号启航北上天津。

10月25日，大沽口人声鼎沸，一艘天蓝色的轮船驶入海口，红底金龙三角牙旗迎风飘扬。大沽口的商船自动排开，为大清帝国自制的第一艘蒸汽机军舰让出航道。万年清号缓缓驶向紫竹林津海关前。面对突如其来的豪华军舰，海关人流如潮，惊叹帝国从未有过之奇景。

11月5日，帝国三口通商大臣崇厚、直隶总督曾国藩作为检阅大臣，带同天津镇总兵陈济清以及直隶的洋务官员和外国工程技术人员一并登上万年清号。天公不作美，连日的西北风大作，天津内河之水无法让万年清号驶出。

11月7日，大潮。万年清号于傍晚时分抵达大沽。8日清晨，万年清号驶出大沽口，进入大海后如鱼得水。据崇厚奏报："该船在大海之中冲风破浪，船身牢固，轮机坚稳，舵工、炮手在事人等驾驶、演放均极操纵合宜，动作娴熟。"

崇厚检阅完毕，向贝锦泉等人赠了小刀、丝绸等物品奖励，还要求他们返航时将海上所见所闻记录成书，刊印发放给南北洋各处，以资学习。万年清号的处女秀令同治皇帝跟慈禧太后相当开心，下令马尾船厂造出的第一号轮船使用万年清之名。对沈葆桢呈送的军舰图纸，"留中备览"。[4]

1869年12月2日，万年清号离开天津返航，于1870年1月8日抵达马尾。万年清号的成功检阅，标志着大清帝国进入了军事工业新时代。万年清号的北上检阅令巴黎宫廷深受震动，船政业务的合作政策将会给法国带来更大的利益，拿破仑三世政府决定跟大清帝国在船政业务中进行深度合作。

酉阳县教案中摩笛没有派兵入川，万年清号的成功让这个法国佬再也坐不住了。1870年3月2日，法国远东海军司令摩笛派出远东舰队舰长韦尔隆到马尾，名义上是调查日意格和巴士栋的矛盾，暗中是收集军事情报。韦尔隆在马尾停留了两周，日意格再次接受了法国海军部的密令。不久，法国驻华公使罗淑亚接到韦尔隆的报告，要求福州领事回避会危及法国在船政局利益的所有纠纷。[5]

航运之争

1870年6月8日，保罗·西门·福布斯（Paul Sieman Forbes）收到一封密信。

保罗是美国波士顿福布斯家族在上海的代表，1862年3月27日联手广东商人、苏松太道吴健彰，将9名中国生丝商、茶叶商聚集在一起，成立了旗昌轮船公司。为了彰显福布斯家族的诚意，保罗将自己的堂兄弗朗西斯·布莱克威尔·福布斯（Francis Blackwell Forbes）拉来成为合伙人，弗朗西斯同时头顶瑞典驻上海领事官衔。

福布斯家族在中国发家，其主要业务是贸易代理，第二次鸦片战争后，以奕䜣为首的爱新觉罗皇族以总理衙门为平台，以曾国藩、李鸿章、左宗棠、崇厚为首的地方武装集团，尝试军事工业改革。随着通商口岸不断增加，帝国不再严格管制民营资本，以广东、江浙为首的民间资本活跃在各个通商口岸。帝国民间资本在生丝、茶叶等传统商业领域迅速抢占市场，成为洋行们的直接竞争者，导致洋行代理无利可图。

更要命的是，以旗昌洋行为首的代理商之前从事金融票据业务，形成自己的产业循环链条，通过足够大的代理市场筑成垄断城墙。1865年，汇丰银行在上海开设分行，专业的外汇业务直接冲击了洋行那种兼作的汇兑业务，国际银行提供的改革融资模式，相比之前依靠海上轮船传递信息更具信用。为了跟银行竞争汇兑业务，洋行之间就大打价格战，最终削弱了整个代理行业的金融服务能力。

早在1856年10月5日，旗昌洋行总经理金能亨（Edward Cunningham）就给保罗写信，希望福布斯家族能够直面企业正在遭遇时代的压力，必须进行重大改革。金能亨在信中强调："我们必须赶上时代，如果能够同一家资历雄厚的商行建立联系的话，就应该放手让他们承担我们的部分托销业务。倘若中国人无法装运，我们就自己装运。每年只要我们四五个主要股东具有眼力并小心从事，每年做30万～40万元的生意是很少会亏本的。"[6]

改革是痛苦的，无论是爱新觉罗皇族，还是西洋商人，垄断的暴利跟自由竞争的冲突难以调和。旗昌洋行面临的问题也正是欧美洋行的通病，更让传统代理商竞争力下降的重要原因是，1869年11月17日，苏伊士运河开通了，中国到英国的行程缩短了一半，专业的航运集团迅速将旗昌洋行们的轮船赶出了海上运输。旗昌洋行们的改革方向何在？

当中国的民营资本跟国有资本还停留在钱庄票号的金融时代，欧美的现代化银行已经让旗昌这样的洋行羡慕不已。旗昌洋行在1866年参与了汇丰银行的配股，保罗成为汇丰银行的董事。在汇丰银行的股东中还有旗昌洋行的对手琼记洋行、宝顺洋行、沙逊洋行等。洋行们还成立了保险公司、轮船公司，尤其是旗昌洋行成立的旗昌轮船，更是巧妙利用资金杠杆成为帝国合资航运巨头。

金能亨是一个地地道道的生意人，早年担任美国驻上海副领事，当苏松太道吴健彰被小刀会俘虏后，金能亨立即组织营救这位广东巨商出身的帝国官员。吴健彰被救出来后，立即成了金能亨的幕后金主。旗昌洋行成立轮船公司，身为旗昌洋行股东的金能亨立即拉吴健彰入股。在吴健彰的带领下，不但广东商帮踊跃入股，江浙商帮也纷纷解囊。旗昌轮船的32万总股本中，中国民营资本占了17万股。

旗昌轮船成为典型的中外合资企业，尽管中资占有绝对股份，可是控制权依然在外资手中，其中的奥秘跟清朝税赋有关。欧美商人通过不平等的条约，在税赋方面获取了非常多的优惠，而中国民间资本缴纳的苛捐杂税多如牛毛。金能亨正是看准了中国商人遭遇帝国盘剥不堪重负，需要寻求资本的保护伞，才利用股份模式吸纳中国资本。

拥有控股权而没有控制权的帝国民营资本，股权极为分散，更重要的是商人们都是抱着逃避帝国重税、依附洋商旗下可以保值增值的心态，所以对企业的绝对控制权方面没有要求。帝国商人的资本迅速成为欧美商人在中国改革的重要资金筹码。旗昌洋行的改革是欧美商人在大清帝国市场的一个缩影，他们通过自身业务的转型，迅速在航运业、保险业、金融业占据了主导地位。

洋商的改革深深地刺激了帝国官员。当李鸿章、曾国藩暗中角力，试图操控广东、江浙资本时，民营资本却难以进入国企改革的洪流中，反而依附在洋商身上，洋商迅速成为帝国改革的对手，分流了帝国改革的资本力量。帝国官员岂能长期容忍资本外流？帝国商人岂能长时间站在洋人屋檐下，跟国有企业抗衡？到了1870年，保罗越来越不安，他得到一个消息，英国人欲联手一帮中国商人，准备跟旗昌轮船大干一场。

保罗打开密信，旗昌洋行上海公司的新任经理沃登在信中很是忧虑地写道："我认为，我们肯定将于月底被迫参加长江竞争，照我看，我们的竞争对手暗底下由怡和洋行撑腰。"[7]当年鸦片贩子马地臣跟渣甸为了打开中国市场，山寨了帝国著名商号怡和洋行的招牌，怡和洋行的老板伍秉鉴为了战略转型，将资金委托给福布斯兄弟。现在，中国人联手怡和洋行反过来跟旗昌洋行对着干。

沃登已经盯怡和洋行很久了，怡和洋行的买办叫唐廷枢，唐廷枢毕业于马礼逊学校。洋文学校毕业的唐廷枢跟传统广东商帮不一样，一开始在香港政府打工，同时自己开当铺做商行，跟怡和洋行做棉花生意。怡和洋行开辟上海市场后，唐廷枢当了怡和洋行的买办。唐廷枢进入怡和洋行后，遭遇高层人事变动，新上任的董事长詹姆士·惠代尔（J.Whifall）运气不好，一上台就遇到沙逊家族这个突如其来的对手，导致其鸦片生意没落，只好转做航运、生丝、矿产、地产等业务。

惠代尔在怡和洋行如坐针毡，一个集团的转型可不像当年贩鸦片那么简单，这对于唐廷枢来说是一个好机会。唐廷枢为惠代尔出谋划策，建议怡和洋行要在上海滩搞多元化经营，资金链就不能受制于人。惠代尔听了唐廷枢的建议，迅速在上海滩开设了当铺。唐廷枢同时联手怡和洋行的老相识林钦，开设了茶庄。林钦是唐廷枢在怡和洋行的前任，唐廷枢到怡和洋行，林钦是介绍人，两人关系相当亲密。为了跟怡和洋行的生意对接，唐廷枢跟林钦还投资了三家钱庄。

惠代尔的多元化战略在航运业遭遇重创。旗昌轮船的掌门人保罗一反欧洲人对华商的傲慢，反而联手广东、江浙的商人入股轮船公司，福布斯家族持股的比例仅有30%。在跟怡和洋行竞争的过程中，保罗将浙江南浔巨商顾福昌拉入旗昌轮船，成为旗昌轮船的股东。惠代尔的信心立即遭遇空前的打击。

顾福昌家境贫寒，早年以摆地摊为生，后来靠经营布店、蚕丝发家，生意做大后跟洋人交往甚密。顾福昌眼光独到，洋人还没有涌入上海滩的时候，他就买下了深水码头金利源，并将其开发成为上海滩唯一的洋轮码头。保罗邀请顾福昌入股旗昌轮船，顺势将金利源码头跟货栈收入囊中。有了码头跟货栈，旗昌轮船一举购入5艘轮船。当时长江航线上仅有12艘货运轮船，有了航运控制权，保罗开始疯狂地打价格战。

旗昌轮船的价格战立即让怡和洋行、宝顺洋行、琼记洋行这些老牌洋商的轮船陷入亏损状态。三家洋行反复磋商对策，琼记洋行甚至提出了三家组建联合轮船公司，那样将无敌于世界。怡和洋行跟宝顺洋行有世仇，惠代尔当即拒绝，宁可自己经营。到了1867年，伦敦爆发金融危机，宝顺洋行迅速倒下。怡和洋行担心价格战会拖垮公司，决定跟旗昌轮船签署合约，约定怡和洋行十年之内不得进入长江航线，旗昌轮船不得进入上海以南的航线。

怡和洋行跟旗昌轮船签约后，旗昌轮船成为长江航线的绝对垄断者。当一个市场形成了寡头态势，那么这个寡头就拥有了市场的定价权。长江航线低价的好日子一去不复返了。宝顺洋行破产后，买办郑观应自己创业，开设茶庄，为了摆脱旗昌轮船对长江航线的垄断，郑观应决定联合一帮广东商人组建华商轮船公司。

郑观应瞄上了轧拉佛洋行的"惇信"号轮船。这艘轮船真正的老板是中国人，只是挂靠在轧拉佛洋行名下，更为重要的是他拥有在长江航线运营的权利。郑观应担心旗昌轮船打压，决定联手唐廷枢。唐廷枢有一次从香港返回上海的途中，发现轮船上每天给羊供应满桶水，而乘客只有一磅水，[8]唐廷枢当时就义愤填膺，决定自掏腰包10万两白银搞轮船运输。唐廷枢有钱有决心，更为重要的是怡和洋行怎甘心退出长江航线？他们一定会暗中支持唐廷枢的行动。

惇信号轮船的老板很快就成为郑观应、唐廷枢两人的合伙人，为了成立属于中国人自己的轮船公司，唐廷枢跟怡和洋行上海总经理约翰逊（F. B. Johnson）商议，希望怡和洋行能够出售一艘轮船。约翰逊很爽快地将"罗纳"号轮船出售给唐廷枢他们。有了两艘轮船，郑观应跟唐廷枢立即成立了公正轮船公司，[9]注册资本17万两白银。为了避免大清帝国官员的盘剥，公正轮船公司依然挂靠在轧拉佛洋行名下。

公正轮船的成立让保罗很是紧张了一阵。因为公正轮船的股东中还有一位广东商人，即宝顺洋行的大买办徐润，这样一来公正轮船就有了两位宝顺洋行的老伙计，难道是怡和洋行跟宝顺洋行的人联手了？更让保罗担心的是，无论是郑观应、唐廷枢还是徐润，都经营茶庄，他们的运费可以自行调节，跟旗昌轮船在运费方面可以血战到底。

约翰逊一直在找机会反击旗昌轮船独霸长江航线，公正轮船公司的成立给了约翰逊制造舆论压力的机会。保罗很快就听到长江航线需要竞争的说法，旗昌轮船只能容忍公正轮船在长江航线上继续运营。出于对价格战的担心，旗昌轮船立即找到公正轮船，希望签署齐价合约，运费双方一样，并且公正轮船不能增加船只。

唐廷枢、郑观应他们很快就发现了一个问题，长江航线因为没有了太平军，经济迅速复苏，生丝、茶叶的销量逐年增加，旗昌轮船操控了广东商帮、江浙商帮的大宗贸易，公正轮船要想在长江航线站住脚，一定要扩大规模争夺市场。公正轮船董事会决定新购轮船。身为怡和洋行买办的唐廷枢从约翰逊那里了解到，怡和洋行要出售旧船"格兰吉尔"号，双方迅速就购船交易坐到了一起。

怡和洋行为了搅乱长江航线，内部商议可以通过给公正轮船贷款的方式，将"格兰吉尔"号高价卖给公正轮船。约翰逊在给怡和洋行创始人渣甸外甥女之子、怡和洋行上海CEO威廉姆·凯瑟克（William Keswick）的信中这样写道："我认为，他们（公正）有了我们的资助，明春以前，力量将会大大增强，到时可打一场胜仗。如果能以好的价钱将'格兰吉尔'号卖给公正，同时在长江上建立一支真正的对抗力量，那我们便如愿以偿了。"[10]

唐廷枢他们不想高价接盘怡和洋行的旧船，尽管约翰逊承诺提供贷款，可是双方的讨价还价没完没了，直到1869年3月才完成交易。那个时候英国人赫德正在撺掇法国人在马尾船厂闹事。美国的福布斯家族决定不给英国人机会，发誓要灭了怡和洋行资助的公正轮船，旗昌轮船再度祭出价格战屠刀。唐廷枢他们相当清楚英国人是用中国人当棋子的诡计，公正轮船跟旗昌轮船死磕的下场就是关门。

公正轮船立即调整战略，将"罗纳"号轮船撤出长江航线，依然保持双方约定的两艘。怡和洋行见中国商人跟旗昌轮船重归和睦，收回了给公正轮船的贷款，实实在在将格兰吉尔号卖给了公正轮船，后续的资金支持计划也是一拖再拖。经过价格战血洗，公正轮船的营业收入大幅度下降，轧拉佛洋行元气大伤，唐廷枢他们不得不另寻出路。

洋行厮杀全面升级

唐廷枢联合同孚洋行

唐廷枢一行走进了同孚洋行会客厅。

同孚洋行老板奥立芬（D.W.C.Olyphant）跟旗昌洋行老板保罗一样，都是美国人，但和福布斯家族不一样，他更热衷于宗教传播跟掌控舆论。奥立芬资助美国第一个到中国的传教士裨治文（Elijah Coleman Bridgman）创办《中国丛报》，成为美国政界、商界了解大清帝国的窗口，同时也为美国政府收集了大量的中国情报。

唐廷枢跟同孚洋行有着千丝万缕的联系，最早可以追溯到1839年，奥立芬联合怡和洋行资助马礼逊教育协会开办了基督教在华的第一所学校，即马礼逊学校。唐廷枢有幸就读于马礼逊学校，跟哥哥唐廷植、老乡容闳成为帝国早期就读于洋人学校的学生。

同孚洋行跟旗昌洋行不一样，奥立芬一直反感走私鸦片，他希望通过影响华盛顿政界跟军界，在大清帝国谋求更多的贸易机会。在鸦片战争爆发前，奥立芬就赞助传教士医生彼得·帕克（Peter Parker）前往华盛顿，游说美国总统马丁·范·布伦（Martin Van Buren）和国务卿约翰·福塞思（John Forsyth），建议美国政府介入中英冲突，调停双方矛盾。

同孚洋行的华盛顿之谋尽管没有得到总统的支持，却深深地吸引了颇具影响力的参议员丹尼尔·韦伯斯特（Daniel Webster）。同孚洋行给帕克准备的报告中强调，中国政府只是期望通过一种"保留颜面"或"声誉"的合约方式来恢复中英商业贸易关系，同时又能达到终止鸦片贸易的目的。丹尼尔对同孚洋行的观点表示出极大的兴趣。

奥立芬跟美国政要说："我之所以要谴责鸦片贸易，是因为它犹如一座分隔基督教和世界上四亿人民的坚硬壁垒，是那些商品市场的破坏者。"

同孚洋行游说美国政府禁绝商人鸦片贸易，奥立芬甚至还利用裨治文跟帕克草拟《望厦条约》底稿的机会，将禁烟条款写进了合约中：任何美国公民凡有擅自向别处不开关之港口私行贸易及走私漏税，或携带鸦片及别项违禁货物至中国者，听中国地方官自行办理治罪，合众国官民均不得稍有袒护；若别国船只冒合众国旗号做不法贸易者，合众国自应设法禁止。

大清帝国的道光皇帝一辈子禁绝鸦片，没想到最后因禁烟跟英国人打了一仗，签订了屈辱的《南京条约》，鸦片贸易更是在合约的保护下合法化了。道光皇帝没想到耆英签署的《望厦条约》里，洋人居然主动禁烟，道光皇帝一高兴，赏赐了耆英"有守有为"四个大字，赞扬耆英忠诚有为。道光皇帝赞誉耆英的背后，奥立芬功莫大焉。至此，同孚洋行跟帝国政要建立了一张隐秘的关系网。

公正轮船挂靠的轧拉佛洋行陷入危机后，唐廷枢决定跟同孚洋行合作，一方面是同孚洋行跟北京、华盛顿政府有良好的关系，另一方面是自己跟同孚洋行有着千丝万缕的联系。唐廷枢深谙同孚洋行跟怡和洋行在基督教方面有着深厚的合作基础，加之1865年旗昌洋行虽然将同孚洋行挤出长江航线，但后来长江航线没有禁止同孚洋行行动的约束性条款，公正轮船如果可以挂靠在同孚洋行，依然可以争夺长江航线的生意。

唐廷枢的到来令同孚洋行的股东们很振奋，身为怡和洋行的总买办，唐廷枢在公正轮船中尽管不是大股东，可他身后是一干广东商人，只要将公正轮船收归麾下，同孚洋行就可以借机重返长江航线，以雪当年被美国同行旗昌轮船挤出长江航线的耻辱。双方可谓一拍即合，公正轮船也通过依附同孚洋行，由之前的中英合资企业摇身一变，成为中美合资企业。

公正轮船资本变性后，旗昌轮船发现身为美国商家的同孚洋行跟轧拉佛洋行是一路货色，他们并没有站到美国人一边，而是为了报当年被挤出长江航线之仇，跟怡和洋行的合作更为紧密。唐廷枢身为怡和洋行买办，经营着大宗的生丝、茶叶生意，自己又开着钱庄，向同孚洋行提供着流动性支持，怡和洋行甚至将长江航线的货运业务委托给公正轮船。旗昌轮船在长江航线的垄断地位继续受到怡和洋行的暗中挑战。

福布斯家族意识到了怡和洋行的鬼把戏，他们是利用中国资本寻求外资庇护作为争夺长江航线的筹码，同孚洋行正好利用怡和洋行的算盘，来争夺长江航运市场，唐廷枢他们则一边当着买办，一边在欧美资本之间挑拨离间，他们没有政府的强权支持，只能利用手中的资本来跟欧美商人较量。唐廷枢他们挑起的航线战争背后，矛头直指旗昌洋行的总买办陈煦元，这是一场洋行外衣下的中国商帮内战。

丝业领袖陈煦元

"一个掌握钱财的人，我们要向他磕头求拜。"[11]美商琼记洋行的老板候德（A.F.Heard）对陈煦元敬畏有加，琼记洋行跟旗昌轮船竞争之初，陈煦元是琼记洋行的重要战略股东，投资琼记洋行旗下"火箭"号7200两、"山东"号69700两、"江龙"号7200两白银，一旦陈煦元撤资，对于仅有三艘轮船的琼记洋行来说，将立即在航运领域的竞争中败下阵来。

陈煦元，字竹坪，清末浙江乌程（今湖州）南浔镇人。南浔是丝绸之乡，陈煦元的祖辈在南浔开设裕昌丝经行，以经营蚕丝起家，在南浔镇上堪称望族。

陈氏家族到底有多少钱？欧美洋人不知道这位做丝绸贸易起家的中国人到底有多少银子，只知道这位江浙商人很聪明，在19世纪50年代初上海开埠不久，就一个人到上海来创业了，开设裕昌丝栈，专营湖丝销售，洋人叫陈煦元的丝栈陈裕昌。陈煦元学习能力很强，到上海没多久就能讲一口流利的英语，成为上海著名的"丝通事"。

陈煦元在上海仅用了十年就让陈氏家族的丝绸生意声名远播，陈煦元由此成为上海最有名的丝绸商。1860年，陈煦元参与发起成立上海丝业会馆，并且是早期丝业会馆的历届董事。陈煦元在丝业界信誉很好，无论是中国商人，还是欧美洋商，都很敬重陈煦元，都奉其为丝业领袖、商界长城。[12]

1862年，旗昌轮船刚成立的时候，旗昌洋行财务紧张，总经理金能亨不得不请老朋友吴健彰出面。身为帝国官员的吴健彰认购了旗昌轮船股票，随后广东商帮踊跃入股旗昌轮船。身为江浙商人的陈煦元，有大宗的丝绸需要运输，一旦成为有帝国官员撑腰的旗昌轮船的股东，将来丝绸运输将赢得先机，于是陈煦元掏出了13万两白银，一举持有旗昌轮船13%的股份，成为单一大股东。

陈煦元的出手顿时在商界引起震动，欧美商人纷纷找机会跟陈煦元建立商业合作关系。琼记洋行的老板候德眼看旗昌洋行起死回生，决定将旗下的"山东"号控股权出售给陈煦元。陈煦元身为上海滩丝绸贸易的老大，为了跟琼记洋行这样的大佬建立长期的合作关系，立即掏了69700两银子，成为"山东"号的实际控制人。候德在给友人的一封信中写道："'山东'号的盘出真是一大幸事。"

候德的兴奋溢于言表，因为他终于通过出售"山东"号控股权的方式，跟陈煦元搭上了关系。候德在信中写道："因为这打通了同陈裕昌（陈煦元的别号）的关系，他是此地大亨，在旗昌的计划里投入了13万两，拥有'苏格兰'号、'竞赛'号、'山东'号和'查理·福士爵士'号。他现在同我们非常友好，是一个掌握钱财的人，我们要向他磕头求拜。"[13]

有钱能使鬼推磨，在列强嚣张的晚清，洋人们趾高气扬，陈煦元能让欧美商人磕头求拜，可以窥见陈煦元在上海滩商界的地位。候德在信中还透露，陈煦元在上海拥有的房产和地产占半个外国租界。[14]晚清上海滩犹太裔房产大亨哈同（Silas Aaron Hardoon）从陈煦元拥有的店面市房和里弄住房中计算，陈煦元每日可得租金7000两，堪称上海滩房地产巨鳄。

陈煦元真正卷入上海滩的商战是从1865年开始的。当时旗昌洋行的官商股东杨坊病死，官员股东吴健彰在广东老家病危，福布斯家族决定重组旗昌洋行，总买办人选自然慎之又慎。身为上海丝业大佬的陈煦元自然成为热门人选，金能亨跟保罗一商量，决定高薪聘请陈煦元为总买办。旗昌洋行的重组立即令上海滩的商贾们恐慌，说实话，陈煦元出任旗昌洋行总买办跟以郑观应为首的广东商帮有着直接关系。

洋行混战

旗昌轮船在1862年进入长江航线，先后抢占了英资怡和洋行、宝顺洋行的市场，以唐廷枢、徐润、郑观应为首的广东商帮，作为两家老牌英资洋行的买办，鼓动东家跟美资轮船打价格战，旗昌轮船时运不济，三艘远洋轮船坏损，导致100万资本金在价格战中迅速耗光，旗昌轮船到了1864年就陷入财务困境。徐润跟郑观应更是在1864年年底搞运费跳楼价，将汉口至上海的运费降至每吨2.5两白银，两个月后再跌至2两。

宝顺洋行的价格战一开，洋行们不得不接招应战，为了争夺市场，旗昌轮船也只能跟着跌价，这样一来就令旗昌轮船陷入了绝境。身为旗昌轮船单一大股东的陈煦元，面对旗昌轮船的资本金快亏光的局面，岂能袖手旁观？陈煦元当上旗昌洋行总买办的第一件事情就是价格战：免收客户存放货物十天的栈房租金。如果有客户交易资金短缺，旗昌洋行还会垫付交易资金，大客户还有相当比例的回扣返点。

陈煦元在上海滩人脉广泛，一出手立即吸引了以顾福昌为首的江浙商人跟旗昌洋行合作，尤其是吸引了不少宝顺洋行、怡和洋行的老客户。如此一来，旗昌洋行中以陈煦元为首的江浙商帮跟宝顺洋行、怡和洋行中以徐润、郑观应、唐廷枢为首的广东商帮形成了两股竞争势力。江浙商帮一直对北上的广东商帮耿耿于怀，这一次陈煦元借旗昌洋行使出的霹雳手段，更是将矛头指向了广东商帮。

利益决定成败，陈煦元为了报复广东商帮落井下石，挽回在旗昌轮船以及琼记洋行的投资损失，决定利用旗昌轮船在长江沿岸拥有的码头、栈房，建立起上海至长江各口的定期航线。如此一来，旗昌轮船就可以准确地预知货运交付和到达的时间，节省了管理成本，还可以让客户搞远期交易，旗昌轮船的商业信誉在长江航线由此如日中天。

保罗在写给家族的信中很是得意地说："我们所做的中国顾客生意收入，要比航线的开支超出很多，而那里不断增长的货运业务，才是我们的巨大利益所在。"陈煦元的霹雳手段令福布斯家族兴奋的同时，更令不少小洋行胆战心惊，纷纷撤出长江航线，甚至将旗下轮船卖给了旗昌轮船。就连同孚洋行也不得不将自己的"九江"号和"鄱阳"号轮船撤出长江，这也为唐廷枢他们后来寻求同孚洋行合作埋下了伏笔。

徐润和郑观应万万没有料到，一直作为反对旗昌轮船唯一核心的宝顺洋行，到了1866年陷入了金融危机，当年伦敦倒闭了17家银行，英国殖民地印度倒闭了12家银行，伦敦跟印度的金融风暴席卷到了香港跟上海，一直忙于价格战的宝顺洋行，将大量资金都砸进了轮船业，整个集团资金出现流动性危机。徐润他们找到琼记洋行，希望能够联手成立轮船公司，开辟定期航线，仿效陈煦元的策略拯救宝顺洋行。

商场如战场。

徐润他们病急乱投医，忘记了当初候德为了组建轮船公司，对陈煦元那是磕头求拜，陈煦元可是琼记洋行的战略投资者，候德怎么可能拯救宝顺洋行呢！再说了，1864年的连续价格战就是宝顺洋行挑起的，琼记洋行也是受害者，徐润他们是一箭双雕打击了陈煦元的两笔轮船投资。尽管宝顺洋行有"飞似海马"号和"气拉度"号两艘极具竞争力的轮船，琼记洋行依然拒绝了宝顺洋行的合作建议。

　　陈煦元的资本击垮了徐润他们的反击计划，宝顺洋行不得不出售两艘在长江航线的轮船，当时徐润他们希望航运老大旗昌轮船能够接盘，可是面对45万两的价格，陈煦元再次拒绝了他们。到了1866年，宝顺洋行伦敦总行倒闭，长江航线的两艘轮船不得不抵押出去。怡和洋行总买办唐廷枢看到了机会，决定暗中将宝顺洋行的抵押票据搞到手。

　　宝顺洋行的破产已经无可挽回，旗昌洋行在长江航线最大的竞争对手就是怡和洋行。面对旗昌洋行的霹雳手段，约翰逊一度抱怨怡和洋行没有像陈煦元那样得力的买办。面对约翰逊的不满，身为广东商帮代表、上海丝业同业公所董事的唐廷枢，自然要为自己的颜面、为广东商帮的颜面而战。唐廷枢鼓动约翰逊联手宝顺洋行，跟旗昌洋行做一个三全其美的交易。

　　身为宝顺洋行的债权人，怡和洋行当时也身陷金融危机中，资金流动性问题成为第一要务。约翰逊听从了唐廷枢的建议，决定将宝顺洋行的两艘轮船卖给旗昌轮船。三方代表在香港举行谈判，金融危机套现的压力让陈煦元看到了复仇的机会，陈煦元鼓动保罗压价。怡和洋行一开始并没有直接谈价，相反提出愿意在十年之内不以船主或代理人身份经营长江航线，旗昌轮船不得经营上海以南的沿海航线。

　　怡和洋行放弃了长江航线，一方面是难以承受陈煦元的价格战，另一方面是可以将旗昌轮船赶出上海以南的海域。除了换取航线外，怡和洋行还要利用宝顺洋行两艘轮船进行套现。怡和洋行提出了宝顺洋行两艘轮船55万两的高价，远远超出之前10万两的价格。更为重要的是，旗昌轮船还需要拿出10.3万两买下怡和洋行在伦敦订购的一艘新船。旗昌轮船为了垄断长江航线，只好咬牙接受了怡和洋行的条件。

　　怡和洋行、宝顺洋行纷纷从长江航线出局，留在长江航线的还有琼记洋行的"江龙"号，陈煦元当初一直将"江龙"号放在长江航线，就是为了将以徐润、郑观应、唐廷枢为首的广东商帮挤出长江航线，现在功德圆满，陈煦元说服候德，将"江龙"号以21.25万两的高价卖给了旗昌轮船，陈煦元成功套现。

陈煦元万万没有想到，怡和洋行、宝顺洋行如约从长江航线撤出后，唐廷枢他们却玩起了文字游戏。按照三方在香港的约定，两家的轮船以及代理轮船都不能进入长江航线，但是对于其他洋行的轮船没有约束力，所以怡和洋行可以资助唐廷枢他们的轮船，继续在长江航线上跟旗昌轮船混战，尤其是找到了图谋重返长江航线的同孚洋行。

同孚洋行在1868年就图谋东山再起，当时在美国游说，希望能够从美国调轮船到长江航线赚钱，同时还在上海筹集了1万英镑，购置了一艘名为"风水"号的轮船。为了增强竞争力，同孚洋行还游说拥有"虹口"号的华商们加盟。可是，同孚洋行的轮船一进入上海港，陈煦元就挥舞价格屠刀，将长江航线的运价腰斩，从6两骤跌至3两，同孚洋行再次折戟沉沙。

唐廷枢他们在找同孚洋行之前，事实上还干了一件令陈煦元极为窝火的事情，那就是广东商帮怂恿琼记洋行购买公正轮船股票。候德一看既然有广东商帮找上门来，何不借机重返长江航线呢？候德一方面想跟广东商帮合作，另一方面担心得罪陈煦元，只好暗中购买了1040股公正轮船的股票，没想到陈煦元得到了消息，候德只好抛售公正轮船的股票。

广东商帮的频繁出手令陈煦元很是被动，他建议保罗收购公正轮船。唐廷枢他们并没有让旗昌轮船如愿，相反跟同孚洋行联手闯入了长江航线，怡和洋行在背后不断地提供资金支持。陈煦元决定给唐廷枢他们来个声东击西，在上海至天津的北洋航线大打价格战，因为唐廷枢持股的北清轮船的主要市场在北洋航线，价格战可以让唐廷枢他们腹背受敌。

陈煦元出手彪悍，北洋航线的运费以前为每吨10两，为了让北清轮船陷入亏损泥潭，旗昌洋行将北洋航线的运价调为4两，立即将北清轮船的代理商惇裕洋行逼入了财务困局。陈煦元试图通过声东击西的策略，将公正轮船拉到出售的谈判桌上。唐廷枢立即鼓动怡和洋行出面，旗昌洋行不得不看在怡和洋行退出长江航线的面子上停止价格战，惇裕洋行、怡和洋行跟旗昌轮船三方签订齐价合同。

唐廷枢鼓动怡和洋行出面，一方面事关福布斯家族的利益，另一方面是打乱陈煦元声东击西的计划，确保公正轮船在长江航线的利益。这一场江浙商帮跟广东商帮的战争还没有结束，陈煦元并吞公正轮船的计划还没来得及实施，大清帝国的同治皇帝突然接到一份控告奏折，紫禁城风云突变。

二品大员单挑帝国军工企

二品大员的冷箭

1872年1月23日，北风漫卷紫禁城。

寅时三刻，宣武门外灯火通明。文武百官的轿子鱼贯而入，直奔紫禁城，静候皇帝主持的晨会。满洲八旗入关后，一直担心汉人篡位，爱新觉罗的皇帝都很勤快，无论天晴下雨，还是雪雨风霜，每天早上都要将文臣武将召到乾清宫开晨会，家国大事都要在晨会上进行详细讨论，一般时长两小时。

涌入宣武门的文武百官直奔东华门，王公贵胄则从神武门进入紫禁城。朝臣们陆续进入朝房，门外还有不少人在抖朝服上的雪片。朝房的一角，一位身穿九蟒五爪蟒袍、胸前绣锦鸡补服的老爷子，将一顶珊瑚顶子的官帽摘下来，放在旁边的茶几上。老爷子面色凝重地扫了一眼朝房，只听见一位户部的官员在抱怨，福州船政的沈葆桢前两天上了一个折子，要朝廷给马尾船厂追加投资。

老爷子眯着眼睛，没有上前跟户部的官员打招呼，只听那官员发了好一阵牢骚。老爷子摸了摸马蹄袖，里面的奏折暖乎乎的，还带着自己的体温。突然，官员们都站起来，让开了一条道儿，原来是恭亲王奕䜣进来了。

奕䜣扶着老爷子坐下，老爷子下意识又摸了摸马蹄袖。老爷子叫宋晋，现在是从二品内阁大学士，江苏溧阳人，1844年赴京赶考，当时考场上还有两位当世的红人，一位是合肥的李鸿章，一位是福州的沈葆桢。那一年，宋晋高中进士，李鸿章跟沈葆桢双双落榜。那一年，宋晋进入国史馆搞文字工作，李鸿章拜在曾国藩门下学习，沈葆桢带着自己的老婆回到福州潜心苦读。

卯时，净鞭三声响，朝房里的大臣们纷纷起身，大清帝国开晨会的时间到了。一位太监掀开了朝房的棉布门帘子，恭亲王走在最前面，凛冽的北风卷着雪花刮进朝房，恭亲王打了个寒战，快步走向乾清宫大殿。同治皇帝睡眼惺忪，坐在龙椅上打着哈欠。恭亲王隐隐看到御座帘子后面的慈禧太后，修长的指甲轻轻地在额头划过，从容优雅。

大臣们行过三跪九叩大礼之后，太监扯着嗓子宣布晨会开始。宋晋第一个站出来："皇上，臣有本上奏。"宋晋从马蹄袖里摸出了奏折，第一句话就是奏请皇帝下令马尾船厂跟江南制造总局停工。[15]大殿之上群臣哗然，交头接耳声此起彼伏，户部官员齐刷刷地盯着宋晋。宋晋向同治皇帝控告，马尾船厂已经花掉了四五百万两银子，从左宗棠时代到现在才造出了五艘船，里面大有问题。

恭亲王一愣，宋晋这是给同治皇帝扔了一枚手雷。马尾船厂是左宗棠搞的轮船工业，江南制造总局更是一个现代化的军工企业，两大集团都是汉族武装集团搞的国有军工改革的样本。左宗棠现在在西北手握十万雄兵，北拒沙俄南下，李鸿章现在是直隶总督，扼守京畿重地。宋晋张口就要皇帝关闭两大军事工业集团，这是对国有军工企业改革的否定，更是对汉族武装集团的釜底抽薪。

左宗棠曾经给同治皇帝提交了一份预算奏折，计划五年内，用300万两银子，造出11艘150马力的轮船和5艘80马力的小炮舰。现在五年期限到了，马尾船厂花掉的银子超过400万两，按照福州船政监督日意格向朝廷提交的奏折，现在马尾船厂造出了3艘大轮船，2艘小轮船。[16]轮船数量没有完成预算的三分之一，成本倒是超出了上百万两银子。福州船政过往的奏折没有提及成本上升问题，那么多钱到底流向了何方？

宋晋没有直接控告马尾船厂存在贪腐问题，只是用了"靡费太重"几个字。啥意思？靡费就是浪费的意思，宋晋这话说得阴阳怪气，明明就是怀疑马尾船厂的钱被人贪污腐败了，偏偏要转文辞让小皇帝看着费劲。贪污腐败这个问题在马尾船厂可是有案底的，当初吴棠到福州掀起的那一场竹枝词大案，就抨击马尾船厂任人唯亲，很有可能存在贪污腐败的问题。

官员贪污腐败是要被杀头的，马尾船厂的问题到底有多严重呢？

沈葆桢身为船政大臣，对于马尾船厂存在的问题自然了然于胸。马尾船厂作为帝国最大的军舰制造集团，国企病严重，人浮于事，在造船合同和支付工人工资方面都存在着许多徇私舞弊的问题。尤其令沈葆桢头大的是福州的达官显宦们，经常将自己的亲戚，甚至是八竿子都打不着的亲戚推荐过来，令自己在人才管理方面相当为难。[17]

当年吴棠在福州清洗左宗棠的势力，让沈葆桢大为光火。当吴棠走后，沈葆桢冷静下来摸查集团底牌，发现整个集团的采购系统存在大量侵吞公款的现象，由于采购官员收受贿赂，导致大量的木材、煤炭和金属材料不能使用。更为夸张的是，负责采购的高级管理人员依然带着衙门老爷作风，业务部门设置得跟衙门一样气派，师爷、文书、马仔一大堆，在台湾、香港和东南亚有一个庞大的采购网络，甚至有一名常驻仰光的福州船政首席代表。

腐败问题能让慈禧太后关闭马尾船厂吗？宋晋对马尾船厂背后的政治格局相当清楚。奕䜣同汉族武装集团在军事工业改革的控制权争夺过程中逐渐妥协，最终通过转向支持李鸿章、左宗棠他们的改革，而抓住改革的主导权，才能在汉族武装集团的支持下重返权力中枢。宋晋明白，通过彻查贪污腐败，关闭马尾船厂跟江南制造总局，这意味着向奕䜣以及汉族武装集团开火，还必须有撒手锏。

宋晋跟同治皇帝说，左宗棠当初的理由是国防，现在各国和清廷握手言和，我们再这样大搞军事工业容易让外国朋友不高兴。宋晋这一招是典型的隔山打牛。从鸦片战争的炮火到圆明园的滚滚浓烟，清政府王朝面对洋人已如惊弓之鸟，岂敢让外国朋友不高兴！

外国朋友不高兴还有一个重要原因就是在1870年6月25日，一直跟大清帝国关系融洽的美国人搞到了闽浙总督英桂的军事密函，由此造成了福州泄密案，京师震动，差点酿成外交事件。[18]

福州泄密案缘起广东有歹人投毒，搞得人心惶惶，这种恐慌很快蔓延到福州，英桂担心民众会迁怒于洋人，立即向各个边防军事长官发出密信，要求调动辖区驻军加强防范。没想到，美国驻厦门领事李仙得（Charles W. Le Gendre）截获了英桂的情报，找到总督衙门要求解释闽浙调兵一事。

李仙得的祖籍是法国，但在美国长大，南北战争的时候拥护总统林肯，率领军队攻打南方乱军，在到达中国之前已经荣升少将军衔。李仙得脱掉军装到厦门当领事的背后，是美国已经将一个重要的间谍安插到了帝国的贸易关口。李仙得获取了英桂的军事情报后，英桂已经在赶赴京城的路上，只能由接掌闽浙总督的文煜彻查泄密案。

英桂是一位谨小慎微的将军，在那个师爷满街走的年代，他的密函从来不假手第三人。文煜在调查奏折中强调，英桂不可能泄密，面对如此机密的函件，各地军事长官也不可能泄密，所以很可能是密函传递的过程中被人私拆。[19]尽管李仙得没有抓住密函大做文章，但宋晋非常清楚泄密案背后的深意，外国朋友可是时时刻刻在盯着帝国的一举一动。

宋晋身为帝国高级官员，深谙打蛇打七寸的道理。贪污腐败也好，外国朋友不高兴也罢，改革派都会以国家安危、民族大义来批驳自己，如果马尾船厂跟江南制造总局生产的产品质量不行，那就真的该关门了。宋晋在奏折中嘲笑沈葆桢造出的那些轮船都是豆腐渣工程，即便是跟外国人海战，也是无法胜利的，[20]他们口口声声喊的长远大计，都是瞎子点灯。

硝烟四起

乾清宫开始骚动。

恭亲王侧身看了一眼侃侃而谈的宋晋，旁边的官员们齐刷刷地望着这位老爷子。宋晋现在开火的对象可都是帝国的擎天柱：直隶总督李鸿章、两江总督曾国藩、陕甘总督左宗棠、船政大臣沈葆桢。这三位总督都是显赫的汉族爵爷，都是从枪林弹雨中走过来的统兵大帅。沈葆桢也是湘军干将，林则徐的女婿，是一颗冉冉升起的官二代新星。

宋晋在给皇帝的奏折中强调，马尾船厂造的轮船不能用来跟外国人打仗，只能用于打击海盗，可海面上已经有水师舰队，只要水师舰队的船只坚固，就没必要在水师之外再造轮船，徒增耗费。左宗棠在马尾船厂项目规划的时候提出，在没有战事的情况下，轮船可以运送漕粮。宋晋在奏折中反击，如果政府通过行政命令用轮船运送漕粮，那所需运费比沙船要高。

宋晋还在奏折中提出，马尾船厂每年从闽海关，以及闽浙地区抽调商业税，两项合计就高达百万两银子，现在他们干的是一件吃力不讨好，甚至还会给帝国带来致命危机的事。宋晋向同治皇帝建议，每年有上百万两造轮船的银子，还不如拿来救直隶水灾，也可以调拨到京城给官员们发工资。

直隶水灾现在已经搞得人心惶惶，从1871年夏天开始，大雨一直下到秋天，顺天、保定、天津、河间境内都是汪洋一片，从保定到北京历来都是旱路，现在都需要坐船。[21]直隶水灾简直是百年罕见，曾国藩在写给李鸿章的信中感叹，连日暴雨导致老百姓连个睡觉的地方都没有了，这样的困苦跟旱灾相比大数十倍。[22]

到了1872年，直隶、浙江、江苏、河南、云南、广东、四川、山东、奉天、山西、陕西、湖北、江西、湖南、西藏等地的灾情奏折犹如雪花般飞抵紫禁城，庄稼颗粒无收，饥民遍地游走。更让同治皇帝痛心疾首的是地方官知情不报，饥民到衙门控诉反被下了大狱。在奉天更是有官员开设官方赌局，抽取赌业商业税。不少饥民走投无路，只有横心一赌，搞得赌风盛行。地方官员派兵在赌局收钱，不少饥民最后沦为马贼，龙兴之地劫案频发。

食君之禄，为君分忧。

天津教案

旁边的恭亲王奕䜣手心里直冒汗，宋晋这份奏折是在向左宗棠、李鸿章他们捅刀子，按照这个逻辑，同治皇帝没有理由不关闭马尾船厂跟江南制造总局。宋晋怎会在这个时候给皇帝递交这样的奏折？

宋晋反腐的一个重要国际原因是拿破仑三世已成阶下囚。

1870年6月20日，天津居民逮住拐卖儿童的案犯武兰珍，他们在审讯武兰珍的时候，意外发现这件事跟望海楼天主教堂有关。民众们当时就愤怒了，因为早有流言称这座教堂的育婴堂周围掩埋了四十多具婴儿尸体，所以他们一直怀疑教民以育婴堂为幌子贩卖婴儿，甚至杀害婴儿。当时，天津地界的反洋教情绪高涨。为了平息众怒，6月21日，天津知县刘杰带着武兰珍到教堂对质，但教堂主持人、法国神父谢福音藏匿了武兰珍交代的教民，矢口否认有教民跟武兰珍勾结。

之后数千群众包围了教堂，双方很快开始群殴。法国驻天津领事丰大业（Henry Victor Fontanier）要求崇厚派兵镇压民众，尽管崇厚是国防部常务副部长，但是他的主要工作还是处理中外通商，所以没有答应丰大业的请求。丰大业在前往教堂的路上，与知县刘杰理论，怒而开枪，打伤了知县大人的仆人。丰大业的一枪犹如一枚炸弹，让围攻教堂的群众立即围了丰大业。

见丰大业的秘书西门企图逃跑，群众也将其击杀。最后，天津民众活活烧死了10名修女，杀死了2名神父、2名法国领事馆人员、2名法国侨民、3名俄国侨民和30多名中国信徒，焚毁了望海楼天主堂、仁慈堂、位于教堂旁边的法国领事馆，以及当地英美传教士开办的其他4座基督教堂。整个暴乱持续了三个小时。

1870年6月24日，多国部队开到天津港，七国公使向总理衙门抗议。朝廷决定派遣当时的直隶总督曾国藩全权处理天津暴乱。曾国藩到天津后立即成立了专案组，经过调查，并没有发现天主教堂贩卖婴儿的证据。在法国拿破仑三世政府的强烈要求下，曾国藩最后决定处死民众18人，充军流放25人，并将天津知府张光藻、知县刘杰革职充军，并发配到黑龙江，赔偿外国人的损失46万两银，同时由崇厚派使团到法国道歉。

1871年1月24日，崇厚率领的赔罪使团抵达马赛港口，可是立即陷入迷茫。强硬的法国皇帝拿破仑三世成了德国人的俘虏，法兰西第二帝国已经灭亡，第三共和国现在忙着跟德国铁血宰相俾斯麦谈判，根本就没有时间搭理大清帝国的赔罪使团，崇厚一干人马只好在法国东游西逛。

崇厚游荡了将近两个月，眼见法国第三共和国局势趋于稳定，于是派英文秘书张德彝到巴黎为使团找一个住处。3月17日，张德彝奉命抵达巴黎，没想到第二天巴黎就爆发了革命，法国第三共和国总统梯也尔政府军与巴黎公社国民自卫军开始了巷战。

张德彝很快就得到一个消息，国民自卫军击毙了梯也尔政府的高级官员勒康特、克列芒·托马等，警察厅、市政厅等政府机关被起义军占领，梯也尔等政府官员纷纷逃往凡尔赛。张德彝只好给崇厚发电报，汇报了巴黎的乱局。张德彝成了巴黎公社起义、五月流血周以及梯也尔胜利之师凯旋的见证人。[23]

梯也尔重返巴黎后，崇厚一干人马抵达巴黎，在战场上受尽俾斯麦窝囊气的梯也尔，根本就没有心思搭理大清帝国的谢罪使团，而是先为巴黎大主教达尔布达瓦举行葬礼，并邀请中国使团参加葬礼。第三共和国的内政忙到1871年12月，梯也尔才想起了崇厚使团，将崇厚召到办公室一通训斥，才勉强接受了道歉，放崇厚一干人马回国。

崇厚回到国内，法国内乱立即引起了宋晋一干人马的注意。当初左宗棠选定跟法国人合作造船，拿破仑三世专门接见了日意格跟副监督德克碑，将跟左宗棠的合作当成了政府间的项目合作。现在拿破仑三世已经成了德国人的阶下囚，新成立的法国第三共和国内政都忙不过来，哪有心思支持马尾船厂？失去了皇帝拿破仑三世的支持，日意格他们在福州翻不起大浪来，清政府也就不用担心法国政府从中作梗。

宋晋拿马尾船厂开刀的同时，也向江南制造总局开火。一方面是李鸿章北调直隶，对两江已经鞭长莫及；另一方面现在曾国藩调回两江，他因为处理天津教案不力，遭到北京城的王公贵胄的不满，在帝国的威信直线下降，加上曾国藩的身体已经一日不如一日，湘军集团势力显然已是明日黄花。

宋晋抓住曾国藩和左宗棠失势的良机一箭双雕，犹如一声惊雷，在紫禁城上空炸响。

同治皇帝望着朝堂上的白胡子老头儿，旁边的王公贵胄则在低声耳语。只听见帘子后面传来一阵咳嗽声。恭亲王奕䜣走出朝班："启禀皇上，宋大人所奏之事关乎国家改革大计，福州船政局跟江南制造总局的去留，总理衙门立即传谕地方，令相关人等拿出一个妥善的处理意见。"

"恭亲王谋国，老成持重。"同治皇帝还没有开口，帘子后面就传出慈禧太后的声音，"宋大人所言皆是国家工程，福州方面是左宗棠提议搞起来的，现在是沈葆桢负责，文煜身为闽浙总督，福州那边的事情让他们几个回个折子。上海方面曾国藩在两江任上，让他回个折子，尽管李鸿章现在调到天津，上海的事情也是他搞起来的，让李鸿章也回个折子。"

辛酉政变后，恭亲王权势滔天，慈禧太后一直在韬光养晦，直到太平军土崩瓦解的时候，才找机会褫夺了奕䜣的"议政王"封号。慈禧太后在上海跟福州的改革中一直没走向前台，可是对奕䜣的一举一动却了如指掌。为了控制奕䜣，慈禧太后大费周章，才将奕䜣以及帝国所有权力牢牢地握在自己手上。

权力是专制者的春药，只有牢牢地抓住权柄，才能够在政坛长袖善舞。辛酉政变中，慈禧太后跟奕䜣结成政治同盟。政变成功后，慈禧太后垂帘听政，代同治皇帝执掌皇权；奕䜣执掌相权，管理国家具体事务。慈禧太后为了巩固皇权，一开始用一大堆头衔让奕䜣为其卖命。为了将奕䜣的权力限制在相权之内，慈禧太后以同治皇帝的名义，对帝国进行程序化管理，目的是严格划分帝国权力。

程序管理集中体现在王公贵胄的奏折审批上：第一步，地方官员以及各军区指挥官给中央的奏折，送抵北京后必须先报给两宫太后；第二步，两宫太后看完了地方跟军方送来的奏折后，交军机处等大臣详议；第三步，军机处审核过后，将审核意见提交两宫太后裁夺；第四步，两宫太后裁夺后，军机处会根据太后的意见草拟成政府文件；第五步，政府文件草拟好后，再次送到两宫太后处，太后最后审核同意，用朱笔进行批示，最后以红头文件的形式进行正式发布。

身为帝国执政总理，"议政王"封号被永久褫夺之后，奕䜣要想真正重返帝国权力核心，一定要打造一个新的平台来推开权力之门。从"阿思本舰队"到吴棠南下，奕䜣都希望将自己的势力渗透到汉族武装集团的改革项目中去。

宋晋的奏折犹如一枚炸弹，这老头儿的聪明在于没有抨击政府军事工业改革试点政策，而是以马尾船厂涉嫌贪腐为突破口，如此一来既不得罪支持军事工业改革的奕䜣，也不得罪该项目真正的审批者慈禧太后。奏折一出，现在问题都摆在这里了，最终关不关闭看政府决策。看着朝堂上那种乱哄哄的局面，宋晋当时真想说：国家还有很多地方要用钱，你们看着办吧。

帝国的文人是最有毅力的。

奕䜣现在的处境很微妙，这一次宋晋的奏折有理有据，一旦总理衙门在朝堂上反击，慈禧太后就会认定奕䜣在利用改革搞利益集团，将问题分散到地方，犹如一个拳头向多个方向打去，这就分散了宋晋奏折的威力。更为重要的是，慈禧太后掌握着改革的审批大权，面对宋晋突如其来的反腐，岂能当场就做决断？

慈禧太后的意思很快就到达军机处，军机处加盖大红印章后，立即由国防部捷报处向闽浙、两江的五位帝国高级官员专项送达。慈禧太后在文件中强调，制造轮船原为未雨绸缪，力图自强之策，如果制造合宜，可以打击外来侵略，就不要因为那点造船银子而放弃了长远筹谋。针对宋晋提出的问题，慈禧太后的意见是如果宋晋说的属实，大家就要通盘筹划变通。[24]

民营资本的困境

旗昌洋行的江浙职业经理人正在办公室烤火炉子，以唐廷枢为首的广东商帮却在茶馆里密谋干掉江浙商帮。阴冷刺骨的上海滩，江浙商帮跟广东商帮的较量一触即发。

突然间，一个陌生人闯入茶馆，来人身高一米八五，尖鼻子蓝眼睛，卷头发，白皙的脸上堆满了笑容。唐廷枢跟郑观应都一愣，两人不约而同地放下茶杯，这个白种人不是旗昌轮船的船主麦奎因（McQueen）吗？这个美国佬来干什么？

唐廷枢对这个突然闯入的美国人不是很感冒，倒是郑观应站起来跟麦奎因握手问候。一阵寒暄之后，唐廷枢才弄明白，原来郑观应在宝顺洋行的时候，就跟眼前这个美国船主关系密切，现在麦奎因在跟英国人做生意了。

麦奎因现在的身份是太古轮船总船主。太古轮船刚刚成立，大股东是太古洋行的老板约翰·森美·施怀雅（John Samuel Swire），太古轮船跟旗昌轮船、怡和轮船以及其他任何轮船公司都不一样，施怀雅简直就是一个偏执狂，他没有在中国商界募集一分资金，都是从英国募集资金。

太古洋行上海总经理威廉给了麦奎因一个重要任务，就是招募有洋行买办背景、能够讲一口流利英语、懂得轮船贸易的中国商人。麦奎因在中国航运领域混了多年，尤其在旗昌轮船见证了中国航运业的血雨腥风，认为只有江浙商帮跟广东商帮才是航运业的上佳人选。麦奎因了解了公正轮船背后的钩心斗角之后，决定邀请老朋友郑观应出山，担任太古轮船的买办。

郑观应有点儿流年不利，做什么生意都亏钱。一开始自己独立做外贸生意，可欧洲在1866年爆发金融危机后，以拿破仑三世成为阶下囚为历史转折点，欧洲真正结束了君主专制时代，工业开始复苏，尤其是纺织工业的复苏导致布匹等价格下跌。以郑观应为首的传统广东贸易商帮，遭遇了出口贸易的寒冬。

欧美出口生意没法做了，只能进行战略转型。1871年年底，曾国藩回任两江总督，决定重振两江盐业。在食盐牌照垄断的年代，没有背景的民营老板要想拿到经营食盐的牌照，难度可想而知。郑观应跟唐廷枢决定抓住曾国藩向民营老板开放盐业牌照的机会，转道扬州贩卖食盐。[25]唐廷枢背靠怡和洋行，可以不断拆借资金，而郑观应没有资金支持，很快盐行也破产了，只有重返上海滩。

旗昌轮船在长江航线的垄断令公正轮船举步维艰，只能一次次地更换挂靠洋行，这让唐廷枢跟郑观应有一种流浪儿的伤感。郑观应回到上海就找到唐廷枢商量公正轮船最终的出路，到底是独立经营，还是依附在洋人名下？依附洋商名下让两位广东商人有着切肤之痛，洋人在中国航运领域用中国人的船只打价格战，他们根本没有将拥有控股权的中国股东放在眼里，公正轮船成为怡和洋行、旗昌洋行他们争夺市场的试金石。

民营独立？

唐廷枢想都不敢想，当年大哥唐廷植被丁日昌抓进大牢后，用一座铁厂方才换来自由之身，江南制造总局可有唐廷植的功劳，那些火炮厂还有当年铁厂的机器。唐廷植重金消灾的背后，大清帝国的商业制度已经走到了十字路口。满洲八旗入关200年，依然重复着古老的重农轻商的治国策略，他们对商人视同最卑微的妓女，导致商业形成隐形的垄断，广州十三行的盛极而衰就是商业垄断的崩溃。

民营航运的机会在哪里？唐廷枢跟郑观应这样的广东商人对于航运业的开放早已望穿秋水。当时的帝国民间运输都使用帆船，即便是庞大的漕帮，也只能是帆船运输，而轮船只能是军用。宁波商人购买的"宝顺轮"也是用于打击匪盗，在围剿太平军期间，被政府征用，最后一直作为水警缉盗的轮渡。

郑观应对民营航运的开放很是悲观，他认为清政府执政集团一直对汉人心怀芥蒂，在政治上经常搞双轨制，各个部委都是两个部长，满人部长排在第一位。在经济方面，汉人经商智商高于满人，各地商帮活跃，满人要想控制掌握财富的汉人，就不能像政治上搞双轨制，只能依靠牌照制度，通过牌照向汉人征收名目繁多的税赋，不乐意的就只有关门。

鸦片战争后，大量的欧美商人涌入中国，部分欧美无业游民也到中国来淘金。这些投机分子在欧美国家不可能募集到资金，他们迅速和贩毒走私集团打成一片，赚取了人生的第一桶金。为了在帝国将贩毒走私资金合法化，他们会跟帝国商人合伙做生意，因为他们看出帝国商人不堪苛捐杂税的重负，要通过跟洋人合作来规避帝国官员的敲诈勒索。

欧美的毒贩子、走私商人摇身一变成为帝国商人的庇护者，他们用极少的资本，控制着中外合资企业。帝国商人成为恶棍们的附庸，随着一份份不平等条约的签订，帝国官员压榨商人的手段更多，速度更快。更多的商人为了规避不堪重负的税赋，将更多的资金投向恶棍之手，欧美商人的资金成本越来越低，撬动的资金杠杆越来越大，帝国商人在合资企业中的话语权越来越小。

开放的口岸越来越多，商帮规模越来越大，国家的税赋名目越来越多，可是财政赤字的缺口却越来越大。帝国的官员对此现象早已洞若观火。民富才能国强，有钱的商人在连年的战争中远离了政府，他们宁愿让欧美的恶棍们控制合资公司，也不愿意以中国人的身份独立做生意。

财富流到了欧美恶棍们的腰包，大清帝国的财政官员们是夜不能寐。每次看到战争赔款，财政官员们都胆战心惊，钱从何来？船坚炮利是帝国自强之本，商业富国是崛起根基。左宗棠在向北京朝廷提交造船计划的时候就提出，马尾船厂将来可以造商船，一方面是补贴庞大的军费开支，另一方面可以提高商业运输的能力。

当一场场令爱新觉罗皇族胆战心惊的战争结束后，汉族武装集团已经形成了湘军、淮军两个利益集团，如果直接将两个集团拆散，帝国定遭内乱。无论是慈禧太后，还是恭亲王奕䜣，完成汉族武装集团向政治集团转变成为王朝的头等大事，只有通过利益才能牢牢地攥住两个政治集团的命运，只有改革才能将利益转化为国家财富。

民营航运业改革的夭折

改革成了帝国权谋家的共识。

汉族武装集团是清政府执政集团最大的威胁，剿灭太平军后，在曾国藩的领导下，汉族武装集团主动向政治集团转变。清政府执政精英们相当清楚，汉族武装集团的转型是清政府执政集团重拾威权和公信力的机会，天下再无可以超过湘军、淮军集团的第三股武装势力可以威胁到清政府执政集团，如果曾国藩他们都臣服清政府执政集团，还有谁会挑战清政府执政集团的威权？

改革犹如一块骨头，是汉族武装集团转型的最大诱惑。清政府执政集团必须从两百年的垄断利益切割一部分，将其让予汉族武装集团，只有让汉族武装集团在改革的过程中获取了新的利益，他们才会心甘情愿地向政治集团转型。军事工业改革就是清政府执政集团默许的一块骨头，在国有资本改革的名义下，满足汉族武装集团的利益诉求。

在战争时代，改革是避免两大集团发生武装冲突的最佳选择，慈禧太后跟奕䜣两人对李鸿章、左宗棠的军事工业改革计划毫无意外地批准。左宗棠、李鸿章他们的胃口远非慈禧太后与奕䜣想的那样简单，比如航运业是帝国遭遇欧美冲击最大的领域，而造船是一项庞大的工程，民营资本无力进行大规模的造船工程，但是军事工业改革可以动用国家资本，所以李鸿章、左宗棠他们选定了军事工业中的轮船工业作为突破口，更重要的原因是轮船工业有着一个庞大的产业链条。

轮船工业改革牵涉造船、航运、维修、保险等一系列的产业链。造船牵涉到钢铁冶炼、轮船制造；航运牵涉到煤炭开采、码头的建设、仓储管理、运输保险、资金结算；维修牵涉到船坞建设、轮船修理；保险牵涉到轮船保险、顾客保险、货物保险、金融管理等。汉族武装集团的改革远非切割国有资本一小块利益那么简单，按照轮船工业产业链规划，只要通过国家资本拉开了航运业改革的大幕，整个帝国的经济改革就会很自然地全面铺开。

在国家资本没有大规模造出轮船之前，以广东商帮、江浙商帮为首的对外贸易团体，对航运业早已跃跃欲试。早在1864年，奕䜣就以总理衙门的名义，给曾国藩、李鸿章、左宗棠等人下发了一个通知，说既然商人们都愿意搞航运，他们跟外国人合伙主要是税赋方面的原因，那么中国商人购买的轮船入关的时候，是不是可以免税？是不是在运输方面鼓励中国航运业自由竞争？

当初曾国藩、李鸿章、左宗棠等进行了反复磋商，觉得放宽中国商人搞航运的政策限制，对于政府来说是好事，一方面可以降低商人们的运输成本，另一方面也可以开辟税源，带动航运产业链。看汉族武装集团的大佬们一致赞成，奕䜣当时就提出，一定要搞一个政府文件出来，准许中国商人搞航运。[26]

改革充满着变数，为了规避一哄而上带来的全国性风险，身为两江总督的曾国藩向总理衙门提出在两江试点。曾国藩迅速向两江辖区的商人宣布：以后凡有华商造买洋船，或租或雇，无论火轮夹板，装货出进江海各口，悉听自便。[27]曾国藩试点的一个重要原因，是太平军曾经在两江盘踞十年，民生跟商业都遭到了毁灭性的破坏。航运业改革试点可以迅速激活商业，进一步盘活两江经济。

航运业开放的政策经过三年的讨论跟征求意见，《华商买用洋商火轮夹板等项船只章程》终于在1867年10月3日，以上海通商大臣曾国藩的名义，明令公布实行。华商购买轮船的文件开启了大清帝国航运业改革的序幕，帝国官员们对未来航运业的繁荣相当乐观，上海道台应宝时就兴奋地感叹："华商自必闻风兴起。"[28]

政府的红头文件一发布，当时身为候补同知的耶鲁留学生容闳就提出了创设新轮船公司的章程。身为曾国藩的幕僚，容闳提出创设轮船公司自然在情理之中，令人意外的是容闳提出的是创设民营股份制航运企业。容闳在章程的序文中提出，垄断长江航线的旗昌轮船对于中国商人来说是致命的，旗昌轮船可以凭借垄断操控价格，中国商人只有被动接受高额的运输成本。

容闳的建议立即让人觉得他背后一定有势力在暗示和支持。当时在背后支持容闳出面的是广东商帮，不过谁能为广东商帮试探北京政府底牌？容闳如果直接交给曾国藩代为转交总理衙门，朝廷会左右为难，一旦批准曾国藩递交的奏折，国家资本没有做好全面改革的准备，民营资本就会如洪水猛兽一般冲击整个国家资本体系。不批，那跟曾国藩发布的改革开放政策相违背，政府将失信于资本，会有更多的资本流向欧美恶棍的腰包。

生意就是一场游戏，大生意就是跟大人物玩大游戏。

广东商帮经过数百年的锤炼，早已谙熟中国官场的潜规则。触摸紫禁城的底线，就一定要给曾国藩一个台阶，如果北京态度温婉，曾国藩可以在两江助推一把，大事可成。如果北京态度强硬，也可以保全曾国藩的颜面，曾国藩还继续有机会跟北京政府博弈。容闳选择了两江总督下属、上海道台应宝时，身为上海市市长的应宝时既有权向总理衙门递交奏折，又可以在北京政府跟曾国藩之间进行多方沟通。

容闳的奏折送抵北京，慈禧太后对容闳这样的小官儿没太在意，因为对于候补同知这种五品官衔的小官，他们的奏折要么是哗众取宠，要么是钻营投机。容闳的奏折按照程序送到了总理衙门，奕䜣仔细研读了容闳的奏折，这位耶鲁高才生完全按照西方现代公司结构设计，是要搞一家中国人出资的股份制轮船公司，"分运漕米，兼揽客货"。[29]

看完奏折，奕䜣立即想到一个问题，股份制企业意味着拿钱就能成为股东，中国政府支持的股份制公司里面，可能出现表面是中国人，背地里是外国人的情况，因为现在很多中国商人不就是依附在洋人名下吗？总理衙门跟递送奏折的应宝时说，股份公司会不会有洋商跟洋行买办参与？

总理衙门对实际控制人的怀疑，立即让上海滩的商人们感到不妙。曾国藩一看北京态度，只能说如果没有欧美跟买办资本，未必能够搞成外国那样的股份制公司。应宝时最后安慰容闳说，现在时局艰难，一时半会儿筹集不了开办公司的资金，算了吧。[30]

以唐廷枢、郑观应为首的广东商帮对帝国的失望越来越大，航运业政策松动了，可是审批大权掌握在政府手上，从容闳的试探性触摸政府底线失败，到1872年1月，一张民营牌照都没有批下来。

郑观应送走麦奎因不久，就得到北京传来的消息，宋晋建议皇帝关闭马尾船厂跟江南制造总局，国家资本的改革试点可能被扼杀，民营航运业的改革将遥遥无期。郑观应决定答应麦奎因的邀请加盟太古轮船，跟旗昌洋行在帝国航线展开厮杀。但郑观应万万没有想到，就在大清帝国朝堂争吵不休的时候，日本人的行动令紫禁城诚惶诚恐。

▶▶ 注释

[1]《筹办夷务始末》（同治朝卷64），上海古籍出版社2008年版。

[2]《酉阳州民教纪事》。

[3]《筹办夷务始末》（同治朝卷64），上海古籍出版社2008年版。

[4]《筹办夷务始末》（同治朝卷68），上海古籍出版社2008年版。

[5]《福建省志·外事志卷》，方志出版社2004年版。

[6]［美］刘广京著：《英美航运势力在华的竞争》（1862—1874），上海社会科学院出版社

1988年版。

[7]［美］刘广京著：《英美航运势力在华的竞争》（1862—1874），上海社会科学院出版社1988年版。

[8] 夏东元编著：《郑观应集》（下），上海人民出版社1988年版。

[9]《北华捷报》，1869年6月26日。

[10]［美］刘广京著：《英美航运势力在华的竞争》（1862—1874），上海社会科学院出版社1988年版。

[11]［美］郝延平著，李荣昌等译：《十九世纪的中国买办》，上海社会科学院出版社1988年版。

[12] 周庆云等编：《南浔志》，1922年刻本。

[13]［美］刘广京著：《英美航运势力在华的竞争》（1862—1874），上海社会科学院出版社1988年版。

[14]［美］刘广京著：《英美航运势力在华的竞争》（1862—1874），上海社会科学院出版社1988年版。

[15]《筹办夷务始末》（同治朝卷84），上海古籍出版社2008年版。

[16]《筹办夷务始末》（同治朝卷84），上海古籍出版社2008年版。

[17]《沈文肃公政书·奏稿》卷4，清光绪（1875—1908）铅印本。

[18]《筹办夷务始末》（同治朝卷73），上海古籍出版社2008年版。

[19]《筹办夷务始末》（同治朝卷84），上海古籍出版社2008年版。

[20]《筹办夷务始末》（同治朝卷84），上海古籍出版社2008年版。

[21]（清）王之春：《椒生随笔》，光绪七年（1881年）刊本。

[22] 江世荣编注：《曾国藩未刊信稿》，中华书局1959年版。

[23] 张德彝等：《随使法国记：三述奇》，湖南人民出版社1982年版。

[24]《筹办夷务始末》（同治朝卷84），上海古籍出版社2008年版。

[25]（清）经元善著，虞和平编：《经元善集》，华中师范大学出版社1988年版。

[26]《海防档》（甲）《购买船炮》，1957年版。

[27]《海防档》（甲）《购买船炮》，1957年版。

[28]《海防档》（甲）《购买船炮》，1957年版。

[29]《李鸿章全集·奏稿》卷20，时代文艺出版社1998年版。

[30]《海防档》（甲）《购买船炮》，1957年版。

07

第七章

官商进退

岩仓警醒紫禁城

日本使团的欧美之行

1872年2月25日，华盛顿火车站炮声隆隆。

一帮黄皮肤的亚洲人走出车厢，踏上了美国人铺的红地毯。身穿笔挺军装，戴着白手套的美军仪仗队奏响了礼曲。一行美国外交部人员手捧鲜花，笑盈盈地跟亚洲人握手致意。一阵寒暄后，亚洲人在美国人的引领下直奔国务卿会客大厅。

美国国务卿汉密尔顿·菲什（Hamilton Fish）上前和走在最前面的亚洲人握手："对岳君，欢迎你来到美利坚合众国。"对岳，全名叫岩仓具视，是日本明治天皇王政复古的核心人物，对岳是他的字号。岩仓具视此时是日本明治王朝右大臣，位列三公，这一次率领使团出访欧美，美国是第一站。

日本的皇权制度一直笼罩在幕府的阴影中，直到1868年岩仓具视联合大久保利通、西乡隆盛一干人马发动倒幕运动，才真正结束了长达700多年的幕府制度，日本天皇才真正恢复王政。身为倒幕运动功勋的岩仓具视迅速成为日本政府的执政大臣。

1869年6月，日本政府顾问、美籍传教士威尔贝克（Max Verbeck）找到了岩仓具视的部下大隈重信，建议日本政府派遣高级官吏亲赴欧美考察西方文明，学习西方发展模式。大隈重信将情况反映给岩仓具视，可当时幕府余孽活动猖獗，南方士族叛乱不断，岩仓具视只好将威尔贝克的建议搁置了。

1871年春，时任副部级干部、工部大辅的伊藤博文提议派出欧美考察团。那个时候大隈重信已经调任主抓财政的大藏省，担任分管财税改革的大辅，跟伊藤博文一样也是副部级，他向主管财政的大久保利通提议，1872年7月将是《日美友好通商条约》重新修订的期限，政府应该派出使团赴欧美修约，并考察西方的经济发展模式。

岩仓具视将大藏省、工部等多个内阁大员的建议向明治天皇进行了汇报，新政府决定派出使团与西方列强谈判，重新缔结平等的新约，收回丧失的国家主权和民族权益。岩仓具视还希望利用修约机会，考察西方经济发展模式，为日本新政寻求出路。

1871年11月20日，日本明治天皇决定派遣以右大臣岩仓具视为特命全权大使，参议木户孝允、大藏卿大久保利通、工部大辅伊藤博文、外务少辅山口尚芳4人为特命全权副使，由大藏、工部、外务、文部、司法和宫内省的官员51人组成的岩仓使团，出使欧美。岩仓使团还在华族和士族中选派了59名留学生随行。

岩仓具视跟汉密尔顿·菲什提出修约一事，汉密尔顿·菲什两手一摊，很无奈地告诉岩仓具视："对不起，对岳君，很欢迎你的到来。但是修约事关两国外交，按照国际惯例，如果你是修约大使，那需要日本天皇出具的国书跟全权委任状，但你现在只是日本考察使团的特命全权大使。"

汉密尔顿·菲什的说辞令岩仓具视很是尴尬，立即下令大久保利通跟伊藤博文回国取国书跟委任状。岩仓具视逗留美国期间，受到美国总统尤里西斯·辛普森·格兰特（Ulysses Simpson Grant）在白宫的接见。

格兰特在白宫为日本使团举行了盛大的招待宴会，岩仓具视再度向格兰特交涉修约事宜，提出恢复关税自主权、废除领事裁判权等建议。格兰特马上将岩仓具视的问题推给了菲什。菲什之前曾退出政坛20年，是个极端的保守分子，他跟岩仓具视说，美国归还日本的关税自主权可以，先决条件是日本要开放内地。

当大久保利通手握国书跟新的授权书赶到华盛顿的时候，格兰特正身陷联合太平洋铁路股票受贿案旋涡。当时格兰特正在谋求1872年总统大选的连任，为了洗清贿赂案，根本没有时间跟日本人磨牙。大久保利通到达华盛顿当天，格兰特政府宣布终止跟日本的修约谈判。岩仓具视一行人眼睁睁看着美国人拂袖而去。大久保利通一行只能望着远去的美国人发呆。木户孝允在日记中沮丧地写道："彼之所欲者尽与之，我之所欲者一未能得，此间苦心竟成遗憾，唯有饮泣而已。"[1]

格兰特政府的强权深深地刺激了岩仓使团：弱国无外交。岩仓使团转道欧洲，英国外交大臣格兰威尔得知日本人在美国的遭遇，对日本岩仓使团的态度更加强硬，不仅拒绝了日本提出的恢复关税自主权的要求，还变本加厉地提出了一大堆不平等的条件，令木户孝允再度悄然落泪。

格兰威尔的颐指气使令岩仓使团怆然泪下，不过英国驻日公使巴夏礼对使团一行倒是热情周到。岩仓使团抵达英国后，巴夏礼回到国内给使团当起了向导，带领日本人参观纽卡斯尔、谢菲尔德等新兴工业城市，向使团介绍英国在蒸汽机时代的现代化变革。

岩仓使团转道德国，当时整个德意志帝国处于亢奋状态，首相俾斯麦生擒了法国皇帝拿破仑三世。岩仓使团抵达德国后，德国外交部人员领着日本人参观克虏伯工厂跟西门子电机制造厂、兵营、学校、博物馆等。德国的克虏伯大炮让日本人大开眼界，日本的武士跟菊花刀在克虏伯大炮面前，那就是炮灰，有了这样的大炮还担心列强欺凌？

德国的工业产业令岩仓使团大开眼界，木户孝允给日本分管文化教育的文部省官员写信，信中对西方的学校和工厂是"痴笔难尽"，"如果对后人子弟的行为，不予以格外重视，那么日本国家的保安是没有指望的"。"为了防范10年后的弊病，只有兴办真正的学校"。因为"我国今日之文明不是真正的文明，我国今日的开化不是真正的开化"，"日本人绝非与今日欧美之人有异，唯在学与不学"。

身为政治局委员的木户孝允观察得很仔细，他从踏入美国土地到进入欧洲大陆，就对西方人的开放感到很难接受，尤其是男男女女见面就拥抱，还在脸上亲吻，这简直就是淫秽不堪的举动。

岩仓使团的大久保利通跟木户孝允看问题不一样，他很关注西方的政治体制改革。弱小的普鲁士王国居然能够打败强大的法国，同样是君主制度，可是英国、法国跟德国大不一样。英国的女王可以发号施令，但是国家的管理权限在首相。拿破仑三世集权专制，最后成了阶下囚，巴黎公社一帮农民都能占领都城。德国皇帝一言九鼎，可是首相俾斯麦才是这个国家真正的决策者。

俾斯麦在柏林为岩仓使团举行了招待会，身为倒幕运动领袖之一的大久保利通，相当期待跟俾斯麦的会面。招待会上，俾斯麦侃侃而谈，从自己出使俄国到游历欧洲，从柏林拜相到大败拿破仑三世，从普鲁士扩张到德意志帝国大一统，听得大久保利通是热血沸腾。

大久保利通在招待会上问计俾斯麦，一个国家如何才能真正强盛？到底是工业富国，还是政治制度决定？俾斯麦对大久保利通的问题很感兴趣，因为之前崇厚使团到欧洲访问时，他们的主要任务是游山玩水，只是在参观工厂的时候总是问船炮造得如何，价值几何，跟生意人一样，俨然不像治理国家的政治家。

"方今世界各国，虽皆声称以亲睦礼仪相交往，然此全系表面文章，实乃强弱相凌、大小相侮。彼之所谓公法虽号称保全列国权利之典章，然而一旦大国争夺利益之时，若与己有利，则依据公法，毫不变动；若与己不利，则翻然诉诸武力，固无常规也。"俾斯麦以普鲁士德国的自强之路现身说法，"小国孜孜省顾条文与公理，不敢越雷池一步，以期尽力保全自主之权，然遭其簸弄凌侮之政略，则每每几乎不能自立。是以（普鲁士德国）慷慨激奋，一度振兴国力，欲成为以国与国对等之权实施外交之国。乃振奋爱国心，积数十载，遂至近年始达成所望。"

大久保利通听得如痴如醉，日本的强国之路要在工业上以英国为榜样，在强兵上以德国为楷模，要实现内治以强国，以实力对抗强权，让那种礼仪邦交见鬼去吧。使团成员伊藤博文更是对德国之行用"始惊、次醉、终狂"三个词来形容，他更是提出了开民智，齐心协力于国家公共事务，建设富强之国家的治国策略。

送走了中、日两拨使团，俾斯麦一声长叹："中国和日本的竞争，日本胜，中国败。"岩仓使团回到日本陆续制定了《宪法建议书》《殖产兴业建议书》《振兴国外贸易建议书》三大政治经济改革方略。那个时候，宋晋挑起的工业改革兴废之争，令整个帝国官场剑拔弩张，日本人的欧美之行消息则令紫禁城震动。

日本对清政府的图谋

直隶总督府灯火通明，李鸿章静静地坐在书房中。

一个官员在丫鬟的引领下，朝书房走来。李鸿章站起来将来客迎进书房："敏斋，有什么动静？"李鸿章口中的敏斋是江苏分管司法的按察使应宝时，这位官员从1860年开始就在上海滩混，是被李鸿章搞下课的那位吴煦大人的门生，跟外国人混得很熟，乃大清帝国少有的国际外交人才之一。

日本倒幕运动成功后，也学着欧美列强修约，要跟大清帝国修订通商条约。应宝时从1862年开始就跟日本人打交道，是帝国官场的日本通。李鸿章在上海期间，应宝时就是李鸿章安插在洋人圈子里的一枚钉子。在日本修约问题上，应宝时是李鸿章的得力助手。

"中堂大人，日本天皇派到美国去的使团，中途有两位回到日本了，一位叫大久保利通，一位叫伊藤博文。"应宝时看李鸿章一脸茫然，李鸿章并不知道大久保利通是日本明治天皇的宠臣，维新政府的大佬。李鸿章听完应宝时的情报，感到太不可思议了，不带国书就去跟美国总统谈修约，日本人怎么能那么荒唐呢？

李鸿章详细地询问了岩仓使团的情况，心里一怔，日本的美国之行看来不是修约那么简单，他们背后一定有一个更大的改革布局。这让李鸿章想起了当年自己带兵刚到上海滩，日本人的观摩团就急迫地要到上海参观。回想起那一次日本人观摩团的上海之行，李鸿章顿感如芒在背。

日本在19世纪40和50年代，跟大清帝国的命运一样糟糕，执掌日本中央大权的德川幕府无能，以英美为首的西方列强强迫德川幕府签订了一系列不平等条约，甚至阻断了日本跟中国的贸易。幕府中的改革派希望打通同中国的贸易，直接获取中日贸易利益，以此来解决日本的经济困局。

1859年3月，箱馆（今函馆）最高行政长官"奉行"堀织部正等四人，联名向德川幕府提出了向大清帝国派遣使团。堀织部正提交的申请书提出两个重要路线，一条路线是黑龙江河口，另一条是上海与香港。黑龙江河口位于丹东市区沿鸭绿江溯流而上大约40余公里处，这个地方跟隔河的朝鲜青城郡仅有700米的距离。上海跟香港在当时已经成为国际化大都市。

堀织部正的申请书犹如一枚石子，投在了暮气沉沉的幕府死水之中。德川幕府内部一阵骚动后，申请书石沉大海。到了1861年5月，德川幕府四大名臣之首的小栗忠顺、幕府外交部长冈部长常联合上书，建议派官船前往上海、香港调查贸易状况。

小栗忠顺在1860年曾出使美国，见识了美军的现代化装备，回到日本就立即鼓动德川幕府建立新军，提出了关于兵制、军备、武器等方面的改革措施，并在横须贺建立了日本第一座现代化的兵工厂，试图通过改革改变幕府沉沦的现状。小栗忠顺很快成为幕府将军德川庆喜的宠臣。

宠臣的奏折立即得到了幕府的支持，因为小栗忠顺在奏折中强调，上海已经成为欧美列强在远东的商业、交通和军事据点，他们帮助爱新觉罗皇族围剿太平军，可以想象他们的利益之巨大。小栗忠顺希望通过上海这个窗口来近距离地考察欧美现代文明，以及日本邻家中国的真正实力。鉴于上海滩混乱的局势，小栗忠顺建议考察团全面观摩大清帝国情势，等情况调查清楚了再商讨跟中国缔结贸易协议。

1862年5月27日，德川幕府主管财政跟民政的大臣根立助七郎担任使团团长，率领日本政治家和军事家高杉晋作、萨摩藩的海军精英五代友厚和佐贺藩的中牟仓之助等51人，乘幕府官船"千岁丸"号从长崎出发，于6月2日到达黄浦。

高杉晋作在上海期间收集了大量的中国军事情报，他看到上海港口外国商船林立，一队队水兵从军舰上下来执行任务，苏州河上的外白渡桥只对外国人免费开放。这位当时还只是幕府侍从的年轻人感叹道：上海之势可谓大英属国矣，此次决非隔岸之火，孰能保证我国不遭此事态？险矣哉！

一直服役于日本海军的五代友厚，曾经被英国人俘虏，后到英国留学，遍访欧洲各国，回国后力主改革开国。他对高杉晋作说："尽管太平军有超人之勇，但在少数英法军队面前遭到惨败，今后是新式大炮和军舰的时代。"两人一起去观看英国的新式大炮，看完后，这两位日后的倒幕骨干感叹中国既不造能闯过万里波涛之军舰，也不造能防御敌人于数十里之外的大炮，因循苟且，空度岁月，不足效法。

五代友厚随后向日本政府提出了详细的改革方略：日本政府设立上、下两政院，建立以天皇为中心的强藩联合政权；在经济方面组织"商社"，与上海直接进行贸易；购买外国机械、武器；选派留学生学习国外先进技术等；实行军制改革，建立日本新军，按英制改组军队。五代友厚提出的改革方案意在增强经济和军事力量，此人迅速成为日本倒幕运动的高级智囊。

日本使团在上海观摩时，应宝时就跟日本人打交道，所以他对日本人的一举一动非常了解。当时李鸿章初到上海滩，听闻应宝时的情报，对大清帝国的这个邻居深感忧虑。日本的改革在跟西方列强的博弈中悄然展开，宋晋攻击的马尾船厂背后，法国政府跟日本的合作远远超越跟中国的合作，日本已经成为欧美列强在东亚新的棋子。

1864年5月，德川幕府派出大使池田筑后守到巴黎，与法外务大臣择旺鲁义签订《巴黎协定》，同年，法驻日公使罗修斯（Leon Roches）同德川幕府进行了一揽子的谈判：1. 使用法资建海军兵工厂和铁厂，当年在横须贺和横滨设两所铁厂；2. 由法国出资建立日法联合贸易公司，垄断日本生丝出口；3. 以北海道砂山作担保，借法资购军舰武器；4. 建立幕府常备军，派海军学生赴法留学，由法国公使和军官任顾问，在江户设士官学校教练步骑炮三军，改革军制；5. 1866年，由法国借款600万美元，在罗修斯指导下，对幕府内政、外交、军事、财政进行全面改革。[2]

日本德川幕府在生死存亡的关头，一方面大量收集大清帝国的情报，另一方面加紧跟西方进行结盟。尤其是在摸清大清帝国军事情报后，迅速跟法国人合作，甚至抢先在马尾船厂之前，迅速上马铁厂跟兵工厂，日本人企图通过改革之途径，联手西方国家成为东亚代言人的野心昭然若揭。有应宝时第一手的日本情报，李鸿章对日本的忧虑犹如鬼魅一般，挥之不去。十年后的1871年，日本人再度到上海欲窃取帝国军事情报，日本人之心昭然若揭。

1871年3月，日本钦差全权大臣大藏卿伊达宗城、外务大丞兼文书柳原前光以及随行20人乘船抵达上海。第二天，伊达宗城向负责接待使团的应宝时提出，想带随员在上海各处参观。伊达宗城特别言明，要到军营和江南制造总局参观，以备回国后效仿。李鸿章回想起十年前的日本的举动，下令应宝时婉言回绝了日本人进军营的要求，但允许他们到江南制造总局转转。

应宝时是个喜欢舞文弄墨的帝国骚客，没有外交政治大局意识。日本使团在江南制造总局亲自验看开花炮的射程及效果时，部分使团人员拿出事先准备好的本子，将应宝时介绍的情况一一记录下来。日本使团北上天津的途中，伊达宗城等人站在甲板上，不时询问沿途炮台的位置及驻防情况，应宝时将大清帝国的军事机密一股脑儿地向日本人进行了汇报。李鸿章后来听完应宝时的汇报，就差没有骂娘。

柳原前光在3月16日又来上海了，江海关关长沈秉成立即向李鸿章汇报了日本人的情况。李鸿章立即将应宝时召唤到身边，应宝时这一次带给李鸿章的不仅仅是岩仓使团在美国的笑料，还有日本人的野心。这一次柳原前光毫不掩饰，说日本使团到欧美修改了外交条例，希望仿效欧美合约，实现利益均沾，所以中日的外交条例也要一并修改。

日本人修约的要求让李鸿章很不高兴，当应宝时将自己掌握的情报详细介绍给李鸿章后，李鸿章腾地一下从椅子上站了起来。"李仙得要去日本？"李鸿章惊讶地再次确认应宝时的情报。1872年2月，就在岩仓使团抵达华盛顿的时候，李仙得要求美国驻华公使向大清帝国要求严惩台湾生番屠杀琉球人一案，遭到双方拒绝，美驻华大使跟李仙得关系骤然紧张，美国一股势力正运作李仙得进行亚洲战略布局。

拿破仑三世兵败被俘后，一直图谋扩大在日本控制力的美国政府抓住机会，派出了鹰派人物德隆（C.E.Delong）担任美国驻日本公使。德隆对中国跟朝鲜构筑的东北亚利益联盟很是不高兴，一直怂恿日本北上河口摸情报，企图通过日本人之手改变东北亚格局。令德隆意想不到的是，明治政府代表到北京签署了友好条约。当岩仓使团一行在华盛顿手忙脚乱，伊藤博文万里奔突的糗事发生后，李仙得插手台湾生番屠杀事件给了德隆一个新的机会。

岩仓使团的美国之行给了德隆一个强烈信号，他们希望跟华盛顿结成联盟。在美国没有跟大清帝国发生正面的军事交锋之前，美国政府并不希望看到日本人跟北京结盟，形成一个强大的亚洲联盟阵营，只有日本倒向了华盛顿，美国才能在东北亚获得更多的利益。李仙得在福州截获了大量大清帝国的军事情报，并且掌握着海量的台湾信息（指大琉球），琉球（指今冲绳、琉球群岛一带）跟台湾问题足以让中日成为仇家。

美国国务卿菲什在嘲笑岩仓使团后，很快就后悔了，日本人在美国遭到冷遇后，一旦跟大清帝国那些顽固派一样反对现代化，尤其是中日盟友关系深化后，对于后到亚洲的美国来说，其核心利益将边缘化。菲什在给德隆的一封信中写道："殷切希望阁下，在日清外交相关事务上，与日本当局者会谈之时，影响日本外交方针的目的，是让他们尽量采取远离支那的排他的政策，并与列国进行自由的商务及社会交际的进步政策。"[3]

华盛顿亚洲策略的变化让德隆看到了更大的希望，他还从华盛顿了解到一个重要信息，那就是格兰特总统打算调李仙得担任美国驻阿根廷公使。德隆怎么舍得一个中国通离开亚洲呢？他频繁和李仙得通信，希望李仙得离开中国能够前往日本。同时，德隆还向日本外交部长副岛种臣举荐了李仙得。[4]副岛种臣也算倒幕运动的功臣，是明治政府对外扩张政策的鼓吹者，对美国人的投怀送抱自然心花怒放。

李鸿章努力让自己冷静下来，现在宋晋向军事工业改革发动攻击，国外日本人跟欧美列强走动频繁。按照宋晋的逻辑，希望享受欧美列强在大清帝国一样待遇的日本，也会对马尾船厂、江南制造总局这样的大型军事工业不高兴。更为要命的是，李仙得一旦跟日本明治政府联手，大清帝国的卧榻之侧，将增加一个崛起的豪强新星，中国海防危险。

1872年4月29日深夜，李鸿章坐在书桌前给总理衙门写了密折。当天，柳原前光一干人马已经抵达天津，李鸿章通过应宝时将日本人的情况摸清楚后，决定先不跟日本人见面，让下面的人跟日本人磋商，不过针对日本人在欧美以及亚洲的连环行动，李鸿章密折中强烈指责日本的狡诈。

十年弹指一挥间，日本的改革派倒幕尊王，修铁厂，整军备。倒幕运动成功后，明治政府的功臣们跟欧美列强走得更近，李鸿章对日本的改革甚为焦虑，认为日本一个小国家，设铁厂造轮船，用西洋军器，一方面是自保，更重要的是这样的小国家一旦强大起来，就会跟西方的列强一样，对外扩张殖民，大清帝国跟日本比邻而居，如果帝国依然故步自封，在美国人为首的欧美列强的暗中支持下，日本的兵锋将会指向大清帝国。[5]

尽管李鸿章在奏折中没有直接反对关闭马尾船厂跟江南制造总局，但是奏折满纸暗示中国海防有了一个凶悍的邻居，提醒紫禁城的决策者高度警惕。李鸿章书房的灯火摇曳的时候，遥远的肃州军营中，陕甘总督左宗棠不停地踱着方步，手上紧紧地攥着紫禁城发来的上谕和宋晋奏本抄件，慢慢地渗出了细汗，是该反击了。

三大佬拼死救船政

左宗棠的反击

1872年5月13日，夜风刮进了肃州远征军的中军大帐。

突然，一位将校闯入营帐，没等陕甘总督左宗棠开口，这位胆大的将校抹了一下额头就说："大帅，沙俄的密使已经抵达喀什，阿古柏将把新疆的贸易权交给沙俄，如此一来，新疆的经济利益都将落入沙俄之手。现在我们能控制的只有塔城、乌苏等少数几个城池。"

左宗棠眉宇紧锁。阿古柏，乌兹别克斯坦人，骁勇善战，一度扶持大和卓的曾孙搞新疆七城独立，建立哲德沙尔汗国。英国跟沙俄为了争夺中国西北利益，于1867年支持阿古柏自立洪福汗国。左宗棠非常清楚，一旦阿古柏跟沙俄结盟后，阿古柏将长驱南下，兵锋直指内蒙古，那样一来北京就危在旦夕了。

阿古柏在新疆粉墨登场，宋晋在紫禁城兴风作浪。两股势力犹如绞索一般套在了左宗棠的脖子上。当初自己被北调，名义上是消灭起义的回民，事实上是有人要将自己送到沙俄人的刀口之下。现在宋晋指控马尾船厂贪污腐败，这是要将自己送进北京的天牢。阿古柏有沙俄跟英国人支持，收复新疆将是一场持久战，宋晋的指控是帝国内斗，更是迫在眉睫。

左宗棠现在必须冷静下来，因为宋晋的奏折跟自己的亲信杨昌浚有着密切关系。左宗棠训练楚军的时候，杨昌浚为左宗棠的幕僚，之后在镇压太平军的过程中屡立战功。当左宗棠南下福州坐上闽浙总督后，立即上奏保举杨昌浚为浙江布政使，牢牢地抓住了整个浙江的财政大权。左宗棠带兵北上之时，再度保举杨昌浚坐上了浙江巡抚的宝座。

1872年1月，军机处收到一份福州将军兼闽浙总督文煜的奏折，说浙江巡抚杨昌浚以军舰"湄云"号不适合浙江海面为由，希望闽浙总督和福州船政商量一下调换军舰。由于沈葆桢生病在家，身为福州官场最高行政长官的文煜决定，将"湄云"号从浙江调回福州船政，改派新造成的军舰"伏波"号前往浙江。[6]

一份平淡无奇的奏折，却成了震惊大清帝国的风暴源头。

同治皇帝在文煜的奏折上朱批了三个字：知道了。通看文煜给皇帝的奏折，以及皇帝的批复，很难发现奏折的玄机。按照慈禧太后建立的帝国管理程序，文煜的奏折在朱批之前，慈禧太后已经看过，这也充分说明福州船政在帝国权力中心没有大问题。无论是两江总督曾国藩、直隶总督李鸿章，还是身在西北的左宗棠都没有意识到风暴即将来临。

宋晋他们抓住了杨昌浚调换军舰的机会，敏锐地觉察到，"湄云"号制造期间正是总工程师达士博跟监督日意格闹矛盾的时候，杨昌浚要求调换"湄云"号，一定是因为质量上出了问题。

宋晋他们这样推论还有一个重要前提，"湄云"号是马尾船厂第一艘真正用于帝国海防的军舰，可是在"湄云"号正式服役的关键时刻，沈葆桢却生病隐退了，难道他是在逃避责任？

宋晋的反腐奏折提交给皇帝后，北京保守势力等不及湘军、淮军集团者向慈禧太后辩护，就决定立即死死地抓住"湄云"号不放，一定要通过"湄云"号来挖出福州船政的更多问题。2月11日，杨昌浚突然收到了一封来自军机处的密函。

官场永远覆盖着一块遮羞布，图穷匕现之时血溅三尺。

手握密函的杨昌浚顿感被卷入了一个巨大的旋涡，密函直截了当地问道："为什么'湄云'在浙江不适用？"保守势力还赤裸裸地诱导杨昌浚："窃意'湄云'一船必有不能应用之处，一船如此，他船可知"，"诚恐日意格等未肯将外洋轮船之制尽泄其秘，而该厂提调委员等复不能悉心讲求，广咨博采，以致虚糜巨帑，徒成粉饰之观"。

北京保守势力现在严重怀疑"湄云"号的质量，进而怀疑马尾船厂所有军舰的质量问题。他们认为质量问题一方面是左宗棠力荐的法国人不尽力，更重要的是福州船政的管理层有大问题，他们没有用心办事，导致在采购、制造等多个环节出现问题，才致使大量的国有资金浪费，甚至被贪污。

杨昌浚的最高文凭是秀才，他的前程是跟着左宗棠在战场上杀出来的，现在帝国官场的潜规则在考验着这位秀才巡抚。帝国官场的潜规则是，只要将"湄云"号调换一事按照军机处密函的说辞向北京写个奏折，深处帝国权力核心的北京保守势力就会跟杨昌浚结成政治联盟，杨昌浚的政治前途将一片光明。

宋晋他们在北京焦急地等待杨昌浚的奏折。杨昌浚深知帝国正在上演的一场大对决，自己的奏折将决定双方的胜负。

3月27日，杨昌浚的奏折送抵北京。

杨昌浚在奏折中详细汇报了跟调换"湄云"号密切相关的大事：第一件大事发生在1871年5月25日，浙江水师提督黄少春乘坐"湄云"号出海巡洋，在将近崇明岛海面时，"湄云"号的轮机突然发生故障，遂折回宁波镇海关前停泊修理，不能如常工作。当 "湄云"号紧急修理时恰好有一艘英国商船入口，随之"湄云"号受损一事被这艘英国船传得沸沸扬扬。

宋晋在给皇帝的奏折中说马尾船厂的船不如国外的好，主要依据就是英国人关于"湄云"号的传言，万万没有想到杨昌浚居然在奏折中披露了这件事情。正当保守势力喜出望外的时候，杨昌浚笔锋一转说，事发后曾询问"湄云"号管驾以及福州船政的官员，他们都说新轮机在使用时发生故障是各国都有的正常现象，需要随时发现、调校、修理，以求磨合。

第二件大事发生在1871年6月28日夜间，当时"湄云"号停泊在宁波修理，军舰上的水兵放假登岸。没想到水兵跟绿营水师发生口角，最后大打出手。绿营水师由海盗招安而来，剽悍野蛮，势单力薄的水兵只有躲避，才没有酿成大祸。杨昌浚说，自己担心"湄云"号以后难以与浙江水师相处，所以请求调换其他军舰来浙。[7]

杨昌浚的奏折令北京保守势力大失所望。左宗棠远在西北，沈葆桢重病在家，这都是北京保守势力的机会，他们企图利用"湄云"号来大做文章，没想到杨昌浚如此不配合，这也为杨昌浚日后在浙江落马埋下了致命的祸根。远在肃州的左宗棠很快掌握了"湄云"号事件的来龙去脉，现在到了该反击的时候了。

打发走了将校，左宗棠坐到书案前奋笔疾书。

"当初西洋各国恃其船炮横行海上，每以其所有，傲我所无，不得不师其长以制之。"[8]左宗棠在给同治皇帝的密折中回忆说，马尾船厂成立之前，以赫德为首的欧美势力极力游说北京，声称自制轮船枪炮耗资巨大，不如直接购买省事，以阻挠帝国军事工业的发展。左宗棠极力夸耀同治皇帝在国际压力之下圣明洞鉴，帝国的军事工业改革才得以顺利开局。

宋晋攻击左宗棠时有两点颇为致命：一是工程总款超标；二是轮船总数没有达标。左宗棠在密折中逐一反驳宋晋的指控，当初计划5年造船16艘，到宋晋指控之时，只有3年，已经造船9艘。第一号轮船在天津接受检阅的时候，观者云集，盛况空前。左宗棠强调，马尾船厂造船技术越来越精湛，原先装配3门炮的，现在可以装配8门，轮船马力可以提高到250匹，最大马力的轮船可以装配13门大炮。

腐败问题是致命的，质量问题更是要命的。"湄云"号让左宗棠如芒在背，尽管任何轮船都可能存在机械故障。无论是马尾船厂还是江南制造总局，制造出来的可是护卫帝国海上安全的军舰跟大炮，它们不仅仅是一个集团获取权力的筹码，更关系着国家的命运，质量问题是高悬在整个国家头上的达摩克利斯之剑。

左宗棠在给同治皇帝的密折中说，船政学校的学生是中国造船工业与海防未来的希望，只要假以时日，严格管理教育，他们都将成为帝国的栋梁之材，最终中国将形成以机器制造机器，以华人学习华人，以新法改革新法的良性循环格局。[9]

左宗棠对船政学校的学生们，以及对正在成长中的中国军事工业并没有浮夸。身为福州船政监督的日意格，见证了帝国十年变化，他在给朋友的一封信中这样写道："中国正在迅速成为一个令人生畏的对手，整个官僚阶层都决心恢复中国的国际地位，兵工厂和造船厂的产量给人以深刻的印象，中国建造的军舰不久就将达到欧洲的最高水平。"

停止制造，让西方永远掌握着军工专利，这样会让我们的国家失去自强之远图，我们的国防力量永远都将权操在西方列强之手，我们还有什么抵御外寇之法呢？左宗棠在给同治皇帝的密折中悲愤地说，如果帝国的军事工业改革停了，身为臣子即使以身殉之，于国家命运前程毫无裨益。左宗棠最后呼吁，福州船政将来大有可为，不可停止。

沈葆桢的奏折

1872年5月26日，福州城宫巷阴云密布。

一身素服的沈葆桢站在窗前，手上攥着紫禁城的上谕，望着长长的宫巷，罗星塔下的风云激荡浮现在眼前，是人祸还是劫数？鸦片战争撕裂了帝国的遮羞布，面对列强的坚船利炮，改革成为政治集团利益重新分配的盛宴，上苍要让爱新觉罗王朝灭亡，真要让政客们肆无忌惮地上演最后的疯狂？

老父亲的去世令沈葆桢撕心裂肺，两次向朝廷上奏折要回家为老父亲丁忧，但是因为船政繁忙没有获准。每每想到去世的老父亲，沈葆桢都有一种五内俱焚的感觉。沈葆桢在给文煜的一封信中说，对父亲的思念令自己身体每况愈下，除了大量咯血外，还经常感到眩晕。[10]

重病在身的沈葆桢现在终于回到了父亲的身边，但看到的只有坟前的萋萋荒草。沈葆桢每天在家练习书法，装裱字画。但他万万没有想到，自己离开马尾船厂不久，宋晋他们就抓住"湄云"号大做文章，希望朝廷关闭马尾船厂跟江南制造总局。

沈葆桢咳嗽得厉害，仆人端来痰盂，浓痰中带着血丝。闪电击穿了宫巷上空的乌云，沈葆桢顿感头晕眼花，胸口有一种无法言说的慌闷。在仆人的搀扶下，沈葆桢坐回书桌前的太师椅，手中的上谕掉到了地上。仆人小心翼翼地捡起来放到书桌上。到反击的时候了，沈葆桢颤颤巍巍地抓起了狼毫。

"仰见圣主慎重周详，力图自强之致意。"在给同治皇帝的奏折中，沈葆桢先将紫禁城征求他意见的举动进行了一通表扬。沈葆桢对宋晋的"战争已经结束，不必再造军舰"一说是相当反感，他说鸦片战争就议和了，可列强还是三番五次侵扰帝国疆域，数十年间令帝国的皇帝们宵旰焦劳，天下臣民痛心疾首，耗费了数千万的金银也难以满足列强的贪婪，谁敢拍胸脯保证列强不再入侵？[11]

沈葆桢在给皇帝的奏折中强调，欧美列强经过上百年的技术改进，方能纵横四海。中国的军舰不可能坐而得其尖端技术，只有通过不断地学习、实验，甚至要交一定的学费，才能超越对手。

沈葆桢在奏折中详细回顾了马尾船厂的经营过程，从一开始全面仰仗洋人，到现在中国工匠能够独立造船，从军舰的马力到火炮的增加，中国人在掌握造船技术的同时还在不断地进步。沈葆桢毫不避讳马尾船厂存在的疏漏，他大包大揽将所有责任扛下来，只是希望皇帝不要以管理者的问题，进而认定是创议者的失策。

"工停而船无可修，厂废而船随之俱废。"在沈葆桢看来，军舰的维修是再正常不过的技术问题，一旦船厂关闭，随之而来的将是麻烦不断。按照当初的国际合约，国家要拿出七八十万两白银赔偿洋人劳工，以及已经下订单的原材料。沈葆桢更担心的是，洋人觊觎马尾船厂已经很久了，一旦船厂停工，洋人就会立马廉价收购，并用帝国的船厂造一样的军舰，转手高价贩卖给帝国海军。

沈葆桢在奏折中提出，兵船为御侮之资，不能因为花销太大而停造，现在国家只有"勇猛精进"，才是帝国崛起之远谋。除了军事工业改革之外，国家还应进行全面改革，这样才能富强，国家利益才能得到保障。

李鸿章出马

沈葆桢的奏折送抵军机处后，紫禁城一阵骚动。

身为马尾船厂的大当家，沈葆桢抱病上书，令宋晋他们侧目。杨昌浚的奏折已经令北京的保守势力很是尴尬，这一次左宗棠跟沈葆桢两人的奏折前后脚到。如果北京的保守势力继续死磕，那就真如沈葆桢所说是要打决策者的屁股，因为军事工业改革的真正决策者是慈禧太后跟同治皇帝。

宋晋他们还有一线希望，他们将目光盯向了李鸿章。宋晋在给皇帝的奏折中重点揭露了马尾船厂的问题，尽管也提到了江南制造总局，但没有涉及江南制造总局的腐败问题。更为关键的是李鸿章北调直隶，北京保守势力想当然地认为，江南制造总局已经不在李鸿章的权力辖区之内了。

宋晋他们自然对左宗棠跟李鸿章两人的关系一清二楚，更清楚沈葆桢身为李鸿章的同门师兄弟，最后成为左宗棠遥控马尾船厂的筹码，李鸿章岂能隐忍？从提交反腐奏折到沈葆桢递交奏折，已经过去了四个月，李鸿章上过不少的奏折，关于船厂的奏折只字未提，袖手旁观之意再明显不过了。

3月20日，在那个风雨交加的夜晚，两江总督曾国藩走完了圣贤的一生。在曾国藩的人生尽头，未见他和李鸿章商讨应对宋晋的反腐问题。失去了精神领袖的湘军集团走进了黄昏，北京保守势力认准了李鸿章的淮军集团不敢跟八旗军团抗衡。

北京保守势力针对左宗棠跟沈葆桢的奏折进行了激烈的讨论，两位身为利益当事人，很少不为自己辩护，他们对沉默的李鸿章依然捉摸不透，决定摸摸李鸿章的底牌。很快，李鸿章就收到了军机处的密函：闽省制造轮船，应否暂行停止，着李鸿章奏到后，再降谕旨。[12]

从军机处的密函可以发现，紫禁城就马尾船厂问题已经三次向李鸿章发出征询函了，很显然北京保守势力没有等到他们期望的奏折。李鸿章从一月到五月底，一直忙碌的是和日本人的修约，对于宋晋掀起的反腐风暴，李鸿章简直就是充耳不闻。

一切的假设都错了。

曾国藩的去世令李鸿章无比伤怀。整个帝国都知道李鸿章是曾国藩的门生，可是没有人知道宿松那一场秘密会议，更没有人知道师生俩争夺改革资本的剑拔弩张。曾国藩以完美的圣人形象走了，留下的湘军接班人是左宗棠，现在左宗棠手握十万精锐驻守西北，自己则在直隶小心翼翼地拱卫京畿。

宋晋他们掀起的是一场利益保卫战，改革，还是沉沦？改革者死，这是一条亘古不变的老路：秦朝商鞅，车裂而死；汉朝晁错，腰斩弃市；明朝张居正，挫骨扬灰。改革是利益的调整，既得利益者们为了捍卫自己的利益，一定会想方设法阻挠。帝国兴起的军事工业改革，将使马背上拼大刀弓箭的八旗劲旅成为历史，这将直接威胁到他们手中的统治权力。

改革的终极目标是权力格局的重新划分，在镇压太平天国的战争中，迅速崛起的汉族武装集团已经令爱新觉罗王朝寝食难安，清政府执政集团试图通过国有企业改革来实现汉族武装集团的转型，可现在他们又成为帝国改革的主导者。在经济基础决定上层建筑的时代，主宰中国上千年的皇权第一次受到了科技跟财富的直接挑战。

路在何方？

在接到紫禁城三次信函的过程中，李鸿章一直在静观政治局势。沙俄跟阿古柏签订了《俄阿条约》，成为第一个承认"洪福汗国"的大国。英国女王维多利亚亲自给阿古柏写信，愿意提供更多的援助。身为陕甘总督的左宗棠要跟阿古柏决战新疆，三五年是回不来了。紫禁城内，清政府执政集团暗流涌动，"叔嫂共和"的和谐局面在皇权跟相权面前脆弱得不堪一击，两位辛酉政变的密友分道扬镳只是时间问题。

谁会支持改革？掌管总理衙门的奕䜣深谙帝国贫弱的症结，慈禧太后随咸丰皇帝颠沛流离，自然也清楚国家在沉沦。以马尾船厂和江南制造总局为首的军事工业改革，没有慈禧太后的首肯，国有资本难以进入这样浩大的国家工程。宋晋身为工部的副部长，要抓住国家工程的控制权，以反腐败的名义弄权，最终会葬送帝国的改革大业。

李鸿章现在担心的不仅是宋晋他们弄权，更担心他们勾结满洲军队高级官员，一旦这两股势力结成了联盟，无论是慈禧太后还是奕䜣，都会站在满洲贵族军人集团一边。自己的老师曾国藩去世了，一旦宋晋跟满洲军人集团结盟，两江地界的遗产将落入清政府执政集团手中，汉族武装集团苦心筹划的改革将胎死腹中。

进退一瞬间，帝国的命运也就在这一瞬间定格。收到军机处密函的李鸿章没有急于回复，这给了宋晋他们一个袖手旁观的错觉，他们在焦急等待李鸿章的回音期间，李鸿章在隔岸观火，谁能拯救沉沦的帝国？现在只有抓住了帝国改革的主动权，才能在这场风波中反败为胜，成为帝国真正的拯救者。

1872年6月22日，李鸿章终于提笔给同治皇帝写了一份巨长的奏折。在奏折的开始，李鸿章猛拍皇帝的马屁："圣主力图自强，规划远大，钦佩莫名。"李鸿章先将皇帝架到英明之君的高度，然后苦口婆心地给皇帝讲列强恃其枪炮轮船之精利，故能横行于中土，中国用的那些弓箭小枪，只能天天喊攘夷。西方技术不断提高，帝国想保和局，守疆土都难上加难。[13]

欧美列强的贪婪已经让紫禁城胆战心惊，可是李鸿章已经明显感觉到帝国未来真正的威胁来自日本。李鸿章在跟日本人打交道的过程中发现，这个邻居跟欧美走得很近，他们添设铁厂，制造轮船，变用欧美军器，训练新军。他们是弹丸小国，仅仅是为了自保，也不可能将战舰开到万里之遥的欧美去，他们的目的是图我中华。

李鸿章可不是吓唬同治皇帝，宋晋在朝堂上公开反腐后，应宝时就将日本岩仓使团的情报送到了他的手上。十年前日本使团在上海观摩欧美列强，带走了帝国的海军情报，现在又远赴欧美，直接跟欧美政府交易。

"士大夫囿于章句之学，而昧于数千年来一大变局。"李鸿章在给皇帝的奏折中强烈批评宋晋他们是苟安现世，而忘记了二三十年前的伤痛，更没有将眼光放到千百年之后的子孙万代。李鸿章大声疾呼，国家什么花销都可以省，唯有养兵设防、练习枪炮、制造兵轮船的费用万不可省。[14]

李鸿章说，无论是马尾船厂还是江南制造总局，皆为国家筹谋久远之计，岂能因为一时半会儿耗费国家财政就停下来？如果工程停下来，那么所有的努力都将前功尽弃，所花销的银两都将全部成为虚耗，这样一来不仅列强要嘲笑我们，我们也很难打击入侵我们的列寇。

鸿篇漫卷的高论之后，李鸿章开始一一回应紫禁城的问题。军机处在密函中问李鸿章怎样才能减省经费，李鸿章在回函中说自己离福建太远了，对马尾船厂的情况不了解。但就江南制造总局以及天津机器局的情形推论，西方人制造机器投入都很大，选料都很精，只有批量生产，才能将整体的生产成本给降下来。

李鸿章很委婉地将马尾船厂的敏感问题说成是行业普遍问题，他刻意的委婉令北京保守势力相当失望。胡林翼十年前就死了，现在曾国藩也死了，宿松秘密会议的三巨头只剩下左宗棠了。困守西北的左宗棠已经难以构成政治上的威胁，这一次牵涉到江南制造总局，李鸿章跟左宗棠站在同一条战线上了吗？

宋晋他们彻底糊涂了，已经摸不准李鸿章的政治脉搏。在给皇帝的密折中，李鸿章说马尾船厂一开始由法国人日意格跟德克碑定议立约，二人素非制造轮船机器之匠。左宗棠当年上报的项目预算，只能是粗略估算，开工后费用不断增加也是情非得已。李鸿章言外之意是，福州的国家工程交给两个外行的兵油子，这样的工程怎会不出问题！

李鸿章立即话锋一转，将枪头对准宋晋说，马尾船厂出现的预算超标问题，是符合欧美制器惯例的，我们不能用工部那种老一套预算管理来约束现代工程。李鸿章指桑骂槐，嘲笑身为工部副部长的宋晋，对工业建设一窍不通，更不懂现代工业管理，所以没有资格对军事工业改革指手画脚。

福州跟上海造出的军舰真能抵御列寇吗？这是紫禁城最为关心的一个问题，军机处在密函中反复追问。李鸿章说，欧美军舰马力可达八百匹，吃水深二三十丈，火炮四五十尊，福州肯定是没有造出这样的军舰，倒是江南制造总局造出了马力四百匹，吃水十九丈，火炮二十六尊的一艘战舰，被英国报纸称为中国第一号大船。

无论是马力、吃水还是火炮配备都不能跟欧美军舰相比，很显然在战争中难以取胜。李鸿章认为，造船精进是一个过程，用已经造好的军舰时常在海上扬威警示，可以达到不战而屈人之兵的效果。

李鸿章还认为，鸦片战争之后，大清帝国陷入严重的财政危机中，福州跟上海庞大的军事工业项目犹如吸血虫，将两大海关的外贸关税给截留下来了。为了解决经费困难，无论是福州还是上海，可以在制造一定军舰的情况下，制造一部分商船，将商船租借给殷实的富商，进一步确保造船厂的经费问题。

在给皇帝的密折中，李鸿章向皇帝渗透了国资民营的思想，将帝国商人跟国家命运联系在一起。为了让紫禁城继续进入全球沸腾的现代化浪潮之中，李鸿章告诉皇帝，现在帝国工业改革中最重要的是原料问题，比如煤炭问题，完全可以试点官督商办的改革模式，确保帝国能源供给。[15]

"采炼得法，销路必畅，利源自开，榷其余利，且可养船练兵，于富国强兵之计，殊有关系。"李鸿章在密折的结尾激情澎湃地说，将制造船械推而广之，其利不仅在船械。现在帝国到了适时变通的时候了，不要因循守旧，坐让洋人专利于中土，那样将后患无穷。搁笔长舒一口气，李鸿章胸中豁然开朗，一个更宏大的计划已经在脑子里成形。

轮船招商局步履维艰

官督商办首次进入权力中枢

直隶总督府差役飞马进京，紫禁城翻云覆雨。

李鸿章的密折送到了军机处，军机处的一帮权贵面面相觑。第一时间掌握了密折内情的宋晋他们异常失望。军机处将李鸿章的密折送到了慈禧太后的手上，面对洋洋洒洒数千言的密折，慈禧太后半晌没有说出一句话。帝国命运、国际外交、改革大计跃然纸上，慈禧太后惆怅满怀，泱泱大清帝国，谁能比肩李鸿章？

慈禧太后立即着人起草了一份宫廷命令，连同李鸿章的密折送到了军机处。

宫廷命令非常简单："李鸿章奏，轮船未可裁撤，同左宗棠、沈葆桢前各一奏折，一并交总理衙门议奏。"[16]慈禧太后为了尽快让李鸿章他们知道自己的态度，将宫廷命令以保密级别最高的"廷寄上谕"的方式传到李鸿章他们手上。北京保守势力企图通过军机处来彻底搞掉汉族武装集团主导的军事工业改革，没想到现在慈禧太后的一道命令，立即让军机处将轮船处理权移交给了总理衙门。

雍正皇帝继位之前，大清帝国的军国大事都需要召开议政王大臣会议，参加会议者都是朝廷重臣。雍正皇帝登基后，乾纲独断，废除了议政王大臣，在紫禁城内设置了军机处，所有军国大事都由自己和几个心腹商议决定。自此，军机处成为帝国权力中枢。当欧美列强涌入中国后，让军机处直面洋人不再适宜，一直图谋帝国管理大权的奕訢抓住机会，设立了总理衙门，遂成了帝国第二权力中枢。

李鸿章他们的密折交由总理衙门讨论，这意味着慈禧太后的态度已经很明朗，轮船工业不能轻易停止，这项工程事关国家命运，一定要慎之又慎。总理衙门一直跟洋人打交道，李鸿章他们搞的军事工业改革，都是跟洋人学习的，马尾船厂有法国人，江南制造总局有英国人，两个项目的设备都是从欧美进口，总理衙门岂能得罪欧美列强？

改革图强是摆在爱新觉罗氏面前的重要选项，无论是慈禧太后还是奕䜣，都非常清楚，曾经雄霸天下的八旗劲旅，在欧美列强的枪炮面前，连祖宗基业都守不住，不改革何以保江山？奕䜣早已将"师夷长技以自强"上升到基本国策的高度，宋晋他们自然知道总理衙门会议的结果，军事工业改革会一如既往地深入下去。

总理衙门会议在东堂子胡同49号召开。会议由恭亲王奕䜣主持，总理大臣、总理大臣上行走、总理大臣上学习行走、办事大臣等一干高级官员参加了会议。会议高度评价了李鸿章、左宗棠、沈葆桢三人虑事周详，任事果毅，[17]福州跟上海两项国家工程是国家自强之远谋。

奕䜣在给慈禧太后提交的会议奏折中强调，一个国家要自强，武备就不能不讲，制于人而不思制人之法与御寇之方，非谋国之道。奕䜣语重心长地说，现在时局艰难，只有弃我之短，取彼之长，精益求精，万不可受浮言蒙蔽，浅尝辄止。李鸿章他们身为局中人，自然知道其中的艰难。

宋晋他们万万没有想到的是，李鸿章的保船密折只是试探紫禁城的开始。在密折中，李鸿章提出造船的铁厂需要大量煤炭，之前都是向洋人采购，长途运输加上洋人控制煤炭价格，导致造船成本上升。现在日本都开始用欧美现代技术开采煤铁之矿，而帝国政府资金链紧张，也可以让那些依附于洋商名下的民营资本经营煤炭开采，政府进行有效监管。

"官督商办"的经济改革之策第一次进入了紫禁城权力中枢。

李鸿章提出让民营资本介入煤炭跟铁矿的开采，政府只是作为监管者进行管理，这可颠覆了中华上千年的国家管理思维。

总理衙门会议认为，那种扛着大刀片子、马上打天下的时代已经结束，西方现代文明正在改变世界的秩序，火药、轮船、机器将成为国家长治久安的重要保障。[18]李鸿章提出的官督商办之改革策略，一方面可以降低国家工程的成本，另一方面可以提高国家改革的效率，助推现代化工业的快速发展。

奕䜣在给慈禧太后的奏折末尾说，李鸿章跟沈葆桢都说为了解决经费问题，船厂可以制造一部分商船租借给华商，因此应该让辖区的督抚随时查看情形，妥善办理。这令李鸿章看到了一扇打开的窗，至少可以肯定总理衙门没有对煤铁开采提出反对意见，那么改革推向纵深的通道已经铺好了。

"杏荪，柳暗花明，下一步至关重要。"直隶总督府的书房内灯火通明，坐在太师椅上的李鸿章望着眼前的年轻人。此人叫盛宣怀，字杏荪，生于1844年，在那一年，其父盛康赴京赶考，跟李鸿章相识进而成为莫逆之交。那一年，盛康高中进士，李鸿章落第。出身于进士门第的盛宣怀读书不行，1870年以秀才的文凭进入李鸿章府邸充当幕僚。

盛宣怀眼光独到，看问题超越同龄人，办事相当干练。1870年，当时的湖广总督李鸿章北上镇压起义的回民，盛宣怀在后方筹粮筹饷，一日奔驰数百里，深得李鸿章赏识。1871年，为李鸿章办理后勤的盛宣怀实现了人生第一跳，官居知府衔粮道。天津教案爆发后，盛宣怀已经成为李鸿章的机要秘书，后随李鸿章北上直隶总督府。

宋晋在朝堂上抛出反腐奏折，劝谏同治皇帝关闭马尾船厂跟江南制造总局。盛宣怀向李鸿章出谋划策，提出在造军舰的同时制造商船，用以缓解军舰费用紧张的局面。[19]盛宣怀的祖父盛隆曾官居宁州知府，父亲盛康官居按察使，祖、父两代人都主张用经世致用的实学来挽救内外交困的帝国，盛宣怀自然希望紫禁城以帝国军事工业改革为契机，推行全面的经济改革。

李鸿章跟盛宣怀当天晚上彻夜长谈，在1867年政府就出台了向民营资本开放航运的政策，甚至允许华商购买洋船，可是经过以容闳为首的广东商人一番试水后再无下文。这一次紫禁城已经同意了民营资本租借国家商船的建议，如果再次出现1867年的局面，将会成为宋晋他们攻击改革的又一个借口。

盛宣怀详细分析了容闳他们失败的根源，他认为以容闳为首的广东商帮跟洋人打交道多年，尽管他们资本实力雄厚，可是做生意时资金杠杆运用有限。盛宣怀跟李鸿章不得不感叹，大清帝国陷入专制政权不可避免的历史怪圈，政权的政策总是朝令夕改，苛捐杂税多如牛毛，官员腐败成风，横征暴敛，不可预测的管理风险令商人们命运莫测。

官商合办的轮船招商局

李鸿章决定另辟蹊径，将改革开放的先锋重任交付漕帮。盛宣怀一听就蒙了，漕帮系出天地会，帝国的民众都叫他们青帮。漕帮里等级森严，入帮者必须严格遵守帮规，传承与人为善的祖训。李鸿章相当清楚漕帮的历史，在大清帝国的运输业改革中，漕帮居功至伟。

雍正皇帝即位之前，南方粮食运往北方一直从旱路运输，勤俭的皇帝发现旱路运输成本奇高、风险巨大，决定改革帝国粮食运输模式。1726年，紫禁城发出皇榜，招徕天下贤良水运漕粮。天地会翁岩、钱坚及潘清三位结义兄弟揭下皇榜，创立粮船帮，建设了七十二个半码头，设立了一百二十八位帮办，承揽南粮北运的国家项目。

盛宣怀出身书香门第，相当轻视漕帮这样的江湖帮会，更别说将国家改革重任交付给他们了。李鸿章心中早有盘算，现在无论是广东商帮，还是浙江商帮，对帝国政府的信任指数都相当低。政府的红头文件对他们来说就是一张黄纸，难以保全他们的资金跟人身安全。而漕帮跟紫禁城合作一百多年，有广东、浙江商帮他们难以匹敌的合作基础。

雍正、乾隆朝稳定的政治局面，将漕帮推向了鼎盛时期。可是鸦片战争打开了帝国的大门，列强直捣京师、太平军横行江南，他们都切断了维系帝国北方生计的漕运。漕运码头的十万兄弟在战火中流离失所，成为帝国最不稳定的治安隐患。

改革是一把手术刀。

刺向利益集团进行利益再分配的同时，改革还可以进行体制的修复与再生。百年漕帮是隐患，更是帝国改革的先锋。那一夜，李鸿章将航运业锁定为改革破局之后。那一夜，李鸿章希望盛宣怀能够拿出一份航运业改革的计划。那一夜，李鸿章心中的改革计划在热血中升腾、完美。

盛宣怀推掉了所有的应酬，将自己关在书房里冥思苦想。

他在报告中对李鸿章说：李相国，你是要筹谋国家大计的，在帝国的经济改革过程中，一定要按照经济规律办事。国家在引进欧美先进生产技术的同时，应该将他们的体制引进。盛宣怀在轮船招商章程中提出了"委任宜专""商本宜充""公司宜立""轮船宜先后分领""租价宜酌定""海运宜分与装运"六条纲领。

盛宣怀的轮船招商章程令李鸿章感到惊讶，欧美商业的体制是股份制，让商人的股份替代国家资本，让专业管理人才来经营企业，让管理者的收入跟企业效益挂钩，甚至让商人和企业管理层获得跟官员一样的政治、经济方面的权益。盛宣怀说，只有这样，改革才不会流产。

　　商人岂可跟官员一样享有平等权益？李鸿章眉宇紧锁。尽管帝国官员们喜欢从国有企业中贪污来的真金白银，但是他们内心深处都鄙视商人的狡诈。李鸿章何尝不清楚现在福州跟上海的国有企业之尴尬，那些整天写八股文的官员将企业搞成了衙门，贪污、靡费、亏损一步步将"变器不变道"的工业改革推向了死亡的深渊。可盛宣怀的改革之刀撕掉了整个文官集团的圣贤遮羞布。

　　李鸿章将盛宣怀的报告放到书案上，善于察言观色的盛宣怀深知不妙。容闳他们在1867年提出的股份制动议搁浅背后，一定是触及了帝国经济体制改革的敏感神经。帝国资本在毫无竞争能力的情况下，一旦任由外资隐藏在民营资本身后，帝国的经济命脉就将掌握在外国人手上，到时候爱新觉罗王朝真的就走到了末路。

　　盛宣怀还喋喋不休地劝谏李鸿章，身为改革者一定要先为商人设身处地，才能真正达到采商之租，偿兵之费的目的。李鸿章岂能不明白？同时，李鸿章也收到天津道陈钦的一份报告，他说只要政府设局招商，轮船股本将渐归官局。李鸿章认可了陈钦的观点，商人的卑贱在于唯利是图。李鸿章现在重点考虑的是开局平稳，他希望在漕帮中找一位八面玲珑的贤才。

　　李鸿章在给皇帝的一份奏折中提到，当年夏天，他到天津验收海运漕粮，在闲暇之余找到了朱其昂，让朱其昂就轮船招商进行摸底调查。朱其昂，淞沪巨商，其家族拥有上百艘沙船、合资洋行、钱庄等资产。李鸿章找到他的时候，朱其昂已经是漕运浙江局总办、海运委员会委员、候补知府。[20]

　　"各省在沪股商，或置轮船，或挟资本，向各口转载贸易，向俱依附洋商名下。"[21]朱其昂的调查报告显示，会聚上海滩的商帮们资本雄厚，他们热衷于帝国的航运贸易。李鸿章在给皇帝的奏折中很是遗憾地说，根据朱其昂他们的调查，现在官造轮船中，根本就没有可供商人租借的轮船，要想实现租商船补军费的计划，航运业就需要进行大的改革。

　　李鸿章顺势又提出了一个改革方略：由政府出面成立一个招商局，以股份制的形式向商人们出售股份。招商局募集到足够的银两，就可以向船厂租赁、采购轮船。李鸿章在奏折中说，两江代理总督张树声抱怨海运漕粮船只成问题，等招商局成立后，就可以将漕粮运输业务划拨给招商局，这样一来就可避免年轻的招商局跟洋商竞争，从而可以顺商情而张国本。[22]

"官商合办"是李鸿章提出的开创性的改革模式。李鸿章为了进一步触摸紫禁城的底线，在给皇帝的奏折中提出，政府可以先从军费中划拨20万串钱借给商局，用以取信于依附洋商名下的华商。慈禧太后看了李鸿章的奏折后，立即派人送到了总理衙门。

在奏折中，李鸿章举荐朱其昂总办轮船招商："朱其昂承办海运十余年，于商情极为熟悉，人亦明干。"李鸿章在向皇帝举荐之前，对朱其昂进行了全方位的考查，发现他在漕帮中拥有相当高的声望，同时在跟美国商人合作的过程中，也结交了一批资深的买办商人，不少江浙、广东商帮的巨贾和他都是莫逆之交。

李鸿章的举荐令朱其昂激动不已，旗昌洋行总买办陈煦元、清美洋行买办李振玉、怡和洋行买办唐廷枢等一干人马都纷纷向朱其昂表示祝贺。按照李鸿章的要求，朱其昂跟李鸿章的天津代表一道，要抓紧拿出一个更为完备的轮船招商章程。

当朱其昂将一份长长的《轮船招商节略并各项条程》交到李鸿章手上时，李鸿章脸上的笑容让朱其昂松了一口气。朱其昂的章程有32条，轮船的招商租用、轮船保险、码头的筹建、水手的选用、运输的价格、纳税、轮船的燃料用煤、轮船招商局的管理等都囊括其中。[23]

李鸿章在给皇帝的一份奏折中将朱其昂大肆表扬，说他草拟的章程很详细，比其他参与者草拟的章程更加扼要切实。李鸿章在奏折中流露了他对盛宣怀的失望，尤其是朱其昂在章程中贯彻落实"官商合办"的改革路线，让李鸿章相当满意。在李鸿章看来，朱其昂的章程公布出去一定会让商人们信服，纷纷入股跟国有资本合作。[24]

轮船招商的奏折送抵紫禁城，帝国的商人们沸腾了。"泰西轮船、机器、火炮之精，泄天地造化之奇，为军国所利用，以此致强，以此致富，若中土仿而行之，势必雄跨四海。"郑观应感慨"洋船往来，实获厚利，喧宾夺主"。轮船招商局成立之后，"凡西人之长江轮船，一概给价收回，长江商船之利，悉归中国独擅权利"。[25]

1872年12月27日，紫禁城天寒地冻，同治皇帝将李鸿章的密折《试办轮船招商折》转批到总理衙门，下令李鸿章跟总理衙门通力合作。拿到皇帝批文的李鸿章心潮澎湃，他已经成为帝国名副其实的改革总设计师。他立即下令朱其昂，轮船招商局要马上开张。

轮船招商局初启航

广昌号老板办公室灯火通明。

朱其昂叼着大烟袋正看来自直隶总督府的信函，眼睛里闪烁着泪花。漕帮世家子弟，今天终于成为帝国改革的前锋，朱其昂想起了当初跟李鸿章许诺的豪言壮语，为了招商局项目能够顺利进行，愿"以身家作抵"。[26]

1872年8月15日，在李鸿章的活动下，户部划拨直隶练饷局存款制钱20万串，作为设局商本。李鸿章将辖区练兵的银子划拨到招商局，就是为了示信于众商。按照户部的要求，练兵银子按照国家规定，期限三年，年息七厘，至于招商局的盈亏，国家不负责。

朱其昂从天津返回上海的时候，户部的银子已经划拨下来，扣除预缴利息及其他款项，实收18.8万串，大约合银12.3万余两。作为轮船招商局的开局银子，朱其昂小心谨慎地将其存在广昌号。

李鸿章希望轮船招商局能够在1873年1月开张，这让朱其昂备感压力。轮船招商局筹备处设在自己公司的一间办公室，这可是帝国改革的第一个商业项目，轮船招商局的股票要想推销出去，没有一个像样的办公场所，商人们一定会认为政府是在开设皮包公司诓钱。

轮船招商局的信誉除了户部的20万串制钱，还需要按照欧美现代公司治理规章进行管理。朱其昂向总理衙门提出，按照欧美公司的规范，招商局需要有独立的公章、旗帜，需要刊刻招商局印章，制作公司旗帜。

总理衙门立即致函兵部，希望兵部能够按照轮船招商局的设计，授予招商局一面公司旗帜，同时给轮船招商局颁发关防，以便公司轮船能够在帝国海域畅行无阻。很快，一面代表生意兴隆、连年有余的双鱼旗帜，连同兵部关防送抵上海。[27]公章属于商局印信，兵部不予刊刻，朱其昂只能自己搞定了。

一切准备就绪后，朱其昂派人在上海洋泾浜南永安街租了一套房子，作为轮船招商局正式的办公场所。经过一番装修，富丽堂皇的新办公楼那叫一个气派。朱其昂决定给朋友们写封信，现在需要漕帮的兄弟们跟生意场上的至交帮助，因为轮船招商需要钱，更需要信用杠杆的支撑。

朱其昂提笔给阜康集团的胡雪岩、清美洋行的买办李振玉分别写了一封信，邀请两位老朋友到轮船招商局办公室做客。做客喝茶是朱其昂的客套话，主要是希望两位能够认购一部分轮船招商的股票，对这两位来说，那只是小菜一碟。

胡雪岩现在官居福建候补道，正一品封典，旗下有海关银号6家、当铺26家、阜康钱庄分号遍布全国。阜康集团下面的生丝、中药产业更是雄霸江浙。[28]胡雪岩现在可是陕甘总督左宗棠身边的红人，专门在上海为左宗棠筹措资金，采办军需，上海滩的权贵商贾们都称胡雪岩为"西征后勤部长"。

李振玉跟美国人做生意，主要是贩卖茶叶。尽管广东跟江浙商帮都暗地里讥笑李振玉为茶贩子，朱其昂却并不在意，两人在与美国人合作的过程中，建立起了良好的关系。在昂北上天津的时候，朱其昂将李振玉隆重介绍给李鸿章，但李鸿章对李振玉这种精明的生意人印象不太好。

朱其昂在办公室静候老朋友的到来。李振玉到了永安街，远远就看到国旗跟局旗在楼顶迎风飘扬，那个气派超过了上海滩任何一家跨国集团。李振玉对轮船招商项目相当感兴趣，当初在天津的时候就表示要购买轮船招商局的股票，希望能够在改革之初抢占先机。

李振玉跟朱其昂进行了进一步的磋商。朱其昂现在屁股坐在官一边，跟李振玉喋喋不休地强调，现在朝廷拿出了练兵的银子来经营航运业，改革决心是前无古人的。作为帝国的商人，一定要具有奉献精神。朝廷会派出公正精明的官员管理团队，按照现代商业运作模式进行管理。

办公室争论不断，李振玉突然听不明白身为总办的朱其昂的话。在天津讨论的时候轮船招商是官商合办，现在朱其昂将轮船招商局搞成了衙门，无论是后勤还是业务，都由官员进行管理。商人掏钱只是陪着官员玩儿，压根儿就没有什么事儿。

激烈的讨论之后，李振玉遗憾地跟朱其昂道别了。朱其昂之前在给李鸿章的报告中说，李振玉跟自己志同道合，愿意购买轮船招商局的股票。现在谈崩了，朱其昂向李鸿章汇报说，经过了激烈讨论，李振玉跟招商局的未来发展理念上差别太大，"以众论不洽，又经辞退"。[29]朱其昂跟多年的伙伴分道扬镳了。

李振玉走了，朱其昂还在等待胡雪岩的到来。朱其昂曾经在李鸿章面前鼓吹胡雪岩，说他身为江浙首富，富有而正派，对筹备轮船招商局相当有兴趣，愿意认购10万两。李鸿章当时相当吃惊，谁不知胡雪岩是左宗棠的臂膀，正在为左宗棠西征筹钱筹饷，这个时候居然愿意斥巨资购买轮船招商局的股票，实在出人意料。

李鸿章给紫禁城汇报了胡雪岩意欲购买轮船招商局股票一事。[30]当时，左宗棠正在向朝廷奏请封典，希望朝廷看在胡雪岩为西征做出的贡献，请给胡雪岩正一品封典。慈禧太后看到两份奏折后感动得热泪盈眶，为西征筹钱筹饷的胡雪岩功同前线浴血奋战的将士，现在还愿为轮船招商出资10万两。慈禧太后的朱批到了吏部，朝廷赏给了胡雪岩正一品封典。

慈禧太后万万没有想到的是，头上戴着红顶子的胡雪岩，当时已经富可敌国。国家的高级官员中除了左宗棠、李鸿章，胡雪岩通过旗下的阜康钱庄，还跟不少的八旗贵族、封疆大吏称兄道弟，他们跟阜康集团有着千丝万缕的联系，闽浙总督文煜就将30万两银子高息存在阜康钱庄。

朱其昂更没有想到的是，红得发紫的中国首富，本来承诺要认购10万两轮船招商局股票。可是自己的信函送到府上，胡雪岩却一直没有动静。朱其昂派人盛邀胡雪岩喝茶，胡雪岩告诉来者，自己正在跟德国人洽谈一笔重要的军火生意，左大帅正在西北大营等着德国的克虏伯大炮，德国人现在给自己出了一个难题。

德国人在大清帝国的航运业堪称空白，对英美航运巨头在华获取的暴利一直耿耿于怀。他们打听到了胡雪岩向朱其昂认购10万两轮船招商局股票的信息后，立即给胡雪岩出了三个选择题：一、将轮船股票抵押给德国人，军火成交；二、拒绝抵押股票，军火生意没商量；三、不购买轮船股票，军火成交。

总理衙门会议在讨论轮船招商局股票归属的时候特别强调，作为帝国改革的第一个商业项目，事关国家航运业的百年大计，股票持有人只能是华商，严禁外资持有或变相持有轮船招商局股票。德国人现在盯上胡雪岩认购的股票，司马昭之心，路人皆知，他们图谋成为轮船招商局的幕后股东，以帝国轮船业的名义，跟英美船商瓜分中国航运。

胡雪岩眉头紧锁，现在阿古柏在新疆耀武扬威，沙俄王朝跟英伦王朝争相支持阿古柏，左宗棠正等着德国人的军火。一旦胡雪岩买了招商局的股票，要么军火买不着，那样阿古柏可就要长驱南下，北京危险。要么股票落入德国人之手，轮船招商局将成为德国人牟利的工具。

德国人的算盘让朱其昂的股票销售计划落空了。朱其昂在给李鸿章的报告中，对胡雪岩的正派可是赞赏有加，现在看来胡雪岩的认购只是一张空头支票。失去了胡雪岩这样的大商人，朱其昂必须第一时间向李鸿章汇报这个令人沮丧的消息。

李鸿章这个时候发现上当了，因为在1871年的时候，左宗棠就为胡雪岩奏请过正一品封典，当时吏部驳回了左宗棠的奏请。轮船招商局筹建之初，左宗棠再次奏请朝廷赏赐胡雪岩。身为帝国首富，这一次如果再被驳回，胡雪岩在官场和商场都将颜面尽失，所以胡雪岩主动提出认购股票，让李鸿章将这样的信息汇报给慈禧太后，正一品封典就如探囊取物。

一个完美的连环套令李鸿章如哑巴吃黄连，因为自己在奏折中赞赏胡雪岩是正派的富商，在慈禧太后看来，李鸿章都为胡雪岩的正派背书，正一品封典自然要赏赐。李鸿章万万没有想到，胡雪岩正一品封典一到手，德国人就成了他不履行认股的挡箭牌。李鸿章无法向朝廷揭露胡雪岩的背信弃义，只能在给朋友的信函中抱怨，对胡雪岩"畏洋商嫉忌"裹足不前感到相当失望。[31]

朱其昂在办公室拼命地抽大烟，脑子空空如也。谁还对轮船招商局的股票感兴趣呢？朱其昂脑子里一遍又一遍地琢磨上海滩的商界大佬。对，郁熙绳，漕粮海运局江苏局总办、海运委员会委员，现在是上海滩商船会馆总董，海运漕粮各商号公推的领袖。

郁熙绳，嘉定南翔人。祖父郁润桂13岁开始在上海做生意，后加入漕帮经营沙船，创办商船会馆，成为海运漕粮的沙船领袖。郁熙绳的伯父郁彭年更是将郁氏家族打造成为上海巨族。郁熙绳后来接掌郁氏家族，主持商务会馆事务，成为上海沙船界的新领袖。

朱其昂找到了郁熙绳，眉飞色舞地向郁熙绳描绘轮船招商的美好蓝图。郁熙绳颇有其伯父郁彭年的豪爽风格，当即拍板认购1万两，[32]吩咐账房先生第二天将银两送到轮船招商局办公室。郁熙绳的豪爽令朱其昂感激涕零，漕帮兄弟真是血浓于水啊。朱其昂决定通过郁熙绳向漕帮商界开展大规模的股票销售。

洋买办暗度招商局

开局不利

朱其昂口吐莲花，郁熙绳不停地抽烟。

郁氏家族现在是上海滩的巨擘，按照家族尊卑，郁熙绳跟他老爸一样只能是郁家二公子，本轮不上他来总管上千万的家产。但有着上海滩沙船领袖之称的郁彭年去世前，钦点头脑灵活的郁熙绳继承郁氏家族大权。郁氏家族进入了郁熙绳时代。

郁熙绳现在身为商船会馆的总董，整个沙船行业都指望这位郁家二少爷能够重振昔日辉煌。为了郁家基业跟沙船未来，郁熙绳拼命混了个漕粮海运局江苏局的总办，可是欧美船商们为了争夺海运漕粮的市场，怂恿他们的大使将漕运问题上升为国际政治问题。现在轮船招商局成立，郁熙绳可以以国家名义拒绝欧美船商，但是这样一来自己为沙船兄弟们争来的漕运订单也将划归轮船招商局。

朱其昂现在必须搞定一个有头有脸的富商，胡雪岩爽约了，如果郁熙绳再搞不定，在李鸿章那里就无法交代了。朱其昂恐吓郁熙绳，说现在朝廷拿出了练兵的银子来搞轮船招商，可想而知朝廷的决心，现在是漕帮转型的绝佳机会，一旦错过这个机会，轮船招商局拿走了漕运订单，漕帮将来就会彻底被现代航运业给干掉。

权衡利弊后，郁熙绳决定通过入股轮船招商局为漕帮沙船谋一条后路。轮船招商局将来走海运、长江内河流域，但是运河两岸相关的业务还需要沙船，投资轮船招商局，可以为漕帮沙船拉一笔长久的订单，因为漕帮的沙船可以配合轮船招商局做支流的漕运业务。更为重要的是，漕帮沙船有轮船招商局的股票，一旦势头良好，就可以优先增资扩股，完成漕帮的现代化转型。

郁熙绳决定以郁氏家族的名义认购1万两，[33]并当着朱其昂的面，吩咐账房先生第二天将银两送到轮船招商局办公室。身为上海滩漕帮大佬，郁熙绳认购轮船招商局股票，这简直就是销售股票的金字招牌。朱其昂在起身跟郁熙绳道别的时候，握着郁熙绳的手，希望老郁能发动漕帮的富商们认购轮船招商局的股票，带领漕帮兄弟们走向现代化。

朱其昂回到办公室，正美滋滋地等候郁熙绳的好消息，但却得到一个令他相当吃惊的消息：漕帮愤怒了。原来郁氏家族对郁熙绳的行为很是诧异，他们认为轮船招商局的管理层都是官方所派，20万串制钱是朝廷的高息贷款，商人购买了股票只是陪着太子读书，相反紫禁城将漕运订单交给轮船招商局，漕帮沙船就更没有出路了。

"官商合办"是朱其昂不断强调的宗旨，但国有资本到底是股本还是贷款呢？郁熙绳现在也被搞蒙了。很快，上海滩的流言蜚语席卷而来：轮船招商是政府布下的陷阱，他们用户部的借款诱骗商人入股。轮船招商局要支付国家的高息借款，商人持有股票却不能进行管理，完全听命于政府官员，最终轮船招商局将被强行收归国有，国家还会抢夺沙船所有漕运业务等。

流言猛于虎。

胡雪岩叼着雪茄来到朱其昂的办公室说：朱老板，现在上海滩都传遍了，国家可是没有掏一分钱，那20万串练兵制钱都是借的，购买了轮船招商局股票的商贾们可是跳入火坑了，只要政府一声令下，谁敢不还钱？那可是军饷，不说朝廷让商人下大狱，就是老百姓的口水也要将商人淹死，为富不仁占用军饷，罪名跟骂名谁能背负？

朱其昂一听胡雪岩的风言风语，心里那个憋屈。李鸿章的心腹幕僚、天津海关关长孙士达在给李鸿章的一封信中说：如果胡雪岩不兑现认购轮船招商局股票消息一传出去，那些有心购买的商人都要动摇，朱其昂没有那个能力挽回如此糟糕的局面。[34]

果不出孙士达预料，全上海很快都知道了胡雪岩退股的消息。郁氏家族鸡犬不宁，郁熙绳遭遇轮番诘问。上海滩的沙船主们"群起诧异，互相阻挠"，跟郁氏家族与朱氏家族"竟至势同水火"。[35]

上海滩闹得满城风雨，李鸿章对朱其昂相当失望。改革就是摸着石头过河，轮船招商局的批文下来了，练兵的银子也划拨下来了，航运业的改革刚开始，惊涛骇浪就席卷而来。朱其昂出身于沙船世家，在漕帮也算有头有脸，没想到进退失据，将漕帮闹得鸡犬不宁，一旦漕帮爆发大规模的反改革思潮，帝国又将面临一场大暴动。

轮船招商局的股票销售开局不利，公司的董事会、管理层机构也没有建立起来。李鸿章授意朱其昂先动用饷银购买轮船。朱其昂花50397两银子从大英轮船公司买了一艘载重1万石的"伊敦"号轮船，从利物浦、苏格兰等地又买了3艘轮船。李鸿章为轮船招商局拉来了漕运订单，朱其昂设法从浙江调拨了马尾船厂制造的"伏波"号轮船，准备为来年的漕粮运输之用。

20万石漕粮，是两江代理总督张树声下的订单，朱其昂非常清楚背后兵不血刃的官场搏杀。

曾国藩去世后，江苏巡抚何璟代理两江总督。何璟跟李鸿章为1847年同科进士，两人关系一直不错，何璟能坐上代理总督位子，跟李鸿章的举荐密不可分。令李鸿章意想不到的是，何璟在两江总督府屁股还没有坐热，就在轮船招商的问题上站到了李鸿章的对面，一开始以江南制造总局入不敷出为由，提出招商从缓，后来又以漕帮沙船稳定为第一要务，不给轮船招商局漕运订单。

何璟的行为令朱其昂摸不着头脑，李鸿章举荐的何璟怎么就迅速站到对面去了呢？何璟出生于广东香山，第二次鸦片战争期间，三番五次向朝廷献计献策，深得咸丰皇帝赏识，[36]后常年在两江地界担任地方高级官员，尤其是在江苏巡抚任上，跟上海滩的广东商帮过往甚密。

李鸿章意识到，何璟的身后是强大的广东商帮。现在上海滩的广东商帮均为买办资本，他们在北京城那些高级官员眼中都是唯利是图的奸猾之徒。朱其昂在草拟轮船招商局章程的时候，提出"华商自置轮船准编入本局轮船轮装"。当时紫禁城反应强烈，责成总理衙门进行专项检查，如果是轮船华商自己买的，可以编入，如果背后有洋人股份，一定要严肃查处。[37]

广东商帮跟洋商的关系剪不断理还乱，庞大的家族买办、错综复杂的股权关系，搞得总理衙门的官员们的神经高度紧张，不得不发红头文件：轮船招商不准夹杂洋商，一旦发现顶替洋商阴谋图利者，将从严惩处。总理衙门的专项调查立即将买办商人入股轮船招商局的大门关上了，丢失了1867年大好改革机会的广东商帮岂能再次错失良机？胡雪岩撕毁承诺，江浙商帮隔岸观火，何璟攥住漕运订单，意图逼走朱其昂，留给李鸿章的选择只有在上海的广东商帮。

　　"官商合办"的温和改革是李鸿章拿到轮船招商批文的策略,现在广东商帮通过老乡何璟逼宫,岂能立即说服慈禧太后跟皇帝改变改革路线?李鸿章当初向皇帝慷慨陈词,说轮船招商是强国之远谋,一旦股份掌握在洋人手上,那帝国的改革之命运就掌握在了洋人之手。正因为李鸿章的强国之远谋,紫禁城才责令总理衙门严查洋人持股。

　　不换思路就换人。

　　很快,何璟就回老家了,理由是他老爹死了,要回家丁忧守制。其实,何璟的老爹都死了多年了,但既然朝廷让何璟回家孤守老爹的孤坟野冢,他只有遵命。何璟的私人物品还没有来得及收拾,漕运总督、江苏巡抚张树声就坐到了两江总督的太师椅上。

　　张树声和李鸿章是合肥老乡,早年跟家人兴办团练对抗太平军。李鸿章回家组建淮军时,张树声率众归附,从此随李鸿章南征北战,成为淮军集团的元老干将。张树声进入两江总督府的第一道政令就是调拨20万石漕粮通过海上运往天津。

　　一张带着官场绞杀血迹的订单令朱其昂喜极而泣。李鸿章以雷霆万钧之势将何璟拿下,就是要告诉帝国的商人们,轮船招商局的订单是可以保障的,有国家资本启动,有政府的订单,投资轮船招商局是不会亏钱的。李鸿章同时还要警告买办商人,资本操纵政治是玩火自焚。

　　但是李鸿章的算盘打错了,走了何璟,又来了一位更难缠的——江西巡抚刘坤一。刘坤一是湖南新宁人,左宗棠训练湘军楚勇的时候,二十多岁的刘坤一就跟左宗棠南征北战,成为湘军中首屈一指的宿将。李鸿章万万没有想到,远在江西的刘坤一这个时候跳出来枪挑朱其昂。

　　"既于外洋情形不熟,又于贸易未谙,买船贵而运货少,用人滥而靡费多,遂致亏损",刘坤一将朱其昂批得一无是处。李鸿章对行伍出身的刘坤一的发难很惊讶,可是刘坤一不是乱开炮,招商局后来的财务报表显示:朱其昂购买的"伊敦"号经行业评估多花了2万两银子,这破船还试耗煤,装货的量还很小。还有当时从苏格兰买的"福星"号,船舱容量小,连七万石粮食都装不了。刘坤一嘲笑朱其昂跟外国人打交道"表现低能",他跟他的同事们显然还不能发展其船运计划。[38]

　　刘坤一对朱其昂的嘲笑令李鸿章相当尴尬,朱其昂这个时候早已方寸大乱。轮船招商局的那几艘轮船效率低下,两江的20万石漕粮运输时间一拖再拖,运输成本不断提高。朱其昂赶紧给张树声写信,让张总督别拨太多的漕粮,大单还是让沙船运输吧。

烂泥扶不上墙,李鸿章在给朋友的信中对朱其昂的表现相当失望。他抱怨说,朱其昂对于轮船招商局来说"非贞固正大之选",可是他不想立即将朱其昂赶出轮船招商局,李鸿章要留住朱其昂,"取雉之媒,笼兽之囮"。[39]李鸿章要用出身漕帮豪门的朱其昂来诱捕沙船漕帮这一群大兽。

李鸿章笼络广东商帮

广东商帮坐不住了。

轮船招商局糟糕的管理方式在上海滩已经不再是秘闻,朱其昂将一个理想中的现代化公司搞成了衙门,董事会、管理层还没有组建,倒是家人、幕僚、仆人来了一大堆。李鸿章在给皇帝的一份奏折中坦陈,轮船招商局的衙门作风很重,经营管理不善,滥支浪费的情况十分严重,半年光景不到,亏损银子就超过4万两。[40]

刘坤一嘲笑朱其昂低能,朱其昂至今都不知道自己落入了广东商帮的陷阱中。购买大英轮船公司"伊敦"号轮船时,朱其昂担心英国人耍诈,特意聘请了葡萄牙经纪人,5万两银子付了才发现只值3万两。历史上葡萄牙是欧洲第一个坑中国的国家,坑蒙拐骗的基因怎会消失!朱其昂在上海滩混了多年,还没有搞清楚大英轮船公司的背景。

大英轮船公司的买办叫郭甘章,是广东香山人。郭甘章是个典型的汉奸商人,鸦片战争期间为英军输送粮水,英国窃取香港后,又一直为英国人卖命。为英国人卖命的同时,郭甘章自己还投资船厂,搞轮船运输。1867年,郭甘章伙同以唐廷枢、徐润为首的一帮香山商人,跟轧拉佛洋行联合成立了公正轮船公司。郭甘章一度成为香港的纳税状元,是广东商帮定居在香港首屈一指的巨富。

朱其昂带着帝国练兵的银子高调南下,郭甘章痛宰轮船招商局,就是要将朱其昂推向风口浪尖,让那些八股官员跟天下百姓指责朱其昂无能。朱其昂深知自己已经成为上海滩的笑柄,立即方寸大乱,葡萄牙人不靠谱,购买"永清"号轮船时,又将经纪人更换为英商惇信洋行。小心翼翼的朱其昂很快发现又落入了广东商帮的圈套,签了合同才发现价高了,乞求英国人降价1万到15000两银子。[41]

广东商帮将朱其昂推入了"低能"的陷阱中，这将是进一步逼迫北京撤换朱其昂的最好理由。刘坤一发难之后，广东商帮感到时机已经成熟，决定联合李鸿章的秘书盛宣怀。李鸿章弃用盛宣怀的章程，任命朱其昂为总办，令年轻的盛宣怀愤愤不平。更为重要的是，在紫禁城三番五次专案调查洋人持股的背景下，盛宣怀依然坚持说服李鸿章在轮船招商局中推行现代公司的治理结构。

现在已经独立经商的徐润给盛宣怀写了一封信，表示对朱其昂的表现相当忧虑，股票销售不力，采购成本控制不了，这样的状况不改变的话，"深恐众商寒心，从此裹足，招商将变为拒商矣"。[42]当时徐润正在跟怡和洋行做生意，怡和洋行采购的茶叶50%以上是徐润提供的，怡和洋行的买办正是徐润生意上的伙伴、香山老乡唐廷枢。[43]

徐润在给盛宣怀写信的同时，郑观应开始在上海滩大造舆论。"商之不愿者，畏官之威，与为官之无信而已"。郑观应没有像刘坤一那样将板子打到朱其昂身上，而是将招商局股票卖不出去归咎于官员毫无信用。其实，在宋晋攻击轮船制造的时候，郑观应就针砭时弊说，国内有的是资金跟人才，可是绝技都受困于国家律例，如果朝廷能体恤商贾，事必成。

朱其昂在上海低能的表现已经成了笑柄，保守派一旦群起鼓噪，紫禁城的决策者就将动摇，刚下水摸石头的改革将会走回头路。跃跃欲试的广东商帮岂能再次失去改革良机？郑观应给朝廷出了"以商代官之长策"：造船工业权操商人之手，每造4艘商船，造带兵船1艘。为了将帝国航运大权收归中国人之手，政府要诚信，做到官商相通，财货相通，政府在战略方面统筹全局，具体改革推行西方市场化的路子。[44]

上海滩沸沸扬扬，幕僚们不断将报纸送到李鸿章的手上，朱其昂现在在漕帮跟上海滩商界威信扫地，轮船招商局走到了十字路口。孙士达给李鸿章建议：闽粤人财力雄厚，或能效其所长。[45]李鸿章幕僚郭嵩焘在日记中披露，当年自己赴上海，孙士达张罗了一大帮闽粤买办商人为自己接风洗尘，足以窥见孙士达跟广东商帮的关系密切。

胡雪岩、李振玉拂袖而去的时候，孙士达给李鸿章的信中表现得相当忧虑。现在上海滩的舆论风潮将改革推向了十字路口，广东商帮主动向朝廷抛绣球，李鸿章还犹豫什么呢？孙士达想起了当年震惊全国的"汪乾记茶行案"，广东商帮幕后操纵官司，最终演变成一场令李鸿章相当尴尬的国际案件，加上唐廷植贪墨案，广东商帮跟李鸿章的恩怨在改革大义之前能化解吗？

广东商帮煞费苦心，目的是跻身改革潮头，李鸿章岂能小肚鸡肠？李鸿章现在担心的是紫禁城，他们能够接受改革路线调整的建议吗？李鸿章决定双管齐下，一方面以直隶总督、北洋大臣的名义向帝国商人发出号召，希望大家踊跃认购股票；另一方面起用广东香山籍的上海知县叶廷眷加入招商局，担任副总裁级别的会办，负责招徕广东商帮。[46]

叶廷眷，广东香山人，其父是上海滩小洋行的买办，叶廷眷随父北上学做生意。叶廷眷时运不济，刚到上海就遇到太平军横扫江南。

做生意难，当商人更让人瞧不起，叶廷眷决定直奔李鸿章的淮军大营。李鸿章当时很诧异，一个买办的儿子居然跃马疆场，骁勇善战。1867年，叶廷眷当上了上海代理知县，第二年调任南汇知县。1872年，叶廷眷复任上海知县，当年联手徐润、唐廷枢为首的广东商人，创立了广东商帮同乡会——广肇公所。

选定朱其昂，李鸿章是看重他出身漕帮沙船世家，还跟美国人合伙开洋行，在漕帮跟上海滩商界也算一号人物，到了轮船招商局真正去圈钱的时候，却受到商人们的嘲笑。叶廷眷出身于小买办家庭，十年前就弃商从戎，现在身为上海县的父母官，尽管跟广东商帮走动频繁，可是真正到了要商人们掏钱的时候，商人们会买叶县长的账吗？

李鸿章要摸摸叶廷眷的底牌，林士志成为李鸿章的密使。林士志，广东番禺人，曾经是美商同昌洋行的买办，后花钱买了个四品同知的红顶子。[47]李鸿章走进直隶总督府的时候，林士志跟随着进入了天津制造局，兼任天津海关委员，对航运业有一定的了解。

林士志受宠若惊，马不停蹄地直奔上海。

身为上海县令的叶廷眷热情接待了自己的这位广东老乡，很快他就摸清了林士志的来意。为了在李鸿章密使面前展示自己的才干，叶廷眷滔滔不绝地描绘他在商人中的人脉，放言只要他出面，商人们没有不买账的。

叶廷眷的一番豪情令林士志一片茫然，朱其昂当初在李鸿章面前拍了胸脯，但真正让商场的朋友们解囊相助的时候，却遭到嘲笑。林士志越发怀疑叶廷眷的能量，一方面因为他老爸只是一个小买办，在广东商帮中谁会买账。另一方面是叶廷眷自己一直在官场中混，商场的游戏规则早已丢到九霄之外，更别谈跟外国人较量。

李鸿章在林士志临行前再三叮嘱，一定要摸清楚叶廷眷的计划。林士志在跟叶廷眷交谈中发现，叶县长官阶不高，脑子里全是高粱花子，实用的主意一点没有。李鸿章一直盘算将自己操控的低阶官员调进商局，进而引入广东商帮的资金，令轮船招商局在温和改革的路线下起死回生。

林士志在跟叶廷眷深入接触后，又跟朱其昂在上海滩宴请广东商帮。怡和洋行买办唐廷枢、巨富茶王徐润等一干香山商人成为晚宴的座上宾。林士志开门见山说，李鸿章希望闽粤商贾能够入股招商局，政府会根据持股数量给予商人商董、商总的名头。唐廷枢跟徐润两人沉默不语，整个晚宴都是林士志在唱独角戏，气氛相当尴尬。

林士志希望唐廷枢他们能够出手相助，可是在"官商合办"政策之下，官员成为轮船招商局的主宰，商人只是掏钱陪太子读书，这完全就是政府圈钱的骗局嘛。旗昌洋行的洋人们幸灾乐祸地说：我很高兴地获悉唐廷枢未能在他的谈判中成功。[48]

欧美洋行在看笑话的同时加快了对广东商帮的笼络。怡和洋行为了挽留唐廷枢，愿意支付更优厚的报酬，希望他拒绝李鸿章的邀请。旗昌洋行的合伙人福布斯在一封信中对总买办陈煦元很失望："陈煦元身边都是一群可爱的废物。"[49]旗昌洋行瞄准了独立经商的徐润，希望徐润能够取代江浙买办陈煦元，出任旗昌洋行在上海的总买办。生猛的太古洋行则直接将广东商帮的笔杆子郑观应收罗帐下，出任太古轮船总买办。

林士志立即向李鸿章汇报了上海滩的情况，力陈叶廷眷不适合主持轮船招商局，只有怡和洋行的买办唐廷枢可堪重任。在信函中，林士志详细汇报了唐廷枢的背景、实力以及在商界中的影响力。林士志相当了解唐廷枢跟徐润的关系，两人在轮船、茶叶等项目上有过深度合作，只要招徕了唐廷枢，以徐润为首的广东商帮都将支持招商局。

李鸿章非常清楚上海滩谈判僵局的症结，唐廷枢他们跟洋人打交道时间长，对洋人那一套资本话语权到了迷信的地步，他们对轮船招商局的"官商合办"路径不抱任何希望。林士志在信函中很委婉地提出，轮船招商局关键在于资本的吸纳跟经营水平的提高，唐廷枢他们能够操盘欧美项目，自然是招商局的不二人选，现在关键看官方的诚意。

面对欧美人的行动，李鸿章立即让盛宣怀带着自己的亲笔信赶赴上海。林士志再度宴请唐廷枢、徐润一帮广东商人。晚宴上，盛宣怀向唐廷枢他们出示了李鸿章的信函，希望广东的大佬们能够北上天津，为了帝国的改革大业，为了将航运业控制权收归国有，身为直隶总督兼北洋大臣的李鸿章将亲自主持谈判会议。[50]晚宴结束后，唐廷枢决定北上，跟李鸿章进行直接谈判。

唐廷枢智弈津门

李鸿章和唐廷枢的谈判

唐廷枢带着一腔热血北上津门。

李鸿章早已在天津等候，这一次他一定要亲自主持与唐廷枢的谈判。在江南制造总局筹办之初，丁日昌拘捕了唐廷植，讹诈了一座铁厂，令李鸿章跟香山唐氏家族、广东商帮的关系恶化。现在轮船招商局已经陷入泥潭，李鸿章可选之人寥寥。身为怡和洋行的买办，唐廷枢现在是上海滩巨商，身兼多家公司董事，是一位不可多得的人物。

李鸿章万万没有想到的是唐廷枢已经陷入了一桩经济大案中。唐廷枢在担任怡和洋行买办期间，同时跟以林钦为首的广东商人做棉花、茶叶等生意，他们成立了泰和、泰兴、精益三家钱庄，专门用于实体经营的资本运作。1871年，唐廷枢旗下的三大钱庄资金链紧张，唐廷枢不得不向怡和洋行借钱。怡和洋行打算援助唐廷枢，可是发现洋行95000两未到期庄票中，有8万两已经被唐廷枢拿去贴现挪用。[51]

唐廷枢挪用怡和洋行资金令股东们相当震惊，但股东们表现得相当克制，他们只是嘲笑唐廷枢只会吹肥皂泡，不会制造肥皂。挪用资金案令唐廷枢如芒在背，为了给怡和洋行股东一个交代，他在怡和洋行成立华海轮船公司时，一下子就购买了400股，持股比例高达25%。怡和洋行的老板们都感叹：唐廷枢简直成了怡和洋行获得华商支持的保证。[52]

李鸿章派出密使拉拢唐廷枢，怡和洋行的英国老板们强烈挽留他。此时唐廷枢身兼医院、书院、钱庄、轮船公司、茶庄等多家公司董事，在上海滩的影响力令欧美商人望尘莫及。旗昌洋行的老板在一封信中将唐廷枢推到了神坛之上，尽管旗昌轮船当时在中国风光无限，可是福布斯依然很悲观地写道：在收集情报和兜揽中国人的生意方面，唐廷枢能把我们打得一败涂地。[53]

天津谈判会议上，唐廷枢开门见山地提出自己的主张：商人统领局务。北上天津之前，唐廷枢跟徐润等一干广东商人进行了密商。广东商帮一致认为，朝廷必须拿出改革的诚意，商人不能成为官员的奴隶，无论是轮船招商局，还是李鸿章提出的煤铁开采公司，都要按照现代公司治理的游戏规则进行，规范运作。

资本决定控制权跟管理权，这是唐廷枢反复强调的核心问题。李鸿章十年寒窗，在战火中浴血奋战，对帝国的腐败早已洞若观火，他知道官员的贪婪已令商人们胆战心惊。像朱其昂那种戴红顶子的商人都能将招商局搞成衙门，那些手握官印的八股文士，面对一张黄纸换来的成千上万两股金，岂能独善其身？

叶廷眷出身于买办之家，跟广东商帮关系密切，可在林士志给李鸿章的报告中是不堪重任。林士志在上海县衙门发现，叶廷眷手下有书房师爷、账房先生，以及其他书吏隶役等120多人，逢年过节均会大开筵席，给差役仆人大把赏钱。县令家账本上的银子从何而来？让官员管理商人们的股本，无异于与虎谋皮。

谈判一度陷入僵局。唐廷枢咬定资本话语权不放，李鸿章强调要走温和改革路线。李鸿章苦口婆心地讲大道理，在现行的国家政治体制之下，改革一开始就会触及皇族的垄断利益，如果帝国的改革直接跟欧美接轨，势必会引发既得利益集团的强烈反对。而温和的改革路线则会得到更多人的支持，改革才有希望深入下去，商人也才会获得更多的机会。

广东商帮对改革极其渴望，但现在有一个问题令唐廷枢、徐润他们十分尴尬，那就是他们一直跟欧美商人打交道，却无法将西方的现代化跟中国的传统经济接轨。在帝国现行的经济结构中，广东商帮一直是欧美现代化的附庸，在欧美现代化的浪潮中显得格格不入，他们遇到了发展的天花板。

李鸿章向皇帝提交轮船招商奏折后，唐廷枢他们敏锐地发现了煤铁商办的信息，大清帝国工业整体改革路线已经清晰，最终将会向金融领域全面推开，广东商帮是该到结束附庸命运的时候了。面对难得的机遇，唐廷枢岂能放过？

北上天津之前，旗昌轮船百元面值的股票已经炒高到212两。[54]现在上海滩资本热捧欧美轮船股票的背后，一方面是传统商人们对现代化商业模式的认可，更重要的是轮船招商局的成立，证明国家已经看到了航运业未来，航运业前景可期。朱其昂到上海筹办轮船招商局的时候，已经拿到了稳定的漕运订单，在未来的经营中，轮船招商局有资本跟欧美轮船公司进行竞争。

但是"官商合办"的模式令唐廷枢一直难以释怀。爱新觉罗王朝现在已经走到了黄昏，湘军跟淮军两大汉族武装集团的崛起，已经动摇了满洲八旗的军事领导地位。现在李鸿章主导的经济改革，势必会进一步削减满洲集团的专制利益。"官商合办"是李鸿章向既得利益集团妥协的温和改革路线。

唐廷枢非常清楚李鸿章的难处，在普天之下莫非王土的皇权世界观里，一旦政府失去对改革项目的约束，那么紫禁城就会惊慌失措，而李鸿章的改革设计就将会面临夭折的风险。唐廷枢现在头顶的是福建道的帝国官衔，尽管只是花钱买的虚衔，但在国家兴衰荣辱的大义面前，岂能眼睁睁看着改革失败？轮船招商局改革是整个国家转型的基石，更是广东商帮转型的良机。

经过激烈的讨论，唐廷枢提出了一个看上去温和，实际上激进的改革路线：官督商办。李鸿章对唐廷枢的改革路线并不惊讶，盛宣怀曾经强烈建议商人成为改革的生力军。唐廷枢提议，轮船招商局将根据股东们持股多寡界定话语权，经营管理完全按照现代公司治理游戏规则进行，政府则拥有对公司的监督之权。

"官督商办"的成形

李鸿章需要说服紫禁城。

"目下既无官造商船在内，自毋庸官商合办，应仍官督商办。"李鸿章在给总理衙门的奏折中强调，现在国家要改革，一定要主抓战略，像轮船招商局这样的改革试点项目，国家应该退出经营层面，"由官总其大纲，察其利弊，而听该董自立条议，悦服众商，冀为中土开此风气，渐收利权。"[55]

奕訢在收到李鸿章的奏折后，立刻将其送到慈禧太后手上。慈禧太后虽然身居九重，但对天下大事尽在掌握，轮船招商局在上海滩遭遇开门僵局，一旦轮船招商局失败，就意味着当初的改革决策失败。摘掉奕訢议政王帽子后，慈禧太后对以李鸿章、左宗棠为首的汉族武装集团采取了拉拢政策，这一次李鸿章改变了改革路线，否定李鸿章就意味着可能走向死亡，慈禧太后岂能让天下人看笑话？

北京城议论汹汹，"官商合办"的改革路线是国有控股、公私合营，国家可以通过国有资本牢牢掌握改革的主动权。现在李鸿章向商人妥协，将改革路线改为"官督商办"，让商人成了改革主角，那"官督"到底令政府官员在改革中扮演什么样的角色？面对各派势力的质询，紫禁城希望李鸿章给出一个满意的答复。李鸿章在答复中强调了官本位的"官督"体制的确立，商人只是承办角色，政府掌握着改革的绝对监管大权。

身为直隶总督的李鸿章在一封信中写道："倡办华商轮船，为目前海运尚小，为中国数千百年国体、商情、财源、兵势开拓地步。"自鸦片战争到现在，富国强兵的口号喊了30年，可是国势日衰，李鸿章希望政坛的朋友们能够支持自己的改革，也希望商界的大佬们能够为国家千百年之远谋而效力。李鸿章在信中感叹："我辈若不破群议而为之，并世而生，后我而起者岂复有此识力？"[56]

总理衙门会议经过激烈的争吵，最终达成了统一意见，决定同意轮船招商局推行"官督商办"政策，指派李鸿章领衔北洋代为政府监督商局。唐廷枢接受了李鸿章的邀请，出任轮船招商局CEO级别的总办。唐廷枢到招商局的第一件大事就是重组管理层，让徐润出任招商局副总裁级别的会办。盛宣怀作为李鸿章的私人代表，入局出任会办。唐廷枢为了顾全漕帮大局，挽留朱其昂为会办，负责漕运业务。

怡和洋行的管理层对唐廷枢的离去十分沮丧，唐廷枢决定继续持有华海轮船公司的股票，担任华海轮船的董事。为了报答怡和洋行股东们对他挪用资金的宽容，唐廷枢向怡和洋行管理层推荐自己的哥哥唐廷植出任买办。唐廷植历经帝国牢狱之灾，对腐败的官员已经失望透顶，将自己的余生甚至儿孙都奉献给了怡和洋行，这成为唐廷枢日后疏通英伦的重要通道。

旗昌轮船的老板福布斯一直希望唐廷枢跟李鸿章的谈判破裂，没想到紫禁城第一次向商人低头了。福布斯现在成了热锅上的蚂蚁，公司轮船多为木质船，在长远竞争方面毫无优势。以唐廷枢为首的广东商帮跟政府联手，将使中国航运业的竞争更加激烈，而身为老大的旗昌轮船将首当其冲成为对手。当时旗昌轮船的股票已经炒高到212两，为了将徐润跟旗昌轮船的利益捆绑在一起，福布斯以股票面值向徐润定向发行股票，徐润在进入招商局的同时，成了旗昌轮船的股东。[57]

唐廷枢的天津谈判令整个上海滩骚动不已，唐廷枢说服了李鸿章，商人在跟政府的谈判中第一次完美收官。但唐廷枢回到上海，受到的却是接二连三的质询。商人们关注"官督"体制下的商办到底有多大的自主权？李鸿章的私人代表会不会干涉商局的具体经营？政府的借款退出有没有具体的时间表？政府会不会突然债转股，最终强行对商局进行国有化？

上海滩的商人鱼龙混杂，以唐廷枢为首的广东商人随欧美商人逐潮而生；安徽商帮依然在传统的生产贸易领域当老黄牛，他们不善于跟欧美商人打交道；江浙商帮跟政府关系密切，以胡雪岩为首的红顶商人一直喜欢摸着政府脉搏做生意，也有以陈煦元为首的商人密切跟洋人为伍。啸聚上海滩的南北商帮庆幸山西商帮没有到来，他们固守在黄土地上做着汇通天下的美梦，留给了上海滩商人进军现代化金融领域的一片天空。

唐廷枢舌战帝国勋臣，最终逆转了改革路线，令紫禁城放弃了国有控股衍生出来的种种官僚控制之权，政府将企业的绝对支配权放手给商人，打破了帝国固有的封建集权。随着改革的深入，国家的法律跟制度体系将跟国际社会接轨，这不仅仅是一个国家富强的改革，更是一个国家基因的变化，商人将成为推动中国走向现代化的先锋。

唐廷枢将商人承办上升到了民族大义之上，轮船招商局将是争夺航运业的一个开始，更是帝国经济层面改变的起点。唐廷枢重组轮船招商局，立即获得了舆论的支持，"唐君久历怡和洋行，船务也深熟悉，自后招商局多获利也"。[58]上海滩的商人们纷纷洽购轮船招商局的股票，"近殊旺盛，大异初创之时，上海银主多欲入股份者"。[59]

轮船招商局计划募集资金百万两，唐廷枢给上海滩的老朋友们写信，希望大家能够踊跃认购轮船招商局的股票。[60]轮船招商局的二次招股立即引发了欧美商人的高度关注，尽管他们不希望轮船招商局成为自己的对手，可是唐廷枢就是轮船招商局招股的保证。琼记洋行的老板们在通信中看好轮船招商局的二次招股："不难找到为数众多的股东，只要他们知道这个公司是唐廷枢在妥善地加以经理。"[61]

身为CEO的唐廷枢身先士卒，掏出10万两认购了1000股，上海滩的富商们蜂拥而入。唐廷枢在给李鸿章的信函中称，那些股实富商纷纷认购，很快就募集了476000两。[62]在轮船招商局的股东名单中，唐廷枢、徐润、朱其昂、唐廷庚、陈树棠、盛宣怀等商人名列其中，新加坡、暹罗、南洋诸国的华商也纷纷认购，尤其是暹罗有11名政府官员成了轮船招商局的股东。

"只要我能腾出几分钟时间，我总是帮助我的本地朋友工作"，"照顾他们的利益"，[63]唐廷枢无论是在香港，还是在上海期间，都非常注重维护跟广东商帮的关系，他的周围有一大批像徐润那样的大商人。琼记洋行的老板们说得没错，他之前经营的关系资源令其在轮船招商局的招股活动异常顺利。李鸿章在给沈葆桢的一封通信中夸张地写道："两月间入股近百万，此局似可恢张。"[64]

广东商帮控制招商局

广东商帮终于掌控了轮船招商局。

轮船招商局的招股活动如火如荼，唐廷枢提名了商人组建董事会。6名董事会成员中，徐润、刘绍宗、陈树棠和范世尧都是广东人，加上唐廷枢自己，广东商帮牢牢地掌控了轮船招商局的董事会。[65]轮船招商局的各级机构中，主事者以广东人居首，分局、货栈等总管，均由唐廷枢、徐润他们亲自掌控。

朱其昂在轮船招商局的洗牌过程中成为失意者，尽管他成为董事会成员，但是他在轮船招商局毫无话语权，因为广东商帮持股70%以上。董事会中的尴尬角色令朱其昂相当难受，可是漕帮的兄弟们还一个劲儿地笑话他。

人生无常，朱其昂向往官场，花钱买红顶子，向李鸿章拍胸脯，用身家作保，但身为江浙的漕帮大佬，几个月之间就失去了李鸿章的信任，成为广东商帮的附庸，令江浙商帮在上海滩的声誉犹如高空落体一般下坠。

欧美商人开始重新审视江浙商人，他们嘲笑江浙买办没文化，满口方言，甚至说不出一句完整的英语。旗昌洋行的老板福布斯在给朋友们的信中表达了对江浙买办的失望。徐润进入招商局后，他们决定另觅能手，取代江浙买办陈煦元的位置。

旗昌洋行老板们对江浙买办变脸的背后，一场世界级的经济危机蔓延开来。

1873年5月9日，维也纳的债券犹如高台跳水，24小时内股票贬值了几亿荷兰盾，接踵而至的是信用全面瘫痪和有价证券交易中止。危机犹如病毒一般快速蔓延，很快维也纳的危机蔓延到欧洲的其他交易所。欧洲各国停止对美国资本输出，美国纽约银行不再对铁路公司和工业界拨款，于是在当年的9月18日，拥有北太平洋铁路大量债券的泽依－库克金融公司宣告破产，一场影响深远的世界性经济危机终于全面爆发。

经济危机立即让欧美商人远东的业务陷入困局，外汇、票据的承兑只进不出，更为关键的是除了美国、德国、英国、法国和奥匈帝国外，这一场突如其来的经济危机还波及俄国、意大利、荷兰、瑞典、比利时以及日本、阿根廷、印度等非西方国家。欧美商人的资金链出现危机，他们现在需要稳定的中国现金流。

以怡和洋行、旗昌洋行、琼记洋行为首的欧美老板纷纷乞求唐廷枢手下留情，轮船招商局的总股本定为100万两，唐廷枢进入招商局后将一期募集资金额定为50万两。尽管唐廷枢手下留情，以陈煦元为首的江浙商人在这个时候却难以购买欧美人的股票。对于急需获得现金流的欧美商人来说，没有现金流的注入，在他们眼中跟废物没有区别。福布斯对广东巨商徐润买入旗昌轮船股票感激涕零，仿佛救世主下凡，就差给徐润磕头了。

轮船招商局的重组跟经济危机的爆发，令上海滩的商帮关系立即变得诡异起来。无论是家有万金的买办，还是富可敌国的商人，欧美商人都跟他们保持了一定的距离。以陈煦元为首的江浙商人出身贫寒，没有广东商帮富二代的优越条件，所以他们在受教育、人际网络的建立方面，都相差甚远，他们尽可能运用传统的经营经验去经营人际网络。

江南的科甲世家对财富不屑一顾，他们依然轻视卑贱的江浙商人，那些出身贫寒的江浙商人毫无资源优势，他们打拼到华发丛生的时候，遭遇的是广东商帮富二代的冲击。在广东商帮面前，无论是资源还是资本的影响力都望尘莫及。在突如其来的经济危机，以及帝国政策突变的面前，江浙商人辛苦建立起来的人际网络是那么不堪一击。

现在，春风得意的广东商帮万万没有想到，此时上海滩暗流涌动，一个戏子刮起的风暴正向他们席卷而来。

京剧名角闹商帮

1873年的冬天，一名英俊的男子单枪匹马闯进了上海滩租界。

飞奔的高头大马在福州路上一座深宅大院门口停下，马上的帅哥矫健地跳下马，直奔大宅内院。一个丫鬟惊声尖叫，帅哥毫不理会惊慌失措的丫鬟，一步跨进大小姐的闺房。坐在梳妆台前的大小姐面若桃花，一双水汪汪的大眼睛流露出兴奋之情，大小姐跟帅哥四目相向。突然，帅哥抱起大小姐转身夺门而出。

福州路顿时沸腾起来，众人只见飞马奔向金桂园戏园，马上的帅哥就是大名鼎鼎的京剧名角杨月楼。杨月楼，位列"同光十三绝"的京剧名角，早年师从"老生三杰"之一的张二奎，曾经为慈禧太后专场演出《泗州城》，生动的扮相，灵敏的身手令慈禧太后夸赞："那就是一猴子啊。"远赴上海滩开疆拓土的时候，杨月楼已经是名震京师的一线明星。

京剧名角儿光天化日之下强抢富商千金，杨月楼匹马抢亲立即成为上海滩十里洋场的谈资。杨月楼所抢富家千金姓韦，名阿宝，广东香山人，其父韦天明，专营茶叶生意。韦阿宝自幼就随其父北上，一直住在福州路韦公馆。1872年，杨月楼带领"忠华堂"戏班南下，在金桂园搭班唱戏，他英俊潇洒的扮相，优美悠扬的唱腔，出神入化的武艺，令上海滩的小姐贵妇倾倒，"观剧者每以不得见月楼奏技为恨"。[66]韦阿宝同母亲也成为杨月楼的铁杆儿粉丝。

1873年的冬天，杨月楼的连台戏《梵王宫》轰动上海滩。《梵王宫》中那个智勇双全的猎户花云成为闺阁小姐、豪门贵妇心中的白马王子，一介贫民的花云将贵族耶律寿玩弄于股掌之间，最终抱得贵族小姐归。韦阿宝跟其母场场必看，杨月楼扮演的花云剑眉朗目、威武潇洒，唱念做打出神入化，令韦家大小姐如梦如痴，连看三天不忍离开。

韦阿宝回到家中脑子里全是杨月楼的身影，寂寞冬夜令大小姐辗转难眠，遂提笔给杨月楼写下情书一封。韦阿宝在情书后面附上了生辰八字，希望能跟杨月楼长相厮守。情书送出音信全无，韦小姐相思日苦，整日米水不进，没几天就卧床不起。韦母见状，苦求杨月楼见大小姐一面。大为感动的杨月楼第一次踏入韦公馆，富商豪门富丽堂皇，只见病榻上的大小姐花容月貌，当即心生爱慕。

杨月楼的母亲对韦家小姐非常满意，双方约定迎娶吉日。突然有一天，韦公馆来了一位商人，他就是韦阿宝的叔叔韦天亮，韦母担心叔叔嫌弃杨月楼戏子身份，谎称未来女婿是天津商人，跟韦家门当户对。韦天亮大把年纪八卦兴趣盎然，一打听发现侄女要嫁的正是京剧名角儿杨月楼。韦阿宝之父韦天明常年在外经商，韦天亮责问韦母为何私自做主将侄女嫁给一个戏子，辱没了韦氏家族门风。

韦母一见叔叔发火，害怕韦天亮发动族人阻拦婚事，便跟杨月楼商量对策。韦母将两广一带有抢婚的习俗说给杨月楼，只要他骑马到韦公馆将小姐抢回家，门第之见都是浮云，韦氏家族也就只有默认这门婚事。杨月楼遵照韦母安排，匹马闯入韦公馆，上演了一场轰动租界的明星抢婚大戏。杨月楼抱得美人归，两人欢天喜地入洞房。韦天亮气急败坏，决定教训一下抢婚的杨月楼。

韦天亮联络了韦氏家族的族人，以广东绅士商人名义，向租界的会审公廨报案，声称戏子杨月楼诱拐良家女子，卷盗财物。会审公廨是晚清设立在租界的国际法庭，法官们一见是韦阿宝的亲叔叔报案，立即下令巡捕房逮捕杨月楼夫妇。正在拜天地的杨月楼夫妇被押上国际法庭，一帮喜欢绯闻八卦的洋法官审讯后发现，杨月楼夫妇都是中国人，无论是诱拐还是卷盗都跟洋人没关系。[67]

洋法官听完大明星的八卦后，决定将杨月楼案移交中方法庭。杨月楼、韦阿宝连同七箱衣物首饰全部押送到上海县衙。上海县令正是那位弃商从戎的叶廷眷，跟韦天亮是广东香山老乡。韦天亮愤怒地指控，身为贱民的戏子，岂能强抢良家女子为妻？更何况韦阿宝之父韦天明买了个官衔，杨月楼严重违背了"良贱不通婚"的通行礼法。叶廷眷严斥杨月楼"素行不端，人所共恶"，喝令差役把他吊起来，重打脚胫一百五十板。[68]

杨月楼做梦都没有想到，自己唱戏令慈禧太后都鼓掌叫好，现在被一七品县令给打了板子。明星大腕被打成了熊猫，望着血肉模糊的丈夫，韦阿宝指着公正廉明匾额下的叶廷眷破口大骂：你这昏官，糊涂透顶！我们明明是明媒正娶，你却不分青红皂白，硬说是通奸诱拐。这些衣服是我娘给我的陪嫁，你却说是卷逃财物！你听信他人诬告，颠倒黑白。

叶县令是个好面子讲排场的人，杨月楼的案子是洋法官们引渡过来的，一介民妇居然咆哮公堂。身为上海县的首席大法官，叶县令勃然大怒，抓起惊堂木啪啪地拍得山响："无耻贱婢，私通戏子，还敢咆哮公堂，真是目无王法！"叶廷眷为了将案子办成铁案，将巡捕房搜得的一盒黑色药末丢到韦阿宝面前，指控药粉是杨月楼诱拐韦阿宝的春药。

春药一出，法庭上一片骚动，看热闹的富商、绅士们纷纷摇头，身为当红明星的杨月楼，在当时也就是一个戏子，用春药诱拐富商千金，简直就是无耻之徒。叶廷眷铁青着脸，令懂得妇科技术的接生婆检验韦阿宝的身体。韦阿宝被衙役拖到了后堂，一会儿接生婆递交了一份体检报告。叶廷眷命人将奏折递给韦阿宝自己看，一边厉声叱责：你已非处女。

叶廷眷宣布杨月楼案铁证如山，希望韦阿宝能够幡然醒悟。韦阿宝横眉冷对叶廷眷，高声抗议，声言自己跟杨月楼是双方自愿，情投意合，自己不可能离开杨月楼。韦阿宝冷冷地告诉叶廷眷："嫁鸡遂（随）鸡，绝无异志。"叶县令一听暴跳如雷，命令衙门掌嘴二百。衙役们架着韦阿宝，立即把人脸打成了猪头。

杨月楼眼睁睁看着貌美如花的娘子在法庭上遭遇虐待，心如刀割，自己尽管给慈禧太后唱过戏，可是在帝国行政基本法《大清会典》中，唱戏的伶人还是贱民，无论自己在演艺界如何大红大紫，在县令眼中就是一个戏子。杨月楼悲从中来，英俊的脸庞流下了伤心的泪水。叶廷眷一拍惊堂木，宣布庭审结束，杨月楼跟韦阿宝两人收监，待韦天明回上海再行判决。

叶县令在法庭上铁面无情，广东商帮也在舆论上为审判造势。《申报》成为舆论的阵地。这份由英国茶商安纳斯托·美查（E. Major）创办的中文报纸有一句口号：上关皇朝经济，下知小民稼穑之苦。在杨月楼案一开始，《申报》刊登了一封粤商来信：月楼一优伶耳，胆敢与人家妻女通奸，罪当千刀万剐。究竟月楼一优伶，岂足污我粤人哉！[69]

广东商帮的介入立即将杨月楼案推向了更庞大的旋涡之中，杨月楼案发之初，上海滩就有千奇百怪的传闻，更为离谱的是说杨月楼乱伦，先跟韦阿宝之母通奸，然后再奸淫韦阿宝。为了将杨月楼牢牢地钉在耻辱柱上，《申报》刊登了另一篇粤商来信：月楼既略其人，复取其财，诡立婚书，妄称许配，业是光棍设略之伎俩；公然合卺，不避不逃，更属目无王法之豪强。

广东商帮在舆论阵地上完全否定韦杨婚姻的合法性，将一场轰轰烈烈的爱情逆转成为一桩悲剧，他们通过报纸的平台，给杨月楼扣上了"奸宿""拐盗""乱伦"一大堆帽子。广东一商人以"不平父"的名义，向《申报》投稿，谴责韦阿宝不守闺阁之训，"情窦初开，即心属月楼，以思淫奔，其不贞不洁之渐，已可概见"。[70]

一场明星的绯闻最终办成了铁案。江苏巡抚、李鸿章心腹、广东人丁日昌在审定叶廷眷提交的卷宗时，认定杨月楼案因演淫戏而发，所以须禁止 "淫戏"。政府接连在《申报》刊载《邑尊据禀严禁妇女入馆看戏告示》《道宪查禁淫戏》两则消息，禁止良家妇女进戏园子看戏。[71]政府将妇女划分"良贱"，令洋人相当惊讶，上海滩租界到处都张贴有匿名信，攻击《申报》收受广东商帮贿赂。[72]

欧美人高度关注杨月楼案，租界内的匿名信令《申报》遭遇公正性质疑，一直站在儒家伦理高度指责杨月楼的《申报》主笔跟编辑们开始了反思，他们在报纸上公开检讨偏听偏信广东商帮之谣言。《申报》在文章中第一次将掀起杨月楼案的广东商帮称为"韦党"，指出案件背后是庞大的宗族乡党——广肇公所的富商显贵们在操控。

广肇公所背后的广东商帮被推到了花案的前台。

上海滩的商人们都很了解这个广肇公所，它是叶廷眷走马上任上海知县的时候，召集以唐廷枢为首的广东商帮在镇江修建的，叶廷眷本人捐资1000两白银。广肇公所的董事成员中，绝大部分在上海的丝业、茶业、药业等行业公会中担任董事。广肇公所专供广东赴上海路过镇江的商人休息，以及洽谈业务之所。广肇公所还有一个更重要的功能，那就是中央官员南下的指定下榻之处，李鸿章、刘铭传、郭嵩焘等要员都是广肇公所的高级贵宾。

广肇公所标志着广东商帮在上海政治、经济地位的完全确立，成为广东商帮在上海最为庞大的乡族关系网。杨月楼案热炒背后，广肇公所的资金跟韦氏家族的关系也完全暴露出来。广肇公所在修建之初，部分资金是广东商帮捐献的，部分资金是在渣打银行进行抵押贷款的。广肇公所能够在欧美银行贷款源于渣打银行的第一任买办韦文圃。

韦文圃，广东香山人，韦氏家族在欧美银行的第一位买办。1858年，渣打银行在孟买跟上海同时开设两家亚洲分行，上海第一任行长叫麦加利，上海滩的政客、商人们都叫渣打银行为麦加利银行。麦加利到上海后，立即聘请韦文圃担任渣打银行上海分行的首席买办。韦文圃跟徐润、唐廷枢、郑观应一干广东巨商关系密切，更是叶廷眷府上的贵客。

叶廷眷铁心要将杨月楼推向深牢大狱，跟韦文圃有着莫大关系。韦天亮在控告杨月楼之前，曾经跟在上海的韦氏族人进行了细商。韦文圃身为广肇公所创始人，又在英国人的银行当买办，在韦氏家族具有相当影响力。韦氏家族会议上，深谙上海滩司法体系的韦文圃出谋划策，让韦天亮先在国际法庭控告，洋人自然会将案件移交上海县。

上海有两套司法体系，一套是地方政府的法庭，县令为审判长、首席法官，另一套是设在租界的国际法庭。国际法庭主要审理涉外案件，如果案件双方当事人均为中国人，案件跟第三国毫无关系，国际法庭会移交上海县法庭。现在上海县的首席法官就是广东香山人、广肇公所的发起者叶廷眷。

杨月楼案发生在上海租界，韦氏家族会议上已经进行过深入分析，国际法庭不会审理跟第三国毫无关系的案件，但是由韦阿宝的亲叔叔出面控告，国际法庭一定会高调介入。巡捕房将杨月楼抓捕归案后，广东商人轮番在媒体上炒作，将案件推向舆论暴风口，叶廷眷自然会假国际关注为名，按照韦文圃的意思定案。

《申报》的突然倒戈令广东商帮有点措手不及，乱伦说一出，令那些一开始愤慨杨月楼的民众，开始怀疑新闻的真实性，身为帝国当红的实力偶像派明星，慈禧太后都是杨月楼的粉丝，他岂能做出如此惊世骇俗有违人伦的龌龊事？一桩有违"良贱不婚"的婚姻案逐渐演变成离谱的明星八卦，上海租界的匿名帖背后，民众开始怀疑《申报》的公正性，怀疑新闻的公信力。

租界匿名信没有拿出证据证明韦氏家族贿赂《申报》，但是《申报》的主笔、编辑们都是中国人，深受儒家文化的影响，他们把名誉看得比生命都还重要，对广东商帮自然不能偏听偏信。韦文圃跟广肇公所复杂的关系，立即成为攻击者的把柄，民众有足够的理由怀疑广肇公所在操纵舆论导向，进而影响司法审判，为叶廷眷严判杨月楼铺路。

大清律法立即成为广东商帮的护身符。

《户律·婚姻》规定："嫁娶皆由祖父母、父母主婚，祖父母、父母俱无者，从余亲主婚。"[73]清朝的国家管理一直是行政跟宗族二元结构，婚姻关系到宗族的名誉及宗族成员的利益，所以地方行政长官一直默许宗族对族人婚姻掌有干涉权，特别是在危害到宗族共同名誉和共同利益之时，族人及族长可以强行阻止，或对当事者进行处罚。

广东商帮的律法言论一出，有人立即将老祖宗孟子搬出来打架。"孟子有言，女子之嫁也，母命之。"[74]韦阿宝的婚姻只有韦天明夫妇有权做主，韦父不在，则其母也可有主婚权。尽管韦母主持的婚姻有违"良贱不婚"的礼法，但她有主婚的正当性。同情杨月楼、韦阿宝的民众在给《申报》的文章中抨击广东商帮"代人为父"，无权代行家长之责。

"请以律论，妇女犯奸，惟其夫、其父始能执，家庭尊长尚不能预，何况同乡？"同情派抢占圣贤制高点之后，也扛起了律法的大旗，法律上规定得很清楚，有妇女通奸，只有丈夫跟父亲才有权问责，第三方没有权力进行干涉，甚至进行非公正的司法审判。广东商帮立即反击："今粤人不肯辱没乡亲，因韦某远出，迫不及待，公禀究治，足见粤人气节过人，誉之不暇，何毁之有？"

叶廷眷决定重判杨月楼，以"正风化，攘奸凶"。杨月楼很快就领到了刑事判决：流放黑龙江。杨月楼很是惶恐，因为他没有再见到自己的妻子韦阿宝。根据叶县令的判决，韦阿宝已经提交善堂择偶。[75]善堂为官办婚介所，专门为涉诉女子择偶。没有征求韦阿宝的父亲跟母亲的意见，为了族人、乡党的名誉利益，韦阿宝被善堂许配给了一个孙姓的老头儿。

如花似玉的美人眼泪汪汪地被送到了一个糟老头子的床上，简直就是人间悲剧，杨月楼看罢《申报》的报道，捶胸顿足号啕大哭，立即在上海滩激起了民愤。同情韦阿宝的人致书《申报》，言辞激烈地谴责广东商帮："阿宝尚有父在，又何必人人得而诛之？今众粤人既已代人作父，何以此时又需待其父归乎？谓阿宝之罪当死，何以众粤人不共杀之？"

1874年1月14日，《申报》的一篇文章火药味十足，广东商帮遭遇到了公开挑战："粤人所称为糠摆渡口（俗名买办细仔）、广东婆、咸水妹者，均系香山一县男女也。生无耻之乡，习不堪之业，在粤人已不齿之于人类，而香山男女方以此为生财之路，致富之端。"[76]挑战者辱骂广东商帮生于无耻，嘲笑有人向族人提出削掉自己的出生籍贯，不要叫自己广东人。

面对挑战者的公开叫骂，两天后有一位署名为"荥阳甫"的香山人致函《申报》，荥阳甫在信函中以明朝大儒黄佐、香山书院创始人郑一岳两家十八代书香为证，为广东人的品质、公正进行辩解。"既谓广东婆、咸水妹均系香山一县之女，何以无一操香山之音？" 荥阳甫在信函中引用南橘北枳的典故，"莫非自动为他县人拐骗，作此不类之事乎？抑入其乡食其水变其音而心亦变乎？"[77]

荥阳甫的信函在《申报》上刊出第二天，编辑部就收到了一封措辞更为激烈的来信。"香山既多寡廉鲜耻之人，而城中亦不乏贤士大夫之辈，乡间何与焉。"来信中直接开骂，认为贤士之人不能改变一个地区的无耻。来信者说，香山所管辖的澳门一带更甚，"僻壤穷乡蓬门圭窦所生之地，且强且悍，所习之业至贱至微，彼买办细仔辈，即此洋奴一端，岂非明证欤"。[78]

四大王牌洋行的买办席位一直被广东商帮垄断：1870年之前，琼记洋行23名买办中，广东人20名；旗昌洋行15名买办中，广东人8名；怡和洋行24名买办中，广东人12名；宝顺洋行21名买办中，广东人14名。四大王牌洋行中，广东买办一股独大，占比高达65%。更为重要的是，广东买办中绝大多数为香山买办，所以香山有买办之乡之称。[79]香山买办还有一个重要特征：家族世袭成风，莫氏、唐氏、徐氏、郑氏四大家族数代世袭，均有数十人出任买办。

攻击者在报章上说，上海滩的广东香山买办，头戴洋礼帽、手持文明杖、一身酷西装、一双亮皮鞋，看上去风光无限，他们偶有财势，栩栩然自鸣得意，他们献媚于洋人，早已忘却本来之面目矣。攻击者还嘲笑他们卖官鬻爵，用茶票捐纳红顶子，均为虚衔，"自命为有官无印之人，虚张声势，遇事招摇，则恐吓乡愚之心由此起矣，伤风败俗至于此极！"

明星绯闻已经演变成口水仗，攻击、谩骂之声不绝于新闻报章。《申报》刊登一系列攻击广东人、香山人名声的文章，令在上海的广东商帮怒火中烧。1874年1月19日，《申报》刊发了辱骂广东人毫无廉耻的文章后，广东人两次聚集在上海县大东门的道台衙门，威胁如果道台不采取行动，就焚毁《申报》馆杀死《申报》的编辑。[80]

新上任不久的上海道台沈秉成是浙江归安人，咸丰六年（1856年）进士，是个喜好文墨的江南文士。担任上海道台之前，沈秉成在宫中撰写皇帝的起居注，记录皇上的吃喝拉撒。上海滩犬牙交错的各派势力，令这位紫禁城出来的四品官头昏脑涨。杨月楼案从上海滩闹到全球都在看热闹，沈秉成只是静观《申报》上的笔墨官司，因为杨月楼案已经超越了案件本身，是以上海滩为半径的江浙势力对广东商帮的一种情绪宣泄。

杨月楼案的背后，是两个地区、两个商帮、两种文化的冲突。上海滩开埠之后，广东商帮跟随欧美政客、商人北上，在第二次鸦片战争中，以吴健彰为首的官商逐渐掌握了上海滩的政局，上海滩组建形成了一个庞大的广东政商网络，而出身贫贱的江浙商人在上海滩商界中地位低下，尽管有胡雪岩这样的富商，可江浙商帮在轮船招商局中的格局已经充分暴露其势弱。

紫禁城内的血雨腥风练就了沈秉成冷静的政治基因。广东人大闹府衙，他们是为了面子和声誉，他们都是穿西服的绅士，情绪稳定下来就没事了，闹不出大乱子。沈秉成装聋作哑，以香山人为代表的广东人跑到县衙，要求县令叶廷眷将他们的控诉转交给英国领事，让国际法庭惩处《申报》的中国员工。尽管《申报》的老板是英国人，叶廷眷却难以说服英国领事按广东人的要求办事。

现在是个微妙的时刻。杨月楼案审判定案后，叶廷眷将卷宗上呈到沈秉成处，这个时候广东人围攻道台衙门，沈秉成闭门不出，很显然这位上司有着江浙的乡党基因，他回避干涉《申报》的背后，是袒护江浙乡党利益。身为下属的叶廷眷岂能忤逆上官？叶廷眷只好在华界和城门张贴告示，宣布《申报》接受了杨月楼一案的贿赂，所刊文章均是谎言。[81]

以叶廷眷、唐廷枢、徐润、郑观应为代表的广东政商集团在杨月楼案中原本是维护其利益，没想到随着时间的推移，道德、名誉、人格、文化形象等方面的负面影响越来越大，叶廷眷的行政手腕令民众们更加反感。遗憾的是，代表中国改革先驱的唐廷枢他们，依然全面保持着寻求官方庇护及从官方谋取经商特权的传统，商业利益的竞争还局限在以地域划分的传统商帮的格局中。

叶廷眷很快就了解到一个重要信息，沈秉成将杨月楼的卷宗已经发到邻县重审。就在这个关头，《申报》转引了伦敦一家报纸的报道，报道说上海滩风传有人愿意出2万两白银，让县令务必将杨月楼置之死地。报道还引述洋人之口，质疑供词的真实性、审理程序的合法性，以及首席法官叶廷眷的回避问题。《申报》的报道已然站在了广东政商集团的对立面。

广东政商集团立即警觉起来，《申报》的新闻将影响杨月楼案的重审，一旦杨月楼案翻盘，广东人在上海滩将颜面尽失。叶廷眷召集唐廷枢、徐润、郑观应、容闳等一干大佬在上海召开秘密会议，决定创办一份能够完全传递广东政商集团声音、政见、主张的报纸。唐廷枢他们当即拍板掏钱办报，耶鲁高才生容闳负责运营，笔杆子商人郑观应把握内容。

叶廷眷筹谋办报一事很快就让《申报》的记者知道了。"现闻粤人拟在上海另开新闻馆一所，首先倡捐者，上海令叶邑侯也；倡议开馆者，唐君景星诸人也；倡立馆规者，容君纯圃也；主笔诸君，皆延粤中名宿也。机器、铅字皆容君所承办也。馆则设立于招商局侧，并闻另延西人代为出名。"[82]《申报》的报道无异于扒光了广东政商集团的底裤，官员跟商人合谋操控舆论，天下哗然。

《申报》的报道没能阻止叶县令办报的雄心壮志，叶廷眷、唐廷枢、容闳他们纷纷捐款，很快报纸的1万两资本金到位。要想跟《申报》一争高下，那么就一定要放眼全国，走向世界，他们决定将报纸办得更加国际化。几番秘密会议后，容闳邀请英国人葛理（Grey）担任名义上的总主笔，聘黄子韩、贾季良、管才叔和朱莲生等负责具体内容。容闳还将报社办公地选在轮船招商局旁边。

容闳将报纸取名为《汇报》，英文名为*News Collector*。《汇报》的宗旨是"专以翻刻中外新闻、逐日传报，以期改良社会之习惯，周悉外人之风尚，考较商业之良窳，增进国民之智慧，尤要协力同心，公正办理"。《汇报》的宗旨隐喻杨月楼案衍生出来的社会风气问题。郑观应在撰写《汇报》章程的时候阐述了办报思想：励风俗、宣教化，增长绅智，有益于民生国计。

《申报》立即站出来揭露《汇报》创办的内幕："实基于以绅控优一案而已。当时因本馆指陈刑讯之惨，以故地方官挟怒而另设一报以谋抗我也。"[83]《申报》内容之露骨令广东政商集团十分难堪，广东商帮因为《申报》质疑杨月楼一案，导致民众公论，惹怒了县官叶廷眷，才有了官员跟广东商人会商另设报馆，意图压制《申报》，达到不让民众清议官商勾结一类的丑事。

遥远的直隶总督府，李鸿章看完上海滩的报纸，提笔给跟广东商帮关系密切的孙士达写信：广帮跟苏浙等帮各向争胜，难遂合作。[84]广东商帮在上海滩的做大，势必会跟江浙商帮发生利益冲突，广东商帮重组轮船招商局后，杨月楼案成了利益冲突的导火索。轮船招商局犹如一个婴儿，商帮们却在上海为一桩花案打得你死我活，如此激烈的冲突令李鸿章相当焦虑。

▶▶ 注释

[1] [日] 久米邦武：《特命全权大使美欧回览实记》，明治十一年（1878）。

[2] [日] 石井孝：《幕末日法间的经济关系》，《历史研究》第6卷。

[3] [日] 清沢冽：《外政家大久保利通》，东京中央公论社昭和十七年初版。

[4] 《副岛外务卿米公使台湾一件应接书抄略》，日本国立公文书馆藏档：A03031117700。

[5] 《筹办夷务始末》（同治朝卷86），上海古籍出版社2008年版。

[6] 《海防档》（乙）《福州船厂》（上），1957年版。

[7] 《海防档》（乙）《福州船厂》（上），1957年版。

[8] 《左宗棠全集·奏稿》卷5，岳麓书社2009年版。

[9] 《左宗棠全集·奏稿》卷5，岳麓书社2009年版。

[10] 《筹办夷务始末》（同治朝卷81），上海古籍出版社2008年版。

[11] 《筹办夷务始末》（同治朝卷86），上海古籍出版社2008年版。

[12] 《筹办夷务始末》（同治朝卷86），上海古籍出版社2008年版。

[13] 《筹办夷务始末》（同治朝卷86），上海古籍出版社2008年版。

[14] 《筹办夷务始末》（同治朝卷86），上海古籍出版社2008年版。

[15] 《筹办夷务始末》（同治朝卷86），上海古籍出版社2008年版。

[16] 《筹办夷务始末》（同治朝卷86），上海古籍出版社2008年版。

[17] 《筹办夷务始末》（同治朝卷87），上海古籍出版社2008年版。

[18] 《筹办夷务始末》（同治朝卷87），上海古籍出版社2008年版。

[19] （清）盛宣怀：《愚斋存稿》，文海出版社有限公司1975年版。

[20] 燕明义编：《上海沿海运输志·朱其昂传》，上海社会科学院出版社1999年版。

[21] 《李文忠公全集·奏稿》卷20，上海商务印书馆1921年版。

[22]《李文忠公全集·奏稿》卷20，上海商务印书馆1921年版。

[23]《海防档》（总署收李鸿章函，附轮船招商条规），1957年版。

[24]《海防档》（甲）《购买船炮》，1957年版。

[25] 夏东元编著：《郑观应集》（上），上海人民出版社1988年版。

[26] 燕明义编：《上海沿海运输志·朱其昂传》，上海社会科学院出版社1999年版。

[27] 李德林：《帝国沧桑：晚清金融风暴幕后的历史真相》，南京大学出版社2009年版。

[28] C.John Stanley：*Late Ch'ing Finance：Hu Kwang-yung as an Innovator*，Cambridge，Mass：East Asian Research Center Harvard University，1961。

[29]《李文忠公全集·朋僚函稿》卷12，上海商务印书馆1921版。

[30]《李文忠公全集·奏稿》卷20，上海商务印书馆1921年版。

[31]《李文忠公全集·朋僚函稿》卷12，上海商务印书馆1921年版。

[32] 曾鲲化：《交通史·航政篇》，文海出版社1973年版。

[33] 曾鲲化编：《中国铁路史》，文海出版社1973年版。

[34]（清）孙士达：《孙竹堂观察书牍辑要》，1933年线装版。

[35]《清查整理招商局委员会奏折书》下册，1928年版。

[36]《清史稿·何璟传》，列传二百四十五，中华书局1977年版。

[37] 聂宝璋、朱荫贵编：《中国近代航运史资料》第一辑，中国社会科学出版社2002年版。

[38]《刘坤一遗集》，中华书局1959年版。

[39]《李文忠公全集·朋僚函稿》卷12，上海商务印书馆1921年版。

[40]《轮船招商局第一年账略》，《申报》，1874年9月17日。

[41] Yen-P'ing Hao：The *Comprador in Nineteenth Century China：Bridge Between East and West*，Harvard University Press，1970。

[42]《盛宣怀档案》，"徐润致盛宣怀函"，同治十二年七月初七日。

[43] Yen-P'ing Hao：The *Comprador in Nineteenth Century China：Bridge Between East and West*，Harvard University Press，1970。

[44] 夏东元编著：《郑观应集》，上海人民出版社1988年版。

[45]（清）孙士达：《孙竹堂观察书牍辑要》，1933年线装版。

[46]《李文忠公全集·朋僚函稿》卷12，上海商务印书馆1921年版。

[47]《李兴锐日记》，中华书局出版社1987年版。

[48] Yen-P'ing Hao：The *Comprador in Nineteenth Century China：Bridge Between East and*

West, Harvard University Press, 1970.

[49]［美］刘广京：《英美航运势力在华的竞争》（1862—1874），上海社会科学院出版社1988年版。

[50]（清）盛宣怀：《盛档·丁寿昌致盛宣怀函》，同治十一年三月（1872年3月）。

[51]《怡和洋行档案》，英国剑桥大学藏。

[52]《怡和洋行档案》，英国剑桥大学藏。

[53]［美］刘广京：《唐廷枢之买办时代》，清华学报社1961年版。

[54]《上海新报》，1877年3月28日。

[55]《李文忠公全集·译署函稿》卷1，上海商务印书馆1921年版。

[56]《李文忠公全集·朋僚函稿》卷12，上海商务印书馆1921年版。

[57]《通闻西报》，1887年1月15日，第二页。

[58]《教会新报》，1873年6月28日。

[59]《申报》，1873年7月29日。

[60]《沪报》，1885年12月5日。

[61] Yen-P'ing Hao: *The Comprador in Nineteenth Century China: Bridge Between East and West*, Harvard University Press, 1970.

[62] 陈旭麓等编：《盛宣怀档案资料选辑之八——招商局档案》，上海人民出版社2002年版。

[63] A.Feuerwerker: *China's Early Industrialization*, Harvard University Press, 1958.

[64]《李文忠公全集·朋僚函稿》卷12，上海商务印书馆1921年版。

[65]《申报》，1875年3月31日。

[66]《申报》，1872年4月12日。

[67]《申报》，1873年11月4日。

[68]《申报》，1873年11月5日。

[69]《申报》，1873年11月17日。

[70]《申报》，1873年11月19日。

[71] 吕实强：《丁日昌与自强运动》。

[72]《申报》，1873年11月28日。

[73]《大清律例》卷10。

[74]《申报》，1873年11月25日。

[75]《申报》，1873年12月16日。

[76] Bryna Goodman: *Native Place, City, and Nation: Regional Networks and Identities in Shanghai*, 1853—1937, Stanford University, 1990.

[77]《申报》，1874年1月17日。

[78]《申报》，1874年1月19日。

[79] Yen-P'ing Hao: *The Comprador in Nineteenth Century China: Bridge Between East and West*, Harvard University Press, 1970.

[80]《北华捷报》，1874年1月29日。

[81]《申报》，1894年2月12日。

[82]《申报》，1873年3月12日。

[83]《申报》，1874年5月12日。

[84]《李文忠公全集·朋僚函稿》卷12，上海商务印书馆1921年版。

08

第八章

内外交困

军机泄密案一波三折，大小官员白忙一场（一）

华盛顿埋下棋子

1874年8月2日，紫禁城乌云密布。慈禧太后垂帘听政的东暖阁内空气凝滞。身处东暖阁的恭亲王奕訢，内心深处更是翻江倒海，惴惴不安。要知道，自1873年同治皇帝亲政后，慈禧太后便很少过问朝廷之事，如今却以一道十万火急的口谕将自己传召至此，一定是出大事了。果不其然，慈禧太后愤怒地将一份报纸丢给奕訢，斥责道："荒唐，军机处密文都上报纸了，日本人在台湾能不猖獗吗？"

奕訢战战兢兢地接过报纸，一看，当即目瞪口呆。原来7月11日出版的《汇报》将军机处5月14日的一份密件全文刊登，内容大致如下：日本陆军中将西乡从道率领日军已经占了台湾牡丹社（牡丹社为当时台湾一个原住民部落），牡丹社酋长阿禄古父子战死。军机处下令船政大臣沈葆桢带兵以巡阅为名，妥善处理台湾"牡丹社事件"。该报不仅全文刊载了清廷对"牡丹社事件"的处理谕令，还刊载了沈葆桢上奏的策略等重要文件。

台湾"牡丹社事件"令北京朝廷焦头烂额，而军机处泄密案则令国际局势更加波谲云诡。

1840年，英国人用大炮轰开了中国国门。随后，英法联军又火烧了圆明园。此时，美国也妄图横插一脚。自其南北战争结束后，在亚洲一直毫无建树的美国人，也将国际战略的重心放在了东北亚。他们在中国东南沿海埋下了一颗致命的棋子——李仙得。

李仙得（Charles William Le Gendre），一个出生于法国，在美国南北战争中崛起的少壮派将军，退役后出任美国驻中国厦门领事。他在中国最重要的使命就是：盯紧闽浙地界及周边的一举一动。由此可见，美国华盛顿方面的战略意图相当明显，他们认为，台湾孤悬海外，原住民势力错综复杂，又跟琉球、日本一衣带水，只要台湾异动，美国人的亚洲策略就能完美实施。

早在1870年，时任厦门领事的李仙得就截获了闽浙总督英桂调兵的军事密函，此举震动了大清朝廷，也令华盛顿方面相当被动，美国总统格兰特（Ulysses Simpson Grant）甚至准备将李仙得调任阿根廷大使。而美国鹰派政客、驻日本公使德隆（Charles E. DeLong）却力邀李仙得赴日，并图谋将台湾通过李仙得推荐给明治政府。德隆的如意算盘是：由于李仙得手上有大量的台湾情报，而且曾与原住民部落的多位酋长歃血为盟，只要日本方面对李仙得掌握的情报动心，那么日本就将成为美国实施亚洲策略的马前卒。

1872年10月，德隆非常得意地给华盛顿的国务院写信，内容如下："在目前形势下，我深信已经发现了一个执行我这些计划的机会，可能用不着流血，但是，如果要动干戈，可以使那个战争成为把台湾和朝鲜的庄严的领土放在一个同情西方列强的国家（指日本）的旗帜下的战争。"[1]德隆希望格兰特总统另外派驻阿根廷大使，因为他认为李仙得将会是美国实施亚洲策略的重要执行者。

1873年5月1日，奥地利银行疯狂抛售其持有的美国铁路股票。此前，整个欧美都陷入购买美国铁路股票的疯狂之中，奥地利银行的举动犹如向烧红的烙铁泼了一盆凉水。接着，持有美国铁路股票多达50%的英国投资者也开始抽身。1873年9月8日，华尔街崩溃了，全美5000家商业公司和57家证券公司相继倒闭，美国经济陷入前所未有的萧条之中。此时的华盛顿已急得如热锅上的蚂蚁。

当时，华盛顿政府将明治政府视为一只稚嫩的猎犬，这只"猎犬"有着狂傲的基因，但暂时没有称霸的实力。明治维新后，明治功勋们掀起了狂热的土地改革。土地改革导致那些寄生在封建土地上的大名、公卿、武士失去了俸禄，于是政府以公债作为补偿，试图将特权阶层顺利转变为工商资本家。

不过，明治政府的功勋们很快发现，那些腰悬宝剑的武士根本就不是经营银行、铁路、土地的料，他们手上的公债最终落到了商人与放高利贷者手上。

改革中的明治政府

一开始，明治政府的改革令民众兴奋不已，可是经济的快速下滑却令明治功勋们措手不及。于是，1871年11月至1873年9月，明治政府派出以岩仓具视、大久保利通、伊藤博文为首的勋臣分批到欧美考察。远赴欧美的日本使团不断地写信回国，提出"殖产兴业""文明开化"和"富国强兵"三大政策，以此作为明治政府的改革方略。明治政府于1870年12月成立工部省，于1873年11月成立内务省。在经济方面，明治政府强推"殖产兴业"政策，希望通过国有资本带动整个国家的经济发展。

明治政府将矿山、工场、纱厂、铁路都收归国有，在西方技术的帮助下，建起了一批批的模范工厂、模范产业，但也导致那些向工商业转型失败的贵族、武士迅速破产。于是，明治政府内部出现了保守与改革两派。依靠地方武装起家的明治勋臣西乡隆盛开始同情没落的武士阶层，提出日本东亚战略，实施对外扩张。

以西乡隆盛为首的一帮明治大佬开始琢磨：到底是攻打朝鲜，还是攻打台湾。而明治政府认为，朝鲜只是大清帝国的属国，台湾却归入了大清帝国的版图，所以打朝鲜更容易得手。美国人听说后相当高兴，德隆希望华盛顿政府能够支持自己，让自己来驾驭日本这只小猎犬。

副岛种臣，"佐贺七贤"之一、明治政府勋臣，和西乡隆盛一样，都是扩张主义者。1872年8月，在副岛种臣的强推之下，明治政府居然把驻朝鲜釜山的草梁倭馆转归日本外务省直接管理。但就在此时，前往欧美访问的岩仓具视、大久保利通等人回到日本，他们想将从欧美学来的，融政治、经济、军事、文化为一体的现代化改革全面推进，让日本先强大起来再对外扩张。于是，西乡隆盛与副岛种臣进兵朝鲜的计划便一拖再拖。

欧美之行令岩仓具视等人深受刺激，他们发现，不仅英、法、德、俄等欧洲大国拥有强大的军事力量，就连丹麦、瑞典这些弹丸小国也都拥有不可小觑的军事实力。当时的德国首相俾斯麦在与日本使团把酒言欢后说道："国际政治就是一个弱肉强食的罗马角斗场，普鲁士从一个小国走向了统一的大德国，唯一的诀窍就是通过军事强权去获取国际上平等对话的权利。"[2]

俾斯麦酒后的一通慷慨陈词令岩仓具视一行激动不已。岩仓具视在德国考察期间意识到，德国人先是通过战争勒索了法国人50亿法郎和矿山，然后又将大量的战争赔款投入到银行和矿山中，令德国经济以火箭般的速度直冲而上。因此，岩仓具视认定德国的军事强权是"富国之本"，而英、法的工商业经验则是军事改革的重要保障，日本要成为大国也需要一系列的制度改革。

岩仓具视在欧美考察期间听到不少关于中国的言论。例如，俾斯麦就根本不看好中国的改革。没错，在围剿太平军的过程中，清政府就开始摸索着国有资本的改革，成立以安庆内军械所、江南制造总局、马尾船厂等军工厂为代表的军事工业拉开了大清帝国改革的序幕，到欧洲考察的大清帝国官员也对军工产品的设计制造产生了浓厚的兴趣。但在俾斯麦看来，中国的改革只注重技术层面，对政治体制与社会制度改革却重视不够，失败早已注定。

俾斯麦对中国改革的悲观态度令岩仓具视感到振奋。他觉得日本一直活在大清帝国的阴影之下，一旦通过改革超越中国，东亚强国之远略指日可期。不过，岩仓具视很快就冷静下来，他意识到以李鸿章、左宗棠、沈葆桢为首的汉族官僚集团开始将改革从国有资本扩大到民营资本，中国富国强兵的全面改革也已经开始了。一旦日本出兵朝鲜，中国为了维护龙兴之地东三省的利益，一定会出兵帮助朝鲜这个属国，日本扩张的锐气将受到严重打击。

身为陆军元帅兼近卫军都督的西乡隆盛对岩仓具视的谨慎很不理解。他认为，英国、美国、俄国都盯着朝鲜这个弹丸小国，日本一旦失去了先机，扩张的第一步都难以迈出，何谈立足东亚，成为世界大国？西乡隆盛视以李鸿章为首的汉族官僚集团为羔羊，急于将那些流浪的武士推向血腥的战场。

岩仓具视从欧美考察回来，大道理一套一套的，西乡隆盛自然辩不过，他一生气便回鹿儿岛兴办军校去了。副岛种臣也辞去了外务卿的职位，可他是个闲不住的人，很快又将目光瞄向了台湾。这时，李仙得带着详细的台湾情报到了日本，这让副岛种臣心花怒放，当即提出：日本如果能够统治台湾，便由李仙得任总督代表日本行使统治权，并答应给李仙得提供与驻日公使一样的优待——每年一万两千美元的高薪。不久之后，明治政府便授予李仙得"准二等出仕"头衔，专门襄助副岛种臣办理台湾事务。

1873年，副岛种臣带着李仙得来到北京，参加同治皇帝的亲政大典。到北京后，副岛种臣大半夜跑到总理衙门，要求享受与欧美使臣一样的觐见礼遇，结果遭到奕䜣的拒绝。其间，李仙得不断在北京活动，拉拢欧美各国公使，为日本出兵台湾寻找借口。

日本把美国也拖上了"台湾战车"

虽然德隆已将李仙得推荐给副岛种臣，可是进兵台湾毕竟是明治政府海外扩张的第一仗，如果没有西方国家的支持，日本还是很难跟庞大的清政府对抗。于是，副岛种臣决定试探一下德隆的口风。德隆一听明治政府有出兵台湾的计划，就很无耻地说："美国是不占别国土地的，如果友好的国家占有这个地方，这是我们所欢迎的。"[3]

副岛种臣非常清楚华盛顿政府的算计，决定将计就计，将美国也拖上台湾问题的战车。1874年3月15日，李仙得发电报与美国政府交涉有关日本雇用美海军少校卡塞尔（Douglas Cassel）和陆军中尉华森（J. R. Wasson）一事，获得了美国政府的同意。美国政府的决定足以向世人证明：美国军方已经默认了日军进兵台湾。

雇用美国军人只是明治政府的第一步。副岛种臣让李仙得以日本政府代理人的身份，与美国商人签订购买武器弹药的合同，还让他发电报到厦门，为日军购买军粮。不仅如此，李仙得还积极奔走，雇用花旗公司的轮船"纽约"号（New York），用于运送日本兵，并代日本买下了商船"沙夫茨堡"号（Shaftsburg）。被任命为"总指挥"的西乡从道亲自将该船改造为日军战舰，并改名为"社寮丸"号。

为了让欧洲各国认定日本出兵台湾是由美国支持的，西乡从道密令李仙得与美军东印度舰队联系，让军舰"蒙诺加赛"号（Monocay）舰长康兹（A. Kantz）承诺，到时会率领美国军舰尾随日军军舰，在日军军舰计划停靠的台湾琅峤湾地区为日军助威。李仙得还向日本政府提供了1872年3月美国海军绘制的"社寮"附近港湾地图，以及航海和气象方面的情报。[4]

西乡从道是只狡猾的狐狸，他深知英国跟清政府的密切关系。从1840年的鸦片战争开始，到第二次鸦片战争，英国人一直谋求在华利益最大化。因此，日本进兵台湾不能绕开英国。西乡从道决定高价买下英国商船"台尔塔"号（Delta），将其改名"高砂丸"号，作为军队的旗舰。

台湾气候炎热，西乡从道下令李仙得寻找一位热带医学方面的医生。于是，在台湾打狗（现高雄）海关做医官的医师梅森（Dr. Patrick Manson）成为西乡从道的首要人选。在台湾期间，梅森除了完成医疗事务，还要负责气象监测，对台湾政商以及气象相当熟悉。更为重要的是，梅森是英国人，只要他以翻译身份随日军入台，再加上英国的售船行为，欧洲方面就会认定英国支持日本进兵台湾。

五天后，李仙得就雇用梅森为日军进兵台湾的中文翻译。

很快，英国驻日公使巴夏礼发现不对劲，立即找日本外务大臣寺岛宗则问询。[5] 日本当年炮击英国舰队时，寺岛宗则被英军俘虏，对英国人一直心存忌惮。此人一看纸里包不住火，立即跟巴夏礼会晤。[6]巴夏礼见面就问寺岛宗则，日本进兵台湾是否征得清政府同意？寺岛宗则回答：日军进兵台湾没有通报清政府，但是清政府在1873年明确告知副岛种臣，"蕃地乃政令教化无法达到之地"。

曾经挑起第二次鸦片战争的巴夏礼骨子里关心的是英国的利益。台湾的樟脑、煤炭、糖是欧美国家垂涎的资源。[7]19世纪60年代，台湾开放通商，英美资本控制了整个台湾的商业。仅1873年，台湾就出口樟脑143万磅，糖6749万磅，煤炭47447吨。因此种种，英国岂能容忍日本染指台湾？

巴夏礼担心的是美国，他认为华盛顿政府同意本国现役军人当日本的雇佣兵，而岩仓具视使团又在华盛顿处心积虑要修约，因此东京跟华盛顿一定是达成了密约。一旦日本军队跟美国雇佣兵进入台湾，到时候英国的政治影响力将迅速下滑，英国资本也将失去对台湾经济的控制力。巴夏礼希望寺岛宗则能够明确地告诉他，日本进兵台湾能否保护英国的商业利益。

寺岛宗则无法给巴夏礼任何承诺。几番交涉无果，巴夏礼相当失望。于是，巴夏礼立即将日本出兵台湾的消息告知英国驻华公使威妥玛（Thomas Francis Wade），希望他将消息透露给北京方面。[8]威妥玛收到消息后，立即给总理衙门发了密函，告知清政府要小心，日本人正在往东南沿海调兵，他们的目的地是台湾。

威妥玛在密函中再次询问奕䜣，台湾是否划归中国版图？日本人进兵台湾，是否跟北京商议？威妥玛在密函中显得很是焦急，希望总理衙门能够以电报的方式见信回复。奕䜣收到密函后立即电告威妥玛，台湾地界隶属中国版图，不仅如此，类似地方都是中国的，日本使臣在1873年到京时没有提及派兵赴台湾等地。总理衙门收到英国密函时，当即明白日本方面显然没有就兴兵台湾一事通告清政府。

收到威妥玛密函的第二天，英国汉文正使梅辉立（W.F.Mayers）到总理衙门拜见奕䜣，就威妥玛密函一事进行当面确认。梅辉立走后，法国驻华使馆首席翻译官德微理亚（Jean Gabriel Deveria）也走进了总理衙门，询问日本进兵台湾事宜。法国人可不想通过战争瓜分到的利益让日本人掠走，他们希望清政府对日本采取强硬的回击。

奕䜣意识到台湾问题的严重性，可是一直没有收到闽浙政界跟军界的任何情报，难以判断日本兵犯台湾的情势。第三天，总税务司赫德也来到了总理衙门，希望了解北京方面的动向。赫德还没走，西班牙驻华公使丁美霞（F.Otinmsias）也来了，奕䜣再次重复跟威妥玛的那一套说辞。[9]

北京方面的信息很快传到了日本，巴夏礼立即给寺岛宗则写信，表示如果日本与中国发生军事冲突，英国将严守中立。同一天，俄国、意大利、西班牙等欧洲国家也宣布中立。接替德隆的新任美国驻日公使宾含（J. A. Bingham）成为唯一没有发表中立宣言的驻日公使。《日本日刊新闻》（*Japan Daily Herald*）还在此时刊文指出：宾含默认了日本对美国船舶的雇用及美国军人对日本的协助。

跟德隆一样，宾含也是华盛顿亚洲策略的忠实执行者，是一个虚伪的鹰派人物。面对欧洲各国对日本的孤立以及舆论的轰炸，宾含在《日本日刊新闻》刊文后的第二天立即给寺岛宗则写信，明确表示美国政府尊重美中友好关系，主张中国拥有台湾全域的主权，同时禁止美国船舶及人员参与出兵行动。

美国的中立宣言令明治政府惊慌失措，但西乡从道已经率领日本兵跟美国雇佣兵向厦门全速开进。很快，奕䜣收到了两江总督李宗羲的报告，他说有一艘日本军舰已开到了厦门港口，福建水师正在对其进行询问，日方说要借校场操练兵马。但是，日本军舰是从台湾澎湖而来，问及往何处去，有什么目的，军舰上的人却回答得支支吾吾。

后知后觉的朝廷

奕䜣意识到问题越来越严重，更令他诧异的是，闽浙总督李鹤年、福州将军文煜、船政大臣沈葆桢、福建水师提督罗大春这一干大员却没有汇报任何情况。奕䜣决定将日本进兵台湾一事报告给同治皇帝。经过御前会议的讨论，军机处立即向李鹤年、文煜、沈葆桢、罗大春、李宗羲、直隶总督李鸿章发出军事密令，令沈葆桢带领水师舰队，以巡阅为名，前往台湾生番一带察看，妥善处理生番事宜。[10] 军机处还向福州将军文煜下达了紧急调兵令。

手握调兵大权的沈葆桢立即调令台湾镇总兵张其光、台湾道夏献纶率兵分驻南北两路，以"扬武""飞云""安澜""靖远""振威""伏波"六艘军舰常驻澎湖，"福星一号"驻防台北，"万年一号"驻防厦门，"济南一号"驻防福州，"永保""琛航""大雅"三船充当运输舰，另派一船在闽沪之间测海、通消息。

沈葆桢同时向北京提出了购买德国洋枪、铁甲船的请求，并派福建布政使潘蔚跟西乡从道交涉。此时的西乡从道信心满满，因为在出兵之前，明治天皇就在御前会议上进行了周密筹划，制订了利用日军攻占台湾南部之机，兴兵一万直取北京，囚禁清帝，令中国十八省瓦解的作战计划。西乡从道根本就没有将潘蔚放在眼里。双方交涉无果。

北京方面掌握了日方聘请美国高级官员担任顾问以及军事指挥官的情报。李鸿章立即向总理衙门推荐了耶鲁高才生容闳，建议派容闳携带总理衙门的公函，远赴华盛顿跟美国国会议长理论，希望美国能够遵循中美友好条约，保持中立，撤回雇佣兵跟军事指挥官。[11]

由于赴美之行路途遥远，李鸿章当时非常担心容闳此行于事无补，所以希望总理衙门能跟美国驻华使馆谈判。为了让欧美列国知晓北京政府有理，李鸿章还建议容闳赴美，哪怕要花三四个月，也要保证北京政府的此番演出的成功。

当一切的一切都在按照双方的计划进行时，军机处的军事密令却出人意料地悉数曝光。更令北京政府尴尬的是，报纸还将英国使馆向总理衙门写密函一事也一股脑儿地刊登了，这立即让英国陷入被动局面。一时间，国际舆论哗然，日本方面在台湾更是有恃无恐，血洗台湾地带，牡丹社等地已经成其囊中之物。

奕䜣很快就明白了，《汇报》只是泄密报纸之一，《上海新报》《华字日报》都刊登了军机密函。慈禧太后的暴怒令奕䜣胆战心惊，这已经是闽浙地区四年之中的第二次军事泄密了，闽浙政界跟军界已经毫无秘密可言。奕䜣立即召集军机处的一干人马开军机会议，军机大臣们认定，报纸泄密背后有一个庞大的利益集团，一定要彻查军机泄密案。

军机泄密案一波三折，大小官员白忙一场（二）

龙颜大怒，下令彻查泄密案

北京专案组开始行动了。

"此等紧要事宜，岂容稍有泄露？"慈禧太后责令军机处严厉查处泄密案，一定要对与泄密案相关的大臣、将军、督抚进行严厉训诫，并且下令官员以后处理中外交涉事件一定要慎重，不得"稍涉疏虞，至于咎戾"。慈禧太后还定下了一条铁律："嗣后奉到谕旨及陈奏折片，除抄寄总理各国事务衙门及应行函寄各处外，其余均不必抄咨，以昭严密。"

以奕䜣为首的军机处成立了专案组，调查军事机密到底是从哪里泄露的。8月2日当天，六百里密谕从军机处发出，要求跟泄密案相关的一干大臣、督抚、将军，必须在接到调查令第一时间内进行自查，并提交一份详细的调查报告。沈葆桢、李鸿章、文煜、李宗羲、李鹤年、潘蔚等人均为调查的对象。自然，作为当事人的沈葆桢更是成为调查的重点对象。

收到密旨后，沈葆桢"伏读之下，且感且悚"。[12] 报纸到底是怎么弄到军机密函的，沈葆桢对此还是云里雾里。但无论是军机处的密函还是沈葆桢上奏朝廷的报告，都已经泄露了。沈葆桢自知难辞其咎，于是立即向同治皇帝进行了极为诚恳的检讨，甚至提出：自己甘愿接受御前会议的处理。

同治皇帝收到沈葆桢的报告后，只是在报告上朱批了一句话："沈葆桢著交部议处。"同治皇帝的朱批令整个官场震动。且不说沈葆桢是否会主动泄密，即使沈葆桢主动泄密，在泄密案没有任何调查结论之前，朝廷就给了沈葆桢处分，一定会令远在台湾的日军士气大振。沈葆桢的一番大度自罚之词，成了同治皇帝整肃官场的靶子。

远在南方的沈葆桢万万没有想到，在自己向皇帝上呈自我检讨报告期间，北京城已经是风云变幻。当时，同治皇帝宣布要重修圆明园。恭亲王、惇亲王、醇亲王等十大重臣联名反对，理由是：新疆阿古柏叛乱未平，台湾海峡剑拔弩张，战争消耗以及各种赔款早已令朝廷入不敷出。同治皇帝一生气，就免掉了恭亲王奕䜣的一切职务，并交宗人府严惩。

同治皇帝自登基到1873年亲政，这期间一直是慈禧太后跟恭亲王奕䜣说了算，雄性激素超标的小皇帝只好混迹烟花柳巷。对于年轻的同治皇帝来说，烟花无限好，却已经近黄昏了。一身病的同治皇帝内心极度惶恐，他担心自己死后，爱新觉罗家族的江山无人来掌管。奕䜣？的确，奕䜣是最有力的竞争者。但同治皇帝不得不考虑一个严峻的问题：叔叔岂能将侄子供奉于太庙？

修圆明园只是同治皇帝的一个借口罢了，在慈禧太后跟同治皇帝的计划中，将奕䜣罢官削爵，为接班人铺路才是真正目的。但他们没想到奕䜣会联手十大重臣反对。在选择接班人的敏感时期，沈葆桢成了皇权跟相权博弈的出气筒，同治皇帝决定将军机泄密案扩大化，杀杀大臣们的气焰。

1874年9月5日，同治皇帝向军机大臣们发布了一道严厉的谕旨。

同治皇帝在谕旨中重申，今后对军机处密寄谕旨，要加意慎密，并要求两江总督李宗羲对上海新闻纸刊刻密寄谕旨一案，严密确查。同治皇帝这一道谕旨同样让军机处以六百里加急发给了沈葆桢、李鸿章、李宗羲、文煜、李鹤年、潘蔚一干文臣武将。[13]

同治皇帝在谕旨中措辞强硬，声称如果今后发生类似泄密案，"致误机宜，唯涉案将军、督抚等是问"。这份雷霆之怒溢于言表的谕旨除了发给沈葆桢他们之外，同时还发给了文华殿大学士瑞麟、盛京将军都兴阿、协同管理内务府大臣兼署兵部右侍郎志和、浙江巡抚杨昌浚、广东巡抚兼署两广总督张兆栋等。

在军机泄密案扩大化的背后，是同治皇帝要整肃帝国官场的决心。皇帝是在告诉天下臣民，无论是亲王还是封疆大吏，大清帝国的主人唯同治皇帝一人，凡有涉及爱新觉罗家族核心利益者，万难饶恕。

李宗羲被吓坏了，《汇报》跟《上海新报》就在自己管辖的范围之内，身为两江总督，自己一直没有给皇帝一个明确的说法，在皇帝眼中就是管辖能力有问题。接到谕旨后，李宗羲立即派员到上海调查。经查，《上海新报》背后是一帮欧美洋人在支持，他们的报道是援引香港《华字日报》。《汇报》是一帮广东商人创办的，报道也是援引《华字日报》。不过，《汇报》却令李宗羲头大。

《汇报》的股东有唐廷枢、郑观应、容闳、徐润。这些人都是李鸿章在推行改革时的先锋，尤其是唐廷枢跟容闳两人，更是李鸿章的左膀右臂。沈葆桢跟李鸿章本是同科，可是在左宗棠北上的时候，沈葆桢成了左宗棠钳制李鸿章的棋子，因而这次事件的背后一定大有文章。

李宗羲很快就给北京写好了调查报告，他从一开始就强调自己的保密警惕性很高："凡遇秘密公牍，皆由内署缮办，卷存内署，不敢稍有泄露。"李宗羲在报告中还说，《上海新报》跟《汇报》的内容均抄自香港《华字日报》，上海这两家报纸在抄录的时候都特地注明香港的消息是来自福州，这说明问题出在闽浙军界和政界身上。

锁定泄密对象——《华字日报》及主编陈言

于是，闽浙总督李鹤年派同知文绍荣前往香港密查《华字日报》。文绍荣很快就摸清了《华字日报》的底细。此报于1872年开始独立发行，是英人所办英文报纸《德臣报》（*Dail Press*）的中文版，当时的主持者为《德臣报》之主笔陈言，他自幼信奉天主教，中英文俱佳。《华字日报》内容取材不外乎翻译西报及转载京报，以及本地新闻而已。

在香港密查期间，文绍荣发现陈言已经离开了香港，他的同事说他去了福州。可是文绍荣回到福州秘密调查后却发现，陈言已经到了台湾府。陈言为何去台湾？他跟闽浙政界、军界何人有勾结？这一切都还是一个谜。李鹤年听到这个调查结果后立即给沈葆桢去信，希望沈葆桢查证陈言是否就在台湾府，进而调查陈言台湾之行的真实目的。

沈葆桢的调查还没有结果，被吓得不轻的李鹤年就已经向同治皇帝报告，说自己到福州后，所有洋务密件皆由信函往来，不经书吏之手。"所奉密谕及各处钞寄密折、密函，皆系内署封存，秘之又秘，并无一字外播者"。当自己接到北京的谕旨，知道军机秘密刊入香港新闻纸，"殊深诧异"。

李鹤年还将文绍荣的秘密调查结果向皇帝进行了详细汇报，报告中提到：陈言经过福州到了台湾，其台湾之行的真正目的无法确认，现在自己只能向广东抚臣问讯，并下令让台湾道、福州府彻查根究。同治皇帝一看，李鹤年的报告是在踢皮球，于是只在报告上朱批：该"衙门知道"。同治皇帝希望沈葆桢能够查个水落石出，而不是像现在这样，官员之间相互推诿。

沈葆桢接到李鹤年的信函后，立即对陈言进行了详细调查。令沈葆桢惊讶的是：陈言现在竟然受聘于黎兆棠。黎兆棠，字召民，广东顺德人，1853年取得进士出身，曾经在总理衙门供职。1867年南下代理台湾道台，成为台湾地区临时行政长官，与沈葆桢一直私交甚密。在日本进兵台湾问题上，沈葆桢第一个想到的助手就是黎兆棠。因为黎兆棠与奕䜣、文祥等一大帮皇亲贵胄关系密切，而且天天跟欧美的驻华使节打交道，对洋人相当了解。在代管台湾期间，黎兆棠跟台湾绅商交往频繁，洞悉错综复杂的生番利益。

泄密案牵扯到了黎兆棠，这让沈葆桢着实为难。这不仅是因为他们二人关系密切，更是因为黎兆棠一直兢兢业业，带重病工作，五十岁的人看上去比六十岁还老。沈葆桢本想按照福州方面的意思询问陈言的情况，可是一看到黎兆棠日益憔悴的样子，担心他听后心情更坏，就没有当面询问陈言一事。

无奈之下，沈葆桢只有调查现任台湾道夏献纶。一问才知道：夏献纶已经向黎兆棠调查过了，并得知陈言的英文很好，对洋人的情况很熟，黎兆棠就将其借聘了三个月。夏献纶问及至关重要的台湾相关文件有没有被陈言偷看过，黎兆棠的答复是：重要文件自己在家时从没有看过，不存在泄露给陈言的可能，而且在他邀请陈言到台湾之前，报纸就已经刊登了这份军机密件。

真正的泄密者浮出水面

军事机密到底是谁泄露给陈言的？

文绍荣在香港秘密调查期间，虽然挖出了《华字日报》的总经理陈言，但遗憾的是，他没有调查出陈言背后那个庞大的广东政商网络。《华字日报》真正的出资人有三位：黄胜、何启、伍廷芳。

在成立《华字日报》的过程中，黄胜、伍廷芳、何启以印刷设备等资产入股，成为股东，他们聘请同为广东人的陈言为总经理。黄胜又聘请王韬为《华字日报》主笔。王韬曾经上书太平军将领刘绍庆，为其出谋划策。淮军进入上海后，搜罗出王韬跟太平军的书信，以"通贼"罪下令通缉王韬，王韬于是流亡到香港。

流亡香港期间，王韬跟英华书院院长合作翻译《尚书》，并因此认识了黄胜。在《尚书》翻译期间，王韬又与黄胜合作翻译有关西方兵器制造的书——《火器说略》。《火器说略》翻译完毕后，黄胜将其进呈广东老乡丁日昌。丁日昌曾经是曾国藩幕僚，后出任江南制造总局总办，成为李鸿章手下的红人。王韬跟李鸿章借此书冰释前嫌，一条香港报业人跟李鸿章之间的民间交流渠道就此打通。

王韬在打通李鸿章这条通道的同时，又强化跟广东商帮的联系。1872年，北京方面出现以宋晋为首的保守派反对改革，以郑观应为首的商界精英不断地通过舆论支援汉族武装集团的改革计划。郑观应每次写了文章，都会将底稿誊抄一份寄给王韬，甚至在出版新书之前，还邀请王韬撰写序言。[14] 王韬也不吝笔墨，十分赞誉郑观应的文章。由此可见，王韬跟广东商帮关系非同一般。

黄胜聘请王韬为《华字日报》主笔，一方面因为王韬的才华，另一方面考虑到王韬在华人跟洋人中的影响力。1874年6月，以唐廷枢、容闳为首的一帮广东商人，在跟江浙商帮打杨月楼案口水仗期间，创办了《汇报》。由于两家报纸的出资人关系密切，因此《汇报》跟《华字日报》便在内容上进行战略合作，约定报道内容可以相互摘录刊登。

文绍荣做梦也没有想到，在远隔千里的两家报纸背后，有着如此错综复杂的关系。无论是沈葆桢还是李鹤年，他们最终也未能查出到底是谁将机密泄露给《华字日报》的。

历史总爱开玩笑，谁承想唐廷枢给李鸿章的一份电报会泄露出有关军机密案的蛛丝马迹。1874年5月13日，唐廷枢从上海到天津面见李鸿章。唐廷枢跟李鸿章说，自己当天收到一份日本电报，内容是日本已经从英国商人那里订购了两艘轮船，还托人在上海购买轮船，招募欧美流浪在上海的无赖之徒，打算让这些人搭乘新购买的轮船赴长崎当雇佣兵。

唐廷枢认为，日本人如果不是计划运送兵马粮饷，为何要急于加价收购上海旧船？而且日本横滨的报纸上说，日本要兵发朝鲜，这就更加反常了。

李鸿章跟唐廷枢详细地分析了日本兴兵局势，他们认为如果日本真要向朝鲜发兵，那么日军应该在日本西北之对马岛济渡，不应由西南之长崎征发。李鸿章跟唐廷枢的看法一致，判断日本将兵发台湾，因为长崎与台湾东面相对，日本政客们向报刊透露出征伐朝鲜的虚假消息，意在声东击西，麻痹清政府，消解中国备战之心。

在与唐廷枢一番分析之后，李鸿章立即给同治皇帝写了一份报告，将日本电报以及台湾形势向皇帝进行了汇报。他向皇帝建议，一定要快速向福州方面传达日本军界的动向。福州军界跟政界一定要进行军事和外交筹划，如果日本兵船开到，福州军区台湾部队应第一时间阻击日军，给福州以及北京留出更多筹划时间。[15]

李鸿章的报告以六百里加急送抵北京。第二天，同治皇帝就召开了御前会议，军机处、总理衙门的一干中央领导干部参加讨论。当天，同治皇帝就向军机处发出谕旨，令沈葆桢以巡阅之名，带兵赴台。那时，唐廷枢还在天津，有关李鸿章的汇报，以及5月14日北京御前会议的内容，他都可以从李鸿章处详细了解到。更为重要的是，李鸿章跟沈葆桢在书信中反复磋商用轮船招商局船只运送淮军入台的事宜。唐廷枢站在商人的角度，不断跟沈葆桢讨价还价，自然洞悉沈葆桢赴台的部署。

《华字日报》与《汇报》刊发的报道不仅有5月14日御前会议讨论的内容，还有沈葆桢防卫台湾的详细部署，尤其是购买铁甲船的计划。李鸿章跟沈葆桢在书信中多次讨论铁甲船采购的想法，甚至提出向英法银行贷款购船的计划。沈葆桢派出特使赴上海跟英国、德国商人商洽购船。身为轮船招商局总办的唐廷枢同时身兼多家外资公司董事之职，对洋商的情报了如指掌，李鸿章自然委托其协助沈葆桢所派特使购船。

唐廷枢在协助特使购船期间，容闳正在跟华盛顿方面交涉。中美双方相互沟通台湾方面的情况原本在情理之中，但沈葆桢忽略了一个重要细节，即陈言离开台湾的时候，黎兆棠让陈言到上海打探日本方面的情报，这个完全违背常理的举动背后隐藏着什么？陈言在去台湾之前的五六月到底在哪里？其间跟谁接触？都干了什么？

日本进兵台湾之前，由于在代理台湾行政长官期间没有通过吏部考核，黎兆棠不再担任台湾最高行政长官一职。这给原本在官场顺风顺水的黎兆棠造成前所未有的打击。黎兆棠与广东政商界，尤其是李鸿章身边的人走动，图谋东山再起，这亦在情理之中。黎兆棠进入台湾期间，唐廷枢主管的轮船招商局已经开通了长崎、旧金山等国际航线，黎兆棠自然希望陈言能够到上海打探更多日本方面的消息，为自己在台应对日军提供更多的情报。

唐廷枢真的泄露了军机吗？

无论是闽浙还是两江政界跟军界，没有任何人将目光投向以唐廷枢为首的广东商帮。但有一个不争的事实，《汇报》为了跟当时上海报纸老大《申报》争夺话语权，在摘录了《华字日报》的军机泄密文章后，在上海一时洛阳纸贵，风头盖过《申报》。无论是国内还是国外的政客商人，都将《汇报》视为圭臬，《汇报》成为上海滩了解北京政府的窗口。

广东商帮创办《汇报》，一方面是为商人争取话语权，更重要的是通过舆论阵地影响政府。通过舆论的公开透明，让行政阳光化，政府的信用才得以监督。从以李鸿章为首的汉族武装集团摸索国有资本改革，到以轮船招商局为代表的民营资本改革，资本成为权力的附庸，商人犹如摇尾乞食的乞丐。军机泄密案只是商人的敲山震虎，意在警告北京政府，由商人控制的舆论可以影响政府，甚至引发战争。

商人们的计划逐渐变成现实。北京朝廷跟各地督抚也正不断地通过报刊了解战争，掌握世界局势的变化。日本进兵台湾后，皇帝的谕旨、军机处的密令、总理衙门的报告，以及封疆大吏们的六百里加急，经常会援引新闻纸的消息。舆论的隐权力开始向中央及地方渗透，进而影响政治、军事、外交的权力生态系统，最终推动了政治清明的改革，在制度上确保商人的利益。

广东商帮控制的《汇报》泄露了军机，这娄子捅得实在太大了。慈禧太后的盛怒、专案组的调查、督抚们的汇报，这些都意味着爱新觉罗王朝已经意识到舆论的力量，一旦这种隐权力无节制地膨胀，那阳光化的监督将会约束皇室的威权，甚至会动摇帝国的体制。皇帝彻查军机泄密案的真正目的是：通过皇权打压舆论隐权力。广东商帮是幸运的，因为在军机处成立调查专案组之时，北京政局就开始变得更加惊心动魄。

朝廷放空炮，泄密案不了了之

由于没有子嗣，所以接班人问题令病重的同治皇帝相当痛苦。当时宗人府对奕訢的调查也才刚刚开始。同治皇帝听说日本军队计划拿下台湾后挥师北上，意图囚禁大清皇帝，当时就给吓蒙了，立即恢复了奕訢军机大臣的职务。到了1874年9月10日，日本钦差大臣大久保利通抵达北京，要跟总理衙门谈判。同治皇帝悬着的心立即放松下来，当天就准备以"朋比为奸，图谋不轨"的罪名革除以奕诉为首的十重臣的所有职务。

日本谈判代表团到了北京，直接就找到总理衙门，可是奕诉还在接受调查，总理衙门没有人跟日本人谈判。慈禧太后一看大事不好，马上发话，"十年以来，无恭邸何以有今日？皇上少未更事，昨谕著已撤销"，[16]赏还奕诉爵秩。

奕诉恢复了恭亲王爵位，连同军机大臣、总理衙门大臣一干职务也全部恢复。大久保利通开始和奕诉坐下来谈判。福州将军文煜、闽浙总督李鹤年、福建巡抚王凯泰看见台湾问题都上桌谈判了，于是决定将军机泄密案推向广东方面。因为陈言在香港，按照中英引渡条约，广东方面可以照会英国，将陈言引渡到广东，最后送抵北京审讯。

1875年1月12日，文煜等官员的报告以六百里加急送抵北京。福州的信使一到北京，只见整个北京城愁云惨雾，挂满了白幡。到了军机处，信使才知道同治皇帝已经死了。身染梅毒的小皇帝死在养心殿东暖阁的床上。当大家在东暖阁忙着装殓同治皇帝遗体的同时，养心殿的大殿上正在庄严地举行新皇帝的登基大典。大清帝国迎来了又一位小皇帝——光绪。

闽浙政界跟军界的报告送到了奕诉手上，奕诉真是哭笑不得。因为，在1874年12月20日，西乡从道已经拿着五十五万两白银赔款回日本了，沈葆桢他们正忙着台湾的海防跟经济建设。文煜他们的报告既然送来了，北京朝廷必须有所回应。慈禧太后以光绪皇帝的名义给两广代理总督张兆栋下谕旨，让张兆栋设法抓捕陈言。

张兆栋当时是代理总督，一直盼望能够转正。他非常清楚，一旦抓住陈言，以沈葆桢为首的汉族集团将难逃干系，甚至会查出广东商帮的后台李鸿章。沈葆桢处理台湾军务有功，李鸿章又在奏请沈葆桢出任两江总督，这两位同科正利用北京清政府执政精英内部的分化谋划一场更大的棋局。张兆栋心知肚明，如果真的将陈言抓捕，自己就成了军机泄密案真正的牺牲品。最终，这桩泄密案就不了了之了。

文祥的政改，为富国图强还是留名千古

"官督商办"的改革困难重重

文祥的身体看上去相当糟糕。

李鸿章想过去扶文祥一把，可是在同治皇帝的灵柩前，他只能远远地看着文祥的身体就这么颤抖着。文祥现在是军机大臣、总理衙门大臣、恭亲王奕䜣最亲密的政治盟友。奕䜣遭遇免官削爵的时候，文祥同样遭遇免官调查。身为清政府高级官员，文祥是以李鸿章、左宗棠为首的汉族官僚集团推动改革的中央支持者。

文祥刚刚结束跟大清帝国总税务司赫德的会面，赫德信心满满地承诺：一定要为大清搞到最先进的铁甲战舰。[17] 对于赫德的承诺，文祥心里还是很不踏实，因为早在十年前赫德就跟奕䜣拍过胸脯，要帮大清买舰队，结果却是胎死腹中。这一次，赫德会不会又重玩儿十年前的把戏？文祥希望赫德能够拿出一个详细透明的采购清单。

大久保利通的北京谈判令文祥相当无奈，日本政客将北京朝廷信奉的 "天下观"玩弄于股掌之间，将西方的"世界观"视为他们窃取台湾的王道。"普天之下，莫非王土"的外交准则已经被扫进了历史的垃圾桶，现在的西方国家将《万国公法》奉为外交经典。一直深受中国儒家文化影响的日本，身上全然没了东方的影子，文祥对此很是好奇，一场国内政治改革真能令日本脱胎换骨？

文祥跟大久保利通在北京会晤的时候，日本的内政改革已经完成。内务省成为日本新的权力中心，内设警保、劝业、户籍、驿递（即邮政）、土木、地理等部门，各府县的地方长官直接听命于内务省。大久保利通亲自担任内务卿。为了推动商业发展和维护政治改革的稳定，大久保利通将劝业跟警保两个部门的行政级别提升为国家部委级。[18]

在大清帝国，对"改革"的争议已经超过十年了。当年，奕䜣把军权收归爱新觉罗皇族，图谋打造帝国海军舰队，直捣南京，剿灭太平军。遗憾的是，当时的谋划落入伦敦政客的圈套之中，最后不了了之。随后，在不动摇政治根基的前提下，以曾国藩、李鸿章、左宗棠为首的汉族武装集团开始尝试军事工业改革。国家资本在官僚化的衙门运作模式下，渐渐成为汉族武装集团改革的工具。

文祥曾经在给同治皇帝的一份报告中感叹："十余年来，迄无成效，其故由于鄙弃洋务者，讬空言而无实际。"[19] 在文祥看来，"师夷长技以自强"的国有资本改革路线已经成为空言。与此同时，李鸿章、左宗棠等人则是想方设法要将民营资本引入改革之中。文祥对汉族武装集团的如意算盘非常清楚，他们是要通过民间资本改革来接盘脆弱的国有资本改革，在没有解决国有资本存在的腐败跟低效率等根本问题之前，用民间资本改革来搁置改革争议。最终，李鸿章通过设立轮船招商局化解了国有资本的反腐风暴。

轮船招商局吹响了全面改革的冲锋号。以唐廷枢为首的广东商帮组建了轮船招商局董事会，试图让轮船招商局按照现代化公司的模式来经营。不难看出，轮船招商局从一开始就分成了三股势力，董事会中的唐廷枢和徐润代表了民营资本利益，朱其昂代表了漕帮利益，盛宣怀代表了以李鸿章为首的政府利益。民营资本利益方很快就发现，"官督商办"成了轮船招商局经营中的枷锁，因为政府干预太多，李鸿章他们经常对轮船招商局的经营模式任意指点。

文祥是帝国民营资本回归的见证者。

"官督商办"的改革路线吸引了大量的民营资本回归。起初，民营资本利益方想当然地认为，在政府不干涉企业正常经营管理的情况下，企业可以打着政府督办的旗帜开拓市场。但他们很快就发现，改革变味儿了。为了扩大市场，政府将官方漕粮运输业务划拨给了轮船招商局。可是在具体的运作中，掌握漕粮划拨、调度大权的地方官却借机不断往轮船招商局塞人，这令招商局难以拒绝。

到了1874年，轮船招商局已经成了政客们的角斗场。

当时，文祥对帝国的改革也流露出失望的情绪。作为帝国改革标杆的轮船招商局，早就背离了现代化公司的运作模式。李鸿章也在给大哥李瀚章的一封家书中抱怨，轮船招商局的四位董事唐廷枢、徐润、朱其昂、盛宣怀各有私意。总局、分理处都是唐廷枢跟徐润的亲信，盛宣怀跟唐廷枢"不甚相洽"。1874年，盛宣怀还一度游说长江中游各省的商人，"欲于商局外另树一帜"。

反观日本，虽然倒幕运动进行得轰轰烈烈，武士阶层的动荡也是风云变幻，但大久保利通依然能有效地推动日本的改革。可大清帝国现在尚且算是海晏河清，改革却举步维艰。身为朝廷官员，文祥也非常无奈，他曾感叹道，大清帝国"在内无深知洋务之大臣，在外无究心抚驭之疆吏，一切奏牍之陈，类多敷衍讳饰"。甚至有不少官员一提到改革，就为之色变，"视办理洋务为畏途"。

"日本一小国尔，新习西洋兵法，仅购铁甲船两只，竟敢藉端发难。"文祥通过跟大久保利通的谈判，越发感到改革的重要性。虽有沈葆桢担任福州船政大臣，马尾船厂也制造了超过十艘的轮船，不过那些轮船根本无法同日本的铁甲船相抗衡，而且沈葆桢带领的淮军不能开战，只能以巡阅的名义，吓唬远道而来的日本兵。[20]

大久保利通进京期间，李鸿章了解到，当时的同治皇帝已经病入膏肓，文祥的身体也每况愈下。爱新觉罗家族内部的皇位争夺战已经白热化。同治皇帝跟慈禧太后联手唱了一出罢免恭亲王的双簧戏。在宗人府调查奕䜣期间，身为他的政治盟友，文祥内心的无助跟惶恐不难想象。同样，李鸿章心里又岂能宁静？

清政府集团与汉族集团的利益制衡

改革就是一场利益的重组。

自满洲八旗入关后，一个以满洲、蒙古贵族为核心的军事集团自然地成了中国最具权势的利益集团。太平军席卷大江南北之时，以曾国藩、李鸿章、左宗棠为首的汉族武装集团迅速崛起。枪杆子里走出的武装集团打破了垄断格局。李鸿章相当清楚，一场以不调整权力结构为前提的改革，最终的成果将被清政府集团侵吞。

奕䜣是清政府集团内部少有的智者，他团结了以文祥为首的一批八旗精英，这批精英清醒地看出大清帝国的致命问题，即清政府集团掌控并且垄断着社会资源，鲸吞着国家各个阶层的利益。富者恒富，穷者恒穷，精英阶层腐败丛生，社会两极分化严重，民众不满情绪日益高涨，最终导致社会骚乱不断。

对此，文祥痛心疾首。清政府集团的绝大部分精英现在抗拒改革，在垄断了几百年的资源跟利益面前，他们岂能拱手相让？见识过英法联军枪杆子威力的文祥明白，掌握了枪杆子的汉族武装集团不再是可以被肆意欺凌的弱势群体，他们不会再容忍清政府集团侵吞他们的利益。为了让太平军之乱不再上演，清政府集团必须在改革中与汉族武装集团进行利益重组。

大清帝国的权力中枢正在玩一场俄罗斯套娃游戏。战争不断令爱新觉罗家族的精英们闻风丧胆，可是权力带来的诱惑与勾起的欲望又令他们如痴如醉。咸丰皇帝去世的时候，以肃顺为首的清政府执政精英，将六岁的同治皇帝推上龙椅。很快，慈禧太后联手以恭亲王为首的另一帮清政府精英发动政变，在同治年间上演 "叔嫂共和" 的执政格局，打破了君主独裁的政体。

"叔嫂共和" 的执政格局是皇室跟政府相互制约的一种联盟关系，新的执政精英一直在强化自己的利益。早在1865年4月1日，慈禧太后就开始向重用汉人的奕䜣发难："这天下，咱们不要了，送给汉人吧！" [21] 奕䜣突然起身，慈禧太后以奕䜣欲袭击她为由，褫夺奕䜣的"议政王大臣"封爵。在清政府精英集团中，身为亲王的奕䜣依然拥有竞争皇位的实力。同治皇帝早逝，清政府精英集团中的皇室精英相当恐慌，因为一旦奕䜣坐上了皇帝宝座，帝国势必重回君主独裁时代。

在修复圆明园的问题上，奕䜣遭遇免官削爵，文祥身为奕䜣的政治盟友，同样遭遇罢官调查。文祥有超强的政治敏感性，他知道，一旦奕䜣坐上皇帝宝座，为了削弱清政府精英集团对政权的控制力，奕䜣一定会利用他一贯支持的汉族武装集团来制衡清政府精英集团，这是清政府精英集团所不能容忍的。所以，他们需要寻找一个赢弱的君主，为继续进行集团化执政铺平道路。

年仅四岁的爱新觉罗·载湉成了幸运儿。载湉是醇亲王奕譞的儿子，理论上没有机会成为接班人，但醇亲王的福晋是慈禧太后的妹妹，因此奕譞深得慈禧太后信任。当时，恭亲王的儿子载澂二十一岁，一直陪侍同治皇帝。但花花公子载澂却被慈禧太后指责带坏了同治皇帝，如果让载澂当皇帝，再加上有强悍的亲王父亲支持，哪有四岁的载湉容易控制呢？所以，以慈禧太后为首的皇室精英们自然不会选择载澂。

登基的皇帝在年龄上越来越小，清政府执政精英集团对皇权的操控越来越严。奕䜣一夜之间被罢官削爵，他的遭遇令文祥真切地感受到小皇帝大集团控制的政治恶果。随着执政精英集团的膨胀，改革势必会导致权力部门化，部门集团化，集团利益化，最终导致利益向执政精英集团集中，社会分化更加严重，甚至会将汉族官僚武装集团推向北京执政集团的对立面。

长辫子考察团赴欧洲

文祥决定给新皇帝光绪写一封秘密奏折。

"溯自嘉庆年间，洋人渐形强悍，始而海岛，继而口岸，再及内地，蓄力厉精习机器，以待中国之间，一逞其欲。"[22] 在给光绪皇帝的秘密奏折中，文祥详细回顾了西方列强图我中华的经过，战争的硝烟和不平等的合约令爱新觉罗王朝蒙羞，那个曾经金戈铁马的盛世王朝已经成为一只任人欺凌的羔羊。

早在1866年，海关总税务司赫德要回国结婚，奕䜣立即吩咐文祥寻找可靠之人，随赫德一行远赴欧洲考察。在文祥的精挑细选之下，63岁的斌椿成为西洋考察团团长。

斌椿西洋考察团的成员都是清政府精英阶层的最外围成员。斌椿隶属于汉军正白旗，在咸丰年间，因为捐助赈灾，获得了八旗副护军参领衔，后来在总税务司当文书，他的儿子广英也以内务府翻译的身份服务于总税务司。斌椿考察团除了他们父子二人外，还有同文馆的三位学生，分别是正黄旗蒙古籍凤仪、镶黄旗汉军籍张德彝和彦慧。

1866年3月7日，斌椿西洋考察团从北京出发，历时四个月，走马灯似的考察了法国、英国、俄罗斯、德国等11个国家。考察团受到了英国维多利亚女王、瑞典国王、德国（当时的普鲁士）首相等欧洲国家元首、政要的接见。在柏林期间，德国首相俾斯麦主动拜访了斌椿。遗憾的是，当时的普鲁士国王正忙于跟奥地利打仗，所以由普鲁士王妃在皇宫接见了斌椿一行，并将斌椿考察团称为"中国天使"，欧洲的报纸也都在极力渲染中国考察团的欧洲之行。

回国后，斌椿立即向总理衙门进行了汇报。考察团对欧洲的造船、铁路、纺织、电报、电话、钢铁、煤矿、军工等多个产业进行了考察。遗憾的是，斌椿在报告中谈及这些产业时都是蜻蜓点水，他沉溺于欧洲壮丽辉煌的宫殿和巍峨秀美的山川风景。斌椿拒绝穿上采煤工人服装下到矿井之中，却乐意为美丽的少妇作中国古体诗。[23]

文祥万万没有想到，斌椿将自己塑造成了勇闯蛮夷之地的士大夫英雄。技术、制度、文化全被淹没在华丽的诗词歌赋中，英国女王的舞会成了东方神话中的瑶池夜宴。在斌椿的汇报文字中，辞藻华丽，欧洲一切的风物人情全充溢着挥之不去的东方神韵。那个下令向中国开炮的维多利亚女王，俨然就是紫禁城内慈禧太后的影子。

在这个西洋考察团中，年仅19岁的张德彝却令文祥刮目相看。当考察团团长斌椿沉溺于个人英雄主义之中时，张德彝对欧洲各个国家的城市排水、公共厕所、公园等完善的城市公共设施，以及地铁、自行车、火车、电梯等现代技术兴趣浓厚。张德彝在伦敦考察了英国议会，还专门旁听了英国法庭审案，为英国的刑讯体制所折服。为了比较欧洲议会制度，张德彝还特地考察了法国议会制度和德国的君主立宪政体。

"各乡共举六百人，共议地方公事。"英国的议会在斌椿的报告中就这么寥寥几笔，让文祥相当失望。斌椿对英国议会的报告远没有道光年间福建巡抚徐继畲对英国议会研究得深入。在《瀛寰志略》中，徐继畲全面阐释了议会的结构跟权力：英国的上议院为"爵房"，代表的主要是统治阶级贵族，下议院为"乡绅房"，代表的主要为乡绅跟平民。

张德彝通过研究发现，那些以乡绅平民为主的下议院议员拥有立法权、财政权和监督权，而那些贵族精英的权力相对受到约束，他们只拥有有限的立法权跟司法权。英国君主的权力也会受到约束，无论是外交还是内政，君主都要遵循法度。议会拥有赞成以及否决君主、内阁所有提案的权力。君主必须遵循一点：重要决策和制度必须由上议院与下议院讨论通过。[24]

1866年的斌椿考察团更像是一个旅游团。以文祥为首的执政精英难以通过斌椿考察团掌握欧洲政治、经济、文化的精髓。1871年，因"天津教案"事件，张德彝跟随赔罪使臣崇厚再度展开欧洲之行。这次，他们发现推行军事铁血政策的俾斯麦已经成为德国的英雄，专制的拿破仑三世已经成为俾斯麦的阶下囚。张德彝还惊奇地发现，内政民主、军事强权的德国的终极目标是法国的金银跟丰富的矿产资源。

手握张德彝的两份欧洲报告，文祥进行了深入的研究。欧洲疆域不大，国家众多，即便是比利时、丹麦这样的小国，都有尖端的武器、强悍的军事和先进的技术。在欧洲各国强悍的背后，反映出现代工业跟金融推动了政治体制的改革，君主不再是万能的主宰，国家的命运掌握在民主的议会中。欧洲的富国强兵经验表明：政治体制改革是经济改革的基石。

大清帝国利益集团化的趋势日益明显，执政精英跟商业精英的对立也越来越突出。如何化解精英阶层的对立，确保政治体制改革跟经济体制改革能够稳步推进，西方议会制度为大清帝国提供了解决范本。"国中偶有动作，必由其国主付上议院议之，所谓谋及卿士也；付下议院议之，所谓谋及庶人也。议之可行则行，否则止，事事必合乎民情而后决然行之。"[25]文祥在给光绪皇帝的秘密奏折中如此说道：西方国家的两院议会制度在中国很难实施，但是可以尝试。

文祥推出政改方案

文祥的政治体制改革方案主张颠覆爱新觉罗家族的专制政体，这可是官僚精英第一次提出如此大胆的政治体制改革方案。一旦推行议会制，皇权将受到约束，清政府精英集团的利益将被彻底重组。由于光绪皇帝只是一个四岁娃娃，所以慈禧太后再度垂帘听政，文祥的这份秘密奏折自然是递送给以慈禧太后为首的清政府执政集团。

文祥在秘密奏折中说："中国之有外国，犹人身之有疾病，病者必相证用药，而培元气为要。"那么，大清帝国的元气到底伤在哪里？独裁专制？贪污腐化？离心离德？俄国虎视新疆，法国惦记云南、广东，英国更是由印度进入西藏、四川。在文祥看来，欧洲列强之所以得寸进尺是因为摸准了国民离心离德。朝廷要想富国强兵，只有进行政治改革。

思想家跟商人对文祥的改革方案相当感兴趣。

游历欧洲的王韬对民主政治有着深刻的理解。他认为，民主之国的一国之主是人民，"惟君民共治，上下相通，民隐得以上达，君惠亦得以下逮。"[26]王韬理想中的议会制民主是：国家有事，无论是贵族议员，还是平民乡绅议员，都有权利提出自己的意见，最终通过投票表决，表决通过的议题才能在全国推行；如果没有通过，君主也不能强制推行，君主只是总领议会之大成，这才是真正的民主。

清政府执政集团彻查军机泄密案的目的，就是要敲打广东商帮背后的汉族武装集团。因此，在舆论方面，广东商帮在一段时间内相当克制。广东商帮的笔杆子郑观应跟王韬过从甚密。现在，文祥提出了政治体制改革方案，思想家王韬也发表了自己对议会制民主的看法，这些商人则看到了改革背后的商机。一直图谋通过舆论话语权影响朝廷决策的广东商帮，岂能错过这次由北京方面发起的改革良机？

　　郑观应一改往日的犀利，他认为，现在列强对中国虎视眈眈，他们盯住的是中国丰富的资源。当前，北京方面已经很难阻挡西方列强通商的势头，这就势必需要按照国际公法进行外交。两次鸦片战争已经证实：弱国无外交。要想得到平等的外交、通商之权，就一定要国富民强，也只有国富民强了，国势才能得到伸张。郑观应理想中的议会民主才是富国之正途："欲张国势，莫要于得民心；欲得民心，莫要于通下情；欲通下情，莫要于设议院。"[27]

　　李鸿章对文祥的政治改革方案没有商人跟思想家设想的那么乐观。在给沈葆桢的一封私信中，李鸿章讨论了文祥在英国订制铁甲船的计划，这个计划跟沈葆桢之前的提议如出一辙，不过海防问题并非购买铁甲船那么简单，而是一个庞大的系统工程。李鸿章感叹到，现在虽由文祥主持国防改革之论，但是他的身体一天不如一天，可能只是为身后立下改革牌坊的空谈而已。[28]

不当棋子当河豚，李鸿章的鲜美与致命

打动慈禧、拉拢奕䜣，李鸿章左右逢源

光绪元年（1875年）正月初六，李鸿章坐在书案前，凝眉沉思。

春节之前，不少督抚大臣向紫禁城上书，公推李鸿章为即将组建的帝国海军的统帅。这些人赞誉李鸿章可以"竭股肱之力，济之以忠贞"[29]，认为他会将大清帝国的海军打造成国际一流的威武之师。直隶总督作为"八督之首、疆臣领袖"，做得好是一条通向中央权力中枢最后一公里的快车道，若做不好，就是中央放在京畿大门的傀儡，会成为一根平庸的帝国盲肠。李鸿章岂甘心成为盲肠？不过，督抚们的赞誉足以令清政府执政精英们坐卧不安。

当时，文祥推动的海军组建改革正处于关键时刻，李鸿章给文祥写了一封密信，很谦虚地说督抚们的公推只是片面地听取了"廷臣会议之说"，"不察其所以然，言之不免烦冗"，李鸿章此举意在缓释清政府执政精英们的不安。与此同时，李鸿章还不断给慈禧太后写报告，希望进京叩谒梓宫。慈禧太后感动于李鸿章的真诚，允许其进京吊唁。

李鸿章叩谒梓宫之前，拜见了恭亲王奕䜣。当时，清政府执政精英中有不少人担心奕䜣会抢班夺权，于是以病休为名对奕䜣实行软禁。在清政府执政集团中，以奕䜣、文祥为首的政治联盟相对开明，所以，取得奕䜣的支持，是李鸿章获取万里海疆统兵大权的重要筹码。李鸿章跟奕䜣会面时，详细讨论了组建海军时有关练兵、简器、造船、筹饷、用人、持久六个方面的方略。

慈禧太后召见李鸿章时，李鸿章痛心疾首地说："今则东南海疆万余里，各国通商传教来往自如，麋集京师及各省腹地，阳托和好之名，阴怀吞噬之计。一国生事，诸国构煽，实为数千年来未有之变局。"[30]他还认为，欧美列强之

所以敢欺凌中国，是因为他们的背后有现代化的工业、强悍的军事支持，"轮船电报之速，瞬息千里；军器机事之精，工力百倍。炮弹所到，无坚不摧。水陆关隘，不足限制"。

面对数千年来未有之强敌，身为清政府执政集团中的领军人物，慈禧太后对欧美列强的欺凌有着切肤之痛。可是，现在国家财政困难，人才匮乏，又多拘于成法，牵于众议，虽有图强之想法，却无图强之远谋。李鸿章给慈禧太后开出的药方为：变法与用人，否则"别无下手之方"。李鸿章认为："讲求军实，造就人才，皆不必拘执常例，而尤以人才为亟要，使天下有志之士无不明于洋务，庶练兵、制器、造船各事，可期逐渐精强。"[31]

李鸿章在叩谒梓宫期间，北京城暗流涌动，光绪皇帝继位以及慈禧太后垂帘听政的合法性受到祖宗家法的挑战。按照祖宗家法，身为同治皇帝堂弟和表弟的爱新觉罗·载湉在法理上不能继承皇位。皇位应该由过继宗族中同治皇帝下一辈男子来继承，以确保皇族的延续性。如果继承者年幼需要太后垂帘听政，只能由同治皇帝的皇后垂帘。在子嗣继承跟垂帘听政的皇权准则之下，以慈禧太后为首的清政府执政集团为了操控皇权，继续玩一场俄罗斯套娃游戏，反对者甚至闹出自杀尸谏的惊天之举。

慈禧太后被反对者搞得焦头烂额，于是召集一帮王公大臣进宫召开秘密会议。慈禧太后开门见山地提出，希望满蒙亲贵们支持自己再度垂帘。当时，有奕䜣的政治盟友站出来反对，希望慈禧太后遵守祖宗家法，以宗社为重，择贤而立。但慈禧太后反驳说，同治皇帝没有孩子，立年长者不听话，年幼者则可以不断教育，并当场宣布立载湉为帝。为了完成垂帘听政的合法化，光绪皇帝登基后的第一件事就是恭请太后垂帘听政。

在政权交接的波谲云诡背后，清政府执政集团出现两极分化。慈禧太后打着维护政权稳定的招牌，禁止封疆大吏们进宫吊唁，由此可以窥见她内心的焦灼与不安。对于李鸿章来说，这却是一个难得的机会。奕䜣希望得到封疆大吏们的支持，慈禧太后希望封疆大吏们顾全大局，在这微妙的交接班期间，双方都会团结一切可以团结的政治力量。李鸿章提出海防宏论，统率海军的大权自然成为清政府执政精英们送出的最佳筹码。

在三次召见过程中，慈禧太后都相当认真地听取了李鸿章筹建海军的方略，甚至询问了不少细节措施。令李鸿章意想不到的是慈禧太后的举动。在李鸿章奔走于清政府执政精英两派之际，慈禧太后以光绪皇帝的名义授李鸿章文华殿大学士。文华殿大学士可以辅助皇帝管理政务，统辖百官，在光绪皇帝发布此诏书之前，爱新觉罗家族还从未将文华殿大学士职衔授予汉人。不甘心做盲肠的李鸿章跑步进入了帝国权力中枢。

政治就是人与人之间的权力争夺。身为淮军集团的领袖，李鸿章曾向曾国藩询问他对当朝人物的评价，曾国藩认为：身为清政府精英中的领军人物，慈禧太后"才地平常，见面无一要语"；在执掌重权的军机处诸大臣中，恭亲王奕䜣极为聪明，但受慈禧猜忌，"晃荡不能立足"；文祥此人"正派而规模狭隘"，不知道广纳贤良辅助自己；倭仁操行尚好，特立独行，"然才薄识短"；其余的人就更是庸碌，不值一提了。

进京叩谒梓宫期间，李鸿章向奕䜣提出了修筑铁路的建议，奕䜣赞同他的看法，但说道："无人敢主持。"李鸿章"复请其乘间为两宫言之"。奕䜣则道："两宫亦不能定此大计。"现在，李鸿章统辖百官，对于无能的清政府执政精英来说，他就犹如鲜美而致命的河豚。

清政府执政精英们现在对大清帝国已经是回天乏术，自然希望有一只鲜美的河豚来"还魂"，可是，他们也担心李鸿章这一只掌握枪杆子的河豚会黄袍加身，最终令大清帝国在还魂过程中中毒死亡。

李鸿章相当清楚自己的角色。奕䜣将其视为政治盟友，视为改革的先锋，希望他能为自己在北京朝廷中争取更多的话语权，甚至能帮助自己取代慈禧太后成为清政府执政集团的领袖。慈禧太后尽管才智平常，但对使用权力制衡这种政治手段相当娴熟。李鸿章跟左宗棠错综复杂的关系一直是慈禧太后制衡的法宝，当左宗棠屯兵玉门关之时，用李鸿章分奕䜣之权，外可掣肘手握雄兵的左宗棠，内可制衡清政府执政集团内部的反对力量。

拉帮结派，压制异己，打造帝国海军

政治犹如一场棋局，注定了做一枚棋子的命运是悲剧收场。做一枚棋子还是冒险做一只河豚？李鸿章岂能甘心成为悲剧的棋子？他要做一只鲜美而致命的河豚，要让清政府执政精英们敬畏有加。现在，文祥提出了宏大的政治改革方略，如果自己没有强大的政治联盟，经济改革必将步履蹒跚，到时候，自己将吞食河豚之毒。于是，李鸿章决定组建自己的政治联盟，他在给光绪皇帝的一份关于海防的报告中提出，南北洋滨海七省，万里海疆须联为一气，方能呼应灵通，需派统率责成经理及遴派得力提镇将领为之分统。

身为统辖百官的文华殿大学士，李鸿章自然不会露骨到直接索权。他在报告中强调，海疆线太长，事体繁重，一人精力断难兼顾，各督抚未必皆深知洋务兵事，意见尤不能尽同。为了打消清政府执政精英们对他弄权的疑虑，他在报告中流露出对统帅专权的担心。李鸿章后来很委婉地说，当年在围剿太平军跟捻军的过程中，自己虽身为剿匪统帅，可饷权疆政不在自己控制之下，统帅只是一个虚名，各督抚不断插手兵事。所以海防军机一旦会同各省商筹，到时候又会出现推诿贻误。

海防兵事是帝国军机大事，海防兵事上的人事安排是一门技术活儿，更是李鸿章政治联盟的全新布局。李鸿章在给皇帝的报告中提出，在北洋三省设一统帅，这个人的能力一定要超越自己。南洋四省口岸多，设置一个统帅管不过来，可以责成地方大员经理。北洋统帅的具体人选，李鸿章显然是为自己留下的，南洋那边的人选他也替皇帝想好了，他认为沈葆桢主办船政事宜、处理台湾事务有功，可委以重任，加上熟悉现代工业的前江苏巡抚丁日昌，南洋兵事可定。

这是李鸿章给沈葆桢送的一份厚礼。

李鸿章知道，自己现在是王公大臣们眼中美味的河豚，爱新觉罗王朝迷失于万里海疆，督抚们公推自己作为海军统帅，其实是在为自己的固有权力寻求一道保护墙。自己是成则为君分忧，败则声名俱毁。紫禁城将李鸿章当成了分权维稳的棋子，分权制衡的过程实则也是对李鸿章这只河豚拔毒的过程，淮军现在拥有最精锐的装备，身为统辖百官的文华殿大学士岂能拥兵自重？

帝国海疆万里，没有铁杆的政治盟友，文华殿大学士空有其名，海军统帅也只是一具僵壳。沈葆桢，李鸿章的同科，岂能成为左宗棠的棋子？李鸿章为了彰显自己对沈葆桢毫无戒心的诚意，决定将筹办海军的报告誊抄一份给沈葆桢。这份海军报告详细地提出了练兵、造船、筹饷等多方面的计划，是李鸿章鼎定海军统帅的一份考卷。在筹建海军的过程中，拥有造船经验跟对日外交经验的沈葆桢是不可多得的政治盟友，海军报告是李鸿章送给沈葆桢重要的诚信之物。

海军报告只是彰显李鸿章的诚意而已，将沈葆桢推向南洋统帅之位才足以成为李鸿章与其结盟之筹码。在给光绪皇帝的报告中，李鸿章将沈葆桢作为南洋海军统帅的预备人选推荐给皇帝，理想的职位是两江总督。剿灭太平军后，两江总督基本被湘军跟淮军集团垄断。现在代理两江总督的是湘军宿将刘坤一，此人跟左宗棠同为根正苗红的湘军楚勇派，是左宗棠坚定的政治盟友。

李鸿章在叩谒梓宫期间，游说北京的王公大臣们支持沈葆桢出任两江总督。日军进兵台湾期间，沈葆桢提出了组建帝国海军的原始动议，加之其亲领淮军精锐在台扬威，给文祥他们的北京谈判增加了筹码。李鸿章在北京的游说自然得到了以文祥为首的清政府执政精英的支持。就在正月初六这天，李鸿章给沈葆桢写了一封私信，他透露北京方面会在春天批准海军筹建事宜。李鸿章在信中向沈葆桢暗示，自己已经向北京方面推荐他出任两江总督，朝廷的调令很快会下来，"南洋数省提挈纲领，舍我公其谁与归？"[32]

在遥远的肃州城，左宗棠坐在中军大帐中，满脸惆怅。

文祥主持的海防改革才刚刚开始，左宗棠就听到有督抚向朝廷提议西征暂缓。尤其是李鸿章，他在给皇帝的一份报告中说，新疆自乾隆年间归化王土，每年国家要花三百多万两白银用于戍边，徒收数千里之旷地，而增千百年之漏卮。现在，沙俄跟英国都对新疆虎视眈眈，相互派遣军事指挥团前往，事实上已经形成一种均势。北京方面可招抚伊犁、喀什、乌鲁木齐等地酋长，以苗、瑶土司的治理模式对新疆进行管理，这种处理方式也不会伤及帝国元气。

李鸿章在给皇帝的报告中还说，现在国家财政极度紧张，欲图振作，必统天下全局，通盘合筹，而后定计。如果既备东南万里之海疆，又备西北万里之饷运，到那时东西两边都会因为财政而出问题。"海疆不防，则腹心之大患愈棘。"李鸿章给皇帝算了一笔账，开办海防，约计购船、练兵、简器三项，至少先需经费一千余万两。

渔翁的心思，就是要看鹬蚌相争

清政府执政精英一直在寻求机会分化汉族武装集团，但如果北京方面直接出手，容易导致汉族武装集团出现抵制情绪。在汉族武装集团内部，左宗棠手握十万雄兵，驻守西陲。新疆为帝国北大门，一旦被阿古柏拿下，北京就危险了。可是，历次令大清帝国伤筋动骨的危险却来自海上的坚船利炮。现在李鸿章总督直隶，多跟来自海上的欧美列强打交道，督抚大臣们又都公推李鸿章为海军统帅。现在，如果真的将左宗棠领导的西征停下来，让李鸿章一枝独秀，到时候这只手握海军大权的河豚就真的对清政府执政精英造成致命威胁了。

清政府执政精英很快就看到了一个机会。

英国女王维多利亚派了一个军事指挥团到新疆跟阿古柏合作，这个军事指挥团同时带去了陆军专用的大炮和一万支步枪。[33] 维多利亚还开出支票，答应只要阿古柏跟英国建立独家合作关系，英国就可以派一个领事和一两万名武装士兵驻扎在喀什保护阿古柏，军费由双方共同支付。英国人的目的很明确，就是阻止沙俄南下印度。与此同时，沙俄也迅速派出代表，并出兵占领了整个伊犁地区和伊宁。

英国跟沙俄的矛盾在不断地尖锐化。英国再送阿古柏六万支步枪和修理厂的设备，还帮助阿古柏铸造大炮、准备弹药。见此情形，清政府执政精英决定派左宗棠兵发新疆，一方面可以将摇摆不定的阿古柏击杀于乱局之中，更重要的是可以通过西征遏制李鸿章拥兵自重。

北京方面的决定可苦了左宗棠。他在给胡雪岩的一封私信中抱怨，两江跟广东方面协助西征的军费有一半以上没有划拨，只能向欧美银行贷款打仗。左宗棠在给沈葆桢的信中说，海防跟塞防只要通盘合计，缓急调整应对，就不担心没有费用。左宗棠在信中还透露：自己的身体状况很糟糕，咯血越来越厉害，总感觉自己日欲暮而征途长，真想辞职回家休养。

李鸿章在北京为政治盟友沈葆桢布局的时候，左宗棠也给总理衙门写了一封信，信中赞誉沈葆桢在福州船政得华洋之心。在领导军事工业改革方面，各省英贤能胜过沈葆桢者有几人呢？

左宗棠推荐沈葆桢总理海防改革中机器、轮船方面的业务。左宗棠在给代理两江总督刘坤一的信中也表示，福州船政离不开沈葆桢。左宗棠的赞美之词看上去令人心花怒放，可是没有李鸿章送的"两江总督"这份礼物贵重。

光绪元年（1875年）正月十二，左宗棠收到了北京方面关于同治皇帝于同治十三年（1874年）十二月初五龙驭上宾的消息，这令左宗棠万分尴尬。因为在同治十三年十二月初四，左宗棠接到邸报后才知道同治皇帝得了天花。左宗棠沐浴熏香为皇帝一番祈祷后，于十二月初五给皇帝写了一份报告，建议同治皇帝静心调养，还提出了具体的调养之法。

左宗棠万万没有想到，在自己发出调养报告的当天，同治皇帝就死了。

同治皇帝去世后，李鸿章争取到了赴京叩谒梓宫的机会，而左宗棠却可怜兮兮地在一个月之后才知道皇帝去世的消息。李鸿章在京游说清政府执政精英期间，慈禧太后将文华殿大学士这份厚礼送给了李鸿章。此时，手握雄兵的左宗棠还在西北为了西征的军饷心力交瘁，咯血不止。在国家政权交接班的关键时刻，左宗棠在政治盟友布局方面本就处于下风，又因自己的后知后觉沦为西北"看门狗"的角色。

清政府执政精英为了让左宗棠跟李鸿章相互钳制，上演了一出通过西北"看门狗"左宗棠远征新疆来遏制"河豚"李鸿章拥兵自重的大戏。在财政严重赤字的情况下，西征跟海防同时进行，清政府执政精英就是要让汉族武装集团最大的两股力量陷入财政的泥沼之中而无法自拔。

左宗棠除了乞求东南沿海的督抚们运送协饷外，就只能让胡雪岩不停地去找欧美银行进行贷款。李鸿章一方面游说朝廷压缩西征军队的开支，以遏制左宗棠西征坐大；一方面利用组建帝国海军的机会全面推动经济改革，进而带动文祥提出的政治改革。

李鸿章现在是春风得意，开始了河豚之谋的全盘布局。

"军情瞬息变更，倘如西国办法，有电线通报，径达各处海边，可以一刻千里，有内地火车铁路，屯兵于旁，闻警驰援，可以一日千数百里，则统帅尚不至于误事，而中国固急切办不到者也。"[34]李鸿章在给光绪皇帝的报告中强调，组建帝国海军是一项庞大的系统工程，除了练兵，财政、通信、基础设施、资源等，缺一不可。

现在，整个国家是商民交困，清政府执政精英看准了这一点，抓住钱的问题离间汉族武装集团。鸦片战争之后，西方工业产品充斥中国市场，英国的布匹每年在中国的销售额超过三千万两白银，铜、铁、铅、锡等金属的销售额也达数百万两白银，导致了中国的传统工业利润快速下滑。李鸿章意识到，无论是之前的军事工业改革，还是现在的轮船招商航运业改革，都只是国有资本跟民营资本的自我救赎，难以跟欧美商家争夺市场跟产品定价权，自然也难以获取利润。

"各省诸山多产五金及丹砂、水银、煤之处，中国数千年未尝大开，偶开之又不得其器与法，而常忧国用匮竭，此何异家有宝库封锢不启而坐愁饥寒。"李鸿章在给总理衙门的报告中感叹，中国是守着金饭碗乞讨。综观当时的欧美各国，没有哪一个国家不开矿。这些通过开采本国矿产资源的国家都富强起来了。如果中国南方滨江近海省份都能设法开办船械制造，所用煤铁毋庸向外洋购运，"榷其余利，并可养船、练兵，此军国之大利也。"[35]

李鸿章在报告中提出，开采矿山、冶炼修路都需要耗费银钱，中国可以学习西方模式，政府出一部分国有资本，同时向社会募集更多的民营资本，组建股份制商业公司，完全按照现代公司的模式运作和管理，聘请地质、金属冶炼、铁路、通信方面的人才，采购西洋机器，选择产能丰富、利润高的煤铁之矿进行开采，以向军队提供服务为契机，逐渐开现代工业之风气。制造机器轮船，修建铁路，使货物跟欧美产品一样，如此一来，国货利润上来，洋货利润下滑，以利民用，可以达到国富民强双重之效。

执政精英辩国策，朝廷命官丧黄泉

你方唱罢我登场，为了利益辩国策

1875年4月3日，北京东堂子胡同突然热闹非凡。

一大早，不断有王公大臣的轿子抬进东堂子胡同，最终进了总理衙门的院子。今天，恭亲王奕䜣将主持总理衙门扩大会议，会议的主题是：讨论海军国防建设的可行性问题。按照慈禧太后的要求，除了总理衙门的大臣，在京的亲王、郡王、六部、九卿以及回京的各省将军、督抚都要参加今天的会议。在之前给沈葆桢写的私信中，李鸿章就曾预测，北京方面一定会在春天就海防问题给出一个定论。今天的会议似乎印证了李鸿章的预测。

总理衙门扩大会议开始，奕䜣简明扼要地介绍了会议的议程，主要针对日军进兵台湾后，沈葆桢、丁日昌、文祥等地方及中央高级官员提出的海军国防建设方案进行讨论。奕䜣希望，参加扩大会议的大臣们能够全面讨论海防的可行性，并提出建设性意见。

礼亲王世铎第一个发言，他情绪激动，让参会者看到了八旗王爷骨子里的豪迈之气。世铎说，现在欧美列强恣意横行，实为前古未有之变局，为天下臣民所共愤。现在正是卧薪尝胆、精求武备、雪耻复仇之际，李鸿章他们提出的练兵、造船等方略都是至关重要的，尤其是用人、筹饷、练兵最为重要。在他看来，人才是改革之根本，没有人才，船坚炮利终归无用。[36]

世铎在会上提出了具体的建议，他认为，一定要派懂兵事、熟悉欧美洋情的德高望重之人督办海防防务，至于旗下的将领，应该由沿海各督抚于水师中挑选久经战阵的干员出任。世铎最后激动地说，只要内外一心，历久不懈，几年就可军威大振。

世铎刚刚落座，通政使于凌辰就站起来了。于凌辰为了这次会议，从月初开始，每日都到总理衙门调阅督抚们的报告。看完各地送来的报告，于凌辰很是赞同预防沙俄、专重陆战的塞防派的观点。于凌辰说话时声音有些颤抖，他批评道，"李鸿章、丁日昌直欲不用夷变夏不止"[37]，他甚至担心海防一旦走错，将危及国家命运。

于凌辰的一席话令清政府执政精英们目瞪口呆。"用夷变夏"已经不只是涉及经济改革的层面，更是一种意识形态跟政治体制的改变，目标直指李鸿章用西方的政治改革之法，改变目前爱新觉罗家族皇权独尊的君主制。于凌辰的证据来自李鸿章给总理衙门的报告，李鸿章在报告中说："居今日而欲整顿海防，舍变法与用人，别无下手之方。"

文祥身为清政府执政精英的开明派，对欧洲的议会民主制度已经有了相当的了解。英国通过光荣革命建立的议会民主制度大大地推动了工业革命的进程，政治制度的变革使其政府对公平的政治游戏规则和法律制度的承诺变得可信，政府不再利用其对政治的垄断来垄断经济，也不再通过损害社会利益来谋求执政者的利益。

清政府集团现在面临一个棘手的问题，爱新觉罗家族的君主一代不如一代，大清的皇帝已经不能为国家提供一个长期稳定的社会秩序。管理国家的游戏规则毫无公平、透明可言，清政府执政集团内部的机会主义者层出不穷。咸丰皇帝一死，以肃顺为首的执政联盟被一场政变倾覆，以慈禧太后、奕䜣为首的清政府精英成为执政者。同治皇帝的早逝为机会主义者提供了继续揽权的机会，随着新的执政精英的加入，"叔嫂共和"的均势早已被高层的内斗所取代。权力分配游戏的不公平导致执政集团内部争权夺势越来越严重，甚至不惜将整个社会拖入动荡之中。

晚清的经济改革从以军事工业为主的国有资本改革，到1872年以招商局为首开始的民营资本改革，已然走过了十多个春秋，汉族武装集团已经意识到：政治跟经济是一种双杀关系。没有议会民主那样开明的政治改革，利益集团便会利用手中的垄断权力为自己敛财，导致更多的利益高度集中；当经济改革到一定阶段，不断膨胀的利益集团会拒绝危及自身利益的利益重组，并逐渐成为经济改革的阻力，进而与依附在利益集团周围的新生利益集团发生冲突，为了调和不同的利益集团之间的冲突，就需要进行相应的政治改革。

李鸿章等人担心，随着清政府执政集团的膨胀，新的利益集团就会如饥似渴地蚕食改革的利益成果，整个国家的贫富差距将会进一步拉大，社会底层的矛盾会日趋严重，最终会导致国家的上层利益集团内斗不止，基层社会动荡不断的可怕局面。

于凌辰已经看穿了李鸿章等人筹建海军国防背后的大棋局。海军只是汉族武装集团的一枚棋子，他们是以国家防务为突破口，在推动全面经济改革的大背景下，进一步推动政治体制改革。于凌辰深知，要想搅黄李鸿章的棋局，就要向他的人下手。于凌辰在会议上嘲笑说，讲求洋器已经很多年了，可是日本一东洋小国来犯，主事者都委曲求和，这样失败的改革根源在于人，现在的官场已经坏到令人匪夷所思的地步。

人事问题一下子成为此次会议的敏感问题。于凌辰抨击，在汉族武装集团的改革中出现大批没有文凭的干部，一些人花钱买官，一些人靠着领导一句话就戴上了乌纱帽，这些人带坏了整个官场。于凌辰对汉族武装集团的人才很是不屑，"吏治坏于开捐，人才坏于滥保"。[38] 于凌辰的话简直就是一竿子打死一船人，广东商帮、江浙商帮的商人们都捐过官衔，李鸿章跟左宗棠也都保荐过大量的商业干才。左宗棠一直力保的商人胡雪岩已经获得了从二品布政使官衔，这可是于凌辰这样的八股文人一辈子的梦想。

此时，大理寺少卿王家璧也开始发言，他对丁日昌提出的造兵轮撤艇船方略还是不能理解。他认为，艇船多是曾国藩时代的水师装备，现在要搞海军就要完全推倒重来，将数百万两银子交给欧美商人，几年后能否交货还不知道，更别说中间还可能存在贪污腐败行为。王家璧嘲笑丁日昌有一个"丁鬼奴"的绰号，还暗讽唯洋人马首是瞻的丁日昌如此谋国，不知是何居心。

王家璧甚至用沈葆桢、容闳1874年上报的采购外国轮船价格差异来证明海军国防建设可能是一个巨大的陷阱。王家璧预言这一场改革注定会腐败丛生，危及大清帝国政权。

奕䜣看不下去了，插话道，鸦片战争以来，海上来敌对国家造成的创痛越来越深，日本带兵侵犯台湾，再次敲响了海防的警钟。醇亲王奕譞慢悠悠地冒出一句：军士跟装备需要重组，舰艇该淘汰就要淘汰，素质不高的军士也要裁减。[39] 军机大臣沈桂芬和总理衙门大臣董恂更担心的是北边的沙俄，沙俄地广兵强，西据伊犁，东割黑龙江以北，沙俄之患乃心腹之疾。这两位的言论令整个总理衙门扩大会议进入白热化。只是，参会的王公大臣们万万没有想到，千里之外的黑水洋面，刚刚发生了一场本朝开国以来的大海难。

黑水洋惨案震惊朝野，24名官员命丧大海

1875年4月3日上午10时45分，黑水洋大雾弥漫。

行驶在江面上的轮船招商局的福星号突然遭到撞击，轮船上尖叫声不断，海水瞬间涌进了轮船头舱。舱底的乘客纷纷涌向舨板，但在情急之中，船上的4条舨板只有一条被割断，放落海中。眼看着福星号不断下沉，船上的乘客乱作一团，人们开始相互推搡，都争着要向割断绳索的舨板挤。撞击了福星号的英国澳顺号眼见福星号不断下沉，立即展开救援，拥挤之间只有7人登上澳顺号。[40]眼见局面混乱不堪，澳顺号迅速掉转船头跑了。

福星号为招商局旗下的轮船，船上装载浙江海盐等12县漕粮7270石，货物849件，修造津栈木料8排，计61只，乘客65人，船主、管账、水手等53人。[41]事后只救起客人18名，船主、账房、水手等35名，死亡65人。

福星号海难的消息传到天津，李鸿章深感震惊。因为遇难者包括相当一部分大清官员，其中有五品同知衔、知州衔、守备衔官员9人，六品通判衔2人，七品知县衔、县丞衔10人，九品官员3名。[42]

轮船招商局成立后，为了确保轮船招商局在海运方面的竞争力，李鸿章跟江南各省份多方沟通，将其漕粮运输业务定向委托给招商局。福星号运送的浙江漕粮正是送往北方救急的7270石大米。

李鸿章在天津得到黑水洋海难汇报，立即给北京写了一份报告，将海难情况进行了详细说明，希望北京方面能够立即责成分管黑水洋海域的分巡苏松太兵备道跟英国方面交涉，彻查海难缘由，提出国际赔偿。李鸿章的报告送抵北京，亲王大臣们都备感惊讶。

黑水洋隶属于分巡苏松太兵备道管辖，监管海运粮道军事安全的道台冯焌光成为案件调查的负责人。兵部以六百里加急迅速向冯焌光发出光绪皇帝的命令："亟须彻底查究，责令赔偿，著饬道员冯焌光照会英国刑司领事速将此案秉公会记，按照条约办理，毋任延玩。"[43]4月8日，收到皇帝命令的冯焌光通知了英国驻上海领事麦华陀（Sir Walter Henry Medhurst）。

广东人冯焌光跟广东商帮关系密切，曾是曾国藩的老部下，一度担任江南制造总局的总办，是李鸿章工业改革的干将，福星号海难发生前不久就任分巡苏松太兵备道道台。冯焌光深知麦华陀不好对付，这个英国爵士在中国多个省份担任过领事，曾经因为扬州教案，两度率领英国军舰直逼南京，要两江总督将扬州知府撤职查办。

冯焌光知道，在面对麦华陀这样的外交老手时，只有拿出军人的气魄才能镇得住对方。所以，一见到麦华陀，冯焌光很是气愤地说："不独漕米客货全数就淹，竟致江浙两省押运委员以及仆从水手人等同时溺毙至数十人之多，异惨非常，殊堪骇诧。事关中外交涉，案情重大，不能不彻底根究。"冯焌光当即决定，与麦华陀"亲提审断"。[44]

麦华陀派出一名工作人员，会同冯焌光的两名手下，在上海县仵作的主导下，对捞回来的尸体进行验质。冯焌光提出，要将福星号跟澳顺号的船长提到公堂进行讯问。三天后，麦华陀回复冯焌光，按照英国的法律，如果船只遭遇不测，出现船货丢失人员伤亡的情况，船长自己到司法机关投案的，不必缉拿；如果不投案者，该领事会进行缉拿。澳顺号船长已经到领事馆自首，不必缉拿。麦华陀通知冯焌光，4月12日可以公开审理黑水洋海难案。

朝廷官员的命只值区区50两

4月12日，冯焌光带着一帮官员到"英皇在中日高等法院"，可是麦华陀很遗憾地告诉他，因为黑水洋海难事关中英交涉，分巡苏松太兵备道无权参与此案审理，只能前来"听讯"，如果审理结束，中方觉得判案不公，才可"复行查讯"。麦华陀还告诉冯焌光，对于招商局遇难员工及其他死亡人员家属的安抚工作，分巡苏松太兵备道应妥善处理。

冯焌光一听就火了，自己无权审案只能听讯，还要负责善后安抚，而澳顺号的责任还要等法庭审理后才能见分晓。更让冯焌光愤怒的是，麦华陀还警告他，根据双方船主的问讯笔录显示：当日雾大，不可能是一艘船的问题，他们希望两艘船都没有问题，那样是最好的结局。[45]

两江总督兼通商大臣刘坤一对海难案很有信心。他在给冯焌光的一份批示中写道：按照国际通行的航行章程，凡船只遇有雾时，都要缓行，黑水洋大雾，英国商船澳顺号却"行驶猛疾，致将招商轮船撞沉"。面对24名朝廷命官跟41名老百姓的无辜死亡，还有7270石漕粮的巨大损失，"英皇在中日高等法院"应该按照国际公约，"秉公提讯断赔，勿任稍有偏袒"。[46]

李鸿章在批示福星号海难案的文件时态度强硬：照国际行船规例，福星号海难案发生，责在澳顺号，澳顺号"不得任其狡赖，是为至要"。[47]

冯焌光相当谨慎，他建议招商局聘请对英国法律精通的律师参与诉讼。招商局立即聘请了英国律师担文（William Venn Drummond）出任中方的辩护律师。

"英皇在中日高等法院"的审理开始了，可是冯焌光发现，法庭没有扣留澳顺号。他担心，如不扣船，福星号上的人命跟漕粮赔偿便没有保障。麦华陀回复冯焌光："以扣留澳顺轮船追赔船货，应由法院主政，领事向无此权。"冯焌光一听又火了，历次的中外教案、商业纠纷，哪一次不是领事出头："轻者向地方官理结，重者调水师兵船，帮同办理，甚至毁我炮台，扣我船只，尚有许大权柄。今于澳顺一船，何独无权扣留？"

案子拖到了4月30日，招商局最后等来了一个失望的判决：澳顺号轮船在此案中并无明显过错，责任需由双方共同承担，"所有澳顺号船主、副手牌照准发还"，案件审理费由澳顺号船主缴纳。核算后，澳顺号只需赔偿白银八万多两。

朝廷命官死了24名，英国法院的判决却没有给中方一个说法，这令大清帝国官场震怒。招商局立即以65人死亡为由，向法院提出扣押澳顺号，可是澳顺号的船主已经趁着礼拜日逃走了。麦华陀不但没有为自己的推脱致歉，反而给冯焌光写信指责担文，说什么如果不是担文在辩护的过程中多次细抠法律惹恼了澳顺号船主，船主也不会溜之大吉。

澳顺号船主跑了，遇难者的抚恤金还要继续向英国索赔。冯焌光找到麦华陀协商，麦华陀建议，给每人五十两白银。反复磋商后，官员每人得抚恤银三百两，普通乘客得一百两。协商之后，英国方面再无动静。李鸿章批示：一定要力争，成为将来处理类似案件的陈例。招商局派担文远赴伦敦告状，英国政府一看，责令怡和洋行暗中赔付，不过不能将案件在报纸上曝光。[48]

英国赔付漕粮的银子不好拿，抚恤银更是迟迟不见影儿。北方的粮食紧张，为了保证漕运验兑通畅，招商局决定，先自掏腰包补买7270石大米运往天津。可是，很多清贫的朝廷命官还有老亲在堂，孤儿在抱，他们的突然逝世令原本贫困的家庭更加困难。李鸿章决定，从天津海运委员会上海局的结余经费中拿出三千两，官员每人家属得抚恤银一百两，家丁每人得三四十两。[49]

刘坤一听闻伦敦消息，长叹一声。当时，英国驻北京使馆的翻译马嘉理在云南刺探军政情报时被民众枪杀。刘坤一在给总理衙门的一份报告中说，现在接受英国人处理福星号海难方案，"将来马翻译之案，或可借此调停。"[50]可是，威妥玛不愿意跟北京谈判马嘉理死亡案，扬言要调集英国海军舰队跟北京死磕，甚至再度攻下紫禁城。清政府执政精英们被吓坏了，立即责成总理衙门请赫德斡旋，希望威妥玛能够通过谈判解决问题。

24名朝廷命官沉尸黑水洋，英国领事跟法官视如草芥，肇事者逃之夭夭。可笑的是，一个刺探军政情报的英国翻译死了，英国驻华公使就扬言要带领舰队攻打北京。

黑水洋海难深深地刺激了帝国官员脆弱的灵魂，在强权之下，祖宗家法跟仁义道德脆弱得不堪一击。在北京总理衙门扩大会议上争吵不休的亲王大臣们此时真正意识到，弱国无外交。没有强大的国防力量，别说保护天下苍生，就连朝廷命官的命在洋人眼中都一文不值。

▶▶ 注释

[1] 王芸生：《六十年来中国与日本》，生活·读书·新知三联书店2005年版。

[2] 米庆余：《明治维新——日本资本主义的起步与形成》，求实出版社1988年版。

[3] 王芸生：《六十年来中国与日本》，生活·读书·新知三联书店2005年版。

[4] [日] 藤井志津枝：《近代中日关系史源起》。

[5] [日] 外务省调查部：《大日本外交文书》第6卷。

[6] [日] 东亚同文会编著，胡锡年译：《对华回忆录》，商务印书馆1959年版。

[7] 《筹办夷务始末》（同治朝卷93），上海古籍出版社2008年版。

[8] 《筹办夷务始末》（同治朝卷93），上海古籍出版社2008年版。

[9] 《筹办夷务始末》（同治朝卷93），上海古籍出版社2008年版。

[10] 《筹办夷务始末》（同治朝卷93），上海古籍出版社2008年版。

[11] 《李文忠公全集·译署函稿》卷2，上海商务印书馆1921年版。

[12] 沈葆桢：《沈文肃公政书·奏稿》，清光绪（1875—1908）铅印本。

[13] 《筹办夷务始末》（同治朝卷93），上海古籍出版社 2008年版。

[14] （清）郑观应著，夏东元编：《郑观应集》，上海人民出版社1982年版。

[15]《筹办夷务始末》（同治朝卷93），上海古籍出版社2008年版。

[16] 黄濬：《花随人圣庵摭忆》，上海古籍出版社1983年版。

[17] 李鸿章：《李文忠公选集》，大通书局1987年版。

[18]［日］中村政则：《日本国家史》（4）近代Ⅰ，东京大学出版社1980年版。

[19]（清）缪荃孙编：《续碑传集》卷7，文海出版社1973年版。

[20]《筹办夷务始末》（同治朝卷98），上海古籍出版社2008年版。

[21]《大清穆宗毅皇帝实录》卷132，华文书局1964年版。

[22]《清史稿》卷三百七十六，列传一百七十三，中华书局1977年版。

[23]（清）斌椿：《乘槎笔记》，湖南人民出版社1981年版。

[24]（清）张德彝：《航海述奇》，湖南人民出版社1981年版。

[25]《清史稿》卷三百七十六，列传一百七十三，中华书局1977年版。

[26]（清）王韬：《弢园文录外编》卷1，中州古籍出版社1998年版。

[27]（清）郑观应著，夏东元编：《郑观应集》，上海人民出版社1982年版。

[28]《李文忠公全集·朋僚函稿》卷16，上海商务印书馆1921年版。

[29]《李文忠公全集·朋僚函稿》卷16，上海商务印书馆1921年版。

[30]《筹办夷务始末》（同治朝卷99），上海古籍出版社2008年版。

[31]《筹办夷务始末》（同治朝卷99），上海古籍出版社2008年版。

[32]《李文忠公全集·朋僚函稿》卷17，上海商务印书馆1921年版。

[33]《乌兹别克斯坦共和国历史》，乌文版。

[34]《李文忠公全集·奏稿》卷24，上海商务印书馆1921年版。

[35]《李文忠公全集·奏稿》卷24，上海商务印书馆1921年版。

[36] 中国史学会主编：《洋务运动》，上海人民出版社2000年版。

[37] 中国史学会主编：《洋务运动》，上海人民出版社2000年版。

[38] 中国史学会主编：《洋务运动》，上海人民出版社2000年版。

[39] 中国史学会主编：《洋务运动》，上海人民出版社2000年版。

[40] 杜文溥：《杜牧禀赋津员董同乘福星轮船在洋被撞沉没》，《重订江苏海运全案新编》卷6，《恩恤事宜》。

[41]《王增福供词》，光绪元年三月初一日，招商局档案：《福星轮船被英轮撞沉交涉》，南京第二历史档案馆藏，馆藏号：468（2）—12。

[42] 中国第一历史档案馆藏：《军机处录副奏折》光绪元年四月十二日，直隶总督李鸿章折。

[43] 中国第一历史档案馆藏：《上谕档》光绪元年四月十四日。

[44]《苏松太兵备道冯（焌光）文》，光绪元年三月初三日，招商局档案：《福星轮船被英轮撞沉交涉》，南京第二历史档案馆藏，馆藏号：468（2）−12。

[45]《英领事麦照复》，光绪元年三月初六日，招商局档案：《福星轮船被英轮撞沉交涉》，南京第二历史档案馆藏，馆藏号：468（2）−12。

[46]《刘坤一批示》，光绪元年三月二十六日，招商局档案：《福星轮船被英轮撞沉交涉》，南京第二历史档案馆藏，馆藏号：468（2）−12。

[47]《李鸿章批示》，光绪元年三月二十六日，招商局档案：《福星轮船被英轮撞沉交涉》，南京第二历史档案馆藏，馆藏号：468（2）−12。

[48]（清）张荫桓：《律师》，《三洲日记》光绪十二年，光绪二十二年刻本。

[49]（清）杜文溥：《杜牧等禀淹溺员董家丁于沪局节省经费内先行接济各该家属》，杨守岷等纂：《重订江苏海运全案新编》卷6，《恩恤事宜》，光绪十年刊本。

[50]（清）刘坤一：《致总署》，光绪元年四月初六日，《刘坤一遗集·书牍》卷14，中华书局1959年版。

第九章

金权暗战

红顶商人胡雪岩，大发国难财

海防和塞防，两手都要抓，两手都要硬

1875年4月12日，当分巡苏松太兵备道冯焌光望着戒备森严的"英皇在中日高等法院"无奈长叹的时候，远在兰州城的陕甘总督左宗棠正在中军大帐奋笔疾书，他在给光绪皇帝写一份秘密报告。

左宗棠对总理衙门扩大会议的情况毫无了解，更对当天黑水洋的海难一无所知，他手上只有一份二月十二日收到的光绪皇帝的上谕，这是军机处以秘密的方式送抵西北的，这份密令在路上走了二十天。光绪皇帝要求左宗棠对海防跟塞防问题"妥筹密奏"，左宗棠顿时明白了紫禁城的焦虑。

清政府执政精英们一方面希望李鸿章的河豚之毒能够令大清还魂，另一方面希望寻求拔毒的第三方钳制力量。束带蛇具有遏制河豚之毒的功效，在清政府执政精英们的眼中，攻击性极强的左宗棠犹如束带蛇，是钳制河豚李鸿章的最佳人选。

可谁又能保证手握十万大军的左宗棠不会成为李鸿章第二呢？对此，清政府执政精英们早有筹划，将左宗棠这一条攻击性极强的束带蛇放在遥远的西北戍边。一方面，没有东南军饷的支持，即便攻击性再强，束带蛇也只能乖乖地趴在遥远的大西北；另一方面，北京朝廷打破祖制，给未入翰林的左宗棠以东阁大学士荣誉衔，利用身为汉族武装集团实力派的左宗棠分化李鸿章之权。

左宗棠在给光绪皇帝的报告中说，东则海防，西则塞防，二者并重。在海防论者的眼中，国家财政困难，不宜将国防资金全部投入西边，应该严守边界，不必急图进取，可把用于西征的军饷划拨一部用于海防；在塞防论者眼中，沙俄狡猾，应该全力注重西征，西边无虞，东南自固。左宗棠在报告中写道："此皆

人臣谋国之忠，不以一己之私见自封者也。"[1]

在左宗棠看来，海防派和塞防派都是忠臣，没有卫道士跟鬼奴之分。无论是西北还是东南，都是中华疆土，西边有沙俄虎视眈眈，东南有欧美炮舰相向；无论是西北陆军，还是东南海军，目的只有一个，那就是捍卫帝国主权。

"泰西诸国之协以谋我也，其志专在通商取利，非必别有奸谋。"左宗棠认为，欧美国家的财政收入主要是通过向商人征收税赋，所以欧美商人到中国以占据埠头、海口来进行贸易，而不是图谋土地跟人民。因为欧美国家深知，图谋土地就要派兵防卫，管理人民就要增设政府机构，那种赚钱之法反而要付出更多的成本。按照商人赚钱的逻辑，他们不会采取图谋土地跟人民这种办法，他们只要设兵轮以通商，开设保险保护商人之权益。

难道自鸦片战争开始，海上来的军队不断地攻城略地，欧美列强的真正目的仅为通商？左宗棠在给皇帝的报告中分析，列强每次占埠头、争海口都由公司开会商议出军费，然后才由政府派出远征军。埠头跟口岸现在已经开放，各国已经在源源不断地赚钱，那些已经获得利益的财团岂会轻易重启战端？一旦战端重开，战后重新谈判的过程也就是新的利益重组的过程，除了我们的主权利益遭到损失外，那些欧美的既得利益集团一样面临利益被新进入者瓜分的危险。

左宗棠说，自从国家推进军事工业改革，开始制造轮船枪炮，那些欧美曾经以此为要挟的装备，现在我们也都有了，再加上现在国家励精图治，在"师夷长技以自强"的改革路线下，广求现代工业化改革经验，图谋国富民强，这些变化欧美国家都看在眼里，商人岂能不掂量轻启战端之利弊？现在，国有军工企业造枪造船越来越精进，可以将欧美购船的经费用于养船，海军人才可以从东南沿海招募水手，比重新训练勇丁实用，可减少军费开支。

在总理衙门的扩大会议上，海防派跟塞防派剑拔弩张，身为塞防主角儿的左宗棠却在西北为海防筹划。左宗棠的苦衷是北京那些亲王、大臣难以理解的。按照计划，十万西征大军的军费由东南沿海提供，按照预算需要军费八百万两，可是拿到手的不足五百万两，加上之前还有拖欠的八百万两军费。左宗棠在给皇帝的报告中抱怨，不少省份少则拖欠上千两，多则上百万两。在军费拖欠最困难的时候，左宗棠万般无奈之下只得挪用了抚恤银三十多万两。[2]

是一统新疆，还是遵循苗、瑶土司管理模式呢？左宗棠用了很长的篇幅向皇帝讲述祖宗基业。天山南北两路，旧有富八城、穷八城之说，乾隆皇帝时期先出兵准葛尔部，再剿灭回部大小和卓叛乱。嘉庆、道光、咸丰三朝均精选良将，兴办兵屯民屯，用富城之财供全疆防务。现在，沙俄跟英国争夺新疆，英国人要阻止沙俄进兵印度，沙俄要南下扩张，他们都将新疆当作殖民的战略要地，已经远非通商做生意那么简单了。

西边忙着清理门户，东边忙着建设布局

北京方面在给左宗棠的上谕中明确肯定了左宗棠的秘密报告，认为在沙俄跟英国人角力阿古柏期间，如果西征军停下来，对海军国防建设未必有益，对西北防务却是极为不利。为了解决东南沿海各省拖欠西征军费的问题，光绪皇帝下令陕西布政使专门经理西征军费，由陕西巡抚核办，最终向总司令左宗棠汇报。新疆战局瞬息万变，西征军政人事的变动将直接影响西北战局，为了军政大权平稳交接，兵部以六百里加急将皇帝命令送抵西北，让人事进行无缝交接。

就在光绪皇帝下达对西征军的军政命令期间，黑水洋海难的官司震惊了整个官场，英国人的言而无信与蛮横令大清官员瞠目结舌，朝廷命官的一条命竟如此卑贱，五十两白银最终只能由招商局自己掏，卫道士们的灵魂遭遇前所未有的羞辱。一个翻译之死，带来的是军舰大炮；24名帝国官员之死，却如此卑贱。在万般皆下品、唯有读书高的儒家世界观中，英国人对帝国官员的漠视已经到了肆无忌惮的地步。

总理衙门迅速将扩大会议讨论的结果形成了书面报告，分析了中国内忧外困的局势：沙俄据伊犁窥视西北，英国占缅甸，法侵安南图谋帝国西南边陲，日本挟制琉球进窥东南。现在，无论是西北还是东南，各处的封疆大吏们都必须寸土必争地搞好辖区防务。总理衙门的报告以奕譞的海军方案为主，下令由海军督办大臣主导，派出精英学习欧美制造、管理技术，同时委派可靠之人购买一艘铁甲军舰回来操练、仿造。

5月30日，光绪皇帝发布人事任命："南北洋地面过宽，必须分段督办；派李鸿章督办北洋海防、沈葆桢督办南洋海防。所有练军、设局及招致海岛华人诸议，统归该大臣等择要筹办。其如何巡历各海口、随宜布置及提拨饷需、整顿诸税之处，均着悉心经理。至铁甲船需费过巨，着李鸿章、沈葆桢酌度情形，如实利于用，即先购一两艘。"[3]

6月2日，李鸿章给高升为两江总督的沈葆桢写了一封私信："知执事晋擢两江，筹防六省，遗大投艰，非过人才力、老成德望，不足以副之。"李鸿章在信中对沈葆桢再度恭维了一番："命下之日，朝野庆忭，岂维梓桑蒙庇，舟楫同心？鄙人诸务得有谘商，不至孤立无助，冀幸或免陨越，鼓舞欢跃，尤倍群情。"[4]

人事布局的成功令李鸿章非常高兴，与此同时，全面经济改革的窗口也已经打开。光绪皇帝在发布人事任命的同时，允许李鸿章、沈葆桢开采煤矿、铁矿。清政府执政精英们担心，开矿会刨祖坟动风水，所以要求李鸿章他们的冒险行动绝对不能出现在皇族龙脉附近。清政府执政精英们可不想让李鸿章他们的现代机器惊动了自己的祖宗，因而下令李鸿章他们将煤炭、金属的开采安排在河北的磁州跟台湾进行试点。

沈葆桢调任两江总督，意味着船政大臣的位子就要空出来，李鸿章可不想让马尾船厂再落到左宗棠手里，既然北京的王公大臣们要马尾船厂制造军舰，那自己就要牢牢地掌控马尾船厂。"船政一事，或择司道照料，遥为控制，尚无不可。"李鸿章已经推荐了丁日昌出任船政大臣兼福建巡抚。

钱是个致命的问题。身为大型的国有军工企业集团，马尾船厂一直依靠闽海关的关税，日本进兵台湾后，海关的关税一直无法到位，李鸿章在给沈葆桢的信中表示，自己对闽海关的四成税收不抱信心，淮军集团的资金链面临巨大的压力。改革全面推进的通道被打开了，可是架设电报线路、开采煤矿的资金却没有着落，李鸿章希望广东跟江浙的商帮们能够顾全大局，跟国家资本进行合作。事实上，远在肃州城的左宗棠更是寅吃卯粮，西征大军枪杆子的命脉全掌握在胡雪岩的钱袋子里，胡雪岩的窃国生意令左宗棠别无选择。

西征统帅整日为钱愁，借完东家借西家

肃州城的左宗棠心急如焚。

整个春天，他的心里都急得犹如烈火烹油。同治皇帝的去世令政局诡异莫测，沈葆桢跟李鸿章结盟，自己的福州基业将落入李鸿章之手。更令左宗棠忧心的是，北京的清政府精英们为了争权，对西征军的粮饷置若罔闻。1874年11月12日，左宗棠给北京写了一份筹借洋款的报告，说年终按照军队发饷的规定，数百

营官兵应该发一个月满饷，年前三个月跟第二年春天应该发放的盐菜、粮价、马干等款，也要"及早筹算"，这两项费用共需要饷银三百万两。可是，两江、广东跟浙江的军费迟迟不到。无奈之下，左宗棠只有委托胡雪岩他们筹借洋款三百万两，将来再用江浙、广东的军费归还洋贷款。军机大臣在收到报告后，只是奉旨批示了"户部议奏"四个字。可是，一直到1875年4月，左宗棠还是没有等到户部的贷款批复。

左宗棠当时计划，一旦三百万两的洋贷款到手，可以先将拆借地方商人、挪用的抚恤金等一百二十万两还上，剩下的一百七十多万两可以用于西征军的冬季军饷，不够的让胡雪岩他们再行筹借。胡雪岩代表左宗棠在上海跟英国丽如银行、怡和洋行商洽了贷款细节，贷款期限为十年，年利率为八厘，贷款以欧洲现行汇率，用烂洋圆作足纹银抵付，还款时按照现行汇率以足纹银折算。

胡雪岩贷款的条件让左宗棠觉得不对劲儿，根据以前在闽浙跟洋人交往的经验看，借钱年月久应该利息低，借款额度高利息可以减少。在动荡的政局中，贷款风险高，放贷人会将期限压缩。左宗棠很疑惑洋人为啥要将贷款期限定为十年？左宗棠以六百里加急飞函胡雪岩，提出：十年时间太长了，资金成本太高，最好是贷款期限缩短为三年，利息依然按照八厘计算，不能以烂洋圆抵付。

4月12日，也就是给光绪皇帝写秘密报告的那一天，左宗棠还向光绪皇帝详细汇报了跟胡雪岩商议贷款的经过。胡雪岩跟怡和洋行商议，贷款一百万两，光绪元年三月初一可以在上海提取现银；向丽如银行贷款二百万两，四月十五日可以提取现银。左宗棠压缩了贷款期限，等胡雪岩到上海再次跟银行方面商议时，怡和洋行跟丽如银行又变卦了，这两家银行都不约而同地提高了贷款利率，年息为一分五厘。

当时，身为分管财政的常务副部长，袁保恒到肃州跟左宗棠详细谈了贷款利率问题，希望西征贷款能够将利率再压低一点儿。拥有进士文凭的袁保恒文武双全，曾经跟随其父袁甲三在剿灭太平军、捻军的过程中屡立战功，后一度担任同治皇帝的老师。自1868年8月开始，调到左宗棠军营办理西征粮务，在1874年省亲结束返回军营的时候，还带上侄儿袁世凯到军中历练。拥有一品顶戴、内阁大学士衔的袁保恒更有"专折密奏"之权。

这让左宗棠感到相当被动。

在跟左宗棠商量贷款利率的时候，袁保恒作为中央直管高级干部，自然要压低西征军的融资成本。袁保恒跟左宗棠就贷款问题讨论的核心是：利率过高。在1867年、1868年这两年期间，左宗棠通过胡雪岩向外国银行先后进行了两次贷款：第一次贷款一百二十万两，贷款期限为六个月，月息一分三厘；第二次一百万两，期限十个月，月息同样为一分三厘。总理衙门曾经发红头文件点名批评，认为胡雪岩的贷款利率太高。[5] 第三次贷款迟迟不批跟前两次的高利率也有直接关系。

袁保恒的话让左宗棠觉得很刺耳，两笔贷款都过去七八年了，现在袁保恒旧事重提，说利率太高了，什么意思？当然，左宗棠是个绝顶聪明的人，袁保恒的话是在暗示他，贷款有问题，到底是什么问题呢？左宗棠在遥远的大西北，信息闭塞，对上海滩，甚至对更遥远的欧美金融的情况没有任何了解。国际金融界的借贷利率到底是多少，左宗棠一无所知，他所获得的信息全部来源于代理人胡雪岩。很显然，袁保恒的矛头指向了胡雪岩。

商人的本性，怎么赚钱怎么来

于凌辰在总理衙门扩大会议上痛批官员滥保，胡雪岩正是滥保的对象之一。连个秀才文凭都没有的胡雪岩，现在可是头顶从二品官衔。袁保恒身为同治皇帝的老师，对胡雪岩头上的红顶子是怎么来的相当清楚。左宗棠第一次保荐胡雪岩，朝廷没有批准；第二次保荐正是轮船招商局初创期间，胡雪岩突然提出要认购招商局股票，于是李鸿章也立即为胡雪岩说话。北京方面一看，保荐的人不少，很快就赏给了胡雪岩正一品封典。一品封典一下来，胡雪岩就将认购招商局股票的承诺忘了。商人的天职是赚钱，商人谋求红顶子则是为了赚取更多的钱。北京赐封胡雪岩正一品封典，可是胡雪岩转身就在上海滩散布商人投资招商局将令资本有去无回的言论。当时，这种言论令李鸿章相当尴尬，最后不得不自掏腰包认股，以提振商人们对招商局的信心。清官场对胡雪岩发迹的八卦一直很鄙夷，八股文士们甚至认为，胡雪岩这样唯利是图的商人一定是靠发国难财起家的。当时，流传得最经典的一个八卦版本是：曾国藩的部队围困南京太平军期间，胡雪岩利用江浙交通信息不畅，疯狂炒作白银敛财，最终成为一方巨富。[6]

袁保恒很怀疑，胡雪岩在代理洋贷款的过程中会干出中饱私囊，发国难财的勾当。事实上，左宗棠早就意识到问题的存在。胡雪岩在飞函中声称，洋商贷款时提交烂洋圆，还款时要求足纹银，这里面存在一个巨大的差额。同治年间的银币含银量最高为百分之九十八点二，如果是有磨损的烂洋圆，含银量可能会更低。但是，还款需要的是含银量百分之百的足纹银，两者之间的差额高达百分之一点八。更为关键的是，提烂洋圆还足纹银的合同权操控在胡雪岩手上，押送银元到西北的也是胡雪岩。

胡雪岩是个精明的商人。每次东南沿海的军费没有送到西北，左宗棠都会请求胡雪岩四处筹借。胡雪岩打着西征的旗号，每次都能筹借到百万两之巨，可是他并不急于将巨款送到西北，而是"藉官款周转，开设阜康钱肆"，左宗棠筹借的银两越多，胡雪岩的钱庄生意做得越大，"其子店遍于南北，富名震乎内外"。胡雪岩简直就是大清帝国版的巨富陶朱公。[7]

左宗棠在西北等银子等得望眼欲穿，胡雪岩却将大笔银子放在自己的钱庄腾挪，这令当时上海滩的很多商人羡慕不已，因为"官商寄顿赀财，动辄巨万"。在大清帝国的商人里，也只有一品封典的胡雪岩能够将西征军的巨额军费存在钱庄，有了军费作保，那些王公大臣自然安心地将家资存于胡雪岩的钱庄生财，如此声势在大清帝国的商人中绝无仅有。筹借的款项腾挪的时间越久，钱庄的生意越大，左宗棠对资金就越饥渴。

当胡雪岩将筹借的款项运送到西北时，西征军已经牢骚满腹。可是，除了军费到账迟缓，左宗棠还必须面对一个更为严峻的问题，即胡雪岩筹借的资金还款时间都很短暂，一旦东南沿海的军费不能及时送到西北，资金链断裂，数万西征军哗变只在一瞬间，那样的后果不堪设想。因此，留给左宗棠的选择就只有洋贷款。在有资历跟洋人谈判贷款的幕僚中，左宗棠唯一能选择的也只有胡雪岩。这正中胡雪岩的下怀。

左宗棠前两次洋贷款的利率确实太高了。1867年，法国跟普鲁士开战，英国面临银行挤兑、银行股价格暴跌、钢铁企业停产的局面，纺织、铁路运输业一蹶不振。英国的金融危机快速蔓延至欧美大陆。欧美的政治家们为了刺激经济，银行家为了调整资产结构，在贷款利率方面提供了大幅优惠，以汇丰银行为首的外资银行的贷款年利率为八厘。

欧美的贷款利息虽低，但离得太远。这边，胡雪岩借口说江浙生丝正是收获季节，洋商银钱流入生丝行业，银根很紧，所以洋商借机抬高借款利息。面对如此脆弱的理由，袁保恒却拿不出胡雪岩搞猫腻的证据。日本进兵台湾期间，沈葆桢也借过洋债，而且当时欧美正处于经济高速发展的通胀期，贷款年利率才八厘。很显然，胡雪岩利用北京方面跟洋商之间的信息不对称，加之左宗棠在千里之外消息闭塞的情况下给他背书，自己便在上海滩为所欲为，将"生意"做得肆无忌惮。

北京方面迟迟不批复贷款，左宗棠心里也犯嘀咕，写信让胡雪岩在谈判时努力压价。可胡雪岩飞函告知左宗棠，一年一分五厘的利息，洋商一个子儿都不能少。曾国藩的儿子曾纪泽对胡雪岩发国难财深恶痛绝："洋人得息八厘，而胡报一分五厘，奸商谋利，病民蠹国。"[8]

很显然，对于胡雪岩通过洋贷款谋取私利，左宗棠心中有数。因为曾有一位德国人到西北跟左宗棠在军营中秉烛夜谈，谈到了国际贷款，德国人告诉左宗棠："借数愈多，则息耗愈轻，年分愈远，则筹还亦易，在彼所获虽多，在我所耗仍少。"[9]只是，左宗棠现在需要胡雪岩的资金支持，他岂能在关键时刻砍掉自己的臂膀，于是只好睁只眼闭只眼，等待一切水落石出的那一天。

左宗棠甚至一度告诫过胡雪岩，洋贷款不要直接划拨到自己的钱庄，一定要通过上海衙门进行划拨，"方免痕迹"。身为封疆大吏，左宗棠对于帝国的财政游戏规则还是相当了解的。洋贷款通过上海的政府部门划拨，那么国外的银行就会把压力推向政府。政府再将贷款划到钱庄进行流转运送，那么胡雪岩利用贷款扩张钱庄就不会落下挪用公款的把柄。

小商人锱铢必较，大商人火中取栗

贷款只是胡雪岩发战争财的小宗生意，军火生意才是大宗。左宗棠在西北剿灭回民叛乱的过程中，发现胡雪岩采购的德国火炮威力十足，便将军火采购权交给了胡雪岩。很快，胡雪岩将三千五百杆七子枪，二十四尊克虏伯大炮运到了左宗棠的军营。左宗棠迅速抽调西征军精锐，组建了一支全德国装备的长枪军团跟炮兵部队。

在整个西征过程中，胡雪岩给左宗棠采购了后膛来复马枪，哈乞开斯、马蹄泥、标针快利名登、七响、八响、十三响枪共二万余杆，克虏伯后膛炮二十四尊。在左宗棠的西征财务报告中，没有罗列军火采购费用的明细，胡雪岩到底从中赚取了多少银子？"逾山水万里以达军前，始供取用，一物之值，购价加于运费已相倍蓰。"乃至于左宗棠在给胡雪岩的一封信中写道："枪炮一项存储甚多，久任堆积，徒形累赘，而于饷事有损。"[10]

各地军费久拖不给，西征军军饷毫无着落，胡雪岩却在上海疯狂采购西洋军火。军火生意的利润让胡雪岩着魔，以致身在前线的左宗棠都抱怨库存太多。正因军费资金链极度紧张，所以左宗棠在给皇帝的秘密报告中只能讨好地赞成海防跟塞防并重，令那些支持塞防的王公大臣大跌眼镜。他们哪里知道左宗棠的苦衷？没有军费的统帅就是一个木偶，没有军费的西征军又何谈"壮军威而张挞伐"？一旦跟海防派剑拔弩张，他们会找出更多理由阻挠，洋贷款就更遥遥无期。

左宗棠已经毫无退路，清政府执政精英们将他推向西征之路，开弓没有回头箭，只有带领西征军横扫新疆叛匪。面对强大的军费压力，他不希望激怒自己的政治对手，希望北京方面能够尽快批准洋贷款。在政府毫无信用、官员诚信早已破产的情况下，在后勤保障方面，左宗棠除了胡雪岩别无人选。在清政府执政精英们眼中，两人甚至结成不可分割的政商联盟。胡雪岩的窃国生意令左宗棠在官场相当尴尬，沙俄皇室更令左宗棠与李鸿章这一汉族武装集团双雄坐卧不安。

声东击西，俄国人处心积虑要发电报财

俄国军人游荡西陲，左宗棠请君入瓮

"游历官到兰州何为？"左宗棠放下酒杯，问对面的沙俄军官索斯诺夫斯基。

索斯诺夫斯基是沙俄驻防伊犁的军事指挥官，进驻新疆之前一直在中国西北部的国境线上活动，曾经率领部队到蒙古族牧区抢劫铜像，将西北国境线搅得鸡犬不宁。左宗棠是从总理衙门的一份密函中得知，索斯诺夫斯基已经游历到西北，准备路过兰州从玉门关回国。索斯诺夫斯基一行四人，除了一名翻译官，还有两名现役军人持枪随行。

北京方面已经下令左宗棠率领西征军出关，这个时候却冒出个沙俄军官游历团，左宗棠的第一直觉就是：这沙俄人是来侦察西征军情报的。索斯诺夫斯基到底已经摸到了什么情报？左宗棠心里没底，自然要提高警惕。遵照北京方面的意思，左宗棠在兰州设宴款待索斯诺夫斯基一行。

索斯诺夫斯基几杯烈酒下肚，早已满脸通红。左宗棠突然冒出来的这句话不是考问，而是想让索斯诺夫斯基酒后吐真言。索斯诺夫斯基是一个直接听命于圣彼得堡陆军部、肩负沙俄陆军部侵吞伊犁重任的高级情报官，他早已了解到左宗棠的西征军出关的信息。于是呵呵一笑："此来别无他意，因大俄国皇上立意与中国永敦和好，故而前来。"[11]

左宗棠一听，索斯诺夫斯基是话里有话。他的中国西北行是肩负沙皇亚历山大二世的使命，很明显这是一招缓兵之计。西征军出关，收复新疆指日可待，盘踞在伊犁的沙俄陆军再也没有理由留下来。索斯诺夫斯基不愧是高级情报官，他眼见左宗棠神色凝重，又立即说道：俄兵暂住伊犁，原是防止回民侵害俄国疆土，只要中国收复新疆，俄国立即交换伊犁，中国部队进兵新疆期间，需要俄国帮助的，驻守伊犁的俄国陆军随意听从调遣。

索斯诺夫斯基的一席话令左宗棠很快明白了圣彼得堡的意图。索斯诺夫斯基抬出沙皇使者身份，为的是让自己的侦察西征军情报这一行为披上外交的合法外衣。索斯诺夫斯基号称驻防伊犁是为了防止叛乱的回民窜向俄国，但以阿古柏为首的叛乱武装原本就是沙俄一手扶持起来的。左宗棠意识到，现在的圣彼得堡在玩儿外交平衡游戏。阿古柏跟伦敦方面往来频繁，圣彼得堡为了遏制英国在新疆的势力，做出跟北京方面和好的姿态，意在警告阿古柏跟伦敦方面，一旦西征军新疆大捷，沙俄可以在结盟的旗帜下从北京方面获取更多的利益。

"报纸上说，英国人想借马嘉理被害案从缅甸向云南进兵，最终目标是云南腾越，他们跟俄国暗中结盟，让沙俄骚扰中国西陲，这样就可以形成相互牵制的格局。此消息是否属实？" [12] 左宗棠问道。索斯诺夫斯基听后笑而不言，之后又说英国擅长海战，在机器制造方面具有领先技术，不过在陆战方面很差。索斯诺夫斯基还跟左宗棠说只要沙俄跟中国和好，其他国家就不敢造次。索斯诺夫斯基说话间掏出了火枪，炫耀沙俄的洋枪精进。

左宗棠明白索斯诺夫斯基炫耀火枪的意图：一方面是提醒自己，沙俄掌握了火枪、大炮技术，完全可以跟英国人一决高下；一方面是警告自己，沙俄的火枪可以支持阿古柏，为沙俄在中亚争夺更多利益，也可以盘踞伊犁，伺机南下。

索斯诺夫斯基炫耀火枪的行为令左宗棠觉得幼稚。胡雪岩在上海滩频频向德国人采购军火，导致西征军出现大量军火库存。胡雪岩摸准了左宗棠的命脉，即军火对西征军的重要作用。英国跟沙俄犹如两只盘踞在西北卧榻之侧的狼，没有军火壮军威，西征军恐怕连玉门关都守不住。尽管在洋贷款问题上令左宗棠很是不安，但胡雪岩采购的军火设备的确不错。兰州制造局按照所购的德国武器进行仿造，而且仿造的武器效果也还不错。左宗棠决定给索斯诺夫斯基秀秀兰州制造局仿造的七连发手枪、小轮炮、大洋枪、大炮。 [13]

兰州制造局仿造的军火极为精进，这令索斯诺夫斯基大为惊讶，连连竖起大拇指说好。军火的精进还不足以震慑彪悍的沙俄军官，左宗棠决定在7月3日举行西征军阅兵，让沙皇使者见识见识西征军的军威。阅兵一开始，数万的步兵、炮兵按照演练的阵势排开，在旗手的指挥下变幻莫测。正当左宗棠兴致勃勃地指挥千军万马变换阵势之时，索斯诺夫斯基一行人拿着小本子正在不断地画西征军排兵布阵图，只是军队变阵速度太快，这一帮人来不及画下来。

说是为游历而来，一见阅兵便如此严肃认真，前后反差如此之大。左宗棠判断，索斯诺夫斯基是一个军事间谍。索斯诺夫斯基之前跟左宗棠说，俄国商人长期在上海采购茶叶，水运到天津，出张家口，到恰克图运送入俄国境内，路程实在太遥远。如果可以从湖北过陇西运抵俄国边境，那样就可少走五六千里路程。索斯诺夫斯基说，沙俄跟中国都是依靠税收来维持财政体系的运转，沙皇希望能够缩短茶叶的运输路程，加速茶叶在俄国的商业流转，所以自己从湖北到四川，进入兰州，希望探访出一条便捷的茶路。

经商是欧美列强进入中国最常见的一个理由，可是沙皇居然派出现役军人到中国探访西北茶路，整个路线还是围绕着西征军而来。这不得不令人生疑。此外，左宗棠还发现一个疑点，索斯诺夫斯基的口袋里还有一份详细的西北地图。经过询问发现，俄国人是根据康熙时代的地图一路绘制的。在细细对比索斯诺夫斯基的游历地图后，左宗棠发现沙皇特使搜集的情报实在太幼稚，大清帝国在乾隆年间东征西讨，疆域一扩再扩，康熙地图太陈旧了，乾隆版本才是最权威的地图，拿着康熙版本的地图实在太落伍了。

将计就计，大搞西部开发

索斯诺夫斯基的幼稚行为让左宗棠很快有了一个大胆的构想。在给光绪皇帝的报告中，左宗棠提出，既然沙俄号称要开辟西北茶路，国家可以制定一个规范性的行业章程，禁止商人从西北私贩茶叶出口，将茶叶经营的控制权收归政府，政府给商人颁发专营许可证。如此可以有效地通过商业贸易的方式跟沙俄结盟，在茶叶贸易的利益驱动下，还可以避免刀兵之祸。左宗棠认为，西北茶叶贸易不仅可以驭边怀远，还可以在政府主导下成为财税大宗，缓解地方财政紧张的局面。[14]

左宗棠给光绪皇帝的报告中说，在此之前，恰克图是帝国北方唯一对沙俄开放的通商口岸，漫长的运输商路造成沙俄商人的成本高企，沙俄的军队会在商人利益的驱动下不断骚扰中国边境。自从康熙皇帝时期，沙俄就觊觎北方漫长的边境线，沙皇派出索斯诺夫斯基探访西北，在一定程度上也是沙俄政府希望能够为商人们谋求更低成本的通商之路。左宗棠有着自己的算盘，商人的目的是赚钱，和平结盟的成本当然是最低的。更为关键的是，在方便沙俄在沪商人进行茶叶运输的同时，可以将上海的资金分流到西北，到时候，西北的军事工业跟民用工商金融业也将得到迅猛发展，兰州将成为西北最具资本跟技术聚合力的国际之都。

左宗棠调任陕甘总督后，一直没有放弃军事工业改革跟商业改革的谋划，福州船政的所有报告都需要左宗棠联合署名，否则北京方面不予以认可。左宗棠相当清楚自己的政治处境，身在遥远的大西北，如果没有强大的财力支持，十万雄兵就好似压在自己身上的一座火山。现在，淮军统帅李鸿章已经成为长江南北的封疆大吏，广东商帮、江浙商帮也在不断地向李鸿章聚集。淮军集团已经成为清政府执政精英们眼中的河豚，而自己只是钳制河豚的一条束带蛇、一枚棋子。因此，左宗棠认为，自己必须获得稳健的财力支持，组建一个强大的政治联盟，才能在清政府执政集团跟淮军集团之间获得一定的政治空间。

西征军的军费问题随着日军进兵台湾而日趋紧张，向洋商申请的贷款又在北京遭遇一拖再拖的尴尬局面，在给朋友们的书信中，左宗棠犹如一位怨妇，喋喋不休地抱怨着：这样的局面需要改变。在剿灭回民叛乱后，左宗棠将记名提督赖长调到兰州主持制造局工作。赖长这位出身行伍的广东人，对西洋枪炮制造技术很有研究，跟广东商帮也渊源颇深，一度在福州船政局仿造洋枪大炮。曾任闽浙总督、福建巡抚的卞宝第就大赞过赖长仿造的枪炮"不亚于外洋的军器"。[15]赖长不仅自己来到了兰州，还带来了大量的广东、福建的技术人才。他督造的七连发洋枪令索斯诺夫斯基都大为惊讶。

兰州制造局是一个全国资的军事工业机构，赖长不断地仿造及改进欧洲枪支弹药，由他督造的重炮、德国七连发火枪、劈山炮、开花子弹都达到了世界先进水平。当胡雪岩在信中透露，德国人有一万多支七连发火枪，愿意降价卖给西征军的时候，却被左宗棠回信拒绝了。在回信中，左宗棠对兰州制造局赞不绝口，甚至将索斯诺夫斯基惊讶于赖长的仿造及改进技术的细节都一一告知。左宗棠还对胡雪岩说，现在西征军费用紧张，要为西征军缩减开支，为国家节约外汇，而且兰州制造局的技术精进，就不用进口德国人的七连发火枪了。

军事工业在兰州的迅速发展令左宗棠相当激动。更令左宗棠高兴的是，赖长是一个工业技术方面的奇才，他不仅仅会造枪造炮，对纺织一类的现代工艺也颇为娴熟。在索斯诺夫斯基到达兰州前，左宗棠已经在谋划发展纺织工业，胡雪岩接到左宗棠的回信之后，又开始跟德国人商洽纺织机器的采购事宜。左宗棠的想法很简单，甘肃盛产羊毛，可以利用现代机器对其进行规模化生产，这样一来，既可以跟欧美商人争夺纺织市场，又可以用民用利润反哺军事工业，更重要的是可以缓解西征军的财政困难。

胡雪岩在上海向德国人采购纺织机器的行动引起了英国人的警惕。英国人嘲笑俾斯麦政府主导下的工业技术非常稚嫩，根本不可能生产出好产品。左宗棠对德国人跟英国人之间的口水战毫无兴趣，他现在需要现代化的机器为西征军创造利润，管它是英国的机器还是德国的机器，只要能够将甘肃的羊毛加工成国际纺织产品，这些产品就可以迅速占领西北市场。在给胡雪岩的书信中，左宗棠热切希望德国人还能够进行技术支持，最好能够派出技术人才到兰州，协助赖长组建工厂跟改进设备。[16]

索斯诺夫斯基在兰州停留了一个月，这期间伦敦的枪支已经运抵阿古柏兵团，英国的这种行为威胁到了沙俄在中亚的利益，左宗棠认准这是一个商贸结盟的机会。左宗棠就茶叶贸易与索斯诺夫斯基进行了深入的交流。左宗棠在给光绪皇帝的一份报告中建议，一旦收复边疆，陕甘总督将亲自主持茶马商贸，希望总理衙门能够全力支持自己的商业计划。左宗棠万万没有想到，在索斯诺夫斯基游历玉门关内的背后，圣彼得堡的手已经伸向了福建，沙俄皇室布下了一张更大的网。

建立中国自己的顺风耳，海防派的电报大业

日本进兵台湾期间，带兵入台巡视的沈葆桢深感传统交通的落后，并向总理衙门提议建设台湾至福州的电报。电报是一门现代技术，更是一项资本密集型的产业，早在同治皇帝登基当年，沙俄就想在天津架设电报线，当时北京政权正值交接时期，清政府执政集团内讧，于是以担心帝国子民破坏，容易引发外交争端为由，拒绝了沙俄架设电报线的计划。

北京方面批准筹建海军的同时，也将以采煤开矿为首的重工业纳入改革计划之中，重工业改革理应包括架设电报线。沈葆桢调任两江总督，李鸿章在写信祝贺的时候还不忘关注福州的电报问题。当时，他希望沈葆桢能够加快架设福州至厦门、台湾的电报线，甚至还委派轮船招商局的总经理唐廷枢去福州协助。李鸿章在信中问："由福州至厦、至台，实费几何？雇用何人？"电报到底有多大魅力？1866年欧洲考察团团长斌椿在报告中说，欧洲人用一根铜线作连接，可以

在千里之外收到一模一样的文件，简直就是中国神话中的"顺风耳"。欧洲的商人们可以通过铜线瞬间掌握商品交易价格，在战争时期可以第一时间掌握胜负消息。日本进兵台湾，一直负责跟沈葆桢细商调兵的李鸿章深感信息不灵通产生的不便，两人从商量调兵到部队开赴台湾，足足花了三个月时间。李鸿章在给皇帝的报告中提出，在加快修筑铁路的同时，一旦架设电报线，北京方面的最高指令可在顷刻之间传达到千里之外。[17]

身为改革总设计师，李鸿章认为，无论是天津还是上海，军事工业和民用工业的规模越来越大，机构臃肿、腐败成风，一旦价格不能在第一时间控制，就容易成为清政府执政集团指控贪墨的证据。更为重要的是，改革全面推进之后，民用工业与金融业将跟欧美财团直接竞争，没有电报，就不能掌握第一手市场信息，中国的工业跟金融改革终将被外资打败。李鸿章非常清楚，架设电报线非旦夕之功。为了掌控大清的第一条国有电报经营权，李鸿章希望能看到沈葆桢的详细计划。

李鸿章对电报早有安排。唐廷枢跟洋商们交往密切，对电报非常了解，加之此人当时正在香港，可以命其直接前往福州，协助福建方面先试点架设台湾到福州的电报线。李鸿章的人事调遣刚刚开始，总理衙门就收到了沙俄驻华公使布策的外交照会，要求总理衙门按照1862年的外交承诺，只要允许外国公司在中国架设电线，就要让沙俄第一个架设。很快，德国、法国、美国、丹麦驻华公使纷纷向总理衙门提出了一模一样的外交照会。[18]

面对突如其来的多国外交照会，总理衙门顿时乱作一团。

就在这个非常时刻，工科给事中陈彝向光绪皇帝提交了一份报告，报告中说："电线之设，深入地底，横冲直灌，四通八达，地脉既绝，风侵水灌，势必所至，为子孙者心何以安。"[19]陈彝出身官宦之家，进士考试的时候高中第四名，曾经向慈禧太后控告同治皇帝的老师王庆祺带皇帝嫖妓。慈禧太后一怒之下罢免了王庆祺的帝师职务，还摘掉了其副部长的乌纱。正因为此，陈彝在清政府执政精英眼中是一位敢言的忠臣。这一次，陈彝向总理衙门举报，沈葆桢一直向北京方面申请办理的电报，现在已经由一个有问题的小吏私自跟洋人签订了合约，也就是说，福州至台湾的电报经营权已经落入洋人之手。

陈彝的报告犹如一枚炸弹，令一头雾水的总理衙门终于弄明白驻华公使们的逼宫缘由，福州的电线已经卷入一桩错综复杂的国际交易之中。陈彝在报告中说，因为按照当年沈葆桢的计划，应由政府全资架设福州通往台湾的电线，可事实是福州候补知府丁嘉玮已经私自跟丹国公司签订了合约，丹国公司负责这一段电线的架设经营，现在搞得福建省人心惶惶，"如此办理洋务，何异为虎傅翼？"

陈彝的重点不在电线，他瞄准了闽浙官场跟清政府执政集团之间的敏感点，丁嘉玮就是引爆这个敏感点的导体。陈彝在报告中说："闻丁嘉玮系曾经参革'永不叙用'之员。"陈彝故意将问题甩给闽浙官场："未知确否？惟有吁请饬下该省督、抚查明。"

电报签约案中的小炮灰，重掀汉族武装内部矛盾

丁嘉玮，顺天府大兴县人，凭借祖上荣荫，道光年间在国子监读了几年书，领取了荫生出身后到福建当了一名知县。咸丰年间，太平军席卷福建，已经官拜同知的丁嘉玮宁死不降，咸丰皇帝于1859年钦赏丁嘉玮顶戴花翎，承诺有空缺一定优先录用。[20]左宗棠调任闽浙总督时，丁嘉玮已经升任福宁知府，从此开始了跌宕起伏的官场人生，也成为清政府执政集团跟汉族武装集团之间的火药桶。

陈彝的报告剑指刚刚调任两江总督的沈葆桢，更是重新挑起了左宗棠跟清政府执政集团开明派的尘封恩怨。左宗棠此前在福州组建自己的幕僚团队时，看好丁嘉玮，跟同治皇帝打报告说希望将丁嘉玮调任福州知府，可是主管人事的吏部说不行，称福宁知府直接调任闽浙首府任知府没有先例。左宗棠不甘心，再向同治皇帝打报告。1866年9月的一天，同治皇帝向慈禧太后请安，提起左宗棠的人事报告，慈禧太后当天心情大好，当时就准了左宗棠之请。[21]

左宗棠在给同治皇帝的报告中夸奖丁嘉玮，称他才识通达，干练勤能，于闽省情形最为熟悉。慈禧太后在给内阁的人事命令中批复："该督抚自系为人地相需起见。"一直在福建官场打拼的丁嘉玮开开心心地到福州上任。可是不久之后，左宗棠调任陕甘总督。新来的总督吴棠是奕䜣的政治盟友。吴棠到福州的重要任务就是要将马尾船厂管理大权抓到手，这是以奕䜣为首的清政府执政精英巩固第二权力中心——总理衙门的经济筹码。

吴棠一到福州，立即掀起了一场福州官场大清洗，凡是左宗棠举荐的官员都成为其重点隔离审查的对象，左宗棠两次保举的丁嘉玮自然成为重点中的重点。一番审查，吴棠没有抓住丁嘉玮的把柄，只好在鸡蛋里挑骨头。1867年8月的一

天，吴棠在给同治皇帝的报告中说，丁嘉玮善伺意旨，以致庸员趋附，且任内积压发审案卷一百余起，吏治废弛已极。

吏治废弛虽是官员无能的表现，却还不足以将丁嘉玮彻底搞垮。为了拔掉左宗棠安插在闽浙首府的这枚钉子，吴棠可谓煞费苦心。一计不成，又生一计。吴棠将弹劾丁嘉玮的报告跟延平知府李庆霖送小妾跑官一案写在一起。同治皇帝一看，福建官场简直就是乌烟瘴气，于是皇帝在给内阁的一道命令中语气非常严厉："丁嘉玮革职，勒令回籍，不准在福建地方逗留，以肃官方。"[22]

吴棠在闽浙官场的清洗行动令左宗棠跟船政大臣沈葆桢非常不安，两人联手将吴棠挤出闽浙官场。一直跟左宗棠关系密切的福州将军、署闽浙总督英桂立即对福州官场进行平反，并在给同治皇帝的一份报告中提到，说丁嘉玮是被诬陷的，吴棠当年的审案指控都是子虚乌有，自己经过密访舆论，发现此人精明强干、熟悉洋情，希望能将丁嘉玮调任福州，分管厦门与台湾高雄之间的通商事务。[23]

丁嘉玮的命运随着英桂的这份报告再次发生转变。1869年8月9日，同治皇帝给军机处下了一道人事任命，由于洋务日繁，令兵部派出快马到大兴县找丁嘉玮，并日夜兼程护送丁嘉玮到福州，以供差遣。丁嘉玮到福州后一直负责通商事务，自然包括福州船政方面的国际事务。沈葆桢奏请架设电报线，丁嘉玮成为办理电报项目的不二人选。令沈葆桢吃惊的是陈彝的指控，他在给皇帝的报告中居然说自己用的是一个"永不叙用"有前科的官员。

沈葆桢立即意识到麻烦来了，陈彝的目标非常明确，左宗棠、英桂力保过丁嘉玮，奕䜣的政治盟友吴棠弹劾过丁嘉玮，丁嘉玮负责的电报项目是沈葆桢力主的。在政权交接之际，陈彝以电报威胁到子孙基业为由，将丁嘉玮在吴棠时期卷入的闽浙官场案再次掀开，甚至将福州的电报事业上升到道德跟祖宗基业层面，这令汉族武装集团及以奕䜣为首的开明派都相当尴尬。

揭秘丹麦大北公司的真身

总理衙门派出专案组南下福州。

专案组的调查令人惊讶，和丁嘉玮签约的丹麦公司并非一家普通的欧美公司，这家名为丹麦大北公司（Great Northern Telegraph Co.）的电报经营商成立于1870年6月，由丹挪英电报公司、丹俄电报公司和挪英电报公司重组而成，总部设在哥本哈根，在上海设立远东公司，首任经理为原丹麦皇家海军准将史温生（Edouard Suenson）。重组后的大北公司的股权错综复杂，堪称一个小欧洲。

在重组大北公司的过程中，沙俄皇室一举成为大北公司的控股股东。沙俄皇室在成为大北公司控股股东时，跟英国大东公司谈好了一个妥协条件，即大北公司不得涉及香港以南的市场，大东公司不得涉及上海以北的市场，沪港两地之间则是利益均摊，各行其是。大东公司一度想在港粤架设电报线，但两次鸦片战争将广东人打得家破人亡，大东公司的计划也被搅黄了，广东官员还将"海线禁止上陆"的约定变成了一纸条文。

在东南亚海上贸易中一直毫无建树的沙俄皇室抓住了机会，立即命令大北公司拿出一个抢占中国沿海电报网络的计划。大北公司很快拿出计划：一南一北架设两条海线，南线从香港、厦门接到上海，从而与新加坡和槟榔屿的电报网络相通，抵达欧洲；北线则是从海参崴接到上海，以此和俄罗斯建立起联系——还有一条连接到日本长崎的支线——南北两线在上海吴淞口外合二为一，形成一个香港、海参崴和上海的电报三角形。

沈葆桢向北京方面提出架设福建至台湾电报线申请后，当时正在跟英国角力新疆的沙俄决定在福州小试牛刀。大北公司找到了负责台湾高雄跟福建商务的丁嘉玮。丁嘉玮在汉族武装集团上层实为一小吏，沙俄皇室通过一番调查后发现他跟左宗棠关系密切，只要套牢丁嘉玮，北京方面想轻易撕毁合约，就会牵动敏感的政治神经。加之沙俄的外交压力，大北公司在中国陆地上架设电线成功概率就高，如此一来，整个大北公司的电报网络计划将顺利推进。

李鸿章谋划着电报在福建试点，没想到丁嘉玮已经跟大北公司签约了，沙俄驻华公使布策试图通过照会总理衙门，将福建的交易生米做成熟饭，沙俄皇室万万没有想到，英法等国就像狼一样扑上来，生意变成了政治外交，总理衙门一旦被大北公司开了口子，海外的电报经营商就会裹挟着外交抢占中国市场，留给汉族武装集团的机会将越来越少。

沙俄皇室的庞大计划令北京方面相当焦灼，沈葆桢初任两江总督，掌舵南洋通商及海防事务，此时也很尴尬。沈葆桢立即给福建巡抚王凯泰写信，希望详细了解丁嘉玮跟大北公司的签约细节。王凯泰是淮军集团宿将，在日本进兵台湾期间入台，遭遇瘴气后回福州休养。由于各派系势力均瞄上福建巡抚的位置，因此王凯泰对电报案的调查异常艰难。李鸿章在给王凯泰的一封信中流露出对福州官场的失望："翁近因电线一事，与诸公颇有龃龉，将来他事恐亦不免龃龉。"[24]

李鸿章从沈葆桢的一封信中了解到，闽浙总督李鹤年是丁嘉玮和大北公司签约的幕后操盘者。一旦追究丁嘉玮的责任，势必会牵出李鹤年。正因如此，王凯泰在抱病调查期间，遭遇了福州官场的强烈反弹。李鸿章抱怨总理衙门以及军机处明知其故，却未能设法调停。无奈之下，李鸿章只好写信安慰王凯泰，作为淮军集团在闽浙官场的先锋，"数年来委曲调护之苦衷，远近固已周知，积诚所不能感、口舌所不能争，只能据实沥陈"。

王凯泰的身体每况愈下，李鹤年又借机对电报案百般阻挠，这令受了一肚子窝囊气的李鸿章相当恼火。在给王凯泰的信中，李鸿章流露出内心的烦躁："昨因威妥玛为滇案狂吠，奉派出使英国，即日交卸北上。"李鸿章一边被英国驻华公使威妥玛威胁，一边又要面对福州官场的倾轧，所以不得不重新布局福州官场。在安抚王凯泰的同时，李鸿章向北京方面举荐政治盟友丁日昌调往福建任职，希望淮军集团这位改革干将能够抓住福州船政大权，进而将电报试点的主动权抓在淮军集团手中。

当左宗棠在兰州向沙俄游历官演示变幻莫测的西征军阵法时，自己曾经举荐的干才丁嘉玮却将福州官场搅得天翻地覆。沙俄的胃口绝不只是阻拦英国人联手阿古柏这么小，驻军伊犁虎视新疆只是他们打通西北商路的一部分计划。沙皇亚历山大二世一方面派出官员打探西征军情报，另一方面通过大北公司布局中国沿海商路。李鸿章绝对不允许福建的电报试点落入沙俄皇室手中，一旦大北公司的计划得逞，那么中国经济改革的信息筹码就落到了沙俄之手。

在总理衙门派出专案组调查期间，福建的民众群情激愤、啸聚成群，要求拔掉大北公司架设的电线。沈葆桢跟王凯泰商议，大北公司合约在手，如果强硬地要求他们放弃电报架设权，他们可以理直气壮地拒绝。北京方面如果继续深入调查，一定会查出福州官场的大问题。至于民众啸聚的背后，也一定有人怂恿。综合上述种种原因，只有令大北公司自行退出才是最好的选择。沈葆桢跟王凯泰商议，决定借坡下驴，以国有资本全资控股的形式来收购福建地界的电线设施。出于电报运营安全性的考虑，想必大北公司没有理由拒绝政府行为。

王凯泰的身体越来越差，丁日昌只好日夜兼程赶赴福州。待丁日昌到达福州之时，王凯泰已经驾鹤归西。不巧，唐廷枢这会儿正在香港出差。独自面对复杂的福州官场，丁日昌一筹莫展，他觉得福州官场水太深，自己根本无法对抗福建政务跟船政，尤其是福州船政，简直就是一个独立的小王国，包含了沈葆桢的干将、左宗棠的嫡系、福州的地头蛇、英法国际势力。在给沈葆桢的一封信中，李鸿章对此也很是焦虑。面对如此错综复杂的官场，丁日昌向李鸿章提出，到1876年的春天就要辞官归隐。[25]

要想收购大北公司的电报线，第一步先要否定丁嘉玮签约的合法性。很快，北京方面公布了对丁嘉玮的处理决定：以派办电线、率立合同、冒昧贻误，革福建道员丁嘉玮职。这一次，丁嘉玮再次遭遇了勒令回籍的处分。因为丁嘉玮家在顺天府，淮军集团可不想他北上途中西行，投奔一直看好他的左宗棠。所以，北京方面在处理决定中还特别强调，丁嘉玮不准投效各路军营。[26]

沙俄皇室的商业野心一定要通过商业途径解决，为了将电报大权收归淮军集团，在征求了总理衙门的意见后，李鸿章决定从海军费用中划拨十五万八千五百两银子，用于收购福州至厦门以及福州至马尾这两条电报线。[27]丁日昌跟从香港赶回福州的唐廷枢商议，准备用收购回来的设备继续架设电报线，可是却遇到当地民众滋生事端。李鸿章在福建的电报试点计划只能暂时搁浅。

电报试点的搁浅令李鸿章措手不及。沙俄皇室在西北跟东南同时布局，他们先是通过战争使清政府陷入资金断裂的困境之中，再企图通过电报网络垄断商业信息，进而遏制清政府工商业的发展。

李鸿章担心，沙俄皇室会再次抢夺以电报为首的信息网络。于是，他下令丁日昌跟唐廷枢在船政学堂附设电报学堂，培养电报方面的高科技人才，为中国电报储备人才。在商业信息网络上的挫折给李鸿章敲响了警钟，他意识到资源是汉族武装集团推动全面改革的基础。因此李鸿章决定，派心腹盛宣怀远赴湖北。

清政府集团坐山观虎斗，听任束带蛇与河豚互咬

阳城山开煤矿，既要搞定朝廷官员，也要安抚平民百姓

湖北广济县县衙门口，人越聚越多，绅民们情绪激动。

领头的是广济县的首富吴邦杰，他正在厉声斥责县衙皂吏的粗暴，强烈要求县令史醇跟绅民们直接对话。广济县的绅民们发现，阳城山出现外国人的身影，跟外国人一起出现的还有穿着官员服饰的中国人。绅民们通过调查发现，外国人原来在阳城山上勘查煤矿，轮船招商局即将在这里开矿。

吴邦杰还联合了当地四十人，写了一封请愿信，他们在请愿信中表示：担心轮船招商局的开矿会拆迁祖坟，破坏当地的风水。更为重要的是，阳城山常年刮风，开采煤炭很容易引发火灾，这将会成为影响广济县安定的不稳定因素。吴邦杰一干人等在请愿书中只有一个要求：停止一切开矿活动。[28]

其实，史醇早就见过带领洋人来阳城山的张斯桂。

张斯桂早年继承了家族一笔巨额财富，在获得秀才出身后，一门心思讲求西学，凡水陆行军之制、炮火测量之术，他都学得很认真。张斯桂当过舰长，曾在曾国藩幕下负责轮船仿造，也在左宗棠幕下当过谋士。现在，张斯桂穿着候补知县的官服，成为淮军集团的干才。北京方面批复了李鸿章筹建海军的批文后，李鸿章密令盛宣怀寻求煤铁矿。从未主办过煤铁矿开采的盛宣怀立即想到了张斯桂，因为张斯桂曾到台湾基隆查勘过煤铁矿。[29]

盛宣怀对煤铁矿是一窍不通，压根儿就没有主办过。同治年间，盛宣怀路过湖北并查阅过《广济县志》，他在一份广济县禁开煤矿的官方文件中发现，阳城山曾有旧矿。盛宣怀还发现，阳城山就在长江边上，整座山产权归官府所有。盛宣怀在给张斯桂的信中写道："此举关于富强大局，幸勿诿延。"充满激情的盛宣

叮嘱张斯桂，到广济县后一定要弄清楚旧矿的产量、运输以及绅民们的态度。

张斯桂接到盛宣怀的信后立即赶赴广济县。十五天后，张斯桂跟史醇见面了，并在当地向导的带领下考察了阳城山。不到一个月，张斯桂便给盛宣怀写了一封激动人心的信，他在信中说道：阳城山确是官山，煤随处都有，亦易挖，距江亦近，颇合制造局、轮船招商局之用。不过，当地的绅民却令他头疼，因为以吴邦杰为首的基层精英们担心煤矿一开，当地的风水会遭到破坏，进而影响到祖宗基业。[30]

史醇现在的处境相当尴尬，他只是广济县的代理县令，还没有转正，如果得罪了淮军集团，县令转正无望；如果当地的精英们闹开了，转正也相当困难。史醇在给盛宣怀的信中写道："此事既攸关楚省地势天险，又关民间庐墓所在。"当地的基层精英警告盛宣怀，不要忤逆民意强行开矿。盛宣怀在给史醇的回信中态度坚决，批评当地民众愚昧，还说自己将于1875年6月亲自到广济县指挥开矿。

煤铁矿的开采是淮军集团改革中的一项重要计划，李鸿章岂能向一个县的首富低头？盛宣怀将广济县的情况汇报后，李鸿章在6月29日给盛宣怀批示："先集股本，酌议章程。"李鸿章希望盛宣怀拿出一个具体的开采方案，引入民营资本开采阳城山煤矿。为了确保开矿顺利，李鸿章让盛宣怀去找史醇的上级领导、汉黄道兼江海关监督李明墀，希望可以在地方政府的支持下进行试点，试点成功后再大面积推广。

为避免阳城山开煤矿一事重蹈福建电报覆辙，李鸿章决定重新评估基层精英的力量。他在指点盛宣怀跟地方政府搞好关系的同时，还给自己的哥哥、湖广总督李瀚章写信，希望李瀚章拉上湖北巡抚翁同爵到广济县视察。[31]翁同爵身为湖北的地方长官，可是一位权力直通紫禁城中枢的疆臣。他弟弟翁同龢是光绪皇帝的老师，这位帝师早年在教授同治皇帝的时候就经常讲西方政治科技，是紫禁城内少数的开明精英。李鸿章自然希望翁同爵能够支持盛宣怀，万一阳城山的基层精英真闹到北京，翁同龢就是最重要的一张牌。

李瀚章、翁同爵一行封疆大吏很快就去了广济县。代理县令史醇被这阵势吓出了一身冷汗，因为李瀚章还带去了一名候补知县。一旦史醇站在基层精英一边，李瀚章可以将其就地免职。对阳城山一番勘查后，又经过盛宣怀、张斯桂的一通鼓动，李瀚章对阳城山的煤矿寄予厚望，一个月内就给盛宣怀批了开矿执照。[32]地方政府的鼎力支持给盛宣怀带来了便利，以吴邦杰为首的基层精英再也不敢向官府施压。盛宣怀决定，在天津闭门草拟招股书。

李鸿章动用湖广官场资源，试图将湖北煤铁矿的开采办成淮军集团的样板工程。因此盛宣怀对阳城山这个煤铁矿试点万分小心。李鸿章在给盛宣怀的一封信中说："鄂省矿务中外具瞻，成败利钝，动关大局。"[33]在给北京方面的报告中，李鸿章一度还以军需为由，拿到了直隶磁州、台湾基隆的煤铁矿开采批复书。湖北煤铁矿的开采是淮军集团抢占资源的一个开始，无论是欧美列强，还是国内官僚，都非常关注盛宣怀在湖北开矿的一举一动。

在李鸿章的改革方略中，航运业是开局，煤铁矿的开采是为重工业改革铺平道路，进而推动钢铁冶炼、铁路建设。重工业的改革需要资本杠杆，通过推动以银行、保险、债券为首的金融改革最终达到全面经济改革的目的。

在写给盛宣怀的一封信中，李鸿章将阳城山试点推到了一个开风气的历史高度："为中土开此风气，志愿宏斯勋名愈远矣。"但李鸿章的期望却令盛宣怀备感压力。为了鼓励盛宣怀迎难而上，他还在信中赞赏盛宣怀："大才素精会计，谅必有胜筹妙算。"他还希望盛宣怀在试点中，"不奢不刻，握定利权"，最终，"若使四方皆闻风取法，实所企盼"。[34]

盛宣怀树立"开创者"形象的转型之战

直隶总督洋洋洒洒的一封信，立即令盛宣怀热血沸腾。盛宣怀在给李鸿章的回信中写道："阳城山乃武穴一隅，民向不资以为生，则官为开采，不夺其生计；民情虽亦浮动，尚堪动之以利，结之以义，用洋匠设机器，不致决裂；武穴实为吴楚咽喉，滨江一水可通，轮船径运上海，无须火轮车路，无须开浚河道，等洋法一有成效，近悦远来，相率观法，为海内开风气之先。"[35]

很快，盛宣怀拿出了《湖北煤厂试办章程八条》。盛宣怀在这份章程中详细分析了民、商、官三者的问题："责之民办，而民无此力；责之商办，而商无此权；责之官办，而官不能积久无弊。"盛宣怀希望仿照轮船招商局"官督商办"模式进行："商集其费，民鸠其力，官总其成，而利则商与官、民共之。"[36]盛宣怀为自己留了一手，一旦煤厂开办，督办的官职自然就落到自己头上了。

官山煤铁属于垄断资源，一旦商业资本进入，势必会涉及利润分配问题。盛宣怀在招股书中也提出了利润分配原则：商人投入大量的资本，开发政府的垄断资源，商人以资本获余利六成；政府拿出垄断资源以供商业资本开发，政府自然要征收资源税，税赋占余利三成；民众在矿厂开采期间需要贡献劳力，除了工资福利之外，矿厂要拿出余利的一成用于基础设施建设，为民众谋福利。

政府拿出垄断资源招商引资，立即引起了商人们的兴趣。盛宣怀在给李鸿章的一份报告中写道：十万巨资一呼而就。面对商业资本的积极涌入，有官员就给李鸿章提出新的建议，湖北煤厂的煤将来要靠轮船招商局运输、消费，干脆将煤厂合并到轮船招商局，将轮船招商局打造成一个多元化的控股集团。只是，一旦合并建议被采纳，官督的决定权就在轮船招商局，与盛宣怀再无关系，他的官督谋划也将落空。

于是，盛宣怀给李鸿章写信，嘲笑多元化控股集团的设想："西洋办一事即开一事之公司，未闻以一公司而能包罗一国之利权，以一人而能毕天下之能事。"[37] 很显然，盛宣怀是不愿意由广东商帮控制的招商局来控股湖北煤厂。他还在信中试探李鸿章的口风，如果是李鸿章的主意，没有人敢不遵从。他也不确定，到底是湖北一省的煤矿合并，还是全国煤铁矿都并归轮船招商局？

盛宣怀在给李鸿章的信中说，资源开发是中国改革的关键一步，湖北煤厂的招股书都发布了，股票都卖出去了，这个时候突然冒出个并归轮船招商局的提议，政府怎么向那些购买股票的商业资本交代？盛宣怀警告那些提出并归湖北煤厂动议的家伙，"失信于人是小事"，更严重的后果是，"使富强大举有始无终"。

李鸿章显然不允许自己的改革宏图有始无终。

轮船招商局就是一个资本江湖，广东商帮、漕帮、江浙商帮之间暗流涌动。盛宣怀代表了以李鸿章为首的官方势力，但他却在轮船招商局遭遇广东商帮的排挤。盛宣怀一直游说江浙商帮离开招商局，独立创业。湖北煤厂的招股书发布之后，盛宣怀利用自己的人脉资源，在江浙招募商股。

江浙商帮的领袖人物是胡雪岩，如今已经获得了一品封典。而在科举道路上一直不顺的盛宣怀，仅仅是李鸿章的亲信角色，尽管有一帮高官朋友，可在商人们眼中只是一个秘书而已。所以，盛宣怀也决定利用光绪皇帝登基元年的机会，弄个品级高的名誉官衔。他捐了两千两银子，获得了一个从一品覃恩封典。封典到手，盛宣怀自然要乘煤矿招商之机，通过资本将江浙商帮团结在自己周围。

湖北煤矿是盛宣怀拉拢资源跟资本的试验场，更是一次自己向官商的转型之战，盛宣怀需要向天下的商帮证明，他不是一个秘书，而是一个可以独当一面的开创者。轮船招商局要合并湖北煤厂，盛宣怀岂能善罢甘休？以唐廷枢为首的广东商帮隔岸观火，观望着盛宣怀在江浙融资，抢占资源跟资本。盛宣怀的举动对胡雪岩来说无异于釜底抽薪。不过，两人的交战才刚刚开始。

打仗没银子，主帅连发七封要钱信

"奏借洋饷，随到随磬。"1875年9月24日，左宗棠很艰难地给光绪皇帝写了一封奏折，希望朝廷能够为西征军的粮饷排忧解难。[38]

现在，西征军屯兵兰州城，可是各地的军费迟迟不到，1875年5月北京批准的洋贷款到兰州也只有一百七十多万两。剩余一百二十多万两的洋贷款被胡雪岩他们截留了，因为在洋贷款到账之前，左宗棠曾委托以胡雪岩为首的亲信，在上海、湖北跟陕西等地筹借军饷。洋贷款一到，之前借出军饷的商人们就连本带利截留了洋贷款。加之出征在即，大量征调马匹跟运输步兵，西征军一下增加了十多营，总计超过一百三十营。洋贷款被截留，再加上军队大量扩编，左宗棠对各地军费的渴求之心可想而知。

西征军后勤的财务数据相当糟糕，各地军费总计送来一百四十多万两，扣除北京户部划拨的五十四万两，各地的军费实际划拨只有八十多万两。江苏、浙江、广东三省本该提供五百多万两的军费，可是三省一直拖着不给，导致西征军入不敷出。

打仗没银子，左宗棠想出了一招：期票。

西征军将士出关，付出的将是鲜血跟生命，如果出征前军饷都拿不到，将士们还有什么士气可言。左宗棠向皇帝汇报，为了稳定军心，鼓舞士气，他只能将期票跟银票混搭在一起，等到各地的军费押运到西北，士兵们拿着期票统一兑换现银。

左宗棠当天向光绪皇帝写了七封信，其中三封信是针对各地严重拖欠西征军军费而表示不满，其中两江从提出组建海军开始就再也没有向西征军提供过一两银子的军费。更令左宗棠耿耿于怀的是福建，当初自己好意提出将福建押解西征军费的三分之二划拨福州船政，可是福建方面一拖再拖，到1875年7月，已经拖欠了三百一十二万两。[39]

李鸿章为了操控福州船政，一直将淮军集团的干将推到福建巡抚的位置上，意在把控福建财政。左宗棠在给光绪皇帝的信中语气显得出奇地愤怒，没想到自己为海军建设让步，福建官方却得寸进尺，实非意料所及。左宗棠希望北京方面能够亲自出面催收拖欠的军费。

左宗棠的信送抵紫禁城，慈禧太后实在看不过去了，立即以光绪皇帝的名义，将左宗棠的七封信朱批给户部、军机处。10月5日，慈禧太后召集军机大臣和户部高级官员开御前会议，大家在会议上一致同意：南洋跟北洋各省不得借口海防而拖欠西征军费，福建立即押运三百多万两拖欠军饷到西北，其余各省在1875年内先押运一半，余下一半随每月押运军饷陆续补齐。[40]

御前会议的决议以五百里加急传谕各地。左宗棠接到北京的决议后，长舒一口气。根据御前会议的决议，要求各地督抚、将军，从本年开始，每个月必须按时结清西征军费，不准再有丝毫拖欠，免致贻误剿匪战机。

清政府执政集团之所以在御前会议上如此强硬，是因为他们要通过左宗棠这一条束带蛇来钳制李鸿章这一只河豚。淮军集团通过迅速布局资源开采跟信息网络建设，已经形成了一个庞大的改革新兴阶层，改革阶层的兴起将直接威胁到清政府执政集团的核心利益。

左宗棠在给皇帝的信中泄露了汉族武装集团内部的玄机。他在信中说，海疆军火、器械随地可办，边塞所需却要水陆万里才能送达军前。用兵越久，官私耗竭，只能仰仗商人进行腾挪。可是，西北地处贫瘠，没有什么大商人，东南沿海商人们做生意很容易赚钱，军费紧张时只有向东南沿海的商人借钱。

胡雪岩是左宗棠在东南沿海向富商集资的总代理，可是，以盛宣怀为首的淮军集团干才也通过开矿不断招募商股，面对实业跟战争，东南沿海的商人们自然会选择按照现代公司治理的实业。因为他们可以通过公司章程来规划自己的回报，而战争瞬息万变，借款的回报率存在重大的不确定性。在南洋跟北洋各省拖欠西征军费的情况下，大量的商业资本又被吸纳到实体经济之中，胡雪岩腾挪乏术。

湖北开矿忙，兰州纺织欢

北京的五百里加急送到了福建巡抚丁日昌、两江总督沈葆桢等一干督抚手上，御前会议的决议犹如一把利剑，直刺他们心口。丁日昌早已厌倦了福州官场，沈葆桢万万没有想到，刘坤一离开两江的时候，留下了西征军费的窟窿。李鸿章一眼就洞穿了清政府执政集团的心思，他们就是要让汉族武装集团两大政治派系相互钳制，然后利用权力继续垄断集团利益，进而蚕食改革成果。

盛宣怀在为湖北煤矿招募商股期间，发现胡雪岩跟德国商人关系密切，而且他们洽谈的不再是军火采购，而是机器采购。

德国东亚远征队的地理学家李希霍芬（Richthofen Ferdinandvon）在给上海欧美商会的一封信中透露了左宗棠跟胡雪岩在西北的野心。

"这城里有一个机器局，局里在制造大量的新式枪炮所需要的子弹和火药；制造的工人是宁波人，都曾在上海、金陵两制造局受过训练。"[41] 李希霍芬信中的机器局就是兰州制造局，左宗棠调任陕甘总督后，两次通过胡雪岩进行洋贷款，名义上是为西征军筹措军费，实际上都流入了兰州制造局。

左宗棠对胡雪岩从上海洋行采办来的洋枪洋炮的价格很不满意，所以他一定要在自己的防区内创办军事工业。兰州制造局犹如一个无底洞，尽管制造局成功仿造了德国的枪炮，可是始终面临资金困难的窘境。面对沿海各省拖欠军费的情况，左宗棠只有仰仗胡雪岩在两江进行融资。而以盛宣怀为首的淮军集团幕僚们通过招募商股，使胡雪岩的融资越来越困难。但沙俄游历官索斯诺夫斯基的到来令左宗棠眼前一亮，他想起了西北曾是帝国通往欧洲的丝绸之路。

左宗棠在给总理衙门的报告中，描绘出一幅绚丽的丝绸之路画卷。他希望通过胡雪岩在上海采购机器，尽快将西北的羊绒进行产业化。西北盛产羊绒、驼绒，生产出来的产品比直接销售原料附加值高，运输也更为便捷，还可以直接由古丝绸之路进入欧洲。可是，在进行机械化纺织生产的背后，势必需要煤炭、运输系统的支持。[42] 左宗棠已经勾勒了一幅庞大的产业蓝图，通过纺织轻工业来推动开矿、铁路等一系列重工业全面发展。

胡雪岩是个商人，他早有自己的算盘。

淮军集团对电报信息网络、煤铁矿产资源的布局刺激了胡雪岩。江浙商人们大量的资本涌向了煤铁矿，很多商人买入了轮船招商局的股票。一旦煤铁矿产业化，淮军集团对资本的聚合效应将进一步扩大。胡雪岩现在面临一个尴尬的问题，随着制造局仿造军火的规模逐渐扩大，暴利的军火采购生意将越来越难做，自己的财路只能转向战争贷款，可是北京方面对贷款又太过严苛，留给自己的出路只有跟盛宣怀争夺资源，争夺改革的红利。

只要西征军的战事一天不停止，兰州的工业就可以依附在军事工业名下大干快上。兰州的轻工业跟军事工业规模越大，西征军的军费开支就越大；地方督抚拖欠的西征军费越多，洋贷款的规模也就越大，胡雪岩旗下的钱庄票号就可以挪用更多的军费进行大规模扩张；左宗棠的期票发行规模越大，自己钱庄票号的杠杆就可以放得越大。在轻工业的推动下，胡雪岩就可以通过金融操控西北的矿产资源。

兰州的谋划正在有条不紊地进行，胡雪岩在上海跟德国商人接触的消息立即传遍了沿海官场。令左宗棠意想不到的大麻烦来了，除了老部下浙江巡抚杨昌浚将七万两军饷押运到兰州，福建、两江大宗的西征军费依然迟迟未到兰州，北京方面的五百里加急在地方督抚们眼中只是一张废纸。

从李鸿章写给沈葆桢的一封信中可以窥见沿海督抚们的心思："户部所拨海防额款，本为搪塞之计；各关四成，惟粤海、浙海可稍匀拨，而为数无几，其余各有紧饷。各省厘金，惟江西、浙江可稍匀拨，亦断不能如数。其余皆无指望。统计每年实解不过数十万，而总署与户部又将南、北洋筹备专款，与各省之目顾门户者，比而同之。"[43]

现在，各地督抚大员们各怀心思，汉族武装集团中除了湘军跟淮军，还有在剿灭太平军时崛起的地方团练武装，这些人均为一方枭雄，各自为政。令李鸿章头大的是，淮军集团内部也开始出现派系，除了以刘铭传为首的安徽嫡系，还有在镇压捻军过程中新收编的地方系。太平军跟捻军战事结束，安徽嫡系继续驰骋于台湾等前线，而地方系则以地方督抚之名为安徽嫡系输血。

随着改革的推进，淮军集团内部派系之间的明争暗斗开始升级。眼见盛宣怀这样的秘书都忙着抢占资源，地方系自然也开始谋划割据利益，这些人在山东等地以"求富自强、靖海安边"[44]为名，建立了以山东机器局为首的一批军工企业。无论是李鸿章谋划中的海军国防，还是左宗棠的西征塞防，各地的督抚们总有借口将北京的圣旨当成废纸。

盛宣怀在湖北为淮军集团开拓矿产资源，胡雪岩谋划利用兰州扩大自己的商业帝国。德国人看准了汉族武装集团的内斗，李希霍芬秘密致函德国首相俾斯麦，将他对中国矿产调查的情报进行了详细汇报，希望德国能够强化对中国资源的控制权："有必要发展海军以保护这些重要的利益和支持已订的条约；要求在万一发生战事时德国的商船和军舰有一个避难所和提供后者一个加煤站。"[45]

　　胡雪岩对李希霍芬的情报一无所知，他现在一门心思鼓动左宗棠再贷洋款，借西征军之名加速推进兰州工业改革。德国人的心思很快被英国人发现，英国人岂能让德国人抢占了中国的矿产资源？总税务司的赫德决定帮助盛宣怀招募最好的地质专家。现在，盛宣怀跟胡雪岩在资金和资源争抢的路上赛跑，对英国人的心思毫不在意。左宗棠很快发现了上海滩的远谋，决定亲自出手。

西征军借款，枪杆子掉入钱袋子

洋人支新招，招商局跟着三菱轮船学并购

盛宣怀放下手中的报纸，望着窗外滚滚长江水，惆怅满怀。

这份报纸是《万国公报》，其老板是林乐知（Young John Allen）。林乐知早年在科学家徐寿的引荐下，成为江南制造总局的翻译，从此步入中国官场，因其有着大量出色的翻译，北京方面恩赏林乐知五品顶戴。

林乐知经常穿着五品文官朝服出没在十里洋场，自诩"美国进士"，令上海滩的洋人们羡慕不已。其实，林乐知的真正身份是美国监理会传教士，到中国的任务是传教。一到上海滩，林乐知就跟欧美派驻中国的达官显贵打成一片，当时的帝国总税务司、二品大员赫德，英国驻上海领事威妥玛均是林乐知的朋友，他甚至结交上了李鸿章、丁日昌、应宝时这样一大批汉族官场精英。

1875年11月13日，《万国公报》刊登了林乐知的评论文章《三菱公司买船买生意路》。林乐知的文章立即在上海官场和商场上引起躁动，因为1874年日本进兵台湾期间，正是由三菱轮船运输日军主力。现在，三菱轮船又并购了美国太平洋轮船公司，日本在海运上再无对手。

美国太平洋轮船公司原本一直垄断着横滨至上海的航运，三菱轮船运兵台湾后，日本军方加大了对三菱轮船的扶持，甚至关闭国有的轮船公司，将收复日本航运主权的重任交给了三菱轮船。美国太平洋轮船公司见状大打价格战，将横滨至上海的客运价格从三十日元降到八日元。明治政府以补助金的形式支持三菱轮船跟太平洋轮船公司打价格战。一年时间不到，太平洋轮船公司就向三菱轮船投降了。

明治政府看准时机，连下两道政府命令，将三菱轮船公司定位到"扩张本邦

海运事业"[46]的国家政治高度。同时，明治政府给予三菱轮船八十一万美元的政府贷款，贷款分十五年还清，年息仅为百分之二。在政府低息贷款的支持下，三菱轮船一举收购了太平洋轮船公司的船只，及其在神户、横滨、上海三地的土地、房屋、仓库、码头、设备等资产。

三菱轮船的崛起令汉族武装集团坐立不安。轮船招商局在成立之初为了避免激化跟列强的矛盾，只能将其战略定位为"稍分洋商之利"，收复航运主权的国家大义也只能隐藏在"求富"背后。很明显，轮船招商局的发展远远落后于三菱轮船。

林乐知在文章中详细介绍了三菱轮船打垮太平洋轮船公司的经验，他认为，中国的轮船招商局分管十八个省的航运贸易业务，完全可以学习三菱轮船的经验，打败在中国江河湖海上的外国轮船。

远在上海滩的郑观应听闻三菱轮船的并购行动，不禁对中国的航运权沦于欧美列强之手仰天长叹："长江二千数百里有奇，洋船往来，实获厚利，喧宾夺主，殊抱杞忧。"[47]此刻的郑观应虽是太古轮船的总买办，但他鼓动北京方面在政治上支持轮船招商局，跟洋商们打价格战，将中国江河湖海的航运权悉数收回。

胡雪岩正在上海跟德国商人洽谈机器采购问题，他读完林乐知的文章，敏锐地嗅到不寻常的气味。德国人在中国航运业方面没有利益瓜葛，身为旁观者的他们自然看得清楚英美商人在中国的行为。现在，中国航运业是中、美、英三足鼎立局面，英美轮船完全是商业资本运作，他们有强权外交为后台，中国的轮船招商局是通过民营资本搭台，官僚资本以借款方式渗透，改革派为其坚实后盾。在德国人看来，中国的轮船招商局将是最后的胜利者。

英商控股的怡和轮船、太古轮船背后有着强大的金融、工商业资本支持。这两家轮船公司的船只多为铁甲船，吃水优势明显。美商控股的旗昌轮船资本成分复杂，有中国资本，有东南亚资本，美国资本不足百分之二十。旗昌轮船在并购英商控股的宝顺轮船时，大量的中国资本转股成为旗昌轮船的股东。例如曾经担任宝顺洋行买办，现在任轮船招商局董事会成员的徐润，手上就依然握有大量的旗昌轮船股票。旗昌轮船多为木质船，航速跟装载量难以跟英商轮船公司竞争。

美国经历了1871年的经济危机后，国内经济开始快速复苏。相反，旗昌轮船在跟轮船招商局的价格战中亏损日益严重。1871年，旗昌轮船的利润为九十四万两，到了1872年只有五十二万两。1873年，轮船招商局的崛起让旗昌轮船的日子更难过，当年的利润下滑到十万两，股价由年初的二百两下跌到一百四十两。到了1875年年底，旗昌轮船出现巨额亏损，股价暴跌到五十六两。[48]

胡雪岩立即意识到，轮船招商局将上演一场国际并购游戏。

轮船招商局首次发行股票时，广东商帮成为绝对控股方。一旦并购英美轮船公司，轮船招商局将成为中国航运业的老大，将拥有航运定价权。而一直观望轮船招商局的江浙商帮势必会从自身利益考虑，在轮船招商局再融资的时候，买入轮船招商局的股票。如此一来，江浙商帮拆借给西征军的资金将大大受限，胡雪岩可以运作到阜康钱庄的西征军资金链会进一步收紧。

重走丝绸之路，西北借钱搞改革

胡雪岩跟左宗棠之间微妙的关系也在进一步发酵。兰州制造局的仿造技术越来越好，所以胡雪岩跟德国人的军火生意交易额越来越小。失去了军火生意的巨额利润，胡雪岩内心之痛不言而喻，更令胡雪岩心痛的是左宗棠的西北商业之谋。左宗棠在给胡雪岩的信中提到，自己正在跟沙俄谈判西域通商问题，一旦谈成，那么西北财政将不再受东南掣肘。

左宗棠可不是一时心血来潮才告诉胡雪岩的，他已经向总理衙门提交了一份长长的报告，详细汇报了自己跟沙皇使者的谈判经过，两湖地区的茶叶、四川的生丝、西北的大黄等商品如果走东南沿海水路，就加大了沙俄商人的成本，如果走西北陆路，出玉门关，穿越丝绸之路，将大大地降低商人们的运输成本，还可以丰盈西北财赋。[49]

左宗棠在给胡雪岩的信中抱怨，东南沿海拖欠西征军军饷的问题越来越严重。现在，欧美商人控股的报纸又在上海滩抹黑西征军，甚至诬蔑西征军在新疆节节败退，这成了东南沿海督抚们拒绝支持军饷的借口。自己又已经向北京方面拍胸脯保证过，五年内收复新疆，所以在军饷问题上只能自己想办法开源，只要重开丝绸商路，就可完成西征军光复新疆的伟大计划。[50]

遥远的兰州城，左宗棠在书房孤独地徘徊。

这是一场危险的布局，左宗棠不愿意将西征军的命运交给胡雪岩，更不能让西征军的命脉操控在东南沿海督抚们的手中。清政府执政精英们看到了汉族武装集团的潜流，于是北京方面在左宗棠西域通商的报告上批示："边境肃清后，由该大臣酌夺情形，咨商总理衙门办理。"

北京方面的批示令左宗棠相当失望，清政府执政集团是典型的坐山观虎斗。左宗棠决定先下手为强，为了确保西北战事的胜利，他要再次向欧美银行贷款。

胡雪岩是一个情报高手。左宗棠的飞函到上海没几天，胡雪岩就打探出美国跟普鲁士开矿的情报。

从1874年起，美国内华达州发现了康斯托克矿，科罗拉多州发现了莱德维尔矿以及犹他州一些地区也都相继发现银矿，其中内华达州的银矿在1875年产出了一万六千零一十二点五万美元的白银，是1874年产量的二十五倍。德国首相俾斯麦同样在本国下达了死命令，1875年的白银产能必须大幅提升。

左宗棠通过胡雪岩掌握了美国跟德国的情报后，在给光绪皇帝的报告中提出，若向美国跟德国的银行商借，"可期有成"。[51]

西征军的洋贷款发生了三次，第三次闹出来的高息风波使得左宗棠不得不重新评估胡雪岩的商业道德。左宗棠决定第四次洋贷款绕过胡雪岩。他写给皇帝的报告极其巧妙：由于各地军费拖欠严重，西征军提请第四次贷款一千万两，又由于在之前的贷款过程中因"部议游移"，洋商见胡雪岩"提银迟缓"，所以洋商对胡雪岩"怀疑未释"。

左宗棠是幕僚出身，擅长文字游戏，在给皇帝的报告中给足了胡雪岩面子。他向皇帝抱怨说，胡雪岩在向洋商借款的过程中，需要各地出具抵押官票，可是各地官府在画押盖印的时候经常推诿。并且在洋贷款到账之前，胡雪岩只有先向江浙商借数百万的银两给西征军救急，不少商人现在一听西征军借款就头大。更为关键的是，每次胡雪岩都要向商人们晓以大义，才能商借到数百万两银子救急，商人们出于资本风险考虑，每次划拨银两也总是一拖再拖。

千里借款折，满纸辛酸泪。

光绪皇帝岂忍让一个商人独自为西征军的借款鞠躬尽瘁？

高手过招，朝廷、西征军、两江一起玩推手

没有胡雪岩，又有谁能在两江为西征军搞民间借贷？左宗棠对光绪皇帝说，沈葆桢"办理南洋事务，就近与各省海关商议，无可窒碍"，他认为与自己所处的西北地缘关系相比，沈葆桢很容易成功。

左宗棠在给皇帝的报告中设置了一个陷阱。他让两江总督沈葆桢为西征军搞民间借贷其实有两个目的：一是，由两江总督出面，让江浙商人借款给西征军，这样一来，淮军集团就难以在两江筹借到轮船招商局跨国并购所需要的资金；二是，在沿海督抚拖欠西征军军饷的情况下，沈葆桢向江浙的商人借款，其在短期内还需要通过洋贷款来还款。既然洋商们对胡雪岩信用度不高，那么沈葆桢自然就成了为西征军搞定洋贷款的人选。

"筹借洋商巨款，实迫于万不得已之苦衷。伏恳圣慈，特饬沈葆桢仿照台防办法，代臣筹借。"左宗棠在报告中如此说道。沈葆桢在西方国家中很有威望，洋贷款曾有成议。他在1874年巡视台湾期间，跟洋商贷款，利息才八厘。现在，西征军的一千万贷款由其出面，可以说是重寻旧说，很容易取得洋商的信任。至于一千万贷款的利息以及具体办法，左宗棠明确表示自己不参与，都由沈葆桢拿主意。[52]

清政府执政集团看到左宗棠的报告，顿时来了兴致。两江拖欠西征军的军费最多，沈葆桢又刚刚成了李鸿章的政治盟友，这个时候让他为左宗棠贷款，李鸿章岂能坐视无睹？清政府执政集团决定批准左宗棠的报告，让左宗棠这一条束带蛇搅乱李鸿章这一只河豚的布局，打破汉族武装集团内部的政治联盟平衡。

光绪皇帝的上谕通过军机处以五百里加急发给沈葆桢。

"左宗棠因出关饷需紧迫，拟借洋款一千万两，事非得已。若不准如所请，诚恐该大臣无所措手，于西陲大局殊有关系。"光绪皇帝在上谕中表现得高瞻远瞩。他说："着沈葆桢即照左宗棠所奏妥速筹议，奏明办理。"[53]

沈葆桢一眼就看穿了北京方面跟左宗棠的意图。自己刚到两江，左宗棠就隔山打牛，他是要借北京的手，收两江的军饷。战争贷款牢牢地将两江捆绑在西征的战车上。与此同时，以《申报》为首的上海滩报纸，不断报道着西征军的负面消息。沈葆桢担心，左宗棠在五年之内都难以扫清绝域，两江的资金如果弄去了新疆，自己统辖的千里南洋防务将荒芜。

面对西征军贷款这个烫手的山芋，沈葆桢不想得罪朝廷，更不愿意直接得罪左宗棠。"朝廷轸念西陲、救民水火之至意。"他先是将皇帝恭维一番，又开始恭维左宗棠，"查左宗棠原奏，沥陈饷源枯竭，万不得已而议借洋款。在该督臣劳心焦思，独抚危局，抚士卒于饥疲创病之余，筹馈运于雪海冰天之界，仔肩难巨，冠绝一时。"[54]

沈葆桢非常谦恭地说，国之重任，"曷敢稍存推诿"？"况上海为洋商精华荟萃之地，关道所属多洞悉洋情之员，以利招之，一呼百诺。"沈葆桢在给皇帝的报告中说，自己面临着一个非常现实的问题，"江南自兵燹后，宜修举废坠，刻不容缓者殊多"。左宗棠的贷款大事令沈葆桢"夙夜不寐"，反复再思，沈葆桢认为一千万的洋贷款"有病于国"，"西陲军事稍纾目前之急，更贻日后之忧"。[55]

"国债之说遍行于西洋各国，受利受病，相去悬绝；则以举债之故不同，而所举之债亦不同也。"沈葆桢对西征不断举债实在不敢苟同，他在给皇帝的报告中提出，西方国家在开矿、造路、挖河时巨额举债，因为这些投资项目是能赚钱的，"以轻利博重利"，"故英、美等国有国债而不失为富强"。而以西班牙为首的欧洲强国举债对外战争，这些举债都是"一去不能复返"，所以这些国家搞得越来越穷。

"新疆广袤数万里，戈壁参半。"沈葆桢在给皇帝的报告中抱怨说，西征军已经借了三次洋贷款，次数已经不少了。何况，西征军的洋贷款跟台湾洋贷款有着本质的不同，台湾有煤矿、茶山为贷款作担保，新疆有什么可以让外国银行家放心的资源呢？更为关键的是，新疆的民族问题根深蒂固，"既无尽剿之理，又无乞抚之情"，不是一两年就能平复的。沈葆桢很无奈地说，现在洋人肯以巨款借我者，他们真实的目的是操控帝国的海关之权。

左宗棠对此相当失望。

沈葆桢将举债上升到国之兴亡的高度，这令左宗棠措手不及。"沈葆桢与臣素相契合，其清强有执，臣常自愧不如。"左宗棠对沈葆桢的义正词严很是无奈。他在给皇帝的报告中辩称，英美举债于国，藏富于民，西班牙举债战争经营不善，兴国与亡国跟举债本身无关，在于国家经营的制度制约。英美国会监督资金运营，西班牙败于纨绔掌权者。[56]

左宗棠的反驳令沈葆桢相当尴尬。借款问题已经上升到政治层面，一旦激怒清政府执政精英，两江防务将举步维艰。沈葆桢决定，将矛头拉回贷款本身："前届之三百万至光绪四年始清，而续借之一千万今年即须起息、明年即须还本，海关应接不暇。"更为关键的是，西征军横扫大漠，可是海关无坐扣之资，西方银行家一旦催逼还贷，那将令"中兴元老困于绝域，事岂忍言者"！[57]

沈葆桢的这番话泄露了玄机。按照北京方面对西征跟海军防务的规定，各省在给西征军筹措军饷的同时，还要为南、北洋筹措海防费用。但沈葆桢到了两江后发现一个大问题，除了自己曾经巡抚过的江西，其他省份没有一两银子交付南、北洋。现在，要两江给西征军贷款，沈葆桢势必站在各地督抚的对立面，更置政治盟友李鸿章于尴尬的境地。

淮军集团改革先锋、福建巡抚丁日昌站出来替沈葆桢解围。1876年3月10日，丁日昌在给光绪皇帝的一份报告中说："国家经费有常，岂能骤增此意外巨款？"丁日昌提出，海防与洋事最宜界线分明，如果以海关税收抵洋贷款，那样容易造成国家财政混乱。更为要命的是，一旦海疆有事，关税不能照常征收，洋贷款难以归还，洋人以此为借口自行征收关税，到时候将是贻患无穷。[58]

丁日昌的报告一到北京，清政府执政精英们决定将问题扩大化。

很快，陕甘总督左宗棠、直隶总督李鸿章、两江总督沈葆桢、两广总督刘坤一、闽浙总督李鹤年、浙江巡抚杨昌浚、福建巡抚丁日昌、湖北巡抚翁同爵等二十位督抚大员都收到了六百里加急上谕。光绪皇帝在上谕中强调：左宗棠可以自己想办法搞五百万两的洋贷款，南方各地的西征军饷要快速汇总到沈葆桢处，以应急需。[59]

光绪皇帝的上谕令淮军集团跟南方的商人们顿生警觉。轮船招商局的股东徐润给唐廷枢写了一封信，希望这位远在福州的广东商帮领袖立即返回上海。唐廷枢在福州也已经了解到左宗棠的行动，接到徐润的书信后便马不停蹄地赶回上海。徐润在上海跟一位洋人秘密会晤后，决定给盛宣怀写信，希望他能够尽快回到上海，轮船招商局的国际并购必须立即启动。

招商局借钱搞并购，引起一场资金暗战

招商局高层聚首，商量并购大计

徐润日夜兼程，终于远远望见了阳城山。

落日余晖洒满了阳城山，但徐润没有心情欣赏眼前的落日美景，他希望快一点儿见到盛宣怀。离开上海之前，瑞生洋行的经理布赫海斯特 （J. J. Buchheister）再三叮嘱，旗昌洋行的老板福布斯在美国的项目正继续回笼亚洲资金，现在就等轮船招商局支付并购资金。

福布斯在套现旗昌轮船上已经表现得急不可耐，他委托布赫海斯特跟徐润谈判，开价二百五十万两白银。[60] 唐廷枢在福州、盛宣怀在湖北、朱其昂兄弟在江浙，轮船招商局的管理层中只有徐润一人在上海。瑞生洋行一直跟中国军界做军火生意，布赫海斯特跟军界要员关系密切。福布斯找布赫海斯特做中间人，意在将旗昌轮船卖个好价钱。

与布赫海斯特见面后，徐润跟轮船招商局的财务总监严芝楣两人便开始通宵达旦地测算，旗昌轮船的船只、码头、货栈的价值总计在二百二十万两之上。[61] 一旦轮船招商局并购成功，将在吨位、航线等硬件方面成为国内航运的龙头老大。在招商局内部选择并购伙伴时，徐润也是煞费苦心，最终选择了财务总监严芝楣。来自江苏吴县的严芝楣跟江浙商帮关系密切，让他以轮船招商局财务总监的身份参与并购融资，容易得到江浙资本的支持。

经过跟布赫海斯特的反复谈判，福布斯终于答应将并购价格降至二百二十二万两。福布斯担心徐润会反悔，提出要先交纳两万五千两银子做订金的要求。由于旗昌洋行当初并购了宝顺洋行，所以徐润曾经持有的宝顺洋行股票通过换股，变成了旗昌轮船的股票。现在，轮船招商局一旦成功并购旗昌轮船，徐润持有的旗昌轮船股票就可成功套现。于是，在没有经过轮船招商局董事会讨论的情况下，徐润便跟福布斯签订了意向性并购协议，交纳了订金。

徐润非常担心盛宣怀会持反对意见。广东商帮主政轮船招商局以来，盛宣怀名义上虽是李鸿章的代表，可是唐廷枢的强势管理令盛宣怀成了有名无实的摆设。作为李鸿章身边的红人，一旦盛宣怀投反对票，轮船招商局并购旗昌轮船将化为泡影。

盛宣怀放下手上的书卷，将徐润迎入简陋的办公室。

他听完了徐润的汇报，先是很自信地说并购资金不是问题，接着又说自己担心的关键问题是并购后的市场。并购之后，轮船招商局将面临船多货少的局面，公司的盈利能力下降，怎能跟其他轮船公司抗衡？[62]

现在，左宗棠正谋划西域商路，试图将东南沿海资本引入西北，这个时候并购旗昌轮船，钱的问题其实才是盛宣怀真正关心的。自己一手控制的阳城山项目才开始，一旦资金被抽走，煤铁产业将面临资金分流，自己独当一面的计划将落空。更为重要的是，在李鸿章推行的全面改革中，如果淮军集团不能有效地掌控矿产资源，那么钢铁冶炼、铁路、造船、军火等全方位的工业改革只能是纸上谈兵。

徐润一听盛宣怀的担忧，马上解释道，轮船招商局并购旗昌轮船这事儿不能简单地看几条破船，旗昌轮船的那几条木船在铁甲船日兴的时代，已经没有竞争力了。轮船招商局的并购应该从投资的角度看，旗昌轮船拥有位置最好的商埠码头，各大航线均有一流的栈房仓库，在航运业快速发展的势头下，旗昌轮船的硬件设施具有极大的投资价值，将其收购后，"利益颇大"。[63]

盛宣怀不断地权衡徐润跟林乐知的话，在广东商帮看来，收购旗昌轮船是投资；从航运主权方面考量，并购旗昌轮船将是中国改革至关重要的一个战略。盛宣怀决定，跟徐润一同回上海。

唐廷枢接到徐润的书信，也立即从福州动身，赶往上海。

三人很快就在上海聚首了，唐廷枢很支持徐润的并购举动，而盛宣怀总感觉这背后有文章。三人决定召开董事会，商议最关键的并购资金问题。作为淮军集团改革的样板企业，轮船招商局这次跨国并购一定会引起以英国为首的航运企业的关注，为了提防列强们以外交手段介入并阻挠并购，盛宣怀提议三人同去烟台，先取得李鸿章的支持。

李鸿章正因马嘉理命案而忙得焦头烂额。英国人图谋进兵云南腾越一带，以遏制西征军出关收复新疆，于是马嘉理便远赴云南搞军事情报，不料却被云南当地人杀了。英国驻华公使威妥玛仰仗本国的船坚炮利，在理屈的情况下还提出无理蛮横的要求。北京方面一面命令李鸿章出面谈判，一面派出福建按察使、兵部侍郎郭嵩焘赴伦敦通好。

郭嵩焘一行浩浩荡荡远赴伦敦，可是威妥玛不依不饶，还调遣军舰到大连。威妥玛甚至指定李鸿章必须在烟台谈判，英国海军驻华司令赖德（A. P. Ryder）在谈判期间率领军舰进入了烟台海域。美、法、德见英国军舰出动，这三国的驻华海军也调集军舰赴烟台。德、法、日、奥、俄、美六国驻华公使纷纷前往烟台避暑。

盛宣怀偕同唐廷枢、徐润一行三人到了烟台，但他们根本无法体会到李鸿章的压力，四国军舰施压，六国大使观摩。英国人是想掌控中国西南的通商控制权，中国政府一旦满足了英国人的野心，列强将犹如饿狼一般扑向北京。

在接见盛宣怀一行之前，李鸿章看到《申报》新闻，说三菱轮船并购美国太平洋轮船公司后掌控了日本航运权。同时，一直同三菱轮船打价格战的英国轮船公司在价格战的压力下，决定永远退出日本航运业。李鸿章一听徐润一行的汇报，脸上露出了久违的微笑，连连说："果能有成，固属盛举。"[64]轮船招商局并购旗昌轮船是中国收复航运权的绝佳机会，李鸿章反复问徐润，旗昌轮船的股东们真的愿意将其出售给轮船招商局？

招商局和西征军，把钱借给谁？这是个大问题

盛宣怀敏感地意识到李鸿章愿意为轮船招商局的并购提供政治支持，一旦李鸿章能在资金方面提供支持，那么自己在轮船招商局中的地位就可以超越广东商帮。徐润将订金单出示给李鸿章看，李鸿章看完订金单，又感叹一句："一时筹集巨款，亦甚不易。"

李鸿章早已收到北京方面的六百里加急，对左宗棠借洋贷款的谋划洞若观火。现在，北京方面暂停了沈葆桢代为西征军贷款之议，可是又下令沈葆桢代收东南沿海各省的西征军饷。李鸿章决定将沈葆桢拉入自己的计划之中，给左宗棠来一招釜底抽薪。他明确地向盛宣怀、唐廷枢跟徐润表示："百万巨款，必赖南洋主持。"[65]

盛宣怀一行人回到上海,立即召集董事会成员商议筹集资金问题。朱其昂的弟弟朱其诏说自己得到一份重要情报,西征军驻上海军代表许厚如正跟日本驻上海领事品川忠道接触,许厚如希望日本能够向西征军提供贷款。朱其诏跟品川忠道是老相识,他希望董事会授权他跟日本方面接触,为轮船招商局的并购搞洋贷款。[66]董事会当即同意了朱其诏的提议。

国际贷款是一笔大生意,朱其诏找了一位具有丰富的国际贸易经验的德国洋行经理缪拉,请他做谈判代表,专门跟日方商谈轮船招商局贷款的具体事宜。[67]1876年12月28日,品川忠道致函正在东京为西征军借款而活动的日本驻华首任武官、陆军大佐福原和胜,希望他出面和日本第一银行协调,给中国的轮船招商局提供贷款。

品川忠道在给福原和胜的信中提出,轮船招商局并购旗昌轮船势必会改变中国航运业格局,欧美在中国的商业利益版图将被重新分配,他希望福原和胜探询大藏卿大隈重信的意见。在收到品川忠道的来信之前,身为日本财政大总管的大隈重信正在跟福原和胜商洽向西征军贷款一事,现在品川忠道突然提出又要给轮船招商局借款。但是,以日本第一银行现在的财力,根本无法同时完成两笔庞大的借款计划。

左宗棠的西征军需要借款一千万两白银,整个日本第一银行就算倾囊而出也不够,董事长涩泽荣一给大隈重信的提议是:在向西征军提供的一千万贷款中,七成是日本各类货物,三成是日本银币和铜钱,利息争取百分之十,十年归还期。涩泽荣一的具体操作办法是:七百万日元通过"金禄公债"作为抵押,通过银行发行等额纸币筹集,另外的三百万日元以银币、铜钱和其他物品筹集。[68]

涩泽荣一的方案令大隈重信相当满意,可他还是担心西征军借款的可靠性。大隈重信将福原和胜叫到办公室,想问个准信。福原和胜名义上是驻华武官,实为日本安插在上海滩的军事间谍,主要任务就是收集湘军、淮军以及清政府军队的一切军事情报,包括军火采购。西征军驻上海军代表许厚如、左宗棠的代理人胡雪岩自然成了福原和胜的重点盯防目标。

福原和胜将自己掌握的中国情报全部告知大隈重信,大隈重信立即同意了涩泽荣一的放贷请求,政府决定在背后支持日本第一银行去完成借款交易。为了确保日本的金融安全,大隈重信提出,西征军贷款必须以上海跟广东两处海关的税收作为抵押。就在以涩泽荣一为首的日本贷款使团准备出发到上海的时候,福原和胜收到了品川忠道的书信，福原和胜立即向大隈重信汇报了轮船招商局欲借海关银一百万两的情报。[69]

与日本人的借钱谈判破裂，招商局只得另寻出路

大隈重信一听品川忠道的来信，顿时心花怒放，但日本第一银行的实力根本不能满足中国的两笔庞大贷款。大隈重信立即召集联席会议，出席会议的有涩泽荣一、三井物产社长益田孝、大藏省书记官岩崎小二郎、福原和胜。益田孝出访过欧洲，经明治维新元勋井上馨的推荐，曾经担任过大藏省造币权头，在金融改革方面经验丰富。1876年出任三井物产社长的益田孝还于当年成立了日本第一家私人银行：三井银行。

联席会议决定派出涩泽荣一、益田孝、岩崎小二郎、福原和胜一行人前往上海，跟品川忠道一同组成日本贷款团。许厚如也派出了自己的代表——怡和洋行经理莫逊跟涩泽荣一一行人接触。这次会面立即引起了胡雪岩的注意，左宗棠在信中将借款全权委托给自己办理，没想到许厚如居然已经先一步跟日本人接上头了。胡雪岩立即飞书左宗棠。此时，总理衙门也给左宗棠、沈葆桢发出六百里加急，询问详情。左宗棠同时收到了总理衙门跟胡雪岩的书信，他对日本人插手西征军借款很是诧异，他在给胡雪岩的信中一改向日本贷款之说，只说许厚如的做法是没有经过正式委任的私自行动。

再看轮船招商局这边，盛宣怀对向日本人借款相当谨慎，为确保万无一失，品川忠道向东京发出信函的当天，盛宣怀、徐润、唐廷枢、朱其诏一行便到南京拜见沈葆桢。盛宣怀在李鸿章幕下耳濡目染，深谙官场的钩心斗角，他带领一干人先去拜见了江宁布政使梅启照、候补知府桂嵩庆、苏松太道黄祖络，这三位都是沈葆桢的官场好友，只要他们三人出面，轮船招商局的并购借款就有着落了。[70]

沈葆桢在总督府接见了盛宣怀一行，盛宣怀向他描绘了轮船招商局并购旗昌轮船的宏伟蓝图，将一场商场并购案上升到政治主权高度。沈葆桢现在左右为难，他在给光绪皇帝的报告中拒绝了左宗棠的贷款计划，可是北京方面又将东南沿海军饷的总管之责压到自己头上，这是将自己架到左宗棠跟东南沿海督抚的火上烤。

在盛宣怀一行到南京之前，沈葆桢已经向光绪皇帝提交了一份辞职报告：

不干了。当盛宣怀介绍完并购案，沈葆桢很遗憾地告知：两江没钱。盛宣怀立即说，现在招商局的管理层在四处筹钱，筹集百万两资金没有问题。沈葆桢相当清楚，在轮船招商局的百万借款背后，盛宣怀他们一定取得了李鸿章的政治支持，李鸿章跟左宗棠把两江当成了政治围猎场。

沈葆桢失眠了。

梅启照一直在总督府为盛宣怀他们当说客，见证了沈葆桢的左右为难。"我迟疑三夜不成寐。"[71]沈葆桢向梅启照诉说着胸中苦闷。北京方面一直不批准自己的辞职报告，左宗棠要向国际银行贷款，李鸿章要借并购巨款。经过三天三夜的深思熟虑，沈葆桢觉得轮船招商局的管理层言之有理，一旦并购成功，将会是"千百年来创见之事"。[72]

沈葆桢给光绪皇帝写了一份报告，决定筹拨江苏粮道及江海关库银五十万两、江浙二十万两、江西二十万两、湖北十万两给轮船招商局。沈葆桢在报告中强调并购旗昌轮船的政治意义，这是大清帝国半个世纪以来，第一次通过商业手段战胜洋人，只要政府同意划拨财政款项支持这一桩并购，帝国就可重掌航运大权。

有了两江的巨额资金支持，轮船招商局的并购底气十足。可是北京方面又有六百里加急密谕送抵沈葆桢手上，说是西征军正在跟日本政府方面洽谈贷款，北京方面令沈葆桢密查许厚如借洋款一案。沈葆桢从密谕中看出，北京方面对许厚如借款案相当震怒。密谕指示沈葆桢，一旦查实许厚如向日本人借洋款，就地革职，递解回籍，交地方官严加管束。[73]

森有礼将北京方面对许厚如借款的一无所知电告大隈重信，大隈重信对西征军借款一事相当失望，他电令品川忠道立即中断与许厚如的借款谈判。此时的许厚如还不知道北京方面已经在调查自己，听闻涩泽荣一中断谈判，很是惊愕。两天后，大隈重信却又电令益田孝跟岩崎小二郎协助涩泽荣一进一步谈判，因为他们坚信许厚如一定有西征军高层的授权。[74]

沈葆桢很快掌握了西征军前敌总指挥金顺给许厚如的信件，金顺命令许厚如跟胡雪岩会商贷款事宜。可是胡雪岩在面对沈葆桢的调查时，一口咬定自己对向日本借款毫不知情。[75]中国方面对许厚如的调查令日本财团错愕，涩泽荣一同时还在跟朱其诏谈判，许厚如的尴尬处境令涩泽荣一对轮船招商局的贷款诚意也没了信心。

在拜见沈葆桢时，盛宣怀一行曾经向沈葆桢拍胸脯保证，说另外的一百万两白银已经有了筹集的门路。沈葆桢此时才知道朱其诏也在跟日本人商谈借款。面对因许厚如导致的尴尬局面，涩泽荣一提出了苛刻的条件：百万借款除了抵押轮船招商局的资产，还必须用中国海关关票作为抵押，因为西征军的借款抵押物就是关票。[76] 日方提供六成的米、铜、煤等物，四成贸易银和墨西哥银元，年利息百分之十。

朱其诏一听就火了，轮船招商局贷款并购旗昌轮船，美国人要的是现银，不是日本人的货物。很显然，许厚如的行为令日本人对轮船招商局也极度不信任，他们给西征军的年利息为百分之八点五，旗昌轮船给轮船招商局开出的分期付款利息为百分之八，所以第一银行给轮船招商局的贷款利息过高。更夸张的是日本人要求在还款的时候必须归还现银。

涩泽荣一、益田孝、岩崎小二郎、福原和胜一行带着大藏省的使命到中国放贷，现在两笔生意却都濒临崩溃边缘。双方在三天之内进行了三次谈判，最后在抵押物、年利息方面仍有很大分歧。加之日本方面对朱其诏的德国中间人缪拉的傲慢态度也很不满，涩泽荣一气得在谈判现场拂袖而去。

左宗棠很快得到了轮船招商局跟日本方面谈判失败的消息。而在许厚如跟日本方面签署的贷款草案中，年利息为百分之八点五，比胡雪岩历次跟英国银行家谈的洋贷款都更划算，左宗棠决定让胡雪岩继续跟日本方面谈判。可是左宗棠万万没有想到，日本国内爆发内战，明治维新元勋西乡隆盛发动了西南战争。大隈重信将所有资金抽回国内应付内战。

没有了日本的贷款，轮船招商局收购旗昌轮船的步伐又不能停下来。拿到一百万两财政官银的盛宣怀一行，再度在两江想法子。轮船招商局公开向社会增发股票，两江总督给两淮盐运下令，让盐运使劝令江浙盐商购买轮船招商局的股票。通过对登记在册的盐商进行测算，轮船招商局至少可以募集七十九万两白银。同时，沈葆桢还下令各藩司海关道劝谕各商埠富商购买轮船招商局股票。

官员一声令下，江浙的商人纷纷认购轮船招商局的股票。唐廷枢从南京一下子就将三十三万两银子带回上海。1877年2月18日，轮船招商局正式跟旗昌轮船的股东们签署并购合同。3月1日，两江的百万两官银全部到账，旗昌轮船正式过户给轮船招商局。胡雪岩仰天长叹，江浙资本一夜之间被轮船招商局淘空了。望着窗外飞舞的雪花，一个巨大的阴谋在胡雪岩的脑子里产生了。

▶▶ **注释**

[1]《左宗棠全集·奏稿》卷6，岳麓书社2009年版。

[2]《左宗棠全集·奏稿》卷6，岳麓书社2009年版。

[3]（清）朱寿朋编：《光绪朝东华录》卷3，中华书局1984年版。

[4]《李文忠公全集·朋僚函稿》卷17，上海商务印书馆1921年版。

[5]许毅、隆武华等：《清代外债史论》，中国财政经济出版社1996年版。

[6]（清）刘体智：《异辞录》卷2，中华书局1997年版。

[7]（清）刘体智：《异辞录》卷2，中华书局1997年版。

[8]（清）曾纪泽：《使西日记》，湖南人民出版社1981年版。

[9]《左宗棠全集·书信》卷2，岳麓书社2009年版。

[10]《左宗棠全集·书信》卷2，岳麓书社2009年版。

[11]《左宗棠全集·奏稿》卷6，岳麓书社2009年版。

[12]《左宗棠全集·奏稿》卷6，岳麓书社2009年版。

[13]《左宗棠全集·奏稿》卷6，岳麓书社2009年版。

[14]《左宗棠全集·奏稿》卷6，岳麓书社2009年版。

[15]《左宗棠全集·奏稿》卷5，岳麓书社2009年版。

[16]《左宗棠全集·书信》卷2，岳麓书社2009年版。

[17]《李文忠公全集·奏稿》卷24，上海商务印书馆1921年版。

[18]《海防档》（丁）《电线》（上），1957年版。

[19]《海防档》（丁）《电线》（上），1957年版。

[20]《大清文宗显皇帝实录》卷287，华文书局1964年版。

[21]《大清穆宗毅皇帝实录》卷184，华文书局1964年版。

[22]《大清穆宗毅皇帝实录》卷210，华文书局1964年版。

[23]《筹办夷务始末》（同治朝卷67），上海古籍出版社2008年版。

[24]《李文忠公全集·朋僚函稿》卷17，上海商务印书馆1921年版。

[25]《李文忠公全集·朋僚函稿》卷17，上海商务印书馆1921年版。

[26]《大清德宗景皇帝实录》卷23，华文书局1970年版。

[27]《海防档》（丁）《电线》（上），1957年版。

[28]《盛宣怀档案》，″史醇致盛宣怀函″，上海图书馆馆藏。

[29]《盛宣怀档案》，″盛宣怀密札张斯桂文″，上海图书馆馆藏。

[30]《盛宣怀档案》，"张斯桂上盛宣怀禀"，上海图书馆馆藏。

[31]《盛宣怀档案》，"李鸿章致盛宣怀函"，上海图书馆馆藏。

[32] 夏东元：《盛宣怀传》，上海交通大学出版社2007年版。

[33]《盛宣怀档案》，"李鸿章致盛宣怀函"，上海图书馆馆藏。

[34]《盛宣怀档案》，"李鸿章致盛宣怀函"，上海图书馆馆藏。

[35]《盛宣怀档案》，"盛宣怀上李鸿章禀"，上海图书馆馆藏。

[36]《盛宣怀档案》，"湖北煤厂试办章程八条"，上海图书馆馆藏。

[37]《盛宣怀档案》，"湖北煤厂改归官办议"，上海图书馆馆藏。

[38]《左宗棠全集·奏稿》卷6，岳麓书社2009年版。

[39]《左宗棠全集·奏稿》卷6，岳麓书社2009年版。

[40]《左宗棠全集·奏稿》卷6，岳麓书社2009年版。

[41] 上海欧美商会编撰：《李希霍芬男爵书信集》。

[42] 左宗棠：《左文襄公全集·批札》卷7，文海出版社1979年版。

[43]《李文忠公全集·朋僚函稿》卷17，上海商务印书馆1921年版。

[44] 丁宝桢：《丁文诚公奏稿》，贵州省文史馆2000年版。

[45] 上海欧美商会编撰：《李希霍芬男爵书信集》。

[46]［日］日本邮船株式会社：《日本邮船株式会社五十年史》，日本邮船株式会社1935年版。

[47]（清）郑观应著，夏东元编：《郑观应集》，上海人民出版社1982年版。

[48]（清）徐润：《徐愚斋自叙年谱》，江西人民出版社2012年版。

[49]《左宗棠全集·奏稿》卷6，岳麓书社2009年版。

[50]《左宗棠全集·书信》卷2，岳麓书社2009年版。

[51]《左宗棠全集·奏稿》卷6，岳麓书社2009年版。

[52]《左宗棠全集·奏稿》卷6，岳麓书社2009年版。

[53]（清）朱寿朋编：《光绪朝东华录》卷8，中华书局1984年版。

[54]（清）邵之棠：《皇朝经世文统编》，上海慎记刊本。

[55] 沈葆桢：《沈文肃公政书》，清光绪（1875—1908）铅印本。

[56]《左宗棠全集·奏稿》卷6，岳麓书社2009年版。

[57] 沈葆桢：《沈文肃公政书》，清光绪（1875—1908）铅印本。

[58] 中国第一历史档案馆藏：《军机处录副奏折》，光绪二年二月二十五日。

[59]（清）朱寿朋编：《光绪朝东华录》卷8，中华书局1984年版。

[60]（清）徐润著：《徐愚斋自叙年谱》，江西人民出版社2012年版。

[61]（清）徐润著：《徐愚斋自叙年谱》，江西人民出版社2012年版。

[62]（清）徐润著：《徐愚斋自叙年谱》，江西人民出版社2012年版。

[63]（清）徐润著：《徐愚斋自叙年谱》，江西人民出版社2012年版。

[64]（清）薛福成：《庸庵文别集》，上海古籍出版社1985年版。

[65]（清）薛福成：《庸庵文别集》，上海古籍出版社1985年版。

[66]【日】涩泽荣一：《青渊先生六十年史》，日本龙门社1900年版。

[67]【日】土尾乔雄：《涩泽荣一传记资料》，日本龙门社1965年版。

[68]【日】土尾乔雄：《涩泽荣一传记资料》，日本龙门社1965年版。

[69]【日】土尾乔雄：《涩泽荣一传记资料》，日本龙门社1965年版。

[70]（清）徐润著：《徐愚斋自叙年谱》，江西人民出版社2012年版。

[71]王尔敏、吴伦霓霞编：《盛宣怀实业朋僚函稿》，高等教育出版社1997年版。

[72]聂宝璋编：《中国近代航运史资料》卷1，上海人民出版社1983年版。

[73]《清实录·光绪朝德宗实录》卷45，中华书局1985年版。

[74]【日】土尾乔雄：《涩泽荣一传记资料》，日本龙门社1965年版。

[75]中国人民银行总行参事室编：《中国清代外债史资料》，中国金融出版社1991年版。

[76]【日】土尾乔雄：《涩泽荣一传记资料》，日本龙门社1965年版。

改革现场

李德林 著

下

北京联合出版公司
Beijing United Publishing Co.,Ltd.

目　录

10

第十章

红顶商人

杨乃武与小白菜翻案，给官场来次大清洗

"羊吃白菜"案，几番审决，多次推翻

1877年1月4日，紫禁城寒风萧萧。

朝阳门外神路街远远地来了一队清朝士兵，押着三辆巨大的囚车缓缓走来。囚车后面跟着一辆骡马车，车上停放着一口薄皮棺材，棺材里散发出阵阵刺鼻的恶臭。突然，一骑宫中来使宣布，要将棺材押送至海会寺。军队押着囚车跟棺材径直来到海会寺。

囚车上一位是杭州府余杭知县刘锡彤，一位是余杭县衙仵作沈祥，一位是刘锡彤的门丁沈彩泉。棺材里已经高度腐烂的尸体是葛品连，生前曾经是余杭县一个开豆腐坊的小生意人。1873年10月的一天，葛品连突然暴病而亡，死时全身青黑，于是市井传言，葛品连之妻毕秀姑（即小白菜）因与举人杨乃武有奸情，故而二人下毒害死了葛品连。葛品连老母向县衙报了案。[1] 刘锡彤素与杨乃武有隙，闻告后，亲率仵作沈祥前往验尸。

沈祥勘验葛品连尸体后，将验尸报告跟《洗冤录》进行对比，发现葛品连可能是中烟毒而死。门丁沈彩泉摸准了刘锡彤的心病，一旦将葛品连谋杀案坐实，皇帝一定会下诏褫夺杨乃武举人之名。于是，全程参与了勘验的沈彩泉一口咬定，葛品连死于谋杀。

刘锡彤将毕秀姑带回县衙审问，毕秀姑供不知情。次日动刑逼供，毕秀姑受刑不过，诬称与杨乃武私通，杨乃武给了她一包治流火的药，葛品连吃后就死了。刘锡彤下令逮捕杨乃武。新中举人的杨乃武刚从杭州归来，"方从行省赴鹿鸣宴归，衣冠而往"。刘锡彤一看杨乃武衣冠楚楚，顿时火冒三丈，"喝令被去衣冠"，杨乃武遭遇"长跪刑拷"，"加以大杖决臀者千数百下"。"死而复

苏"的杨乃武最终屈打成招。[2]

刘锡彤拿到供词后，立即向杭州知府陈鲁汇报，说举人杨乃武卷入谋杀案，当事人已经招供，希望向皇帝报告革掉杨乃武的举人之功名。陈鲁遂向浙江巡抚杨昌浚汇报，杨昌浚的报告很快又到了北京。当时的同治皇帝朱批："杨乃武著革去举人，其因奸谋死本夫情由，著该抚审拟。"

皇帝诏令一下，葛品连之死成了钦命大案。

杨乃武的家人提出异议，反控毕秀姑捏造证据做伪证，因为葛品连生病期间杨乃武不在余杭，怎么可能给毕秀姑治流火之药？刘锡彤再度对毕秀姑严刑拷打。取得毕秀姑的口供后，余杭县将卷宗、人犯上呈杭州知府。杭州知府陈鲁本就是行伍出身，加之杨乃武没了举人功名，上来就是一顿暴打，杨乃武再次招供。

陈鲁将葛品连谋杀案上报到浙江按察使蒯贺荪处。主管刑名的蒯贺荪为道光年间举人，左宗棠围剿捻军期间，蒯贺荪为左宗棠的军队提供后勤支持，深受左宗棠欣赏，赏布政司衔。左宗棠督军西征期间，蒯贺荪荣升浙江按察使。蒯贺荪两次提审杨乃武，毕秀姑跟杨乃武口供一致，认定原审无误。蒯贺荪将案件审理结果上报浙江巡抚杨昌浚定谳。杨昌浚派候补知县郑锡滜密查，郑锡滜到了余杭就被刘锡彤灌得烂醉，他给杨昌浚的调查结论是"无冤无滥"。[3]

杨昌浚，字石泉，1860年入楚军幕，成为左宗棠的左膀右臂。左宗棠调任陕甘总督后，杨昌浚巡抚浙江，一直不遗余力地为左宗棠筹募军饷。葛品连谋杀案上报巡抚衙门时，杨昌浚正忙着为左宗棠筹钱，听完郑锡滜的汇报后，便以蒯贺荪的审理结果为准上报朝廷。其间，杨乃武却在狱中写了一份辩护词交给姐姐杨菊贞，杨菊贞拿着辩护词到北京都察院投状。

都察院一看，杨乃武控告刘锡彤刑讯逼供，下令杨昌浚重审。都察院令一到，杨昌浚责成陈鲁再审葛品连谋杀案。陈鲁再审后维持原判。杨菊贞不服，见向浙江府衙上控无果，再次进京向步军统领衙门、都察院投状。[4]刑部给事中王书瑞在给皇帝的报告中尖锐地指出，杨昌浚回护同官、含糊结案。[5]都察院御史广寿也向皇帝提交了一份专题报告，建议北京方面派出专案组调查葛品连谋杀案。[6]

光绪皇帝一道圣旨，一个庞大的专案组成立。

浙江学政胡瑞澜任主审钦差大臣，宁波知府边保庆、嘉兴知县罗子森、候补知县顾德恒、龚世潼担任陪审团成员。不谙刑律的胡瑞澜采信了浙江官场的审案证据，给皇帝上报了维持原判的证据。[7]胡瑞澜的审判令杨昌濬长舒了一口气，可是户部给事中边宝泉又给光绪皇帝上了一道奏本，提议将葛品连谋杀案提交刑部重审。[8]光绪皇帝下诏：外省案件纷纷提交刑部，向亦无此政体。[9]边宝泉的奏本也被上谕驳回。

边宝泉是户部的年轻干部，这位镶红旗汉军籍小官的祖上跟八旗入关，他本人于同治二年考中进士，入翰林院，出任过乡试会试考官，作为后备干部调入户部。谁都没想到，边宝泉会在这个时候突然跳出来干预皇上和地方督抚。杨昌濬立即向皇帝提交了辞职报告，他意识到自己卷入了一个强大的旋涡之中，在边宝泉的行动背后，一股强大的政治力量正在扑向浙江官场。

胡瑞澜奉命重审葛品连谋杀案期间，也正是户部左侍郎袁保恒跟左宗棠关系紧张的时期。袁保恒来到西征军营后，发现胡雪岩负责的国际贷款利息奇高，于是一直拖着西征军的贷款不批。左宗棠一道奏本送到了光绪皇帝案前，将袁保恒调回北京。左宗棠之所以敢跟袁保恒叫板，底气就来自于杨昌濬。江浙富庶甲天下，身为浙江巡抚，杨昌濬一直是西征军的后勤保障。

在胡瑞澜重审葛品连谋杀案期间，西征军资金紧张，左宗棠曾写信给杨昌濬，希望浙江能够划拨三十万两银子救急，因而对此案也有所了解。令左宗棠头大的是，《申报》一面抹黑西征军，一面呼吁朝廷引入西方审判制度，重新审判葛品连谋杀案。左宗棠在给杨昌濬的信中嘲笑《申报》："处士横议，托海上奇谈辩言乱政。"[10]

杨昌濬的辞职报告令左宗棠情绪低落，他在给杨昌濬的信中感慨："陇实处其难，不于浙求饷，滔滔天下谁复应之？"没有浙江的支援，东南沿海督抚中更没有人会向西征军提供粮饷支持，左宗棠在信中认可了杨昌濬对西征军的巨大贡献："浙之济陇厚矣。"他安慰杨昌濬，胡瑞澜是一位守正不阿之人，断不能抹却浙江官场的公论。

十八位浙江籍官员联名，冤案惊动了皇帝和太后

《申报》在不断地关注和报道葛品连谋杀案的最新进展，抨击浙江官场的官官相护。清政府执政集团决定给浙江官场敲个警钟，在拒绝了边宝泉将案件提交刑部的同时，光绪皇帝在诏令中批准刑部可以将卷宗调进北京研究。与此同时，

浙江籍的官员对胡瑞澜的调查也是相当不满，十八名浙江籍官员联名向皇帝上书，要求重审葛品连谋杀案。[11]

更为糟糕的是，袁保恒回京后被调任刑部，出任常务副部长级别的左侍郎。他向光绪皇帝建议，将此案提京研讯。同时，杨菊贞还在各衙门递状喊冤。面对各方压力，慈禧太后下令刑部重审葛品连谋杀案，由浙江巡抚杨昌浚押解此案所有卷宗、人犯、证人，连同葛品连尸棺进京公审。

1877年1月22日，三法司在海会寺会审葛品连谋杀案。

光绪皇帝下令刑部、都察院、大理寺组成联合重案组，由刑部主审，都察院跟大理寺会审。刑部两个尚书桑春荣、皂保主审，各大部委的侍郎、御史陪审、观审。为了保证三司会审的公正，确保案件审理的专业性，刑部请出了八十多岁的帝国首席验尸官荀义开棺验尸。

海会寺人山人海。

持枪的士兵将全部人犯带到大雄宝殿前面的空地上，刑部验尸官打开棺材，由荀义亲自动手验尸。虽然葛品连的尸肉已经高度腐烂，但万幸的是骨骼完整。荀义对尸骨从头部的囟门骨、颌骨、牙齿，再到喉骨、胸骨、尾椎骨和指骨、趾骨，一一详验。为了确保万无一失，刑部的司官、堂官轮番勘验，余杭县衙验尸官沈祥复验。[12]

荀义在刑部验尸报告上给出的结论是：骨殖黄白，系属病死，并非青黑颜色，委非中毒。远在肃州军营的左宗棠听闻结果后，瞠目结舌，"遍查《洗冤录》，凡毒毙无以骨色辨验者。"在给杨昌浚的信中，左宗棠对刑部的验尸报告提出异议，认为以毫无科学依据的验尸报告问官定谳，只能给后世留下更多的谜团。[13]两次提交辞职报告没有获批的杨昌浚，这一次被皇帝直接革了职。海会寺三司会审报告出来后，左宗棠给西征军副主帅刘典写了一封信，他在信中对杨昌浚因卷入葛品连谋杀案而遭遇革职相当惋惜。更令左宗棠难以置信的是，自己很久没有收到胡雪岩的书信，"以其平时办事之法言之，或不荒唐也"。[14]

左宗棠的心在滴血。

"葛品连已死逾三年，毒消骨白，此不足定虚实也。"曾经出任长沙知府的湘军干臣、现四川总督丁宝桢闻得实状，大怒，痛斥杨乃武风流成性，亦非善类，若是翻案，"将来外吏不可为"！[15] 刘锡彤的乡榜同年、大学士宝鋆也提出，人死已逾三年，毒气早就消失，怎么能够凭着骨是黄白色，即断定不是毒死而是病死呢？

"猖猖者尚欲翻案，为奸夫奸妇劣属雪冤。"北京方面下令杨昌浚将人犯、案卷、棺材押运进京后，左宗棠在给朋友的一封信中愤愤然地说道，他把那些上书为杨乃武翻案的官员比喻为疯狗，并感叹世风日下，人心不古。[16] 左宗棠相当蔑视十八名浙江籍官员上书的行为，他觉得正因杨昌浚性气宽和，才会导致那些浙江人无所顾忌。杨昌浚被革职前，将自己的一万两养廉银捐给西征军，左宗棠被感动得一塌糊涂。

杨昌浚被革职的背后，左宗棠至死都不知胡雪岩的巨大阴谋。

杨乃武的姐姐杨菊贞二度进京告御状就是胡雪岩赞助的。杨菊贞第一次向都察院控告，都察院责令浙江巡抚衙门重审，杨昌浚转身让杭州知府陈鲁重审。结果杨、毕二人在重刑之下，再度屈招。这次御状算是白告了，杨乃武又叮嘱杨菊贞找三个人：汪树屏、夏缙川、吴以同。[17]

汪树屏是杨乃武乡试中举的同年，现在是从七品的内阁中书，跟京中的达官贵人交往密切。汪树屏的哥哥汪树棠是在刑部担任掌管律法的副司长级别的员外郎。

夏缙川是一位武举，是杨乃武的至交，夏缙川的哥哥夏同善为咸丰年间进士，文采斐然，时人誉谓"在曾（曾国藩）、左（左宗棠）之上"，很受慈禧太后赏识，1871年出任兵部副部长级别的右侍郎，现在是光绪皇帝的老师。

吴以同，杨乃武的乡试同科至交，在首富胡雪岩家当西席。胡雪岩是小伙计出身，很重视子女教育，于是聘请吴以同在胡府当家庭教师。身为乡试举人的吴以同很有才华，胡雪岩爱其学问，遇大事均要听听吴以同的意见，吴以同也经常以幕僚身份为胡雪岩出谋划策。夏同善回杭州守孝期间，吴以同常和夏同善诗词唱和。杨乃武第二次写好御状时，夏同善守孝期满准备回京上班。

夏同善回京前，吴以同宴请自己的老同学，当天晚宴由胡雪岩做东。席间，吴以同跟夏同善谈论最多的就是杨乃武案。胡雪岩跟吴以同希望夏同善回京后能够多方走动，还杨乃武公道。[18] 胡雪岩看准了夏同善的帝师身份，更重要的是光绪皇帝的另一位老师翁同龢，跟夏同善是1856年的同年进士，翁同龢现在还有一个身份：代理刑部右侍郎。

两位帝师直通紫禁城权力中枢，夏同善进京的同时，杨菊贞跟家人随即北上。据杨乃武的女儿杨浚回忆，当胡雪岩了解到杨家经济拮据时，立马赞助杨家进京路费，并将其在京所有费用也全包下来。[19] 杨菊贞进京后的第一件事就是向夏同善投状子，以都察院、步军统领衙门、刑部为首的所有衙门，杨菊贞把状子都递个遍。夏同善拿着状子找到翁同龢，两人进行了长达十五天的商讨，期间联络在京的浙江籍官员，希望浙江籍官员联名向皇帝上书。

"东暖阁，垂帘。醇邸、劻贝勒、景额驸、夏侍郎同召对。将前意一一陈说，皇太后挥涕不止，臣亦不禁感恸，语极多，不悉记，三刻许出。"[20]夏同善的奔走很快得到了以醇亲王奕谭、贝勒奕劻、驸马景寿为首的皇亲贵胄的支持，身为最高决策者的慈禧太后听完杨乃武的遭遇后，下令翁同龢"尽心竭力，济此艰难"，"亦问刑部事"。

夏同善一干人在东暖阁为慈禧太后讲故事的同时，十八名浙江籍在京官员也向皇帝提交了联名信，请求将杨乃武案调京重审。第二天，光绪皇帝下令杨昌浚将人犯、卷宗、棺材押解进京。

从海会寺开棺验尸到皇帝革掉杨昌浚巡抚一职，这段时期左宗棠一直没有收到胡雪岩的书信。这期间，日本大藏卿大隈重信派出了一个官方谈判团，专门到上海跟轮船招商局、西征军谈贷款问题，候补道台许厚如跟日本方面签署的贷款草案闹到了总理衙门。许厚如跟日方签订的贷款利息低于西征军历次利息，左宗棠自然希望能得到日本的低利息贷款。

胡雪岩玩了招釜底抽薪，等鱼上钩

胡雪岩到底忙啥呢？

搞垮杨昌浚，这是胡雪岩下的一盘大棋。

左宗棠和胡雪岩心生间隙是因为袁保恒。西征军贷款利息太高，身为户部副部长的袁保恒没法跟皇帝交代，就拖着不批复，时间越长，国际银行家对胡雪岩的信任度就越低。左宗棠也很快发现，胡雪岩利用西征军贷款敛财，便谋划让两江总督沈葆桢代借洋款。

西征军数百万的贷款以及地方商人的战争借款一直是阜康钱庄的流动资金来源，沈葆桢一旦代借洋款，阜康钱庄将失去一大笔流动资金。左宗棠的行动意在警告胡雪岩，希望他收敛自己的贪婪。当然，左宗棠更担心沈葆桢跟李鸿章的政治结盟。

沈葆桢很快就拒绝了左宗棠让他代借洋款的建议，这令左宗棠相当尴尬。左宗棠在给朋友的一封信中说，沈葆桢有两个月没给自己写信，"与合肥（李鸿章）联合一气，能者固不可测也"。沈葆桢曾经因为军饷问题跟曾国藩闹僵，左宗棠现在只能认为，沈葆桢受李鸿章指使，李鸿章将沈葆桢推向南洋领导者的位置，就是故意为难自己。

"从前幼丹（沈葆桢，字幼丹）船政告匮时，举闽协饷二十六万畀之，宁忍饥分食，以船政无事权，而陕甘尚握兵符耳。"左宗棠想起当初剿灭捻军艰难之时，沈葆桢领导的福州船政出现资金问题，自己勒紧裤腰带将福建军饷交给沈葆桢，帮助他渡过危机。当时的沈葆桢感激涕零，感叹只要天下督抚都如左宗棠的胸襟，就没有办不成的事。如今的左宗棠相当失望，沈葆桢现在总督两江，"顿忘阙初也！"[21]

沈葆桢的突变令左宗棠难过，所以在借款的问题上只能寄希望于胡雪岩，可是胡雪岩一直没有音信，这令左宗棠很是不安。事实上，胡雪岩支持杨乃武翻案的真正目的是要砍掉左宗棠在浙江的政治后盾杨昌浚。杨昌浚一直在江南为西征军筹措军饷，左宗棠即便立刻跟沈葆桢闹翻，只要有杨昌浚巡抚浙江，西征军五年收复新疆的军令状也能实现。

海会寺三司会审的背后，胡雪岩功不可没，因为他抓住了读书人最敏感的神经，以此大做文章。

杨乃武的家人没有经济能力再次进京告御状，胡雪岩又全程赞助。夏同善离开杭州北上之前，胡雪岩宴请夏同善。从十八名联合上书的浙江籍官员名单中可以看出，这些人都是国家各大部委的中层官员，都是通过科举考出来的国家干部，"此案如不平反，浙江将无一人肯读书上进矣。"[22]一个举人蒙冤受辱，湘军集团挑起了浙江知识分子敏感的神经。胡雪岩全程赞助杨乃武家人翻案，他赌准了清政府执政集团的心理。

海会寺开棺验尸，杨乃武成功平反。翻案之后，左宗棠对杨昌浚留任浙江巡抚还信心满满，在给刘典的信中说道："揣度当轴用心，方倚其协解海塞防剿饷需，则必不令其脱手，无论降革，总是留任处分耳。"在浙江势力跟湘军势力较量的背后，是文官集团跟军事集团的较量，左宗棠轻视了文官集团的力量。

杨乃武平反昭雪，浙江县、府、臬、藩、抚三百多名官员遭遇清算。其中，巡抚被免职，知府、知县入狱的入狱，削官的削官。在长达三年的审判过程中，甚至还有官员和当事人不堪忍受巨大的心理压力，自杀寻求解脱。

鸦片战争的一声炮响，彻底埋葬了八旗劲旅的荣光。太平军席卷大江南北，清政府执政集团只能寄希望于汉族武装身上。1858年，湘军将领胡林翼出任湖北巡抚，成为第一位从战争中走出来的湘军封疆大吏。随着湘军、淮军集团在战争中不断壮大，两江总督、闽浙总督、两广总督、云贵总督、陕甘总督、直隶总督、四川总督等重要岗位都由汉族武装集团把持。来自汉族集团的巡抚、按察使、布政使、知府、知县更是遍天下。

汉族武装集团势力庞大，无论是左宗棠的塞防，还是李鸿章的海防，对清政府武装集团的执政地位都是最大的威胁。醇亲王奕譞尽管是光绪皇帝的生父，可是他一直活在恭亲王奕䜣的阴影之中。奕䜣成立总理衙门，形成第二权力中心，在大清帝国的经济改革中更是跟汉族武装集团打得火热，再看奕譞，却毫无建树。奕譞决定抓住葛品连谋杀案敲打湘军集团，在清政府执政集团内部为自己立威。

胡雪岩的赞助资金将葛品连谋杀案推向了高潮，夏同善、翁同龢的游说感动了慈禧太后，也给了奕譞在权力中枢崛起的机会。奕譞引经据典，提出道光初年山西民女赵二姑叩阍一案，道光皇帝朱批翻案，最终将养尊处优的督抚进行惩戒。[23]奕譞抓住维护国家司法公正这一点，煽动民众维护皇权正义，清算浙江的湘军势力，进而达到整肃吏治，为自己在清政府执政集团增加政治筹码的目的。

左宗棠很快收到了北京的邸报，杨昌濬被革职了。

西征军的资金链又变得紧张了，各地四个月的饷银仅有二十万两，只有向陕西甘肃的富商高息借款。为了西征军，为了实现五年收复新疆的军令，几个月后，左宗棠忍不住给胡雪岩写了一封信，他很想知道胡雪岩几个月没写信的原因，可在信中他只能绕弯子问是不是借款问题没有解决。左宗棠还在信中提到葛品连谋杀案换尸解验的事情，他还希望胡雪岩告知真假。[24]

西征军已经攻克达坂、吐鲁番等新疆南部要隘，但因为军饷问题难以乘胜追击。此时的左宗棠更关心西征军借款问题，曾经令他很不爽的利息问题现在只能是"息银听阁下随时酌定"。天有不测风云，日本国内爆发内战，日本借款再无下落。更要命的是，轮船招商局为了并购旗昌轮船，盛宣怀在沈葆桢的支持下，向江浙商人发行股票，淮军集团一招掏空江浙现金流，胡雪岩难以再在江浙商人中为西征军进行商业借款。

首富的胜利，西北资金命脉重入胡雪岩手中

西北战事节节胜，筹钱节节败

"出师绝域，距协饷各省在数千里、万里以外，而总计已到之饷实止供九月、十月之需，诚虑各省催解不前，饷源中断。"[25]1877年4月19日，远在肃州军营的左宗棠提笔给光绪皇帝写了一份长长的报告，希望朝廷能够向负责筹集西征军军饷的省份发布严令。冬天过去了，西征军的军饷已经中断六个月了。

西征军已经会师南疆，东南各省的军饷却一拖再拖。按照北京方面给各省下达的军饷指标，到1877年4月前应该运抵西北四百万两白银，可是到了3月底，西征军后勤收到的银子不足三十万两。按照西征军的作战部署，进攻南疆的骑兵跟步兵已经从乌鲁木齐、古城、巴里坤三路向吐鲁番进发，约定春天冰雪融化时发动总攻。

军队已经开拔了，军饷、粮食、采运需求繁重，可是眼下一个子儿都没有。左宗棠在肃州军营仰天长叹。在胡雪岩忙着支持杨乃武翻案、整垮杨昌浚期间，左宗棠整天期盼能收到胡雪岩借款的信函，可是一个字都没有。左宗棠在给军中的朋友们写信时，心情相当焦虑，他不知道胡雪岩出了什么状况，只好不断地安慰自己，可能是淮军集团在借款方面捣乱，导致胡雪岩难以借款。[26]

左宗棠在给西征军副司令员刘典的一封信中大倒苦水：北京户部的银子取至南、北洋，现在李鸿章掌控北洋，沈葆桢掌控南洋，二人沆瀣一气，百万军饷难继。左宗棠一度委令陕西按察使沈应奎向当地富商借款，可是沈应奎一直没有音信。尽管沈应奎是浙江人，但是左宗棠对他有知遇之恩，从浙江到福州，再到西北，沈应奎一直是西征军的后勤大总管，对左宗棠一直忠心耿耿。沈应奎身为陕西按察使，掌管一省监察大权，可是陕西的有钱人根本就不买这位官老爷的账。

面对陕西富商的冷漠，左宗棠只得不断地给老部下们写信。在西征军悬师绝域、无巨款接济的恶劣处境下，左宗棠希望老部下们能够救西征军于水火。但左宗棠望穿秋水，就是不见一两银子运抵前线。"惟弟不慊于秦人者，自我徂西，曾无一人一士助展一筹。"左宗棠很是不解，自己到陕西剿灭捻军、回民之乱，怎么就没有一个当地人助他，这样的冷漠令他对当地人相当失望，他认为这种情况"于天理、人情似均不合"。[27]

左宗棠决定对陕西官场动刀。

"官场陋规至今仍少改革，官吏视总督俨若赘旒。"左宗棠向刘典抱怨，陕甘总督行营移居兰州后，陕西官场只留下了巡抚谭钟麟、布政使蒋凝学、按察使沈应奎三位湘军集团高级干部，在陕西九十一州县的地方官中，本地人居多，湘军集团的高级干部整天为西征军操劳，具体的地方政务都落在当地官吏之手。何况陕甘总督现在的行营位于距离兰州一千多里的肃州，因此陕西的官吏更没把总督当回事。

陕西官场的冷漠令左宗棠相当失望，陕西富商都是看着现管的官吏的眼色行事。在国家一统的大是大非面前，官商无动于衷、沆瀣一气，拒绝为西征军拆借一两银子，左宗棠愤愤然："不望其些许相助也。"左宗棠让刘典派西征军粮台事务主管王诗正前往西安调查，"看光景如何？"

谭钟麟在西安如坐针毡，在给光绪皇帝的一份报告中，他痛心疾首道："亢旱大甚，秋收无望。"[28]陕西从1875年开始就大旱，赤地千里，颗粒无收。据北京方面的官方统计，陕西九十一州县中有七十七州县是重灾区。[29]人们已经饥饿难忍，吃完了草根树皮后，还出现了人吃人的现象，到处都能看到"坐空屋待毙者"。[30]

旱灾将陕西推向了苦难的深渊。在1877年之前，陕西白莲教、回民之乱不断，陕西兵祸连连，官场更是"各衙门循例诺送，不辨淑慝"。谭钟麟在给皇帝的报告中力陈陕西吏治坏到了极点，忠奸邪恶不分，混淆言路，不识大体，招摇纳贿，颠倒是非。[31]在救灾之时都是虚与委蛇，更何况是为西征军筹借粮饷？

左宗棠实在忍不住，主动给胡雪岩写信。

"许久未接良书，想因洋款未及定议之故。"左宗棠写给胡雪岩的信相当谦卑，他现在只能相信胡雪岩没给自己写信是贷款没搞定，淮军集团从中作梗是一个重要原因。当然，左宗棠对于福建巡抚丁日昌干涉西征军贷款也相当愤慨，他在给朋友们的信中抱怨，福州的西征军协饷一直拖欠不给，这个时候丁日昌还抨击西征军贷款，可见淮军集团用心险恶。

左宗棠对许厚如跟日本方面的合约表现出很大的兴趣，尽管他对许厚如的鲁莽行为很是生气，因为这在一定程度上打乱了胡雪岩跟国际银行家谈判的计划，但是日本方面给出的贷款利息确实便宜。日本方面在没有政治因素影响的情况下，如果给西征军提供巨额贷款，那么西征军可以摆脱淮军集团的钳制。左宗棠希望胡雪岩接手日本贷款的计划很快落空，因为日本内战爆发了。

春暖花开，西征军南疆一线已经横扫达坂、托克逊、吐鲁番。"斩获极多，戎机实为顺利。"[32]但《申报》一直在上海滩唱衰西征军，不断发表西征军在玉门关外节节败退的报道，左宗棠担心胡雪岩遭遇上海滩富商巨贾的嘲笑，甚至担心胡雪岩几个月没有书信是因为对西征军失去了信心，左宗棠在给胡雪岩的信中详细描绘了西征军的战况。

西征军的胜利令左宗棠更加焦虑，他在信中跟胡雪岩说："本可乘胜进取，以取破竹之势，适协款迟迟不到，四月以前，仅只收二十余万。"西征军向各地商人的借款还没还清，前线的军饷粮食、运输费用更是无从谈起，"兴思及此，无任焦虑。"[33]行军打仗胜利了，连朝廷都要犒赏三军，现在西征军在新疆还要饿着肚子拼命，左宗棠没法跟借钱的商人交差，更没法跟前线浴血奋战的将士们交代。

陕西的旱灾令左宗棠始料未及，富商跟官吏们的冷漠更让左宗棠对秦人失去了信心。"思沪上为华商萃集治所，可否仿造洋款办法，向华商息借之处。"左宗棠只知道轮船招商局收购了旗昌轮船，却对轮船招商局向江浙、上海滩商人增发股票，掏空了江浙、沪上商人的腰包一无所知。左宗棠在给胡雪岩的信中提出，为了保证商人们对西征军借款的安全，西征军可以用各省协饷作为抵押，由陕甘总督、陕西巡抚出印票。

总督大印跟巡抚大印联袂为商业借款作保，左宗棠赌上了乌纱。

上海滩的富商巨贾们让左宗棠失望了，他们的钱已经购买了轮船招商局的股票，对西征军的借款是爱莫能助。左宗棠很快收到一个令他欣慰的消息，北京方面革除了杨昌浚浙江巡抚后，朝廷让卫荣光代理浙江巡抚。卫荣光是老湘军，早年追随"湘军三杰"之一的胡林翼，后来在山东以按察使一职辅佐湘军干臣丁宝桢。卫荣光被调任浙江后，出任浙江布政使，一直配合巡抚杨昌浚为西征军筹粮筹饷。[34]

左宗棠现在很担心江西南昌籍的梅启照，此人在担任江宁布政使期间跟沈葆桢关系密切，已经成了淮军集团的铁杆政治盟友，轮船招商局收购旗昌轮船期间，梅启照一度在两江总督衙门彻夜游说沈葆桢出手帮助盛宣怀一干人马，最终沈葆桢向光绪皇帝写了一份大义凛然的报告，挪用了四省财政款给轮船招商局。梅启照现在成了浙江巡抚的热门人选，他将是卫荣光巡抚浙江的最大挑战。

兰州生意一来，首富笑颜重展

西征军在绝域饥肠辘辘，淮军集团却在江南步步为营。

左宗棠得到一个重要情报，慈禧太后主持召开了御前会议。起因是日本军舰在朝鲜沿海测量时，朝鲜军队向日本军舰开炮，日本军方的征韩派重提进兵朝鲜论。李鸿章将会面情况汇报到总理衙门后，清政府执政集团立即惶恐不安，担心日本会再开战端。

御前会议一开，南、北洋开始向英国的轮船公司下军舰订单，福州船政学堂的海军学生也拿到了赴欧留学的批文。[35]大清帝国驻英国公使郭嵩焘鼓动李鸿章抓住海防良机，全面推动经济改革。

曾经的湘军干才郭嵩焘，如今竟在欧洲为淮军集团摇旗呐喊，这令左宗棠相当失望。丁日昌抓住郭嵩焘的海外之风，向光绪皇帝上了一道奏折，建议在台湾推行改革，为了避免日军再度进兵台湾，一定要加强台海国防建设。针对台湾山区地形，他认为可以从台湾前山到基隆修建一条千里长的铁路，为中国铁路建设进行试点工作。[36]

日本人对台湾和朝鲜虎视眈眈，这让清政府执政集团胆战心惊。丁日昌给光绪皇帝提交报告后，李鸿章也提交了一份报告，支持丁日昌利用台湾资源兴办洋务，试验铁路，认为台湾铁路是调兵通信之血脉要害。光绪皇帝立即下令总理衙门召开部长级会议。[37]奕䜣主持的总理衙门会议纪要最后呈报给光绪皇帝，决定将台湾的铁路建设上升到安内攘外的台湾国防战略高度，成为帝国重要国防工程。

慈禧太后再度召开御前会议，参会的有总理衙门大臣、户部、兵部以及王公贵族。御前会议决定，每年从南洋海防中划拨两百万银两归台湾，从1877年9月开始，广州粤海关、潮州海关、福建闽海关、浙江海关、山东海关五大海关、台湾沪尾跟打狗两港口的四成关税，上海江海关两成的关税，江苏、浙江二十万两商业税，江西、福建、湖北、广东的十五万两商业税划归福建巡抚丁日昌，用于台湾建设。[38]

东南的银子没有了，左宗棠可不想将自己的命运交给他人。

在给山西巡抚曾国荃的一封信中，左宗棠重提了西域商路的宏伟蓝图。他说由于陕西跟甘肃的茶政废弛太久，走私猖獗，导致大宗茶叶的贸易执照卖不出去，影响地方税收。不少归化城的茶叶走私犯更是从蒙古假道沙俄边界行销到新疆，夺取了陕甘商人的市场。这些商贩每年从归化城走私到新疆古城的茶叶有七千多箱，他们以兑换米、面接济蒙古口粮为借口，逃避税收，导致政府税收大减。

归化城是塞外名城，那里的商人都是走西口的晋商。左宗棠给曾国荃写信不是为了抱怨西征军粮饷拮据，而是希望曾国荃能够管理一下晋商。左宗棠曾派嵩武军统领张曜对边区贸易进行了详细调查，发现晋商用湖茶低成本冲击市场，导致官茶在玉门关外没有市场。左宗棠亲自走访了一位在兰州城定居的郭姓晋商，得知郭富豪跟沙俄商人交易红茶跟黄茶，赚取了百万家资，娶了沙俄女人为妻。[39]

张曜在调查中还发现，晋商能够堂而皇之地在没有领取政府执照的情况下，由蒙古进入沙俄边界进行走私贩卖，而绥远将军、归绥道各文武官员利用潜规则，收受晋商贿赂，对晋商的走私视而不见。左宗棠在信中很气愤地说，晋商通过走私低价冲击市场，导致陕甘领取官方执照的茶商纷纷破产，政府连一两银子的商业税都收不上来。

"捐之奸商，资之敌国。"左宗棠对晋商因走私而将政府的税收部分让利给了沙俄商人、自己赚取百万家资的行为咬牙切齿。尽管茶叶贸易给政府带来的税赋收入不及盐业贸易的百分之一，但如果继续放任晋商鬼混走私，那么最终将导致中国真正的好茶叶弃之于地。左宗棠希望曾国荃能够留心管理，只要整肃吏治，消灭那些导致赋税流失的潜规则，则可使"陇之所得归陇，晋之所得归晋"，保证国家的税赋利益。

左宗棠给曾国荃写信的真正目的是要打通官方的西域商路。在给总理衙门的一封长信中，左宗棠不断地强调沙俄地域辽阔，除了在东北方向与中国接壤，西北也跟中国接壤，西北的沙俄商人如果走东北运输，运输成本高于货物成本，所以西北沙俄商人愿意通过陕甘出玉门关采购。

沙俄商人贩卖到中国的多为毡毯一类，在中国没什么市场，相反，湖广、四川、陕西、甘肃一带的茶叶、大黄、丝绵、红花却为沙俄商人采购的大宗商品。"俄以之出售于绝域不邻之区，纵取赢十倍。"[40]左宗棠通过调查发现，沙俄商人将中国货物贩卖到中亚，可以赚取十倍以上利润，这些货物如果从东北采购，利润则大大下降，所以中国在西部跟沙俄互利通商，一方面可以打击走私，另一方面可以丰盈财税。

信寄出去了，还没等左宗棠收到回音，赖长却带给左宗棠一个好消息。

赖长是一位火器行家，左宗棠从福州船政局将他挖到西北担任兰州制造局的总经理。赖长还是个喜欢琢磨事的人，左宗棠看到西北羊毛多，赖长就琢磨用西方机器纺织羊毛产品，经过两年的试验终于成功了。"竟与洋绒相似，质薄而细，甚耐穿着。"左宗棠对赖长的试验相当满意，不过这都是"意造而无师援"。[41]

羊毛附加值极低，当地手工作坊生产出来的羊绒难以跟沙俄的产品抗衡，赖长在研究、试验、生产等各个环节中都是摸着石头过河，成本相当高，跟沙俄的现代规模化集约生产相比，毫无竞争优势。在西域通商毫无进展，江南协饷一拖再拖的情况下，左宗棠决定在军事工业的羽翼下，发展民用工业，最终形成军事工业跟民用工业齐头并进的态势，摆脱受制于人的尴尬局面。

民用工业设备的采购费用是个大问题，现在西征军出征关外，粮饷东挪西借，一旦东南沿海督抚们知道协饷用于兴办企业，淮军集团的督抚大员们一定会跳出来，拒绝向西征军发一两银子的协饷。左宗棠想到一个瞒天过海的办法，胡雪岩一直在上海采购军火，完全可以让胡雪岩私底下洽谈机器采购，报销的时候将机器跟军火混在一起全走军费。

左宗棠给胡雪岩写了一封信，希望胡雪岩在上海采购织呢、织布全套机器。左宗棠担心胡雪岩在上海滩会过度采购，特意叮嘱他不用采购煤炭开采的机器，因为兰州已经解决了煤矿资源问题，只要采购织呢机器就可以，左宗棠还专门附上一份赖长手绘的机器图纸。[42]胡雪岩接到左宗棠的书信后，终于露出了久违的笑容，这是一场伟大的胜利，左宗棠、西征军、兰州工业的资金运营命脉再次落到了胡雪岩之手。

商人谈贷款，帝国来埋单

西征军再借洋贷款

胡雪岩轻轻地弹了一下左宗棠的飞函，嘴角露出一丝诡笑。

很久没跟泰来洋行做生意了，胡雪岩亲自登门拜访了泰来洋行的经理们。泰来洋行的经理们一见财神爷到了，相当热情地将他请进了贵宾室。泰来洋行的老板迪亚理士给胡雪岩开了一份长长的清单：24匹马力、32匹马力蒸汽机各一台；织机20架；分毛机、顺毛机、压呢机、刮呢机各3架；洗呢机、剔呢机各2架，还有一大堆机器共计60多架，纺锭1080个。[43]

但寻找纺织技师是个棘手的问题。

1872年的经济危机严重地冲击了德国工业，在议会拥有话语权的资产阶级进步党向政府施压，希望首相俾斯麦能够出面保护德国工业。在英法经济扩张跟议会的双重压力下，俾斯麦推行工业保护主义，对进口工业产品征收重税。在这种形势下，德国的国内人才对外输出自然需要政府审批。[44]

胡雪岩反复看了迪亚理士开出的采购清单，这真是一笔巨额的交易。大批的机器从德国运抵上海，再千里转运到兰州，自己怎么向左宗棠交代呢？现在，左宗棠是机器跟人才都要。迪亚理士给了胡雪岩一颗定心丸，只要草签了合作协议，泰来洋行就将双管齐下，一方面立即在德国采购机器，另一方面去疏通德国驻华公使。

兰州织呢局的设备、运输、机器保险费用一算下来，花费超过十二万七千两。左宗棠看到胡雪岩的清单，当时就蒙了。淮军集团控制的督抚拖着协饷银不给，陕西富商又袖手旁观，左宗棠只得委令西征军驻上海、湖北等地的军代表向富商借款，各地富商答应借款一百一十万两，可是富商们要一分二厘的利息。[45]

左宗棠在给光绪皇帝的一份报告中，再度向皇帝抱怨西征军的粮饷奇绌，军队早已入不敷出，可各地的富商们现在更是坐地起价。迫于无奈，他只好命胡雪岩"向汇丰银行借定五百万两"，"彼国电报已先以银二百五十万两装船，余俟装船有期再报"。[46]

左宗棠对光绪皇帝耍了一个小聪明。

在报告中，左宗棠先给皇帝讲了同治皇帝时期的一个贷款故事。日本进兵台湾期间，沈葆桢向欧美银行家借款，当时商定年利息为百分之八，可是银行家们提出，借款时支付烂番银元，还款时需要支付实银。

烂番银元就是那种磨损得很厉害的西班牙银元。西班牙银元在铸造的时候添加了铅和锡，含银量只有实银的百分之九十多，更有甚者只有百分之七十。左宗棠对皇帝说，那种贷款看上去很便宜，还款时如果还实银的话，银行获利更大，贷款利息远远超过百分之八。

讲完沈葆桢的贷款故事，左宗棠话锋一转："比照闽案，胡雪岩与之再三斟酌，彼借此还，均用实银，按每月一分二厘五毫起息。"左宗棠相当清楚，百分之十五点二的年利息，这在大清帝国历史上创下了新高，这样的贷款北京方面很难批准，既然沈葆桢现在跟李鸿章站在一条战线上，那就拿沈葆桢当年的贷款为胡雪岩的贷款垫背。左宗棠在给光绪皇帝的报告中另外提到，汇丰银行担心胡雪岩会重蹈许厚如的覆辙，就与他约定，由浙海、粤海、江海、江汉四关出抵押关票，如果三个月胡雪岩拿不出抵押关票，就要赔汇丰银行十五万两银子；如果汇丰银行在三个月内不交付银子，那么就要赔偿胡雪岩十五万两银子。[47]

胡雪岩的对赌协议犹如一块遮羞布，一旦四大海关开不出关票，胡雪岩赔偿银子事小，帝国的面子和诚信问题事大。为了收复新疆，帝国又岂能让一个商人赔钱？更何况现在各地督抚迟迟不肯西运粮饷，汇丰银行如果能够在三个月内提供现银，西征军再无粮饷之忧。

左宗棠在报告中还说，根据胡雪岩跟汇丰银行的谈判，洋贷款的贷款期限为七年，每年等额还本息，每年还两次。另外，汇丰银行跟胡雪岩达成的对赌协议可不是惯用手段，而是他辛苦谈判争取到的一个贷款保障性条款。

西征大军远在绝域，左宗棠现在急需胡雪岩谈定的这笔贷款，他在给皇帝的报告中说："虽议息较前稍重，固未可吝小费而忽远猷也。"左宗棠还给皇帝算了一笔账，以七年计之，每年还其本银不过七十余万两，每次尚只还三四十万两。以四省匀还，每省一年不过二十万两。

左宗棠心中早有一个算盘：在四省协济西征军的饷银中，浙江每年应付一百四十余万两，湖北、江苏、广东每年付九十余万两。从协饷中划拨欠款，"既各省力所优为，又时日尚舒，不致以迫促为苦。"[48]西征军所获得的贷款除了用于归还国内的高息贷款外，还可充足西征军粮饷，不至于令前线指挥束手无策，坐失机宜。

无良商人欺上瞒下

光绪皇帝将左宗棠的报告转到了总理衙门，命令总理衙门将汇丰银行贷款的总额、利息迅速照会英国驻京公使，并转英国驻上海领事，督促汇丰银行如期交付银两，以免其误事。总理衙门立即按照皇帝的圣旨，照会了英国驻京公使，汇丰银行也迅速收到了领事馆转的北京照会。[49]

不久，总理衙门向皇帝上了一道奏折，称左宗棠奏请向汇丰银行借款五百万两银，开始议定的利息是一分二厘五毫。现在左宗棠又称，汇丰银行的利息为一分，但只允许借番银，他认为甘肃等地向来不使用番银，又命胡雪岩向泰来洋行借实银，利息为一分二厘五毫。而汇丰银行又称，他们的利息不会超过一分。这些贷款"数目各殊"。

总理衙门的奏折在北京炸开了锅，清政府执政集团的精英们现在有充分理由怀疑左宗棠跟胡雪岩发国难财。光绪皇帝下了一道圣旨，要求左宗棠在第一时间查清楚胡雪岩谈判的细节。左宗棠立即给胡雪岩去了一封询问函，将总理衙门的奏折、皇帝的圣旨抄录了一份，下令一同送到胡雪岩的手上。胡雪岩却早已想好了对策。

总部设在香港的汇丰银行的监管机构是英国殖民部，贷款自然以英国货币先令为准。胡雪岩在回复左宗棠的时候说，汇丰银行提供的贷款年息虽然只有百分之十，可是他们提供的先令并非实银，先令的含银量最高者只有百分之九十。[50]

汇丰银行贷款的时候提供先令，还款时要求是实银。胡雪岩给左宗棠算了一笔账，如果按照汇丰银行的利息贷款，加上银行借出的是含银量只有百分之九十的先令，最终的贷款成本可能达到百分之二十以上。更为关键的是，现在的电报通信缩短了商业信息的传播时差，大量的贸易商人可以随时掌握贴票利率，欧洲甚至出现了专业从事贴票利率套现的投机金融客，导致先令的汇率波动加剧，西征军贷款作为长线交易，将来损失巨大。

　　汇丰银行一旦跟中国政府签订贷款协议，他们会拿着协议到香港、加尔各答、伦敦、阿姆斯特丹等地发行债券进行资金募集。汇丰银行之所以将贷款交割日期定为三个月，就是要利用90天的时间去发行债券。90天内，汇丰银行拿着募集来的资金折算成先令交付给西征军。

　　西征军一旦接受汇丰银行的先令贷款，还款的时候按照实银结算，本质上就是要将实银折算成先令。随着美国跟德国银矿产量的不断提升，白银的价格不断下滑，这意味着将来要还更多的白银。胡雪岩在给左宗棠的回信中说，泰来洋行开出的利息虽为百分之十五以上，可是他借的是实银，中间没有汇率波动，西征军可避免汇率损失。

　　左宗棠在给总理衙门的一份报告中说，汇丰银行在照会文稿中没有写明真实情况，导致多方数目对不上，胡雪岩在给他的信中详细说明了贷款存在的问题。左宗棠希望英国驻上海领事，及汇丰银行在给英国驻华公使的报告中必须说明真实情况。

胡雪岩玩手段，逼朝廷批准洋贷款

　　对赌时间才是胡雪岩的"撒手锏"。

　　1877年9月1日是对赌交易的最后时间。可是第一次约定时间到期的时候，汇丰银行的贷款因利息问题搅得官场跟商场大乱，按照约定，胡雪岩要赔偿汇丰银行十五万两银子。左宗棠叮嘱胡雪岩跟汇丰银行谈判延期。

　　作为生意场上合作多年的伙伴、老朋友，泰来洋行是胡雪岩谈判的重要筹码。泰来洋行之所以会亮出自己贷款年利息的底牌，是因为胡雪岩要拿泰来洋行当幌子，目的是要西征军、朝廷、汇丰银行按照自己的意图合作。泰来洋行的实银优于汇丰银行提供的先令，如果汇丰银行不让胡雪岩发财，那么失去的将是西征军这个大客户。

　　清政府执政集团跟汉族武装集团的政治势力犬牙交错，汇丰银行自然清楚胡雪岩拿批文的难度。但如果逼急了胡雪岩，他真跟泰来洋行签约，汇丰银行可就得罪了西征军，得罪了以左宗棠为首的湘军集团。汇丰银行在第一次约定到期后，立即延期两个月，条件是对赌罚银由当初的十五万两提高到三十万两。只要胡雪岩能够在11月初拿到北京朝廷的批文，与汇丰银行的贷款合作便可继续。

在汇丰银行延期的谈判过程中，诚信罚银依然是双方谈判的重点。左宗棠很是纳闷，汇丰银行在贷款总额、利息问题上一直捣糨糊，没有给出一个明确的年利息。胡雪岩给左宗棠抄送了跟汇丰银行、泰来洋行签署的两份合同，他自信左宗棠现在只能跟自己站在一边。西北的富商们不借给西征军一两银子，御前会议又将东南沿海的赋税都挪到海防，西征军资金现在只有依靠胡雪岩筹集。

左宗棠不断给总理衙门写信，给光绪皇帝上书，希望北京方面批准胡雪岩的贷款。西征军数万大军出师绝域，收复全疆指日可待，粮饷问题迫在眉睫。更重要的是胡雪岩跟汇丰银行签署的对赌协议已经延期一次，再次到期的话，对赌罚银会更高。胡雪岩一介商人，拿着银子为国家担保，国家信誉安在？

清政府执政精英们经过权衡利弊，终于让总理衙门批准了胡雪岩的贷款申请。汇丰银行的贷款押运西征军大营期间，一场罕见的饥荒正在向整个帝国蔓延。淮军集团的精英们早知清政府执政精英们的把戏，饥荒慈善背后，一场大规模的竞技开始了。

有钱人做慈善，为名不为利

饥民的选择：请"鬼子大人"救苦救难救孩子

两位衣衫褴褛的秀才走进了教堂。

"年龄在三十到四十岁之间，一个来自寿光，另一个来自益都。我太忙了，没空接待，他们约定第二天再来。"正在山东青州传教的英国浸礼会传教士李提摩太（Timothy Richard）在日记中写道，"第二天，他们一进门就跪下了，请求做我的弟子。交谈后，我弄明白了，他们两人是一大群人派出的代表，大家希望我能做他们的首领，举行暴动。"[51]

两位苦读四书五经的中国秀才，希望李提摩太这位"鬼子大人"能够成为农民起义军的首领，带领山东地界的饥民造反。李提摩太很快就弄明白了两位秀才造反的动机，因为山东地方政府已经不能给饥民提供食物，人们已经活不下去了。饥民之所以找李提摩太，是因为他曾在山东帮助过饥民。李提摩太曾向伦敦市市长写信，募集救灾资金。伦敦市市长成立了"市长官邸赈灾基金会"，将三万两银子运抵中国，由李提摩太负责向饥民发放。

李提摩太被中国秀才的举动吓坏了，太平军起义被镇压后，中国基层一直处于动荡状态，捻军、回民起义不断。在之前的起义队伍中，大部分是农民，现在连帝国的读书人都揭竿而起，可见政府的腐败无能已经到了极致。李提摩太从未想过在中国当起义军领袖，因为武装暴动只会加重民众所遭受的苦难。这两位秀才很是执着，他们已经为李提摩太准备好了房子，部队都已经组织好了，只等"鬼子大人"一声号令。

"暴动一旦开始了，没有人知道会如何收场，但毫无疑问会造成大规模流血。"李提摩太反复向两位秀才重申自己的立场。他告诉基层精英们，自己来中国是传教布道的，不希望卷入中国的内部政务，自己已经向伦敦市政府以及欧洲的教会发出倡议，希望欧洲的民众能够对中国灾民施以援手。李提摩太建议青州的基层精英们放弃武装暴动，采取一些富有建设性的方式来改善人们的处境。[52]

李提摩太拒绝了饥民们的请求，已经没有活路的饥民们只好恳求李提摩太，希望他能够收养他们的孩子，让洋人将饥饿儿童带到南方，最好带到上海，带到没有战乱跟饥饿的地方。李提摩太答应尽力帮助他们，拯救饥饿儿童。但他万万没有想到，自己的善举已经触及到帝国最敏感的神经。

谢家福，出生于苏州，典型的富二代，其父谢元庆是江浙声名远播的慈善家。谢家福是苏州富二代中少有的知识分子，拥有一等秀才的文凭。1876年山东出现饥荒，大量的青州饥民涌向江浙，涌入苏州城的饥民有八千多，超出了苏州地方政府赈灾的能力，并导致恶性骚乱事件不断，江苏巡抚吴元炳不得不派军队弹压。[53]谢家福希望能将救灾工程设在灾区一线，决定押送一批饥民返回青州。

青州秀才邀请李提摩太当起义领袖期间，谢家福押送的饥民队伍正好到达青州。

在苏州经历了饥民骚乱、军队弹压之苦后，回到青州的饥民们一听"鬼子大人"可以收养小孩儿，都将自己饿得快断气的孩子送到教堂。谢家福很快就听到了消息，说是青州教堂要将饥饿儿童带到上海，他担心洋人借机收买人心，"深惧敌国沽恩，异端借肆"，[54]导致民众跟政府离心离德，甚至出现社会动荡的后果。不过谢家福万万没有想到，青州的基层精英们早就有了联合洋人暴动的密谋，托付洋人养育小孩儿只是下策而已。

面对可怜的饥饿儿童，谢家福给江浙的富商朋友们写信："子女流离者不可计数，为他族收养者，闻有数百名之多。窃恐人心外属，异说横行，为邹鲁之大患。"谢家福希望江浙的朋友们能够一同捐资抚育山东灾区的儿童。

"西人想要领养饥荒孤儿，那是万万不可。"一位苏州的富商在给谢家福的回信中写道，"我们若能多收养一名，则少一人入教，功德尤其大。"谢家福发出的领养饥饿儿童的倡议立即得到了江浙商界的拥护。

谢家福筹划将山东儿童南运江浙。

谢家福找到青州知府富文甫，希望由政府出面，制止洋人将小孩儿南运。在跟富文甫交谈的时候，谢家福可谓是声泪俱下："西人在山东赈灾，打的是救灾恤邻的幌子，暗地里干的是收拢人心的阴谋。若不采取措施，恐怕会导致民心流失，异教横行，终为中国之大患。"

没想到富文甫极为明确地反对："小孩运南，事则甚好，兄弟脸上太下不去，须请大哥在此地想一法儿，总要长养在青州才好。"[55]谢家福对富文甫调集军队镇压灾民一事毫不知情，自然理解富文甫的面子问题。身为青州知府，连青州的儿童都养活不了，还要江浙的商人运送到南方去抚养，说出去实在丢人。

饥民不断死亡，官员死要面子。谢家福给结拜兄弟李金镛写信，说他对山东境内的惨状心痛万分，更对洋人带着中国小孩儿南下而感到痛心疾首。遗憾的是，当地的官员因为面子问题，还不让江浙的富商们带饥饿儿童南下。饥民们哪知官员跟商人们之间的分歧，无奈在生死之际选择了"鬼子大人"，眼睁睁看着饥饿儿童被洋人驱入陷阱之中，甚至带离中国，再也不能重新做人。身为中国人，"能无锥心肝、竖毛发，亟图补救哉！"

李金镛，常州府无锡县人，其父李廷发常年在苏州经商，跟谢家福之父谢元庆关系密切。太平军席卷江南期间，李金镛奉父命跟谢元庆一起收养金陵难民，两家成为世交，李金镛跟谢家福也义结金兰。[56]李金镛曾经在1862年投效李鸿章淮军集团，谢家福希望他能够给管辖山东的直隶总督李鸿章写一封信，如果直隶总督支持江浙富商在山东赈灾，青州知府富文甫就没有理由再拒绝富商们将饥饿儿童南运。

皇帝有令，洋人的钱不能随便用

山西巡抚曾国荃刚收到陕甘总督左宗棠的信函。左宗棠在信中一方面希望他能够整顿投机的晋商，另一方面希望山西能将西征军的饷银如数押送西北。身为京畿大门，山西肩负国家的安危命脉。剿灭太平军首功之臣曾国荃之前一直不想到山西当巡抚，曾国藩劝慰多年，他就装病多年，最后实在没办法才去了山西。曾国荃一到山西就傻眼了，赤地千里，饿殍遍野。

曾国荃一查巡抚衙门的人口统计表：太原府灾前人口一百万，现在不足十万，死亡率高达百分之九十以上；洪洞灾前人口二十五万，现在降到十万；平陆灾前人口十四点五万，现在不足五万。让曾国荃震怒的是山西的鸦片种植，全省耕地五百三十万亩，鸦片种植面积竟超过六十万亩，更夸张的是不少农民放弃农作物，将土质肥沃的良田用于鸦片种植。由于鸦片种植太多，最终导致不少懒惰之人沦为乞丐、盗贼。[57]

面对百年一遇的灾荒，曾国荃向光绪皇帝呈了一份报告，希望皇帝能够向户部与直隶总督下令，各划拨二十万两白银，七成划给山西，三成划给河南；将安北运往京城的四万石漕米截留给山西；凡是将米贩运到山西、河南两地的米商，一律对他们免征商业税；以此降低米价，拯救苦难中的山西、河南两地灾民。[58]

李鸿章总督直隶统率北洋，经费一直相当紧张。山西遭灾，不仅交归北洋的建设资金没戏了，曾国荃还让皇帝下令，让直隶划拨给山西二十万两白银，这简直就是在李鸿章的大腿上剜肉。很快，李鸿章听到一个消息，英国人李提摩太提着两千两银子到了太原，主动提出帮助曾国荃赈灾。但李鸿章万万没有想到，曾国荃也收到了北京方面的一道密令。

河南分管教育的学政瞿鸿禨听闻李提摩太北上赈灾，立即给光绪皇帝写了一份名为《请防外患以固根本疏》的报告。瞿鸿禨在报告中抨击以李提摩太为首的传教士"其居心则险不可测。彼盖知近畿等省，灾苦甚深，民多愁困，乘间而为收拾人心之计，且得窥我虚实，肆其诛求以逞志于我也"。士大夫精英阶层的意见令清政府执政集团坐卧不安，光绪皇帝立即给曾国荃下了一道秘密命令，要求曾国荃对李提摩太"婉为开导，设法劝阻"。

曾国荃、李鸿章只有眼睁睁地看着洋人白花花的银子，想用却不能。

不过，曾国荃是久经战场的侯爵，跟瞿鸿禨这样笔杆子下走出来的士大夫不一样，他权衡利弊之后，决定跟李提摩太见面。见面时，李提摩太不断地强调，自己办理了通行证，带来的银子只是散发给灾民，没有任何政治目的。[59]

曾国荃立即派地方官员及其助理与李提摩太详谈赈灾计划，安排了几个村庄让李提摩太去救济，并派官员和当地的绅士帮助李提摩太。可是，北京方面还是担心洋人有阴谋，密令曾国荃调查李提摩太的行动。曾国荃在一份报告中写道："此次英国教士李提摩太等，携银来晋放赈，迭准直隶来咨，当即分委妥员会同办理，先在阳曲徐沟，诸称平顺。"[60]

李提摩太的银子难以将百万山西饥民全部拯救。这时，李鸿章又收到谢家福委托李金镛写的求助信，他相当了解李金镛身后庞大的江浙商帮。李鸿章给李金镛写了一封回信，希望李金镛北上直隶，负责办理直隶官方赈灾。[61]当时，李金镛正赶往山东青州,将募集到的千两白银交到谢家福手上。谢家福也说服了青州知府富文甫捐出千两,设立青州同善堂,进行有计划、有组织的赈灾。

李金镛北上直隶,令谢家福在青州的赈灾行动独木难支,面对二十五万灾民,青州同善堂爱莫能助。谢家福提笔亲自给李鸿章写了一封长信,信中描述山东贫苦之家田产百不存一。谢家福担心"民无恒产,因无恒心",饥民就会沦为盗贼。山东素来民风彪悍,作为拱卫京畿的军事重地,国计攸关,希望官方能够加大赈灾力度,同时,将饥民低价出售的田产由灾民低价赎回,这样方能"遂民生而安世业"。

谢家福提出,政府可以用官方跟民间募集的善款来补贴饥民赎回田产的部分差价。"开未有之创举,疑阻必多,所望一代之伟人,权衡独握。"统治阶级从未用自己的银子为百姓置业,谢家福希望李鸿章能够拿出大气魄为百姓置业,开一代伟人之创举。[62]

李鸿章是第一次收到谢家福的书信,他对谢家福提出的"赎田"一策相当重视,他也认为只有将民众跟田产捆绑在一起,才能确保地方稳定。李鸿章在谢家福的信上批复道:苏北、山东境内重灾十余州县,凡上年7月以后,本年7月以前,灾民所售田产,只要根据缴纳漕粮的收据、归户册籍,就可以在政府补贴政策下进行赎回。政府补贴来自于赈灾募捐,补贴多少根据募集情况而定。李鸿章希望两江总督、山东巡抚查酌核办。

两江总督沈葆桢看到李鸿章的批示,心里很是不爽,尽管两人已经结成政治联盟,但也不愿意受制于李鸿章。沈葆桢对江浙商人集结到李鸿章周围非常不满,而且这种不满溢于言表,他在谢家福的书信上批示了五点意见,那些出售田产的贫民颠沛流离,户册印单可能早已散失,政府补贴赎田容易让那些奸猾棍徒从中渔利。

赈灾机构重组,"三驾马车"效果显著

谢家福又给李鸿章写了一封长信:贫民田产早已鬻卖一空,饿殍依然载道,非谋久远生聚之计。为了拯救饥民,维护地方稳定,江南船商愿意每船大米捐三分纹银。谢家福希望李鸿章出面,将其当成行规来执行。

李鸿章现在已经坐到火山口。

直隶全境灾荒蔓延，李鸿章一怒之下将十三名赈灾不力的官员拿下。但是，整顿吏治并没有给官方赈灾带来任何起色。相反，在天津城东南康家花园设的妇女粥厂还发生大火，在收容的2800多名妇女和儿童中，有2287名葬身火海。[63]清政府执政集团高层震怒，下令将赈灾的两名经办人革职，负有监察责任的天津海关道黎兆棠、天津道刘秉琳交吏部专案组调查。

黎兆棠曾经在日本进兵台湾期间表现出色，一度因为军机泄密成为被调查的重点对象。黎兆棠跟广东商帮关系密切，力主通过商战重塑帝国荣光，是李鸿章推行改革的重要助手。清政府执政精英一直盯着黎兆棠的一举一动，现在，火灾成为清政府精英抓住他的致命把柄。李鸿章身为直隶总督，对火灾负有不可推卸的领导责任，北京方面决定将李鸿章"交部议处"。[64]

谢家福的书信提醒了李鸿章。

李鸿章决定调整赈灾人员结构，以改善官方赈灾系统。新的赈灾领导机构以"三驾马车"的形式出现了：官方代表翰林院编修吴大澂，此人是清流派的著名成员，选择吴大澂可在赈灾问题上堵住清流派之口；商界代表李金镛，此人是江南办理义赈的名士，拥有庞大的资金资源；淮军集团代表盛宣怀，此人是李鸿章的心腹干将，其父盛康在同治皇帝时期的安徽灾荒中积累了丰富的赈灾经验。[65]

"三驾马车"是李鸿章考验淮军集团整合资源的一个试验。李鸿章不仅将清流派推到了赈灾一线，更为重要的是，江浙商帮跟淮军集团借助赈灾结成了同盟。李金镛身后有一个以慈善为名的圈子：常州慈善大亨余治，旗昌洋行总买办、南浔富豪陈煦元，帝国首富胡雪岩，苏州富豪谢家福，丝绸富商施善昌，扬州富商严作霖，钱庄大亨经元善，南浔富豪庞云镨等。[66]

"小孩饿死尚是小事，为天主教诱去，则大不可。"[67]苏州富豪尤春畦在给谢家福的一封信中提及，老百姓的生死并非第一，被外国人诱拐才是大事，这将他们的慈善义举提到了民族主义的高度。清政府执政集团跟汉族武装集团心里很清楚，江浙富豪们在民族大义的旗帜下消融了一场暗流涌动的饥民暴动。李提摩太做梦也没有想到，他拒绝了山东饥民的暴动计划，江浙富豪们却抓住了"鬼子大人"拯救饥饿儿童的把柄，上演了一场官商慈善结盟运动。

大量的北方饥民南下，江浙的乡土安全遭到威胁，当时的两江还出现了叫魂风波，流民企图以鬼怪之说发动暴动，令江浙地方政府苦不堪言。江南富商迅速行动起来维持社会秩序变得顺理成章，江浙官场赈济北方饥民的粮饷自然也出自商人。江浙商帮北上赈灾一方面是帮助当地官场将饥民挡在江浙之外，确保本地稳定；更重要的是，江浙商帮利用灾荒契机北上，抢占以晋商为首的北方商帮势力，在慈善的旗帜下向政治集团靠拢。

调盛宣怀进入赈灾机构，完全是李鸿章的一场商业谋略。李金镛跟谢家福在苏北赈灾期间，曾经向盛宣怀的父亲盛康寻求过帮助，但是跟盛宣怀没有结成商业联盟。李鸿章将李金镛跟盛宣怀调入同一个机构，一方面是通过盛宣怀协调民间与官方之间的关系；另一方面是将盛宣怀作为淮军集团的代表，推向跟商界结盟的前台。

赈灾机构重组的效果立竿见影。

山东、河南、山西和直隶四省筹集的赈灾款项分别为：十万两、四十二万两千两、十二万一千两、三十九万一千两，四省总计一百零三万四千两。[68] 在此期间，以轮船招商局为首的企业募集资金总计四十五万零一百两。李鸿章在给光绪皇帝的一份报告中夸赞李金镛"其才具心力，足胜表率之任"，谢家福"才识闳通，心精力果"，严作霖"品诣端方，坚苦有为"。[69] 以李金镛、谢家福、严作霖、经元善为首的江浙商人迅速加入了淮军集团，他们都得到了朝廷赏赐的知府、知县等红顶子，随着改革的一步步深化，江浙的慈善商人们都纷纷成为淮军集团改革的干将。

大清历史上第一个穿黄马褂的商人

但胡雪岩是一个异数。

谢家福在山东赈灾期间，胡雪岩第一个给谢家福捐款。上海滩的商人一看胡雪岩都捐款了，也纷纷解囊。谢家福在给李鸿章的信中提到，在胡雪岩的带领下，上海滩的富豪们捐制钱十一万余串。[70] 在整个苏北捐款赈灾过程中，胡雪岩联合以李金镛为首的江浙商人捐款十余万金。[71] 沈葆桢在给光绪皇帝的报告中说，胡雪岩在江苏沭阳县赈灾过程中"捐赠小麦八千四百石、棉衣四千七百件，并劝沪上绅商集银一万一千两，棉衣三千数百件"[72]。

在遥远的西北军营，左宗棠不断收到陕西官员的书信，八百里秦川早已是尸骨累累，饥民超过两百万。眼见江浙商人一窝蜂地涌向李鸿章，胡雪岩决定继续跟着左宗棠。忧心忡忡的左宗棠很快接到胡雪岩的一封信。胡雪岩在信中表示，愿意捐白银两万两，大米一万五千石。胡雪岩决定将浙江的大米运往汉口，再从湖北运往陕西。左宗棠立即飞函给胡雪岩："道远运艰，改捐银两。"[73]

胡雪岩接到左宗棠的书信后，立即将要捐的大米折成白银三万两，一共向陕西捐银五万两，这成为陕西巡抚谭钟麟在赈灾中募集到的最大的一笔。谭钟麟给左宗棠写了一封信，希望跟左宗棠联名向光绪皇帝写一份报告，褒奖一下胡雪岩。胡雪岩的慷慨令左宗棠感激涕零，在给谭钟麟的回信中说，胡雪岩慷慨资助，令当世诸公汗颜，尤其是陕西的富商更是连做梦都办不到。

浙江籍县令叶向辰到肃州，不经意间向左宗棠提起，已经富甲天下的胡雪岩现在以黄马褂为荣。[74]左宗棠一下子就蒙了，皇帝赏赐黄马褂都是有严格规定的，要么是高级将军，要么是统兵文官，八旗从龙入关以来，从未将黄马褂赏赐给商人。在给谭钟麟的书信中，左宗棠词意间表现得很为难，因为向皇帝求赏赐本就是件很难为情的事情，请求皇帝给商人赏赐黄马褂更是逾格。

左宗棠是相当为难。

在跟谭钟麟的往来书信中可以窥见，左宗棠实在不知道该如何向光绪皇帝开口。左宗棠想了很久，尽管赏赐黄马褂的请求有点出格，但胡雪岩因为筹办军务有功，现在又有道台的虚衔，也算是帝国官员，自己再向皇帝夸赞胡雪岩在赈灾过程中的功绩，在国家艰难时刻，相信皇帝也不会吝啬一件黄马褂。何况赏赐胡雪岩黄马褂，更能收天下商人为国分忧之心。

左宗棠写信让胡雪岩整理一份赈灾明细。胡雪岩接到左宗棠的信函后，详细罗列了自己捐出去的款和物：沭阳捐制钱三万串；山东赈银两万两、白米五千石、制钱三千一百串、新棉衣三万件；山西赈银一万五千两；河南赈银一万五千两；陕西赈银五万两。胡雪岩看完清单，觉得还是不够分量，于是给左宗棠写信表示，自己还要采购二十万石进口大米捐给陕西。

胡雪岩这二十万石大米的承诺令左宗棠感动不已，不过左宗棠在跟谭钟麟商议后，拒绝了胡雪岩二十万石大米的捐赠，因为西北遥远，运输实在费力。左宗棠在给光绪皇帝的推荐信中，历数胡雪岩为各省赈灾的豪情，银钱、米价、棉衣及水陆运输费用一算下来，胡雪岩的捐赠成本超过二十万两白银。左宗棠在信中说，胡雪岩为西征军劳心劳力，西征军收复新疆，胡雪岩的功劳与前敌将领无殊。左宗棠希望皇帝能够破格褒奖胡雪岩，赏穿黄马褂。[75]

左宗棠跟谭钟麟为胡雪岩求赏黄马褂的信送抵紫禁城。

左宗棠早就料定,北方饥荒一片,清政府执政精英们一方面要担心洋人借赈灾收买人心,另一方面又要为饥荒带来的社会不稳定担心。褒奖一个胡雪岩,可以收天下商人的心,用商人的银子拯救饥民,又可保障国土安全。于是,光绪皇帝下达了大清帝国第一道赏赐商人黄马褂的圣旨。[76] 胡雪岩穿着黄马褂春风得意之时,盛宣怀正带领江浙赈灾的富豪们奔向改革的最前沿,双方的较量开始了。

▶▶ 注释:

[1] (清) 沈桐生:《光绪政要》,江苏广陵古籍刻印社1991年版。

[2]《记余杭某生因奸谋命事细情》,《申报》1874年1月6日。

[3] (清) 沈桐生:《光绪政要》,江苏广陵古籍刻印社1991年版。

[4]《大清德宗景皇帝实录》卷7,华文书局1970年版。

[5] 中国人民大学清史研究所编:《清史编年》光绪朝卷11,中国人民大学出版社2000年版。

[6]《京报》,1874年12月5日。

[7]《杨氏案略》,《申报》1874年4月12日。

[8] (清) 翁同龢:《翁同龢日记》,中华书局1998年版。

[9] (清) 朱寿朋编:《光绪朝东华录》卷1,中华书局1984年版。

[10]《左宗棠全集·书信》卷2,岳麓书社2009年版。

[11]《申报》,1876年2月4日。

[12]《刑部审余杭案》,《申报》1877年4月5日。

[13]《左宗棠全集·书信》卷3,岳麓书社2009年版。

[14]《左宗棠全集·书信》卷3,岳麓书社2009年版。

[15] (清) 李慈铭:《越缦堂日记》,广陵书社2004年版。

[16]《左宗棠全集·书信》卷2,岳麓书社2009年版。

[17] 余杭县文史资料委员会编:《余杭文史资料》第四辑,杨浚口述《记我父杨乃武与小白菜的冤狱》。

[18] 余杭镇志编纂办公室编纂:《余杭镇志》,浙江人民出版社1992年版。

[19] 余杭县文史资料委员会编:《余杭文史资料》第四辑,杨浚口述《记我父杨乃武与小白菜的冤狱》。

[20] (清) 翁同龢:《翁同龢日记》,中华书局1998年版。

[21]《左宗棠全集·书信》卷3,岳麓书社2009年版。

[22]（清）夏同善：《夏子松先生函牍》手稿，现存浙江图书馆。

[23]《左宗棠全集·书信》卷3，岳麓书社2009年版。

[24]《左宗棠全集·书信》卷3，岳麓书社2009年版。

[25]《左宗棠全集·奏稿》卷6，岳麓书社2009年版。

[26]《左宗棠全集·书信》卷3，岳麓书社2009年版。

[27]《左宗棠全集·书信》卷3，岳麓书社2009年版。

[28]（清）谭钟麟：《谭文勤公·奏稿》卷3，文海出版社1969年版。

[29]《清实录·光绪朝德宗实录》，中华书局1985年版。

[30]（清）阎敬铭：《新续渭南县志》，清光绪十八年（1892年）。

[31]（清）谭钟麟：《谭文勤公·奏稿》卷1，文海出版社1969年版。

[32]《左宗棠全集·书信》卷3，岳麓书社2009年版。

[33]《左宗棠全集·书信》卷3，岳麓书社2009年版。

[34]《左宗棠全集·书信》卷3，岳麓书社2009年版。

[35]中国史学会主编：《洋务运动》卷5，上海人民出版社2000年版。

[36]台湾银行经济研究室编印：《清季台湾洋务史料》。

[37]台湾银行经济研究室编印：《清季台湾洋务史料》。

[38]台湾银行经济研究室编印：《清季台湾洋务史料》。

[39]《左宗棠全集·书信》卷3，岳麓书社2009年版。

[40]《左宗棠全集·书信》卷3，岳麓书社2009年版。

[41]左宗棠：《左文襄公全集·书牍》卷19，文海出版社1979年版。

[42]《左宗棠全集·书信》卷3，岳麓书社2009年版。

[43]李守武：《洋务运动在兰州》，《甘肃师范大学学报》1959年1月刊。

[44]《马克思恩格斯全集》卷19，人民出版社2006年版。

[45]《左宗棠全集·书信》卷3，岳麓书社2009年版。

[46]《左宗棠全集·奏稿》卷6，岳麓书社2009年版。

[47]《左宗棠全集·奏稿》卷6，岳麓书社2009年版。

[48]《左宗棠全集·奏稿》卷6，岳麓书社2009年版。

[49]《左宗棠全集·奏稿》卷6，岳麓书社2009年版。

[50]《左宗棠全集·奏稿》卷6，岳麓书社2009年版。

[51]［英］李提摩太：《亲历晚清四十五年：李提摩太在华回忆录》，人民出版社2011年版。

[52] [英] 李提摩太：《亲历晚清四十五年：李提摩太在华回忆录》，人民出版社2011年版。

[53]《申报》，1876年12月28日。

[54]（清）谢家福：《齐东日记》，苏州博物馆藏稿本。

[55]（清）谢家福：《齐东日记》，苏州博物馆藏稿本。

[56]（清）谢家福：《李金镛行状》，光绪十六年刊本，上海图书馆藏。

[57]（清）曾国荃：《曾国荃全集·奏疏》卷1，岳麓书社2006年版。

[58]（清）梅英杰：《曾国荃年谱》，岳麓书社1987年版。

[59] [英] 李提摩太：《亲历晚清四十五年：李提摩太在华回忆录》，人民出版社2011年版。

[60]（清）曾国荃：《曾国荃全集·奏疏》卷1，岳麓书社2006年版。

[61]（清）谢家福：《欺天乎》，苏州博物馆藏稿本。

[62]（清）谢家福：《齐东日记》，苏州博物馆藏稿本。

[63] 中国第二历史档案馆、中国社会科学院近代史研究所合编：《中国海关密档——赫德、金登干函电汇编（1874—1907）》卷2，中华书局1990年版。

[64]《万国公报》，华文书局1968年影印本。

[65] 艾志端（Kathryn Edgerton-Tarpley）：《晚清中国的灾荒与意识形态——1876—1879年"丁戊奇荒"期间关于灾荒成因和防荒问题的对立性阐释》，李文海、夏明方主编：《天有凶年：清代灾荒与中国社会》，生活·读书·新知三联书店2007年版。

[66]（清）徐润：《徐愚斋自叙年谱》，江西人民出版社2012年版。

[67]（清）谢家福：《齐东日记》，苏州博物馆藏稿本。

[68]《申报》第13册第366页，《齐豫晋直赈捐征信录》。

[69]（清）吴汝纶编：《李文忠公全书·奏稿》卷33、42，文海出版社1980年版。

[70]（清）谢家福：《齐东日记》，苏州博物馆藏稿本。

[71]《清史稿·李金镛传》卷451，中华书局1977年版。

[72] 沈葆桢：《沈文肃公政书》，清光绪（1875—1908）铅印本。

[73] 陕西省地方志编委会：《陕西省志·民政志》，陕西人民出版社2003年版。

[74]《左宗棠全集·书信》卷3，岳麓书社2009年版。

[75]《左宗棠全集·奏稿》卷6，岳麓书社2009年版。

[76]《清实录·光绪朝德宗实录》卷73，中华书局1985年版。

11

招商乱局

上海滩的资金暗战，你有张良计，我有过墙梯

胡雪岩出借款新招，开银行筹钱

左宗棠坐在军中大帐给云贵总督刘长佑写信。

"西事顺迅，古今罕见，亦实始愿所不及。"左宗棠在给刘长佑的信中对西征军战事相当满意，一旦朝廷批准在新疆设立行省，西征军便可在新疆南北屯兵驻守，百十年可无战事。左宗棠在信中感叹，自己已经风烛残年，日暮途长，每见后起英哲，辄生爱慕，便作百年乔木之想。[1]

远在杭州的胡雪岩对左宗棠糟糕的身体状况却一无所知，他还谋划了跟德国军火商的一笔巨大的生意。"新疆重定，兵事已简。"左宗棠在给胡雪岩的信中表现得很无奈，重建新疆及上千公里的边疆防务是一笔巨大的开支，可是胡雪岩还购买了大量的枪炮、火药，这令原本就紧张的军费变得更加紧张。

胡雪岩的军火生意令左宗棠有苦难言。

在左宗棠跟陕西巡抚谭钟麟联名向光绪皇帝为胡雪岩请赏黄马褂的报告中，胡雪岩被夸赞为与前敌将领一样功勋卓著的豪杰，左宗棠称其采购的军火精良，价格低廉。可是，新疆叛匪逃往沙俄之时，遗留了大批英国赠送的枪炮火药，足以分配到新疆各个防务区域。新疆地广人稀，防务线过长，因此左宗棠希望有可以马上发射的马鞍炮，但在胡雪岩的军火采购清单里，偏偏没有马鞍炮。

二十万两白银捐给灾区后，胡雪岩换来了黄马褂。左宗棠一介文人，哪里知道胡雪岩在意黄马褂的玄机。胡雪岩之所以要向皇帝请赏黄马褂，一方面是让左宗棠为自己的信誉背书，另一方面是为了重塑自己的商业信誉。更重要的是，穿上黄马褂，他在生意场上就有了国家信誉做金字招牌。

胡雪岩是一个精明的生意人，他在给西征军采购大量的军火后，立即以报账

的名义试探各方政治势力。左宗棠曾经一度以西征军的名义，将军事工业企业采购跟军火采购混在一起，通过走西征军的大账来降低工业改革的成本。胡雪岩也照猫画虎，将洋贷款、华商借款跟军火采购混在一起，上报到总理衙门跟户部。

不过，总理衙门早已盯上了胡雪岩的西征生意。

左宗棠在给西征军副主帅刘典的信中显得很是不安，胡雪岩的报销之前一直很顺利，可是现在总理衙门跟户部却为此召开了联席会议。经过激烈的讨论，联席会议作出的决定是：贷款跟军火采购必须单列。

清政府执政精英开始收紧胡雪岩的资金链，因为他们绝不能容忍穿着黄马褂的商人借战争牟取暴利。左宗棠在给刘典的信中猜测，总理衙门跟户部是想让胡雪岩自己承担一部分费用。联想到户部拖延乌鲁木齐都统英翰的报账，北京方面的行为令做事的人心灰意冷。左宗棠万万没有想到，胡雪岩已经在上海跟汇丰银行又洽谈了一笔巨额贷款，年利息高达百分之十五点二零八。

胡雪岩在给左宗棠的信中提出了一个庞大的金融计划：开设银行。

钱庄票号在中国有上千年的历史，银行只是在鸦片战争之后才出现的，银行的老板们都是海外之民。在汇丰银行、丽如银行等外资银行中，虽有不少中国经理，但他们最高的身份也只是业务经理，国际银行家们只是看重他们的人脉跟业务资源，这些中国经理还算不得真正意义上的银行家。

胡雪岩发家之前就在钱庄打工，发迹之后自然也开设钱庄，他开创的阜康钱庄在全国大城市都拥有分号，在北京的分号还拉上了不少王公大臣当客户。但是，阜康钱庄和汇丰银行这样的国际银行相比就是小巫见大巫。因为没有货币、债券的发行功能，阜康钱庄只是一个功能单一的流通平台，难以通过资金杠杆进行业务创新，钱庄的抗风险能力也相当脆弱。

1872年的钱庄破产风潮一度令阜康钱庄摇摇欲坠，在以左宗棠为首的政府财政资金的支持下，阜康钱庄才度过了危机。西征军出兵新疆，给了阜康钱庄一个空前的发展机遇，大量的战争资金通过阜康钱庄流转，新的分号在战争中不断开设，阜康钱庄成为一个巨大的吸金器。1876年，由北方开始的饥荒不断地向南方蔓延，钱庄间的资金周转再度变得紧张。

胡雪岩计上心来，他在给左宗棠的信中提出了开设银行的计划，甚至连银行名字都想好了：乾泰银行。为了分散乾泰银行的经营风险，曾经参与过轮船招商局前期招股的胡雪岩，决定按照西方现代股份制公司的管理模式，公开招募股份。在胡雪岩给左宗棠写信的时候，乾泰银行已经招募到洋商股本白银一百七十五万两。

乾泰银行的计划正中左宗棠下怀，他已经向光绪皇帝提出在新疆设立行省的想法，而资金问题迫在眉睫。左宗棠在给胡雪岩的信中显得非常无奈："议设公司仿照洋人办法，实缘陇省苦瘠甲于天下，从前均仗各省协济，此次重定新疆，创始之费，经常之费均须预为筹划，以规久远。各省难以按时将协饷银押运西北，西征军是临渴掘井。"[2]

左宗棠在信中感慨，随着各省协饷银的中断，西征军现在是掘井都挖不到水，不得不自筹借贷。可是借洋债需要限定还款年限、本息次数，国际银行需要海关出关票抵押，这个过程漫长曲折。仿照公司之例，创设银行，以中国之银，供中国之借，息耗虽重，"究是楚弓楚得"。更为重要的是，跟向外资银行借贷相比，息银不致外耗，"中国公事谋之中国绅商"，则协饷各省皆可出印票，不必由海关出票、督抚盖印。

胡雪岩向左宗棠汇报，乾泰银行招股说明书一发布，不仅中国商人相当踊跃，西方资本更是趋之若鹜，纷纷前来洽谈入股事宜。洋人入股乾泰银行的条件可谓相当宽松，以往洋人将资金借贷给中国，都需要各国驻京公使出具官方许可批文，还需要赫德掌管的海关税务司出关票抵押。这一次，洋人都不需要西方驻京公使行文、税务司印押，轻轻松松就将一百七十五万两白银入股乾泰银行，占银行总股本的百分之五十。

轮船招商局成立之初，朝廷担心洋人会通过资本入股的形式操纵帝国改革，所以严禁欧美资本直接或是暗中持有中国公司股票。在轮船招商局之后成立的中国公司，均仿照轮船招商局的招股原则，要求洋人不得持有中国公司股票。乾泰银行作为中国第一家银行，洋人却持有五成股份，左宗棠不好向北京方面交代。

胡雪岩在给左宗棠的信中强调，银子虽然出自洋人，但银行的控制权仍属中国股东们。胡雪岩在信中说，中国人控制的银行的贷款不受洋股东限制，而是根据政府的财政需要而定，只要各省的财政主管部门盖章，加盖督抚大印，不需要海关印票抵押，不拘泥于年限、期次，机圆法活，破除洋贷款模式，无损于各省，于时事大有所济。[3]

不管银行真假，只要有钱就行

乾泰银行是中国金融史上一大创举。

左宗棠立即向光绪皇帝提交了一份报告。在报告中，左宗棠极言西征军的资金链紧张，各省协饷银是"频催罔应""盼切成空"，无奈之下只有让胡雪岩在上海成立乾泰银行，公开募股，每股五千两。一开始，上海滩的商人们听说跟官方合作，而且本国在创设银行方面又没有先例，于是大家都相互观望。胡雪岩"再三譬晓"，一切均仿造现代公司治理，同股同权，华商们这才认购了三百五十股。

乾泰银行募集到一百七十五万两白银后，汇丰银行主动提出，要认购三百五十股，不居洋款之名。左宗棠向皇帝解释，一开始胡雪岩以洋商入股中国公司没有先例为由，拒绝汇丰银行入股乾泰银行。可是汇丰银行提出入股洋款不需要总理衙门、税务司行文印押。胡雪岩见汇丰银行情词真切，于是在中国股东也同意的情况下，立即向左宗棠汇报。

无论是中国商人的认购，还是汇丰银行的入股，乾泰银行的公开募股其实根本不是真正意义上的股票发行。左宗棠在给皇帝的报告中透露，所有购买乾泰银行股票的商人在出款认股后，乾泰银行每个月都要支付股息一分二厘五毫，六年还清本息，每年归还两次。很显然，乾泰银行的股票发行在真正意义上是债券发行，因为广东、浙江、上海、福建、天津五大海关都要出票，加盖督抚大印，每年向股东们归还五十多万两白银。[4]

轰轰烈烈的乾泰银行一下子成了贷款工具。

胡雪岩雄心勃勃要创设银行，遗憾的是他只知道银行通过发行债券融资，可是却没有弄明白股权跟债权的基本概念，直接将债权当成了股权。债权清偿完毕后，乾泰银行将留下经营人才、办公硬件设施、银行的无形资产等资产，而这些资产到底归属于谁，是由胡雪岩控制，还是由国家控制？左宗棠在给皇帝的报告中没有谈到上述重要问题。

左宗棠在报告中还说，既然皇帝已经在原则上同意将新疆升级为行省，那就得考虑到分设郡县需要大量的资金这个问题。这一次华商跟洋商共同入股乾泰银行，跟总理衙门与税务司无涉，这对新疆的建省大业来说是天大的好事，希望皇帝下令各将军、督抚、监督出票盖印，交胡雪岩迅速办理。

光绪皇帝立即下令户部、总理衙门召开联席会议。

户部在京高级官员齐聚总理衙门，两大部门进行了激烈的讨论。西征军除了屯驻各地要塞城防外，还有大量的老、弱、病、残需要裁减，朝廷如果不给足裁减经费，很容易引发兵变，左宗棠可以借此做大西征军，盘踞西北。西征军尾大不掉，会成为帝国在西北的一颗炸弹。户部的官员更担心的是，西征军历年的借款将成为湘军集团敛财的通道，因为在战争期间，左宗棠就一度将军火跟工业采购混在一起，如果大量的陈年旧账不清理，左宗棠定会继续在账款上鱼目混珠。

上海滩的大量消息汇聚到北京，说胡雪岩在上海除了采购军火，还采购了大量的纺织机器，甚至专门从德国聘请了工业技术人才。左宗棠一直给皇帝打报告说要重开西域商路，但他在给朋友们的信中还提到了开矿、冶炼方面的计划。由此可见，左宗棠除了纺织工业跟军事工业外，他极有可能在西北推动包括煤炭、钢铁冶炼、铁路在内的重工业改革。

户部跟总理衙门在联席会议上一致决定：由江苏、浙江、广东、湖北、福建这五个为西征军筹集军费的省份来承担乾泰银行的还款。光绪皇帝在拿到联席会议纪要时下令：以北洋大臣李鸿章、南洋大臣沈葆桢、两广总督刘坤一、湖广总督李瀚章、闽浙总督何璟、江苏巡抚吴元炳、浙江巡抚梅启照、广东巡抚张兆栋、福建巡抚吴赞诚为首的一干地方督抚按照左宗棠上报的数额，下令海关监督出票，督抚加盖关防大印，交胡雪岩妥为筹办。[5]

光绪皇帝在命令中写道："借用商款息银既重，各省关每年除划还本息外，京、协各饷更属无从筹措，本系万不得已之计。"在这份五百里加急的命令中，光绪皇帝特地强调，以后无论任何急需，不得动辄息借商款，左宗棠拿到巨款后要迅速裁军，筹划新疆行省事宜，在筹办事务过程中一定要注意开源节流，为内地纾困。

清政府执政集团决定再次利用左宗棠这一条束带蛇。

皇帝在命令中批评各省对西征军军饷划拨"未能踊跃""实属延玩"。因为旱灾饥荒，皇帝下令山西和河南两省暂缓西征军的军饷，江苏、浙江、广东、福建、湖北、四川、山东等省必须按照规定继续划拨西征军军费。皇帝点名沈葆桢、何璟、李瀚章、刘坤一、吴元炳、梅启照、吴赞诚、张兆栋等督抚一定要下令各省财政部门如数划拨西征军饷。

西征军平定新疆的大量军饷需要由淮军集团的督抚们筹措，不过淮军集团的督抚们一直想方设法拖延，两大集团的钳制成为朝廷巩固清政府执政集团的筹码。新疆兵事结束，清政府执政精英们的筹码立即消失了。于是，他们利用左宗棠筹建新疆行省这一最后机会，继续钳制淮军集团所把控的地方财政。

光绪皇帝给了左宗棠一把尚方宝剑，淮军集团的督抚们如果"再延缓，及解不足数，致误事机，即由左宗棠及各路带兵大臣将各该藩司监督指名严参"。清政府执政精英们的意图再明显不过了，就是要挑动汉族武装集团内部公开斗争。按照皇帝的命令，一旦左宗棠点名弹劾相关官员，吏部的考核将不合格，严重者甚至要交给刑部追究刑事责任，"以儆玩泄"。[6]

湖北的矿不出煤，盛宣怀准备北上寻出路

光绪皇帝的五百里加急命令送到李鸿章手上时，盛宣怀正在天津看一封来自上海的密信。

"据来信并景星谈及开矿一事，惟有北省多且美，且有伯相可靠，弟思之亦以为然。老兄若弃鄂省而北行，易于成功，况吾兄系直省之官，地方断无掣肘之理，未识高明以为何如？"[7] 这封密信建议盛宣怀放弃开采湖北煤矿，因为轮船招商局总办唐廷枢在开平发现了高质量的煤矿，盛宣怀作为李鸿章的亲信，在李鸿章的势力范围内活动更容易成功。

写信的人叫刘鼐，跟盛宣怀是老乡，两人同为江苏武进县人氏。盛氏家族跟刘氏家族是武进县两大豪门。盛宣怀在李鸿章手下摸爬滚打时，刘鼐正在李鸿章的哥哥、湖广总督李瀚章的地界买官。武进县的两大豪门最终通过联姻结成政治联盟，盛宣怀的堂弟盛宙怀娶了刘鼐堂叔刘翊宸之女。[8]

在给盛宣怀的信中，刘鼐提供了一个很重要的商业情报："现在光景总以广帮、丝帮为最殷实，而粤人信洋法者尤多，故唐景星开平招股一到沪时，招之即来，此地已集十余万矣。"唐廷枢振臂一呼，应者云集的盛状令盛宣怀相当尴尬。盛宣怀曾经在李鸿章面前拍胸脯承诺，可以筹集到商款，可是上海滩的富豪们对湖北煤矿的信心不足，令盛宣怀的承诺成了空头支票。

刘鼐的信写得相当含蓄，盛宣怀的妹夫周锐则更加直接："顷阅前人语录，见薛文清公云：'事才入手便当思其发脱'，良为至言。"周锐引用明朝理学大师薛瑄的名言，劝告盛宣怀在湖北煤矿质量不佳的情况下抽身北上，在李鸿章的势力范围之

内"荣篆海关道"[9]，可寻求政治上的突破。

刘氏家族在武进县堪称豪门，但是跟李鸿章这样的大树相比，自然是难以望其项背。刘鼍鼓动盛宣怀北上找大树，也是希望刘氏家族能靠上李鸿章这座政治大山。而从周锐的密信可以看出，盛氏家族更是对李鸿章这座政治靠山盘算已久，"此间事兄另有秘陈也，必于尊处有益"。周锐在给盛宣怀写信之前，已经跟盛氏家族进行了密信沟通，得到李鸿章这棵大树的庇佑已经成为盛氏家族的一个共识。

盛宣怀手握家族亲友的密信，心里五味杂陈。

想当初，李鸿章将盛宣怀的湖北矿务局当成淮军集团的改革旗舰。在给盛宣怀的一封信中，李鸿章殷切希望盛宣怀开矿成功，"为中土开此风气，志愿宏斯勖名愈远矣"。身为淮军领袖的李鸿章还在信中大赞盛宣怀："大才素精会计，谅必有胜筹妙算，不奢不刻，握定利权，若使四方皆闻风取法，实所企盼。"[10]

曾经满怀激情的盛宣怀到了湖北之后，慢慢地发现了问题，"开矿不难在筹资本，而难在得矿师"。盛宣怀面临的第一个难题就是技术人才。他一开始从日本聘请了一位英国矿师，可是这位英国佬根本就不懂地质勘探，浪费了九个月时间，盛宣怀才委托海关总税务司赫德从英国聘请到一位在美国煤矿公司做襄理矿务的英国人，郭师敦。[11]

郭师敦在广济县阳城山勘探了一圈儿，提交了一份勘探报告：广济之煤"挖之无益"。[12]煤炭勘探的不顺利一直令盛宣怀如芒在背，淮军集团寄予厚望的湖北煤矿事实上只有薄薄的煤层，盛宣怀觉得自己难以向李鸿章交代。更为关键的是，商人们对湖北煤矿毫无兴趣，盛宣怀曾经向李鸿章汇报，说自己已经招募了十万商股，但其实他所说的十万商股只是浮夸。

盛宣怀在湖北筹划矿务期间，风闻轮船招商局的股东希望将煤厂并归到招商局旗下，便给李鸿章提交了一份湖北煤矿官办的报告。李鸿章一直希望通过煤铁资源开采来吸纳更多的社会资本，没想到盛宣怀张口就提出要二十万两的官方资本，当时也没有任何的湖北煤矿股东提出异议。在轮船招商局开"官督商办"先河之后，湖北煤矿的反常举动令李鸿章疑窦丛生，由此可以窥见盛宣怀根本没有招募到十万商股。

"官气太重！"李鸿章对盛宣怀在湖北煤矿所作所为的不满溢于言表。在盛宣怀一改官督商办策略的背后，他骨子里担心的是，如果远离淮军集团的核心势力范围，自己难有建树，他希望得到更多经济资本和政治资源。李鸿章洞悉盛宣怀放弃湖北的心思。可是，身为样板工程，李鸿章希望盛宣怀能够耐心在湖北开矿，要"知难而不退，见害而不避"。[13]

借着开平矿丰收的东风，盛宣怀一路往北

李鸿章也有苦衷，自己派唐廷枢在直隶辖区的开平开采煤炭，却发现开平的煤炭质量中等，运输还相当麻烦。唐廷枢提出要采购西洋机械勘采，并修筑一条铁路将开平的煤炭运输到天津港口。清政府执政精英却借开平毗邻皇家陵寝，不断攻击淮军集团在北方的资源开采。

唐廷枢在北方开矿的不顺利令李鸿章焦急，所以他希望盛宣怀在湖北能脚踏实地闯出一番天地："阁下在鄂开采有效，庶开平仿办亦易。"李鸿章鼓励盛宣怀，要给广东商帮的领袖唐廷枢做出表率，淮军集团能够在战乱中崛起，都是靠枪杆子打出来的，一旦在改革的过程中"多谋少成"，"中外适足以贻局外之口实也"。[14]

李鸿章其实还有一个更大的苦衷。

英国驻华公使威妥玛拜访了李鸿章。在闲聊的过程中，威妥玛提到英国驻华使馆查阅中国海关税册一事，谈到每年通过香港向内地进口鸦片九万四千余担，其中有一万五千担漏税，漏掉税银一万多两。李鸿章希望英国控制下的印度禁止向中国运送鸦片，否则就通过加重抽税来遏制商人贩卖鸦片。可是威妥玛告知李鸿章，英国商人不高兴，英国的上议院跟下议院不批准鸦片销售加税。

大清帝国的海关早已没有财务秘密，赫德曾经提议用鸦片进口税购买英国军舰，图谋将中国的财政、军事都捆绑到鸦片贸易之中。现在，中国政府希望通过重税来打击鸦片贸易，税赋问题都要经过英国的议会审核。威妥玛告诉李鸿章，英国政府通过对中国鸦片贸易商的调查，商人们漏税源于贸易过程中商业税种太多。[15]

李鸿章对此痛心疾首，中国的商人们将资本押在鸦片贸易上，对帝国的改革兴趣寡然。山西、河南、陕西、山东发生灾荒期间，李鸿章对各地的耕地进行摸底调查后发现，山西等地的农民为了种植鸦片而放弃了粮食作物，大量的山西票号的资金都流转到鸦片贸易中。无论是盛宣怀在湖北招商引资，还是唐廷枢在开

平招商引资，商人们总是将天平向鸦片贸易倾斜。

湖北的煤矿勘探不理想，李鸿章不信邪，希望以郭师敦为首的洋矿师扩大勘探范围。一群西装革履的英国工程师在一群大辫子中国人的带领下，行走在湖北广济、武穴、兴国、归州、巴东、兴山等地。郭师敦他们很快拿出了第二份勘探报告：广济、武穴、兴国等地煤炭储量小，煤质差，并无使用机器开采的价值。归州、巴东、兴山等地未发现有重大开采价值的煤矿。[16]

在勘探煤矿的过程中，郭师敦在湖北黄石的大冶县发现了铁矿。"大冶县属铁矿较多，各山矿脉之大，惟铁山及铁门槛二山为最。验诸四周，矿石显露，足征遍山皆铁。"郭师敦在勘探报告中预测，"其矿石含净铁质为60%～66%，平均净质为63%，若以两座熔炉化之，足供一百余年之用。"盛宣怀曾带着大冶知县林佐到矿区进一步勘探，并雇用一帮民工在四周试挖，满山遍野果然都是铁矿石。

盛宣怀翻阅了《大冶县志》，发现宋朝时大冶县就曾设有铁厂。盛宣怀立即根据郭师敦的报告及建议给李鸿章写信，提出在湖北开办煤铁矿。盛宣怀的报告让李鸿章左右为难，煤矿问题尚未解决，现在又开铁矿，何况铁矿开采出来冶炼又将是另一个大问题。"荆煤单炼生铁恐无销路，兼炼熟铁难筹巨本。"李鸿章在给盛宣怀的信中说，"虑煤铁相去过远，水脚成本既重，未必获利。"[17]

李鸿章关注的核心问题是钱，他拒绝给盛宣怀拨款开办煤铁矿，建议盛宣怀"招商开办"。在李鸿章拒绝盛宣怀的同时，唐廷枢在开平的煤矿开采取得了突破性进展，不仅筹集到商股二十万两，而且开平煤矿产出的煤质地上乘，日产量可达到三百万吨。在给皇帝的一份报告中，李鸿章的兴奋之情溢于言表："从此中国兵商轮船及机器制造各局用煤，不致远购于外洋，一旦有事，庶不为敌人所把持，亦可免利源之外泄；富强之基，此为嚆矢。"

开平煤矿让李鸿章扬眉吐气，再也不用担心如因湖北失败而遭遇政敌弹劾。"今则成效确有可观，实足与轮船招商、机器、织造各局相为表里。开煤既旺，则炼铁可以渐图。开平局务振兴，则他省人才亦必闻风兴起，似与大局关系匪浅。"[18]盛宣怀一看，当即心灰意冷，加之盛氏家族的密信，他再也不愿回湖北。

就在盛宣怀为留直隶寻找恰当的理由时，御史李桂林突然在北京弹劾河间府景州的赈灾，他指控景州官府在募捐时，"不论贫富，概行勒派"。景州富商跟官员的冲突迅速演变成一桩震惊全国的大案，北京方面下令李鸿章调查。李鸿章立即委派正在河间府赈灾的盛宣怀调查钦案。盛宣怀在严密查访的过程中对富商采取了怀柔政策，调整了捐款幅度，很快就平息了景州赈灾案。

在调查景州赈灾案期间，盛宣怀给李鸿章写了一份报告，说自己经常有别的差事，"南北纷驰"，没有专顾矿务，而工程一经开办，实不可一日擅离。盛宣怀从改革的大局出发，给自己谋划脱身之计："事关富强大局，亟应遴派干员坐驻矿场，专心总理，方能观其成效。"[19] 他向李鸿章推荐了赈灾同盟李金镛出任湖北矿务总办。

李金镛在赈灾的过程中主动投向淮军集团，李鸿章曾向皇帝上表他的德行操守。没过多久，李金镛就成了湖北矿务方面的总经理，盛宣怀的妹夫周锐则成为李金镛的助手。资金问题一直是困扰湖北矿务的难题，盛宣怀继续举荐苏州富商金少愚到湖北，参与矿务的招商工作。

李鸿章之所以批准李金镛南下，主要是因为他看好江浙商人的经济实力。李金镛于赈灾期间曾在上海筹集了十万赈灾款，相信在回报丰厚的矿产生意的吸引下，李金镛筹集商股会更为容易。李鸿章在批示李金镛出任湖北矿务总办之时，已经在上海滩资本界埋下了一枚钉子，上海滩成了李金镛争夺资本的主战场。

胡雪岩那一身黄马褂一度令江浙商人垂涎，李金镛岂能错过李鸿章这一棵大树？李金镛跟李鸿章拍胸脯说，东南士民急公好义，此次开办矿务实为中国富强之基，官绅富商同抱公忠，在上海招募商股必能众力相扶。赈灾期间的官商联盟终于开始转化为改革的新生力量，广东商帮、江浙商帮成了淮军集团重要的资本同盟。

招商局一把手争夺战

淮军新贵南下招商，两手空空无功而返

上海吴淞口，李金镛登上了开往汉口的轮船。

轮船招商局的双鱼旗迎风招展，李金镛望着滔滔江水思绪万千。在离开天津之时，盛宣怀再三叮嘱，一定要在江浙招募商股，湖北矿务局犹如饥肠辘辘的婴儿，如无足够资本，必将夭折。船行至镇江，李金镛决定中途下船。第二次鸦片战争后，镇江一度成为西洋商品内运的最大口岸以及长江的总海关，英、法、德、日、意诸国在镇江设立了18家洋行、货栈。[20]

在镇江一条两百多米长的街上，公馆、会所、商会林立，钱庄更是如雨后春笋般而立。同治年间，镇江的钱庄已超过三十家。随着长江航运竞争加剧，李鸿章家族在镇江投资了义善长钱庄，盐商周扶九投资了鸿源钱庄。一时间，镇江的钱庄扩张到六十家。李金镛带着北洋大臣李鸿章之命兴办煤矿，镇江的富商们自然不会怠慢这位李鸿章的幕僚。

李金镛跟镇江的关系颇有渊源。太平军席卷江南之前，李金镛在上海城隍庙附近开设"李家客栈"，因此结识了李鸿章的弟弟李鹤章。1860年，李金镛花钱买了帝国最高学府国子监的文凭，同期又在福建买了一个正五品的同知官衔。当年，李鹤章推荐享有官衔的李金镛到淮军集团，参加淮军在镇江围剿太平军的军事行动。

战场硝烟弥漫，将士浴血疆场。身为生意人的李金镛连枪都没有摸过，只能留在后勤部队效力，负责战后难民的救济工作。李金镛的救济工作帮助淮军消化了巨大的战后包袱，李鸿章于1864年向皇帝保奏李金镛赏戴花翎。1865年，驻守镇江的淮军水师冯席珍部军饷紧张，李金镛立即以买官的方式向冯席珍部进行战

争捐款，冯席珍立即向户部备案，又加赠李金镛同知官衔。[21]

战争救济令李金镛在镇江家喻户晓，人们都叫他"大善人"。1876年，北方开始闹灾荒，李金镛给江浙富商们写信，请求他们参与赈灾，以首富胡雪岩为代表的商人们一掷千金，慷慨解囊。李金镛最终筹集到的六十万两赈灾银更是轰动了镇江。这一次，李金镛为镇江的富豪们详细介绍了湖北矿务的情状，先是说湖北遍地都是煤炭跟铁矿石，然后又说湖北矿务会按照西方现代公司的运作模式，商人只要购买了湖北矿务的股票，就能以股东的身份当家做主。

镇江的富豪们问李金镛：盛宣怀为什么放弃湖北？

自己能够南下湖北全靠盛宣怀帮忙，李金镛对盛宣怀自然是感恩戴德。李金镛向镇江的富豪们解释，盛宣怀是李鸿章的重要幕僚，北上直隶是为了协助李鸿章处理更重要的大事。李鸿章希望商人们能成为帝国改革的资本力量，能够成为以煤炭、铁矿为首的重工业改革的重要参与者。

镇江的富豪们一直跟西洋商人做生意，对西方商业环境、制度约束、政策风向都有一定的了解。现在汉族武装集团主导的改革只是摸着石头过河，无论是制度设计，还是律法规范，都没有一个蓝本。在没有公正律法的约束下，清政府执政集团改革的顶层制度设计难以出台，一切商业规则都将成为权贵阶层潜规则的殉葬品，利益集团最终会疯狂蚕食改革的成果。镇江的富豪们对清政府显然还缺乏信任。

李金镛无奈，只得两手空空地登上了前往汉口的轮船。

北上的盛宣怀一刻也没有放弃过湖北矿务的大权，除了自己的妹夫周锐外，盛宣怀还举荐了赈灾盟友、苏州富商金德鸿常驻矿务总部荆门，赈灾盟友、江苏吴县富豪杨廷杲出任矿务局负责销售的上海首席代表。

郭师敦一度给盛宣怀写信，希望他能够南下主持矿物大局，可是已经坐在河间道台官椅上的盛宣怀对郭师敦的催促置若罔闻。李鸿章对湖北矿务提出的"炼铁"方略兴趣不大，盛宣怀岂能忤逆李鸿章之意？更为重要的是，湖北矿务的招商完成得相当糟糕，尽管招商工作开展了一轮又一轮，李金镛也不断地到江浙进行推广，但最终还是只招募了一万九千两百两白银。[22]

第一次谋权，安插亲信失败

遥控湖北矿务的盛宣怀相当尴尬，因为唐廷枢那边又给李鸿章提出一个更为庞大的计划，他计划修筑一条开平通往天津的铁路，将开平的煤炭通过火车运输到天津港口，再海运到南方。如此一来，煤炭资源便可以激活整个工业改革。广东商帮的工业改革已经成为淮军集团的旗帜，盛宣怀岂能甘居人下？轮船招商局是广东商帮崛起的桥头堡，盛宣怀对于拿下轮船招商局势在必得。

盛宣怀谋权招商局已非一日。早在1877年轮船招商局收购旗昌轮船时，他就图谋夺权。

轮船招商局是大清帝国改革的旗帜，却是盛宣怀的痛。李鸿章在筹建轮船招商局前，一度让盛宣怀草拟招商章程，可惜盛氏家族财力有限，李鸿章最终选择了漕帮出身的朱其昂。没想到朱其昂招商不利，以唐廷枢为首的广东商帮一举取代了朱其昂的地位，盛宣怀再次被排除在招商局的核心之外。

在未到上海出任轮船招商局会办之前，盛宣怀一度以李鸿章的代言人自居，对会办这个职位相当看重。在给朋友沈能虎的一封信中，盛宣怀写道："漕运、揽载及一切规划事宜均令会同商办。"

当盛宣怀到轮船招商局后，发现轮船招商的管理层没有按照西方公司的治理模式进行会商办理，广东商帮仰仗雄厚的资本，垄断了管理话语权，盛宣怀"只可随同列名"。没有实际的权力，还要为广东商帮在管理方面背书，盛宣怀岂能满足于列名的配角？

盛宣怀在轮船招商局的尴尬地位，跟李鸿章调整管理战略密切相关。改革是一个庞大的国家战略，淮军集团要在清政府执政集团跟湘军集团中取得主导权，一定需要政治跟资本的双重合奏。李鸿章跳出私人小圈子视野，"破格求才，于阛阓中"[23]，在人才战略方面将商业能力上升到第一位，私人控制欲退居其次。

轮船招商局管理大权的旁落令盛宣怀如鲠在喉。

在收购旗昌轮船之前，盛宣怀为了巩固自己的地位，决定在招商局内部安插私人亲信。当时，轮船招商局的发起人朱其昂兄弟因为丧失了绝对控制权，对以唐廷枢为首的广东商帮心怀不满，自然答应帮他安插亲信，双方就这样迅速结成了联盟。盛宣怀跟朱其昂兄弟的结盟意在向广东商帮的控制权发起挑战，甚至发动公司管理层政变。

朱其昂兄弟在安插盛宣怀亲信的时候，遭遇了唐廷枢、徐润的一票否决。朱其昂在写给盛宣怀的私人信函中表示很无奈："本拟设法位置，实缘商局用人景翁（唐廷枢号景星）早已定夺，局中所有伙友，渠一概不用，以致无从报命。"[24]

第二次谋权，三人同盟请辞逼宫

轮船招商局收购旗昌轮船给了盛宣怀二次夺权的机会。盛宣怀成功游说沈葆桢划拨国有资本，一举收购了轮船招商局最大的竞争对手，取得了帝国商战中第一场伟大的胜利。盛宣怀给李鸿章写了一份长篇报告："就现在局势而论，即使生意可保，而欠项累累，年复一年，终恐支拄万难。且当洋商争挤之日，既须外揽生意，再加内筹垫款，获利固无把握，归本更无定期。"[25]

资本问题一直是改革成败的关键。轮船招商局开办之初，李鸿章通过公开招募资金来试水商人们对改革的信心，之所以最终确定"官督商办"的改革路线，其主要目的是调动一切商业资本，使其成为改革的助力。可是，在并购旗昌轮船之前，国有资本通过财政借款的方式流入轮船招商局，加上并购旗昌轮船垫付的百万两白银，轮船招商局的国有资本远远超过了商业资本。

轮船招商局的资金运作是考验广东商帮经营能力的重要指标。现在，按照财政借款的规定，轮船招商局除了要分期偿还收购旗昌轮船的一百二十二万两欠款外，还要定期归还国有资本。如果不归还国有资本，一旦两江总督换人，保守势力便会将国有资本转成商股，最终形成国有资本控股的局面，那将违背"官督商办"的改革路线，商业资本就会对政府的改革失去信心。

在给李鸿章的报告中，盛宣怀对轮船招商局的未来相当担忧。国有资本一旦逐步退出，轮船招商局的流动资金就会紧张。英国资本控股的轮船公司就会加大价格战的力度，轮船招商局的亏损也会进一步加剧，形成内忧外患的格局，在跟洋人竞争的过程中很快就会落败。

盛宣怀在给李鸿章写报告之前，给两江总督沈葆桢写了一份辞职报告，报告中说："直道兼顾未遑，厕名无益，实不敢稍存恋栈之心，重速素餐之谤。"盛宣怀当时头顶直隶辖区的道员虚衔，他说自己差事太多，没有必要在轮船招商局挂虚名，让人说自己吃白饭。盛宣怀还说，朱其昂专门办理漕运业务，唐廷枢南下北上奔走新的改革项目，招商局经常只剩下朱其诏跟徐润，他希望能够派出一名大员督办。[26]

以退为进，这是盛宣怀的策略。盛宣怀在李鸿章面前抱怨："奉委以来，无日不避让未遑，自知诸事未谙，到处屈居人下。"更为憋屈的是"除却为难之事，绝未一语会商"，在广东商帮眼中，盛宣怀就是一个"无足轻重之人"[27]。盛宣怀说："在职道保全创局，惟冀荐贤自代之功，在中堂广厦万端，有知人善任之妙。"

出身于进士之家的盛宣怀深谙帝国官场的潜规则，对跑官要官的微妙火候也掌握得相当精准。李鸿章跟沈葆桢哪里知道，在盛宣怀请辞的背后，他已经和朱其昂、朱其诏秘密约定，以共同请辞来逼宫南、北洋大臣出面整顿轮船招商局。朱其昂兄弟出身漕运世家，轮船招商局支柱性的漕运业务非朱其昂兄弟莫属，现在又有百万财政借款在招商局，为了财政借款的安全，沈葆桢岂能让能够确保轮船招商局收入的朱其昂兄弟离开？盛宣怀是官方代表，一旦官方监督缺位，财政借款的安全威胁更大。

摸准了沈葆桢的脉搏，盛宣怀决定豪赌一把。在给沈葆桢的辞职信中，盛宣怀希望政府派出的监督大员能够独柄招商局大权："以一事权，拟即责成在局各员妥为经理。"[28]盛宣怀跟沈葆桢的政治友谊早在巡视台湾海峡时就建立了，收购旗昌轮船时，盛宣怀再度通过资本合作将两人的关系推向纵深。盛宣怀这一份以退为进的辞职报告，意在谋求招商局的管理大权。

盛宣怀跟朱其昂结盟，一方面是期冀可执朱氏家族掌握的漕运业务牛耳，跟广东商帮对抗，更重要的是朱氏家族财力雄厚，是淮军集团的重点结盟者。盛宣怀的赌注很准，朱其昂很快被李鸿章举荐出任天津海关道台。遗憾的是，朱其昂还没走进这个帝国外交窗口就去世了。

夺权进行得如火如荼之际，朱其昂却突然去世。朱其昂的去世让盛宣怀措手不及，失去了朱氏家族这个富豪盟友，盛宣怀在资本方面的话语权立即被削弱，夺权计划将出现变数。盛宣怀在给李鸿章的信中言辞激烈，作为淮军集团的政治代表，本是"可恃操纵之辔，上以实求，下以客应"；作为官方代表，有职无权，如果继续下去自己只能"身败名裂，不足赎咎"，自己在招商局"万无中立之势"[29]。

盛宣怀的信火药味十足，已经到了你死我活的地步，要么唐廷枢、徐润他们离开，自己独揽大权；要么他们两人留下，自己卷铺盖走人。在给李鸿章的信中，盛宣怀更希望自己能够独揽大权，"奋身独任其艰难，未始不可挽救全局。"盛宣怀为了确保夺权成功，特地叮嘱在天津处理兄长后事的朱其诏向李鸿章活动。

朱其诏也曾买了一个知县的官衔，一直跟随哥哥朱其昂在江浙漕运中摸爬滚打，深谙帝国官场的潜规则。失去了兄长朱其昂这座靠山，朱其诏无论是在官场还是商场，都要仰仗李鸿章的这位幕僚。朱其诏在天津一直替盛宣怀打探李鸿章的信息，可是一直没有机会面见李鸿章，他向盛宣怀保证"限我一月定能报命"。[30]

李鸿章稳定招商局军心，坚持"官督商办"原则不变

招商局陷入价格战泥潭，危机四伏

李鸿章在书房里埋头给丁日昌写信。

丁日昌是一位不可多得的军火专家，更是淮军集团改革的干将。随着改革的推进，淮军集团在干部储备方面日渐捉襟见肘，李鸿章反复权衡后，将丁日昌推到了福建巡抚的位置。李鸿章此举不仅是要掌控军事工业旗舰——马尾船厂，更重要的是要在台湾全面推行改革，开矿、修建铁路、兴办电报。可是丁日昌在福建巡抚的位置上很不舒服，福州官场波谲云诡，分不清谁是敌人谁是朋友，搞得他头昏脑涨。

官场的倾轧令技术型干部丁日昌很不适应，他很快就在福州病倒了。李鸿章十分关心丁日昌的病情，委托到福州出差的海关总税务司赫德去探望丁日昌。赫德到了福州后告诉李鸿章，尽管丁日昌看上去"面貌精神甚佳"，[31]可是脚肿得都不能走路了。

赫德离开福州后，丁日昌敏锐地觉察到李鸿章托人探病的微妙。赫德名为探望病情，实则是为李鸿章考察自己的忠诚度。福州官场有大批左宗棠的故吏，马尾船厂更是左宗棠的心血之作，沈葆桢主政马尾船厂时，每次向皇帝汇报船政大事，都需要左宗棠联合署名。丁日昌在病床上给李鸿章写了一封信，详细地汇报了福州跟台湾的政务。

李鸿章收到丁日昌的信后，当即热泪盈眶。在一封不长的书信中，一向严谨的丁日昌竟然犹如孩童练字，明显能感觉出写信之时他的手在不停地颤抖，"几不成字"。略懂中医的李鸿章在信中宽慰丁日昌，说他可能是在台湾受到瘴气侵扰，加之劳累过度，如果静养一段时日就能恢复元气。

读完丁日昌的信，仆人又送来了另一封信，正是盛宣怀充满火药味的控告信。李鸿章在给丁日昌的回信中很是无奈地感叹，轮船招商局兼并旗昌轮船，"其议发自阁下，而成于幼丹"，英国资本控制的太古、怡和两家轮船商竭力倾挤，导致轮船招商局"船多停歇，岌岌难支"。

轮船招商局是淮军集团的改革旗舰，更是李鸿章获取改革主导权的重要筹码。可是，山西道监察御史董儁翰弹劾轮船招商局"用人太滥，耗费日增"，"各上司暨官亲幕友，以及同寅故旧，纷纷荐人"，任人唯亲的管理层"所荐之人，无非纯为图谋薪水起见"，甚至有官员"挂名应差，身居隔省，每月支领薪水者"。[32]

盛宣怀的控告跟董儁翰的弹劾令李鸿章感到事态的严峻，忙于国际外交跟直隶管理的李鸿章一直放手轮船招商局的管理，此时盛宣怀的夺权已经明显与"官督商办"的改革路线冲突。李鸿章给丁日昌写完信，将自己关进书房，对轮船招商局进行了详细的总结，他要拿出一个两全其美的解决方案。

1872年，轮船招商局的成立"专为自置轮船，协运漕粮，以补沙船之不足"，目的是"各口揽载，以收回本国之利权起见"。从朱其昂前往天津领走二十万串的军费，到以唐廷枢为首的广东商帮主政，轮船招商局先后招募商股四十七万六千余两，此后轮船招商局开始跟欧美轮船商捉对厮杀。打着争夺中国航运权的旗帜，淮军集团拉开了改革的序幕。

轮船招商局在以唐廷枢为首的商帮控制下迅速发展，短短几年内在上海、天津、汉口、福州、香港、长崎、吕宋、安南、新加坡、槟榔屿等处各设分局。开办之初，政府的漕运订单成为轮船招商局与其他轮船公司竞争的最大支柱，轮船招商局第一年的运费收入相当可观，每股"除亏折费用及练钱缴息外，尚余利一分有零"。

作为淮军集团改革的旗舰企业，李鸿章不断地给江浙的督抚们写信，希望得到江浙更多的漕运订单。加之轮船招商局作为民族品牌的影响力迅速提升，国内客商纷纷将运输业务委托给轮船招商局，导致招商局的运输压力越来越大，管理层不得不商议招募新股，"定造并购买共添六船"。[33]

轮船招商局增发新股的工作重新启动，很快就招募了十万二千四百两，尽管当时新旧股本再加拆借军费共计七十三万九千余两，可是购置新旧轮船十一艘及码头、栈房等费用高达一百二十八万两之多，差额的五十四万余两均由轮船招商局的管理层四处挪借。

"官督商办"的改革路径很快被证明是相当正确的。在广东商帮的经营下，轮船招商局的生意越来越好，第二年每股"除费用及筹垫折息之外，尚有余利一分五厘"。为了扩大业务范围，管理层决定第二次增发新股，遗憾的是招募到八万两的时候，英国驻北京大使馆翻译马嘉理在云南被杀，英国军舰集结烟台，商人们担心"海防有事，未能踊跃"。

以太古、怡和为首的英国轮船商眼见轮船招商局"规模日见恢宏"，"遂生忌嫉"，跟轮船招商局打起了价格战，降价幅度高达百分之八十。马嘉理案爆发，英国资本"遂其垄断之心"。

价格战一度将轮船招商局拖入了泥潭。

轮船招商局第三年的资金链相当紧张，只得向钱庄拆借流动资金，贷款总额超过八十万两。到1877年，累计支付贷款利息已经达到九万一千两，扣除财政贷款利息后，股息不足五厘。管理层担心股东们抽走资金，只有打肿脸充胖子，透支来年的盈余，股息按一分垫发。

改革旗舰陷入资金危机，李鸿章心急如焚，当即拍板拆借十万两海防军费、十万两直隶军费、十万两粮台财政款、五万两保定军费，贷款利息为每年八厘。李鸿章担心三十五万两的贷款不足以缓解资金压力，又下令山东海关给轮船招商局贷款十万两。

轮船招商局并购旗昌轮船的举动令太古轮船忌嫉更甚，太古轮船从银行贷款百万两，购置了江船跟海船各四艘。太古轮船贷款利息不超过四厘，每年支付利息不过四万两。轮船招商局财政借款一百九十万两，并购旗昌轮船欠款一百二十二万两，按照每年八厘的利息计算，每年光支付利息就超过二十万两，贷款利息压力是太古轮船的四倍。

马嘉理案后，商人们担心战争会给航运业带来沉重打击，因而对轮船招商局增发的新股热情不高。这时太古轮船发动价格战，招商局收购过来的旗昌轮船江船最多，船大费巨，多行一船则多赔巨款。太古轮船发起价格战就是要将轮船招商局拖入亏损泥潭，巨大的还贷压力势必会导致以钱庄为首的贷款方进一步紧缩银根，轮船招商局的资金链会更紧张，商人更不会认购增发股份。收购旗昌轮船后，轮船招商局招募商股仅有四万五千一百两。[34]

徐润曾经希望跟太古轮船谈判休战，可是太古轮船不接招，轮船招商局只能用漕运盈利来弥补长江航线的亏损。管理层当时估计，此法只能支撑一年到两年，"欲多方困我，使我不能持久。"李鸿章一眼看穿了太古轮船的险恶用心，"然后彼得垄断，独登专攘中国之利。"

轮船招商局股本不足百万两，归还财政贷款跟支付钱庄借款利息的压力繁重，很难跟太古轮船进行长久的价格战。可是现在太古轮船不肯议和，搞得轮船招商局"竟有骑虎难下之势"。李鸿章给管理层批示，轮船招商局作为改革旗舰，"不可半途而废，致为外人耻笑"，更不能落入洋商攫取中国航运业的圈套之中，一定要官商合力，设法扭转轮船招商局的颓势。

深谋远虑，李鸿章三策预案化解危机

李鸿章早在轮船招商局成立之初就预料到会有今天的困境，所以亲自组织了天津海关道各级官员，会同轮船招商局管理层的朱其昂、唐廷枢、徐润、盛宣怀等官商代表，在天津召开联席会议。经过几天的闭门讨论，天津联席会议拿出了一个三策预案。

一、财政借款缓缴利息。轮船招商局每年给商股支付的股息为一分，为了招募更多商股，取信于商人，即便是亏损年份也按照一分支付股息，这导致轮船招商局寅吃卯粮。现在，轮船招商局受价格战影响，经营每况愈下，"事关系通商大局"，"公家须倍示体恤"，缓收财政借款的利息。李鸿章向皇帝提交报告，"拟请仿照钱粮缓征、盐务帑利缓交之例，将该局承领各省公款，暂行缓缴三年利息"。

二、加拨漕粮运输订单。轮船招商局成立之初，经朝廷批准承接江浙漕运业务，"以自立根基"。李鸿章在给皇帝的一份报告中说："疆臣公忠体国，本无成见，而承办漕务人员，往往自便私图，不肯加拨。"几年来，浙江分拨不足五成，江苏更是不足两成。李鸿章希望"农部及各疆吏大力图维"，"非鳃生棉薄所能越俎"，[35] 江浙漕运订单严格执行五成陈规，湖北的漕粮订单多多益善。

三、保护华商轮船贸易。"泰西各国专以商务立富强之基，故于本国轮船莫不一力保护，使其可以坚守，不至为他船侵夺。"李鸿章在给皇帝的报告中说，欧美轮船商每年都可以领取国家津贴，日本只允许洋船在通商口岸揽载业务，三菱轮船可以在任意地方揽载。华商在税赋方面难以减免，但是可以学习日本之法，不通商的口岸不准洋船贸易。

三策预案为李鸿章化解了轮船招商局之危机。"多方设法，无非为维持商局，俾可经久，藉分洋商利权"。李鸿章上筹国计、下恤商艰，担心稍有差错，贻笑外人，他站在国家利益的高度，从维护轮船招商局利益出发，"以固华商心志，庶赀力厚而商股乐从，商股集而官本渐缴，从此远谟克展，他族回心，富强之效，应可立待"。

面对御史董儁翰对管理层相互倾轧，用人过滥问题的弹劾，李鸿章决定内部问题内部解决。在给皇帝的报告中，李鸿章极力维护轮船招商局管理层的形象，"该局员等意见，即有未合，办事实皆奋勉。"至于"该局用人过滥，糜费过多，似亦未尽确实，鸿章等当随时加意整顿查核，以期互相儆戒"。[36]

解决管理层内讧，稳定广东帮军心

盛宣怀的夺权令李鸿章相当尴尬。

一直希望在幕后主使的李鸿章，此时不得不站出来亲自调查轮船招商局存在的问题。李鸿章决定在总督府召开一个轮船招商局管理层会议，命唐廷枢、徐润都出席会议。李鸿章很关注私船依附轮船招商局分食业务的问题。唐徐二人汇报说，早有小船在长江航线跟洋商竞争，价格战开始后亏损严重，现在轮船招商局已决定将这些小船收购作为公船。

李鸿章还派幕僚、苏松太道台刘瑞芬专程到上海调查轮船招商局的内部人事问题。对于李鸿章来说，轮船招商局的五位高层是"极一时之选"，各有短长。当福建巡抚丁日昌把唐廷枢招到福州兴办电报后，"渐涉纷鹜"，朱其昂兄弟在外揽载漕运业务，盛宣怀在湖北兴办矿业，轮船招商局总部一度出现徐润一人"独力撑持"，艰苦万状。

刘瑞芬在调查中发现，轮船招商局高层之间唐、徐、朱还算和衷，唯盛宣怀多龃龉。但在给沈葆桢的一封信中，李鸿章还是相当维护自己的政治代表盛宣怀，批评广东人跟同事关系紧张，很难接受他人意见，搞得很多同事咬牙切齿，"粤人性愎，不受谏诤，同事多与龃龉"。[37]因为有徐润的执着，轮船招商局才得以在激烈的竞争中存活下来，"无雨之，则已倾覆"。

唐廷枢跟盛宣怀的较量已非一日。轮船招商局在盛宣怀眼中是仕途阶梯，在唐廷枢眼中是生意。盛宣怀曾提议，派遣一位官方代表掌管轮船招商局，这是典型的国进民退方略，跟李鸿章制定的"官督商办"改革路线背道而驰，一旦南洋跟北洋两位大臣采信了盛宣怀的提议，那么正应验了第一首富胡雪岩当年的预言，政府可以撕毁信用面纱将资产收归国有。

改革路线决定改革的成败。从大量的私人信函中可以看出，李鸿章很担心一旦轮船招商局出现问题，会贻笑大方。更令他忧心的是改革路线问题，清政府执政精英们一直盯着财政贷款，缓缴贷款利息很容易被批评为损害国家利益并招来弹劾。他们也很容易以此为借口推行国进民退的政策，如此一来，改革将重回国企主导的老路，淮军集团的改革主导权也将旁落。

唐廷枢在福州期间，盛宣怀仰仗并购旗昌轮船筹款之功，一度欲将唐廷枢扫地出门。李鸿章派淮军将领、天津海关丁寿昌出面斡旋，没想到盛宣怀的盟友朱其诏借机游说："局中银钱尚短不少，当时曾说盛、朱筹官款百万，唐、徐招商股百万，此时唐、徐尚未交卷，曳白而出，未免贻笑。"丁寿昌问朱其诏："闻人说，局事杏荪（盛宣怀字杏荪）有独办之意？"朱其诏回答道："不但杏荪无此意，且吾等均有脱卸之意。"[38]

朱其诏跟丁寿昌的对话本应该是私密的，可是朱其诏很快就以密函的方式向盛宣怀进行了汇报。朱其诏在密函中询问盛宣怀，既然闽浙总督何璟挽留唐廷枢，让唐廷枢在福州推行改革，干脆就借机让唐廷枢出局。在朱其诏看来，唐廷枢已经投向了何璟的怀抱，不能再留在淮军集团旗帜性企业的高层。

夺权是残酷的。

朱其诏在密函中又问盛宣怀，到底是让唐廷枢"曳白而出"，还是留一个专责揽载业务的虚职？朱其诏希望盛宣怀拿主意。对于丁寿昌的独办之问，盛宣怀在给沈葆桢写信时，已经强烈提议派一位官员独柄轮船招商局的管理大权，岂能说他是对独办无意？朱其诏希望盛宣怀"不问"其事，制造"独办之意"的舆论。

盛宣怀的夺权行动令唐廷枢相当失望，他不知道这是不是淮军集团有计划的国进民退。唐廷枢主动向李鸿章提出辞职，李鸿章相当清楚这是盛宣怀夺权所逼，一旦批准了唐廷枢的辞职，商人们就会以此当作改革路线调整的风向标，股东们就会人心浮动，纷纷抽走资金，清政府执政精英就会立即叫嚣将轮船招商局国有化。更为关键的是，淮军集团推行的改革将失去民间资本的支持，矿业、铁路、电报、金融改革计划将化为泡影。

李鸿章拒绝了唐廷枢的辞职，反而催促唐廷枢回上海襄助徐润。盛宣怀、朱其诏的夺权计划遭遇挫折。盛宣怀给沈葆桢写信，希望获得沈葆桢的支持。沈葆桢在信上批示一句："即使李伯相（李鸿章）准另派大员，亦须该道为之引翼。"沈葆桢的这句话给盛宣怀吃了一颗定心丸，这表明自己在轮船招商局的地位已经得到两江总督的首肯。

盛宣怀的四处控告使得李鸿章对其相当失望，"杏荪多龃龉，亦久不与闻局务矣"。[39] 李鸿章通过三策预案支持唐、徐二人后，盛宣怀还继续跟朱其诏谋划夺权。令盛宣怀意想不到的是，李鸿章给沈葆桢写了一封信："挂名只盛杏荪、朱毅甫（朱其诏字毅甫），倘再求退，可否听其自去，免致意见歧出，风浪暗生。"

李鸿章的这一句话，让盛宣怀立即消停下来。调任河间道期间，盛宣怀更是"不暇到局襄办各事"，彻底远离了轮船招商局的管理核心层，独木难支的朱其诏也只有埋头做事。但是唐廷枢担心盛宣怀会再度夺权轮船招商局，因而反复向李鸿章提议让上海县令叶廷眷出任会办。唐廷枢万万没有想到，一场浩劫正在向轮船招商局席卷而来。

总办找靠山，不料所托非人

商人的担忧，为保利益找靠山

唐廷枢在福州有一个庞大的计划。在福建巡抚借调唐廷枢期间，唐廷枢跟胡雪岩展开了银行竞赛。

唐廷枢之所以要创设银行，跟广东商帮一个庞大的商战计划密切相关。广东商帮谋划在伦敦成立一家名叫宏远的国际贸易集团公司，注册资本金为三十万两。除去经营一般商业及代理生意以外，宏远公司还充当中国政府在海外的代理人，政府需要的武器、船只和机器，都可以由宏远公司代买。[40]

唐廷枢向广东商帮征求创设宏远公司意见期间，盛宣怀正在联手朱其昂兄弟四处控告唐廷枢。其实，唐廷枢更担心的是首富胡雪岩，宏远公司的政府海外代理人角色跟胡雪岩的生意有着直接冲突。一旦宏远公司代理政府的武器、机器采购业务，那么西征军所需的武器就没必要经过胡雪岩来采购，这一定会遭遇胡雪岩的掣肘。广东商帮的笔杆子郑观应提醒唐廷枢，一定要找一位李鸿章的幕僚为宏远公司当靠山，从而与以左宗棠为靠山的胡雪岩分庭抗礼。

黎兆棠，广东顺德人，1856年考中进士，跟光绪皇帝的老师翁同龢、夏同善，以及左宗棠的得力助手、陕西巡抚谭钟麟均为同科，跟以奕䜣为首的清政府执政精英关系也甚为密切。日本进兵台湾期间，黎兆棠襄助沈葆桢解决台湾危机，并迅速成为李鸿章的幕僚。更为微妙的是，胡雪岩资助举人杨乃武告状期间，跟夏同善结成了翻案联盟。一旦宏远公司跟胡雪岩发生冲突，黎兆棠便可以同科身份，通过夏同善跟胡雪岩斡旋。

郑观应跟黎兆棠是文友，两人经常相互交换文章欣赏。1876年，唐廷枢筹办开平煤矿时，黎兆棠出任开平煤矿会办，成为李鸿章在开平煤矿的官方代表。很快，黎兆棠就成为宏远公司的主导者，并提议招募百万两商股，以承办军火为大宗。广东商帮一番讨论后，认为招募三十万两商股的场面就已不小，还便于随时操纵。

宏远公司一开始定位的角色就是政府的海外代理人，军火、机器、船只采购都是大宗，交易资金动辄就是几十上百万两。广东商帮在筹划宏远公司的过程中发现，大额的交易只能通过汇票完成，通汇需要抵押货单，还需要保人，交易就是跟时间赛跑，银行往往会乘机增加利息，抵押比率也很低，鉴于上述种种限制、层层剥削，唯一的解决办法就是开办自己的银行。

"唐景星先生访问福州，目的在筹设一家中国银行，此事已得到丁日昌的支持。"香港的《通闻西报》跟踪追访了唐廷枢的福州之行。取得福建巡抚丁日昌的支持后，唐廷枢的银行股票顿时成为商人们追逐的焦点，在律师出具了银行章程之后，三十万两商股迅速到位。[41]二十天后，唐廷枢一行招募到的商股高达两百万两。

广东商帮计划将宏远公司总部改设在上海，并在伦敦、香港、福州、纽约设立分公司，以伦敦为营业中心，公司的现金资本一半留在中国，一半留在伦敦，以壮声名。广东商帮希望黎兆棠能搞国家代理专营权，那样一来，银行就能按照宏远公司的业务分布，在伦敦、福州设立分行。正在推行明治维新的日本成为广东商帮瞄准的一块新兴市场，银行将在日本设立分行。

黎兆棠将唐廷枢等人的谋划向李鸿章进行了汇报，李鸿章早已掌握胡雪岩在上海开设银行的计划，对广东商帮的银行计划自然是大力支持。听完黎兆棠的汇报，李鸿章当即拍板，提出让各个海关凑足十万两作为国有资本入股。可是，两广总督刘坤一不乐意，他在给黎兆棠的一封信中表示拒绝划拨海关官款："不必另设宏远公司，另起炉灶，即可归并招商局逐渐扩充。"[42]

由于刘坤一的一句话，各个海关的官员们都开始敷衍，国有资本入股一拖再拖，商人们也对宏远公司跟银行逐渐失去了信心。

盛宣怀在湖北开矿进展不顺，李鸿章调任唐廷枢北上开平。英国矿师马利师（Morria）经过勘探，发现了七十八平方英里的矿区。马利师向英国官方汇报，开平煤矿储量超过六千万吨。[43]唐廷枢很快为开平煤矿招募到七十万两商股，轮船招商局成为开平煤矿的固定客户。

唐廷枢挥一挥手就是百万商股进账，这大大地刺激了盛宣怀的神经。所以盛宣怀四处控告唐廷枢，攻击的重点是：唐廷枢出任挂靠在怡和洋行旗下的华海轮船公司董事一职。1878年，唐廷枢辞去华海轮船董事职务，专注于煤矿、铁路工业。出于爱才的考虑，李鸿章最终选择了唐廷枢。

宏远公司跟银行的计划胎死腹中，消除了唐廷枢跟胡雪岩的冲突隐患。可是盛宣怀北上河间道，这令唐廷枢陷入了无尽的焦虑之中，哥哥唐廷植当年的教训再次浮现到眼前。现在，南洋跟北洋都希望自己开矿修路，无论是直隶总督、两江总督，还是闽浙总督，大人物们看重的只是广东商帮庞大的资本。但是，在改革的体制没有改变之前，资本永远都只能在官方的阴影下小心谋生。

唐廷枢感觉，作为李鸿章的嫡系，盛宣怀东山再起只是时间问题。

焦虑犹如恶魔一般，时刻缠绕在唐廷枢心间。唐廷枢决定给自己谋一条后路，减少跟盛宣怀正面冲突的概率。唐廷枢想到了上海知县叶廷眷，自己正宗的香山老乡，广肇公所创始人，《汇报》的发起人之一，广东商帮在上海滩的官方领袖。

一个不靠谱的老乡

一等秀才叶廷眷早年追随李鸿章到上海，奉命制定《中外会捕章程》，推动中外治安管理法制化。叶廷眷"有胆识，能任事"，深得李鸿章的赏识，调其出任南汇县令，后出任上海知县。[44]唐廷枢不断权衡，轮船招商局创设之初，李鸿章也曾考察过叶廷眷，可以窥见叶廷眷在李鸿章心中的分量。在选择官方代表时，除了盛宣怀，叶廷眷应该是李鸿章重要的备选之人。

盛宣怀一直觊觎轮船招商局的独裁之权，一旦让他在招商局东山再起，广东商帮只能向这位官方代表低头。而叶廷眷在审理京剧名伶杨小楼案时，一直在维护乡族利益，甚至主导《汇报》的成立，为广东商帮在上海滩争夺话语权。唐廷枢相信，叶廷眷如果掌握招商局独裁之权，一定会维护广东商帮在招商局中的利益。

朱其昂的去世给了唐廷枢一个机会，这个时候向李鸿章推荐叶廷眷作为官方代表出任会办，李鸿章一定会同意。唐廷枢在1878年春夏之交向李鸿章"禀请"叶廷眷出任会办，直到1878年8月，李鸿章才正式委任叶廷眷为轮船招商局会办。[45] 不难看出,轮船招商局的高层改组将影响整个改革路线的未来,李鸿章接到唐廷枢的推荐信后,进行了三个月的权衡才作出决定,足见他对派出官方代表的慎重。

叶廷眷一到轮船招商局,广东商帮便开始了更为久远的谋略。

早在曾国藩总督两江之时,以容闳为首的广东商帮一度提议,由政府出面保护民营资本,并希望在现行体制之内确保民营资本的利益,以便吸引更多的民营资本参与国家经济建设。只可惜曾国藩去世,广东商帮的提议落空。叶廷眷入主招商局,再次给了广东商帮一个良机,现在可以通过叶廷眷完善公司制度,确保商人利益。于是,郑观应以局外人身份给叶廷眷写了一封长信。

大清帝国推动的改革从国有企业推广到民营企业,参与改革的企业却总是亏损,难以做大。郑观应在给叶廷眷的信中认为,其根源在于没有保护股东利益的法律,只有剥削商人的条款,政府更没有从国家战略高度制定保护商人的政策。欧美各国都制定了商业律法,公司管理层都由股东选举,不少公司尽管有国家财政支持,但政府从来没有强行向公司派驻高管。中国企业无论是国有还是民营,"稍得利益者,即委员督办",而且每年都要向国家缴纳巨额款项。

郑观应是商人中的笔杆子,也很懂得说话的技巧,深知要为商人谋求制度跟法律上的保证,就一定要站在改革派的政治立场上来说话。在信中,郑观应认为在招商局初期,李鸿章向招商局委员督办,主要是担心政府将来"误听谣言",将漕运订单交给第三方,更担心政府将来委派"不识商务""任性妄为"或"假公济私"之徒,这势必会给招商局带来不可估量的损失。

"我公熟识商务、洋务,均为中外人所钦仰。"郑观应通过一番极尽肉麻的吹捧,将新任官方代表叶廷眷推向了圣坛。为了大清帝国改革长远之计,为了实现总设计师李鸿章的富国伟业,叶廷眷督办改革旗舰轮船招商局,首先要保护商人的利益,才能一步步调动整个社会资本的积极性,进而推动国家的整体改革。郑观应希望叶廷眷能够"力顾大局","及早绸缪",向商务大臣奏办商业律法。

郑观应觉得,中国的改革可以学习日本。日本明治政府的改革就是制度先行,先制定一系列的规章制度、律法条例为日本工商业改革保驾护航。他希望叶廷眷以轮船招商局为蓝本,推出一套具有法律约束力的工商制度跟律法,并通过政府主管商务的部门在全国范围内实施,推出的制度跟律法"不独维持轮船招商局，而各公司亦均受益"，可避免政府之手操纵公司，是"防微杜渐保护公司之良策"。[46]

叶廷眷出任轮船招商局会办之初，给李鸿章写了一封信，说"贸易非其所长"，还是接替朱其昂之职，专心办理漕运业务为好。当收到郑观应这一封信后，叶廷眷立即热血沸腾，轮船招商局只是李鸿章谋划改革的第一步，轮船招商局的发展不仅关系到未来改革的走向，更关系到汉族武装集团跟清政府执政集团谁能掌握未来的改革主导权。轮船招商局不仅仅是旗帜，更是国家未来主导权的政治筹码。

干，一定要干出大动静。

叶廷眷立即给李鸿章写了一份报告，并对轮船招商局的现状表现得相当悲观："历年亏耗已及一百二十余万之多，若再因循拖累，则几无可挽回，此筹款之难且急者，更不得不为虑及也。"叶廷眷担心招商局会陷入亏损的恶性循环怪圈，商人一旦开始担心公司资金链，就会拒绝再认购公司股票，一旦洋商继续发动价格战，招商局就会败得一塌糊涂。

轮船招商局的资金链问题一直令李鸿章头大，叶廷眷给他提出了一个化解危机的方案："加拨公款二百多万两，将钱庄及浮存之款先行还清，每年可省二十余万之息；商股七十余万，亦可停利拨本，每年又可省七万余之息。一年有余先将商股拨还，成为官局。"

叶廷眷抛弃了同乡之谊，选择了政治前途，将招商局当作自己在官场晋升的筹码。叶廷眷提出的"国有化方案"相当激进，根本没有将郑观应提出的保护商人利益的建议放在眼里，完全抛弃了商人的利益。他在报告中给出了一个招商局国有化时间表：用一年时间清理掉民营资本，用十年时间将国有资本归还财政，然后国家就可以零成本拥有船栈码头。

身为官方代表，叶廷眷的"国进民退"言论立即传遍了上海滩。李鸿章的批复还没有回来，上海滩的钱庄已经开始向招商局追讨贷款，那些将钱存放在招商局的富人也纷纷前来提款。具体负责经营的徐润整天疲于应付挤兑者，每天都要跟以叶廷眷为首的管理层写信沟通。远在直隶河间道的盛宣怀嘲笑叶廷眷"虞事不可靠"。

叶廷眷的激进动摇了改革路线。

大清帝国经历了十年的国有资本改革，以安庆内军械所、江南制造总局、马尾船厂为首的军事工业改革一度陷入财政困境，李鸿章希望引入民营资本推动改革。1872年轮船招商局创立之初，官商合办成为吸引民营资本的一条改革路线，当时政府财政已经破产，国家毫无信誉可言，以胡雪岩为首的商人拒绝参与政府的改革。

李鸿章一度派出幕僚到上海，试图说服以广东商帮为首的商人加入改革的行列。商人们先是拒绝跟政府合作，后来他们提出非常明确的合作方案：国有资本退出，民营资本成为招商局的控制人，政府可以派员进行监督管理。李鸿章最终妥协，接受了商人们的条件，官督商办逐渐成为大清帝国的改革路线，无论是航运还是矿业，李鸿章都坚持这条改革路线不动摇。

清退商股，让轮船招商局成为由政府完全控制的官局，叶廷眷的改革方案完全颠覆了李鸿章的改革路线，这让商人们再次看到了政府的言而无信。李鸿章对叶廷眷的鲁莽气愤至极，虽说是唐廷枢极力举荐了叶廷眷，但现在叶廷眷居然提出了"国进民退"的方案，这是走改革回头路。

手握叶廷眷的报告，李鸿章火冒三丈，他担心会有不好的事情发生。很快，李鸿章得到北京方面的消息，总理衙门收到海关总税务司赫德的一份报告——《谨拟整顿招商局条陈》。赫德在报告中将轮船招商局的管理层批得体无完肤："该局之病首在缺乏历练，并不善于管理"，管理层的无能自然会导致整个公司"百弊滋生"。

叶县令见势不妙，望风而逃

身为轮船招商局的总办，唐廷枢有在香港学习工作的经历，在怡和洋行这样的国际企业也打过工，自己兴办过轮船、钱庄，贩卖过食盐、茶叶，他既是广东商帮在上海滩的领袖人物，也是李鸿章引进的重要改革人才。在给总理衙门的报告中，赫德却第一个点名批评唐廷枢："论历练见识，似不足以专管如此之局。"

连唐廷枢都被批得一塌糊涂，徐润、盛宣怀、朱其昂这样的高级管理人员在赫德的眼中"历练更觉不足"。高层管理者能力低下，在用人方面更是糟糕透顶。"总办、会办等多用伊等亲戚友朋，充当局中司事，并不问其人之本事品行。"赫德从高层领导人的企业家素养角度来批评人事管理。其实，山西道监察御史董儁翰早就跟皇帝汇报过这个问题。

任人唯亲导致的一个严重后果就是经营不善。赫德嘲笑以唐廷枢为首的管理层不懂资产管理，按照国际游戏规则，轮船招商局的轮船、栈房资产需要定期进行减值，可是管理层在资产估值的时候毫无减值准备，尽管轮船招商局账面资产为二百八十二万两，实际资产价值却只有一百八十四万两，资产被高估了近百万两。

赫德突然插手轮船招商局，让李鸿章坐卧不安。

海关总税务司隶属于总理衙门，而以奕䜣为首的清政府执政集团开明派垄断总理衙门大权，跟军机处形成事实上的对立，成为大清帝国的第二权力中心。赫德出任海关总税务司后，为国家财政贡献的关税翻了十倍，赫德也成为了奕䜣重要的洋幕僚，赫德的报告在很大程度上是奕䜣的意思。

赫德插手轮船招商局，意在干涉汉族武装集团的经济改革。董儁翰、盛宣怀、叶廷眷的一份份报告，给了赫德一个千载难逢的良机。在给总理衙门的报告中，赫德提出了一份详细的改革方案：先设董事四人，计有身份之华绅二员，从未与问招商局事者，又税务司一员，并有体面之洋商一人。

赫德操弄轮船招商局权柄之心昭然若揭。四人董事会中，中国商人进入董事会，不需要过问管理之事，赫德控制的总税务司派一员，洋商派一员。轮船招商局在成立之初，清政府执政精英担心洋人控股，严禁洋人直接或间接持有公司股份。按照赫德的计划，轮船招商局将设两位洋人出任执行董事，洋人不需要出一分钱就可掌控管理之权。

一旦在董事会失去控制权，轮船招商局在跟英商控制的太古、怡和的竞争中将迅速落败，大清帝国的航运权将再度落入洋人之手。更为重要的是，作为改革旗帜的轮船招商局一旦控制权生变，官督商办的改革路线将彻底改变，李鸿章的改革远略也将失去中国资本的支持。改革的主导权一旦落入洋人之手，清政府执政精英必将借机收回改革主导权。

改革路线背后是政治立场问题，在赫德的步步紧逼之下，李鸿章岂能容忍叶廷眷的错误立场？当时，唐廷枢在开平忙着煤矿事务，万万没有想到自己的同乡会如此激进。李鸿章派专人将他传唤到了天津。

唐廷枢一到天津，就被李鸿章一通训斥，他只好将责任推到叶廷眷身上。唐廷枢当场给李鸿章拍胸脯保证，"保局势可兴"。叶廷眷一看风向不对，立刻以回乡为母亲守制之名,挂冠而去。面对轮船招商局资金链紧张的局面,唐廷枢不得不亲自主持内部改革。

1879年2月,轮船招商局内部改革从两个方面进行:一方面将各分部财务统一到总部,进行统一预算决算,"以节靡费";一方面进行资产重组,停办上海船埠及铁厂,将机器材料拆售,空余的厂房进行出租。内部改革的效果立竿见影,在当年6月公布的财报结余项下,除了发股官利一分外,计提了船栈折旧费四十二万八千余两后,尚有利润两万一千余两。

轮船招商局轰轰烈烈的改革正在进行之时,盛宣怀主导的湖北矿务局却陷入了绝境,李金镛对局务难以回天。此时,胡雪岩已经牢牢地掌控了西北的改革主动权。遗憾的是,沈葆桢突然"驾鹤西行"。两广总督刘坤一回任两江总督,唐廷枢、盛宣怀万万没有想到,一场更大的风暴正席卷而来。

▶▶ 注释:

[1] 左宗棠:《左文襄公全集·书牍》卷20,文海出版社1979年版。

[2] 《左文襄公全集·书牍》卷20,文海出版社1979年版。

[3] 左宗棠:《左文襄公全集·书牍》卷20,文海出版社1979年版。

[4] 《左宗棠全集·奏稿》卷6,岳麓书社2009年版。

[5] 《清实录·光绪朝德宗实录》卷73,中华书局1985年版。

[6] 《清实录·光绪朝德宗实录》卷78,中华书局1985年版。

[7] 陈旭麓等编:《盛宣怀档案资料选辑之二——刘璈致盛宣怀函》,上海人民出版社1981年版。

[8] 刘持原等纂修:《武进西营刘氏家谱》卷3,1929年版。

[9] 陈旭麓等编:《盛宣怀档案资料选辑之二——周锐致盛宣怀函》,上海人民出版社1981年版。

[10] 陈旭麓等编:《盛宣怀档案资料选辑之二——李鸿章致盛宣怀函》,上海人民出版社1981年版。

[11] 黄石市国土资源局局志办编纂:《黄石国土资源志(1869—2002)下册》九、人物志。

[12] 陈旭麓等编:《盛宣怀档案资料选辑之二——郭师敦勘矿报告》,上海人民出版社1981年版。

[13] 陈旭麓等编:《盛宣怀档案资料选辑之二——李鸿章致盛宣怀函》,上海人民出版社1981年版。

[14] 陈旭麓等编:《盛宣怀档案资料选辑之二——李鸿章致盛宣怀函》,上海人民出版社1981

年版。

[15] 李鸿章：《李文忠公选集》，大通书局1987年版。

[16] 陈旭麓等编：《盛宣怀档案资料选辑之二——郭师敦勘矿报告》，上海人民出版社1981年版。

[17] 陈旭麓等编：《盛宣怀档案资料选辑之二——李鸿章致盛宣怀函》，上海人民出版社1981年版。

[18]《李文忠公全集·奏稿》卷40，上海商务印书馆1921年版。

[19] 陈旭麓等编：《盛宣怀档案资料选辑之二——李鸿章致盛宣怀函》，上海人民出版社1981年版。

[20] 张玉藻、翁有成修，高觐昌纂：《续丹徒县志卷八·外交》，1912年刻本。

[21] 秦世铨编撰：《锡山陡门秦氏宗谱》，1921年版。

[22] 陈旭麓等编：《盛宣怀档案资料选辑之二——荆门矿务总局续行招股启示》，上海人民出版社1981年版。

[23] 虞和平编：《经元善集》，华中师范大学出版社1988年版。

[24] 夏东元：《盛宣怀年谱长编》，上海交通大学出版社2004年版。

[25] 陈旭麓等编：《盛宣怀档案资料选辑之八——禀李鸿章整顿轮船招商局八条》，上海人民出版社1981年版。

[26] 陈旭麓等编：《盛宣怀档案资料选辑之八——盛宣怀禀沈葆桢》，上海人民出版社1981年版。

[27] 陈旭麓等编：《盛宣怀档案资料选辑之八——盛宣怀禀李鸿章》，上海人民出版社1981年版。

[28] 陈旭麓等编：《盛宣怀档案资料选辑之八——盛宣怀禀沈葆桢》，上海人民出版社1981年版。

[29] 陈旭麓等编：《盛宣怀档案资料选辑之八——盛宣怀禀李鸿章手写稿》，上海人民出版社1981年版。

[30] 陈旭麓等编：《盛宣怀档案资料选辑之八——朱其诏致盛宣怀函》，上海人民出版社1981年版。

[31]《李文忠公全集·朋僚函稿》卷17，上海商务印书馆1921年版。

[32]《清实录·光绪朝德宗实录》卷58，中华书局1985年版。

[33] 李鸿章：《李文忠公选集》，大通书局1987年版。

[34] 李鸿章：《李文忠公选集》，大通书局1987年版。

[35] 李鸿章：《李文忠公选集》，大通书局1987年版。

[36] 李鸿章：《李文忠公选集》，大通书局1987年版。

[37] 李鸿章：《李文忠公选集》，大通书局1987年版。

[38] 陈旭麓等编：《盛宣怀档案资料选辑之八——朱其诏致盛宣怀函》，上海人民出版社1981年版。

[39]《李文忠公全集·朋僚函稿》卷17，上海商务印书馆1921年版。

[40]《申报》，1876年3月6日；《捷报》，1876年5月9日。

[41] 汪敬虞：《唐廷枢研究》，中国社会科学出版社1983年版。

[42] 中国史学会主编：《洋务运动》卷6，上海人民出版社2000年版。

[43] 孙毓棠编：《中国近代工业史资料》，《英国领事报告》，科学出版社1957年版。

[44] 姚文楠、秦锡田编修：《上海县续志》卷15，《名宦·叶廷眷》，1914年版。

[45]《李文忠公全集·奏稿》卷40，上海商务印书馆1921年版。

[46]（清）郑观应：《盛世危言后编卷8·商务》，大通书局1969年版。

两江易帅起风云

盛宣怀矿务局一筹莫展，胡雪岩大西北春风得意

1879年4月25日，盛宣怀收到了一封当阳报告。

湖北矿务局首席矿师郭师敦提交了一份财务核算报告，对煤层煤质、开采规模、机器人力、所需资金都进行了详细规划。预算规划一出，盛宣怀立即感到捉襟见肘，在经费项中，单荆门煤矿的机器设备费用就高达五万五千两。从荆门将煤运到长江，运输成本高昂，如果开矿同时再修筑一条铁路，总成本将超过五十万两。[1]

钱是一个大问题。李鸿章划拨的财政款30万串，盛宣怀已经用去一半。李金镛在江南招募商股毫无进展，荆门煤矿跟大冶铁矿如果同时开采，资金需求更大。盛宣怀跟李金镛商议，希望湖广总督李瀚章能够出面，将湖北煤、铁两矿收归国有。

盛宣怀向李瀚章提议：每年在制造、海防项下拨款，以煤熔铁，以铁供制造，连为一气。盛宣怀的提议已经很明显，在矿务局资金紧张期间，将其划入军事工业之中，那样一来李瀚章每年以制造局的名义将矿务局的费用进行报销，只要有五年时间，矿务局就能进入良性运转的轨道。

给李瀚章提交了报告后，盛宣怀给李鸿章抄写了同样内容的报告。李鸿章在报告上批示："若因经费不继，中道而辍，未免可惜。"尽管李鸿章同意每年在海防、制造项下划拨一万五千两给矿务局，但不希望矿务局走回军事工业老路，希望矿务局能招商办理。[2]

李鸿章还批示：已经划拨的财政款，余下的十四点二万串停止使用，已用去的十五点八万串补齐，并存交江苏、汉口各典生息，以利息逐年归本。

　　湖北煤矿一度是李鸿章推动改革向纵深发展的希望，盛宣怀将烂摊子推给了浙江商人李金镛，自己在直隶当甩手掌柜，遇到资金困难问题时，又将矿务局推向军事工业。"国进民退"的改革方案会完全打破官督商办的改革路线，而路线的调整又将威胁到李鸿章的改革主导权，李鸿章不会给盛宣怀这个犯错误的机会。

　　更令盛宣怀没想到的是，李鸿章在资本如此紧张的关头，居然还追要那十五点八万串已经花掉的财政借款，为了确保财政借款清理有始有终，李鸿章在批示中明确要求，由盛宣怀一人负责。遗憾的是，盛宣怀跟李金镛重新招股，只卖出了五百股，招募到商股五万两。

　　李鸿章的批示下来后，盛宣怀跟李金镛只好停止动用财政借款，节衣缩食将十五点八万串的钱陆续存入钱庄。当时，胡雪岩控股的阜康钱庄是大清帝国经营网点最多，实力最雄厚的钱庄，存放着西征军巨额的军费，不少达官贵人也把钱放在了胡雪岩的钱庄。因而阜康钱庄自然也成为盛宣怀首选，他陆续地将十多万串财政借款存入阜康钱庄。[3]

　　盛宣怀的矿务局国有化希望落空之时，胡雪岩正在大西北春风得意。

　　胡雪岩早就瞄上了大西北的矿业资源，他在上海滩雇用了德国矿师，矿师已经到达甘肃。德国矿师的到来令左宗棠相当高兴，在给朋友的一封信中，左宗棠兴奋地写道："雪岩雇德人来肃辨认矿苗，已令赴文殊山口勘视一遭，觅得三处。"左宗棠相当谨慎，他担心德国矿师勘察有误，还找了当地的土著验证。

　　当地人告诉左宗棠，文殊山气候特殊，每年下雪很早，融雪很晚，每年三月才能进山，一直到八月可以在山里活动，一到八月就需要出山。德国人不信，再度进山勘探，没想到山里道路果真相当崎岖，"层冰积雪中无路可觅"。左宗棠听完当地人跟德国矿师的汇报，开矿的热情顿时消减下来。

　　"由官局开采，所得不偿失。"[4]左宗棠以西征军的名义，将兰州织呢局与兰州制造局捆绑在一起，同西征军的军费一起报销，北京清政府执政精英早已对左宗棠的报销方式不满，甚至叫停了胡雪岩的军备采购费用报销。现在，如果继续将矿业费用混在军费中报销，必定十分困难，左宗棠对此忧虑重重。

　　左宗棠对淮军集团在南方跟北方的改革试验早已了然于胸，自然也想在西北大干一番。只是，西征军战事尚未完全结束，伊犁还在沙俄军队的控制之下，西北的资源开发只能一拖再拖。胡雪岩组建的乾泰银行如愿融来三百万两资金，缓解了西征军资金链之危，加之他又为陕西赈灾捐款，经过了这些考验，左宗棠有意让胡雪岩成为湘军集团在西北改革的资本同盟。

以唐廷枢为首的广东商帮在上海滩资本圈一呼百应，开平煤矿招募商股，短短几天就有百万两进账。广东商帮筹建银行期间，资本更是招之即来，连香港、英国报章都纷纷对其进行报道。矿产资源、改革先机，胡雪岩岂能错过？胡雪岩主动向左宗棠提出，无论是德国矿师工资，还是探矿设备费用，一切用度都由自己支付。

煤矿只是德国矿师探勘到的矿产资源之一，左宗棠驻扎酒泉之时，矿师在玉门一带还发现了石油，胡雪岩依然承包了石油勘探的所有费用。玉门石油样品送到上海后，经过反复的化验，证明玉门石油品质上乘。自然，玉门石油也成了胡雪岩的囊中之物。

胡雪岩通过独立承担费用的方式，轻而易举地将西北矿产资源的开采权掌握到自己手上。左宗棠毫无争议地在自己的辖区推行了官督商办的改革路线。有了胡雪岩的大手笔，兰州织呢局、制造局以及地方基础设施建设所需的设备，都已经运到了兰州。

左宗棠对胡雪岩的采购相当满意，在给总理衙门的一份报告中，他再度重复了自己打通西北商路的宏伟计划。[5]尽管沙俄人在伊犁问题上百般刁难，但新疆行省的筹建工作依然在有条不紊地进行。一旦新疆行省设立，西北商路的商机会无限变大，胡雪岩的野心昭然若揭，他是在图谋西北巨大的资源和商机。

海归刘步蟾受命海防重任

1879年7月5日，左宗棠写给光绪皇帝的谢恩折快递进京。剿灭新疆叛匪，左宗棠居功至伟，北京方面晋左宗棠为二等侯爵。同一天，美国退休总统格兰特抵达日本东京。很快，李鸿章收到一封来自东京的信函，信是格兰特的助手写的，李鸿章读罢长叹一声。

5月期间，周游列国的格兰特到了天津，跟直隶总督李鸿章相谈甚欢，奕䜣希望格兰特能够出面周旋琉球问题。日本囚禁琉球皇帝，在琉球实行日本管制，北京方面希望格兰特能够说服日本，不要干涉琉球内政。格兰特到了日本，日本政府将格兰特奉为座上宾，可对北京方面提出的条件，明治政府的官员们很明确地提出，不希望第三国插手琉球问题。

"英国驻日公使巴夏礼拨弄其间，因此调停成功的希望甚小。" [6] 李鸿章向奕䜣汇报了格兰特的来信。1879年7月7日，奕䜣向李鸿章、沈葆桢发出军机处的军令，下令福建水师提督彭楚汉、长江水师提督李成谋筹办长江、东南沿海一线的海军防务。奕䜣建议，聘请西方的海军将官指导帝国海军。

李鸿章突然想起了赫德的海军计划。英国人盯住帝国海军防务控制权数十年，当年他们利用剿灭太平军一事图谋控制权，现在他们又利用中日琉球问题大做文章。巴夏礼在东京挑拨离间，搅黄了格兰特的中间调停，导致中日局势紧张，赫德利用巴夏礼的东京挑拨，在北京加紧推销伦敦的海防计划。

在北京方面军事命令的背后，奕䜣目的是要利用赫德抓权，巩固自己在清政府执政集团的地位。李成谋曾经是胡林翼的部下，彭楚汉曾是曾国藩的心腹，两位都是湘军集团的老班底。海军国防是李鸿章跟沈葆桢最重要的政治结盟筹码。将两位湘军水师提督安插到淮军集团的海防岗位，汉族武装集团内部必会倾轧，北京方面就可以掌控军政大局。

李鸿章决定反击奕䜣。

淮军集团的干将丁日昌站出来向总理衙门提交了一份反对报告，尖锐地指出李成谋跟彭楚汉皆为陆战或江战宿将，"用之海战是谓用之所短"。淮军集团不希望跟奕䜣闹翻，经过反复权衡，由丁日昌出面向奕䜣推荐以刘步蟾为首的一批年轻人。刘步蟾曾就读于福州船政学堂，1876年被派到英国留学三年。[7] 刘步蟾留学期间曾在英国地中海舰队旗舰"马那杜"（H. M. S. Minotour）号实习，并担任见习大副。1878年，刘步蟾因病自塞浦路斯离舰返回巴黎休养。1879年病愈，重返地中海舰队实习，上"拉里号"（H. M. S. Raligh）。实习期间，刘步蟾因学习刻苦、勤于钻研，受到舰队司令斐利曼特（Edmund Robert Fremantle）将军的好评。

留学英国，在地中海舰队实习，因此伦敦方面认为刘步蟾亲英，让留学英国的军官掌控大清帝国海军防务，他们便可以有效地渗透到大清海军。在北京方面看来，年轻的留学军官不属于湘军集团，更不属于淮军集团，他们都是食皇家俸禄的帝国年轻精英，他们会更效忠于北京。

奕䜣立即批准了丁日昌的提议。

塞防派和海防派的恩怨情仇

遗憾的是，北京方面的批示下来后，两江总督沈葆桢病逝。在沈葆桢病逝的第二天，北京方面就下令前两广总督刘坤一回任两江，这个安排令李鸿章措手不及。刘坤一在湘军集团的地位仅次于左宗棠，他的族叔、湘军楚勇股肱刘长佑总督云贵，西南边陲是中英跟中法的火药桶，因而云贵总督地位非同一般。

刘坤一家族跟淮军集团的梁子早在同治年间就结下了。刘长佑曾经效力于楚勇江忠源部，江忠源战死后，清政府执政集团为了平衡湘军各部势力，对江忠源部将提拔甚力。同治皇帝坐上龙椅的当年，刘长佑就出任直隶总督，到了1867年因盐民起义危及京畿，李鸿章取而代之执掌直隶。而留在南方独立发展的刘坤一出任江西巡抚，到了同治十一年，曾国藩在两江任上去世，刘坤一署理两江总督，可惜李鸿章强烈推荐盟友沈葆桢督任两江，"刘（坤一）不得江督，颇为怏怏"。[8]

李鸿章当年一定要扳倒署理两江总督的刘坤一，跟海防塞防有着莫大关系。当时，刘坤一站在左宗棠一边，是塞防派的中坚力量；沈葆桢站在李鸿章一边，是海防派的铁杆支持者。李鸿章剿灭捻军时的一员宿将、浙江海盐人沈能虎曾问李鸿章："刘帅莅江，新政若何？"沈能虎给李鸿章派驻轮船招商局的官方代表盛宣怀写信，"窃料此公于招商局务必有指陈"。[9]

轮船招商局是淮军集团的改革旗帜，李鸿章岂容刘坤一染指？

李鸿章将刘坤一赶出两江成为必然，刘坤一成为淮军集团权势扩张的牺牲品。北京方面补偿给了刘坤一一个体面的工作：两广总督。而被撸掉直隶总督的刘长佑很快晋升为云贵总督。期间，李鸿章将淮军心腹潘鼎新推到云南布政使的位置，1876年出任云南巡抚。身为淮军集团的军事将领，潘鼎新出任巡抚级高级文官职务，是李鸿章将淮军军事集团向军事政治集团转化的重要一步。

刘长佑并没有给李鸿章面子，他不断给潘鼎新"颜色"，并在其出任巡抚的第二年，向光绪皇帝提交了一份弹劾报告。清政府执政精英为了平衡湘军跟淮军的利益，决定将潘鼎新调离云贵辖区。如此一来，刘氏叔侄跟淮军集团的恩怨越来越深重。此次北京方面出手之快，可以窥见清政府执政精英们的政治手腕，以南洋牵制北洋的政治意图不言而喻。

奕䜣插手南洋跟北洋海军的国防，已经昭示了李鸿章对北京方面的影响力在下降。日本进兵台湾后，北京方面一直支持李鸿章提出的海防计划，可是日本吞并琉球以来，海防危机严峻，铁甲船以及海军组建进度依然缓慢，北洋在琉球问题上毫无作为，李鸿章甚至将保护琉球看成是"争区区小国之贡"，[10]毫无天朝上国保护藩属之使命感。在北京方面看来，李鸿章这是毫不顾及帝国颜面。

李鸿章在琉球问题上的消极跟左宗棠在伊犁问题上的强硬形成了强烈对比。当时，被派往圣彼得堡谈判的全权大使崇厚，跟俄方谈判时表现得软弱无能，政坛响起武力收复伊犁之声，西征军总指挥左宗棠更是"饰词欲战"，[11]已经为自己买好了一口棺材，准备出玉门关时抬着进新疆。左宗棠马革裹尸的豪气赢得了主战派的支持。现在，清流们对琉球问题情绪高涨，中日开战的压力让李鸿章如芒在背。

国子监司业张之洞站出来批评李鸿章无能："开办机器，原以济今日之用，若不足资一战，岁耗数十万金将以何为？"[12]张之洞身为国子监的二把手，相当于国立大学副校长，区区六品小官，他的言论在郭嵩焘看来就是"乱天下"的误国之语。可是，慈禧太后很快召见了张之洞，还特许其随时赴总理衙门以备咨询。

清政府执政集团的别有心激怒了李鸿章，他立即写了一份报告反击张之洞："浙江、江西、湖北三省厘金及各海关四成税实解北洋者，分年匀计每年不过三十余万两，视原拨每年二百万之数，尚不及十成之二。臣添购利器，添练劲旅之志，寝馈不忘，终因款不应手，多成画饼。论者犹谓臣岁糜巨帑不克振作有为，岂知户部所拨之额饷，并非臣处所得之实饷。"[13]

李鸿章的报告将矛头直指户部。户部的掌权者景廉是咸丰年间的进士，曾经为皇帝讲课，沙俄进兵伊犁期间，景廉奉命收复伊犁未果，回京入职军机。身为满洲正黄旗的统兵大将，景廉将未能收复伊犁视为自己的人生败笔，一直支持西征军的新疆战事。李鸿章将海防军费问题推向户部，意在打击左宗棠的西北战事。

两江总督新上任，拉帮结派占地盘

刘坤一看准了机会，在北上两江期间给皇帝写了一份报告。

"经费出入有常，惟有移缓救急。"刘坤一在报告中提到，全权谈判大使崇厚失败的交涉，导致中俄局势紧张，沙俄舰队直逼东北海域，危及京畿，现在是"西北既须戒严，则东南不可复生波折"，购铁甲船乃为对日开战之用，对俄开战则无海防之忧。

清政府执政精英对李鸿章在琉球问题上的无能已经是相当气愤，可是筹建海军刻不容缓，刘坤一自然不会站到清政府执政集团的对立面。但是，为了遏制李鸿章军权扩张，阻止帝国经费流向北洋，刘坤一主张海防用轮船，"责成福建船政局及江南、广东等省之制造机器各局自行仿造，量行变通"。[14]

为了"与总理各国事务衙门及北洋大臣李鸿章面商一切机宜，将来办理庶有把握"，刘坤一向皇帝提出进京"陛见"。

1880年6月5日，刘坤一"入都陛见"。第二天，光绪皇帝赏刘坤一"加恩在紫禁城内骑马"殊荣。在京期间，慈禧太后以皇帝之名前后四次召见刘坤一。在给刘长佑的信中，刘坤一泄露了6月21日的内阁会议机密，北京高层内部势不两立。

"内阁会议，王公毕集。"在醇亲王奕譞的主持下，王公大臣、大学士、六部九卿、翰、詹、科、道，所有在京官员均参加了这一次规模空前的内阁扩大会议，以至于会议大堂拥挤不堪。协办大学士、工部尚书全庆提交了一份接受英国调解中俄伊犁问题的报告，英国调解之议先前由总理衙门提出，全庆的报告得到了慈禧太后的认可，在内阁会议上由翁同龢全权代表全庆做报告。

"恨有惭于清议，无补于大局也。"翁同龢读完报告，发现会场大乱，清流派纷纷指责翁同龢的无能，只能提出借英国人调解这种烂办法。会议紧张进行到当日正午，总理衙门的大臣们有"公请刘岘庄制军，借商公事"之举。刘坤一站到了翁同龢一边，提出"俄衅不可开"的政治主张。

刘坤一"明知清议所不容"，却要"身冒不韪"，其重要目的是跟清政府执政精英结成政治联盟，以期将来制衡李鸿章。刘坤一6月5日进京，翁同龢在6月8日亲自登门拜访。刘坤一给翁同龢的感觉是"朴讷有道气，迥非流俗所能及"。6月27日，刘坤一离京前一日，翁同龢再次跟刘坤一畅谈，刘坤一这一次给翁同龢的印象是"具深识远见"。[15]

6月28日，刘坤一离京，翁同龢亲自"出城"送行。

在京期间，刘坤一跟浙江在京官员走动频繁。王先谦，湖南人，20岁开始出任湘军将领的幕僚，后考中进士进翰林院，出任国立大学校长级别的国子监祭酒一职。王先谦在1875年主持浙江乡试，跟浙江在京官员关系密切。刘坤一通过王先谦，先后跟以兵部右侍郎朱智、太常寺卿徐用仪、大理寺卿许庚身、光禄寺卿朱学勤为首的一批浙江在京官员进行了深入交流。

在结盟浙江官员的背后，刘坤一的目标是权力中枢——军机处。进京的第一天，刘坤一就拜访了军机大臣王文韶。王文韶，浙江仁和人，曾经在湖南担任巡抚，跟湘军关系密切。在李鸿章眼中，王文韶是军机大臣中少有的实权派，地位仅次于恭亲王奕䜣。

刘坤一在京期间跟王文韶进行了四次长谈，其中一个重要的目的就是跟其中乡试主考官王文韶、军机大臣沈桂芬搞好关系。[16] 身为奕䜣的幕僚，沈桂芬跟李鸿章、沈葆桢、郭嵩焘为同科进士。李鸿章一直认为，军机处中的两位实权人物非王文韶跟沈桂芬莫属。沈葆桢去世后，沈桂芬极力推荐刘坤一总督两江，这令沈桂芬跟李鸿章关系紧张。

内阁会议上，沈桂芬主张通过谈判收复伊犁。刘坤一之所以冒清流之不韪，是站在翁同龢跟沈桂芬一边，他真正的目的不在于西北局势，而是要获得北京权力中心的支持，以此坐稳两江。刘坤一在京期间，登门拜访了沈桂芬，两人长谈的一个重要话题就是轮船招商局。

刘坤一向沈桂芬汇报说，进京之前他到天津拜见了直隶总督李鸿章，两人对轮船招商局的问题进行了深入交流，其中谈到的一个敏感问题就是财政借款"缓息三年，第四年起将本银匀分，分五期每年缴还一期"。在每年归还的财政借款中，有十二万两属于两江。刘坤一新任两江总督，首要考虑的就是确保两江财政借款权益。

沈葆桢生前已经同意唐廷枢的改革计划，可是北京方面对轮船招商局的进一步改革意见不统一。轮船招商局会在1880年归还第一期财政借款，李鸿章不想刘坤一总督两江后直接插手轮船招商局，通过进一步改革轮船招商局来夺取改革主导权。李鸿章希望维持招商局现在的改革成果，以确保财政借款的权益。

刘坤一相当清楚李鸿章的目的，现在日本吞灭琉球已成定局，清政府执政精英们已经是人心惶惶，对海防线的安危非常看重。李鸿章在全球采购铁甲船，武装北洋海防。照此下去，到时候南洋的利益必将权操北洋之手。刘坤一同意维持轮船招商局现在的改革，但交换条件是北洋须暂缓采购铁甲船。

在给沈桂芬的汇报中，刘坤一表现得相当失望，因为李鸿章拒绝暂缓采购铁甲船，并且提出采购的铁甲船只能独归北洋，如果南洋想武装铁甲船，可以自己另想办法。刘坤一跟李鸿章进行了反复交涉，但李鸿章在武装北洋海防上的态度相当坚决。刘坤一甚至担心，国家划拨给南洋的"四十万金恐不能不改拨北洋为购铁甲船之用"。[17]

奕䜣曾经向南、北洋同时提出筹建海军事宜，李鸿章以北洋拱卫畿辅为由，坚持将巨款挪到北洋，"南洋失此巨款，将为无米之炊耳。"带着遗憾和失望，刘坤一于7月7日抵达南京两江总督府，李鸿章在6月9日就向北京方面提交了《定造铁甲船折》。令刘坤一万万没有想到的是，李鸿章不但将手伸进了南洋，还要彻底地掏空两江的财政。

"查有淮南北盐商议捐报效银一百万两，分岸分年按引收解，在户部为课厘外加增之款，非正项可比。不若凑作整款可有裨于防海利器。"[18]李鸿章向北京方面提出，将两淮盐商的捐款充为海防经费。道光年间，北京方面早已将两淮的盐政划归两江管理，李鸿章却以海防之名把两淮盐商攥到自己手中，两江最大宗的盐业资本将成为淮军集团的盟友。

李鸿章真正的胃口不在盐业资本，轮船招商局才是他的心头肉。他对北京方面说，轮船招商局每年归还地方财政借款三十五万两，这一笔巨款放在各省多属闲款，"应请酌提招商局三届还款约一百万零，抵作订造铁甲之需，分年拨兑，于军国大计裨益匪浅"。

刘坤一发现自己钻入了李鸿章的圈套，北洋采购铁甲船的计划不断扩大，对南洋利益的侵害也越来越大。两淮盐商捐款划归北洋，轮船招商局的财政借款划归北洋，那南洋的海防经费在哪里呢？更为糟糕的是，李鸿章丝毫没有罢手的意思，当月他再上《请催海防经费折》。

李鸿章向皇帝汇报说，按照北京方面的规定，各省均需从商业税中划拨一部分，向北洋输供海防经费，可是广东、江苏、福建三省"奉拨以来未解分毫"，希望皇帝下令各地督抚"赶紧报解"，如果再拖延，"即由臣年终核参"。李鸿章还在报告中向皇帝点名批评刘坤一，特别强调他进京陛见路过天津时，曾向自己拍胸脯说到"任后再为竭力筹措"，[19]可是江苏没有向北洋海防交过一分钱。

刘坤一给李鸿章写了一封谦卑的长信，将李鸿章的淮军一番吹捧，"淮军实有长城之靠"，可是"南洋经费各处报解寥寥"，粤海关每年要向福州船政局汇兑二十万两，可是粤海关监督拒绝承认。帝国沿江巡阅使、湘军领袖彭玉麟奏请添置兵轮十艘，"所需造船、养船之费又从何处张罗"。[20]

　　在清政府执政精英跟湘军集团对改革主导权虎视眈眈的情况下，为了保住淮军集团的改革主导权，刘坤一要一步步收复失去的南洋控制权。他决定，从轮船招商局下手，来扭转自己的被动局面。为此，他给在京的国子监祭酒王先谦写了一封长信。一场围绕轮船招商局展开的争权风暴即将席卷而来。

一份反腐报告引发的血雨腥风

"湘军老人"王先谦一言震江湖，挑衅淮军

刘坤一在两江总督府如坐针毡。

李鸿章给北京方面提交的北洋海防催款报告得到了皇帝的认可，有了皇帝给的尚方宝剑，李鸿章若是收不到银子，就可以名正言顺地弹劾刘坤一。刘坤一在写给李鸿章的谦卑长信中，希望李鸿章能够在海防军费以及轮船招商局的财政借款方面高抬贵手。

刘坤一一直在琢磨李鸿章的用心。淮军集团一方面借海防操控南洋财政，一方面又维持轮船招商局的民营性质，李鸿章意欲何为？更让刘坤一困惑的是北京方面的态度，"初拟办两号，比改增四号，当奉谕旨允办三号，其余一号请提用盐商捐输百万两，亦即交部复准，外间谁复异词"。

清政府执政精英尽管害怕沙俄，却更担心来自海上的威胁，因为真正摧毁清政府八旗劲旅精神防线的是海上来的军队，清政府执政精英们岂能在日本吞并藩属琉球之际否决李鸿章的计划？

刘坤一在给王先谦的信中感叹，自己一度希望整顿轮船招商局，以使轮船招商局在跟洋商的竞争中立于不败之地，收回中国航运之权。可是跟李鸿章交谈之后，自己也曾妥协，提出维持轮船招商局现状，主要是因为不愿意卷入招商局的纷争之中。可是李鸿章却将轮船招商局归还两江的财政借款"全解北洋"，可见采购海军铁甲船只是一个幌子，李鸿章此举背后一定另有文章。

"此项公款既准全解北洋，则多少迟速自可为所欲为。"刘坤一意识到这是李鸿章的缓兵之计。将轮船招商局归还的财政借款纳入北洋，到时候归还的数额、日期将不再由两江控制，"漫无钳制，难保奸徒苟合"。刘坤一对轮船招商

局未来的命运担忧，这跟董僬翰向皇帝的汇报如出一辙。"外人把持要挟，流弊不可胜言"，刘坤一现在越来越觉得北京方面深不可测，"朝廷既无主张，祇合听之而已"。[21]

清政府执政精英最乐见的就是：汉族武装集团起内讧。

淮军集团之手伸进两江之前，湘军跟淮军两大集团已经卷入一起"朋党案"。李鸿章幕僚、翰林院侍讲张佩纶，御史李瑈先后弹劾工部尚书贺寿慈，理由是他收琉璃厂宝名斋商人李钟铭的两个老婆为义女，于是李钟铭便打着贺寿慈亲戚的招牌，到处招摇撞骗。贺寿慈为湖北蒲圻人，跟湘军关系密切，慈禧太后一边密令太监李莲英调查，一边将该案交地方大员复议。

湖广总督李瀚章因在地方事务上与湖北籍的京官多有不和，所以他向皇帝反馈的意见对贺寿慈不利，而湘军水师领袖彭玉麟的意见则与李瀚章相反。李鸿章在给哥哥李瀚章的信中写道："南城士大夫则多直尊处（李瀚章）而讥雪琴（彭玉麟）。"王先谦身为翰林院侍讲学士、国子监祭酒，也给皇帝提交了一份"言路宜防流弊疏"，提醒皇帝，张佩纶跟李瑈"先后条陈"，"迹涉朋比"，有启"党援攻讦之端"的危害性。[22]

王先谦是一位湘军老人，他弹劾张佩纶一行有"朋党"之嫌，这立即将湘军跟淮军集团的矛盾公开化了。

李莲英很快便将贺寿慈的情况向慈禧太后进行了汇报，贺寿慈确实认了李钟铭的老婆为义女。慈禧太后震怒，罢免了贺寿慈的官职。王先谦的"朋党"论刺激到了清政府执政集团的神经，刘坤一需要王先谦，不仅是因为他一言震动江湖，更重要的是因为王先谦在出任浙江乡试主考期间，跟浙江的知识分子建立了关系，而刘坤一在两江需要拉上江浙精英作为自己的政治联盟。

刘坤一的信让王先谦茅塞顿开。贺寿慈一案虽然让湘军集团在北京的势力削弱，但是，只要抓住轮船招商局管理层的问题，就能动摇李鸿章经济改革的幕僚班子，湘军集团就能进入轮船招商局，进而动摇李鸿章在改革中的主导地位。王先谦很快就向皇帝提交了一份反腐报告。

王先谦放出的重炮：反腐报告

"值旗昌洋行公司亏折，其股票每实银百两，仅值银五十两上下。唐廷枢等诡称商局现又赔亏，须六、七十万两可以弥补，向李鸿章多方禀求，李鸿章允为拨款，集资约共五十万两，令其妥办，不准再亏。"[23] 在报告一开始，王先谦将矛头对准了轮船招商局的总办唐廷枢。他说在旗昌轮船股票暴跌百分之五十左右时，以唐廷枢为首的管理层号称轮船招商局亏损严重，需要六七十万两财政借款暂渡危机，方能与洋商轮船公司竞争。

唐廷枢他们借用财政资金的真相到底是什么？

王先谦在报告中又向皇帝讲述了一个相当惊悚的故事。1876年，旗昌轮船的百两面值股票跌到每股五十两左右，"唐廷枢等领款后，并不归公，即以此项，私自收买旗昌股票。"

挪用财政资金抄底旗昌轮船股票，导致旗昌轮船的股票迅速拉升，在旗昌轮船业绩严重亏损的状态下，股价居然被炒到每股一百零三两。为了成功套现旗昌轮船股票，轮船招商局的管理层随后设计了收购交易。

收购旗昌轮船成为大清帝国第一桩国际并购案。李鸿章作为轮船招商局的开创者，管理层的并购计划一定要获得他的支持。李鸿章当时正在烟台跟英国驻华公使威妥玛谈判马嘉理案，难以抽身张罗轮船招商局的并购行动。唐廷枢一干人马以为李鸿章知悉股票内幕交易，当即"禀请李鸿章购买旗昌码头及轮船房屋"。

唐廷枢他们名义上是让李鸿章购买旗昌的码头跟房产，背地里却是在变相行贿。因为轮船招商局只要收购了旗昌轮船的航运资产，旗昌轮船的码头跟房产就肯定需要一并处置，自然就会以低价卖出。唐廷枢特意禀请李鸿章购买，目的就是希望换取李鸿章对轮船招商局并购行为的支持。王先谦在反腐报告中说，"李鸿章驳斥不准"。

李鸿章驳斥了轮船招商局管理层的请求后，"盛宣怀往谒前两江督臣沈葆桢，诡词怂恿，沈葆桢欣然允行"。王先谦说，轮船招商局贿赂李鸿章不成，转而找到了沈葆桢，但他们在给北京方面的报告中却说，"时值冻阻，不及函商北洋大臣（李鸿章）"。在王先谦看来，轮船招商局管理层撒谎的背后另有阴谋。

"旗昌原本约二百二十余万两，已亏大半，唐廷枢等仍按该洋行原本银数开报。"[24] 王先谦尖锐地指出，在收购旗昌轮船后期，管理层之所以没有跟李鸿章商量，主要是担心收购价格在商洽的过程中会泄露出去。旗昌轮船亏损到只剩一百多万两，唐廷枢他们又抄底了旗昌轮船股票，导致股价暴涨，如果轮船招商局按照旗昌轮船的资产净值收购，那管理层就不能通过提前抄底的股票来赚钱。

王先谦告诉皇帝，盛宣怀他们到南京后，从沈葆桢那里筹借到百万两财政资金，"作为先付半价"，"实际划归伊等前收股票"。西征军向国际银行借高利贷收复新疆，沈葆桢拆借给轮船招商局的资金最终却落入唐廷枢他们的腰包。王先谦这一句话犹如一把锋利的匕首，生生地刺进了清政府执政精英们的心窝。商人居然将帝国的封疆大吏们当猴耍，把国家财政当成了他们的提款机。

轮船招商局是李鸿章主导的改革旗舰，公司的高管却通过资本手段，让紧张的财政资金流入自己的腰包。现在，改革的旗帜企业成了改革者敛财的工具，作为帝国咽喉的两江的财政资金成了敛财者的血库。一直眼睁睁看着汉族武装集团抓走改革大权的清政府执政精英们，在看到王先谦的反腐报告时被气得热血沸腾，商人岂能盗窃国家财富？

王先谦在报告中说，轮船招商局并购旗昌轮船余下的百万两，才是旗昌轮船真正的资产价值。1878年9月8日，英国驻上海代理领事达文波爵士（Sir Arthur Davenport）在向伦敦方面提交的《领事报告》中嘲笑轮船招商局收购旗昌轮船的行为："这个价钱对卖方说，是非常合算的。因为船队中包括一批陈旧过时的船只，其中有四到五只已完全报废。根据外国公众的估计，招商局至少多付了五十万两。"[25]

唐廷枢曾经在港英政府工作，在怡和洋行打工，创办过轮船公司，更不用说徐润还持有旗昌轮船的股份，他们对旗昌轮船真实的资产状况岂能不知？在轮船招商局高价收购的背后，就是为了套现招商局管理层手中的旗昌轮船股票。更为糟糕的是，旗昌轮船被收购之后，"太古、怡和竭力倾挤，船多停歇，岌岌难支"。在经营陷入困难的时候，"幼帅（沈葆桢）早置身事外"，[26] 放手不管了。

王先谦嘲笑李鸿章，当初向皇帝打报告说"招商局之设，原以分洋商利权，于国家元气、中外大局，实相维系，赖商为承办，尤赖官为维持，诚恐难以久支，贻笑外人，且堕其把持专利之计"。现在，轮船招商局陷入经营困境，经营监督机制缺失，到底派谁才能重振轮船招商局？连李鸿章自己都很迷茫，"不知天下尚有何员最妥？"[27]

李鸿章的担忧和迷茫成了王先谦的把柄和证据。"该督所论，实已洞见本原。"王先谦相当谨慎地对皇帝说，李鸿章早已知道轮船招商局经营困难，一直依靠财政资金维持，这样下去不是长久之计，不过"唐廷枢等人营私肥橐，蒙蔽把持，相距数千里外"，可能身在直隶的李鸿章对唐廷枢他们的"情事或未能深悉"。

"近闻该督复奏请将公款一百九十余万两,分五年提还后,局务归商而不归官,并请将提还公款,悉解北洋,为办理洋务之用。"王先谦真正的目的是要修改李鸿章制定的"官督商办"改革路线,他痛心疾首地告诉皇帝:"归商而不归官,则局务漫无钤制,流弊不可胜穷,亏累日增,终于败坏。"

王先谦提醒皇帝注意李鸿章前后的言行,轮船招商局借贷财政资金划归北洋之策,跟之前提出的"商为承办,官为维持"之语,完全是背道而驰,是一种偷天换日的伎俩。李鸿章的真正目的是要让北洋掌控轮船招商局的财政借款,这样就可以在自己的权限范围之内,继续推行"官督商办"之策略,有唐廷枢他们的前车之鉴,恐怕财政借款很难从轮船招商局收回。

山西道御史董儁翰曾经提醒过皇帝,要朝廷整顿轮船招商局,李鸿章之后也主动提出让唐廷枢他们整顿,现在王先谦的一番陈词,立即让清政府执政集团意识到了问题的严重性。王先谦建议皇帝整顿轮船招商局,整顿的第一步就是要"严汰局员"。王先谦抨击李鸿章选定的轮船招商局管理层,"唐廷枢、盛宣怀蠹帑病公,多历年所,现在仍复暗中勾串,任意妄为,若任其逍遥事外,是无国法也。"

两江总督手握尚方宝剑,直刺招商局

由谁出面,整顿轮船招商局?

王先谦向北京方面推荐了两江总督刘坤一。因为"刘坤一新任两江,无所用其回护,且见闻切近,访察易周,拟请饬下该督臣,据实查办"。王先谦还向皇帝建议,在调查轮船招商局期间,不能让管理层以及任何第三方"干预局事",一定要"专派委员总理,以便核定章程"。[28]

清理轮船招商局就意味着要清理掉李鸿章的人。除此之外,王先谦还希望给刘坤一争取更多的利益:"各省借拨库款,南洋居多,专款归库,方为正办。况分年提还之款,亦不足应急切购办之需。即北洋必需此项,而该局余利实敷每年还款,即由南洋扣收拨解,未为不可。"王先谦建议,将轮船招商局的财政借款划归南洋管理,一方面是因为轮船招商局在南洋辖区,管理方便,不至于"贻误商局,自属有益";另一方面是因为"各省滨海码头,以上海为总汇,滨江码头，亦江南居多。均南洋所辖地面，事权分属，呼应较灵"。

掷地有声的弹劾矛头对准了李鸿章，王先谦为刘坤一夺权夺钱之举措，已经是司马昭之心了。王先谦如此急切地向皇帝推荐自己的政治盟友，已经触及了官场"潜规则"，给反腐弹劾的正当性蒙上了阴影，更何况这一份弹劾报告已经触及李鸿章的底线。

唐廷枢是轮船招商局的民营资本代表，是淮军集团结盟民营资本的标杆，一旦赶走了唐廷枢，民营资本将远离淮军集团主导的改革。同样，失去了民营资本的支持，淮军集团全面改革的宏大计划将成为空谈。更为关键的是，一旦轮船招商局收归国有，1872年招募商股时商人们的担忧将成为现实，国家信誉将成为手纸，民营资本会再次依附到洋商羽翼之下。

"官督商办"的改革路线不仅决定着帝国改革的成败，更关系到淮军集团在未来改革过程中的主导地位。胡雪岩通过捐助的方式，获取了西北资源的控股地位，一旦左宗棠在西北的改革试点成功，而轮船招商局却在这期间搞"国进民退"，那么东南的爱国民营资本就会一路西进，投入到左宗棠的阵营。

王先谦的反腐报告令清政府执政精英无比兴奋。"湘淮素不相能，朝廷驾驭人才正要如此"。湘军跟淮军两大军事集团正在向政治军事集团转变，汉族督抚遍布大江南北。因此，分裂两大汉族集团是清政府执政集团一直醉心的平衡术，光绪皇帝的父亲、醇亲王奕譞曾很露骨地对军机处的大臣们说："似宜留双峰插云之势，庶收二难竞爽之功。否则偏重之迹一著，居奇之弊丛生。"[29]

刘坤一很快收到了皇帝的命令："逐项严查，妥筹具奏。"

光绪皇帝的命令犹如刘坤一的一把尚方宝剑，李鸿章立即意识到问题的严重性，决定跟刘坤一进行深入的沟通。李鸿章担心自己会在信中措辞不当，还专门吩咐幕僚薛福成草拟信函，信中语气相当谦卑，反复强调轮船招商局的经营不易，管理层们在经营管理方面做出了很大的努力，尤其是唐廷枢他们已经进行了内部改革，轮船招商局的经营业绩可以说明问题。

李鸿章在给刘坤一的信中说，轮船招商局的问题并没有外界说的那么严重，希望南北洋和衷共济，乐观其成，使"商局常存，轮船不废，已是张中国体面，而伐洋船横行内地之谋"，这才是"务其大者远者"。[30]刘坤一将李鸿章的信丢在书桌上，向江南制造局的李兴锐、江海关道的刘瑞芬下令，责成两人成立专案组，调查王先谦向皇帝反映的轮船招商局问题。

一次失败的反间计

砍掉李鸿章的"资本之手"

皇帝的命令是清政府执政集团的试金石。

早在咸丰年间，清政府执政精英中的精英、军机首辅肃顺就曾经说："咱们旗人浑蛋多，糊涂不通，不能为国家出力，惟知要钱耳。"[31]在剿灭太平军、捻军的战争中，八旗精英不堪一击；而在收复新疆的过程中，左宗棠抬棺出塞，血洒疆场。清政府执政精英相当清楚帝国的权力格局，皇权掌握在爱新觉罗家族手中，国家管理之权虽仍以清政府集团为核心，但地方政务都掌握在汉族武装集团手中。

曾国藩去世后，两江总督一直由淮军集团和其政治盟友出任。李鸿章的谋略是：要让直隶跟两江遥相呼应，在地方政权中形成掎角之势。清政府执政集团相当担心淮军集团会成为地方权力中心。沈葆桢去世后，清政府集团将跟淮军集团有旧怨的刘坤一调任两江，就可以打破淮军集团的权力构架。

董儁翰弹劾轮船招商局的报告提交后，李鸿章的一纸内部改革方案，立即得到沈葆桢的支持，清政府执政集团当时根本找不到另派调查组的理由。现在，王先谦的弹劾报告一提交，皇帝的命令就飞马送抵两江，清政府执政精英们力图打破淮军集团扩权两江的目的昭然若揭。北京方面让湘军集团调查淮军集团，刘坤一岂能放过插手轮船招商局的机会？

为了让北京方面满意，又不给李鸿章留下把柄。刘坤一在专案组人选方面相当谨慎。李兴锐，湖南浏阳市三口镇人，早年随曾国藩镇压太平军，是老牌湘军。在出任上海机器制造局总办之前，一直跟随彭玉麟规划长江水师。刘瑞芬，安徽贵池刘街人，学生时期就加入了李鸿章幕府，可见李鸿章爱其才华。

刘坤一反复权衡，如果专案组全是湘军班底，容易直接跟淮军集团起冲突，而自己在两江根基未稳，一着不慎，淮军集团在两江的大员就会对自己事事掣肘。更重要的一点是，全湘军班底会使调查失去公正性，到时候淮军集团一定会跳出来指控。尽管清政府执政精英们喜欢湘军跟淮军没完没了地争斗，但湘军跟淮军两大军事集团的关系事关帝国政局的稳定，一旦争斗升级，北京方面一定会派员再查。

专案组事项安排好后，刘坤一动手给李鸿章写信。

"招商局虽办理未能尽善，致生弊端，然官帑既经分年拨还，业已于公无损。"刘坤一的信还是相当谦和，他在信中说，这一次王先谦弹劾轮船招商局，自己本来想跟北京方面简单汇报一下了事，可是皇帝却下令调查，想必北京方面肯定是因为太多的弹劾，已经不再信任轮船招商局的内部自查了。

刘坤一在信中还介绍了自己的安排，李兴锐、刘瑞芬两位任职的地方距离轮船招商局最近，开展专项调查时非常便利，两人的调查结果出来后，一定会详细向北京方面汇报，"以息群喙"。轮船招商局的问题真如王先谦弹劾的那样吗？刘坤一也给自己留下了回旋的余地："鄙意以被参各款，唯股票一事稍难措辞，且俟复到之时详加斟酌。"[32]

唐廷枢一干高管挪用财政资金，抄底旗昌轮船的股票，最终使得轮船招商局向地方财政再度拆借巨款收购旗昌轮船。此事一旦查实，刘坤一就可以砍掉李鸿章改革的"资本之手"。只要以唐廷枢为首的民营资本被赶出轮船招商局，李鸿章的改革远略就将落空。"详加斟酌"一词背后，是刘坤一明显在向李鸿章施压。

财政借款问题事关南、北洋的利益，刘坤一当初给王先谦写信时已经说得很清楚，现在既然皇帝下令调查，那么轮船招商局归还地方财政的"官帑息银"，以及轮船招商局的资产减值问题，都应该严格按照现代公司的治理方式来办，这样才能"服众人之心"。刘坤一在信的末尾问李鸿章，对于自己的调查计划，"以为何如？"

李鸿章射向刘坤一的一颗子弹

李鸿章很是不爽。

刘坤一进京"陛见",并跟湘军、浙江籍京官结盟,无论是沈桂芬、王文韶,还是翁同龢,这些人就算进入军机处、总理衙门,甚至进入上书房,也都只是恭亲王的幕僚而已。清政府执政集团内部现在也已经是剑拔弩张,光绪皇帝登基之后,慈禧太后一门心思加强中央集权,她的第一步就是拉拢醇亲王奕谭,现在恭亲王奕䜣跟奕谭已是"兄弟阋于墙"。

奕谭身为光绪皇帝的父亲,在"辛酉政变"中只是慈禧跟奕䜣的配角,在同治皇帝交班之际,慈禧太后一度图谋将以奕䜣为首的总理衙门这个第二权力中心一网打尽。没想到日本出兵台湾,日本谈判全权代表大久保利通又只跟奕䜣谈判,奕䜣这才得以在危急时刻恢复一切职务。光绪皇帝继位后,慈禧太后不断将奕谭推向前台,试图通过离间兄弟二人来操控皇权。

奕䜣早已意识到慈禧太后的计划,在文祥去世之后,奕䜣从汉族精英中挑选王文韶、沈桂芬进入权力中心,由此不难发现他在清政府执政集团中的孤独。王文韶是湘军的政治盟友,沈桂芬跟李鸿章是同科,奕䜣试图通过汉族文官精英来维系跟淮军、湘军两大军事集团的关系。不过奕䜣万万没想到沈桂芬推荐刘坤一出任两江总督后,李鸿章跟沈桂芬的关系会变得日渐紧张。

看完刘坤一的信函,李鸿章立即让幕僚薛福成代笔,给刘坤一写了一封回信——《代李伯相复刘制军书》。李鸿章在信中毫不客气地以"明系有人贿属"[33]来定性王先谦弹劾招商局的行为。王先谦在弹劾报告中为自己的政治盟友谋求利益,已经触及了官场潜规则的底线,李鸿章对失去了公正性的弹劾自然不会客气,将其定性为王先谦收受幕后人贿赂,进而以第三方的名义弹劾。

刘坤一在信中明确表示,自己将会把调查结果向北京方面汇报,李鸿章对之嗤之以鼻。在给刘坤一的回信中,李鸿章很不以为然地说:"尊处委刘道、李道就近核明,将来复奏时尽可缕细上闻。"刘坤一曾经提议,将来南、北洋可以联合向北京方面汇报调查结果,因为之前李鸿章一直说轮船招商局问题不大,但一旦真查出问题,容易招致他人弹劾,所以联合汇报调查结果更为妥善。但李鸿章拒绝了刘坤一的提议,"自不必迹涉扶同,致启群喙"。

王先谦弹劾唐廷枢一干人马用财政资金抄底股票,李鸿章其实相当清楚这就是要砍掉淮军集团的资本之手,甚至将淮军集团推向民营资本的对立面,最终失去改革的主导地位。李鸿章在回信中显得很是自信,甚至嘲笑刘坤一的专案组找不到控告的真凭实据:"收买股票一节,虽难保其必无,恐亦难得确据。"

如果找不到唐廷枢等人操控股票的证据，那么王先谦弹劾的目的就达不到，以唐廷枢为首的民营资本在轮船招商局的利益依旧可以得到保证。李鸿章毫不避讳轮船招商局的问题："盖招商一局，所用多生意场中人，流品稍杂，原不敢谓办理处处尽善。但此事由商经理，只求不亏官帑，不拂商情，即于中外大局有益。苟有显著之弊端，必当随时整理。"

在李鸿章看来，轮船招商局作为一家现代化企业，自然要由生意场中的商人来经营管理，只要能够归还财政借款，能够跟洋商竞争，那就是改革的成功。如果有问题随时整改就可以了，而那些"掇拾浮议，辄据无稽之词"，只能是无妄的掣肘，对轮船招商局的发展毫无益处，"必致商情涣散，更无人起而善其后矣"。

李鸿章在回信中警告刘坤一，不要因为一些没有根据的指责就把轮船招商局搞得鸡犬不宁，那样会导致民营资本对政府失去信心。商人甚至会从轮船招商局抽走资金，将来还有谁会支持政府的经济改革呢？第一次的谦卑换来的是刘坤一的强硬，李鸿章这次决定"硬碰硬"。而充满火药味的回信也让两人的关系变得毫无回旋余地，两人的决斗正式开始。

"不识好歹"的上海小县令

刘坤一锁定的第一个调查对象是叶廷眷。

王先谦在弹劾招商局的报告中指出，有人曾经报告，轮船招商局"办理毫无实济"，希望政府派员"认真整顿经理"。王先谦的信息主要来源于叶廷眷。叶廷眷进入轮船招商局后，提出了一套"国进民退"的整顿计划，触及了李鸿章改革路线的底线，最终遭到抛弃。

叶廷眷在县令的位置上混了多年，一直都是正七品，轮船招商局的督办是道员衔，正四品。进入轮船招商局后，叶廷眷一心想大干一场，将自己头上的顶子换一换。叶廷眷提出"国进民退"之策，以扭转"虚本蚀利之势"，没想到触怒了李鸿章，于是他只有退而专事漕务。

漕运内部三教九流，叶廷眷跟江苏分管漕粮运输的粮道英朴的关系"十分龃龉"。更令叶廷眷想不到的是唐廷枢的行动，轮船招商局内部改革首先将刀子砍向管理层，要求具体分管业务的管理层都要做到利润最大化，这导致承办漕粮运输业务的管理者的获利空间变小，加之北方灾荒导致粮价波动剧烈，叶廷眷办理的漕粮运输出现了亏空，最终只有借着给母亲守孝之名离局回乡。

叶廷眷回乡守制期间，不断在统治精英阶层散布轮船招商局的悲观言论，更是"极言招商一局之罢难，又经洋商减价攘夺，似不能有振兴之望"。[34] 在锁定调查叶廷眷之前，刘坤一对叶廷眷的行动、心理进行了周详的分析。

刘坤一有信心让叶廷眷站到自己一边，因为叶廷眷提出的"国进民退"之策的直接阻力就来自于唐廷枢一行人，最后被挤走又是因为唐廷枢的内部改革。叶廷眷跟唐廷枢同为香山人，相当了解以唐廷枢为首的广东商帮，加之轮船招商局并购旗昌轮船期间，叶廷眷在上海出任知县，一定掌握了很多并购内情。

李鸿章在给刘坤一的信中嘲笑王先谦的弹劾为无稽之谈。而王先谦的弹劾内容很大程度上是采信了叶廷眷的言论，如果叶廷眷站出来揭露轮船招商局的问题，一定能有力回击李鸿章的嘲笑。更重要的是，一旦招商局的问题属实，南洋就可以摆脱北洋的控制，轮船招商局的财政借款就可以留在南洋。

专案组向叶廷眷以及招商局其他高管发出了调查令。

刘坤一希望叶廷眷能够北上，到南京配合专案组的调查。他甚至希望能亲自会会这位叶廷眷，为了鼓动这位追随淮军集团多年的县令站到自己这一边，刘坤一以两江总督的名义给叶廷眷承诺，只要他站出来指控唐廷枢他们一行，就可以回到轮船招商局主持工作。

正在广东香山县料理父亲后事的徐润听说刘坤一的行动后，立即北上南京。配合专案组调查了十天后，徐润"即刻登轮返粤"，[35] 回到香山老家。不过，身为挪用财政资金炒股的当事人，面对北京方面发出的专案调查令，即便是要让老爹停尸祠堂，徐润也不敢拒绝专案组的调查。

唐廷枢当时在开平煤矿难以脱身。盛宣怀在湖北开矿陷入困境后，唐廷枢在开平取得了巨大突破，开平煤矿一举成为淮军集团资源改革的旗舰。现在，大量的设备运抵开平，唐廷枢正在琢磨怎么样将煤炭运出开平，以致根本没有时间南下接受专案组的调查。王先谦的弹劾足以颠覆盛宣怀的命运，让盛宣怀出面代为自己答辩再合适不过了。

"招商局事权悉在唐、徐二人，众所共知。"唐廷枢委托盛宣怀代为答辩，专案组就开始抓住盛宣怀不放。盛宣怀对此牢骚满腹，在给胡雪岩的一封信中抱怨说，唐廷枢跟徐润二人把持招商局管理大权，天下谁人不知？盛宣怀不在上海，他相信久在上海的胡雪岩一定对招商局的事相当了解，"执事久在上海，亦难逃洞鉴"。

"若舍唐、徐而问及鄙人，犹如典当舍管事管账而问及出官，岂不诬甚！" [36] 曾经试图将轮船招商局当成自己官场升迁阶梯的盛宣怀，在把湖北矿务搞成烂尾工程后，只能通过赈灾混到河间道。这一次，王先谦弹劾他在并购旗昌轮船时"扣帑入己"和"侵渔中金"。一个贪污拿回扣，中饱私囊，品格卑劣的人岂能留在官场？

盛宣怀对王先谦的弹劾出奇地愤怒："侄一人得失何足轻重，但圣明之世，似亦不应有此莫须有之奇案。"他在给胡雪岩的信中努力将自己塑造成为一个无辜受害者的形象，还说自己的得失不足挂齿，但是在一个逐步向现代文明转变的时代，怎么还能搞出那种莫须有的案子呢？

历史总是如此的残酷，魔鬼总是在细节中出现。

在给胡雪岩的信中，盛宣怀称胡雪岩为执事，在儒家思想横行的年代，执事是对他人一种相当高的尊称。在胡雪岩面前，盛宣怀自称为侄儿。没错，胡雪岩已经是赏穿黄马褂，紫禁城内可骑马的帝国首富，西征军出关的财政保障，无论是官衔品级还是财富，盛宣怀对胡雪岩都应该高山仰止。更为关键的是，胡雪岩年长盛宣怀二十一岁，胡雪岩确为盛宣怀叔叔级的长辈了。

王先谦的弹劾足以毁掉盛宣怀的前程，他在给胡雪岩写信的时候，已经在想办法回复专案组的调查。而此时左宗棠也已经被清政府执政集团召回北京。作为左宗棠身边的红人，胡雪岩只要在左宗棠面前帮盛宣怀美言两句，刘坤一定会考虑湘军领袖左宗棠的意见。那样一来，王先谦的弹劾便会在结案时有转机，盛宣怀的政治前途还有希望。

盛宣怀万万没有想到，当他正在专心准备回复时，刘坤一正在动员叶廷眷做证人。李鸿章的幕僚沈能虎从保定给盛宣怀写了一封密信，通报刘坤一的这一行动，"商局事闻南洋调水心至白下，不知若何剖析"。[37] 南宋思想家叶适，号水心，而沈能虎信中的水心则代指叶廷眷，白下代指南京。沈能虎是在通过暗语告诉盛宣怀，刘坤一要找对轮船招商局相当了解的叶廷眷做证人，不知道兄弟你怎么应对。

沈能虎对盛宣怀相当了解，李鸿章的这位心腹一直迷恋于科举仕途，他对官位的追求已经到了痴迷的地步。可是王先谦这一次的弹劾，重要目的是通过打击轮船招商局来打击淮军集团，李鸿章岂能让盛宣怀一个人与刘坤一他们对抗？沈能虎安慰盛宣怀，按照常理，最终的调查结果是南北洋联合汇报，"主人之力非弱，必能力排"，这种无稽之谈说明白就可以了，"不值与辋川对锋耳"。

徐润北上接受调查之后，很快将消息带回到香山，叶廷眷了解到，王先谦弹劾的是唐廷枢跟徐润他们，但刘坤一调查的重点却是盛宣怀，一方面是因为唐、徐二人挪用财政资金炒股的证据找不到，另一方面是因为盛宣怀吃回扣的问题关系到政治前途，即使没有铁证证明盛宣怀吃回扣，清政府执政精英也一定会以盛宣怀这一说不清的污点来钳制李鸿章，这才是刘坤一重点调查盛宣怀的真正目的。

叶廷眷在上海滩混了多年，无论是官场还是商场的潜规则，他都了如指掌。现在李鸿章统辖直隶拱卫京畿，又正在谋划北洋防务，自己如果在这个时候跳出来指控轮船招商局，将所有问题坐实，难道北京方面就会因其手下一幕僚而对李鸿章痛下杀手？更重要的是，两江总督这个位置多年来一直操控在淮军集团之手，以何璟为首的不听话之人最终都被李鸿章给排挤出两江。刘坤一刚到两江，在两江的政治根基尚浅，岂是李鸿章的对手？

一番利弊权衡之后，叶廷眷又惊又虑，吓得差点尿裤子了。刘坤一调查轮船招商局的火力对准盛宣怀，跟自己当初要清理掉以唐廷枢为首的民营资本之初衷相违背，更重要的是自己一旦站到刘坤一这边，很可能在官场上就永远没有出头之日了。于是，叶廷眷拒绝了刘坤一北上配合调查之请。刘坤一许诺可以让叶廷眷回到招商局，叶廷眷为"不得于北洋"[38]而生怨，"固请留家养亲"，拒绝了刘坤一的好意。

"南洋北洋"捉对厮杀

"南洋"紧咬住盛宣怀的"狐狸尾巴"

叶廷眷的拒绝令刘坤一相当尴尬。

王先谦这个时候应该很后悔，因为他的弹劾报告的主要内容来自于叶廷眷的言论，他万万没有想到这位被李鸿章抛弃的县令，对北洋畏之如虎。更让刘坤一尴尬的是王先谦对亏空的指控，而实际上在轮船招商局第六、七年的经营财报中，已经将折旧问题纳入成本核算，这样一来轮船招商局的资产亏空问题就不再是大问题了。刘坤一在给皇帝的汇报中非常无奈地写道："王先谦所奏，未为无因，其间或属已往之事，或系过当之词。"[39]

专案组的调查重点集中在唐廷枢他们炒股，以及盛宣怀吃回扣等问题上。可是李兴锐跟刘瑞芬调查的难度相当大，根本没有找到确凿的证据，在最终的报告中只有玩儿文字游戏："旗昌股票，唐廷枢、徐润或有一二，盛宣怀久在仕途，未必有此。"专案组的报告跟刘坤一的汇报说辞如出一辙："买旗昌洋行股票一节，亦难保其必无，至谓如何侵吞，则尚无实迹。"

刘坤一陷入了王先谦的弹劾泥潭之中，当他将调查重点对准盛宣怀之时，失去的最大筹码就是叶廷眷。朱其诏曾经对唐廷枢、徐润两人挪用财政资金炒股相当不满。只要抓住主事轮船招商局的唐徐二人，即便轮船招商局的亏空已经弥补，依然可以对轮船招商局的经营大做文章，因为这关系到王先谦弹劾的整体定性。可惜，刘坤一没有抓住机会。

没有得到叶廷眷的指证，刘坤一陷入了被动局面。于是，刘坤一改变了策略，从当初的咄咄逼人变成了现在的以退为守。通过他在汇报中的"已往之事""过当之词"等用词可以窥见，他将王先谦的弹劾推向了文过饰非的境地，对整个弹劾进行了定调。在汇报唐廷枢他们炒股的调查结论时，只能用"难保其必无"这种模棱两可之词来最大限度地对王先谦的指控进行维护。

留给刘坤一的机会只有盛宣怀的吃回扣问题。王先谦的弹劾惊动了清政府执政集团，但诸多弹劾问题都陷入调查取证难的困境中，这导致王先谦弹劾的正当性迅速下降。抛弃轮船招商局经营不善、唐廷枢他们炒股的问题，集中精力对付盛宣怀，可以确保王先谦弹劾的正当性，更能够通过打击盛宣怀而对准淮军集团的人事问题。

刘坤一决定从轮船招商局并购旗昌轮船入手。第一，收购之时，盛宣怀告知沈葆桢，将通过增发新股招募百万民营资本，财政方面只要借款百万就能完成并购。事实上，至今轮船招商局都没有完成百万商股的招募，盛宣怀故意欺瞒两江总督沈葆桢。第二，盛宣怀欺瞒沈葆桢的动机，从表面看是为了完成收购旗昌轮船，真正的目的却是通过收购旗昌轮船来拿巨额回扣。

刘坤一欣喜地发现，调查报告对盛宣怀的吃回扣问题描述得相当清晰，"洋商房产交易，向有五厘中金，分给经手之人，即盛宣怀原禀花红是也"。在刘坤一看来，在收购旗昌轮船的过程中，"盛宣怀等主持其事，即使毫不沾染，难免群疑众谤"。

"盛宣怀于揽载、借款，无不躬亲，而又滥竽仕途，于招商局或隐或跃，若有若无。"刘坤一通过一番调查发现，盛宣怀对轮船招商局的业务很看重，可是很少到局中，他的真面目是"工于钻营，巧于趋避"。刘坤一很是看不起盛宣怀将轮船招商局当成官场的这种行为，认为他简直就是"狡兔三窟者"。

刘坤一抓住了盛宣怀迷恋官场的弱点。轮船招商局是帝国经济改革的重要试点，岂能容忍专营之人将其当成升官的阶梯？刘坤一向皇帝提出："此等劣员有同市侩，置于监司之列，实属有玷班联，将来假以事权，亦复何所不至！请旨将盛宣怀即予革职，并不准其干预招商局务，以肃纪纲，而示炯戒。"[40]

盛宣怀可是李鸿章钦点到轮船招商局的代表。一旦北京方面采信了刘坤一的建议，那就证明身为淮军领袖的李鸿章在用人方面存在很大的问题。轮船招商局将来再派驻官方代表，朝廷对李鸿章举荐之人的信任度就会大打折扣，严重者会影响到北京方面对李鸿章的信任。

"北洋"辟新路笼络"清流派"

反击，必须强有力地反击。

"王先谦折内所称各情，皆属已往之事，尤多告者之过。"李鸿章引用刘坤一的言辞，嘲笑王先谦弹劾的真正目的就是要进行定性，"以爱憎为抑扬增减，愈非其实。"将个人的爱憎用来弹劾同僚，这是官场大忌。尽管清政府执政精英很喜欢两大汉族武装集团相互攻讦，但是对不实指控是不能纵容的。

并购旗昌轮船当年所提交的汇报成为否认盛宣怀吃回扣的重要证据，李鸿章在给皇帝的汇报中引用1876年"盛宣怀等公禀南北洋原案"中的内容，并称，"原禀并无已集商股一百二十二万两之说，不得谓其诡诈欺蒙"。对于棘手的回扣问题，唐廷枢曾经汇报说，收购交易"既系两家自行成交，并无居间之人，焉有中金之理"。

唐廷枢的汇报为李鸿章的反击提供了有力依据。到底专案组有没有确凿的证据呢？他希望专案组进一步调查。

这期间，盛宣怀除了向胡雪岩这样的商界前辈诉苦外，还专门给梅启照写了封信，在信中嘱托梅启照"往谒高阳尚书"。梅启照是当年并购旗昌轮船时财政借款的见证者，而高阳尚书李鸿藻系典型的保守派，因出任同治皇帝的老师，深得慈禧太后赏识。盛宣怀让梅启照拜访李鸿藻，意在摸清楚清政府执政集团的立场。

刘坤一进京陛见光绪皇帝跟两宫皇太后期间，守制归来的李鸿藻重返军机处跟总理衙门，在伊犁问题上跟军机大臣沈桂芬的态度截然相反，刘坤一站在沈桂芬一边，李鸿章便见机跟李鸿藻结盟。其实李鸿章骨子里瞧不起嘴上功夫厉害的清流派，但他认识到在跟刘坤一角逐的过程中，必须获得李鸿藻一派的支持，才能影响到清政府执政精英对王先谦弹劾的态度。李鸿章此举可谓煞费苦心。

而在为收购旗昌轮船筹款期间，梅启照身为浙江布政司，在南京全程参与了跟沈葆桢的会谈，了解一切细节。"政府未尝知之；都中诸老，惟公昔日与闻斯事"，[41] 盛宣怀当然要恳请知情者梅启照出面，向李鸿藻一派打探，这么做可以在第一时间掌握北京方面的立场，更重要的是要为李鸿章出面影响清政府执政精英的立场铺平道路。

"政府周公（奕䜣），久不自专，前唯沈文定（沈桂芬）之言是听，近则专任高阳（李鸿藻）。"[42]李鸿章在给朋友的密信中对清政府执政精英的权力平衡术洞若观火。

慈禧太后跟奕䜣重用李鸿藻，主要是用于钳制汉族武装集团。"以汉制汉"的策略可以淡化种族意识，有利于维系爱新觉罗家族的皇权大一统。李鸿章一方面授意盛宣怀，让他恳请梅启照向李鸿藻活动，一方面让幕僚张佩纶深入清流派中间。李鸿章跟张佩纶的父亲"为患难之交"，[43]他曾经请人代笔为张佩纶的父亲撰写墓志铭。张佩纶在光绪元年出任日讲起居注官，跟清政府执政精英交往频繁。

在北京期间，张佩纶因整天陈论天下政事，跟张之洞、李鸿藻一干清流派干将唱和，逐渐也成为鸿藻清流集团的干将。李鸿章对张佩纶的评价是："人甚伉直。"淮军集团的大员担心李鸿章跟张佩纶走得太近，容易给人"朋党"把柄，李鸿章轻描淡写地回信说，"吾亦阅人阅世多矣"。

作为自己安插在清流派中的一枚棋子，李鸿章还是希望张佩纶能够到地方进行历练。李鸿章让幕僚薛福成给清流派的清政府执政精英、内阁学士、礼部侍郎徐桐写信，并在信中夸赞朝臣中的清流派诸君，"皆鲠直敢言，雅负时望"，可是"阅历太少，自命太高"，每次弹劾疆臣督抚长短，跟"局中任事者不同"，"恐骛虚名而鲜实济"。李鸿章在信中提议，如果清流派能够派干员"在外历练"，将来能力"未可限量"，"实为当今储才切要之图"。[44]

李鸿章主动为清流派的人才战略出谋划策，其实是在向清流派示好，希望清流派在王先谦弹劾案中保持缄默，这样就可以让刘坤一打击北洋的计划在得不到北京方面响应的情况下草草收场。为了让清流派对自己提出的人才培养计划感兴趣，李鸿章在信中说，清流干员到地方历练的谋划"不在疆吏而在朝廷"，"若仅由疆吏奏调"到地方，恐怕很多清流大佬会误会，如果疆臣"请为帮办"，因为"彼此参差"，很容易"徒滋掣肘"。

"朝廷欲陶铸人才，不妨使诸君出而扬厉。"李鸿章献计说，清流派要想改变疆臣督抚们对其"空言"的印象，就要以朝廷历练中央干部的名义，将廷臣派到地方挂职锻炼。在给徐桐的信中，李鸿章公开举荐张佩纶，因为张佩纶在丁忧结束后，投到李鸿章幕下，多次向李鸿章表示，自己不想给人一种只会"空言"的士大夫形象，希望到地方"练习时事"。

李鸿章在给徐桐的信中举荐张佩纶不只是为结盟清流派而伸出橄榄枝，还因为张佩纶早在1879年就已经成了李鸿章的心腹。当时，有人提出通过恢复漕粮河运削减对招商局海运的开支，张佩纶就公开站出来反对："招商局船向以承运漕粮为大宗，若骤失此项津贴，商局不能自存，立见溃散，官本钜万，尽付流水。"[45]张佩纶打着维护财政借款安全的名义，为李鸿章的改革旗舰企业张目，并巧妙地通过清流派的声音影响清政府执政精英们的立场，维护招商局利益。

身为清流派的骨干成员，张佩纶对淮军集团的领袖李鸿章赞誉有加。他在观看淮军集团驻天津小站部队后，对李鸿章更是佩服得五体投地。在张佩纶眼中，放眼整个大清帝国，就只有李鸿章是帝国的大救星："以李鸿章之才望，重以朝命，资以钜款，自能审地势，体民情，善为操纵，上足裕国而下不扰民。"

张佩纶跟李鸿章的一唱一和，立即在清流派中掀起了波澜。李鸿章向清流派释放善意，建议以李鸿藻为首的中央高级官员不要以清流自囿，要扩张势力走政治实力派的发展路线。李鸿章甚至愿意为清流人物获得更大仕途发展空间而在地方与他们进行合作。举荐张佩纶到地方历练，就是李鸿章提出的具体合作方案。很显然，重返军机处跟总理衙门的李鸿藻心动了，因为他要跟奕䜣倚重的沈桂芬争夺权力，李鸿章表现出的善意是不错的选择。

很快，张之洞就成为双方合作的受益人，他先是晋升为内阁学士，八个月后出任山西巡抚。李鸿章给张之洞写信祝贺："得天津发书甚慰，合肥（李鸿章）事以求杰士汰宵人为第一义。"[46]得到李鸿章的书信，张之洞的兴奋之情溢于言表，自己作为李鸿章求的"杰士"而成为封疆大吏。张之洞在信中完全站到李鸿章一边，还提出以日本为假想敌的国防观，在大连湾旅顺沿海屯防，部署战舰，支持李鸿章购买战舰大搞海防。

张之洞在信中无意泄露了双方合作的机密："汰宵人"。尽管张之洞在信中没有明确指出罢黜的目标是刘坤一，但很显然，王先谦的弹劾是要断掉李鸿章的左膀右臂。面对刘坤一的出招，李鸿章要想保住淮军集团在政治、军事、改革中的主导地位，就一定要打赢轮船招商局的官司，确保"官督商办"的改革路线不动摇，扳倒刘坤一成为李鸿章捍卫改革路线的政治目标。

有了张佩纶、张之洞两位清流干员的仕途合作，李鸿章跟清流派的合作渐入佳境。为了进一步合作，李鸿章跟张佩纶进京，登门拜访清流派大佬李鸿藻，跟张之洞更是秉烛夜谈。于是，清流派在王先谦弹劾案中史无前例地保持缄默。为了确保北京方面淡化王先谦的弹劾，李鸿章谋划让盛宣怀的父亲盛康北上找翁同龢说情，翁同龢身为皇帝的老师，对清政府执政精英的决策有着巨大的影响力。

"北洋"纵横捭阖胜一筹，"南洋"固执己见败下风

翁同龢作为刘坤一在北京的政治盟友，岂能轻易买盛康的账？李鸿章早已预料到瓦解刘坤一的政治联盟颇有难度。在盛康进京之前，李鸿章将自己写给皇帝的、有关轮船招商局调查汇报的底稿给盛康誊抄了一份，让盛康将自己的底稿交给翁同龢。见到翁同龢后，盛康希望有乡谊之情的翁同龢为盛宣怀遭遇弹劾一事在皇帝面前说情。谈话中，盛康按照李鸿章吩咐，让翁同龢看了汇报底稿。

"盛旭人（盛康）自津门来，兼以其子杏生被劾事及李相复奏稿见示。"[47]看完李鸿章汇报底稿的翁同龢摇了摇头，非常遗憾地告诉盛康，"此中事实未易悉也"。李鸿章要的就是翁同龢这种中立的态度，只要翁同龢置身南北洋这个是非旋涡之外，刘坤一就少了北京方面的支持。

翁同龢的中立令刘坤一相当失望，当时沈桂芬的身体每况愈下，躺在床上难以左右朝政。刘坤一唯一寄予厚望的只有湘军领袖左宗棠。手握数万西征军的左宗棠为了给远在沙俄谈判的曾纪泽助威，抬棺出玉门，名震欧美。清政府执政集团决定放弃当年的"束带蛇"策略，"召宗棠来朝，以备顾问"，[48]将这位湘军领袖召入军机处，兼在总理衙门行走。

刘坤一岂能放过扬眉吐气的机会？左宗棠进入军机处，更让刘坤一有了跟李鸿章一争高下的勇气。

但刘坤一有所不知，李鸿章自从掌握左宗棠进京的消息后，一直给左宗棠写信修复关系，甚至在他路过直隶地界时，还专门邀请其进行深入交流。刘坤一在轮船招商局问题上跟李鸿章较劲时，左宗棠给刘坤一写了一封信，信中谈及李鸿章的问题时"极其和婉"，左宗棠"自言与合肥意见已融"。

左宗棠的信意在要刘坤一跟李鸿章和解，可是刘坤一非要弹劾盛宣怀。刘坤一在给皇帝的一份报告中坚持，"招商局收买旗昌轮船等项，糜费帑藏"，"采诸物议，核诸卷宗，盛宣怀等实属咎无可诿"。由此刘坤一声称："将盛宣怀查抄，于法亦不为过，仅请予以革职，已属格外从宽。"[49]

南北洋的争执令清政府执政精英们相当兴奋，御前会议决定将招商局案交给

总理衙门"核议"。很快,总理衙门批示:"招商局由李鸿章奏设,局务应由李鸿章主政,惟归并旗昌之时,沈葆桢以为机不可失,径行入奏,谅非该局员所能朦准。"总理衙门一边倒地肯定了北洋对招商局的控制权,支持李鸿章对指控的驳斥。

总理衙门在批示中指出,招商局"凡有关利弊各事,自应随时实力整顿维持大局,仍咨会南洋大臣,以收通力合作之劝"。关于收购旗昌轮船时的回扣问题,可继续调查。对于盛宣怀的处置问题,总理衙门给了刘坤一面子,"盛宣怀现在直隶当差,业经离局,应不准再行干预局务,并令李鸿章严加考察,据实具奏,毋稍回护"。[50]

刘坤一相当沮丧,总理衙门的批示简直就是"含糊了结",对轮船招商局的问题"迁就姑息"。对于总理衙门批示"调取卷宗、账簿,查明有无私得洋人中金"之语,在刘坤一看来,"无非借此敷衍了事"罢了,因为"此等中饱之资,决无自留字据在局之理;即有,亦谁肯交出"?刘坤一在给朋友的密信中感慨:"只是天下将无是非之公!"[51]

南、北洋的较量如火如荼之际,一份弹劾刘坤一的报告送到了皇帝的手上。"自江南来者,皆曰督臣嗜好过深,广蓄姬妾,日中始起,稀见宾客,公事一听藩司梁肇煌所为,且又纵容家丁收受门包。果如其言,则是昏惰颓靡,不可收拾,讵足以膺重寄?"[52]这份弹劾报告将刘坤一推向了道德审判台。弹劾报告的撰写者正是张佩纶的政治盟友、日讲起居注官、清流派四大干将之一的陈宝琛。

陈宝琛在弹劾报告的最后写道:"用人之姑息、任事之苟且,必至贻误封疆。"清政府执政集团决定借此大做文章,立即暂停了刘坤一两江总督之职,对陈宝琛弹劾的问题"确切查明"。左宗棠看到陈宝琛的报告后斥其荒唐。李鸿章对左宗棠护佑刘坤一很是不满,"太冲护同乡甚力,固属恒情,独惜庇此奸猾无用有嗜好之人耳"。

刘坤一引火烧身,清政府执政集团虽拿下刘坤一,但他们并不想给李鸿章独霸南北洋大权的机会。清政府执政精英们不喜欢左宗棠在京城当"搅屎棍",奕𬤊跟宝鋆等人决计调左宗棠总督两江。这么做可以让这一条西北"束带蛇"继续钳制李鸿章这一只"河豚"。

由于轮船招商局的弹劾案发生在刘坤一任期内,按照北京方面的意思,李鸿章还需要跟刘坤一共同结案。于是李鸿章主动给刘坤一写了一封信,说经过"反复推求，实无吞使中金证据"，总理衙门要求双方"会奏完结"，"想大君子与人为善之心必无谬执也"，"乞早赐复，以便叙稿"。[53]

北京方面已经让刘坤一进京接受调查，显然这个时候刘坤一的心情相当糟糕，此时的刘坤一可不想再"自认情虚"地自找欺辱，对于轮船招商局的问题他坚持自己的立场，"决不再效丰干饶舌"。刘坤一最后坚拒与李鸿章"会衔奏结"。李鸿章最后只得自己向北京方面提交了调查报告，全盘否定了王先谦与刘坤一的弹劾。[54]

盛宣怀一度谋权轮船招商局，万万没有想到最终引火烧身，卷入了"回扣贪墨"的指控。在李鸿章的纵横捭阖之下，两江总督刘坤一下课，盛宣怀的官场仕途得以延续，清政府执政集团坐收"国进民退"渔利的图谋落空，"官督商办"的改革路线在轮船招商局得以继续推行。

不管怎样，清政府执政集团终于也可以松一口气，轮船招商局弹劾案削弱了湘军实力，左宗棠调任两江。南北洋的均势才是北京理想的政治平衡游戏，两大汉族武装集团将在南北洋继续捉对厮杀。只是谁都没有想到，两年之后的一场金融风暴，使得胡雪岩陷入万劫不复的深渊并走向了破产的边缘，盛宣怀却在轮船招商局圆了多年的梦。

▶▶ 注释：

[1] 陈旭麓等编：《盛宣怀档案资料选辑之二——郭师敦勘矿采煤并办煤铁厂报告》，上海人民出版社1981年版。

[2] 陈旭麓等编：《盛宣怀档案资料选辑之二——盛宣怀致李鸿章函上李鸿章的批示》，上海人民出版社1981年版。

[3] 孙毓棠编：《中国近代工业史资料》第一辑，《盛宣怀致张之洞电》，科学出版社1957年版。

[4] 《左宗棠全集·书信》卷3，岳麓书社2009年版。

[5] 《左宗棠全集·奏稿》卷6，岳麓书社2009年版。

[6] 《李文忠公全集·译署函稿》卷9，上海商务印书馆1921年版。

[7] 中国史学会主编：《洋务运动》，上海人民出版社2000年版。

[8] （清）王闿运：《湘绮楼日记》，岳麓书社1997年版。

[9] 王尔敏，吴伦霓霞编：《盛宣怀实业朋僚函稿》，"沈能虎致盛宣怀函"，高等教育出版社1997年版。

[10]《李文忠公全集·译署函稿》卷8，上海商务印书馆1921年版。

[11]《李文忠公全集·译署函稿》卷19，上海商务印书馆1921年版。

[12]（清）郭嵩焘：《郭嵩焘日记》，湖南人民出版社1983年版。

[13]《李文忠公全集·奏稿》卷36，上海商务印书馆1921年版。

[14]（清）刘坤一：《刘忠诚公遗集·奏疏》卷15，清宣统间刊。

[15]（清）翁同龢：《翁同龢日记》，中华书局1998年版。

[16]（清）王文韶：《王文韶日记》，中华书局1989年版。

[17]（清）刘坤一：《刘忠诚公遗集·书牍》卷17，清宣统间刊。

[18]《李文忠公全集·奏稿》卷37，上海商务印书馆1921年版。

[19]《李文忠公全集·奏稿》卷36，上海商务印书馆1921年版。

[20]（清）刘坤一：《刘忠诚公遗集·书牍》卷8，清宣统间刊。

[21]（清）刘坤一：《刘忠诚公遗集·书牍》卷7，清宣统间刊。

[22]（清）朱寿朋编：《光绪朝东华录》卷1，中华书局1984年版。

[23]（清）王先谦著，梅季点校：《葵园四种》，岳麓书社1986年版。

[24]（清）王先谦著，梅季点校：《葵园四种》，岳麓书社1986年版。

[25]《英国领事报告》，1878年9月1日。

[26] 中国史学会主编：《洋务运动》卷6，上海人民出版社2000年版。

[27]《李文忠公全集·朋僚函稿》卷17，上海商务印书馆1921版。

[28]（清）王先谦著，梅季点校：《葵园四种》，岳麓书社1986年版。

[29] 中国第一历史档案馆主办：《奕譞致军机处函》，《历史档案》1982年第 4 期。

[30]（清）薛福成：《庸庵文别集》，上海古籍出版社1985年版。

[31]（清）黄濬：《花随人圣庵摭忆》，上海古籍出版社1983年版。

[32]（清）刘坤一：《刘忠诚公遗集·书牍》卷8，清宣统间刊。

[33]（清）薛福成：《庸庵文别集》，上海古籍出版社1985年版。

[34]（清）郭嵩焘：《郭嵩焘日记》，湖南人民出版社1983年版。

[35] 陈旭麓、顾廷龙、汪熙：《轮船招商局》，上海人民出版社2002年版。

[36]《盛宣怀档案》，"盛宣怀致胡雪岩函"，上海图书馆馆藏。

[37] 王尔敏，吴伦霓霞编：《盛宣怀实业朋僚函稿》，"沈能虎致盛宣怀函"，高等教育出版社1997年版。

[38]（清）刘坤一：《刘忠诚公遗集·书牍》卷8，清宣统间刊。

[39]（清）刘坤一：《刘忠诚公遗集·奏疏》卷17，清宣统间刊。

[40]（清）刘坤一：《刘忠诚公遗集·奏疏》卷17，清宣统间刊。

[41] 王尔敏，吴伦霓霞编：《盛宣怀实业朋僚函稿》，"盛宣怀致梅启照函"，高等教育出版社1997年版。

[42] 丰顺县政协文史资料组编：《丰顺文史》第一辑，1984年版。

[43]（清）吴汝纶编：《李文忠公全书·朋僚函稿》卷18，文海出版社1980年版。

[44]（清）薛福成：《庸庵文别集》，"代李伯相复徐部郎书"，上海古籍出版社1985年版。

[45]（清）张佩纶：《涧于集·奏议》卷1，上海古籍出版社2002年版。

[46]（清）黄濬：《花随人圣庵摭忆》，上海古籍出版社1983版。

[47]（清）翁同龢：《翁同龢日记》，中华书局1998年版。

[48]（清）王彦威，王亮：《清季外交史料》卷22，文海出版社1964年版。

[49]（清）刘坤一：《刘忠诚公遗集·奏疏》卷17，清宣统间刊。

[50] 中国史学会主编：《洋务运动》，上海人民出版社2000年版。

[51]（清）刘坤一：《刘忠诚公遗集·书牍》卷8，清宣统间刊。

[52]《清德宗实录》卷131，中华书局1987年版。

[53]（清）吴汝纶编：《李文忠公全书·朋僚函稿》卷20，文海出版社1980年版。

[54]（清）吴汝纶编：《李文忠公全书·奏稿》卷43，文海出版社1980年版。

13

第十三章
黄海血战

两巨头争霸上海滩

上海富商的房地产美梦

1882年2月4日，黄浦江的一股寒风刮进了招商局办公室。

徐润浑身打了一个寒战，双手搓了搓，口中呼出的热气迅速雾化。此时，一个令人兴奋的消息让徐润顿感寒意尽除，报纸上说上海知县莫祥芝要重新丈量土地。自己已经屯地三千亩以上，[1] 这一次重新丈量土地是一个绝对的利好消息。

徐润反复地斟酌莫祥芝贴出的政府告示："沿江一带滩地曾于咸丰八年奉委勘丈，至今20余年，有无续涨必须复丈，并分别追缴租息地价，造册请求升科。"[2] 曾经的荒芜之地——上海外滩一带现在商家是越来越多，连帝国首富胡雪岩都在淮海路一带购买了大量的商铺用地，汇丰银行、怡和洋行等外资金融机构也在这一带购置了不动产。莫祥芝重新丈量这一带的土地是为了征收地税，填补地方财政赤字。这样一来无疑会推动地价上涨，自己的财富增值指日可待。

县衙的公告犹如一剂兴奋剂，注入了上海房地产。

鸦片战争之后，英国驻上海领事巴富尔（George Balfour）强迫上海道台宫慕久签署了一份地产租界合同，以每亩年租金一千五百文的超低价格将830亩土地租给了英国人。拿到土地租借权后，英国人将租界地搞成了国中之国，以怡和洋行、宝顺洋行、琼记洋行、旗昌洋行为首的一大批欧美商人都在英租界内投资房地产。

宝顺洋行的老板韦伯在离开上海之前，曾告诉徐润："上海市面，此后必大，汝于地产上颇有大志，再贡数语，如扬子江路（今外滩）至十六铺地场最妙，此外则南京、河南、福州、四川等路可以接通，新老北门至美租界各段地基，尔尽可有一文置一文。"[3]

韦伯让徐润赌上全部身家。没错，太平军攻陷江浙后，江南的富庶与繁华如梦般随风而逝，苏州、杭州加速衰落，而有西洋雇佣军跟警宪保卫的上海则成为世外桃源，"商人借经商之名，为避兵之实，既联袂而偕来"。"商人集则商市兴，绅富集则金融裕，而领袖商业之金融机关，则次第开设矣。"[4]

商人跟百姓都涌入上海避难，为这座城市带来了大量的劳动力跟资金。更重要的是，苏伊士运河开通，英国政府只准蒸汽轮船通行，伦敦直达上海的航程由120天以上缩短到55天～60天。同期，上海与伦敦之间的电报线路开通，欧洲跟上海的政治、商业信息可在瞬间掌握。尽管经历了1872年的金融危机，但交通和通信的革命快速地刺激了上海经济复苏，房地产如沐春风。

房地产的繁荣令上海地方官心急如焚，英国人将租界的管辖权弄到自己手上，土地出租的租金也就跟地方政府没关系了，上海地方官眼看着地价一个劲地飙升，财政却连一个子儿都没有进，银子全让洋鬼子稀里糊涂地给赚走了。剿灭太平军后，驻扎在上海的雇佣军、租界警察、官僚机构越来越多，洋人的租界一扩再扩，甚至刨掉了江浙商帮在上海的坟地。

在上海公共租界的工部局董事会中，以犹太裔沙逊家族为首的八名董事都在投资房地产。[5]他们掌握着两类相当机密的商业信息，一类是租界扩张的信息，一类是修路造桥等市政工程信息。这两类机密信息将决定土地的升值，他们利用信息不对称的优势，到租界外提前收购便宜的土地。洋商经常跟地痞勾结，恐吓老百姓低价出售地皮。[6]

当看到上海滩的地痞流氓都成了洋商的中间商，徐润对韦伯的判断更加坚信不疑了。莫祥芝发布政府令时，年仅44岁的徐润已经成为上海首屈一指的地产首富，拥有未建之地2900余亩，已建之地320亩，共建洋房51所，住宅222间，楼房3所，平房街房1890余间，每年可收租金12.29万余两，再加上投资的股票、当铺资产，徐润的总资产有321.947万余两。[7]

莫祥芝丈量土地就是要在洋人们的虎口中拔牙，阻止列强毫无节制地进行土地扩张。政府测量土地的政策一出，那些有着敏锐嗅觉的商人已经开始行动了，他们动用大量的流动资金吸纳土地，并且坐等政府测量以及之后的地租价格上涨。这样一来，租界地价迅速上涨，杨树浦一带每亩由七八十银元涨到二三百银元；新闸一带由百两涨到五百两。[8]

在华灯初上的一个黄昏，徐润端着茶杯喝茶，貌美如花的小妾在身后给他捏着肩膀。突然，仆人来报说门口有一个洋人求见。洋鬼子进了客厅，徐润脸上顿时露出笑容。这个家伙是和记洋行的经理顾林，是个英国爵士，徐润在宝顺洋行打工的时候两人就认识，顾林的眼睛跟狐狸眼睛一样，只要转巴转巴就是鬼点子，在上海洋场是出了名的英国老鬼。

徐润跟顾林进行了彻夜长谈。

在与顾林见面之前，徐润已经有一个宏大的地产计划，他打算成立一个股本为四百万两的宝源祥房地产公司。可是，由于招募商股的规模太大，而当时北方的旱灾也还没有缓解，江浙跟广东商帮的资金在北上赈灾的同时，还要大量投入到淮军集团的工业改革之中。更重要的一点是，当时长江跟黄河流域灾情不断，贸易逐渐萎缩。综上种种原因，宝源祥公司很难招募到足够的资金。

莫祥芝丈量土地的消息一传开，上海的房地产犹如烧红的烙铁，热得不行。徐润一度想将自己所有资金孤注一掷，但这种疯狂的想法很快就被理性战胜了。一旦自己的资金全部下注到房地产，就可能会拖垮旗下的当铺、钱庄。

"我们可以合作，你将公司章程交给我，我回到伦敦不出三个月就能将股票销售出去。"顾林提出了一个合资计划，徐润用手上的地皮入股，顾林从伦敦筹集国际资金，双方合资成立房地产开发公司，各持股百分之五十。

徐润打断了顾林的话，洋商在上海滩拿地的手段花样百出，一旦顾林将百分之五十的股权转让给一家洋商，洋商很可能会一步步蚕食掉自己手上将近三千亩的土地。徐润要确保自己在合资公司的控股权能达到百分之五十五。经过一番估算，徐润手中可供开发的成熟土地只值一百五十万两银左右，按照顾林筹集百分之四十五资金的比例，只能募集一百二十万。

资金跟控制权成为谈判的死结。

经过多轮的谈判和协商，双方终于同意成立宝源祥房地产公司，股本四百万两，双方各持股百分之五十。徐润决定将公司股权设置成债转股模式，以地皮入股，另筹集将近六十万两资金购买地皮作为股本。顾林拿着徐润的土地跟现金抵押凭证到伦敦招募商股两百万两，年息四厘五，徐润需要在二十年内原价购回债权。[9]

签署合资协议后，徐润掏出一万两银子，作为顾林回英国融资的路费和开支。

徐润是一个精明的商人，宝源祥地产公司的总股本其实完全掌控在自己手中，拿到顾林从伦敦募集来的资金，可以分期滚动使用，开发房地产，二十年内一定能还上借来的资本。另一边，上海滩疯涨的地皮同样也让顾林信心满满，一旦徐润二十年内不能还款，伦敦的资金可以马上转化为股权，这相当于从徐润手上拿走了一千五百亩土地，一千五百亩土地岂值两百万两白银？

徐润在上海滩开开心心地等顾林的伦敦资金，一个月过去了，徐润没有等到顾林的任何消息，他立即发了一份电报到伦敦，还找英国的朋友打探这个顾林是不是骗子。徐润这边是一封又一封电报，伦敦那边就是没有一点音讯。

过了好几个月，徐润终于等到了伦敦的消息，说顾林回到伦敦四处兜售宝源祥地产的股票，伦敦的资本家们对中国地产首富的公司表现出了极大的兴趣。令徐润紧张不安的是，顾林的身体出现了状况，"初闻患脑病"。[10] 实际情况是，顾林在伦敦期间参加了英国女王维多利亚举办的一个王室聚会，喝了一点洋酒，在马背上发羊痫疯迷迷糊糊摔了下来，脑子摔坏了。

顾林是英国王室贵族，所以王室派了两个最好的脑外科医生来治疗顾林的羊痫疯，结果命是保住了，就是一直跟神经病一样。徐润焦急地等待顾林病情好转，因为宝源祥地产公司急需伦敦资金输血。徐润又等了一阵，伦敦的消息是顾林的病情加重了，"继闻成癫痫"。[11]

徐润彻底失望了，已经成为神经病的顾林岂能从伦敦招募到两百万两资本？北方灾荒导致传统商业萎缩，民间资本要主动寻求新的投资领域，莫祥芝测量土地的举动有效打击了洋商通过内幕信息炒作土地，给了民间资本一个绝佳的投资机会。徐润不想错过莫祥芝给的投资机会。当时上海滩的房地产已经疯了，"屋宇尚未完，竟而已有人租定者，有窗壁尚未齐全而已有人搬入者。"[12]

滚烫的资本，激情四溢的投资，房地产成为上海商人不二的投资选择。徐润对自己在商界的江湖地位很自信。在失去了伦敦资本的情况下，他决定通过质押方式筹集房地产开发资金。徐润将拥有的土地、投资实业的股权全部质押给二十二家钱庄、外资银行，还从自己旗下的钱庄挪了储户存款3.29万两，共计筹集资金252.22万两，决定在房地产领域大干一场。

左宗棠消极背后隐藏的秘密

左宗棠走进了两江总督府。

一份《禀李傅相左中堂请招商集股设立汉口等处电线》的报告送到左宗棠的手上，在这份写给直隶总督李鸿章、两江总督左宗棠的联名报告后面，署着郑观应、李培松、经元善、蔡鸿仪、李朝觐、袁天赐、严作霖、郑思贤、曹善谦一干商人的名字，这一帮人是参与天津到上海电报生意的投资商，都是淮军集团的资本盟友。[13]

郑观应他们希望左宗棠支持商人们承办汉口至浙江的电报。因为北京方面当初在批准津沪电报项目时规定，长江沿线的电报由津沪电报局统辖，但是汉口到浙江的电报线属于南洋的行政管辖区。南北洋、湘淮集团之间存在多重利益冲突，要想获得长江沿线的电报经营权，商人们就需要化解李鸿章跟左宗棠之间的多重政治障碍。

左宗棠将郑观应他们的联合报告扔在书案上，一放就是两个月。郑观应找到广东布政使王之春打探消息，这位布政使大人弱冠投入湘军，曾经做过曾国藩、李鸿章、彭玉麟的部下，在湘军中人缘极佳。

王之春是湘军集团中相当开明的改革干才，深受左宗棠喜欢。郑观应希望王之春能够陪同自己去拜访一下左宗棠。左宗棠在总督府接见了郑观应，在谈到长江电报项目时，左宗棠说："电线有益于国家，有害于商，闻外国电报非商办皆创自国家。"[14]郑观应立即向上海滩的洋商询问，洋商都说左宗棠胡说。

在津沪电报架设之前，李鸿章反复向北京方面陈述电报的重要性，即国防情报瞬间传递，商业信息立等可得。津沪电报在经历了"官商合办"到"官督商办"的争论后，李鸿章依然站在了"官督商办"一边，一方面他要维护淮军集团改革路线的统一性，另一方面他要利用商人的力量完成自己在南北军事防线的布局。

郑观应他们很快就收到左宗棠对联合报告的批复："电线为商贾探访市价所需，实则贸易之获利与否，亦不系电线。至军国大计或得或失，尤与侦报迟速无关。本爵阁督大臣预闻兵事三十年，师行十五省，不知电线为何物，而亦未尝失机，则又现存实证。"[15]左宗棠在批示中让江浙、湖北各地方官商议。

左宗棠的批复令郑观应感到崩溃，在西征新疆的过程中，左宗棠还不断从上海采购机器，在西北探矿采煤，怎么到了两江突然就变得如此颟顸？更何况津沪电报招商章程已经认可了商人对长江电报的承办权，朝廷在批文中也明确要求"添设长江电线，由津沪一局办理，不得另分门户"，[16]在左宗棠消极的背后，到底隐藏着什么样的秘密呢？

郑观应很快就掌握到一个重要情报，左宗棠调离陕甘总督后，胡雪岩在西北的资源布局也立即停了下来，他将目光盯向天津、上海跟长江沿线。在盛宣怀联合江浙、广东商帮成功申办京沪电报项目后，胡雪岩欲独霸长江电报项目，"独禀南洋另设江线，不招股份，独输巨本。"[17]

"左侯相将召集商股购轮船八艘，往来津沪及长江等埠。奏设是居者虽系左侯相，而局中提纲挈领实系胡雪岩方伯，明年局当告成也。"[18]作为左宗棠麾下的经济改革主办者，胡雪岩的战略转移路线被《申报》的一则报道给曝光了。

左宗棠虽另起炉灶兴办轮船，但同样走"官督商办"的改革路线，由此可以看出他在改革的路线方面跟李鸿章没有任何分歧，在长江电报项目上的批示显然是言不由衷。在郑观应看来，左宗棠是为了让胡雪岩垄断长江电报项目，所以故意找碴儿。因为由左宗棠发起、胡雪岩承办的轮船公司，未来在津沪跟长江航线上将是轮船招商局的强有力竞争者，胡雪岩需要电报系统为新的轮船公司提供商业信息。

轮船招商局创设之初，胡雪岩曾经承诺认购股权，但最终放弃了，而且还在上海滩资本圈广泛散布谣言，导致朱其昂招股失败。现在左宗棠总督两江，有权选择两江漕粮运输的航运公司，一旦胡雪岩的轮船公司成立，那么轮船招商局将面临丢失两江漕粮运输业务的危险。两江漕运业务一直是轮船招商局盈利的保障，更是招商局同洋商打"价格战"的本钱。

以郑观应为首的一帮投资津沪电报项目的商人急了。胡雪岩创设的轮船公司以漕运业务为支持，在津沪跟长江航线上跟轮船招商局展开全面竞争，一旦再拿下长江电报，那么不仅轮船招商局将陷入绝境，汉口、浙西、宁波三地的商人也将被胡雪岩控制。"汉口茶市所聚，浙西丝斤所出，宁波亦徽茶口岸，三处商人，事关切己。"[19]郑观应在写给长江沿线督抚们的信中，隐射胡雪岩将垄断长江沿线商业的野心。

湘淮代理人抢夺长江电报权

胡雪岩在走一条冒险的路。

两江总督左宗棠是胡雪岩最大的豪赌筹码。在帝国的政坛中，高傲的清政府执政精英们嘲笑左宗棠老土，在左宗棠眼中他们就是涂抹着贵族油彩的小丑。只有直隶总督李鸿章是左宗棠唯一的对手。两人都指挥过千军万马，一个淮军领袖，一个湘军继承人，两人统率的两大汉族武装集团都令清政府精锐之师战栗。左宗棠抬棺出玉门，更是赢得了无上的国际威望，谁与争锋？

在经历了王先谦弹劾案后，轮船招商局的创始人盛宣怀遗憾出局。唐廷枢现在忙着在开平挖煤，徐润忙着向江浙的银行家们融资开发房地产，一旦胡雪岩的轮船公司在一年之内开航，那么轮船招商局将陷入经营的泥潭，甚至有亏损破产的危险，广东商帮投入到轮船招商局的资金将付诸东流。更为重要的是，作为淮军集团的改革旗舰，维护"官督商办"的改革路线是淮军集团团结商业资本的重要布局，胡雪岩的行动是在挑战李鸿章的改革底线。

郑观应他们担心的是胡雪岩的电报投资，因为江浙跟广东商帮投资的津沪电报项目盈利能力很差，当初为了办理这一项目，李鸿章是以军事目的说服北京清政府执政精英的，商人们希望以军事工业为突破口，在津沪电报局的总领之下拿下长江以南所有电报项目的承办权，"如果鄂、浙两线分别办理，则津沪一线必因经费支绌难于持久。"[20]

盛宣怀作为津沪电报的创始人跟总办，在津沪电报招募商股的时候，为了坚定商人投资赚钱的信念，还特别强调了商人的长远利益："商人出资承办，意在急公，凡属西法创举，必应历时久远，以数十年为通筹，庶可翼后日之盈，以补今日之绌。"盛宣怀精明地将商人利益跟国家利益捆绑在一起，"现在众商出资报效，自应准其永远承办推广施行，是商人之利，亦国家之益也。"[21]

在津沪电报项目的招股书中，盛宣怀还提出："将来本局再有扩充，亦必先尽旧股，再招新股。"他"不愿使创始者徒苦尝试"，让"后来者反居上"，侵害创始老股东利益。盛宣怀在津沪电报局推行的招募游戏规则，就是今天上市公司中的"新股增发老股东优先"原则，这个原则沿袭百年，已成为今天上市公司再融资的法律准则。

一纸承诺，盛宣怀将江浙、广东商帮一下子团结到了自己周围，丁戊奇荒时的赈灾联盟再次在商业中得到团结。尽管败走荆州矿务局，尽管在招商局遭遇弹劾，但盛宣怀在淮军集团的特殊地位，以及他跟商人们的利益网络，再加上李鸿章的力保，这些足以令他在商界的地位得到进一步提升。郑观应在给盛宣怀的一封信中谦卑地写道："弟颇思来津一聆清诲。"足见盛宣怀已经成为商人们心中的领袖。

胡雪岩的行动将赈灾联盟的精英商人推向了危机边缘，江浙、广东、安徽商帮都成了胡雪岩的敌人。左宗棠新任两江总督，郑观应他们再次找到王之春，希望这位湘军集团的干才能够疏通南洋官方关系。同时，商人们决定发动盛宣怀的父亲在江浙官场活动。

盛康跟李鸿章同科会试，又将盛宣怀送入李鸿章幕下历练。剿灭太平军期间，盛康在胡林翼手下负责筹集军饷，跟湘军集团诸多干员过从甚密。盛康在1867年丁忧后，出任浙江主管司法刑名的按察使。郑观应联合经元善给盛康写了一封信，请他"主持成议，并于各大府前详达缘起"，以期影响江浙官场在长江电报项目方面的态度。

盛康对江浙官场摸了摸底。地方大员对左宗棠敬畏有加，尤其是在左宗棠对郑观应他们的联名信已经做出批示的情况下，他们岂能忤逆左宗棠的意思？浙江巡抚刘秉璋在会见盛康时说："左相禀批意甚看轻此事，故不欲举办。"[22]

盛康对刘秉璋的谨慎相当意外。李鸿章陈兵上海期间，刘秉璋进入淮军幕下，在剿灭太平军跟捻军期间成为淮军集团名将。既然连刘秉璋都会以左宗棠的批示为准，消极对待淮军集团的电报项目，看来胡雪岩对长江电报项目是志在必得。

津沪电报局是盛宣怀在官场仕途重新崛起的根基，盛康只要说服江浙官场大员支持郑观应他们，就能重塑儿子盛宣怀在商界精英阶层的名望。

经过盛康一番苦口婆心的劝服，刘秉璋终于吐口说："汉线先办，浙线续举。"

郑观应听闻刘秉璋态度的转变，高兴坏了，立即给盛康写信："禀复既如此云云，想必无复梗阻。"商人们希望盛康再见刘秉璋的时候，一定要陈晓电报项目的国家大义，江浙身处沿海，是南洋海防的重点军事区，汉口电报开工建设，浙江电报岂能落后于湖北？商人们希望浙江跟湖北的电报统一由津沪电报局承办，"不至另起炉灶也"[23]。

商人们还没有高兴两天，刘秉璋突然很遗憾地告诉盛康："浙中绅士各有意见。"

浙江绅士的意见立即成为官场大员消极应付的托词，盛康马上意识到问题很严重，可能是胡雪岩对刘秉璋进行了公关。津沪电报项目中除了广东股东，绝大部分是以经元善为首的江浙商人，他们多为生丝、茶叶贸易商，投资电报是希望掌握一手商业信息，绝不会想被胡雪岩一手操控，怎么会突然冒出绅士反对呢？

盛康意识到，刘秉璋的反复一定是因为胡雪岩在进行"银钱公关"。胡雪岩的惯用手法就是将官员们的太太发展成为阜康钱庄的客户，实际上官太太账户里面的银子都是胡雪岩送的。

以其人之道，还治其人之身。

盛康给商人们写信，指出左宗棠的批示专指商情有害，刘秉璋所谓浙江绅士的意见无非是在左宗棠批示上做文章，为胡雪岩垄断长江电报项目作铺垫。盛康指示郑观应、经元善他们"纠集丝商联名具禀抚、藩、臬三处"，[24] 陈晓欧美商人通过电报掌握商业信息优势，在同中国贸易的过程中掌握主动权，如不加快信息网络建设，将难以同洋商竞争。

经元善出面，联合了以浙西为首的一批生丝、茶叶、盐业、钱业商人，向刘秉璋写了一封长长的联名信，声泪俱下地陈晓商业信息不仅在同洋人竞争时非常重要，更是国防军事的重要保障。刘秉璋这一次总算站到了江浙跟广东商帮一边，胡雪岩真正成了江浙跟广东商帮的敌人，一场前所未有的风暴正在席卷而来，而同他一样豪赌的徐润则成了盛宣怀全面崛起的棋子。

一代商业枭雄的陨落

上海滩的新时尚：全民炒股

1883年1月12日，晨曦，寒风刺骨。

金嘉记源号丝栈外已经人山人海，裹着棉袍的商人们焦躁不安。好几天没有见到金嘉记源号的老板金桐，商人们听闻一位高级官员从金嘉记源号"提取存项二十余万"，[25] 现在的金嘉记源号已经没有钱了，经营"以致不能支持"。

金桐，南浔大丝绸商，一直跟英国人进行生丝贸易。太平军占领江浙期间，江浙生丝、茶叶商人蜂拥到上海，致使生丝、茶叶的对外贸易竞争日趋激烈。金桐经常以超过12%的高利息向钱庄、外资银行进行抵押融资，以扩大贸易额。洋商抓住商人们欲速售还贷的弱点，经常压低购买价格，商人们欲转售他处，洋商们又利用电报"一日已遍其价"，搞得中国商人焦头烂额，"求多不可"。为了操控中国生丝、茶叶跟金融，洋商"每愈七日减价一"，逼得"中国之贩丝茶者，几于十岁就亏"。[26]

1876年，左宗棠指挥西征军三路进兵新疆，胡雪岩在上海为西征军筹集百万军饷。那一年，西征军的百万贷款通过阜康钱庄运转到新疆前线；那一年，胡雪岩决定跟洋商豪赌一把，将生丝囤积居奇，开始跟洋商对抗。在阜康钱庄数百万西征军费的流动资金支持下，洋商的价格战策略失效，上海滩生丝价格陡涨，胡雪岩获取暴利。

到了1882年，以金桐为首的江浙生丝商人跟胡雪岩结成了价格同盟。胡雪岩派出多路人马到江浙收购生丝，"洋人非与胡买不得一丝"，[27] 洋商两次跟胡雪岩谈判，愿意加价一千两收购生丝，胡雪岩都拒绝了。按照"价格同盟"的游戏规则，金嘉记源号丝栈这样的盟友自然不能跟洋商私下交易，洋商对胡雪岩

"一人操中外利柄"的价格垄断"恨甚", "遂共誓今年不贩丝出口"。[28]

生丝的价格联盟相当脆弱。

胡雪岩应该在第一时间内掌握了左宗棠调任两江的情报,因为在江浙跟广东商帮向左宗棠提交长江电报项目报告之时,胡雪岩已经在筹办轮船公司跟电报项目。一旦胡雪岩的轮船跟电报计划实现,生丝、茶叶、盐业的运输跟商业信息都将权操胡雪岩之手,一致对外的价格同盟终将被胡雪岩的帝国吞噬,取而代之的是胡雪岩的商业垄断集团。

上海滩的生丝商人们走到了十字路口。选择跟洋商交易,意味着要忍受洋商的信贷价格歧视,继续承受低利润或者亏损的现实。选择跟胡雪岩结盟,意味着可以坐享囤积居奇的利润,但时间会削弱联盟的超额利润,最终还是要被胡雪岩操控。

金桐最终选择了跟胡雪岩站在一边,钱庄票号的信贷资金一直令丝栈资金链紧张。商人们得到来自欧洲的情报,欧洲丝茧的主要生产国意大利受气候影响而歉收,1883年欧洲丝价将大幅上涨,熬过1882年的冬天,欧洲的商人们就绷不住了。可是金桐万万没有想到,有大客户突然提走了二十多万两的巨款,这一下子击垮了本就紧张的资金链。

资金流向了何方?

股市。对,没错,股票在大清帝国已经不是陌生的奇技淫巧。

1872年,同治皇帝批准成立轮船招商局,这是大清帝国第一家经过皇帝批准并且公开向社会发行股票的公司。轮船招商局的股票发行价格为每股100两,收购旗昌轮船后,股价在大盘蓝筹、重组、跨国收购等一系列概念的炒作下,到1882年每股已经走高到265两,折合人民币为15900元,成为当之无愧的第一牛股。

当时的中国股市已经成为人们投资的天堂。怡和洋行想通过发行一万股,募集二百五十万两资本创设保险公司,"欲入股者,每股付定洋十元,先为挂号等语。怡和向来名声极好,故中外诸商咸思入股,照其告白先付定洋,或数十股,或数百股不等。满望得附股份将来可以得利,并可各为招罗,乃近日竟有回绝,将定洋退还者,中外诸商客洋以去而不得入股者甚多。"[29]怡和洋行计划在上海招集二千股,"合挂号付定者,闻有二万股之多"。

怡和洋行招募新股的疯狂迅速刺激了国人的神经。"华人皆知股份之益,不但愿附西人之股,且多自设公司,自纠股份,每一新公司起,千百人争购之,以得股为幸"，"保险、织布、电线、煤矿，以及采铜、采锡，莫不踊跃争先"。从1882年的春天开始，"凡开矿公司如长乐、鹤峰、池州、金州、荆门、承德、徐州等处，一经准招商集股，无不争先恐后，数十万巨款，一旦可齐"。"除竞附股份而外，又以股份票互相卖买，其行情亦时有涨跌，逐日不同"。[30]

股市犹如烧红的烙铁，热度高蹿。闺阁小姐典当金银首饰，贩夫走卒勒紧裤腰带，都只为买到一股股票。唐廷枢创办的开平煤矿、济和保险；郑观应跟盛宣怀他们创办的机器织布、津沪电报，以及其他商人兴办的纸厂、牛乳、长乐铜矿等实业，都通过发行股票得以顺利开办，"蒸蒸然有日上之势"。

帝国子民之所以对股票如此疯狂，新闻报纸的舆论轰炸功不可没。

"泰西以有此一法，而诸事易于开办，是以握致富之原。"《申报》将西方国家的强盛归结到资本的开化。没错，当大明王朝的万历皇帝对老师张居正挫骨扬灰的时候，欧洲人正在发行股票搞航海、冶炼。而"中国未知此法，因而无致富之术"。股票涉及的本质问题可不只是一两个商局的资本招募，而是关系到一个国家的经济发展问题，更是"国家气运所系焉"。[31]

舆论鼓吹，"今日则风气大开，公司众多，自招商局开其先声，而后竞相学步"，"人见公司之利如此其稳而且便，遂莫不幡然改图，一扫从前拘墟之成见"。中国的资本市场简直就像是坐上了火箭，"不过近数年之事耳，顾招商局一经开创，而继武（足迹相连）者竟尔纷纷"。在当时的上海滩，炒股票成为"市面生意之时派"，[32]如果你没有炒股票，你都不好意思说自己是生意人。

当时，炒股票成为一种时尚，一种身份的象征。舆论鼓动说，"中国之各商人无论大小，必皆不难获利，"商人们都希望自己投资的公司"将来隆隆日上"，因为"此法之愈推愈广，而华人致富之术无异于泰西诸国"。股票已经失去了本身的意义，被舆论裹挟到了国家兴盛的政治高度。无论是市井之徒，还是商场精英，他们在狂热的气氛中不停地被鼓动，投资股票可以使贫弱的帝国"由富而强"，"又何外侮之足虞乎哉！"

股票犹如一朵艳丽的奇葩。

成也股票，败也股票

当帝国的子民们为股票而疯狂的时候，有人开始浑水摸鱼。骗子公司大行其道，业绩造假肆无忌惮："夫招股开矿，未始非生意之一道，乃有假开矿为名。以招股为利。矿苗之旺盛与否犹未可知，而股票已遍行于沪上。指一矿地，延一矿师，乌有子虚，毫无实际，虽甚慧黠，亦多有受其欺而被其害者。卒至一败涂地，不可收拾，而公司股份之法遂不复行。"[33]

报刊舆论曾经鼓动中国商人通过发行股票招募资本，现在又开始唱空大清股市，极尽嘲讽之能事："西人实事求是，欲集一股份，必先度其事之可以有成，业之可以获利，而后举行。虽或时事不齐，亦有未尽得法之处，然断不至全系脱空，一无影响。华人则不然，竟有所创之业一无头绪，绝少依傍，而预先张大其词，广集股本，以为即日可以创成大业，而其实则全属空谈。"

西方将股票当成强国之利器，可大清帝国的股票却成了骗子的工具。西方公司发行股票是"西人之集公司也，专志于公司"，股票的涨跌"全以公司之盛衰为转移"。可中国股民的炒股行为简直就是一个笑话："卖买股票，无异乎卖空买空，并不问该公司之美恶及可以获利与否，但知有一公司新创，纠集股份，则无论何如竞往附股，至于该公司之情形若何，则竟有茫然不知者，抑何可笑之甚也。"

"一公司甫集，不问其事业成否何如，一鼓作气，争投股挂号。俄而号额已满，欲购不得，则先放盘以求必得。一人增价，走其后者更不乏人。风声一出，而股票因之而飞涨。"但是，很多商人发现那些招募商股的公司根本就没有商业项目，有的公司连个办公室都没有，"深恐该公司之或有不妙，而急欲推而出之，情愿减价以售于人"，钱庄一抛售，民众立即跟着恐慌性抛售，"遂致减价而亦无人承受"。[34]

金桐万万没有想到，股市只是洋商操纵大清帝国经济的一个道具。

1882年，胡雪岩在江浙搞生丝联盟对抗洋商，洋商加价都拒绝出售，因为他得到一个重要的气象情报，欧洲主要的生丝生产国意大利干旱严重，1882年面临生丝歉收的局面。欧美纺织业主对中国生丝已经情有独钟三百年，胡雪岩坚信欧美商人会在1883年的春天高价购买中国生丝。

胡雪岩囤积生丝后，生丝价格不断上涨，最高达到每磅生丝价格高达17先令4便士。当时上海生丝在伦敦的交易价格只有16先令6便士。

欧美商人不远万里到中国做生意，大宗交易主要为生丝、茶叶、瓷器，其中生丝为最大宗生意，是洋商在中国的利益核心。1876年，胡雪岩利用欧洲的商业情报囤积生丝，已经让洋商吃尽苦头，因此他对1882年的豪赌依然信心十足。有红顶子在头上，有两江总督左宗棠为靠山，洋商对胡雪岩只有咬牙切齿的份儿。不过，他们很快就抓住了胡雪岩的七寸：金融。

西征军的贷款是以胡雪岩的名义进行的，用大清帝国的海关关票抵押，这意味着以汇丰为首的外资银行必须从胡雪岩手上收回战争贷款。西征军的战争贷款一度为胡雪岩的阜康钱庄提供流动性支持，阜康钱庄在战争中迅速扩张，现在跟全国各地的商家、钱庄、票号均有资金往来。洋商如果单纯通过收缩战争贷款来胁迫胡雪岩放弃生丝联盟，这显然不太可行。胡雪岩欲通过组建轮船公司和长江电报来垄断长江沿线生意，生丝联盟是他垄断生意的演习，岂能轻易放弃？

洋商的第一招：拒绝买入胡雪岩的高价生丝。对，让胡雪岩的生丝砸在自己的手中，一时半会儿难以变现，如此一来，势必绷紧胡雪岩的现金流。第二招，炒高房地产。没错，上海县令莫祥芝的土地测量，使上海滩的土地价格犹如坐上火箭，顾林爵士的一番高谈阔论，更使最富的房地产商徐润将百万银子砸入房地产，还同时向22家钱庄拆借了百万资金，一时难以套现。这些都是洋商所希望看到的。第三招：股票杀招。大清帝国股市疯狂的背后，《申报》的舆论鼓吹功不可没。1882年的股市疯狂，《申报》一开始鼓动民众炒股，将股票问题推到国家复兴的政治高度。股市虽有臭虫，但真正的支柱却是以轮船招商局、开平煤矿为首的大盘蓝筹。《申报》先是鼓噪民众炒股，之后又不断发文章嘲笑民众的愚蠢，唱衰中国股市的未来。舆论的悲观犹如一针毒药，迅速地将发烫的股市推向了恐慌的泥潭。

《申报》在鼓吹与唱衰股票的同时，欧洲资本也在不停地向中国股市添薪。

怡和洋行驻上海负责人威廉·帕特森（William Patterson）想方设法搞到了3000股开平煤矿的股票，将其质押融得一大笔资金，在每股100两多一点的价位，不断地收购中国人持有的开平煤矿股票，很快将其拉升到每股120两的高位。开平煤矿作为大盘蓝筹，只有不断地收集筹码才能拉升股价，帕特森委托他人继续代为买进开平煤矿，只用了两个月时间，开平煤矿的股价就炒高到每股260两。在《申报》唱衰股市时，帕特森已经将其全部抛空。

帕特森抛空开平煤矿股票时，英国的情况相当糟糕。

1873年的经济危机之后，在南北战争中获胜的美国北方工业集团进一步提高了关税，英国商品对美国的倾销能力大大削弱。德国首相俾斯麦希望用高关税来增加本国税收，增强帝国财政和军事力量。俾斯麦的想法得到工商界的拥护，高关税就成为德国上下一致的利益所在。德国跟美国的贸易保护削弱了英国制造业的竞争力，成为大英帝国衰落的转折点。

摆脱英国经济操控的美国进入铁路建设的高潮期，从1879年到1883年，美国共建成铁路近5.3万公里，约占同期世界铁路建筑量的50%。美国在本土建造了两倍于实际需要的铁路，于是铁路同行之间开始恶性竞争，竞相削减运费，导致铁路经营入不敷出，银行及投资者纷纷抛售铁路股票和债券。1883年伦敦市场上美国的铁路股票价格已经跌至面值以下。

美国铁路泡沫破裂后，机车、煤炭、生铁、棉花、钢铁产量跟出口迅速下降。投资美国铁路的英国资本亏损严重，对美投资失利的恐慌迅速蔓延到英国国内，英国本国的钢产量下降15.9%，棉花消费量缩减了19.7%，造船业下降最严重，达62.8%。令伦敦方面头大的是，本国失业率不断上升，整个国家陷入恐慌性的不稳定状态。

胡雪岩对欧美的经济危机还一无所知，他跟欧美商人豪赌生丝，这在很大程度上提高了欧美国家进口生丝的成本，对于身处经济危机之中的欧美国家来说，胡雪岩的对抗就是在往他们伤口上撒盐。于是欧美商人以牙还牙，抛空中国股票，制造股市恐慌。大清帝国的钱庄、票号资金会在股市中快速蒸发，挤兑破产只是时间问题，同胡雪岩的钱庄进行大量拆借的生意伙伴都将成为"毒丸"。

帕特森已经截获了唐廷枢从伦敦发回上海的电报内容，唐廷枢在电报中希望国内的朋友代为买入开平煤矿股票，以此达到稳定市场的作用。帕特森在写给怡和洋行香港经理约翰逊（F. B. Johnson）的信中说："中国钱庄有几家倒闭了，未来还会有继而倒闭者"，轮船招商局、开平煤矿这样的大盘蓝筹股将跌破面值。[35] 在洋商看来，中国股市就是一个垃圾场，股票"简直一文不值"[36]。

股市的恐慌性暴跌立即让商人们的财富灰飞烟灭。

金嘉记源号——第一张倒下的多米诺骨牌

1883年1月12日，那是寒冷的一天，金桐被钱庄的老板们团团包围。那一天，金桐当着四十家钱庄老板的面泣不成声，丝栈有五十多万两的亏空难以填补。

金桐已经没钱了，金嘉记源号丝栈的仓库里现在全是生丝。钱庄票号的老板们都知道金桐的老婆出生在北京城官宦之家，金桐的亲家是南浔首富刘镛，家资两千万两白银。金桐非常无奈地告诉钱庄的老板们，夫人早亡，娘家只是一个翰林院典簿，官职卑微，难以拯救金家。刘镛家资千万，可是他也囤积了大量的生丝，现金流同样吃紧。

金嘉记源号丝栈破产了，四十家钱庄跟着倒闭。消息迅速传遍上海滩，接下来的一个月，破产的商号超过二十家，资金窟窿高达一百五十六万两，上海滩99家钱庄有44家停业。[37]以汇丰银行为首的外资银行也开始不断催收钱庄的拆借资金，难以从股市中套现的钱庄只有不断地向生丝、茶叶、盐业的贸易商们逼债，整个上海商界陷入"三角债"泥潭，大量的呆坏账犹如毒液一般在整个金融界蔓延。

商号、钱庄倒闭风潮一起，不少投机者借口无法还账，纷纷卷铺盖逃跑。上海道台邵友廉立即发布政府令："破产后闭门逃债者，立即监禁，家产查封，仍照诓骗财物律计赃、准盗窃论罪，120两以上充军，1000两以上发黑龙江安置当差，一万两以上拟绞监候，均勒限追赔，不完治罪。"[38]

政府令还警告："银货往来，全凭信义，诈倒取材，大干法纪。自示之后，凡已倒者，务将钱款赶紧全数还清，不准折减图让；其安分贸易者，不得饰辞亏本，有心干没。倘敢执迷不悟，仍蹈前辙，则国法森严，断难曲宥，身临三尺，虽悔已迟，勿谓言之不预也。其各凛尊，毋违特示。"

政府令一出，上海滩陷入极度恐慌之中。

股票风潮也与国际形势有关，当时，法国舰队已经封锁了上海黄浦江，扬言要炮击淮军集团的军事工业重地——江南制造总局，这是继第二次鸦片战争后，中国政府面临的最糟糕的一次外交危机。

1883年8月25日，法国北约舰队直逼越南都城顺化，越南阮氏朝廷跟法国订立城下之盟，签署了《顺化条约》。法国终于取得了对越南的"保护权"。《顺化条约》送抵北京，清政府执政精英们顿感脸上蒙羞，于是北京方面拒绝承认《顺化条约》。

法国人拒绝越南政府再跟北京方面往来，并驱逐了中国驻越南的军队。法国要求北京方面承认法国对整个越南的殖民统治，并开放云南的蛮耗为商埠，为法国打开云南门户。法国驻华公使向北京方面提交了外交照会后，进一步加剧了清政府执政集团跟汉族武装集团的分化。

在签署《顺化条约》之前，湘军集团的左宗棠、曾纪泽主张武力解决越南问题，清流派张之洞站到了湘军集团一边。而淮军集团领袖李鸿章提出了相反的意见，他认为，中国海军舰队目前还没有成形，而法国的舰队已经游弋在黄浦江，他们的大炮对准了军事工业旗舰江南制造总局，所以在越南问题上可以通过外交谈判解决问题。

汉族武装集团的分裂令北京最高决策机构——军机处举棋不定。恭亲王奕訢决定召开军事会议，但以清流派李鸿藻为首的文人士大夫只会纸上谈兵。经过一番激烈的争吵，北京方面最终作出了一个滑稽的决定：军事上，一面派遣远征军出镇南关援助越南，一面又再三训令远征军不得主动向法军出击；外交方面，一面抗议法国侵略越南，一面做出通过谈判或第三国调停解决越南问题的准备。

上海滩的商人们很快就听到一个不幸的消息：1882年10月25日，法国东京海域分舰队司令孤拔受命为北越法军统帅。法国在上海的军舰封锁了黄浦江，他们扬言，在炮击江南制造总局后，将北上天津，沿着英法联军当年的进军路线行进，目标是配合孤拔的远征军拿下北京城。

法国人的行动令清政府执政精英心惊胆战，以奕訢为首的政府内阁被推向了战争的最前沿，两国在西南的战争一触即发。胡雪岩立即意识到，问题越来越严峻，此时欧洲的商业情报突然又改变了口径，说是意大利生丝丰收。更为重要的是股市崩盘后，生丝联盟的商人们纷纷抛售生丝归还钱庄借款，"9月初最好的4号辑里（浙江湖州的一个地名）丝的市价为427.5两～428.3两，一个月后下降为382.5两～386.3两"。[39]

生丝泡沫破灭了

胡雪岩现在悔恨交加。

1883年4月，怡和洋行的上海负责人帕特森跟胡雪岩接触，当时怡和洋行旗下的怡和丝厂生丝紧缺，帕特森想向胡雪岩购买生丝，可胡雪岩没有搭理帕特森。时隔4个月，帕特森再度找到胡雪岩，当时的股票市场已经到了癫狂的地步，胡雪岩再次拒绝了帕特森。帕特森在怡和洋行的内部通信中谈到了胡雪岩的傲慢，"自信心甚强，因为本季丝收极歉"。[40]

战争的硝烟味儿越来越浓烈，整个上海因股票暴跌而倒闭的钱庄越来越多，

"三角债"的规模越来越大，尤其是在上海地方政府对钱庄商号的破产进行强烈干预之后，商人们担心会被充军杀头，纷纷抛售手中的股票套现还债，那些跟胡雪岩结盟的生丝商人也开始公开抛售生丝。

英国驻上海总领事许士爵士（Sir Patrick Joseph Hughes）向伦敦方面报告，上海的生丝联盟获取了错误的商业情报，以为意大利生丝歉收，所以他们投入了大量的资金豪赌生丝，现"已证实意大利生丝丰收"，"外国商人由此断定生丝的需要量已经足够，不收买胡光墉手中量达14000包的存货。在三个月之间，胡光墉不肯降价，外国商人又观望不买，以致市面呆滞"。[41]

中法战争一触即发，一旦战争打响，商民都要落袋为安。在战争打响之前，胡雪岩必须主动出击，打破洋商观望的尴尬局面。1883年10月初，胡雪岩和帕特森再度坐在一起，当月9日，双方达成了2000包生丝交易的协议，每包定价380两，但怡和洋行只愿意支付38万两丝款。

胡雪岩跟帕特森的谈判是很辛苦的，帕特森已经从伦敦的情报中了解到，法国国内这一次的经济危机相当严重，所以他们一定会在越南问题上跟北京方面强硬下去，战争不可避免。帕特森相当了解上海滩的资金状况，商人们都在想方设法回笼资金，生丝价格下跌已经成了一种趋势，如果将生丝交易的全款支付给胡雪岩，怡和洋行就会在生丝价格下跌的过程中遭遇账面损失。

帕特森提出了一个解决方案，双方以每包380两作价，将2000包生丝做成一个交易资产包，胡雪岩跟怡和洋行各持有百分之五十的资产包增值权益。双方约定，一旦价格高于每包380两，胡雪岩可与怡和洋行均分超额收益。至于未支付的38万两余款，怡和洋行将分期支付。为了缓解胡雪岩在资金上的燃眉之急，怡和洋行可为胡雪岩提供一笔10万两的过桥贷款。

怡和洋行已经摸清楚了胡雪岩的资金链，他在汇丰银行拆借的10万两在1883年11月将到期，如果胡雪岩将出售生丝的回笼资金用来归还汇丰银行的贷款，那么他一样面临流动性问题。帕特森主动提出，怡和洋行可以承接胡雪岩在汇丰银行的10万两贷款，怡和洋行向汇丰银行支付8%的年利息，胡雪岩再用2000包生丝的余款跟百分之五十的增值权益作抵押，向怡和洋行贷款10万两，年利息10%。[42]

在跟帕特森谈判期间，胡雪岩在杭州的泰来钱庄已经出现挤兑的情况，整个阜康集团已经出现流动性资金危机。在帕特森拒绝立即支付全款的情况下，胡雪岩只有选择多支付2%的利息来续贷。帕特森相当开心，这一次终于让傲慢的胡雪岩低头了，在为胡雪岩提供过桥贷款的过程中轻松获取了2%年利息，即便胡雪岩破产，他还手握胡雪岩抵押的38万两生丝余款，这简直就是天上掉下来的馅饼。

生丝联盟曾经立下了信誓旦旦的口号，要为大清帝国争取生丝定价权，豪情壮语如今已成烟云，随着胡雪岩跟怡和洋行生丝成交的消息传开，生丝联盟立即土崩瓦解，生丝价格进一步下跌。生丝泡沫的破裂对恐慌的钱庄票号犹如烈火烹油，"钱庄、票号一律催收，急如星火，甚至沪上商局大震，凡往来庄款者皆朝不保夕。虽有物可抵，有本可偿，而提现不能，钱庄之逼，一如倒账"。[43]

1883年11月2日，有"浙江第一巨号"之称的泰来钱庄倒闭了。泰来钱庄是胡雪岩整个商业帝国的基石，一旦破产消息传到上海，胡雪岩跟洋商在生丝以及借款方面的谈判将陷入被动。跟胡雪岩关系密切的浙江布政使德馨"助其料理，犹得弥缝无事"，[44]可是浙江宁波的商人很快就嗅出了胡雪岩的资金链问题，纷纷向胡雪岩的阜康钱庄逼债。

现在，胡雪岩手上还压着12000包生丝，按照怡和洋行的定价，胡雪岩沉淀在生丝上的资金高达456万两。胡雪岩找到上海丝业总董徐棣山，希望徐棣山能够穿针引线，继续撮合自己跟洋商的生丝交易。徐棣山是浙江海宁巨富，旗下有怡成丝栈等企业，1882年成为怡和丝厂最大的华人股东、董事。[45]胡雪岩跟帕特森的2000包生丝交易就是徐棣山撮合的。

徐棣山在上海滩洋商间频繁穿梭，终于又给胡雪岩找到一家生丝需求旺盛的洋商。徐棣山很快找到了英国柴郡贸易商亚当逊（W. R. Adamson）。亚当逊对跟胡雪岩做生意很感兴趣，面对生丝价格的下滑，亚当逊将交易价格压到每担372两。[46]

胡雪岩现在别无选择。

1883年11月29日，胡雪岩将所有的生丝存货卖给亚当逊洋行。胡雪岩这一次亏大了，英国驻上海总领事许士爵士向伦敦汇报说："由于金融吃紧，胡光墉（胡雪岩）不得不抛售手中生丝，生丝价格于是急剧下落。胡光墉的损失高达150万两（35万英镑）。"[47]

亚当逊没有立即向胡雪岩支付生丝交易款，胡雪岩的资金流动性危机依然严重。合同签署两天后的12月1日，阜康钱庄破产了，上海滩的债权人怎么也找不到胡雪岩。"阜康雪记，巨号也，名埠皆设立庄口，专作汇兑。前日因有解出银数十万两，而本埠近日市面甚紧，一时无从调补，其经事人竞避往宁波，以致合市皆知，不能弥缝，遂也停歇。"[48]

金嘉记源号丝栈倒闭后，40多家钱庄破产倒闭，于是外资银行收紧了对中国钱庄、票号的信贷。泰来钱庄倒闭后，亏欠山西票号七万多两，胡雪岩的商业信誉迅速下降，凡是跟胡雪岩有商业往来的钱庄、商号纷纷催收欠款。更要命的是胡雪岩降价向怡和洋行出售生丝后，38万两银钱根本就没有流入旗下钱庄，而是被以汇丰银行为首的外资银行以西征贷款到期为由直接划走了。

西征军贷款一直是由胡雪岩出面，各海关出具关票担保。按照还款约定，1883年11月还款前，提供关票担保的各海关需将款项汇总给上海道台，上海道台通过财政专项渠道划拨给胡雪岩的阜康钱庄，再由阜康钱庄归还给以汇丰银行为首的国际银行。可是"上海道邵小村（邵友濂）观察，本有应缴西饷，勒之不予"，急于收回贷款的汇丰银行只能直接划走阜康钱庄账上的资金。[49]

对不起了，首富先生

邵友濂，浙江余姚人，同治年间进士落榜，曾国荃进京面圣，听闻邵友濂会英文，将其招至幕下。邵友濂一门心思要走科举正途，怎奈命运总是跟自己作对。离开曾国荃后，邵友濂一直在北京官场厮混。曾国藩的儿子曾纪泽出使俄国，同沙俄谈判伊犁问题期间，邵友濂辅佐曾纪泽立下大功。1882年在李鸿章的举荐下，邵友濂出任上海道台，正式进入淮军集团。

在科举仕途上，邵友濂跟盛宣怀堪称难兄难弟，两人都是一门心思想通过科举走仕途，却总是久考不中。邵友濂去上海之前，跟盛宣怀已经成了好友。

邵友濂身为上海道台，隶属两江总督管辖。邵友濂切断胡雪岩的巨款来源，将胡雪岩拖入破产泥潭，这无疑是砍掉了左宗棠的左膀右臂。阜康钱庄倒闭之前，资金链紧张的局面已非一日，尤其是泰来钱庄失信于山西的票号后，阜康钱庄已经轮番遭遇挤兑，胡雪岩为了应付挤兑势必在系统内调动资金。

邵友濂拖延向胡雪岩支付各海关给西征军的还款饷银。他是怎么做到准确掌握胡雪岩调动资金的情报的？胡雪岩在资金链紧张期间，不断地通过电报向津沪分号调动银两。病急乱投医的胡雪岩晕头了，津沪电报局跟自己竞争长江电报项目的局面还没有结束。而津沪电报局只要一泄露阜康钱庄资金链紧张的消息，阜康钱庄就会马上遭遇挤兑，胡雪岩就会立即垮掉，长江电报项目自然就落入津沪电报局之手。

胡雪岩成了淮军集团定点清除的对象。

左宗棠一直是清政府执政集团钳制李鸿章的重要力量。作为左宗棠的代理人，胡雪岩放弃西北的煤炭等资源，转而在津沪、长江航线购置轮船，竞争电报项目，意在垄断长江商业，打垮淮军集团的改革旗舰轮船招商局，进而夺取改革主导权。在长江电报项目的争夺中，胡雪岩已经得罪了广东跟江浙商人，成了商场的独行侠。

邵友濂拖延支付还款饷银，加速了阜康钱庄资金链的断裂。当胡雪岩获知邵友濂要延期支付巨款时，"光墉（胡雪岩）迫不可耐"，[50] 立即动身到宁波说服主要债权人。但胡雪岩很快失望了，江浙的商人们不但没有伸出援助之手，相反还在加速挤兑。商人们选择了政治站队，他们站到了淮军集团一边，最终将危机推向了高潮。

身为津沪电报局的总办，盛宣怀的心情是相当复杂的。当王先谦弹劾盛宣怀时，盛宣怀第一时间向胡雪岩诉说胸中的苦闷。在跟胡雪岩的往来信函中，盛宣怀总是谦卑地自称"侄儿"。在现实中，盛宣怀对胡雪岩也是信任有加，当年李鸿章责成盛宣怀清偿湖北矿务局财政款项时，盛宣怀选择将十万两财政款存放在阜康钱庄。

湖北矿务局兴办失败后，盛宣怀在轮船招商局的挂名会办也被拿下，这导致他通过改革政绩走仕途的路子急转直下。而津沪电报局是李鸿章相当看重的一项改革，他在给北京方面提交的多份报告中强调，铁路、矿业可以停下来，唯独电报不能停下来，电报可让军队决胜千里之外，没有电报将失去未来的战争。于是，盛宣怀将津沪电报局当成自己新的人生起点。

津沪电报局团结了一大批江浙和广东商人，商人们拿到北京的批文，可以主导全国的电报，并能通过长江电报项目来弥补津沪电报局的亏损，但胡雪岩却对长江电报项目志在必得，这无疑是要将津沪电报局推向亏损甚至破产的境地。如果江浙和广东投资电报的商人面临血本无归的窘境，盛宣怀必然难辞其咎。

此时的盛宣怀面临人生最重要的抉择。

危急时刻，他到底是选择跟一等首富合作还是跟二等富商合作？跟胡雪岩合作，毫无资金实力的盛宣怀岂能掌握话语权？更重要的是，作为李鸿章的亲信，盛宣怀拯救胡雪岩就会背上背叛淮军集团的骂名。盛宣怀需要冷静地权衡利弊。身为两江总督的左宗棠年龄比李鸿章大，在人际关系处理方面比李鸿章逊色多了，尤其是在北京期间，将清政府执政精英差不多得罪光了。选择胡雪岩和左宗棠，盛宣怀的政治前途将一片黯淡。

在清政府执政精英眼中，李鸿章领衔的淮军集团就是一只鲜美而致命的河豚。淮军集团掌握着帝国最精锐的军队，在航运、矿业、电报等改革方面拥有绝对的主导权。站在淮军集团的肩膀上，盛宣怀有着天然的政治优势，跟二等富商合作会拥有更大的话语权。即便在胡雪岩面前一口一个侄儿，即便有十万两财政款存在阜康钱庄，盛宣怀最终还是选择站在了二等富商这一边。

盛宣怀掌握着全国的信息系统，邵友濂掌握着资金调拨大权。西征军贷款尽管是以胡雪岩的名义，可是有帝国的海关担保，有海关的关票抵押，在两江总督左宗棠治下，邵友濂就算有天大的胆子也不敢拖延。在邵友濂将巨款"勒之不予"的背后，如果没有一个足以对抗左宗棠的人物撑腰，邵友濂岂敢如此嚣张？准确掌握胡雪岩的资金信息，扣留巨款，这显然是淮军集团定点清除胡雪岩的联合行动。

面对淮军集团的定点清除行动，胡雪岩悔之晚矣。想当年，胡雪岩在为西征军筹集贷款、采购军火的过程中大发横财，被左宗棠委婉批评，胡雪岩一气之下，资助杨乃武家属进京上访，甚至暗中串联浙江籍京官，令"杨乃武与小白菜"一案在不断的上访中最终直达天庭。此案导致左宗棠在官场最得力的助手、浙江巡抚杨昌浚被革职。继任的浙江巡抚为淮军集团大员刘秉璋，在长江电报项目中，刘秉璋原本碍于左宗棠的面子，不便为难胡雪岩。没想到现在胡雪岩钻入了自己设下的陷阱之中。对不起了，首富先生。

树倒猢狲散，帝国首富晚节不保

"风声四播，取存款者云集潮涌，支持不经日而肆闭。"[51]上海的阜康钱庄倒闭后，北京的阜康钱庄"取银之人拥挤不断"，杭州、宁波等地的分号也全部倒闭。[52]阜康钱庄的破产在上海滩犹如一枚重磅炸弹，炸得各大钱庄纷纷破产，金融风潮空前，上海南北七十八家钱庄，到1883年12月底倒闭了六十八家。

各种商号也接连倒闭，数量超过三百家。[53] 曾经在上海公开发行股票的一些矿产、纺织等公司也因钱庄、票号抽走资金而关门。

上海的金融风潮迅速扩散，镇江、南京、九江、汉口、天津、杭州、宁波、福州、长沙、南昌等大型商业城市的钱庄、票号、商号倒闭成风。镇江的六十家钱庄倒闭了四十五家。金融风潮席卷到北京后，京城的达官贵人们"一闻是信，大为恐慌，各持贴钞分往店庄取银，以致都中各钱业者皆有岌岌不可终日之势，市面为之大禁"[54]。

北京城在1872年曾经历过一场金融风潮，没想到十年后上海的金融风潮也刮进了京城。这场席卷全国的金融风潮让清政府执政精英心惊胆战。法国人的军队已经从南方向北方推进，一旦金融风潮刺激了民众，太平军起义的悲剧可能再度上演。北京方面决定给左宗棠敲警钟，因为胡雪岩是他三番五次举荐的巨商，现在胡雪岩造成的烂摊子只有让左宗棠收拾了。

左宗棠很快就收到了北京方面的调查令："现有阜康商号闭歇，亏欠公项及各处存款为数甚巨，该号商江西候补道胡光墉（胡雪岩）著先革职，即令左宗棠饬提该员严行追究，勒令将亏欠各处公私款项赶紧逐一清理，倘敢延不完缴，即行从重治罪。并闻胡光墉有典当二十余处分设各省，买丝若干包，存置浙省。著该督咨行各省督抚，查明办理，将此谕令知之。"[55]

走投无路的胡雪岩"即赴金陵见左公，备陈始末"。面对声泪俱下的胡雪岩，左宗棠内心备受煎熬。那些他瞧不起的清政府执政精英们，岂能放过这一个绝佳的机会？北京方面已经革掉胡雪岩头上的"红顶子"，胡雪岩的信用完全丧失。面对一个朝廷严查的对象，谁还会拆借资金给他？

清政府执政精英们让左宗棠出任专案组负责人，这无疑是将左宗棠推向胡雪岩的对立面，但左宗棠别无选择。胡雪岩拖欠公私款项不还，将从重治罪，按照邵友濂在上海推出的整治金融问题的政策，凡拖欠一万两公私款项不还者，将判处绞刑缓期执行，有上千万两资金窟窿的胡雪岩必死无疑。如果左宗棠拖延不查，抑或是偏袒胡雪岩，清政府执政精英们一定会弹劾左宗棠玩忽职守。

左宗棠将调查胡雪岩一案交予浙江巡抚刘秉璋，胡雪岩一回到杭州，"将其产业簿据献与文庄（刘秉璋），不稍隐匿"。刘秉璋也立即成立了一个规模空前的胡雪岩专案组，"令候补州县二十九人接收各典"。[56] 专案组的官员们面对胡雪岩庞大的家业，"皆踌躇莫知所对语"。刘秉璋对专案组的官员们训话：

"诸君学古入官，独不思他日积赀致富，设典肆以谋生乎？收典犹开典也，不外验赀查账而已。"

一场声势浩大的调查刚开始，刘秉璋的办公室就源源不断地收到北京的来信。总管内务府大臣、武英殿大学士文煜来信，说自己将三十六万两白银存入阜康钱庄，现在"疏请捐出十万，报效公帑，其余求追"。文煜提出，胡雪岩没有现银，可"以胡庆余堂药肆之半予之"。

胡庆余堂是胡雪岩旗下最大的实体产业，一旦将胡庆余堂的股权交给文煜，那么胡雪岩将永远没有翻盘的机会。文煜在清政府执政集团位高权重，如果将胡庆余堂百分之五十的股权交给文煜，淮军集团跟清政府执政精英们将皆大欢喜，这是两个政治集团结盟的最佳时机。

文煜豪夺了胡庆余堂百分之五十股权后，户部侍郎孙诒经的信马上飞抵杭州，孙诒经说有万金存在阜康钱庄，那可是自己一辈子的积蓄，请刘秉璋帮忙要回。孙诒经担心刘秉璋不买自己的账，还委托李鸿章的亲信张佩纶给刘秉璋写信。张佩纶正在福建前线谋划对法海战，但孙诒经之托难却，于是给刘秉璋写信说："子授（孙诒经）得失尚觉坦然，而家人皇遽，虑无以为生计，乞为援手。"[57]

左宗棠之前在给北京的报告中常夸赞胡雪岩急公好义，素有"东南大侠"的江湖名声。刘秉璋的专案组进驻胡雪岩的钱庄、票号、商号期间，胡雪岩把妻妾"尽呼之集一堂"，"各予以五百金遣去"。胡雪岩喜新厌旧，妻妾成群，那些嫁入胡府的艳妇"本无一人崇尚名节，故一哄而散，毋稍留恋"。一代商场枭雄，面对金融风潮束手无策，最终落得妻离子散。

赶到胡府抄家的官员发现，曾经"门庭若市"的胡府，现在却是"以伙友无良挟赀远遁告，身败名裂，莫为援手，宾客绝迹，姬妾云散"，朋友远遁，姬妾散尽，在胡府等待接受专案组调查的胡雪岩，已经没有以前呼风唤雨的气魄，整日里呆坐在空荡荡的府邸，犹如一个风中孤独的老人，与往日的风光相比，简直"判若两人"[58]。

专案组调查发现，胡雪岩的钱庄亏欠大量的财政款、军费，比如阜康钱庄及其分号裕成钱庄倒闭时，福建"省司道府库及税、厘、善后局汇兑京、协各饷，或购军火，或地方善举，由该商经手共计存银二十三万一千两"。[59]由浙江著追的有1613900余两，另有亏欠江海关、江汉关及两江采办军火、电线等银

786800余两，两项共2400700余两，占倒欠官私各款的20%。

左宗棠看着专案组"奉旨查抄"，一度在暗中"再三为力"，无奈阜康钱庄深陷债务连锁链，全国各地钱庄、商号的倒闭，导致阜康钱庄大量资金难以回收。北京的达官贵人，地方的官宦要员争相挤兑，胡雪岩的整个金融帝国和实体企业已经失去了流动性支持。左宗棠意识到，一张巨大的网正向自己张开，击垮胡雪岩，自己失去了资本支持，纵有雄心万丈，亦难再和李鸿章抗衡。

胡雪岩的迅速垮塌让左宗棠肝火上蹿，致使眼疾突然发作，经过四个月的调理仍然毫无起色。于是左宗棠向北京方面请假调理身体，清政府执政精英立即调曾国荃总督两江，彻查胡雪岩一案。经过一阵子的调养，左宗棠眼疾痊愈，北京方面决定再调左宗棠进入军机处。左宗棠进京后，光绪皇帝专门发了一道圣旨，在召开御前会议的座位班次上，左宗棠排在李鸿章后面。[60]

淮军集团杀敌一千，自伤八百

面对法国的挑衅，淮军集团的文臣武将们跃跃欲试，清流派张佩纶极力主战。清政府执政集团内部暗流汹涌，左宗棠一方面给曾国荃写信，希望他对胡雪岩手下留情，一方面向朝廷提出南下跟法国人决一死战，以重塑自己在帝国的威望。张佩纶嘴皮子功夫了得，结果一开战就开溜了。曾经掌握着马尾船厂全部军事数据的法国人，开着舰队直奔马尾，不久，马尾军港全军覆没。北京方面很快就收到了关于张佩纶战场上逃跑的弹劾报告，并派左宗棠调查张佩纶逃跑事件。

清政府执政精英们再度将汉族武装集团推向了内耗的风口。

淮军集团的名将刘秉璋主要负责调查胡雪岩，图谋清除胡雪岩以遏制左宗棠。现在北京方面派左宗棠调查张佩纶，张佩纶可是李鸿章的心腹，一旦战场逃跑坐实，李鸿章也救不了张佩纶。左宗棠借机向李鸿章释放出和衷共济的信号，向北京方面提交了一份模糊的调查报告。左宗棠试图在福建战场前线保住张佩纶，也希望刘秉璋能够在杭州对胡雪岩网开一面。

左宗棠的调查报告送抵北京，慈禧太后看后大动肝火，当即向全国地方督抚发出一道严厉的上谕。慈禧太后在圣旨中痛批张佩纶"朋谋罔上，怯战潜逃，讳败捏奏，滥保徇私"，对"玩敌怯战"的前线将校判处斩监候，秋后处斩。左宗棠"奉旨交查要件"却为张佩纶"意存袒护"，"曲为开脱"。[61]

慈禧太后在上谕中言辞激烈："军事功罪是非，关系极重。若失事之员惩办轻纵，何以慰死事者之心？左宗棠久资倚畀，夙负人望，何亦蹈此恶习？"张佩纶统率的军队在马尾之战中一败涂地，导致南洋精锐全军覆没，身为统帅的张佩纶临阵潜逃，何以告慰战死的亡魂？朝廷信任倚重左宗棠，没想到左宗棠已经染上了官官相护的恶习，实在太令自己失望了。

左宗棠曲意开脱，意在向李鸿章释放善意，未曾想慈禧太后大动肝火。慈禧太后在向大臣们口述这一道上谕之时，对左宗棠的失望溢于言表。可是，谁又能理解左宗棠心中的失落呢？"未几郁郁而终"。[62]胡雪岩因"亏军需帑，至褫职监追"，"宾客尽散，姬妾潜逃，只堂上一衰母耳"，失去了左宗棠庇佑的胡雪岩最终"愤死"。[63]

定点清除胡雪岩的行动对于淮军集团来说可谓杀敌三千，自损八百。

轮船招商局、开平煤矿、津沪电报局、上海机器制造局、上海纺织局、济和水火保险公司等淮军集团企业在金融风潮中同样遭遇股票抛售，招商局股价跌到每股34两，济和水火保险公司跌到27两，开平煤矿跌到29两。身为轮船招商局、济和水火保险等公司的股东，徐润的股票资产大幅度缩水。同时，徐润控股的宝源祥房地产公司还遭遇22家钱庄逼债。

宝源祥房地产公司的债权人一度希望引入新股东注资，最初他们第一个想到了津沪电报局总办盛宣怀。但盛宣怀同样深陷资金危机，因为湖北矿务局的14.3万串财政款存放在阜康钱庄，有10万串难以收回。李鸿章勒令盛宣怀赔偿，"差缺赔累祖遗田房，变卖将罄"，搞得盛宣怀的老爹盛康"无田可归"，盛宣怀也成为盛氏家族的"不肖毁家之子"。[64]徐润的债权人嘲笑盛宣怀是"空心大佬"。

徐润只能将房产、股票全部抵押给债权人。在与徐润的债权人接洽的过程中，盛宣怀发现徐润挪用招商局十六万两银子的秘密。盛宣怀马上给李鸿章写信："惟雨之（徐润字雨之）将家产抵还庄欠二百余万，以赊抵现，不倒之倒，并闻局款尚有私挪。恐此后各商以不信唐、徐者不信商局，殊多窒碍。华人办事，贻笑外人，可慨。"[65]

盛宣怀的一纸信函立即将徐润推到了风口浪尖，徐润立即给远在美国的唐廷枢发电报，希望唐廷枢马上回国主持招商局。可是盛宣怀很快又发现，唐廷枢也挪用招商局公款七万两。徐润愤愤不平："借端发难，个人具禀南北洋大臣，以该局本根不固，弊窦滋生，几难收拾。"[66]徐润气得咬牙切齿，大呼盛宣怀落井下石。

胡雪岩破产后，徐润的资金链已经极度紧张。盛宣怀在给李鸿章的一封信中写道："徐道向左相禀借不允。徐私欠百余万，钱庄皆不允转，拟书产交抵，声名大裂，局欠益难，人情汹汹，势甚危岌。"左宗棠连胡雪岩都拯救不了，岂能救得了徐润？

李鸿章向朝廷提交了一份报告，弹劾徐润"假公济私，导致亏钱局款，实属瞻玩"，建议革掉徐润的官衔，勒令徐润偿还轮船招商局的公款。徐润被迫离开招商局，将手上仅有的八千多两银子交给招商局，并从朋友处借了八百八十三股招商局股票抵债，同时还将自己的十六铺地产抵给招商局。

同样挪用公款的唐廷枢也离开了招商局，专办开平矿务局。徐润、唐廷枢这两位淮军集团的资本功臣，在金融风潮中悲怆地离开了招商局。盛宣怀如愿坐上招商局老大的宝座，大商人、大作家郑观应也应邀入局会办招商局。盛宣怀已经没有可以匹敌的竞争对手，广东、江浙的商帮们只是他的配角。李鸿章也没有了疆臣对手，只需应付清政府执政精英们，他需要通过掌控改革主导权来保护淮军集团的利益，进而寻求跟清政府执政精英们政治博弈的一种平衡。

日本间谍与甲午海战

小川又次和他的《清国征讨方略》

1894年8月2日，正坐在天津海关衙门的盛宣怀握着一纸报告，双手发颤。

盛宣怀的脑子里浮现出7月25日那个可怕的早晨，大清帝国开往朝鲜的运兵船在丰岛遭遇突然袭击，日军"击沉清军一千五百人乘坐之运送船一艘（即高升号），捕获清军舰'操江'，'济远'向清国、'广乙'向朝鲜西岸逃遁"。[67]堂堂天朝海军，居然在丰岛海面乱成一团，面对日军毫无还手之力。

1894年8月1日，北京和东京方面同时宣战。李鸿章身为清军总指挥，向轮船招商局下达了战时运输任务。轮船招商局的广济、镇东、美富、图南、永清五艘轮船负责运送武器弹药和钱粮物资。与此同时，盛宣怀截获了一份发往日本东京海军总部的密电，密电破译以后，出现了"美富"字样，而淮军集团调拨的运输船正好有一艘名叫"美富号"。

远在招商局上海总部的郑观应给盛宣怀写信道："'飞鲸号'买办云，在大沽载兵时见倭夷往来不绝，凡我船开行，彼即细为查探，非但常在码头梭巡，竟有下船在旁手持铅笔、洋簿，将所载物件逐一记数，竟无委员、巡丁驱逐。"[68]郑观应提醒盛宣怀要加强战时军事口岸的安全管制，尤其是电报的保密和防范日本间谍。

现在，无论是贵族富商还是贩夫走卒，都在关注着朝鲜半岛局势。

1883年，大清帝国与法国军队激战东南亚，致使大清帝国失去了藩属越南，南洋海面从此无险可守，帝国大门洞开。日本人的狼子野心也随即膨胀起来。1887年，日本军方的高级将领们制定了《清国征讨方略》，[69]日本的终极目标是：实现以侵略中国为中心的"大陆政策"。

日本参谋本部第二局长小川又次从1880年开始，多次以间谍身份进入中国，走遍了中国的大江南北，掌握了大量的军政情报。他在《清国征讨方略》中将大清帝国批得体无完肤："清国虽老衰腐朽，仍乃一世界大国，自尊傲慢成风，自称中国。发生一事件，内心实畏惧，表面却伪装成豪壮不挠之态。因此常以虚张声势为惯用外交策略，屡屡酿成同外国纠葛，又屡屡招致失败。"

小川又次认为自满洲关外的军事力量一统中国以来，人民的厌恶已经延续上百年，"自长毛贼、回匪大乱以来，至今窥伺帝室之贼徒不绝"，满洲贵族"袭自尊傲慢旧习，疏于天下形势"。

第一次鸦片战争重创了满洲军队，而第二次鸦片战争则真正击垮了八旗精锐的灵魂。汉族武装集团的崛起对清政府执政集团构成了致命的威胁。在利用与制衡的反复冲突中，中国的军队是为了权力而战，而对域外军队则畏之如虎。尽管中国的改革从航运到矿业，从铁路到电报，从实体到股票，可谓是全面铺开，就连军队也都装备了新式的火炮，可为什么淮军精锐还是在中国西南被法军打得丢盔弃甲？

"国家基础不仅在于兵器精良与国内富饶，最需要者乃忠君爱国之热情。若无此种精神，即便携带如何精良之兵器，国有许多财富，亦将无用。"[70] 在小川又次的眼中，曾经以文祥为首的权臣、以郑观应为首的商业精英都提出了"共和政治"，慈禧太后跟奕訢也经历了长达二十年的"叔嫂共和"，以洪秀全为首的太平天国更是创建了共和天堂，但当权者"处事迟钝，中途目的多变"，而"无知愚昧之人民，多不知爱国为何物"。

小川又次在给明治天皇的报告中，尖锐地指出了中国问题的症结：经济改革没有政治改革的支持，朝廷和民众的距离会越来越远，爱国的勇气和思想会迷失在模糊的家国意识里。主导经济的改革者会成为新的利益集团，加速社会财富的两极分化，整个国家会陷入动荡之中。

日本制定的"大陆政策"第一步是攻占台湾，第二步是吞并琉球和朝鲜，第三步是进军清政府，第四步是灭亡中国，第五步是征服亚洲，称霸世界。日本人的野心一直是中国军方的心病。弹丸小国在经济改革的同时，与千年帝制诀别，实施君主立宪政体，军国大事决议于发达的官僚体系。日本军方躁动，中国军方间谍在日本的活动也从未停止。斡旋长江电报项目的王之春就曾经到日本搞过军事情报，李鸿章幕下的应宝时更是日本问题的专家老手。当日本的情报传到北京后，清政府执政精英们才如梦初醒，曾经久拖不决的海军防务终于又重新起步。

1888年，在醇亲王奕譞的领导下，在淮军领袖李鸿章的主导下，北洋水师正式成立。据小川又次提交给日本参谋部的情报显示，大清帝国有八旗、绿营、蒙古、勇兵共计117万人，兵饷银人均不足二两，加之王公大臣"无贿赂则不能生活"，"兵卒若非从事贱业，不足以糊口"。中国的军队"弊习多端，万事皆不能为。耗费国库款额巨大，都是有名无实之兵员"[71]。

小川又次在中国侦查军方时发现，各大兵种属各省总督巡抚分辖，并非归一名元帅统辖。兵制、阵式、枪炮器械等各有差异，军制不能统一。太平军、捻军、回民起义不断，地方督抚为了剿灭叛乱，开征商业税养活地方武装，中央财政日渐空虚，无力供养统一的中央军，八旗军队迅速衰败。此时，中国除了湘淮两大汉族武装集团，各地督抚武装林立，难以形成统一有效的军事力量。

李鸿章在筹建海防的过程中犹如和尚化缘一般，各地督抚为了地方政府利益，拒绝向南洋跟北洋海防划拨军费。同样地，左宗棠在收复新疆的过程中也只有依靠贷款打仗。而明治政府的改革正好相反，为了发展海军，日本政府号召国民进行捐款。日本国民踊跃捐款，连明治天皇也把自己的私房钱拿了出来，政府在短短时间就筹集到了一笔巨款。

日本拿着募集的社会资金到欧洲采购军舰，在长崎等地修建造船厂，建造铁甲军舰。1889年，日本已然拥有了"千代田""吉野""秋津洲"等军舰。李鸿章获得日本主力舰"吉野"的情报资料，发现"吉野"号航速快捷、炮火猛烈，于是立即绕道通过智利海军向英国订购了相同型号的战舰。遗憾的是，慈禧太后忙于准备祝寿，暂停了军舰采购行动。

在中日海军竞赛的过程中，中国在马尾开设了现代化的海军学校，在李鸿章等人的共同努力下，以邓世昌、刘步蟾、方伯谦为首的一批船政学堂学生到欧洲留学。同期，日本也派出大量青年才俊留学欧洲，像日本海军名将东乡平八郎就是在这个时候去了英国学习。不难看出，中日双方都将海军当作了控制东北亚的重要筹码，朝鲜是双方检验军政成败的试金石。

朝鲜是天朝最后一个藩属国，清政府执政精英们打定主意，一定要为颜面而战。

丰岛海战的惨败令慈禧太后震怒，身为天津海关道的一把手，盛宣怀负有不可推卸的责任。李鸿章调拨轮船的命令遭遇泄密，这意味着"美富"号运送的清兵可能会重蹈丰岛血战的悲剧，招商局其余的几艘船也可能跟"高升"号一样沉没海底。盛宣怀急得如热锅上的蚂蚁。

抓捕日本间谍行动开始了

突然，天津城守营千总任如升快马飞抵海关道衙门。

任如升向盛宣怀汇报，从天津开往上海的英国客轮"重庆"号出事了，天津民众冒充清军搜查并痛殴了搭乘"重庆"号撤离的日本领事馆人员及其家属，在群殴之时，民众意外地搜获日本间谍泷川具和发给天津领事馆武官的密信。密信中有一个非常重要的信息，有一位日本间谍潜伏在天津继续收集军事情报。[72]

盛宣怀"腾"地一下从椅子上站起来，难道这个潜伏的日本间谍就是"高升"号事件的幕后主谋？任如升胸有成竹地告诉盛宣怀，自己已锁定了一个叫汪开甲的天津护卫营弁目，因为他发现汪开甲最近常往紫竹林松昌洋行跑，这个松昌洋行的老板是日本人。另外，汪开甲还经常和一个叫石川伍一的日本人逛窑子。

任如升的情报令盛宣怀激动不已，他立即令任如升调集城守营的精锐直奔护卫营。当军警包围护卫营时，汪开甲还在军营里睡觉。汪开甲被押到海关道衙门后，犹如死狗一般瘫在大堂，竹筒倒豆子一般交代了自己和石川伍一的交易。

"二月份到松昌洋行兑换英镑，当时伙计说洋行不让兑英镑，正在这个时候石川伍一出来，看了看我就给兑了，后来慢慢地熟起来了，他就带我去了日本人开的妓院。"汪开甲交代，经过一段时间的交往，石川伍一向自己表示，希望认识军械局书办刘棻（又称刘树棻、刘五等），自己觉得石川伍一很仗义，就将刘棻介绍给石川伍一认识了。

盛宣怀一听"军械局刘棻"这几个字，当即大惊失色，丰岛血战的兵船跟军械物资正是通过军械局调拨的，刘棻作为书办对兵船的行经路程了若指掌。从石川伍一处心积虑跟一个弁目套近乎，还不惜血本请客送礼这种有悖常理的行为来看，十有八九石川伍一是个日本间谍。这样绝密的军事机密泄露，肯定和这个石川伍一甚至跟刘棻有关系。

刘棻是一个令人头痛的主儿，他的上司是军械局总办张士珩，这两人可不止上下级关系那么简单，他们还是表兄弟。张士珩的舅舅正是这一场战争的总指挥李鸿章。汪开甲交代，现在石川伍一就躲在刘棻的家中。盛宣怀下令不惜一切代价将其逮捕。

任如升带着一队军人在刘棻家四周死守一夜，第二天一大早，发现石川伍一鬼鬼祟祟正欲离开，一帮精壮的军人立即将其擒获。石川伍一一会儿英语，一会儿法语，搞得任如升一行懵懵懂懂，完全不懂他在说些什么。盛宣怀将抓捕石川伍一的经过向李鸿章进行了汇报："昨晚拿获日本奸细一名，能说英语，亦能说法语，剃头改装，其为奸细无疑。"[73]

石川伍一的落网只是大清帝国围剿日本间谍的一个开始。8月13日，上海法租界又破获楠内有次郎、福原林平间谍案，两天后的8月15日，藤岛武彦、高见武夫在浙江被捕。

日本间谍落网的消息很快传到北京，朝廷给李鸿章密电："有人奏天津军械所书吏刘姓，暗中通寇，传播军情。"[74]丰岛悲剧就在眼前，北京方面希望李鸿章尽快调查清楚石川伍一间谍案。同时，北京方面又给再度出任两江总督的刘坤一发出密电，因为上海浙江两起间谍案并非偶然，朝廷已经得知有一位捐纳江苏候补道"向为鬼奴"，"与人暗通消息"。朝廷命令刘坤一，一定要查实严惩。

石川伍一很快就交代了自己的间谍行动。

从1883年起，石川伍一开始在北京、天津等地活动，刺探军情。在汪开甲的引荐下，石川伍一与刘棻相识，至今已有二三年了。刘棻曾将各军营枪炮、刀矛、火药、子弹数目清册，军械所东局、海光寺各局每天制造弹药的数量、现存多少的底册，一一抄录给石川伍一。石川伍一把这些情报交给了日本驻华武官神尾光臣，由后者带回日本国内。

石川伍一说："张士珩大人与神尾大人最好，因此将中国各营枪炮子药并各局每日制造多少底细告知神尾大人。"中日宣战后，日本驻天津领事馆全部撤离，为了确保后续的情报能有效传递到日本，神尾光臣回日本前还在裕太饭馆宴请了李鸿章的亲随之人，并与汪开甲、刘棻等商议，"如果有要紧军情，即行飞电"。[75]

日本参谋本部正在按照小川又次的《清国征讨方略》推进中日战事，中国的军事情报将是日军调兵遣将的重要依据，除了石川伍一等落网之鱼，一定还有大批的间谍在刺探帝国军情。石川伍一招认，原来住在紫竹院元堂药店的钟崎三郎，已经改换中国衣冠，前往山海关一带。北京人高顺在烟台、威海、旅顺探听军情。一个姓穆的汉奸原来在张家口，现在也到北京了。

礼部侍郎志锐向光绪皇帝提交了一份石川伍一的供词，供词耸人听闻。石川伍一在画押的供词中说，打电报叫日本军方攻击"高升"号官兵的信是从中堂衙里送出来的，电报则是在日本领事府打的。

志锐提交的供词令清政府执政集团震怒。

"七月擎获改装倭人供出在洋行贸易，改装多年，领事行后，租界不能住，因托王大代觅书吏刘姓之屋暂住。领事既行，该犯何以不随同回国，仍复溜迹寄居？情殊可疑。著李鸿章督饬严行审讯，如究出探听军情等确据，即行正法，不得稍涉宽纵，将此密谕知之。" [76] 光绪皇帝向李鸿章秘密下达了枪杀令。

9月20日，石川伍一被判处死刑，执行枪决。当天天津城里万人空巷，此后在上海、浙江逮捕的日本间谍均被枭首。石川伍一同上海的间谍被枪决后，中国军队在战场上依然一败涂地。江南道监察御史张仲炘向光绪皇帝上了一道《奏陈北洋情事请旨密查并请特派大臣督办天津团练折》， [77] 指控李鸿章的儿子李经方向日本人出售大米跟煤炭，并与日本王室攀亲，在日本还开了一家洋行。

李鸿章被推到了绝境。自己苦心经营的北洋水师全军覆没，总督衙门又内鬼频出。继志锐上报的间谍供词牵连李鸿章亲属之后，张仲炘的这次指控对李鸿章来说则是致命的。战时同交战方进行战备物资贸易，这无异于通敌叛国。张仲炘弹劾李鸿章，天津日本间谍案破获后，还在间谍家中查出地雷炸药八箱，李鸿章在审理后不仅隐匿不报，还存在私放间谍的行为。

接踵而至的弹劾背后，李鸿章陷入了翁同龢的陷阱。

翁同龢身为光绪皇帝的老师，在1884年军机处重组之时，依然被允许在内廷当参谋。志锐新晋中央部门，自然要紧跟翁同龢的步伐，加入主战派的行列。张仲炘是一位典型的官二代，同翁同龢关系密切。志锐跟张仲炘站到翁同龢主战一边，抓住间谍案不放，翁同龢已为李鸿章设下死亡陷阱。

翁同龢的哥哥翁同书，1860年在寿州同悍将苗沛霖闹僵。苗沛霖兵围寿州，在围剿太平军的关键时刻，翁同书弃寿州而走，曾国藩、李鸿章当时联合起来弹劾翁同书失地当斩。翁同书下狱，翁同龢因此与李鸿章结下深仇。李鸿章组建北洋水师期间，翁同龢兼任户部尚书，只要是与北洋水师有关的军械采购申请，翁同龢总会设法掣肘。

北洋水师组建后，新式枪炮少有添置，军械少有更新。翁同龢看准了清政府执政精英的迷幻心态，朝鲜作为满清帝国最后一个藩属国，那是天朝最后的面子，一旦失去附属国朝鲜，那么天朝的颜面何存？翁同龢的门人王伯恭后来透露，翁同龢曾说："正好借此机会让他（李鸿章）到战场上试试，看他到底怎么样，将来就会有整顿他的余地了。"[78]

春帆楼签署《马关条约》

甲午丧劫，鬼神哭泣。

李鸿章苦心经营的北洋水师最终全军覆没，北京方面褫夺了李鸿章的黄马褂、花翎，革职留任。[79]一直和左宗棠唱对台戏的李鸿章"一夜华发生"，左宗棠收回了新疆，而李鸿章布局数十年的海防策略却以完败收场。此时的左宗棠已是一抔黄土度日月，但留职察看的李鸿章还需要为甲午战败负责，跟日本人谈判。

借着1892年日本经济危机的机会组阁上台的日本首相伊藤博文，对1885年中法战争后签约的状况进行了详细研究，最后得出一个结论，李鸿章在议和的时候总是急于签约，最终导致在中法战争中大清不败而败。摸准了李鸿章的秉性，伊藤博文点名要李鸿章到马关，在自己经常吃河豚的一个小饭馆春帆楼，张着大嘴等大清帝国送来的谈判筹码。

李鸿章就这样屈辱地坐到谈判桌上，这一次可谓屈辱空前。伊藤博文吃河豚的春帆楼刚刚改造了一下，就被指定为商谈割地赔银子的议和重地。之前大清王朝派过两人去日本谈判，一到日本就被关了禁闭，这两人还想向光绪皇帝请示一下，却都被告知身在军事重地，不能发送密电。

李鸿章万万没有想到，日本的间谍手段已经超出了帝国官员的想象。当李鸿章抵达马关，还没有等他提要求，伊藤博文就满面微笑地对李鸿章说："李中堂这一次是代表大清皇帝来谈，你有什么需要请示你们皇帝的，随便请示汇报，任何密电文件官厅都不会检查。"

马关谈判期间，有个狂热的日本极端分子向李鸿章开枪，差点将李鸿章的一只眼睛打瞎。李鸿章到死都没有明白，怎么日本人就一两银子都不肯少呢？李鸿章在马关不断向皇帝请示汇报，可是每一个字都被伊藤博文安排的日本外务大臣陆奥宗光破译了。一直被视为大清王朝绝对机密的密电码就是在常用汉字旁添加一二三等数码作为明电码使用，只要记住明电码，就能破译密电内容。

一场触目惊心的间谍战，一场永远滴血的海上战争，一部被视为大清王朝绝对机密的密电码，彻彻底底将整个国家暴露在日本人的面前。书生康有为、梁启超在督察院上访请愿，两人振臂一呼，应考士子云集，"呼啦啦"一大片跪在督察院大门外，京师震动。

老百姓闹事不可怕，历朝历代就没有老百姓闹事能成气候的，最让人担心的就是那些有点文化的八股秀才。一旦这些读书人不读书了，那麻烦就大了。黄巢久考不中，造反把皇帝都给赶跑了；那个烧炭的落魄书生洪秀全，久考不中差点将满洲八旗给赶出关外。现在，康有为的行为看上去文明一点，上访，但这么多读书人上访可不是好事，一旦他们撺掇起来造反，这可是京畿啊。

身居大内的光绪皇帝心急如焚，慈禧太后在紫禁城就差戳李鸿章的枪眼了。李鸿章忍着钻心的剧痛，跪在地上让慈禧太后训斥了两个时辰，最后离开紫禁城的时候双腿都发颤。两亿两白银的赔款成就了日本在未来的崛起。财政已经破产的大清帝国，两亿两白银从何而来？

《马关条约》第四款规定："中国约将库平银贰万万两交与日本，作为赔偿军费，赔款必须在3年内分8次付清，否则，未付清的款目要另外支付5%的年息。"日本国内的通货膨胀已经到了最危险的时刻，流浪的武士、没落的士族一直是日本国内动荡的不安全因素，维新派需要通过战争缓解国内的金融危机，猎杀高傲而无能的大清帝国成为伊藤博文的唯一选择，日本人达到了目的。

1895年夏，为偿还日本第一次赔款，大清帝国不得不向俄、法借洋款法金四万万（折合英金1582万镑），史称"俄法洋款"；接着又向英商怡和洋行借到英金100万镑，称为"克萨镑款"；又向瑞记洋行借到英金100万镑，称为"瑞记洋款"。洋人们给大清帝国贷款的条件是：要以中国海关关税作为抵押担保，洋鬼子插手帝国海关并进入控制权争夺的态势，大清王朝赔偿日本的第一笔赔款就这样糊弄过去了。[80]

到了第二年的1896年春，第二次赔款还是没有着落，洋人们纷纷找上门来，英国抢先和被俄、法撇开的德国联合，并责成两国驻华公使向大清帝国强硬宣称：这次如不向英德借款，将"不惜诉诸武力"。美国也想分点利益，俄、法还想继续出借，总理衙门一下子门庭若市，红鼻子、蓝眼睛的国际银行家们，在政治外交的支持下，在总理衙门上演"贷款争夺秀"。

经过一场激烈角逐，英德两国压倒俄法两国，取得了第二次借款权，借款总额为1600万英镑，由英国汇丰银行和德国德华银行分摊贷款，抵押依然以海关收入为担保，这一次英国佬下手狠，规定在借款36年期内，大清帝国海关总税务司职位一直由英国人充任。

转眼之间，1898年到了，大清帝国犹如寒冬的乞丐，第四次赔款期限在当年6月底就要到期，根据《马关条约》第四款规定，在本年六月以前清政府能将未付的赔款一次性偿还，可以豁免利息，还可以归还已付利息。日本人为了一下子拿到全额的赔款，甚至开出了从威海卫撤军的诱人条件。

其实，在穷兵黩武的日本人慷慨的背后，不是顾念一衣带水的邻居情义，也不是良心发现，真正的原因是，这个时候的日本并没有因为打败了大清帝国、获得了上亿两的银子，就一举摆脱了国内经济危机，日本国内的财政状况依然窘迫。既然有这么好的一个机会，大清帝国的皇帝跟大臣自然是一片欢呼，可是还银子的压力犹如一把利剑，悬挂在帝国的上空。

外债不能再借了，英德联盟跟俄法联盟为借款争得剑拔弩张，俄国人已经开始悄悄地在东北屯兵，兵锋直指山东，英国人更不是好惹的主，第一次借款就嚷嚷不惜动武，这一次向谁借，大清帝国都将面临被打的威胁。于是光绪皇帝下诏，允许天下士民上书言事，并要求臣下"筹划开源之计以偿付赔款"。

▶▶ 注释：

[1]（清）徐润：《徐愚斋自叙年谱》，江西人民出版社2012年版。

[2]《上海通志》卷 27，"房地产"，上海社会科学院出版社2005年版。

[3]（清）徐润：《徐愚斋自叙年谱》，江西人民出版社2012年版。

[4] 姚公鹤：《上海闲话》，上海古籍出版社1989年版。

[5] 蔡育天主编：《上海道契，1847—1911》，上海古籍出版社2005年版。

[6] 上海市档案馆编：《工部局董事会会议录》第七册，上海古籍出版社2001年版。

[7] 中国人民银行上海分行编撰：《上海钱庄史料》，上海人民出版社1960年版。

[8]《上海通志》卷 27，"房地产"，上海社会科学院出版社2005年版。

[9]（清）徐润：《徐愚斋自叙年谱》，江西人民出版社2012年版。

[10]（清）徐润：《徐愚斋自叙年谱》，江西人民出版社2012年版。

[11]（清）徐润：《徐愚斋自叙年谱》，江西人民出版社2012年版。

[12]《论本埠地贵》，《申报》，1882年1月7日。

[13]《申报》，1882年3月10日。

[14]（清）郑观应著，夏东元编：《郑观应集》，《至王爵棠观察书》，上海人民出版社1982

年版。

[15]《盛宣怀档案》，"禀李傅相左中堂请招商集股设立汉口等处电线"，上海图书馆馆藏。

[16]《申报》，1882年5月3日。

[17] 夏东元：《郑观应传》，华东师范大学出版社1981年版。

[18]《申报》，1883年8月26日。

[19]（清）郑观应著，夏东元编：《郑观应集》（下），《呈两湖闽浙总督、鄂豫浙抚创设电线节略》，上海人民出版社1982年版。

[20]（清）郑观应著，夏东元编：《郑观应集》（下），《呈两湖闽浙总督、鄂豫浙抚创设电线节略》，上海人民出版社1982年版。

[21]《盛宣怀档案》，"详定电报局招商章程"，上海图书馆馆藏。

[22]《盛宣怀档案》，"郑观应、经元善致盛康函"，上海图书馆馆藏。

[23]《盛宣怀档案》，"郑观应、经元善致盛康函"，上海图书馆馆藏。

[24]《盛宣怀档案》，"盛康致郑观应、经元善函"，上海图书馆馆藏。

[25]《申报》，1883年12月6日。

[26] 姚贤镐：《中国近代对外贸易史资料》卷2，中华书局1962年版。

[27]（清）陈代卿：《慎节斋文存》，清光绪三十一年铅印本。

[28]（清）欧阳昱：《见闻琐录》卷2，岳麓书社1987年版。

[29]《申报》，1882年1月27日。

[30]《申报》，1882年6月9日。

[31]《申报》，1882年6月13日。

[32]《申报》，1882年8月24日。

[33]《申报》，1882年9月2日。

[34]《申报》，1882年9月2日。

[35]《怡和洋行档案》，剑桥大学图书馆馆藏。

[36]《北华捷报》，1883年10月26日。

[37] 中国人民银行上海分行编撰：《上海钱庄史料》，上海人民出版社1960年版。

[38] 中国人民银行上海分行编撰：《上海钱庄史料》，上海人民出版社1960年版。

[39]《总领事许士1883年度上海贸易报告》。

[40]《怡和洋行档案》，剑桥大学图书馆馆藏。

[41]《总领事许士1883年度上海贸易报告》。

[42]《怡和洋行档案》，剑桥大学图书馆馆藏。

[43]《字林沪报》，1883年11月1日。

[44] 中国人民银行上海分行编撰：《上海钱庄史料》，上海人民出版社1960年版。

[45] 孙毓棠编：《中国近代工业史资料》，科学出版社1957年版。

[46]《交易合同书》，上海市工商局档案室藏。

[47]《总领事许士1883年度上海贸易报告》。

[48]《申报》，1883年12月3日。

[49]（清）刘体智：《异辞录》卷2，中华书局1997年版。

[50]（清）刘体智：《异辞录》卷2，中华书局1997年版。

[51]（清）刘体智：《异辞录》卷2，中华书局1997年版。

[52]（清）沈桐生：《光绪政要》，江苏广陵古籍刻印社1991年版。

[53]《总领事许士1883年度上海贸易报告》。

[54]《申报》，1883年12月26日。

[55]《清实录·光绪朝德宗实录》卷3，中华书局1985年版。

[56]（清）刘体智：《异辞录》卷2，中华书局1997年版。

[57]（清）刘体智：《异辞录》卷2，中华书局1997年版。

[58] 徐一士：《一士类稿》，中华书局2007年版。

[59]《左宗棠全集·奏稿》卷8，岳麓书社2009年版。

[60]《左宗棠全集·奏稿》卷8，岳麓书社2009年版。

[61]（清）王彦威，王亮：《清季外交史料》卷52，文海出版社1964年版。

[62] 徐一士：《一士类稿》，中华书局2007年版。

[63] 沃丘仲子：《近代名人小传》，北京图书馆出版社2003年版。

[64]《盛宣怀档案》，"盛宣怀禀阎敬铭"，上海图书馆馆藏。

[65] 王尔敏，吴伦霓霞编：《盛宣怀实业函电稿》，香港中文大学中国文化研究所1993年版。

[66] 关赓麟主编：《交通史航政编》。

[67] 日本《时事新报》，1894年7月29日。

[68]（清）郑观应著，夏东元编：《郑观应集》（下），《致招商局盛督办书》，上海人民出版社1988年版。

[69]〔日〕小川又次：《清国征讨方略》，《抗日战争研究》，1995年1期。

[70]〔日〕小川又次：《清国征讨方略》，《抗日战争研究》，1995年1期。

[71]〔日〕小川又次：《清国征讨方略》，《抗日战争研究》1995年1期。

[72] 洲汇：《大清国遭遇日本间谍群》，解放军出版社2002年版。

[73] 陈旭麓等编：《盛宣怀档案资料选辑之三——中日甲午战争》，上海人民出版社1982年版。

[74]《清实录·光绪朝德宗实录》卷345，中华书局1985年版。

[75] 戚其章编：《中国近代史资料丛刊续编：中日战争》，中华书局2006年版。

[76]《清实录·光绪朝德宗实录》卷346，中华书局1985年版。

[77]《清光绪朝中日交涉史料》，故宫博物院文献馆编印1932年版。

[78] 王伯恭，江庸：《蜷庐随笔》，山西古籍出版社1999年版。

[79]《纽约时报》，1894年8月6日。

[80]（清）王彦威，王亮：《清季外交史料》，文海出版社1964年版。

第十四章

皇帝新梦

皇帝发行股票筹集赔款银

赔款没银子，皇帝着急上火

1898年1月30日，大清帝国御前会议规模空前。

凡是京城三品以上官员以及六品的翰林院编修都要参加。紫禁城外皑皑白雪，雪地里停满了大小官员的轿子。游历欧美归来的李鸿章很久没有参加过御前会议了，他看了看前面的轿子，倒吸了一口凉气，已经病入膏肓的恭亲王奕䜣被家仆从轿子里面搀扶出来，转乘光绪皇帝特准的暖轿，被四个五大三粗的八旗兵丁抬进了午门。

《马关条约》签订之后，李鸿章就一直生活在惶恐之中。1895年5月1日，广东考生康有为联合19省在京的1300多名举人，起草1.8万多字的《上皇帝书》，提出拒绝批准中日和约、迁都抗战、变法图强三项主张。康有为一行人第二天到督察院上访，督察院拒绝向皇帝呈递举人们的《上皇帝书》。[1]读书人的上访令清政府执政精英们胆战心惊。

国人千夫所指、士子联名上访，清政府执政精英们将甲午战败的所有责任都推到了李鸿章的身上。曾经坐镇北洋，遥持朝柄，现在随班朝请，迹同旅寄。独居在贤良寺的李鸿章与青灯佛卷相伴，阅尽人间凄凉。期间，沙俄跟德国担心日本在东北亚做大，联手威逼日本归还辽东，以李鸿章为首的官僚们提议"联俄制日"。清政府执政集团决定派李鸿章出使沙俄，以恭贺尼古拉二世登基为名，执行联俄计划。

1896年，光绪皇帝封李鸿章为钦差头等出使大臣，出使欧美。李鸿章到莫斯科后，尼古拉二世跟李鸿章密谈结盟事宜。5月18日，尼古拉二世特意将李鸿章列为出席加冕典礼的各国专使首班。沙皇登基庆典后，北京总理衙门召开扩大会议讨论中俄联盟细节，在京的王公大臣参与了会议讨论，最终北京方面批准了李鸿章跟莫斯科方面草拟的《御敌互相援助条约》。[2]

1896年6月13日，李鸿章一行登上开往柏林的火车。德国皇帝威廉二世在行宫举行国宴招待李鸿章，晚宴后陪同李鸿章检阅德国御林军。李鸿章跟柏林方面秘密谈判合作之后，专程到汉堡拜访了退休在家的首相俾斯麦，俾斯麦设家宴款待李鸿章，两人相谈甚欢。

在欧洲访问期间，法国总统富尔、英国女王维多利亚均以国礼待之。李鸿章的轮船抵达纽约时，纽约市万人空巷，都涌向码头欢迎这位他们眼中的"中国副总统"，甚至连在外旅游的美国总统克利夫兰都提前结束休假，回到华盛顿接见李鸿章。李鸿章在美国接受记者的联合访问时，批评美国法案歧视中国劳工，畅谈自己的改革理想。[3]

李鸿章回到北京，急忙跑到颐和园向慈禧太后汇报欧美之行。第三天，光绪皇帝发了两道圣旨：第一道是任命李鸿章在总理衙门大臣上行走。欧美之行扬天朝外交威仪，没想到慈禧太后只让他在总理衙门当了个参谋。第二道是谴责李鸿章擅闯圆明园。李鸿章在去颐和园向慈禧汇报的路上，路过圆明园，决定进去凭吊废址，以示图强决心，没想到慈禧太后会下令吏部处分李鸿章擅进圆明园。

吏部召开会议讨论李鸿章擅闯圆明园的罪过，在给慈禧太后汇报时，强调法无可恕，但情有可原。慈禧太后那时正在主持修复圆明园，李鸿章进去凭吊就是擅闯皇家禁地。吏部向慈禧太后汇报后，慈禧太后给出了罚俸一年的处分，一点面子都没有给李鸿章。李鸿章只有再度蛰居贤良寺，一步也没有踏进总理衙门，空挂了几年参谋之名。

光绪皇帝突然召开御前会议，李鸿章知道今天的会议非同一般。中法战争期间，慈禧太后解散了奕䜣内阁，奕䜣赋闲在家，很少参谋军国大事，现在已经卧病在床，今天却被抬进了紫禁城，看来《马关条约》的赔款已经逼得皇帝走投无路了。李鸿章偷偷地瞄了一眼龙椅上的光绪皇帝，光绪皇帝有些心神不宁。

御前会议的唯一议题就是给日本人赔款的问题。前三次支付下来，大清帝国能够抵押的海关，已经全部抵押给国际银行了，如果继续进行国际贷款，那么帝国的财政将完全操纵在洋人手中。日本为了缓和国内经济危机，向中国发话，只要交钱就从威海卫撤兵。既然有收回威海卫这么好的机会，必然不可错失。可是银子从哪里找呢？

光绪皇帝连续问了台下的群臣三次，都没有人回应。

"臣有一个办法可以解燃眉之急。"就在朝堂一片沉默的时候，突然，一个洪亮的声音响彻朝堂。光绪皇帝定睛看了看，站出来说话的是詹事府右春坊右中允黄思永。光绪皇帝对这个黄思永还是很有印象的，自己坐上龙椅的第六年殿试，当时主考官象征性地向还没有亲政的自己汇报了一下殿试成绩，这个黄思永是当年庚辰科一甲一名，被钦点为状元。[4]

1880年，三十八岁的黄思永一跃成为小光绪皇帝的天子门生，他也没有辱没"天子门生"这一声誉。在甲午海战的前一年，山西发生灾情，就是这个黄思永带着赈灾的使命兢兢业业地干活，赈灾工作完成得相当出色，回来后交部从优议叙，擢升为国子监司业，很快迁詹事府右春坊右中允。

黄思永从袖筒里摸出一份奏折：《请特造股票筹借华款疏》。黄思永在奏折中向光绪皇帝建议发行借款自强股票，以充分挖掘和积聚华民的财富，尤其是应"严责中外臣僚，激以忠义奋发之气，先派官借，以为民倡"，则"合天下之地力人力财力，类别区分，各出其余，以应国家之急；似乎四万万之众，不难借一二万万之款"。[5]

皇帝老师精修慢定昭信股票

"自强股票"，听上去似乎可以借此凝聚民众的爱国之情。黄思永是希望让老百姓明了朝廷借款是"因国计自强派股"，进而"人人晓以休戚相关之理，人人动其忠君爱国之忱"。但是，在经历了一场又一场颜面扫地的失败战争，签订了一个又一个丧权辱国的条约之后，朝廷的公信力在民间已经荡然无存，成为破船的大清王朝还能通过发行股票自强？由于担心这种通过发行股票募集民间资本赔款的方式会遭遇帝国子民的抵制，黄思永还给光绪皇帝想了一招发行模式：先按官之品级、缺之肥瘠、家道之厚薄，酌定借数之多少，查照官册分派，渐及民间。

官员带头认购自强股票，根据品级的不同、地方经济状况不同、家庭财力的厚薄进行区别摊派，有了官员带头认购，自然能起到促进作用，帝国的子民们在官员们倡导的自强精神鼓动下一定会趋之若鹜。光绪皇帝听后一阵激动，向帝国的臣民以朝廷的名义发行股票，将民间的银子收上来，这是个好办法。李鸿章、容闳这些一直折腾商业股份制改革的大臣干吏怎么就没有想出来呢？

黄思永的思路来自于郑观应。郑观应早在1880年出版的《易言》中就为光绪皇帝指出了一招搜刮银子的好办法："泰西各国，凡兴建大役，军务重情，国用不敷，可向民间告贷，动辄千万。或每年仅取子金，或分数年连本交还，隐寓藏富于民之义，而不欲授利权于异国也。"[6]黄思永在十八年后，提出了跟郑观应一样的募集思路，这对于备受财政困扰的光绪皇帝来说，简直就像久旱逢甘霖一般，光绪皇帝立即传旨"著户部速议具奏"。

状元郎黄思永在朝堂上给光绪皇帝献策，可通过发行股票的方式募集民间资金赔偿战争赔款，"公车上书"召集者康有为听闻后非常气愤，抨击黄思永的股票发行方案"徒饱贪吏，于国计无益"。康有为预言这将是一场官员中饱私囊的狂欢盛宴，对朝廷没有一点什么好处，无论外债内债都是挖肉补疮，如果不从经营自强着手的话，"则赔款无已时，借款亦无已时，是坐自毙也"。[7]

此时的光绪皇帝没有时间跟心情来搭理康有为发出的杂音，他直接将黄思永提交的发行股票方案交给户部尚书翁同龢。身为帝师的翁同龢闻此同样是义愤填膺，在黄思永给光绪皇帝出完点子之后，差点就站出来指着黄思永的鼻子一通臭骂。要知道，经过连年的赔款，老百姓早已经是囊中羞涩，山西、山东、河南、河北、陕西到处是流民，还得靠朝廷连年赈济，民间哪有银子可以让朝廷搜刮？

从太平军席卷江南到捻军造反，从中法战争愚蠢的谈判到中日战争的屈辱求和，朝廷的公信力已经完全丧失，如果朝廷发行黄思永提出的自强股票并非用于国家自强而是赔款，试问国库早已空虚的大清王朝如何到期兑现股票？名义上是发股票募集民间资本，实际上就是借着股票的名义空手套白狼，搜刮民脂民膏，老百姓一旦明白其中的猫腻，还不痛骂朝廷？

作为光绪皇帝的老师，北洋水师兵败甲午战争，翁同龢负有不可推卸的责任。现在，光绪皇帝命令自己发行股票集资赔款，翁同龢不得不干。于是，翁同龢立即召集户部在京高级官员开会，商讨股票发行章程。户部侍郎张荫桓提议，在政府没有公信力的情况下发行股票，如果只是官员带头认购，民众不会买单，朝廷一定要向民众彰显自己的信用，所以他建议将自强股票改为"昭信股票"，[8]以昭信守。

1898年2月4日，翁同龢向光绪皇帝上《奏准自造股票筹借华款疏》，在奏疏中，户部基本上同意黄思永的方案。光绪皇帝当即批准，吩咐总理衙门联手户部对昭信股票章程进行修订完善。此后，总理衙门和户部对股票章程进行了反复修订。帝师翁同龢有个爱写日记的好习惯，对昭信股票出台的经过进行了详细而生动的记载：

> 2月8日：黄慎之（黄思永，字慎之）来谈昭信股票事，午至户部商股票事。

这一天黄思永到了户部，跟翁同龢商量股票发行的细节问题，主要围绕股票章程进行讨论。在这一次商讨中，翁同龢就将黄思永提出的通过官员强制认购起带头作用的模式给改了。户部定出了较为折中的方案：由该部印造"股票"100万张，名曰"昭信股票"，凡官绅商民均"量力出借，无庸拘定数目"。但考虑到"内外大小臣工，受国厚恩，际此帑绌时艰，尤当熟计安危"，应发挥带头作用，"出家资以佐国用"。所以"拟请降旨饬令在京自王公以下，在外自将军督抚以下，无论大小文武现任候补候选各项官员，均领票缴银，以为商民之倡"。[9]

> 2月11日：晚赴总署，以股票章程交樵野（张荫桓，子樵野）改，与颂阁书论股票事。

这一天，翁同龢在户部忙碌了一整天，傍晚才赶到总理衙门。户部和总理衙门联席会议的主要议题就是昭信股票的章程问题。联席会议对户部提出的股票章程提出了很多修改意见，最终决定将股票章程交给张荫桓修改。联席会议结束后，翁同龢还跟部分官员进行了深入的讨论。

> 2月12日：饭后至户部，画股票章程稿，余与樵野屡改，终未妥。

翁同龢作为帝师有一个好习惯就是，做事一丝不苟，从吃了早饭到户部开始，根据昨天晚上的讨论，自己先草拟股票章程，草稿完毕，翁同龢还是不放心自己的草稿，于是找到张荫桓进行反复的讨论修改，整整忙了一天，昭信股票的章程都还没有订出来。

> 2月14日：饭后至户部……商量股票式，樵野必欲照俄式，令日本造之，

傍晚始归。

勤劳的翁同龢又是一大早吃了早点就到户部，重点讨论股票的印刷模式。股票印刷的防伪工作是重中之重，张荫桓提出按照沙俄人的模式，在日本印刷，然后在国内发行。结果印刷模式的讨论又花费了一天的时间，翁同龢一直到天黑才回家。堂堂帝师，为光绪皇帝发行股票可真是呕心沥血啊！

> 2月23日：股票章程在张公处，尚未改妥。
> 2月24日：看樵野改定股票章程，甚细密。
> 2月25日：午入署，商量股票。
> 2月26日：午初赴署商量股票，六堂毕集，定章程，定票式，定印式，以纸张询上海道，发电。[10]

忙碌了将近一个月，在昭信股票的章程、发行模式等都有了详细的方案之后，翁同龢提出召开部委联席会议，户部、总理衙门、军机处、吏部等六个部委的高级官员均出席会议。参会人员到齐后，翁同龢开始详细介绍昭信股票的章程、版式、印刷等工作的安排。各部委的官员们经过一番激烈的讨论，最终表决通过了户部所定的章程和印刷版式。

六部联席会议提出，发行昭信股票还需要地方官员配合，一定要在每一个细节上都跟国际接轨。上海股票市场发达，上海地方官对股票非常了解，可以让上海道台提出修改意见，并在上海摸底，探探市场对朝廷发行股票的反应。北京方面立即给上海道台蔡钧发了电报，希望蔡钧能够迅速向北京汇报修改意见和摸底情况。

联席会议审议通过的《昭信股票详细章程》包括了股票发行总额、面值、年限、利息、交易、发行机构，以及各省劝募数量等约定。章程规定：总股本58万张，其中面额100两者50万张，面额500两者6万张，面额1000两者2万张，募集资金总额1亿两；期限20年，利息为周年5厘，闰月不计，前十年付息不还本，后十年本息并还，认购股票者每年应得本息准抵地丁盐课，亦可领取现银。[11]

按照股票章程规定，昭信股票是可以抵押售卖的，抵押出售须赴昭信局（或分局）进行过户注册，倘有遗失，须至官局挂失。户部设立"昭信局"全面主持股票发行工作，各省设立分局，经理其事；各股实商号若有其他商家连环保结，经官方批准，亦可经理该项债券发行事宜；各省官绅商民若一人劝募超过10万两，则可由各省将军督抚分别奏请给以奖叙，但严禁劝募之人借端苛派勒索，若有伪造诓骗者，从重惩处。

皇叔带头买股票当标兵

翁同龢将昭信股票的所有材料上报给光绪皇帝，光绪皇帝当即批准户部的奏疏。在国家财政跟信用破产的情况下，发行问题是最令光绪皇帝担心的。如果连堂堂天子都发不出股票，帝王颜面何存？光绪皇帝向全国官民发出了认购倡议信："当此需款孔亟，该王公及将军督抚等均受朝廷厚恩，各省绅商士民，当亦深明大义，共济时艰。况该部所议章程，既不责以报效，亦不强令捐输，一律按本计利，分期归还，谅不至迟回观望也。"

权杖指挥资本是国家信用的一个风向标，从光绪皇帝的倡议信可以窥见，政府信用已经破产了。股票是资本主义市场化发展程度较高时出现的一种信用产品，能否发行成功完全依靠发行主体的社会公信力，政府发行股票能否成功就要看政府的公信力。尤其是昭信股票，名为股票，实为国债，发行的基础就是政府信用，民众不会因为"不责以报效"，"不强令捐输"而购买，而是先经过理性分析，分析政府公信力信誉度以及自己得到的回报等，之后才能作出是否认购的决定。

昭信股票的发行工作正式开始了。虽然黄思永在当初上书的时候信誓旦旦地保证过：如果朝廷采纳自己提出的发行股票模式，自己就带头"先派筹借若干两，定限缴齐，逾期请治臣罪"，[12]但光绪皇帝还是不能彻底放心，大清帝国实在是太穷了，官员、民众真的会掏钱认购股票吗？忧心忡忡的光绪皇帝这时候想起了一个人，那就是一个月前被暖轿抬进紫禁城的皇叔恭亲王奕䜣。

奕䜣是签订《马关条约》的支持者，两亿两白银就这么流出去，奕䜣有着不可推卸的责任。如果当时不是奕䜣连夜到紫禁城分析局势，说什么如不尽早签约，日本兵锋可能还要继续向帝国纵深推进，《马关条约》就不会这么快地签订下来。因为当时光绪皇帝犹豫再三，希望等等就会有国际声音抨击日本支持大清，毕竟李鸿章的眼睛被日本人打了一枪，大清帝国还有据理力争减少赔款的筹码。

但当时奕䜣警告光绪皇帝，日本人正遭遇经济危机，铁了心要跟大清玩命，现在欧美正等着日本人进一步推进战事，他们正好从中渔利，所以不可能会有国际声音来声援大清的，光绪皇帝听了这番话后，只好无奈地在和约上盖上玉玺。昭信股票的发行是为了支付给日本的赔款，奕䜣应该带头认购。尽管奕䜣现在奄奄一息，但他有再造帝国的不世之功，是清政府执政精英们的精神领袖。有了奕䜣的带头作用，谁会不仿效？

奕䜣还有一张牌攥在光绪皇帝手上。

慈禧太后之所以会跟奕䜣分道扬镳，有个很重要的原因是，奕䜣教子无方。奕䜣的长子载澄曾在宏德殿给同治皇帝当伴读，他经常悄悄带着小皇帝到烟花柳巷"采风观俗"，最终搞垮了同治皇帝的身体。载澄风流无节制，在28岁时就死了。到发行昭信股票时，能够承袭恭亲王爵位的只有孙子溥伟，恭亲王这个王爵最后能不能让溥伟承袭，这个大权名义上还在光绪皇帝的手上。

2月26日，翁同龢带着光绪皇帝的问候，一走进恭亲王府就被人迎入奕䜣的病榻前，奕䜣上气接不住下气，一个劲地咳嗽。翁同龢握着奕䜣的手，回忆当初两人一同被慈禧赶出军机处的狼狈，义愤填膺地指责李鸿章在马关的愚蠢，叹息光绪皇帝为赔款的无奈，说出现在昭信股票发行的艰难。

奕䜣是个绝顶聪明的人，翁同龢说完这一番话，他就立即明白了光绪皇帝的那点儿心事，探望是虚情假意，让自己带头购买昭信股票是真。尽管同治皇帝在位时就已经允诺过恭亲王爵位世袭罔替，可是慈禧太后却想方设法褫夺了自己的一切职位，溥伟能否顺利承袭王爵，大权的确是还在光绪皇帝跟慈禧太后手上。奕䜣艰难地摆了摆手，啥也别说了，现在国家有难，皇上有难处，我奕䜣认购两万两的股票。

2月27日，奕䜣带头认购了两万两，还特地作出特别声明："不敢作为借款，亦不仰邀议叙。"[13] 奕䜣的这番举动让光绪皇帝感动得一塌糊涂，既然皇帝财政艰难，为皇帝解忧是臣子本分，昭信股票说白了就是一张借条，岂能要皇帝的股票呢？奕䜣掏钱不要股票，说白了就是捐赠银两报效朝廷，这简直就是昭信股票发行的活广告。

光绪皇帝对奕䜣的模范作用感慨万分，特地嘉许奕䜣："用意正大，洵足矜式百僚"。[14] 有了奕䜣这个活广告，光绪皇帝就开始大张旗鼓地炒作奕䜣报效朝廷的事迹。当天的《申报》不仅做了新闻报道，同时还另外配发了《论举行昭信股票》的评论："恭亲王为国重臣，且系懿戚，首先乐输十万金为臣民倡；国家勋旧之臣自应如是，庶使内外臣僚均知观感，踊跃输将……得恭亲王为之倡率，则内外诸大臣有不得不勇于从事之势，而海内殷实之户或亦可释然无疑，缴银请票。"[15]

《申报》拍马屁的文章多有御用文人捉刀之嫌疑，也不排除是光绪皇帝授意之作，因为在昭信股票章程批准的第二天、奕䜣交银子认购的当天，相关的新闻、评论文章就见诸报章，这以当时的技术来说是不可能的。在排版印刷技术相对落后的晚清，要想做到当天的新闻当天出版，在没有全电子化设备的帮助下是不可能实现的，唯有的办法就是印发传单一样的号外。

但是，关于奕䜣认购昭信股票的新闻根本不是通过号外发表出来的。从时间逻辑上推算，也就是说奕䜣在答应认购股票之后，消息就被捅到报社了，所以在第二天交银子的时候，新闻评论就一股脑儿地出来了。可想而知，当时的光绪皇帝是多么急切地想向帝国的臣民推销昭信股票，多么迫切地想筹集到赔给日本人的银子。

光绪皇帝推销股票的急迫性还能从评论的浮夸辞藻之中窥见一斑，奕䜣明明只认购了两万两的股票，评论文章却严重夸大了奕䜣认购股票的金额，目的就是要告知世人，你们看，恭亲王都买股票了，你们这些臣民也应该报效朝廷。文章中还赤裸裸地预测：恭亲王为之倡率，则内外诸大臣有不得不勇于从事之势。这种预测显然是要告诫臣民们，这是关系帝国命运的筹款，这是拯救大清帝国的救命股票，只有你们这些官员掏钱买了，普通的老百姓才会更加踊跃地报效朝廷。

皇帝的改革雄心

康有为拉上皇帝"闹改革"

奕䜣的一纸申明在帝国的上空犹如一颗炫目的礼花弹。

帝国的官员们纷纷开始研读《申报》的评论，大家心里都明白，这是光绪皇帝在操纵舆论，为昭信股票发行造势，一来鼓动官员们认购，煽动帝国子民踊跃认购昭信股票，筹集巨资缓解中央财政压力；二来是向天下读书人传达一个信息，朝廷发行股票不是剜肉补疮的亡国之举，而是培育臣民们忠君爱国的美好品格。光绪皇帝坐在龙椅上已经24年了，但天下督抚心向太后，皇帝只是天朝的衣服架子，光绪皇帝此次可以通过股票认购一窥督抚们的忠诚。

连病床上的奕䜣都掏腰包了，活蹦乱跳的皇室贵胄们这下子再也不好意思捂着自己的钱包了，于是纷纷解囊。例如，图、东两盟的蒙古王公、哲布尊丹巴呼图克图、沙毕喇嘛、庆亲王奕劻之子载振、奕䜣孙子溥伟、肃亲王善耆、端郡王载漪、贝勒载濂、辅国公载澜等皇室贵胄都掏腰包买了股票。[16]

清政府执政精英们向光绪皇帝表忠诚的示范效果简直就是立竿见影。

以户部尚书翁同龢、户部左侍郎张荫桓、礼部尚书李端棻为首的中央高级干部立即行动起来。直隶总督王文韶、漕运总督松椿、京口副都统吉陞等一批北洋区的官员也纷纷仿效。重任两江总督的刘坤一决定抓住李鸿章失势的机会，鼓动江南官场向皇帝表忠心。他第一个站出来，按照恭亲王奕䜣的标准，认购了两万两白银的股票。

身为内廷派出官员的江南织造增崇跟着刘坤一，认购了一万两，江苏巡抚奎俊紧随其后。江苏学政瞿鸿机、苏州织造海丰、长江水师提督黄少春、江南提督李占椿、江宁将军丰绅、江宁副都统额勒春等一批江南高级官员"按缺分优绌，分别酌借"的原则认购了股票，那些等候实缺的候补官员也抓住表忠心的机会，按照品级解囊认购。

江南官场的集体行动迅速刺激了各地督抚大员。山东巡抚张汝梅、陕西巡抚魏光焘、湖南巡抚陈宝箴、新疆巡抚饶应祺、成都将军兼署四川总督恭寿等纷纷认购了股票，接连不断的官员名单上报到光绪皇帝的案头。光绪皇帝看着长长的认购名单，欢喜不已。执政24年以来，这是皇帝最开心的时刻。一场由国家公务员掀起的自上而下买股票的热潮，以迅雷不及掩耳之势席卷神州大地，拉开了千年封建史上最为疯狂的一次官员集体炒股盛宴。[17]

要银子，更要忠诚，光绪皇帝正在酝酿一场伟大的改革。

甲午战争失败，李鸿章在《马关条约》上签字后，以康有为为首的知识分子提出"拒和、迁都、练兵、变法"的主张。清政府执政精英们虽然拒绝了康有为等人的上书，可是他们提出的主张却迅速地在国内外蔓延开来。尤其是康有为以"变法图强"为号召，先后在北京、上海组织强学会，并出版发行《万国公报》和《强学报》，宣传西方资产阶级民主政治，提出变法维新、救亡图存的政治主张。

康有为的政治主张迅速遭到清政府执政集团保守派的攻击，强学会遭遇查封，报纸被强行停刊。康有为指挥学生梁启超等人在上海等地继续进行舆论造势，以严复、谭嗣同为首的汉族精英纷纷站到康有为一边，批判封建旧思想、旧文化，鼓吹资产阶级民权思想，提倡办新学，变法改制。

1897年，曾经在柏林以国礼招待李鸿章的德国皇帝，下令远征军强占了中国胶州湾。德国人的野蛮行动立即刺激了欧美日列强，掀起了列强在中国强占租借地、划分势力范围的高潮。清政府执政精英们试图通过李鸿章的欧洲之行，挽回在甲午海战中丢失的颜面，没想到德国人将中国推向了被瓜分的危机之中，天朝最后的一丝颜面已荡然无存。

1897年12月5日，康有为进京，向光绪皇帝呈递了《上清帝第五书》，提出了变法的上、中、下三策。上策是"采法俄、日以定国是"；中策是"大集群才而谋变政"；下策是"听信疆臣各自变法"。康有为还提出"国事付国会议行"，"采择万国律例，定宪法公私之分"。[18]

鸦片战争之后，政治体制改革的呼声从未间断。光绪皇帝登基当年，当时的中央领导干部文祥就提出了议会制，以郑观应为首的商人还跟着欢欣鼓舞一番，可是大清帝国的利益集团盘根错节，清政府执政集团、汉族武装集团相互制衡，内部利益派系相互倾轧，文祥提出的政体改革根本无人响应。如今，胡雪岩倒在金融危机之中，湘军集团的领袖左宗棠郁郁而终。甲午海战毁掉了淮军集团的北洋基业，李鸿章赋闲贤良寺。

康有为在汉族武装集团陷入低谷之时提出政治体制改革，除了与列强的野蛮无礼有关，还有一个重要的原因，即清政府执政集团的领袖奕䜣病入膏肓。奕䜣在清政府执政集团中几番沉浮，试图通过"叔嫂共和"的体制，将统治权跟管理权分开，提升国家管理效率，他一直是汉族武装集团经济改革的支持者，可是从未主张过政治体制改革。

1862年，曾国藩他们从军事工业开始试点改革，到1872年改革向民营资本开放，几乎是在同一时期，日本也开始了明治维新。但是，明治维新的成果却远远超越了大清帝国，其根源就在于日本的改革是政治、经济两手抓，经济改革是政治改革的基础，政治改革是经济改革的保障。在康有为看来，奕䜣的管理体制改革之所以最终会失败，根源就在于管理体制的改革虽会触及权贵们的利益，却难以打破利益集团的垄断。

无数场丢盔弃甲的战争，各种不平等条约的签署，从中央到地方，权力已经成为各个利益集团的保护伞，大小官员们拘泥于小集团利益，他们已经失去了忠君爱国的精神，天朝的脸已经让利益集团丢尽。没有开明的政治体制，权力就是一头怪兽，不仅不能保证经济改革的成果，甚至会摧毁国家局部改革的成果。光绪皇帝已经意识到，自己就是利益集团的一枚棋子，终将成为民众的敌人。

康有为提出的民权政治制度深深地刺激了光绪皇帝，更刺激了清政府执政精英们。康有为的上书不是偶然，这个读书人在甲午年就曾组织千名举人上访，之后一直在宣传鼓动改革。他们的政治主张将打破现有的利益垄断格局，庶民将通过法律手段确保自己的权益。光绪皇帝很想召见康有为，但病榻上的奕䜣不给康有为进紫禁城的机会。

康有为"舌战"五大重臣

在甲午年间弹劾过李鸿章的兵部掌印给事中高燮曾，曾经三次读过康有为给光绪皇帝的上书，非常欣赏康有为的政治主张，他动用密折奏事的特权建议光绪皇帝召见康有为。甲午兵败日本，一直在自我反思的翁同龢也主张皇帝召见康有为。[19]一直希望清政府执政集团内部改革的奕䜣却激烈反对，理由是满清开朝成例，非四品以上官不能召见，康有为是一个小臣，只能由大臣问话后传语。

1898年1月24日，正月初三。

光绪皇帝下令总理衙门五大臣在西花厅策问康有为。当天下午三点，康有为以工部主事的身份来到总理衙门西花厅，接受总理衙门大臣李鸿章、军机大臣翁同龢、兵部尚书兼总理衙门大臣荣禄、刑部尚书廖寿恒、户部侍郎张荫桓五大臣问话。[20]康有为相当清楚，这五大臣就是光绪皇帝的面试官，只有成功通过面试才能见到皇帝。

五位面试官正是满清帝国错综复杂的政治势力代表。李鸿章是汉族武装集团的代表，主张通过经济改革推动局部的政治体制改革。荣禄出身于满洲军官世家，名义上掌握着全国军权，深得清政府执政精英的信赖。廖寿恒出生江南，一直主张富国强兵的改革，深得江浙商人的拥戴。张荫桓是翁同龢在户部的同事，曾经出任美国、秘鲁、西班牙大使，游历欧洲各国，是一位坚定的改革派。翁同龢是光绪皇帝的老师，可以说是皇帝的私人代表。

在五位面试官中，李鸿章的淮军集团被埋葬在甲午海战中，已经毫无实权。清政府执政集团立即让荣禄取代了李鸿章的军事领导地位，荣禄当时正在天津小站训练新式中央军，以奕䜣为首的清政府执政精英对荣禄寄予厚望，荣禄自然代表清政府执政集团的利益。诡异的是，李鸿章培养的接班人袁世凯恰好是具体操练这一支中央军的负责人，所以李鸿章自然不会跟荣禄发生正面冲突，站出来支持康有为。翁同龢只是皇帝的耳朵，来听取各派势力对改革的意见。张荫桓出生在广东南海，他会坚定支持自己的老乡康有为。廖寿恒自然也会支持康有为，但需要看康有为的表现。

康有为从1885年发表《人类公理》并提出人类平等的人权主张，到1897年第五次向光绪皇帝上书，他已经准备了12年。西花厅的面试简直就是康有为"舌战"群臣，当天的面试从下午三点持续到黄昏，康有为从部委改革到经济建设，提出了一套完整的改革方略。尤其是最后，他提出要建设现代银行，通过现代化的金融制度来推动经济改革，这一主张立即打动了翁同龢。[21]

西花厅的面试结束后，翁同龢向光绪皇帝详细汇报了面试情况，对康有为的赞美之词堪称华丽。光绪皇帝立即下令，凡是康有为的报告随到随送，不得阻拦扣押。康有为很快给光绪皇帝呈送了《日本变政考》及《俄罗斯大彼得变政记》两本书，希望光绪皇帝以日本明治天皇、俄罗斯彼得大帝为楷模，乾纲独揽，号令如雷霆，不耻师学，万法并兴。[22]

1898年1月29日，康有为上《应诏统筹全局折》，指出"能变则全，不变则亡；全变则强，小变仍亡"。建议光绪帝"或御乾清门，诏定国是，躬申誓戒，除旧布新，与民更始。令群臣具名上表，咸革旧习，黾勉维新，否则自陈免官，以激励众志。一定舆论，设上书所于午门，日轮派御史监收"。

乾清门是满清皇帝"御门听政"的地方，康有为建议光绪皇帝在乾清门宣布改革，是要向天下臣民传达中央改革的决心，鼓励群臣向中央提交具体的改革报告，对于顽固守旧者一律罢官免职。光绪皇帝听了康有为的改革方略后相当激动，可是很快他就冷静下来，每天在紫禁城上班的王公大臣，报告总是一式两份，除了呈送给皇帝一份，还有一份呈送到颐和园。光绪皇帝自问，天下臣民有多少是支持自己的呢？

康有为的全面改革将会是一场天翻地覆的利益重组，没有王公大臣们的支持，政治体制的改革就难以推行。股票真是具有超乎人们想象的魔力，1883年摧毁了首富胡雪岩，现在一纸股票又让帝国的官员们血脉贲张。很快，各地的文武官员就给光绪皇帝贡献了七十多万两银子。银子是忠心的吗？官员的忠心会让他们支持皇帝的改革吗？光绪皇帝需要一个明确的答案。

陕西巡抚魏光焘的一份报告让光绪皇帝相当感动。魏巡抚接到北京方面关于发行昭信股票的上谕后，一个人关在书房"伏读谕旨"，发现皇帝"既不责以报效，也不强令捐输"，[23]顿感"圣怀体恤，有加无已"。被皇帝感动得鼻涕一把泪一把的魏巡抚"与司道等受恩深重，无术补苴，惟有竭力筹办，以期仰副鸿慈于万一"。

魏巡抚向光绪皇帝表忠心的报告很快成了文武大臣的写作范本。湖南巡抚陈宝箴跟魏光焘一样，鼻涕一把泪一把地将自己彻夜关在书房里给光绪皇帝写报告："伏思中外臣民同此食毛践土，渥荷天恩，当兹时事艰难，度支竭蹶，即令竭忱报效，皆分义所当然，况蒙圣慈曲加体恤，仅令暂时息借，并不责以捐输，自当感激奋兴，不遗余力。"[24]

地方官员的肉麻奉承让清高的文人看不下去了，有人忍不住写了首长长的打油诗：

纾难不毁家，思源由饮水。

吁嗟昭信票，昨已奉廷旨。

伏读甫终篇，泪下不可止。

本朝浩荡恩，久浃人肌髓。

鱼相忘江湖，旷代罕伦比。

今乃为此举，诚万不得已。

自枢臣以下，纡青而拖紫。

各各思报恩，恩实难殚纪。

文起家毛锥，武出身弓矢。

离蔬释屩来，大半荜门士。

全家脱寒饥，不官胡能尔？

顾已一循涯，畴不蒙帝祉。

周急有仁人，河润到乡里。

如何君有急，乃衮如充耳？

朱门酒肉多，惠且及僮婢。

如何君有急，而忍行路视？

启口人人忠，誓将驱命委。

君曰姑徐徐，观票可知矣。

受票讵云忠，其端或在是。[25]

　　两位巡抚的表演让总督大人、蒙古王爷们开始心里不安了。最典型者莫过于两江总督刘坤一，连陕西那么穷的地方都给银子不要股票，自己管辖着富庶的两江，岂能拿皇帝的股票？刘坤一赶紧给光绪皇帝写了一份报告："忝领疆圻，岁支廉银，视将军诸臣为尤厚，当此库储支绌，宜申报效之忱，所以臣等认缴银两，不敢请领股票"。[26]从字里行间可以看出，两江官员原本还是想按照正常的认股商业程序来，掏银子拿股票，但到最后还是不敢领取股票。

官员费尽心思"作股票文章"

已经领了股票的山东巡抚张汝梅这个时候相当尴尬，现在慈禧太后归隐颐和园，光绪皇帝有改革图强的决心，昭信股票就是皇帝检阅群臣的试金石，同为巡抚，如果不退还股票，将来的仕途就有太多的不确定因素了；退股票，可能又会给昭信股票的发行带来致命的打击。

忠诚试剂成了一剂毒药。奕訢只捐银子不要股票，官员们一定仿效，可是光绪皇帝万万没有想到，老百姓看着官员们都只交银子不敢要股票，他们就会认为自己更不应该拿股票，这样一来朝廷发行股票是假，搜刮银子倒是真。朝廷想通过发行昭信股票提高政府公信力的愿望也就落空了，到时候还可能因为人民群众的恐慌心理导致昭信股票无法出售，更募集不到来自民间的银子。

官至巡抚，张汝梅堪称精英，经过一番苦思冥想，张汝梅终于想出了一个两全其美的办法，于是他给光绪皇帝写了一个更高级版本的忠诚报告。张汝梅在向光绪皇帝一番肉麻的吹捧后，提出将他本人应领的昭信股票本息银两献出，捐助山东学堂经费。[27] 后来，蒙古王公看到汉人官员纷纷向光绪皇帝献银两表忠心，心知他们掏出的二十万两银子也只有报效给朝廷了。

官员们认购昭信股票期间，康有为正在北京配合光绪皇帝筹备改革。1898年4月17号，《马关条约》签署纪念日，康有为与御史李盛铎在北京的粤东会馆聚会，京城的文武官员、士大夫中有上百人聚集到粤东会馆，共同组织了保国会，制定了《保国会章程》，提出了保国会的宗旨、选举了组织领导机构。康有为一直倡导国会制度，保国会以政党组织身份正式登场。

帝国官员们都是人精，他们的忠诚跟北京城的政治气氛密切关联。保国会讲求变法、外交、经济，以此来协助政府治理国家，《保国会章程》规定，在北京、上海设总会，各省、府、县设分会。很显然，这个组织已经具有政党规模，一旦光绪皇帝推动政治体制改革，国家政务交由国会裁决，那么保国会将是未来国会的主导者。

清政府执政集团是帝国唯一的执政集团，他们绝不允许第二个民间机构的存在。可保国会却在皇帝的眼皮子底下成立了，这是执政集团开放党禁的一个明确信号，身为中央高级官员的李鸿章都向保国会赞助了银两，可以窥见光绪皇帝的政治体制改革决心之大。现在光绪皇帝高调发行昭信股票，意在考察官员们的忠诚度，现在不认购并在地方推广昭信股票，将难以获得光绪皇帝的信任。

总理衙门大臣、庆亲王奕劻发现了问题，现在王公大臣们都站到了皇帝一边，康有为等一干小吏一旦颠覆现在的政体，掌权的清政府精英将不再是国家的管理者，一切都将交由国会裁决。奕劻按照慈禧太后的旨意，逐条批驳康有为的改革方略，在给光绪皇帝提交的报告中写下了令康有为极度失望的一句话："为政之道不在多言。墨守成规，固无以协经权，轻改旧章，亦易以滋纷扰。"[28]

现在，很多文武官员都站到了光绪皇帝一边。慈禧太后当年选择由光绪皇帝坐龙椅，真正的目的是便于清政府执政精英们操持国家权柄，而现在的光绪皇帝要重用一帮小吏，这简直就是"任性胡闹"，康有为组织政党是"僭越妄为"，"非杀头不可"。[29]以荣禄为首的当权派决定扭转这个局面，以其人之道，还治其人之身。昭信股票同样可以成为慈禧太后检验文武百官忠诚度的试剂。

新署直隶总督裕禄宣布，直隶文武官员"无论官阶大小，实缺候补"，所认债款"概不领票，藉以少纾公家之急"。[30]裕禄出身满洲正白旗，其父崇纶在太平军起义期间协防湖北，武昌兵败后一路狂逃到陕西，曾国藩命人将其抓捕后，崇纶畏罪自杀，裕禄自此仇视汉族武装集团，凡是汉族官员提出的主张，他都反对。因此，裕禄自然成为了慈禧太后钳制汉族官员的马前卒。

身为慈禧太后的心腹，裕禄觉得让直隶的官员捐输不足以报答慈禧太后对自己的恩典，复致电各省督抚，动员各省官员所认债款"亦照直隶办法"。[31]裕禄的特殊身份令大清帝国的文武百官毛骨悚然，就算有不同意裕禄倡议的官员也不得不违心同意了。很快，官场是一呼百应，官员纷纷上表，遵照裕禄的提议。在得到普遍同意后，荣禄等人遂上奏朝廷表明：京外大小各官所认债款，情愿报效，"出自至诚"，请准其免领股票，"并不敢邀奖"。

光绪皇帝被推到了火山口。

荣禄跟裕禄的策动虽是为了帮助慈禧太后检验文武官员，但他们也在积极地认购昭信股票，自己岂能表现得冷漠？光绪皇帝马上对荣禄表扬了一番："深明大义，公而忘私。"王公贵胄、文武百官敏锐地感觉到北京的政治气氛在变化，荣禄等人的行动一定是慈禧太后的意思。因为在此期间，光绪皇帝请庆亲王奕劻转告慈禧太后："太后若仍不给我事权，我愿退让此位，不甘作亡国之君。"[32]

光绪皇帝已经意识到大事不妙，决定加快变法改革的步伐。1898年6月11日，光绪皇帝颁布了《明定国是》诏书："朕惟国是不定，则号令不行，极其流弊，必至门户纷争，互相水火，徒蹈宋明积习，于时政毫无裨益，嗣后中外大小诸臣，自王公以及士庶，各宜努力向上，发愤为雄，以圣贤义理之学，植其根本，又须博采西学之切于时务者，实力讲求，以救空疏迂谬之弊。"[33]

康有为一行人提出"制订宪法，开国会，军民合治，满汉平等"的改革大纲，光绪皇帝亲自统率陆海军，终极目标是君主立宪制。在教育方面，废科举开新学；在经济方面，以工商立国，鼓励民办企业；在军事方面，改用西洋军事训练，兴办现代化军事工业；在政治方面，裁减冗员，广开言路，开放新闻自由。

变法开始了。慈禧太后决定出手阻挠，1898年6月15日，慈禧太后迫令光绪皇帝以翁同龢"揽权狂悖"为由将其免职，逐回常熟原籍。同一天，五天前补授大学士的荣禄调任直隶总督。慈禧太后在颐和园发布命令，凡是"在廷臣工如蒙赏加品级及补授满汉侍郎以上各官，均须具折诣太后前谢恩"。"各省将军、都统、督抚、提督等官亦同。"[34]

作为光绪皇帝变法的核心顾问，翁同龢却被慈禧太后下令罢黜，光绪皇帝闻此一度"战栗变色"。很显然，"谢恩"只是慈禧太后照顾皇帝颜面的说辞而已，她已经将国家的人事管理大权收归在自己手上。一个连人事任免之权都没有的皇帝，还想要进行颠覆性的政治改革，这简直就是开玩笑。但现在的光绪皇帝已经是"开弓没有回头箭"，他只有抓住文武百官，这一场自上而下的变革才会成功。

光绪皇帝决定借力打力，既然裕禄通电全国"踊跃输银"，自己就给王公贵胄、文武百官送大礼。光绪皇帝赏给庆亲王奕劻之子载振头品顶戴，恭亲王溥伟、肃亲王善耆、端郡王载漪、贝勒载濂、辅国公载澜等，"均著宗人府议叙"，[35]"其京外文武大小各官，均著交户部分别核给移奖"。对哲布尊丹巴呼图克图"著赏给龙伞一柄，龙缎靠被一份，以示优异"，贝子衔巴特玛车林则"加恩赏换双眼花翎"。

认购了十万两昭信股票的山东巡抚张汝梅中了头彩，他被光绪皇帝树立成为典范。光绪皇帝下诏，张汝梅的几个儿子，兵部郎中张书兰、工部郎中张书年，"均著以知府选用"，三品荫生张书恒"著以主事用"，"以示奖励"。皇帝的奖励一下来，张巡抚"嗣又倡捐银一万两"。张氏家族一下就出了一巡抚两知府，还有一个主事。别小看主事，现在皇帝身边的红人康有为就是主事。

张汝梅巡抚一家子鸡犬升天，此事立即震动大清官场。曾经只有官员卖官鬻爵，这一次是皇帝带头干。光绪皇帝本是希望用顶子换来官员的忠诚，却践踏了大清帝国的秩序，将整个国家的政治考核秩序搞得乱了套，这种通过买股票获得官爵升迁的奖赏与卖官鬻爵毫无二致，光绪皇帝这一做法甚至忤逆了祖宗家法。张巡抚升迁的背后，一张庞大而无形的大网犹如噩梦一般扑向脆弱的帝国。

被股票摧毁的改革梦想

关于帝国官员的"站队"问题

光绪皇帝赏赐的"红顶子"大大地刺激了文武百官。

署理四川总督恭寿一看张巡抚一家鸡犬升天，也开始整天琢磨让儿孙加官晋爵的法子。恭寿将军出身，执行力不错，将推销股票搞成了抓壮丁一样的征兵模式。恭寿认准一个道理，廉洁的官员都是死脑筋，照章办事，严格按照昭信股票的章程发行，这样一来股票的销售业绩肯定提不上去，只有心狠手辣的官员才能成为金牌的股票销售员。

恭总督先在省城设立昭信分局，派充一些"贪劣素著"的官员去具体落实销售任务。恭总督派出去的那些贪官污吏很快想出了妙招，决定"按亩加派"，这样一来"与正供同收为甚便"，遂制定销售预期任务表，预定各州县应派股票数额，"或十余万，或十万，或数万不等"。各州县亦多"仿行历年捐输办法，按粮摊派"。[36]

总督大人一声令下，地方官员花招百出。成都州县出台了"按粮每两加派五两六钱"的政策，巴县"按正粮一两，纳库平银八两"，江津和兴文县均为"每粮一石征银六两"，广安县则按粮"（每）石派银十二两"。多出五六倍的征收还不能满足恭寿的胃口，现在皇帝跟太后都是用人之际，银子就是顶子。恭寿又想出一招，用四川省的"常平仓谷"购买昭信股票。

常平仓谷就是通常所说的农业税，这种财政款项按理应由政府统一规划使用。但是，恭寿为了博得北京方面的欢心，在四川横征暴敛不说，居然胆大妄为到挪用财政款买股票。恭寿在四川的暴行很快传到北京，忙于改革的光绪皇帝相当尴尬和为难，若要处理一省总督，会打击到其他地方督抚的积极性；若不处理，恐将激起民愤。

1898年6月29日，光绪皇帝一早就到颐和园。

慈禧太后早餐后，"亲诣大高殿拈香"。随后，慈禧太后命令兵部掌印给事中高燮曾弹劾四川署理总督恭寿。高燮曾曾向光绪皇帝推荐过康有为，慈禧太后让高燮曾出面弹劾恭寿，意在分化维新派。无奈之下，高燮曾只能站出来弹劾恭寿："好谋嗜利，罔恤民艰，纵容家丁，任用劣员，办理昭信股票，令各州县按粮摊派。"[37]

高燮曾弹劾完毕，光绪皇帝只有硬着头皮下令，调查恭寿，将他的劣迹晓谕百官。光绪皇帝希望通过股票考察文武官员的忠诚度，慈禧太后就要抓一个恶劣典型来拆光绪皇帝的台。中央决定派出调查组到四川，专案调查恭寿发行昭信股票问题，慈禧太后要求专案组"据实明白回奏，毋得稍有欺饰"。

正在这个时候，直隶总督荣禄觐见谢恩。6月22日，慈禧太后当着光绪皇帝的面，授荣禄为文渊阁大学士；6月23日，慈禧太后实授荣禄为直隶总督兼北洋大臣，统率北洋军政大权；6月24日，荣禄全权接管直隶跟北洋事务；6月25日，荣禄奏报接篆直隶总督情形。29日是专门来颐和园谢恩的。[38]

荣禄谢恩是想明确告诉光绪皇帝，帝国臣工只听命于慈禧太后，顺者昌，逆者亡。听命于太后的荣禄荣宠之极，有了荣禄掌管的北洋拱卫京师，谁敢在京师兴风作浪？向皇帝表忠心的恭寿胆大妄为，等待他的只有严苛的调查。6月11日变法开始后，慈禧太后任命吏部尚书孙家鼐为协办大学士，直隶总督王文韶回任户部尚书，在军机大臣上行走，并在总理衙门行走。

在调任中央高级文官的同时，慈禧太后还进行了大规模的军事部署：刑部尚书崇礼调任步军统领，指挥京师禁军；延茂调任吉林将军，护卫满清龙兴之地；那彦图担任阅兵大臣，可巡阅天下兵马；怀塔布管理圆明园八旗官兵，包衣三旗官兵并鸟枪营事务。刚毅管理健锐营事务，驻扎香山拱卫颐和园。郑亲王凯泰出任正白旗汉军都统，庄亲王载勋出任正蓝旗蒙古都统。[39]

一番调兵遣将后，以北洋、东北、蒙古为首的京畿地区，以及京师内外、宫禁要地的军队都牢牢控制在慈禧太后手中。光绪皇帝身边只有一批文人小吏在为变法出谋划策。更让光绪皇帝绝望的是，地方官们正在拿自己当猴耍，昭信股票本是皇帝检验文武百官忠诚度的试金石，没想到他们将昭信股票当成了敛财的工具。

专案组到了四川，恭寿已经一命呜呼了。接任恭寿的四川按察使由于在第三次"大足教案"爆发之后处理不当,在总督的位子上还没有坐热屁股就被撤职查办了,紧接着,认购了一万两银子昭信股票的江苏巡抚奎俊接任四川总督。奎俊一上任就调拨昭信股票银50万两充兵饷,大举进剿"大足教案主犯"、清末农民起义首领余栋臣。[40]

仗打了十多天就结束了,四川总督奎俊、四川布政使王之春在成、渝分别与法驻渝领事、天主教会代表谈判赔偿问题,结果赔银一百一十八点六一万两,以四川昭信股票抵押。这一下,四川人民愤怒了,昭信股票明明是国家自强的股票,怎么奎总督拿着老百姓买股票筹集的银子,去剿灭杀洋鬼子的余栋臣呢?这简直没有天理嘛,最后还要用昭信股票作抵押,赔偿法国人上百万两银子,这哪里是国家自强,这简直就是拿着老百姓的钱杀老百姓。

奎俊在江苏巡抚任上就想着封妻荫子,到了四川,发现北京城风云变幻,曾经排在第一位的、对皇帝的忠诚已经不再是第一位了,但如果地方的武装叛乱不及时镇压,不管是哪一位主政北京,都会要自己的脑袋。挪用股票资金同样是不可饶恕,奎俊出了狠招:"计亩苛派,按户分日严传,不到者锁拿严押,所派之数不准稍减分厘",[41]不买股票就是不忠君爱国,同余栋臣一样属于谋逆大罪,抓住是要杀头的。

四川督抚挪用昭信股票资金只是股票问题的冰山一角。山东巡抚张汝梅向光绪皇帝打报告,称黄河山东段决堤,泛滥成灾,哀鸿遍野,急需政府救急。命大于天,光绪皇帝面对这个曾经伏案哭泣的臣子,只能下令让户部划拨二十万两股票资金用于救灾。可是黄河之灾在江苏北部地区也很严重,两江总督刘坤一不仅要皇帝调拨八万吨漕粮,还要皇帝拿出三十万两股票资金用于救灾。[42]

湖南巡抚陈宝箴给湖广总督张之洞写信,说是当初湖南的商业税被洋贷款挪去作抵押了,商业税可是重要的财政资金,他请求用昭信股票募集的资金来归还商业税。张之洞收到信后,立即向光绪皇帝汇报。同意?反对?慈禧太后已经掌握了军权,地方督抚现在将手伸向皇帝的口袋里,不满足他们的话,在变法的关键时刻将失去他们的支持。光绪皇帝只好无奈地同意了陈宝箴的请求。

昭信股票已经成了地方督抚们眼中的一块肥肉。

甲午年状元张謇给光绪皇帝提交了一份报告,指出"各省昭信股票,大省认缴一百数十万,小省亦数十万",可是地方的督抚们都对这笔巨款"睒睒而视",[43]这样一来,昭信股票就变成了地方官员们的小金库,中国完全可以学习日本，截留一半或者三分之一作为财政专款，打造成政府扶持商业的基金，责成督抚补贴农工商务，发展资本工商业。

昭信股票成了贪污股票

两广总督谭钟麟面临一个难题，左宗棠去世后，他成为湘军集团的元老，需要募集大量昭信股票资金向皇帝和太后表忠心，可是粤西等地的会党担心这位湘军大佬会学习奎俊，以招募股票资金的名义，拿着老百姓的钱去剿灭会党，于是粤西会党专以反对昭信股票扰民、害民为名，"簧鼓大众"。[44] 淮军集团失势后，整个帝国的眼睛都盯着由谭钟麟领衔的湘军集团。现在，谭钟麟管辖的地界一旦出事，最先发起攻击的就是那些整天盯着官员的检察官御史大人。

御史徐道、张承缨、余诚格、黄桂、给事中高燮曾、户部尚书敬信、庶子陈秉和、编修张星吉、候补主事李经野等人先后上疏，指揭各地办理昭信股票的种种弊端，请求严行查禁，或停止劝办。而粤西的会党正是担心两广会重蹈四川的覆辙，所以才闹事，这样继续下去，必然会产生一系列恶果。

第一，帝国的政治秩序乱了，帝国通过销售股票，导致变相卖官鬻爵的风潮兴起，有钱就能当官，如此一来帝国的政府管理人员素质肯定会急速下降；第二，官员为了升迁而对老百姓苛刻，发行股票原本是为了激发帝国子民的忠君爱国热忱，但实际的结果却恰恰相反，这样下去帝国的公信力会荡然无存，甚至会激化帝国内部的矛盾；第三，洋人一直觊觎我们的经济，像奎俊这样随意地用股票作赔款抵押，已经将整个帝国脆弱的经济漏洞暴露给洋人，可能会导致英美等列强纷纷仿效，这样就形成了恶性循环，老百姓会更加仇视朝廷。

自昭信股票发行以来，地方官们的表现就令光绪皇帝胆战心惊。

1898年4月13日，光绪皇帝听闻顺天府官员对凡是不认购昭信股票的商民，一律逮捕下狱。顺天府就在皇帝的眼皮子底下，官员们都敢为了向皇帝表忠心而对老百姓的死活不管不顾。光绪皇帝派出调查组，"确切查明，据实参奏，毋得稍涉徇隐"。[45]

同年5月17日，光绪皇帝向全国发谕令，重申对各省在办理昭信股票过程中"名为劝借，实则勒索追催，骚扰闾阎"的现象，"亟应严行查禁"，"著各督抚通饬各该地方官遵照部定章程妥为办理；商民等愿领股票与否，各听其便，如有不肖官吏借端指派，致滋扰累，立即查参惩办，以杜流弊，而顺舆情"。

很快，光绪皇帝就发现地方督抚们阳奉阴违，他不得不针对山东安邱县知县俞崇礼办理昭信股票"苛派抑勒"一事发布谕令，指出此种行为"贻累闾阎，与朝廷开办股票任听乐输之意大相刺谬，殊堪痛恨"，并责成山东巡抚"通饬所属，严切晓谕各该地方官妥为办理，不准稍有扰累，倘有官吏借端苛派者，即行据实参办"。

光绪皇帝非常担心昭信股票的问题会乱了自己改革的大事，因此要求各地督抚要"查照部章，妥为办理"，"不准少有勒索苛派，致累闾阎"，特别责成四川总督要"严饬所属……慎防泫弊，不准抑勒"，否则"从严惩办"。不过，地方官的行为已经到了失控的地步，皇帝的命令已经不管用了，这些人依然是"力仅足买一票，则以十勒之；力仅足买十票，则以百勒之"。[46]

7月5日，一桩关于黄思永的旧案被翻出来。几年前，黄思永办理山西赈灾事务时，御史杨崇伊曾弹劾黄思永贪污赈灾款项。这个杨崇伊是慈禧太后的铁杆粉丝，康有为创办强学会时，杨崇伊就向慈禧太后打报告说强学会妖言惑众，将危害大清江山社稷。这一次，慈禧太后让吏部尚书孙家鼐调查黄思永。

黄思永是昭信股票的策划人，深得光绪皇帝的信任。光绪皇帝宣布变法后，立即擢升黄思永为从四品的侍读学士，筹办北京大学堂，让其成为教育改革的先锋官。杨崇伊弹劾黄思永贪污，将他跟以昭信守的昭信股票联系在一起，形成了一个绝妙的讽刺，一个品格有问题的皇帝近臣，他主张发行的股票怎么可能具有公信力？

杨崇伊是个狠角色，他将昭信股票的公信力跟黄思永的品格问题捆绑在一起，将昭信股票架上道德的圣坛，最终通过打击黄思永的品格来打击昭信股票，进而粉碎光绪皇帝检验文武百官忠诚的计划。光绪皇帝如果叫停股票发行，会得罪地方的文武百官。如果昭信股票继续发行，那一桩桩民怨沸腾的勒索案便清晰地证明，昭信股票已经成了社会的不稳定因素。

康有为觉得自己应该助光绪皇帝一臂之力，"请皇上大誓百司庶僚于太庙，置制度局于内廷"，只有让文武百官到太庙列祖列宗面前宣誓，忠君爱国，誓死追随皇上，以期官僚系统能够稳定，改革才能顺利进行下去。总理衙门大臣奕劻吓坏了，立即给慈禧太后送了一份情况汇报，说康有为的主张"均系变易内政"，希望慈禧太后"特派王大臣会同臣衙门议奏，以期妥慎"。[47]

慈禧太后已经委任以奕劻为首的一帮皇室贵胄管理八旗统骑营，命令他们按照西方军事制度操练八旗子弟兵。为了加强对军机处以及军队的控制，慈禧太后让调回北京的裕禄到军机大臣上行走，同时出任镶蓝旗汉军都统。慈禧太后还要求光绪皇帝到颐和园伺候自己早晚膳。慈禧太后的用意已经非常明显，尽量让光绪皇帝少跟康有为那一帮小吏接触，这样奕劻他们就可以掌握改革的主动权。

光绪皇帝常在颐和园伺候慈禧太后吃饭的反常举动，令维新派的小官吏们相当紧张，康有为担心慈禧太后会囚禁光绪皇帝，于是提出改组绿营兵制，一律仿德国与日本练兵，绿营兵改为巡警。在北京城有五营巡捕，统于步军统领。康有为的绿营兵改组计划，意在向步军统领衙门渗透，最终通过巡警制度抓住京城防卫大权。

很快，孙家鼐通过调查发现黄思永在赈灾期间清正廉洁，可是地方官员借"朝廷昭信之实惠，徒便好滑牟利之私图"。当初文武百官读昭信股票招募公告时，"详明剀切，慷慨激昂，凡有血气者读之俱为感动"，[48] 现在"煌煌天语，悬诸通衢，曰革新庶政，蚩蚩者氓皆掩耳而走，反唇相讥曰'是给我也，是朘我也，是犹之乎昭信股票也。'而莫之敢信，莫之敢应"！[49]

忠诚的试剂，改革的基石，现在成了一剂毒药。朝廷在民众的眼中毫无公信力可言，那些一门心思巴结朝廷的官员发现，"按诸百两领一票之章程，其人殊寥寥也"，现在连强行勒索都相当困难了，江苏昭信股票最初共认缴115.7万两，至1898年8月，南京昭信分局共收款18万余两，苏州分局共收1万余两。两淮盐商一开始决定认购200万两，后来两淮运司共收3万余两，安徽分局共收7万余两。

搜刮银子的门路越来越窄，文武百官开始对光绪皇帝的政令进行消极对抗。

1898年9月1日，光绪皇帝在紫禁城下达了一道措辞严厉的圣旨，催促各衙门速议裁撤归并、删改则例事宜。部委的改革直接关系到在京官员的利益，六部九卿的利益错综复杂，天子门生、太后亲信、王公裙带、属僚之情，裁撤与合并关系到官员们的饭碗，更关系到他们在各地的隐秘利益。光绪皇帝必须在京官中撕开一个口子，强行推动变法。

检验臣子忠诚的股票游戏结束了

礼部主事王照准备向光绪皇帝上书，谏言改革科举旧制，礼部尚书怀塔布不愿意代为王照呈送奏疏，两人在礼部办公室大吵一架。很快，消息传到光绪皇帝耳朵里，光绪皇帝正愁没有机会惩处消极怠工的大臣。9月4日，光绪皇帝下令将礼部尚书怀塔布、许应骙、堃岫、溥颋、徐会沣、曾广汉等六名部长级的堂官全部革职。王照赏给三品顶戴，以四品京堂候补，用昭激励。[50]

怀塔布是纯正的叶赫那拉氏，满洲正蓝旗出身，慈禧太后于6月中旬任命怀塔布管理圆明园八旗驻军，又将其调任礼部满尚书，意在把持教育关口。在其余被革职的官员中，礼部侍郎堃岫是满洲正白旗人，侍郎溥颋出身皇室，有纯正的爱新觉罗血统。许应骙、徐会沣、曾广汉三位都是通过科举考出来的进士，他们对废除科举很不理解。

光绪皇帝拿下怀塔布，意在警告那些阳奉阴违的文武百官，就算是太后的亲信，阻挡改革也一样要被罢免。9月5日，慈禧太后没有给光绪皇帝喘息的机会，立即下令裕禄出任礼部尚书。没错，裕禄就是在直隶通电全国，让各地文武官员踊跃认购昭信股票，为慈禧太后考验官员忠诚做试验的那位，他此时是慈禧太后的绝对亲信。

礼部改革事关国家官吏的选拔机制，八股科举只能选拔出清政府执政集团的管理奴才，难以选拔出具有现代化管理素质的创新性人才。光绪皇帝希望通过改组礼部来建立新的管理选拔机制，为改革输送、储备人才。裕禄因为利用昭信股票通电全国，为慈禧太后拉拢地方督抚而获得太后信赖，现在的礼部重回慈禧太后之手，让光绪皇帝的改组计划落空。

同一天，光绪皇帝召见谭嗣同，并命谭嗣同、刘光第、杨深秀、林旭以四品卿衔在军机章京上行走，参与新政事宜。9月7日，慈禧太后决定重组总理衙门，清理掉李鸿章、户部尚书爱新觉罗·敬信这样的挂名干部，让新任礼部尚书裕禄进入总理衙门，协助总理衙门大臣奕劻工作。[51]慈禧太后免掉爱新觉罗·敬信跟昭信股票有着莫大的关系。

爱新觉罗·敬信出身于血统高贵的皇族，身为户部的满尚书，一直是汉人尚书的影子。光绪皇帝下令发行昭信股票时，翁同龢成为昭信股票的设计者，爱新觉罗·敬信不管不问。王文韶调任户部汉尚书后，各路御史言官不断弹劾昭信股票，爱新觉罗·敬信依然充耳不闻。慈禧太后对这位多年戎马的皇室贵胄忍无可忍，决定将其清理出总理衙门。

1898年9月7日，就在爱新觉罗·敬信被清理出总理衙门的当天，户部上疏建议"除京外各官仍准随时请领，并官民业经认定之款照数呈缴外，其绅商士民人等，请一概停止劝办"。[52]户部的这份报告跟慈禧太后对爱新觉罗·敬信的失望有没有直接关系呢？答案是显而易见的。慈禧太后要终结光绪皇帝测试文武百官忠诚的游戏了，只要主管昭信股票的户部提出停止建议，光绪皇帝就没有理由拒绝。

光绪皇帝一度期望帝国的官员们"思想高尚"，能在民众中起到表率作用，没想到官员们让光绪皇帝丢尽了脸。那些泪流满面写尽忠诚的奏疏，都只是官员们演戏的脚本。爱新觉罗·敬信的报告提交上去，绝望的光绪皇帝无奈批准，并且谕令全国："朝廷轸念民艰，原期因时制宜，与民休息，岂容不肖官吏任意苛派，扰害闾阎，其民间现办昭信股票著即停止，以示体恤，而顺民情。"[53]

游戏终结，光绪皇帝成了孤家寡人。

山东的昭信股票款项有46.98万两被挪去进行地方赈灾，闽浙总督截留了昭信股票资金用于购买军火，云贵总督则挪用了数万两"留备云南铜本之用"，湖南挪用股票资金填补财政亏空。四川除了挪用部分股票资金剿灭农民起义，以大竹、广安为首的一批县令将部分股票资金挪作财政资金外，剩余的大部分资金都不知去向。[54]昭信股票一被叫停，立即断了地方官员们的财路。

为了检验文武百官的忠诚，光绪皇帝开展了一次轰轰烈烈的股票发行运动，当官员们热血贲张地购买股票的时候，满眼望去全是泣血忠臣，光绪皇帝被官员们的表面忠诚所迷惑，开始大张旗鼓地推行变法。但光绪皇帝太天真了，官员们没有绝对的忠诚，北京城的政治气氛是他们忠诚的风向标。官员们一直在利用皇帝的信任，将昭信股票当成谋取私利的工具。游戏结束了，官员对北京城的风云变化便开始作壁上观。

9月15日，光绪皇帝召见杨锐，赐以密诏，称局势危迫，命四章京速筹对策。9月16日，光绪皇帝召见袁世凯，命以侍郎候补，专办练兵事务，所有应办事宜，"著随时具奏"。军机大臣奉旨传令袁世凯于八月初五请训。当天，光绪皇帝到颐和园向慈禧太后请安，借机摸底慈禧太后的动静。[55]

9月19日，康有为拜访传教士李提摩太、日本前首相伊藤博文，请其劝说慈禧，以救新政。杨崇伊获得情报后，立即飞奔到颐和园，向慈禧太后汇报了康有为跟伊藤博文见面的情报。当天晚上，慈禧太后连夜离开颐和园，返回大内，命令光绪皇帝迁居瀛台。第二天，慈禧太后谕令各督抚当以吏治民生为重，不得滥保州县等官。这一天，光绪皇帝召见了伊藤博文。

光绪皇帝谋划通过发行昭信股票来测试文武百官的忠诚度，慈禧太后一道命令就将光绪皇帝的谋划粉碎了。慈禧太后谕令，严禁督抚们滥保州县之官，意在嘲讽康有为一干变法小吏。9月20日，北京城的较量胜负已分，袁世凯请训后乘轮船回津。当天傍晚，康有为逃出北京城，取道天津南下。

9月21日，慈禧太后再度"训政"，在勤政殿召开御前会议。文武百官行礼后，慈禧太后下令军机处，以康有为结党营私、莠言乱政为名，通缉以康有为为首的变法一党人士。当天下午两点，六品小吏梁启超逃亡到日本驻京公使馆，求见日本驻华代理公使林权助。当时，林权助正和伊藤博文聊天，听闻梁启超寻求政治避难，当即安排翻译接见。

梁启超逃到日本驻华公使馆后，希望日本方面能出面营救被幽禁的皇帝和维新志士。之后又找到了李提摩太，希望李提摩太能去找英国公使，设法保护光绪帝。当天晚上，梁启超再次逃亡到日本公使馆，伊藤博文让林权助安排梁启超在公使馆避难："救他吧！而且，让他逃到日本去吧！到了日本，我帮助他。梁启超这个青年是中国珍贵的灵魂啊！"[56]

9月24日，慈禧太后下令将谭嗣同、林旭、杨锐、刘光第、张荫桓、徐致靖先行革职，交步军统领衙门拿解刑部审讯。9月26日，慈禧太后下令恢复已撤衙门，禁官民擅递封章。9月28日，荣禄调任军机处，裕禄调任直隶总督兼北洋大臣。当天，维新派"六君子"遇难。

股票曾经摧毁了胡雪岩，1898年的昭信股票摧毁了光绪皇帝的梦想。在昭信股票发行的过程中，站在慈禧太后那一边的文武官员，最终都成为宠臣。那些埋头写奏本表忠心的督抚们，在光绪皇帝一声令下叫停股票发行后，他们都成为变法的旁观者。一场由小吏主导的政治、经济、军事改革在人头落地时结束了，只有盛宣怀头脑清醒，他已经完成了自己宏大的布局。

▶▶ **注释：**

[1]（清）沪上哀时老人未还氏：《公车上书记》，上海石印书局1895年版。

[2] （清）王彦威、王亮：《清季外交史料》，文海出版社1964年版。

[3] 《纽约时报》，1896年8月29日。

[4] 朱沛莲：《清代鼎甲录》，商务印书馆1985年版。

[5] 千家驹：《旧中国公债史资料》，中华书局1984年版。

[6] （清）郑观应著，夏东元编：《郑观应集》，上海人民出版社1982年版。

[7] 康有为：《康南海自编年谱》，中华书局1992年版。

[8] （清）张荫桓：《张荫桓日记》，上海书店出版社2004年版。

[9] 千家驹：《旧中国公债史资料》，中华书局1984年版。

[10] （清）翁同龢：《翁同龢日记》，中华书局1998年版。

[11] 千家驹：《旧中国公债史资料》，中华书局1984年版。

[12] 千家驹：《旧中国公债史资料》，中华书局1984年版。

[13] 千家驹：《旧中国公债史资料》，中华书局1984年版。

[14] 《清实录·光绪朝德宗实录》卷 414，中华书局1985年版。

[15] 《申报》，1898年2月27日。

[16] （清）朱寿朋编：《光绪朝东华录》卷4，中华书局1984年版。

[17] （清）朱寿朋编：《光绪朝东华录》卷4，中华书局1984年版。

[18] 康有为：《康有为政论集》，中华书局1998年版。

[19] （清）翁同龢：《翁同龢日记》，中华书局1998年版。

[20] （清）翁同龢：《翁同龢日记》，中华书局1998年版。

[21] （清）翁同龢：《翁同龢日记》，中华书局1998年版。

[22] 翦伯赞编：《戊戌变法》，上海人民出版社1953年版。

[23] "光绪二十四年三月三十日京报全录"，《申报》，1898年4月28日。

[24] 汪叔子、张求会编：《陈宝箴集》，中华书局2005年版。

[25] 钱仲联：《清诗记事》，江苏古籍出版社1989年版。

[26] （清）刘坤一：《刘坤一遗集》，中华书局1959年版。

[27] （清）朱寿朋编：《光绪朝东华录》卷4，中华书局1984年版。

[28] 《戊戌变法档案史料》，国家档案局明清档案馆藏。

[29] （清）苏继祖：《清廷戊戌朝变记》，广西师范大学出版社2008年版。

[30] （清）朱寿朋编：《光绪朝东华录》卷4，中华书局1984年版。

[31] （清）张之洞：《张文襄公全集·电牍》卷36，中国书店出版社1990年版。

[32] 翦伯赞编：《戊戌变法》，上海人民出版社1953年版。

[33] 翦伯赞编：《戊戌变法》，上海人民出版社1953年版。

[34] （清）朱寿朋编：《光绪朝东华录》卷4，中华书局1984年版。

[35] （清）朱寿朋编：《光绪朝东华录》卷4，中华书局1984年版。

[36] 鲁子健编著：《清代四川财政史料》，四川省社会科学院出版社1984年版。

[37] 《大清德宗景皇帝实录》卷419，华文书局1970年版。

[38] （清）朱寿朋编：《光绪朝东华录》卷4，中华书局1984年版。

[39] （清）朱寿朋编：《光绪朝东华录》卷4，中华书局1984年版。

[40] 四川省档案馆编：《四川教案与义和团档案》，四川人民出版社1985年版。

[41] 中国科学院历史研究所第三所主编：《锡良遗稿》，中华书局1959年版。

[42] 《大清德宗景皇帝实录》卷432，华文书局1970年版。

[43] （清）张謇：《张謇全集》卷2，江苏古籍出版社1994年版。

[44] 《申报》，1898年9月27日。

[45] （清）朱寿朋编：《光绪朝东华录》卷4，中华书局1984年版。

[46] 千家驹：《旧中国公债史资料》，中华书局1984年版。

[47] （清）朱寿朋编：《光绪朝东华录》卷4，中华书局1984年版。

[48] "筹领昭信股票启"，《湘报》第56号，影印版，上册。

[49] 鲁子健编：《清代四川财政史料》，四川省社会科学院出版社1984年版。

[50] （清）朱寿朋编：《光绪朝东华录》卷4，中华书局1984年版。

[51] （清）朱寿朋编：《光绪朝东华录》卷4，中华书局1984年版。

[52] （清）朱寿朋编：《光绪朝东华录》卷4，中华书局1984年版。

[53] （清）朱寿朋编：《光绪朝东华录》卷4，中华书局1984年版。

[54] （清）周克堃编撰：《广安县志》，学生书局1968年版。

[55] 胡浜：《戊戌变法》，新知识出版社1956年版。

[56] 丁文江、赵丰田编撰：《梁启超年谱长编》，上海人民出版社1983年版。

15

第十五章
铁路上马

盛宣怀抛弃旧主，结盟武汉

湖广总督巧借机会修铁路

1898年6月26日，光绪皇帝陪慈禧太后用早餐。

慈禧太后突然询问光绪皇帝变法事宜，光绪皇帝说各部院对奉旨交议事件的回复拖沓。慈禧太后立即下令，各部院对奉旨交议事件必须限期回复，逾期即严加惩治。在发给各部院的上谕中，慈禧太后特别点了盛宣怀的名，命令盛宣怀赶办卢汉铁路，并迅速开办粤汉、沪宁各路。[1]

作为帝国的南北干线，卢汉铁路的建设可谓是一波三折。早在1878年，江苏文士薛福成就给李鸿章递了一份《开创中国铁路议》的报告。薛福成出生在官宦世家，但对八股文章毫无兴趣。1875年进入淮军集团，成为李鸿章的贴身秘书，李鸿章跟以刘坤一为首的一干大员的通信，均出自薛福成之手。薛福成建议，中国应修建一条自京师西，沿着太原、开封南下，至汉口的铁路。[2]

薛福成发出卢汉铁路的倡议后，台湾巡抚刘铭传、直隶总督李鸿章均赞同卢汉铁路的规划。期间，唐廷枢在滦州开煤矿，进展得相当顺利，大量煤炭需要通过火车运输，于是唐山至大沽的铁路秘密修成。出于军事方面的考虑，李鸿章想借机修建一条天津至通州的铁路，可担心清政府执政精英们会反对，便谋划在1889年光绪皇帝大婚之时送一份大礼。

李鸿章送的大礼是在北京城修建一条七公里长的小铁路，机车跟车厢一共七节。为了让光绪皇帝跟慈禧太后亲眼看到火车的优越性，李鸿章专门聘请法国商人承建。在修建过程中，李鸿章只划拨给承建商六千两白银，法国商人最终自掏腰包四万两。[3] 1889年1月，小铁路刚修好，以帝师翁同龢为首的21名中央高级干部便联合弹劾李鸿章以西洋淫巧诱惑皇上。

尚书学士、九卿言官们强调，通州"密迩京师"，"漕运重镇"，"若置铁路期间，尽撤藩篱，洞启门户，风驰电走，朝夕可至"，[4] 这种"资敌""扰民""夺民生计"的工程实在是太危险了。以翁同龢为首的高级官员们提议，可在边地试行。

一份大礼酿成了政治风波，这令当时统率北洋的李鸿章始料未及。李鸿章嘲讽北京城的官员们无知，欧美的铁路建设都是从繁华城市开始，如果将铁路设于边地，腹地之兵跟粮饷只能望尘莫及。如果铁路修在"荒凉寂寞之区，专待运兵之用，造路之费几何？养路之费几何"？李鸿章还给官员们普及常识：铁路设于腹地，有事则运兵，无事则贸迁，费用方能措办。

北洋跟京师交锋之时，两广总督张之洞于1889年4月1日向总理衙门上了《请缓造津通铁路改建腹省干路折》。张之洞希望利用朝廷调停政治风波之机，寻求建造卢汉铁路的机会。张之洞认为"铁路之利首在利民"，民众富有国力才会强盛。张之洞提议，"自京城外之卢沟桥起，经行河南，达于湖北之汉口镇，此则铁路之枢纽，干路之始基，而中国大利之所萃也"。[5]

张之洞的建议当时得到了奕䜣的嘉许："别开生面。"1889年8月8日，张之洞调任湖广总督，他猜测北京调令的深意：洞调两湖，自为创办铁路。张之洞上任湖广总督后，提出卢汉铁路干线由国家出资修建，支线则招募商股修建。卢汉铁路干线预算以一里铁路一万两银子的成本，国家需要通过财政积累的方式，投入2000万至3000万两。

修铁路需要大量的钢轨。清流派出身的张之洞拒绝向海外采购钢轨，可是中国也没有生产钢轨的铁厂，他决定在湖北组建铁厂生产钢轨。可是从组建铁厂到生产出钢轨，时间周期很长，于是张之洞提出了"储铁宜急，勘路宜缓"的策略，在汉阳组建铁厂。由于资金短缺，汉阳铁厂直到1893年才开始投产。汉阳铁厂产量很少，钢中磷含量很高，根本无法造出钢轨。

1894年甲午海战，北洋舰队全军覆没。李鸿章签署《马关条约》回京后为千夫所指，在北京贤良寺郁郁寡欢。这时，身为轮船招商局总办的盛宣怀也面临人生新的抉择，是跟着李鸿章消沉下去？还是寻找新的政治盟友？淮军集团在精神上已经死亡，盛宣怀需要选择新的政治盟友。

张之洞是盛宣怀政治结盟的首选。第一，在国子监祭酒王先谦弹劾轮船招商局一案时，盛宣怀的父亲盛康进京，成功游说张之洞保持中立，两人交往日深。

第二，张之洞从清流名士到实权总督，跟他与清政府执政精英们的关系融洽有着莫大的关系，而且张之洞在地方督抚中的影响力已经超越李鸿章。第三，汉阳铁厂创设之初，张之洞曾欲与盛宣怀合作，两人在上海豫园"连日晤谈，详加考究"。[6]

盛宣怀跟张之洞在上海的商谈之所以无疾而终，主要是因为两人在卢汉铁路的资金问题上分歧严重。盛宣怀提出，卢汉铁路从组建铁厂开始就应该招募商股，轮船招商局的经验已经证明，民营资本运作效率高于国有资本。张之洞则坚持汉阳铁厂跟卢汉铁路干线应该国有全资。《马关条约》签署之后，朝廷连赔付日本的银子都要依靠国际贷款。所以，汉阳铁厂根本不可能从朝廷要到资金，没有资金已经进行不下去，再加上遭遇了技术难题，更是雪上加霜。卢汉铁路因此一拖再拖。

张之洞给光绪皇帝写了一封信，信中的他已经没有汉阳铁厂开张之时"再也不必仰仗于他人"之豪迈，而是相当谦卑地写道："臣力小任重，时切悚惶，加以督工筹款，事事艰难，夙夜焦急，不可名状。惟以此事为自强大计所关，相机赶办，期于必成，断不敢因工巨款绌，中途停废，以致创举无效，贻讥外国。"[7]

卢汉铁路拒绝洋款，只招华商

帝国千秋之伟业，现在成了张之洞的心病。

张之洞当初主张修建卢汉铁路，在李鸿章看来是"欲结邸欢"。唐山至大沽的铁路通车时，李鸿章邀请醇亲王奕譞剪彩，奕譞坐在火车上感觉甚好。李鸿章在光绪皇帝大婚之时送小铁路作为贺礼，意在取得奕譞对天津至通州铁路的支持，没想到却闹出了1889年的政治风波，连奕譞也被推到了风口浪尖。张之洞提出搁置津通铁路，修建卢汉铁路，主要是为奕譞解围。

"恐难交卷，终要泄底。"[8]李鸿章当时很快就掌握了张之洞调任湖广总督的情报，张之洞一来，自己的哥哥李瀚章就必须调离湖广总督之位。在给李瀚章的私信中，李鸿章很是瞧不起清流派出身的张之洞，甚至嘲笑张之洞在湖北干不成事，因为张之洞在北京期间就是一个高谈阔论之人，"枢廷皆知其大言无实也"。

现在，张之洞已经陷入绝境，汉阳铁厂简直就是一个巨大的资金黑洞，"如每日冶炉化出生铁一百吨，将亏本银二千两，是冶炉多煽一日，即多亏本一日"，"炼铁仅开一炉，每年仅出铁一万五千余吨，亏折甚巨；欲添开一炉，则须增银五六十万两，无从筹措。"[9]张之洞在给朋友的信中表现得相当沮丧："铁厂经营实在难以为继。之洞已使出全身解数，仍无回天之力。"

汉阳铁厂无法生产钢轨，卢汉铁路自然难以建设。当时，李鸿章的北洋水师全军覆没，连两亿两白银的战争赔款都只能靠贷款偿还，朝廷不可能再划拨银子给张之洞炼铁修路。李鸿章当初的预言成真，此时的张之洞相当狼狈，他除了向朝廷表达自己的无能之外，只能向友人空惆怅："鄙人实无颜再向朝廷请款，亦无词可以谢谗谤之口，是死症矣。"

张之洞的报告送抵北京，北京方面考虑到，卢汉铁路是连接帝国南北交通的大动脉，更是利国利民的千秋伟业，岂能成为烂尾工程？可是朝廷实在没钱，汉阳铁厂这个包袱只能通过民营资本来化解。北京方面很快给张之洞下令："南洋各岛暨新旧金山等处，中国富商在彼侨寄甚众，劝令集股，必多乐从。"朝廷同时下令时任两广总督的谭钟麟等督抚选派代表，"迅赴各该处宣布朝廷意旨，劝谕首事绅董等设法招徕。"[10]

一直没将华侨当人看的清政府执政精英们，这个时候想起了在海外的华商。张之洞本人对海外招商信心不足，因为"铁厂经营多年，用款甚巨"，现在需要大量的资金注入，"恐南洋华商无此才力"。盛宣怀曾经建议卢汉铁路进行商办，张之洞意气用事，拒绝了盛宣怀的提议，才落到今天的地步。这时，张之洞想起了盛宣怀，他让汉阳铁厂总办蔡锡勇跟湖北纺纱局总办盛春颐接触。

盛春颐是盛宣怀的侄儿，张之洞希望盛春颐转达自己邀请盛宣怀来汉口的意思："令叔槃才，承办此厂，必能日见兴盛。议请阁下电商令叔，有无接办之意。"[11]张之洞谦卑的邀请，却迟迟没有等到盛宣怀的回音。1895年12月5日，汉阳铁厂连工人工资都发不出来，不得不封炉。

张之洞决定冒险招募国际资本，他致电蔡锡勇："铁厂一切经费拟包与洋人。有愿包者否？每年经费若干？建询各洋匠，电复。"1895年12月12日，张之洞急不可待地再次电令蔡锡勇，抓紧跟比利时、德国各大厂联系，希望洋商能够派人来评估，一切费用由政府财政报销。张之洞此举意在吸引国际资本。

蔡锡勇在张之洞担任两广总督期间出任其幕僚，一直是张之洞的实业总管家，对国际资本相当排斥。可是炉已封，迟迟等不来盛宣怀，张之洞催逼甚紧，蔡锡勇只能在15日的回电中谎称，"闻盛道（盛宣怀兼任天津海关道）已南来"。在蔡锡勇看来，现在国际资本对中国铁路、矿产虎视眈眈，"揆度时势，似包与洋人，不如包与华人为宜"。

轮船招商局创设之初，朝廷就明文严禁国际资本入股，可是华商"类多巧滑，若无洋商多家争估比较，定必多方要挟，不肯出价"，被寄予厚望的盛宣怀迟迟不见踪影，张之洞决定亲自出面跟国际资本接触。张之洞致电大清驻俄德公使许景澄，希望许景澄在欧洲推销汉阳铁厂项目，看国际资本是否有意来湖北"看估面议"。[12]

张之洞心急火燎的时候，盛宣怀正在上演欲擒故纵的好戏。甲午海战埋葬了李鸿章的北洋水师，一纸《马关条约》将李鸿章抛到了权力中心之外。张之洞现在是盛宣怀重要的结盟者，只是他还需要等一个可以讨价还价的机会，让两者的结盟地位更对等。盛宣怀早就向汉阳铁厂派驻了卧底，卧底一直关注着张之洞的一举一动，随时向盛宣怀汇报进展。

盛宣怀这边正在观望，张之洞那边也很快跟洋商戴马陀联系上了。蔡锡勇在南京跟戴马陀见面后，戴马陀提议去汉阳铁厂实地考察一下。1896年1月，戴马陀跟比利时驻汉口领事一起来到汉阳铁厂考察，戴马陀"索铁厂机器价目全账"。经过评估，戴马陀提议将汉阳铁厂作价四百万两，他再出资四百万两，双方各持股百分之五十。[13]

戴马陀的汉口之行立即传遍了湖广官场，湖南巡抚陈宝箴立即给张之洞发电报："忽闻铁政将与洋商合办，极感怅然。我公此举原为铁路、枪炮及塞漏卮而设，诚中国第一大政，我公生平第一盛业。今需用正急，忽与外人共之，与君初意大不符合。且此端一开，将无事不趋此便易之路，彼资日增，我力难继，必至喧宾夺主，甚为中国惜之。"[14]

陈宝箴的电报击中了张之洞的痛处。卢汉铁路是张之洞第一次真正意义上的事业，一旦汉阳铁厂落入清流派痛恨的洋人之手，岂不成了天下第一大笑话？张之洞的幕僚们对此分歧也很大，有人持赞成态度，觉得如果戴马陀投资，汉阳铁厂便可起死回生，更重要的是卢汉铁路将来也可以推行汉阳铁厂的模式。但以蔡锡勇为首的心腹幕僚竭力反对，希望张之洞能够招来华商资本。

接办汉阳铁厂

盛宣怀一直觊觎汉阳铁厂跟卢汉铁路。1893年，郑观应以招商局帮办身份巡查长江各分局，路过武汉时跟湖北布政使王之春交流，了解到汉阳铁厂已耗银400多万两，张之洞当时还在向朝廷请求再调拨七十万两。郑观应向盛宣怀建议，"如欲接办"，"宜先寻有好煤矿，可炼焦炭，将化铁炉移于大冶铁矿山左右，可省运费，焦炭价廉方可获利"。[15]

丁戊奇荒期间，盛宣怀在赈灾过程中跟江浙资本建立了盟友关系，属于广东商帮二流人物的郑观应当时也加入了赈灾圈子，并成为了盛宣怀的知己。郑观应在武汉收集汉阳铁厂情报并非偶然，而是有意为之，由此不难看出盛宣怀对汉阳铁厂早有酝酿，对汉阳铁厂的资本结构、原材料都有周密的筹划。

陈宝箴及其幕僚的批评令张之洞相当尴尬，他不得不亲自给盛宣怀写信，希望他能够南下合作。张之洞以卢汉铁路为诱饵，说总理衙门已经发出了电报，让广东、湖北、湖南三省的督抚就"粤湘汉铁路须速奏"，"迟则恐为外人强索矣"。[16]湖北按察使、盛宣怀世交恽松耘在1896年2月17日给盛宣怀发电："帅颇喟然，嘱公速自赴鄂详看，以便筹商。"

张之洞在跟洋商洽谈期间，盛宣怀一方面静观湖北的动静，一方面在判断李鸿章的政治前景。当时，清政府执政精英们主张联俄抗日，李鸿章又肩负起结盟沙俄的使命，成为出使欧美的全权大使，李鸿章起节出洋到底是仕途转机，还是清政府执政精英们化解国人愤怒的借口？盛宣怀一直以健康为由，推延南下武汉。

卢汉铁路虽是一个巨大的诱惑，但盛宣怀还是担心张之洞"意犹未决"，在给恽松耘的电报中，盛宣怀希望张之洞"通筹决策"，"如无疑义，天稍暖当再亲自赴鄂熟商办法。"[17]恽松耘一眼就看出盛宣怀在搪塞，三天后连发两份电报，再三说明张之洞"已决计"同盛宣怀商办。

恽松耘跟盛宣怀往来电报时，已经是新春佳节，尽管张之洞不断邀请盛宣怀赴武汉，甚至承诺"铁厂到手，铁路亦在掌握"，但盛宣怀还是以铁厂的铁质不好等为由进行拖延。其实，一方面他是在静观李鸿章出使欧美的政治风向，另一方面他是要将张之洞拖入绝境，这样才能将汉阳铁厂与卢汉铁路的价格压到最低。当然，盛宣怀的野心是两个项目独柄事权。

盛宣怀的拖延令张之洞很不高兴，洋商戴马陀再次来到武汉，这一次戴马陀是跟随法国商人德韦尼来的。盛宣怀得到武汉的情报，立即给恽松耘发电报，说自己马上动身赴武汉面商合作。在赴武汉的路上，盛宣怀获得了最新密报，北京方面要将卢汉铁路的筑路之权交给王文韶和张之洞。

甲午海战之后，王文韶总督直隶，有御史弹劾王文韶"所用文武各员，皆李鸿章旧用私人，积习甚深，恐致贻误"。身为李鸿章心腹，弹劾盛宣怀的奏章犹如雪片一般飞抵京城，在言官们眼中，盛宣怀就是"一牟利无耻之小人耳，其恶迹罄竹难书"。1896年1月2日，朝廷向王文韶连发两道命令，严令他调查盛宣怀在轮船招商局的问题。[18]

北京的政治风向对盛宣怀相当不利，在朝廷下令王文韶调查之前，他还在观望，希望能有更大的筹码同张之洞结盟。但朝廷的调查令也让盛宣怀如芒在背，所以他一方面派卧底打探张之洞的信息，一方面拖延正面的合作请求。在天津期间，盛宣怀需要彻底解决对他致命的弹劾，"李鸿章心腹"这块招牌已经成了盛宣怀的包袱。

王文韶调查盛宣怀问题期间，湖南十二州县发生罕见旱灾，巡抚陈宝箴向王文韶求援。一方面，王文韶曾两度出任湖南巡抚。另一方面，王文韶又是陈宝箴的恩师。在大清帝国赈灾方面，最富有经验者莫过于盛宣怀，因此王文韶希望盛宣怀能解陈宝箴之所急。

盛宣怀抓住机会，发动了丁戊赈灾时的盟友严信厚、经元善、谢家福、郑观应等人，并在《申报》上发布湖南筹捐公告。王文韶被盛宣怀的急公好义感动了，他甚至在私人日记中感叹，盛宣怀"代筹湘赈不遗余力"。[19]陈宝箴向北京汇报赈灾情况时，特地提到湖南省外最大的一笔赈灾款来自于盛宣怀。

王文韶在给北京提交的调查报告中写道："泰西各国由商而富，由富而强，中国仿而行之，二十年来，惟电报、招商两局成效已著，而一手经营，虽屡经波折，而卒底于成者盛也。"在王文韶的报告中，盛宣怀"具兼人之才，而于商务洋务，则苦心研究，历试诸艰者，已逾二十年。设以二十年前之盛处此，臣亦未敢保其必能接手也"。[20]

通过帮助湖南赈灾，盛宣怀成功地逃过了言官们的弹劾。陈宝箴之所以会发电报批评张之洞招徕洋商，跟在赈灾中得到盛宣怀帮助有直接关系。当盛宣怀获得王文韶跟张之洞主管卢汉铁路的情报后，立即给王文韶发电，确认情报的准确性，并且非常坚定地表示，要承接汉阳铁厂。盛宣怀希望王文韶在朝廷任命发布后，为自己谋求卢汉铁路的建设之权。

盛宣怀到武汉后，张之洞亲自带领他参观考察汉阳铁厂，经过9天的谈判，张之洞对盛宣怀商办汉阳铁厂、卢汉铁路的策略相当赞赏。在给王文韶的信中，张之洞对盛宣怀极尽夸赞，"若令随同我两人总理此局，承上注下，可联南北，可联中外，可联官商。"[21]

1896年5月14日，张之洞正式委任盛宣怀接办汉阳铁厂。盛宣怀接掌汉阳铁厂后，立即提出了"召集商股，官督商办"的重组思路。不过，张之洞没有立即委任盛宣怀承办卢汉铁路，因为广东在籍道员许应锵、商人方培尧，候补知府刘鹗、监生吕庆麟这几人也称可筹集千万巨资。张之洞希望卢汉铁路能够引入更多的竞争者，以降低整条铁路的建设成本。

接到汉阳铁厂任命的当天，盛宣怀已经觉察到不对劲，他立即给王文韶发了一封电报："从前觅得大冶铁山，条陈醇邸开铁政，皆为今日，现详审勘验，铁无穷，钢极佳，两炉齐开，每年可成极好钢轨千余里，正敷卢汉工用，免使巨款外溢。铁政得此，亦足次第推广。路与轨两局综于一手，路成厂亦成。"

盛宣怀提出了一个庞大的系统工程，根据他参照十多年前在大冶铁矿的产量对比来看，汉阳铁厂每年都可以炼出千里钢轨，那么多钢轨冶炼出来，销售是个很重要的问题，一旦卢汉铁路跟汉阳铁厂同时开工，那么就能做到产销两旺。可是张之洞让盛宣怀先办汉阳铁厂，却未任命其办理卢汉铁路。盛宣怀决定先布置好汉阳铁厂的工作，然后立即赴京跟王文韶详谈卢汉铁路事宜，因为"轨已无求于外洋矣"。

"江湖郎中"刘鹗败走武昌城

新来的小京官四处跑关系、拉人脉

张之洞现在有说不出的苦衷，因为已经有庞大的利益集团盯上了卢汉铁路。

刘鹗，江苏丹徒人，出生在官僚家庭，喜欢文、史、医、商，行过医，做过生意。31岁时，黄河决口于郑州，刘鹗先后进入河道总督吴大澄、山东巡府张曜幕府，帮办治黄工程，因成绩显著被张曜保举为候补知府。张曜去世后，福润出任山东巡抚，也相当欣赏刘鹗，两次向朝廷举荐。1895年，刘鹗进入总理衙门，开始了京官生活。

刘鹗跟轮船招商局的会办、李鸿章的心腹、江苏丹徒老乡马建忠是莫逆之交。刘鹗到了京城后，马建忠便将李鸿章的儿子李经迈介绍给他认识，尽管甲午海战后李鸿章失势，可是他在总理衙门做顾问，仍然是值得依傍的参天大树。

在京期间，刘鹗找到了同门师兄弟毛庆蕃，两人在扬州期间曾拜"太谷学派"传人李龙川（即李光炘，字龙川）学习。毛庆蕃坐镇天津，为重任两江总督的刘坤一督办后勤，因刘坤一跟翁同龢是政治盟友，所以毛庆蕃很快就得到了翁同龢的赏识。而刘鹗跟毛庆蕃既是师兄弟又是儿女亲家，所以毛庆蕃也将刘鹗引见给了翁同龢。

刘鹗相当有心计，他知道翁同龢身为光绪皇帝的老师，掌管着户部，只要有他的支持，卢汉铁路的建设大权一定就能拿下。刘鹗多次通过毛庆蕃给翁同龢递报告，到了1895年6月13日，翁同龢终于答应接见刘鹗。没想到，刘鹗"携银五万，至京打点，营干办铁路"，更让翁同龢惊讶的是，刘鹗还"托人以字画数十件饴余"。[22]

翁同龢被刘鹗的巨额贿赂吓坏了，一旦此事暴露，连光绪皇帝也保不了自己，政治生命肯定也就结束了，所以翁同龢并没有明确答复刘鹗。当天晚上，他还在日记本上写道，"记之以为邪蒿之据"。

贿赂完翁同龢后，刘鹗还是不放心，他希望妻舅高子谷能够帮忙运作和王文韶的关系。高子谷的夫人是王文韶的孙女，当时王文韶出任直隶总督，统率北洋，高子谷在总理衙门上班，主要管理电报业务。朝廷下令张之洞跟王文韶共同承建卢汉铁路，高子谷得知后，将这个信息第一时间告知了刘鹗。刘鹗希望能通过王文韶，独自拿下卢汉铁路项目。王文韶答复刘鹗，让他去武汉跟张之洞谈。

刘鹗在京经营人际网络时，意大利牧师罗沙第则在伦敦成立了一个投资中国矿业的"皮包"公司——福公司，并很快来到中国进行公关。当时，刘鹗在总理衙门担任闲差，马建忠便又将刘鹗介绍给罗沙第。突然冒出来的国际投资家令刘鹗兴奋不已，他当即答应出任福公司的华人经理。

刘鹗担心王文韶不给自己办事，又托高子谷给王文韶送去了四千英镑的福公司原始股。按照当时的价格，这相当于四万两银子，相当于今天的八百万人民币。同一天，刘鹗还通过好友、义善源银号经理王筱斋送给总理衙门大臣、庆亲王奕劻四千英镑的福公司原始股。[23]

奕劻收下福公司原始股后，刘鹗顿时觉得跟清政府执政精英交往还是很容易的，连皇室贵族都收受贿赂，那在大清帝国就没有钱搞不定的事。刘鹗决定，在经营的人际关系网中，要扩充大量的皇室贵族和王公大臣。在帮助罗沙第经营山西煤矿时，刘鹗还通过门生丁士源，向肃亲王善耆行贿。

1896年6月27日，刘鹗到了武汉。张之洞在总督府接见了刘鹗，刘鹗在张之洞面前侃侃而谈。在刘鹗到武汉之前，王文韶给张之洞发过电报，说刘鹗意欲独揽卢汉铁路。不过张之洞更关心的是资金问题。于是，刘鹗呈上一张一千万两的洋行保单。张之洞重组汉阳铁厂时，就因招募国际资本遭遇过很多人的强烈反对。对此，刘鹗拍胸脯说，这一千万两是自己的，背后没有洋人操控。

张之洞提出，卢汉铁路不是一千万两就可以建成的。刘鹗提出，现在有四位商人在竞争卢汉铁路项目，"每人集股一千万，则卢汉铁路之事济矣。"[24]张之洞不想由四个竞争者一起合建，便问刘鹗："汝已集股一千万，尚能多集否？"刘鹗马上变得底气不足："铁路乃有利益之事，开办以后，股份必旺，不患无股份。"最后，张之洞留下了刘鹗的保单，告知其等待通知。

刘鹗见完张之洞，立即去拜访了张之洞的幕僚姚锡光。他们二人是老乡，关系甚密。刘鹗告诉姚锡光他提交给张之洞的保单实际上是一份国际贷款的合约。姚锡光曾经在中国驻日本公使馆工作过一段时间，对国际形势有一定程度的了解。刘鹗希望姚锡光能向张之洞灌输一个观点："洋债可借，洋股不可招。"

姚锡光给刘鹗提出了一个新的建议，他说修铁路需要消耗大量的资本，两三年内不可能有利润，通过国际贷款利息又太重，可以"铁路与银行相辅而行"，"将借定洋债先行开一银行，以为铁路根本，既无虚利之虑，而铁路开办诸费即于此周转"，将来有国内资本入股，由"银行出股份票"，会更有公信力。

刘鹗听完姚锡光的话，立即说自己已经跟马建忠达成了合作意向，如果张之洞能够将卢汉铁路交给自己去建设，他就跟马建忠在上海成立一家银行，马建忠负责银行的日常运营。刘鹗给姚锡光讲述了自己庞大的实业布局："铁路既成，日后尚须开五金、煤炭诸矿，并开冶炼诸厂。"[25]

一位江湖郎中能混到总理衙门，可见他在官场定有不小的能耐，没有京城王公贵胄的支持，刘鹗一定搞不到洋行的保单。张之洞如果直接拒绝刘鹗，可能会得罪刘鹗背后的北京势力。但如果保单是假的呢？对不起，刘鹗必须走人。张之洞留下保单后，马上给上海道台黄祖络发电报，希望黄祖络帮忙调查一下刘鹗留下的这张千万保单的真实性。

盛督办撂挑子，"不建银行不办铁路"

张之洞给黄祖络发了一封电报："上海有履祥洋行存放知府刘鹗卢汉铁路股本银一千万两，声明无洋股在内，请详查是否属实。该洋行所操何业？是否殷实？行主何名？能签押出字据保认，乃可为凭？"[26]他希望黄祖络能够快速查证。

6月30日，张之洞收到上海道台黄祖络的电报。黄祖络派人调查了履祥洋行的老板贝履德，得知履祥洋行只有贝履德一个股东，专门做布匹生意。贝履德跟刘鹗是老相识，两人曾经进行过洽谈，约定一旦刘鹗拿到卢汉铁路的承建批文，履祥洋行就向刘鹗提供一千万两的贷款。黄祖络发现，刘鹗根本没有股本存放在履祥洋行，在没有国家批文的情况下，贝履德对刘鹗的一千万两保单"不便签押保认"。[27]

张之洞收到黄祖络的电报后，立即将电报转发给王文韶："刘鹗已见，洋行保单无洋人签字，已嘱上海道台查明，全不可信。"张之洞毫不客气地揭穿了刘鹗通过虚假资产承建铁路的骗局。他还提到朝廷下令修建卢汉铁路不准招募洋股事宜，因为根据上海道台的调查，刘鹗拿到批文就会搞国际贷款。张之洞担心，刘鹗会被提供国际贷款的洋商操纵。

于是，张之洞联手王文韶给光绪皇帝提交了一份报告，认为刘鹗和其他三位集股办路的商人"举不足恃"。[28]刘鹗很快得到了消息，张之洞会将铁路督办之权交给盛宣怀。刘鹗意识到，盛宣怀之所以要抓轮船招商局、津沪电报局大权，现在又到湖北办汉阳铁厂，真正的目的就是争夺卢汉铁路的督办权，他不得不感叹盛宣怀"善据利权"。

1896年7月27日，刘鹗回到了镇江，盛宣怀突然给张之洞发了一封电报。

根据盛宣怀从北京得到的情报，总税务司赫德正在北京游说清政府执政精英，以海关为根本开办一家国家银行，赫德的目的是要掌控大清帝国的金融财政大权。在盛宣怀看来，在赫德觊觎国家银行的背后，英国人已经盯上了卢汉铁路，理由很简单，只要赫德控制了国家银行，到时候大量的钢轨就要从英国采购，汉阳铁厂也就难以生存下去了。

盛宣怀在给张之洞的电报中提议，利用修建卢汉铁路的机会，同时筹建国家银行，因为"铁路之利远而薄"，中国的民营资本对铁路的兴趣不大，但是"银行之利近而厚"，民营资本希望"银行、铁路并举方有把握"。[29]现在赫德已经在北京开始行动，"如银行权属洋人，则路股必无成"。

张之洞一眼就看穿了盛宣怀的心思，他给盛宣怀回了一封措辞严厉的电报："铁路、银行为今日最大利权，人所艳羡者，独任其一，尚恐为众忌所归，一举兼营，群喙有词，恐非所宜。"[30]王文韶在给张之洞的电报中语气也相当严肃："铁路、银行，譬之陇蜀，陇尚未得，遂欲并蜀而有之，是众矢之的也。"

盛宣怀的得陇望蜀让张之洞很生气。8月7日，张之洞突然召姚锡光到总督府，详细询问了刘鹗的家世与人品，与姚锡光反复讨论招募商股以及国际贷款的可能性。姚锡光跟刘鹗是老乡，自然为刘鹗说尽好话。张之洞让姚锡光给刘鹗发电报，让他马上到湖北商洽卢汉铁路事宜。

"铁路一事，制府（张之洞）颇属意盛杏荪（盛宣怀），将令其督办，而何以命召云抟（刘鹗，字云抟）？又如此之急？"姚锡光回到家中，一直琢磨张之洞的反常举动，他意识到张之洞跟盛宣怀之间肯定有矛盾。很快，姚锡光就了解到，盛宣怀从汉阳铁厂到卢汉铁路，一直在要挟张之洞。

姚锡光摸准了张之洞的心病，如果让盛宣怀"督办铁路，必由奏请朝命也，则必不受督抚节制，可单衔奏事，仿佛钦差督办铁路大臣"。更为关键的是，盛宣怀提议成立国家银行，"盖欲尽攘中国利权"不说，"一经奏定，必请官本，既领官本，仍必多方将官本销融净尽，易名商本，而实则商本其名，盖尽数攘为盛家之本"。在姚锡光看来，盛宣怀是要重演"攘窃招商轮船、中国电报利权故智"。

"制府见其嗜利无厌，要求无已，颇厌苦之。"在姚锡光看来，盛宣怀是把张之洞给惹毛了。让刘鹗再度来武汉，这只是张之洞钳制盛宣怀的计谋而已。张之洞的幕僚们担心，国家银行成立后会被盛宣怀操控，"能操胜算，其利为盛杏荪攘去，自不待言；如不能操胜算，倒闭至几万万之多中必有洋款，则国家不得不承认，甚至割地偿债，俱未可知，其害有不可胜言者。"[31]

刘鹗岂是盛宣怀的对手？

8月19日，刘鹗到武汉当天就面见了张之洞，希望能承办汉阳铁厂、卢汉铁路这两个国家项目。同一天，盛宣怀给张之洞发来电报，说资金方面有三大难题，并称自己须到北京说明情况，"免得进场后交白卷，致伤中国体面"。盛宣怀在给张之洞撂挑子的背后，已经在北京进行了全面公关。

学习招商局模式，铁路也实行"官督商办"

在北京，盛宣怀痛心疾首地告诉翰林院侍讲、翁同龢的侄儿翁斌孙："倘南北干路难绝洋股，有事之秋，彼必守公共例，禁运兵械粮食。"盛宣怀担心，如果交给华商去办，引入洋股，那卢汉铁路简直就成了资敌的工具，这可是一个相当严峻的政治跟军事问题。

十七岁就中进士的翁斌孙对盛宣怀反映的问题高度重视，他马上到清政府执政集团高层去游说，希望清政府执政精英们能够出面，让盛宣怀与直隶、湖广两总督"内外同心"。军机大臣翁同龢第一个站出来支持盛宣怀，翁斌孙向盛宣怀转达了翁同龢的意见："洋股不可混入。"手握财政大权的翁同龢还说："若靠四人，一百年办不成，派一督办，立公司，借洋债，自是正办。"[32]

翁同龢的一句话犹如判决书，如果失去户部的支持，张之洞的汉阳铁厂跟卢汉铁路计划就只能交白卷。盛宣怀同时还走了李鸿藻的门路，身为清流派的领袖，李鸿藻自然被盛宣怀拒绝洋股的骨气所感动。甲午海战期间，李鸿藻重返军机处，跟翁同龢站到了同一战线。张之洞又岂能忤逆李鸿藻？张之洞立即给盛宣怀发电，邀其速来武汉"详筹一切"。

盛宣怀到武汉后，张之洞将刘鹗、盛宣怀两人一起请进了总督府，让两人当场面商分办还是合办。盛宣怀在京期间也已经将刘鹗的资本底牌跟政治后台摸得一清二楚。刘鹗提出"国际贷款方案"，盛宣怀只是淡淡地说了一句"洋债借不动"。张之洞当时应该已经了解到翁同龢与李鸿藻都站到了盛宣怀一边。于是，张之洞决定卢汉铁路由盛宣怀办，"刘鹗若集有华股数十百万，准其入股"。[33]

1896年9月2日，张之洞、王文韶联名给光绪皇帝提交报告，两人指出："铁路未成之先，华商断无数千万之巨股。"华商进行国际贷款与招募洋股本质上有差别，"路归洋股，则路权倒持于彼；路归借债，路权仍属于我"，与其让华商以铁路抵押进行国际贷款，不如"款由官借，路由官造更直接省事"。

张之洞跟王文韶已经决定抛弃以刘鹗为首的四人，因为他们的资本背后都有洋人操持，路权容易落入洋人之手。张之洞他们建议设立铁路总公司，仿造轮船招商局模式：官督商办。两人推荐盛宣怀出任铁路总公司督办，在招募商股的同时，进行国际贷款。[34]

盛宣怀立即向总理衙门提交《拟办铁路说帖》，提出由铁路总公司募集四千万两，其中先募集商股七百万两，国有股三百万两，借贷财政资金一千万两，国际贷款两千万两。问题的关键是，"商股必在路成之日，有利可收，方能召集"；国际贷款需要工程过半时才能用路权进行抵借，所以卢汉铁路"必须先借官债千万，赶紧造轨，俟造成轨道一段，再向洋商贷借一款，拟以实抵，不作空欠"。[35]

户部尚书翁同龢、军机大臣李鸿藻、直隶总督王文韶、湖广总督张之洞都站在了盛宣怀一边。当时出访欧美的总理衙门大臣李鸿章已经归国，他自然会支持盛宣怀，因为在盛宣怀南下武汉之前，一直在帮助李鸿章做出访准备工作。在欧洲访问期间，李鸿章跟比利时、法国的政要们洽谈了铁路借款事宜。很显然，李鸿章在出访之前，已经跟盛宣怀细商了争夺卢汉铁路督办权的事宜，甚至具体到了国际贷款。

总理衙门大臣奕劻立即召集联席会议，联席会议一致通过盛宣怀的铁路提案。1896年10月11日，朝廷批准设立铁路总公司，"直隶津海关道盛宣怀着开缺，以四品京堂候补督办铁路总公司事务"。[36]想当年，左宗棠就是以四品京堂候补开始发迹，最终入阁拜相。朝廷的任命一下，王文韶立即给盛宣怀发去贺电："竖起脊梁立定脚，拓开眼界放平心。"[37]

盛宣怀出任铁路总公司督办后，马上跟国际资本进行谈判。最先找上门的是美国的华美合兴公司驻中国首席代表柏许（A. W. Bash）。盛宣怀一开始跟柏许谈得相当愉快，但是，柏许"欲以包工渔利"，给盛宣怀写了一封密信，要给盛宣怀两百万两的贿赂。盛宣怀"当美总领事面前掷还原函"，搞得场面非常尴尬，"旋即罢议"。[38]

英国商人恭佩珥、英籍德国人德璀琳也找上门来。恭佩珥愿意借出四百万英镑，利息四厘五，还可以打九折，条件是以后建造与京汉路连接的支路或粤汉路时"若借洋款"，给予恭佩珥所在的英国公司以优先权。比利时驻华官员听闻消息后，立即提出以利息四厘贷款。

清政府执政精英们立即陷入混乱之中，李鸿章出访沙俄时签订密约，沙俄要在东北修筑铁路，现在英国人又盯上长江流域，立即形成"俄踞北路，故英欲占南路"的格局。虽然贷款谈判中没有政府干预之词，但是贷款数额巨大，年限长久，强大的英国又"随时借端生波，渐图干预"，[39]更重要的是英国欲占粤汉路利以与香港相通。

张之洞跟北京中央高层的意见一致，决定拒绝英国接纳比利时借款。可是比利时很快就反悔了，将利息提高到五厘，没有折扣，还要国家作保。清政府执政精英以为比利时是小国，尽管利息上要的多一点，但是不会以武力跟外交来干涉借款。不过他们万万没有想到，比利时银团中有俄、法两国的资本，俄、法、比三国当时在远东国际关系中结成了事实上的同盟。

盛宣怀筹建通商银行

盛宣怀的商业盟友郑观应敏锐地意识到，"银行之盛衰隐关国本"，"国家有大兴作，如造铁路、设船厂，种种工程可以代筹"。郑观应在给盛宣怀的信中说，"银行为百业总枢，借以维持铁厂、铁路大局，万不可迟。"张之洞跟王文韶批评盛宣怀得陇望蜀，郑观应却担心盛宣怀会在设立银行方面动摇，还特别强调银行"与铁路，铁厂相表里，亦属利薮，迟为捷足先登，诚为可惜"。[40]

借款谈判进展艰难，于是盛宣怀在给张之洞、王文韶的电报中再次提出："银行与铁路，互相维系，应归一手，必须归其一人统一经营，才互有裨益，如不如此，亦必两难。"银行不归我，铁路也干不了，盛宣怀的狠话刺激了两位大佬，一旦让赫德的银行计划得以实施，那将是中国工商业的灾难，因为赫德"有海关在手，华商必为笼络"，欧美资本也会选择跟拥有海关财权的赫德合作。

1896年12月29日，盛宣怀同时向李鸿章、张之洞、王文韶三位帝国大佬写了长信，再次地重复"银行为诸务枢纽，开关互市，岂有聚吾国商民之财付诸英、德、法各国银行之手"？[41]盛宣怀在信中强调银行、铁路综于一手的重要性，指出银行不仅可以吸引华商大贾的资金，以全方位促进铁路等建设，更重要的是可以抵制国际资本独揽中国银行权。

在张之洞、王文韶面前发狠话的时候，盛宣怀"已暗招数十富商大贾，得实在华股三百万两"。他在给李鸿章的私信中明确保证，自己完全有能力开设中国人自己的银行。清政府执政精英们被盛宣怀感动，很快就给盛宣怀下发了筹办银行的谕旨，"着即责成盛宣怀选择股商设立总董招集股本，合力兴办，以后利权"。

朝廷下达组建银行的命令时，比、俄、法联盟开始向北京方面施加压力，欲将盛宣怀拖入贷款旋涡，令其难以在短期内组建中国人自己的银行。这三国分工合作，比利时方面提出贷款要国家海关作保，利息提高到五厘，款项由正在组建的华俄道胜银行承办。俄法两国还让比利时方面索要粤汉筑路权，并提出中比双方争端由法国人公断。如此一来，沙俄控制了卢汉铁路财权，法国人掌握了借款合同的裁量权。

盛宣怀决定改变策略，他一方面电令中国驻美公使伍廷芳与美国资本接触，谈判成熟便立即签订条约；另一方面停止与比利时驻中国首席代表俞贝德谈判，并声明保留因延误导致亏损的权利。[42]同时，盛宣怀还组建了中国通商银行董事会，任命张振勋、严信厚、叶澄忠、施则敬、朱佩珍、杨廷杲、严潆、陈猷八人为总董。

1897年5月27日，通商银行在上海正式成立，天津、汉口、广州、汕头、镇江、北京等多个城市开设分行。到1898年，银行成立一周年时，通商银行的股息可达八厘，存款利息可达五厘。

通商银行成立，及粤汉铁路、苏宁铁路分别跟美英签署合约后，比利时人慌了，立刻向总理衙门提出"自愿俯就"，比利时国王亲自给李鸿章发来电报，表示"深愿此事之成"，比利时的盟友沙俄跟法国的驻华公使也不断斡旋，比利时驻华公使甚至承认其"公司偏执错误"，答应除了利息为五厘之外，别无任何附加条件。

1898年6月26日，盛宣怀在上海跟俞贝德签署了《卢汉铁路比国借款续订详细合同》，合同共29款，约定比利时提供四百五十万借款，年利息五厘，打九折。中国铁路总公司以铁路、车辆、料件、行车进款来担保，贷款一经全还，所有合同即时作废。[43]

日本人盯上了铁资源

伊藤博文死咬大冶铁矿

北京城波谲云诡。

伊藤博文于1898年9月11日抵达天津。12日，直隶总督兼北洋大臣荣禄宴请伊藤博文，以袁世凯、聂士成为首的一批将领作陪。[44] 14日，伊藤博文抵京，第二天造访总理衙门，跟以奕劻为首的总理衙门高级官员进行会晤。当天下午，伊藤博文去贤良寺拜访李鸿章。一见面，伊藤博文就嘲笑李鸿章："阁下在北方为朝廷建造了一个何等强大的藩邦啊！"

伊藤博文此话暗指李鸿章收受沙皇尼古拉二世贿赂。一个星期前，慈禧太后将李鸿章逐出了总理衙门，并将其贬到两广地界，那里不是淮军集团的势力范围。不过，伊藤博文的嘲笑没有刺激到李鸿章。出于外交礼仪，李鸿章还于9月16日到日本驻华使馆回访。而且，李鸿章很快意识到北京城危机四伏，大量的改革派人士频繁出入日本驻华使馆，传教士李提摩太甚至鼓动光绪皇帝聘伊藤博文为改革顾问。[45]

9月20日，慈禧太后突然返回紫禁城。9月28日，不喜欢伊藤博文的荣禄出任军机大臣。当天，"戊戌六君子"血染菜市口。第二天，伊藤博文离开北京。10月5日，伊藤博文到上海，在日本驻上海代理总领事小田切万寿之助（Odagiri Nasunosuke）的安排下，伊藤博文跟盛宣怀进行了会晤。

会晤气氛一开始很融洽，但盛宣怀很快就感觉到伊藤博文有野心。伊藤博文希望盛宣怀在大冶指定一处铁山，划归日本，由日本自主开采，他们可以将本国的焦煤运送到汉口与中方交换。没错，尽管盛宣怀派员在萍乡发现了煤矿，可开采之初其产量还不能满足汉阳铁厂的需求。但一旦从大冶划出一片铁山给日本，那就涉及到了资源主权问题。因此盛宣怀很委婉地拒绝了伊藤博文的请求："大冶铁山归华商集股开办，无论何人，不得另行开挖。"

伊藤博文决定动身去武汉，这是他第二次去武汉了。张之洞在武汉跟伊藤博文进行了会晤，双方谈判的重点依然是煤铁交换。伊藤博文还是惦记着大冶铁山。现在，日本对铁矿石已经到了十分饥渴的地步，伊藤博文搞了几十年的八幡制铁所。作为日本振兴经济的重点国有企业，八幡制铁所生产的铁矿石一直不过关，他的中国之行一方面是希望跟北京改革派结盟，瓦解中俄同盟，另一方面就是为八幡制铁所寻找矿石资源来了。

小田切万寿之助是日本间谍跟中国改革精英的中间人，他在北京的王公贵族中安排了大量的情报线人，掌握了盛宣怀跟国际银行家们谈判借款的情报。英、俄、法、比、德、美等国都盯上了卢汉铁路、汉阳铁厂等国家重点项目。卢汉铁路跟汉阳铁厂简直就是两个无底洞，需要大量的资金和煤炭，现在日本有大量的煤炭，可用煤炭交换八幡制铁所最需要的矿石。

大冶县满山遍野都是铁矿石，净铁质为60%～66%，若以两座熔炉冶炼，足供一百多年之用。[46]伊藤博文对大冶铁山简直就是垂涎三尺，在跟张之洞会晤时，他的态度相当谦卑。张之洞考虑到萍乡煤矿的产量暂时不能满足汉阳铁厂之需，便在口头上答应跟日本方面合作，但提出具体的合作方案需要跟盛宣怀进行详谈。

1898年12月18日，小田切万寿之助通过线报了解到，盛宣怀派出郑观应对汉阳铁厂进行重组，由于资金相当紧张，郑观应正在招集商股引入民营资本。小田切万寿之助给外务次官都筑馨六发了一份密电，并在密电中说："近来我国制铁所与汉阳铁政局和大冶矿山的关系，日渐密切，我相信此际由我国提供此项资金，将铁政局和大冶铁矿管理权，掌握到我国手中，实属极为必要之事。"[47]

一场生意，迅速演变成了日本人操控中国工业的阴谋。

小田切万寿之助在密电中详细阐述了操控大冶铁矿对日本钢铁复兴以及日本民族复兴所具有的划时代的四大意义：一、有运出日本焦煤运回矿石生铁之利；二、有在中国扶植日本势力之利；三、有东方制铁事业由日本一手掌握之利；四、有使中日关系更加密切之利。小田切万寿之助甚至还建议："鉴于我国经济现状，如资本家自己不愿投资，则希望帝国政府予以相当援助，使能提供资金，以不失此大好机会。"[48]

小田切万寿之助的密电犹如一枚炸弹投向了日本的内阁，内阁官员情绪高涨。再度出任日本内阁首相的山县有朋越来越意识到小田切万寿之助提出的掌控大冶铁矿对日本复兴的战略意义。1898年12月27日，奉山县有朋之命令，日本外务大臣青木周藏找到了正在全权负责筹建八幡制铁所的农商务大臣曾祢荒助，商谈小田切万寿之助在密电中提出的帝国重要战略项目。

中日商定煤铁互售

日本方面担心，盛宣怀跟欧美之间的交易越多，日本在大冶铁矿与中方的交易就越被动。青木周藏跟曾祢荒助会商后的一致结果是："此与购买大冶铁矿石一事有关，有对小田切万寿之助复电指示之必要。"第二天，曾祢荒助以机密函件的方式向青木周藏表达了农商务省的决定："提供此项资金，系两国交际上之善策"。

当天下午，曾祢荒助将八幡制铁所的一把手和田维四郎叫到了自己的办公室，命令和田维四郎立即动身到上海找盛宣怀，将《煤铁互售合同》签订下来。曾祢荒助最后还特意叮嘱和田维四郎，在签订合同期间要对大冶厂矿进行深入仔细的调查，以便作出向汉阳铁厂贷款的决定。

和田维四郎带着拯救日本钢铁的重大使命来到上海，跟盛宣怀进行了秘密的会晤。经过双方的艰苦谈判，和田维四郎最后提出：八幡制铁所向汉阳铁厂所属的大冶铁矿购买铁矿石，第一年定买5万吨，第二年以后所需数目，于本年3月议院议准后订定，至少为5万吨；汉阳铁厂从日本购煤至少三四万吨，价格面议。

和田维四郎一方面跟盛宣怀在上海谈判，一方面派出日本驻宁波领事西泽公雄对大冶铁矿进行详细调查。而小田切万寿之助则天天对盛宣怀威逼利诱。小田切万寿之助希望汉阳铁厂能跟日本的商人合作，这不仅仅是企业之间的双赢，更是两个国家的双赢，大东亚共荣需要中日联手，才能将欧美列强赶出东亚。

1899年2月27日，盛宣怀在上海与和田维四郎签订了《煤铁互售合同》，合同约定：汉阳铁厂每年向日本售出大冶铁矿含铁达65%的优质矿石至少5万吨，为期15年，并可再展期15年。大冶铁矿所产矿石，除汉阳铁厂自用外，日本制铁所订购在先，如有别项销路，必须先供给日本每年5万吨，绝不短缺，如日本要加买矿石，必须照办。[49]

铁矿石生意只是一个开始，现在汉阳铁厂跟卢汉铁路最需要的是资金，日本岂能错过放高利贷的机会？1899年3月1日，小田切万寿之助非常自豪地向外务次官都筑馨六发了一封密电："资金贷借事件，系由听到盛氏与英、比商人借款后，本领事即进而劝诱盛氏，宣扬向我国资本家借款之利而开端者。"[50]小田切万寿之助在给都筑馨六的密电中特别强调，盛宣怀原来的政治靠山已远离权力中枢，他现在跟新的靠山张之洞的关系正在巩固中，政治结盟的变化导致其做事非常谨小慎微，"为人猜疑很深"。

小田切万寿之助提出，在向中国贷款方面，还不能直接由政府出面，以免盛宣怀怀疑日本政府"有何计谋"。退一步来说，即使盛宣怀为了眼前利益同意贷款，一旦贷款消息传到紫禁城，北京方面"亦必引起同样怀疑，而危害本案之成立"。

小田切万寿之助的密电在日本内阁再次引起了高度重视，大藏省大臣松方正义立即下令，由正金银行派代表就贷款案负责跟盛宣怀谈判。1899年3月1日，大藏省、外务省、农商务省三大部委的部长向内阁首相山县有朋提出了具体的贷款计划书：年利5厘，以汉厂营业利润的1/4，或以冶矿销售日本矿石利润的全部或半数至少1/4以上，作为"贷款报酬"。

日本方面还要求：汉阳铁厂管理全权须归于日本指派的人员；以汉阳铁厂全部地基、机器、建筑物和冶矿全部矿山作为经济抵押。湖广总督承认、清中央政府批准，是为政治担保。日本将贷款上升到外交政治层面，要求盛宣怀必须以大清帝国官员的身份跟日本银行签约，在合同中必须注明"须经总理衙门批准"。[51]

日本三大部委的计划书当天就得到内阁会议的批准。身为明治政府的元老，伊藤博文在戊戌变法期间跟中国的改革派关系密切，日本参谋部跟外交部还一度为北京的改革派出谋划策。慈禧太后发动政变后，日本还积极庇佑康有为等一干通缉犯，加之甲午海战的旧仇，现在的中日关系相当紧张，贷款是日本内阁缓和中日紧张关系的一个最佳途径。

日本方面希望通过民间银行借贷的方式，掌控汉阳铁厂的管理权和产权。一旦借贷经过总理衙门的同意，那么就是大清帝国在跟日本的银行做生意，日本政府将来就有理由通过外交手段进行干涉。

小田切万寿之助接到日本内阁密电后，立即找到盛宣怀，告诉他日本的正金银行马上就会派代表到上海，商谈具体的借款事项。

但是，盛宣怀很无奈地告诉小田切万寿之助，刚刚化验出萍乡煤矿的煤炭不宜直接用于冶炼，按照《煤铁互售合同》，汉阳铁厂从日本进口的煤已经足够汉阳铁厂所用，所以现在汉阳铁厂没有扩产的需求，资金需求也不大，贷款只能暂时搁置。盛宣怀这边拒绝了日本的借款，北京城那边已经天昏地暗。

▶▶ 注释：

[1] （清）朱寿朋编：《光绪朝东华录》卷4，中华书局1984年版。

[2] 何汉威：《京汉铁路初期史略》，香港中文大学出版社1979年版。

[3] 《海防档》（戊）《铁路》，艺文印书馆1957年版。

[4] （清）吴汝纶编：《李文忠公全书·海军函稿》卷3，文海出版社1980年版。

[5] （清）张之洞：《张文襄公全集·奏议》卷33，中国书店出版社1990年版。

[6] （清）张之洞：《张文襄公全集·电牍》卷12，中国书店出版社1990年版。

[7] （清）张之洞：《张文襄公全集·奏议》卷33，中国书店出版社1990年版。

[8] （清）吴汝纶编：《李文忠公全书·电稿》卷12，文海出版社1980年版。

[9] 张继煦：《张文襄公治鄂记》，湖北通志馆1947年版。

[10] 《清德宗实录》卷371，中华书局1987年版。

[11] 湖北省档案馆编：《汉冶萍公司档案史料选编》，中国社会科学出版社1992年版。

[12] 孙毓棠编：《中国近代工业史资料》，科学出版社1957年版。

[13] （清）姚锡光：《江鄂日记》，中华书局2010年版。

[14] 抄本《张之洞电稿》，陈宝箴致张之洞，光绪二十一年十二月十六日。

[15] （清）郑观应：《盛世危言后编卷10·商务》，大通书局1969年版。

[16] （清）盛宣怀：《愚斋存稿》卷99，文海出版社1975年版。

[17] （清）盛宣怀：《愚斋存稿》卷88，文海出版社1975年版。

[18] 中国第一历史档案馆编：《光绪宣统两朝上谕档》，广西师范大学出版社1996年版。

[19] （清）王文韶：《王文韶日记》，中华书局1989年版。

[20] 夏东元：《盛宣怀年谱长编》，上海交通大学出版社2004年版。

[21] （清）盛宣怀：《愚斋存稿》卷24，文海出版社1975年版。

[22] （清）翁同龢：《翁同龢日记》，中华书局1998年版。

[23] 王守谦：《煤炭与政治：晚清民国福公司矿案研究》，社会科学文献出版社2009年版。

[24]（清）姚锡光：《江鄂日记》，中华书局2010年版。

[25]（清）姚锡光：《江鄂日记》，中华书局2010年版。

[26]《张之洞电稿乙编》第50函，中国社会科学院近代史研究所图书馆藏，档案号：甲182—71。

[27]《张之洞存来往电稿原件》第5函，中国社会科学院近代史研究所图书馆藏，档案号：甲182—376。

[28]《清史稿》卷三百八十六，列传一百七十三，交通一，中华书局1977年版。

[29]（清）盛宣怀：《愚斋存稿》卷89，文海出版社1975年版。

[30]（清）张之洞：《张之洞全集》卷9，河北人民出版社1998年版。

[31]（清）姚锡光：《江鄂日记》，中华书局2010年版。

[32] 陈旭麓等编：《盛宣怀档案资料选辑之四——汉冶萍公司》，上海人民出版社1984年版。

[33]（清）姚锡光：《江鄂日记》，中华书局2010年版。

[34]（清）张之洞：《张之洞全集》卷3，河北人民出版社1998年版。

[35]（清）王彦威、王亮：《清季外交史料》，文海出版社1964年版。

[36]（清）盛宣怀：《愚斋存稿》卷1，文海出版社1975年版。

[37]（清）盛宣怀：《愚斋存稿》卷90，文海出版社1975年版。

[38] 北京大学历史系近代史研究室编：《盛宣怀未刊信稿》，中华书局1960年版。

[39] 宓汝成编：《中国近代铁路史资料》，中华书局1963年版。

[40]（清）郑观应：《盛世危言后编卷13·商务》，大通书局1969年版。

[41]（清）盛宣怀：《愚斋存稿》卷25，文海出版社1975年版。

[42] 北京大学历史系近代史研究室编：《盛宣怀未刊信稿》，中华书局1960年版。

[43] 王铁崖编著：《中外旧约章汇编》，三联书店1957年版。

[44]《国闻报》，1898年9月14日。

[45]〔英〕李提摩太：《亲历晚清四十五年：李提摩太在华回忆录》，人民出版社2011年版。

[46]《北华捷报》，1891年4月17日。

[47] 日本外务省编撰：《日本外交文书》卷31，原书房出版社1955年版。

[48] 日本外务省编撰：《日本外交文书》卷31，原书房出版社1955年版。

[49] 日本外务省编撰：《日本外交文书》卷32，原书房出版社1955年版。

[50] 日本外务省编撰：《日本外交文书》卷32，原书房出版社1955年版。

[51] 日本外务省编撰：《日本外交文书》卷32，原书房出版社1955年版。

第十六章
帝国嬗变

东南互保大结盟

洋医生的紫禁城病人

　　1898年慈禧太后发动政变，将变法的光绪皇帝囚禁在瀛台，各国驻华公使纷纷要求觐见光绪皇帝，而北京方面均以光绪皇帝身体不适为由拒绝。盛宣怀掌握到一个重要情报，慈禧太后正在密谋废掉光绪皇帝，立端郡王载漪之子溥儁为帝。载漪是道光皇帝之孙，他的福晋是慈禧太后的侄女。溥儁年少，如果坐上皇帝宝座，会比成年的光绪更容易控制。

　　1899年11月28日，慈禧太后秘密召见荣禄，二人决定，立溥儁为大阿哥，于1900年元旦登基。同时，慈禧太后让人故意放出光绪皇帝病重的消息，说他"常患遗泄，头疼，发热，脊骨痛，无胃口，腰部显然有病，肺部不佳，似有痨症。面部苍白无血色，脉甚弱，心房亦弱"[1]。清政府执政精英们要抛弃光绪皇帝，病危是最好的舆论借口，他们在为溥儁的登基铺平道路。

　　慈禧太后在戊戌年发动政变后，杀掉了以谭嗣同为首的六人，清洗掉一大批支持变法的京城官员，还将以陈宝箴为首的开明派地方督抚革职。当大清洗完成之后，慈禧太后意识到，光绪只有30多岁，而自己已经60多岁了。于是，清除光绪皇帝成了慈禧太后独柄朝政的关键行动。

　　载漪，一个毫无政治建树的皇族，思想守旧，一旦他的儿子溥儁坐上皇位，以载漪为首的皇族将成为北京城的新主人。盛宣怀意识到，一场新的政治风波即将到来，正在如火如荼进行的铁路、钢铁建设将面临太多的不确定性。清政府执政集团一直对日本发动甲午海战怀恨在心，伊藤博文进京欲助光绪皇帝改革，更是得罪了保守的清政府执政集团。如果盛宣怀在这个时候跟日本方面签约，将来可能会落得个里通外国之罪。

光绪皇帝的身体健康成为全球关注的焦点。第一个在中国捞取殖民权益的英国不愿相信光绪病了，毕竟政局的动荡不利于英国在华利益的稳定延续，因此英国驻华公使窦纳乐（Colonel Sir Claude Maxwell MacDonald）给总理衙门提交了一份外交照会。窦纳乐在照会中对光绪皇帝的生死、国际局势的变化表现得相当担忧："我坚信，假如光绪帝在这政局变化之际死去，将在西洋各国之间产生非常不利于中国的后果。"[2]

海外各国名为关心光绪皇帝的身体，其实是希望本国的在华利益能得到保障，但总理衙门没把英国人的照会当回事。在窦纳乐的鼓动下，各国驻京的公使们最终决定，派出法国公使馆医生多德福给光绪皇帝看病。清政府执政集团拒绝了外国公使们的好意，可是外国公使们只认光绪皇帝，对再度执掌政权的慈禧太后根本不买账。最终慈禧太后妥协，允许多德福给光绪皇帝看病。

1899年12月19日，多德福提着医疗箱进入了紫禁城。经过严格的安全检查，在太监跟大内侍卫的监督下，多德福终于进入了光绪皇帝的寝宫。光绪皇帝面黄肌瘦地躺在床上，看着眼前这位金发碧眼的法国医生，在整个看病过程中没有说一句话，任由多德福听心跳翻看双眼，甚至还任由他查看了自己的舌头。[3]多德福检查完后，在诊断书上写下：皇帝无病。

多德福的诊断让外国驻京的公使们更加确信慈禧太后要废掉光绪皇帝，光绪皇帝病危只是一个借口。

1899年12月30日，英国牧师卜克斯（S. M. Brooks）在山东肥城县被杀。窦纳乐当天直奔总理衙门，要求总理衙门迅速"采取行动"。窦纳乐在向英国首相汇报时说："我会见了总理衙门大臣们，并且用最严重警告的词句同他们谈话。"[4]关键时刻横生枝节，慈禧太后听闻英国牧师被杀的消息后，顿觉天雷滚滚，她担心英国人抓住卜克斯之死不放，搅乱废立大事。于是，慈禧太后立即下令新上任的山东巡抚袁世凯严惩凶手。

袁世凯，河南项城人，对八股诗文毫无兴趣，曾经跟随叔父袁保恒投效左宗棠的西征军。当时袁保恒因不满胡雪岩渔利西征军贷款，跟左宗棠关系紧张。袁世凯后又投效淮军集团，最终得到李鸿章的赏识，一度坐上朝鲜"监国"的位置。甲午海战后，李鸿章推荐袁世凯到荣禄门下，在天津小站负责训练现代化的中央军。袁世凯深受荣禄信任，被推荐出任山东巡抚。

山东多年大旱，民间社团成为当地最不稳定的因素。袁世凯就任山东巡抚第二天，就发布了《禁止义和拳告示》。告示体现了袁世凯一贯的强硬，他要求省内各地刀会、拳会在接到告示后，必须无条件予以解散，否则巡抚衙门必将大军压境，不分首从，格杀勿论，决不姑息。袁世凯万万没想到，压抑的民众将怨气撒到洋人头上，卜克斯成为袁世凯山东新政的牺牲品。

袁世凯迅速行动，很快就抓捕了杀害卜克斯的一干人犯，最终判处二人死刑，一人终身监禁，二人有期徒刑，并罢免了肥城知县，划拨白银9000两和5亩空地，为传教士修建一所教堂；另用500两白银在卜克斯被杀处立碑，"盖造碑亭"。慈禧太后又发布上谕，希望各地官员在处理教案时，应该"化大为小，化有为无"，地方官不应"误听谣言"。

1900年1月24日，慈禧太后召集王公大臣、满汉尚书集议于仪鸾殿，宣布了她的决定，光绪皇帝以病先退，立溥儁为"大阿哥"，预定于庚子年正月初一光绪皇帝行让位礼，改元"保庆"。

1月26日，光绪皇帝退位的决定公布后，商人们最先站出来反对。上海电报局总办经元善以候补知府衔联合蔡元培、黄炎培等1231名改革精英和商界名流，联名要求朝廷收回成命，恳请光绪皇帝"力疾临御"，坚持亲政。"如朝廷不理，则请我诸工商通行罢市集议"[5]。慈禧太后非常愤怒，当天下令通缉经元善。经元善逃到澳门避难，北京方面又行文澳门葡萄牙总督，于是经元善遭当局逮捕。

1月27日，距离光绪皇帝退位的日子还有四天，英、法、德、美、日等多国驻华公使共同向总理衙门提交外交照会，抗议清政府的上谕给民众发出了错误的信号，会让民众认为"中国政府对义和团和大刀会这样的结社抱有好感"。尤其是在光绪皇帝的废立问题上，列强跟北京方面一直对立，驻华公使们担心清政府执政精英们会利用民间社团对各国进行报复，于是在照会中强烈要求清政府"下令指名对义和拳和大刀会进行全面镇压和取缔"。[6]

1900年1月31日，北京举行了"立大阿哥"的典礼。

英、日、美等国驻华公使拒不参加典礼，也拒绝承认溥儁的合法地位，致使清政府执政集团同欧美国家的外交关系变得更加紧张。更糟糕的是，袁世凯在山东对义和团、大刀会采取高压政策，导致大量的义和团成员向外省转移。各省地方官均采取了"驱狼"策略，最终导致义和团扑向直隶。3月2日，英、美、德、法、意五国驻华公使再度向总理衙门施压，声称如果中国政府再不能有效镇压义和团，他们将采取"必要措施"。

太后要向洋人宣战

驻华公使们一直担心的事情很快发生了。1900年5月12日，涞水县高洛村发生命案，三名教民被杀害，法国驻京主教樊国梁却向直隶总督府控告，说是被杀教民多达六十八人。直隶总督派出练军分统杨福同前往镇压，数千名义和团成员设伏杀了杨福同，涞水戕官震惊朝野。1900年5月27日，约3万名义和团成员破坏了直隶中部卢保铁路，并占据了涿州城。[7]

1900年6月5日，英国驻华公使窦纳乐跟总理衙门大臣奕劻进行了会晤。从郡王晋升到亲王，奕劻在朝廷中一直谨小慎微，奕䜣、奕譞相继去世后，奕劻在总理衙门这个平台上的影响力开始显现，跟驻华公使们的关系变得融洽，而且倾向于改革。没想到慈禧太后要罢黜光绪皇帝，以载漪为首的皇族新势力迅速崛起，奕劻又被迅速边缘化，沦落为外交发言人的角色。

"庆亲王在谈到义和拳的时候，所用的毫无希望和无能为力的语气，给我的印象如此深刻，所以我回到使馆之后，便致电舰队司令，询问他是否能够再拨给七十五名士兵。"与奕劻的整个会晤过程令窦纳乐相当失望，而且在窦纳乐看来，"总理衙门即使有庆亲王作为它的发言人，已不再有效地代表中国统治势力，他作为推动中国政府的一个杠杆，正在彻底瓦解。"[8]

改革精英跟商界名流们的罢市、罢工没能够阻止政治怪兽的疯狂。从1900年5月中旬开始，以载漪、军机大臣刚毅为首的清政府执政集团保守派开始招引义和团入京，在载漪眼中，洋人简直就是罪大恶极，废立皇帝是爱新觉罗家族自己的家务事，洋人既然要插手，那就让痛恨洋人的义和团去收拾他们。义和团进入北京后，开始包围使馆、教堂，烧杀抢掠不断，致使京城秩序一片混乱。

窦纳乐会见奕劻的当天，盛宣怀给光绪皇帝发了一封急电："今匪患已著，若再姑容，恐各省会匪愈炽，内外勾结，或有举动，更恐各国推广保护使馆之议，派兵分护商埠、教堂、铁路，何堪设想！似宜趁各省土匪尚未联合，外人尚未启齿，即就现在有力，克期肃清畿辅，消外衅而遏效尤。"[9]义和团杀杨福同后，将涿州至卢沟桥的铁路、车站、机厂全行毁灭，盛宣怀担心战争一开，电报、铁路都将被暴民所毁。

总理衙门彻底地失去了政治外交的作用，奕劻也成为了摆设。日本使馆书记官杉山彬在永定门被刺杀。"各使馆外人，尤大哗愤，群起向总署诘责，问我政府究竟有无保护外人能力，当局支吾应付。"[10]慈禧太后立即下令，武装护送使馆人员赴天津，各国公使遵循国际惯例，到总理衙门辞行。这时，德国公使克林德行至总布胡同时，却被一名士兵击毙。

北京一方面勒令官员遣散义和团，一方面又下令对"其有年力精壮者，即行招募成军，严加管束"。在多次的御前会议上，以载漪、刚毅为首的清政府新贵急于将溥儁推上皇帝宝座，控制御前会议的发言权，他们主张利用义和团打击洋人，而以奕劻为首的总理衙门则不敢多言，到了6月20日，涌入北京城的义和团已经"不下数万"[11]。

6月20日凌晨，慈禧太后亲自主持御前会议。

军机大臣启秀把草拟了多日的宣战上谕底稿"由靴里呈出"，慈禧太后"览后，慈颜甚善"，[12]她站起来对着王公大臣慷慨地说："今日衅自彼开，国亡在目前，若竟拱手让之，我死无面目见列圣，等亡也，一战而亡，不犹豫乎？我为江山社稷，不得已而宣战，顾事未可知，有如战之后，江山社稷仍不保，诸公今日皆在此，当知我心，勿归咎于一人，谓皇太后送祖宗三百年天下。"

按理来说，御前会议应该是集体讨论，可是在6月20日的御前会议上，除了启秀呈上宣战书，整个过程没有一位王公大臣发言，全是慈禧太后一个人在滔滔不绝地言说，这次御前会议变成了慈禧太后的战前誓师大会。慈禧太后下令荣禄"以武卫军备战守"。五位年轻的京官上书反对，载漪上奏将其处决。王文韶出面为这些京官说情，载漪还指控王文韶卖国。

荣禄迅速集结部队，命令聂士成部淮军武毅军为前军，驻芦台；董福祥部甘军为后军，驻蓟州；宋庆部毅军为左军，驻山海关内外；袁世凯部新建陆军为右军，驻天津小站。荣禄亲自统率从八旗改组而来的中军，驻南苑。步军统领衙门进行京师一级警戒。同时，日、俄、英、美、法、奥、意也开始抽调驻扎在中国沿海的军队，由德国派人担任联军总司令。德国皇帝威廉二世任命瓦德西元帅为联军总司令，向北京进军。

1900年6月25日，载漪带领60多名义和团成员闯到光绪皇帝临时居住地宁寿宫。义和团成员大声鼓噪，扬言找"二毛子"，请光绪皇帝出宫。在鼓噪中，义和团成员扬言杀尽洋鬼子徒弟，杀洋鬼子朋友，甚至"呼帝为鬼子徒弟"，[13]欲杀之。

载漪欲借义和团之手杀掉光绪皇帝，推其子溥儁登基。宁寿宫杀声震天，最后慈禧太后亲自出面干涉，光绪皇帝才得以逃过一劫。

盛宣怀纵横捭阖，谋划互保联盟

八国联军一直在为各国利益争吵不休，英国为了确保长江流域以及华南地区的既得利益，拉拢两江总督刘坤一、湖广总督张之洞策划东南互保。香港总督卜力授意立法局华裔议员何启草拟《平治章程》，建议兴中会与两广总督李鸿章合作，据两广独立。他还亲自与兴中会骨干陈少白密商，准备请孙中山帮助李鸿章组织"独立"政论。李鸿章幕中要员刘学询函邀孙中山赴广东"协同进行"。

表面上是三大总督在同英国接触，实际上盛宣怀才是东南互保的导演者。

义和团围攻宁寿宫的前一天，盛宣怀给李鸿章、张之洞、刘坤一发出了内容相同的一封密电："北事不久必坏，留东南三大帅以救社稷苍生，似非从权不可"。[14] 三位重臣看法惊人的一致："以一敌众，理屈词穷。"他们认为如果列强借口保护公使和在华利益出兵，北京政权将"全局瓦解，即在目前"。盛宣怀不断跟各国驻上海领事磋商东南互保方案。

义和团围攻光绪皇帝的当天，盛宣怀再度给以李鸿章为首的三位重臣发出密电："今为疆臣计，如各省集义团御侮，必同归于尽，欲全东南以保宗社，东南诸大帅须以权宜应之，以定各国之心。"但是6月21日北京方面已经下诏，令各省督抚"招义民御侮"，"联络一气保疆土"。盛宣怀觉得东南互保是权宜应之，以安抚列强，这样不会违背朝廷命令。

张之洞给盛宣怀回电：长江一带只有会匪，并无可恃义民，"敝处意见相同"，北方必坏，对东南互保之议，愿"列敝衔"。刘坤一回电称，"欲保东南疆土，留为大局转机"，非盛宣怀的方案不可。江苏巡抚鹿传霖给盛宣怀发电报称，"此时江海各处，唯有力任保护"，才能有所补救。李鸿章回电，毫不客气地称6月21日的"招义民御侮"之诏为"矫诏"，"粤断不奉"。[15]

1900年6月26日，盛宣怀订立了《东南互保章程九款》，章程规定：上海租界归各国共同保护，长江内地均归各省督抚保护，两不相扰，"以保全中外商民人命财产为主"，各督抚"出示禁止谣言，严拿匪徒"。很快，两江总督刘坤一、湖广总督张之洞、两广总督李鸿章"遵旨联络一气，力保东南"，洋人"亦允不兵相扰"。

三位大佬结成东南互保联盟后，盛宣怀又不断地向其他地方督抚推销自己的互保联盟。闽浙总督许应骙、浙江巡抚刘树棠、江苏巡抚鹿传霖、山东巡抚袁世凯、四川总督奎俊均加入互保联盟。袁世凯赞扬互保是"维持国祚"之大计，批评慈禧太后"以一敌八"简直就是"孟浪"行为，"自取覆亡"。[16]

1900年8月13日，八国联军攻入北京城，慈禧太后一身农妇打扮，携光绪皇帝西逃，一路狂奔到西安。北京残局总需要有人出面收拾，谁才能和列强们共同坐在谈判桌上？奕䜣去世后，李鸿章为西方政要们所青睐，可是清政府执政精英们担心李鸿章会东山再起，所以一直冷落他。现在，轮到李鸿章出场了，盛宣怀开始不断跟各地督抚联络，希望督抚们能够推举李鸿章任直隶总督，北上跟列强谈判。

惊魂未定的慈禧太后后悔了。

1900年8月20日，慈禧太后在向西逃亡的途中，以光绪帝的名义下罪己诏："近日衅起团教不和，变生仓猝，竟致震惊九庙。慈舆播迁，自顾藐躬，负罪实甚，然祸乱之萌，匪伊朝夕……皆朕一人之罪……朕为天下之主，不能为民捍患，即身殉社稷，亦复何所顾惜？……斡旋危局，我君臣责无旁贷。各直省督抚，更宜整顿边防，力固疆圉。"[17]

泣血的罪己诏，换不回锦绣的江山。两天后，光绪皇帝在宣化府下诏："自来图治之原，必以明目达聪为要。此次内讧外侮，仓猝交乘。频年所全力经营者，毁于一旦。是知祸患之伏于隐微，为朕所不及察者多矣。惩前毖后，能不寒心。自今以往，凡有奏事之责者，于朕躬之过误，政事之阙失，民生之休戚，务当随时献替，直陈毋隐。"

曾经剿杀了戊戌变法的慈禧太后，向万国开战后突然开窍，知道刀枪不入的义和团都是骗人的，没有同步政治改革的经济改革只是一幕油彩戏。宣化府的圣旨传递出强烈的信号：战争必须停下来，改革必须推进。1900年10月7日，远在西安的慈禧太后正式诏令奕劻、李鸿章、荣禄为议和全权大臣，同时谕令与英美等国有联系的两江总督刘坤一、湖广总督张之洞会办议约事宜，均准便宜行事。

经过艰苦的谈判，李鸿章还是不愿意在和约上签约，他相当清楚签字的结局："合约成时身已死。"1901年9月7日，清政府与德、法、俄、英、美、日等11国驻华公使在北京签订了《辛丑条约》，赔偿白银四亿五千万两，分三十九年付清。废黜大阿哥溥儁，以载漪、刚毅为首的清政府新贵也迅速被慈禧太后抛弃。

　　国之大难，盛宣怀纵横捭阖，袁世凯赞誉盛宣怀"接济无缺，补救危局"，浙江巡抚刘树棠更是赞誉盛宣怀"此等通天彻地手段，无人能为"，其伟略"环顾无两"。[18] 不少地方督抚认为东南互保，盛宣怀"实总其枢纽"，"国不遽覆，公之力也"。盛宣怀万万没有想到，北方战火连天时，汉江口已经兵舰相向。

老佛爷松口，"祖宗之法也可以变"

日德两军对垒大冶江面

1900年6月，各国驻华公使跟清政府执政集团剑拔弩张，盛宣怀正在东南纵横捭阖，策划伟大的东南互保计划。日本驻上海代理总领事小田切万寿之助看到了机会，于是在密电东京后，立即下令西泽公雄赶往大冶县。

西泽公雄曾任日本驻守宁波领事，1897年任清政府实业顾问。他是一位典型的日本间谍，在出任清政府的实业顾问期间，曾周游全中国考察实业，把中国的矿产资源摸了个遍。西泽公雄发现大冶铁矿质优而蕴藏量丰富，当即密报日本当局，建议日本创办钢铁工业取得大冶的铁矿石最为得计。

西泽公雄在大冶铁矿有一个很怪异的职位：日本驻大冶铁矿监督。[19]

监督什么呢？每年五万吨的铁矿石交易。派驻监督只是日本内阁在试探中英两国政府的底线。长江流域一直是英国人的势力范围，日本插足湖北的生意很容易引起英国的干涉，当初签署《煤铁互售合同》之所以需总理衙门批准，就是想借清政府的官力，保证日本投资所获权益的安全。1900年，英国忙于应付北京局势，无暇顾及其他，西泽公雄进驻大冶就形成了既定事实。

小田切万寿之助指令西泽公雄跟盛宣怀协商，在大冶石灰窑江边修建一个专门给西泽公雄的办公室。办公室按照国际外交游戏规则，只听命于驻华公使跟东京内阁，今后的一切问题均需中日两国政府通过外交途径解决。如此一来，和田维四郎跟盛宣怀的交易就不再是单纯的商业行为，而是在两国政治外交庇护下的商业交易。盛宣怀出于稳定东南局势的考虑，默许了西泽公雄的提议。

1900年7月，慈禧太后的宣战书已经通告全世界，大清帝国已经完成了军事部署，十万武卫军进入一级战备状态。当时，以英、日为首的多国部队正在集结，德国皇帝威廉二世任命的联军总司令瓦德西元帅正在奔赴中国战场的路上，战争一触即发。西泽公雄却发现石灰窑江面突然出现了德国军舰，军舰上的枪炮射击诸元对准了正在修建的西泽公雄办公室。

西泽公雄不动声色地暗中调查，并了解到，张之洞一到武昌就聘请了一名德国工程师时维礼当顾问，时维礼利用当顾问的机会，认真勘查大冶铁矿的具体情况。勘查结束之后，时维礼将大冶铁矿的调查报告通过密电发送回德国政府。德国皇帝亲自给总理衙门发电报，希望通过政治外交来控制大冶铁矿，结果被愤怒的张之洞一口拒绝了。虽说大冶铁矿的开矿机器是由德国提供的，而且德国还借出了三百万两银子作为开矿资本，但德国还是失去了对大冶铁矿的控制权。

为了平息德国人的愤愤不平，张之洞决定在德国商人手上采购大量的开采设备。张之洞还以"大举制炼钢铁，事属创办，中国工匠未经习练"为由，"多募洋匠，借资引导"。[20] 在中国驻德公使的帮助下，从克虏伯等世界知名企业招募到的工程师陆续来到武汉。1890年9月，时维礼给柏林的一份报告显示，当时已有五名德国工程师在武汉工作。

日本人的到来令德国人相当地搓火，西泽公雄一到大冶县就要修建监督办公室，一旦日本人的外交政治谋划得逞，那么德国人在大冶县的经营都将泡汤。柏林很快就收到一份情报，日本向大冶铁矿派出了监督人员，日本八幡制铁所派轮船从大冶铁矿一次性运走了1600吨铁矿石。

收到大冶县发来的密电后，德国政府下令屯驻在胶州湾的舰队南下汉口，目的地是石灰窑江面。德国军舰一到石灰窑江面，炮口就对准了西泽公雄的办公室，整天拉着警报，扬言要西泽公雄立即离开大冶铁矿。

西泽公雄没有跟嚣张的德国军队起正面冲突，而是将局势通过密电向日本外务省进行了汇报，为了保卫日本政府对大冶铁矿的控制权，西泽公雄请求日本内阁派海军第三舰队赶赴大冶，与德国军舰对峙。

德国军舰的将士们一大早醒来，突然发现自己的战舰已经被日本战舰包围了。德国军舰非常了解日本联合舰队的底细，这支舰队在甲午海战之前基本属于二线沿岸防备部队，根本没有什么战斗力。于是，双方屯兵大冶石灰窑江面，进入了一触即发的对峙状态。

日德两军对垒大冶江面的时候，大清帝国的光绪皇帝跟慈禧太后正在一路狂逃，八国联军在紫禁城疯狂地抢劫杀人。一通狂杀狂抢之后，德国人跟日本人觉得大快人心，马上笑眯眯地坐在一起谈如何共同瓜分大清帝国资产。一直在大冶对峙的德国军舰跟日本联合舰队得到北京和谈的信息，又等到大清政府的代表在《辛丑条约》上签字后，方才罢兵而去。

祖宗之法也是可以变的

战争让帝国的工业改革进入停滞状态，卢汉铁路的比利时贷款因为沙俄、法国、比利时跟中国都是交战国，所以一分都没有到账，导致铁路修建毫无进展。汉阳铁厂在战争期间生产的铁轨堆积在仓库，导致其经营更加困难。盛宣怀突然有一个更大的计划，从萍乡修一条通往汉阳的铁路，专门用于煤炭运输，如此一来就可以形成煤铁开采、钢铁冶炼、铁路建设的工业联合体。

可钱是一个大问题。

德国人打听到了盛宣怀欲借款的绝密信息，他们提出，只要以大冶铁矿为担保，德国可以借银五百万两。盛宣怀一听高兴坏了，五百万两简直就可以再造一座汉阳铁厂。不过，西泽公雄很快得到了德国人跟盛宣怀秘密商洽借款的消息，立即密告日本外务大臣小村寿太郎："借款之举，吾日本能著先鞭，是为上策"。[21]

西泽公雄详细地向日本外务省阐述了自己的担心：第一次正金银行贷款的终止让日本失去了一个通过资本控制汉阳铁厂的机会，尽管与中国签订了《煤铁互售合同》，但双方如果因矿石成分与价格达不成协议，合同就有可能失效。要想实行对大冶铁矿的完全控制，最有效的办法就是贷款给汉阳铁厂，使汉阳铁厂的资产变成日本的债权。

西泽公雄的担心很快就成了现实。1900年8月，日德军舰在石灰窑江面剑拔弩张之时，张之洞突然提出要修改《煤铁互售合同》的时限。当初签约时，日本方面提出双方合同执行期为15年。很快，矿师们发现萍乡的煤炭质量上乘，没必要采购日本的煤炭。于是，张之洞提出将《煤铁互售合同》的执行期缩短到5年，合同到期需对矿石售价再行商定，若商定不成，该合同将失效。[22]

张之洞留给日本人的印象是手握经卷，夸夸其谈。没想到在帝国北方布满了联军铁骑之时，张之洞却心生妙计，利用日德在汉江相争之时突然下手，日本人如果不接受张之洞的条件，身为湖广总督的张之洞马上可以抛弃日本，跟德国签署合约，更何况德国方面已经抛出了诱人的贷款条件。

武汉的风云变幻让日本内阁神经紧张。

小村寿太郎在给小田切万寿之助的密电中警示："冶矿倘或落入外人之手，则实为极严重的问题，因此，为了确立我方权利，务望全力以赴。"小村寿太郎电令日本垄断资本企业大仓组和日本驻汉口总领事濑川浅之进立即同盛宣怀洽谈贷款。盛宣怀派出自己的侄儿、已经接任汉阳铁厂总办的盛春颐出面，在武汉同濑川浅之进、大仓组驻汉口代表橘三郎进行了谈判。盛春颐提出，现在汉阳铁厂要借贷三百万日元。

1900年11月，橘三郎回到东京。日本外务省、农商务省的高级官员听取了橘三郎的情况汇报，了解到汉阳铁厂原则上同意用大冶铁矿作为抵押物，贷款三百万日元。在日本内阁的安排下，橘三郎还与日本八幡制铁所长官和田维四郎、三菱洋行门司分行经理高田政久两人进行了商洽，就铁矿石交易、贷款出借等进行了详细的规划。[23]

1901年5月，濑川浅之进密电日本外务省新任外务大臣加藤高明，就大冶铁矿抵押贷款一事向外务省请示，并进一步向外务省建议贷款的抵押物可以追加萍乡煤矿和即将修建的萍乡至湘潭的铁路。濑川浅之进在密电中提出："若从在湖南、江西两省建立扶植帝国势力之基础而言，萍乡之矿山和该地之铁路，相信亦属大有希望之抵押品。"

濑川浅之进的密电发回日本没几天，第四次组阁的伊藤博文内阁倒台，日本政坛陷入混乱状态，经济危机狠狠地打击了日本的造船、铁路等重工业。日外务省总务长官内田康哉给八幡制铁所长官和田维四郎写了一封非常无奈的私信："贷出三百万元，颇有困难"，半个月之后内田康哉给濑川浅之进也写信诉苦："对贷款作出决定，实系最不适宜"。[24]

慈禧太后如梦初醒。

1901年1月30日，风雨飘摇中的大清帝国终于浮现出一丝曙光，一向坚持"祖宗之法不可变"的慈禧太后，以光绪皇帝的名义颁布了变法诏书。诏书以雄辩的文字说明，只有"变法"，才能使国家渐致富强。祖宗之法也不是不可变的，而且列祖列宗也是在不断地变法。变法上谕字字深情，感天动地：

世有万古不易之常经，无一成不变之治法。穷变通久，见于大《易》。

损益可知，著于《论语》。盖不易者三纲五常，昭然如日星之照世。而可变者令甲令乙，不妨如琴瑟之改弦。伊古以来，代有兴革。即我朝列祖列宗，因时立制，屡有异同。入关以后，已殊沈阳之时。嘉庆、道光以来，渐变雍正、乾隆之旧。大抵法积则敝，法敝则更，要归于强国利民而已。

自播迁以来，皇太后宵夜焦劳，朕尤痛自刻责。深念近数十年积习相仍，因循粉饰，以致成此大衅。现正议和，一切政事尤须切实整顿，以期渐图富强……执中以御，择善而从，母子一心，臣民共见……着军机大臣、大学士、六部、九卿、出使各国大臣、各省督抚，各就现在情形，参酌中西政要……各举所知，各抒所见，通限两个月，详悉条议以闻……朕与皇太后久蓄于中。事穷则变，安危强弱全系于斯。倘再蹈因循敷衍之故辙，空言塞责，省事偷安，宪典具存，朕不能宥。将此通谕知之。[25]

流亡的孤独与恐惧让慈禧太后清醒了，清政府贵族从满洲八旗入关到八国联军进入北京，从军事武装集团向官僚集团转变后，形成了一个以清政府执政精英为首的利益集团，直至太平军造反，国家分化成了两个派系的集团：清政府跟汉族武装集团。为了保护既得利益，清政府执政集团内部的保守派反对利益重组式的政治改革；汉族武装集团在战争结束后，为了取得持续的政治筹码，大力推动经济改革，企图掌握国家的经济主导权。

地位不保的统治者会是最真诚的改革者吗？

经济改革的过程也是汉族武装集团从军事集团向政治集团转变的过程。清政府执政集团的政治钳制术让李鸿章和左宗棠相互倾轧。汉族武装集团的转变过程相当悲剧，曾经的战场悍将成了效率低下的官僚，先进的火器难以装备出精锐的现代化军队，中法战争、甲午海战分别将左宗棠、李鸿章多年的心血毁于一旦。从1883年中法战争后，中国改革陷入原地踏步的状态。

1898年，激进的康有为选择了没有实权的皇帝。光绪皇帝试图通过股票来检验王公大臣们的忠诚，但却最终流产。伊藤博文为了日本钢铁工业来中国谈生意，慈禧太后却担心伊藤博文会把自己当成中国的宰相。这一连串滑稽可笑、看上去毫不相干的事件，最终成了权力争夺的发酵剂，慈禧太后连夜发动政变囚禁皇帝，戊戌变法也最终喋血收场。现在，慈禧太后终于要跟光绪皇帝一心搞改革了。

光绪皇帝登基那一年，军机大臣文祥在临死前给皇帝提交了一份秘密报告，希望中国仿照西方议会制，进行全面的政治体制改革。文祥的秘密报告反映出了统治精英内心的焦虑。面对西方列强的军事威胁，统治精英中的开明派不得不集中国内有限的经济跟财赋资源，来推动与国防有关的军事工业的发展，这种牺牲资源有效配置的改革，会进一步拉开统治阶层跟民众的距离。

西方国家的资源配置同民众的冲突，是通过反复的微观博弈与充分竞争来实现平衡的。江南制造总局与马尾船厂这种吸纳了全国财力的军事工业，在没有人才与成功模式的情况下，资源浪费和低效率问题不可避免。一个王朝沉睡了两百年，突击改革的问题需要通过在试错过程中的制度建设来逐步解决，清政府执政精英们希望中国政治体制向开明专制型转变。

开明专制化的改革在清政府执政集团内部引起了很大分歧，他们最终决定向日本学习，第一个阶段集中实现国防现代化。中国的军事工业改革早于日本的明治维新，而且在中日两国中，谁先崛起谁将拥有东亚的话语权。日本的间谍们一直在向东京报告中国官僚的腐败，还说中国的改革已成为官僚们贪权敛财的通道，汉族武装集团展开的经济改革从一开始就是为了向清政府执政集团争取更大的政治空间。

中法战争与中日战争破坏了汉族武装集团的军事强国计划，更打乱了清政府执政集团的政治改革设计。甲午海战，中国跟日本就各自的改革效果进行了摊牌，事实证明：现代制度转变能力的低下导致了科技现代化能力的低下。更要命的是，甲午海战还打掉了政治改革的经济基础和改革者的信心，导致清政府跟汉族政治精英们陷入前所未有的焦虑之中。危机感迫使清政府执政精英们要寻求一种更为激进的改革路线来扭转中国危险的局面。

1898年，以康有为为首的改革少壮派走上历史的舞台，他们团结在同样少壮的皇帝身边，他们有着现代化的意识跟眼光，形成了大清帝国一股现代化的精英势力。少壮派存在的强烈的危机感与焦虑感导致他们在政治决策的时候缺少了理智，企图通过一个不能完全掌握国家权力的皇帝，在一百多天内完成欧洲花了上百年才完成的转型，他们没有取得温和派以及地方督抚们的支持。更重要的一点是，少壮派处在政治权力的边缘，缺乏体制内改革的经验，这使得他们很快就被庞大的传统官僚体系所孤立。

1900年，一场围绕皇帝废立的宫廷角逐，最终导致了八国联军进京，上演了一出皇帝太后夺命西窜的闹剧。清政府执政集团的威信急速流失，东南互保的督抚结盟也已经威胁到北京权力中心的地位。因此，慈禧太后需要通过自上而下的全面改革来扭转自己的权力危机，重建清政府执政集团的威信，以张之洞为首的官僚精英们对慈禧太后的改革寄予厚望，因为"处于权威危机中的统治者往往会迅速地变成真诚的改革者，他对改革的真诚，来源于他对保住权力的真诚"。[26]

南方总督提出了改革蓝本

1901年3月23日，一份洋洋洒洒的万言书被快马加鞭送往西安。

万言书的作者叫杨儒，是大清帝国驻俄国公使。一天前，杨儒跟俄国财政大臣维特、外交大臣拉姆斯道夫谈判时急火攻心，在回公使馆的路上摔断了腿。那天夜里，杨儒看到了慈禧太后跟光绪皇帝联合发布的上谕，他不顾大夫的劝告，连夜在病床上写下了万言改革书。

杨儒曾经出使北美、中美、西欧、中欧，见证了海外诸多国家通过改革走上强盛之路。无论是德国的皇权至上，还是英国的君主立宪，都是经过了自上而下的政治体制改革，整顿吏治，广纳人才，完善科学的行政管理体系，建立现代化的司法体制，约束官僚体系的权力，保护工商业阶层的权益。

"彼有商学而我不讲，彼有商会而我不兴，彼且有公司以集资，国家为保护，故中国商货出口不敌进口，互市以来，彼愈富而我愈贫。"[27] 杨儒发现，在英德两国的皇权之下都有一个先进的内阁决策机构，还有一个专门的机构为国家的财富谋划。中国从1862年的军事工业改革开始，至今没有一个统一的中央机构主导改革，更没有与改革配套的顶层设计和法律制度。

大清帝国的财政是相当糟糕的。户部虽是国家的财政机构，但却从没有进行过科学的预算跟决算，更没有一个立法机关监督户部的工作，唯有皇帝可以直管财政大臣。普天之下，莫非王土。皇帝经常将户部当成自己的钱袋子，为了供养庞大的皇室，皇帝还有独立于户部财政体系的小金库——内务府。在杨儒看来，一个国家的强盛首先是工商业的崛起，工商业资本化必须要有配套的专业财富管理部门，以及专门的法律约束。

　　杨儒的改革计划得到了张之洞和刘坤一的支持。1901年7月，两位总督连续三次联合向慈禧太后提交改革报告，在教育制度、政治人才、军事建设、财政税收、司法审判、金融、邮政等各方面提出了详细的改革方案。张之洞跟刘坤一两位南方总督的报告成为清政府执政集团新政的蓝本，史称"江楚会奏"。

　　张之洞跟刘坤一都在体制内混了多年，拥有丰富的政治经验与改革经验，能够准确地摸准清政府执政集团的改革底线，他们没有直接提出君主立宪、议会制这样激进的政治改革方案，而是从行政管理机构改革入手，开始废除科举这种传统的人才选拔制度，推行现代化新学，一步步渗透，慢慢地对统治者的意识形态进行松土。他们希望通过整顿吏治，清除腐朽的官僚，以清明的形象挽回政府的信用，为政治体制的改革铺平道路。

　　一个国家的强盛，除了政治上的全方位改革，经济改革同样必不可少。而经济改革必须有一个整体的工商业发展规划，这样才能全面推动经济振兴。工商业的发展也应该由国家进行统一的宏观调控，失去了国家统一管理的工商业是无法做到资本规模化的。资源无法得到集中开发、优化分配，便会削弱资源的优势竞争力，不断的投入只能一步步演变成沉没成本，造成国家资本只有投入没有回收，极大地浪费了财力物力。

　　从轮船招商局到汉阳铁厂，官督商办的企业由于缺乏朝廷的统一规划，在开矿、冶炼、运输、金融等环节上相互独立，在各种资本的作用下形成了独立王国，导致资源不能得到充分有效地利用，在跟国际资本竞争的过程中，难以形成集群优势，不少企业陷入亏损甚至关门的泥淖。而国际资本则在政治外交的保护下，借机夺取对中国企业的控制权，进一步夺取对中国资源的控制权，导致中国经济改革陷入恶性循环之中。

　　"互市以来，大宗生意全系洋商，华商不过坐贾零贩。推原其故，盖由中外懋迁，机器制造，均非一二人之财力所能。所有洋行，皆势力雄厚，集千百家而为公司者；欧美商律，最为详明，其国家又多方护持，是以商务日兴。"[28]张之洞跟刘坤一尖锐地指出，"中国素轻商贾，不讲商律，于是市井之徒，苟图私利，彼此相欺，巧者亏逃，拙者受累，以故视集股为畏途，遂不能与洋人争衡。"

　　盛宣怀对这些话自然是深有感触。1900年前后，他与日本方面在商洽借款时，日本驻上海总领事、日本外务省、内阁都在幕后运作并帮忙；德国人为了霸占大冶矿权，甚至通过德国皇帝向总理衙门施压。"况凡遇商务讼案，华欠洋商，则领事任意需索，洋欠华商，则领事每多偏袒。"张之洞亲历了日德两国军舰对峙汉江的全过程。为了生意出动军舰，难怪有华商"雇无赖流氓为护符，假冒洋行"。

国际资本侵蚀国内资本，华商依附洋商名下，"若再不急加维持，势必至华商尽为洋商之役而后已"。张之洞跟刘坤一建议，经济改革一定要有中国的商业法律，"则华商有恃无恐，贩运之大公司可成，制造之大工厂可设，假冒之洋行可杜"，他们觉得杨儒的万言书很有道理，"舍富强难图立国，舍变法莫致富强"，希望北京方面采纳杨儒的"固封圉，求贤才，裕财用，整内治，重使务，集众长"改革六策，通过变法改革弊政，补救时艰。

袁同志"以石压卵"，收北洋大权

八幡所熔铁失败，伊藤博文死咬大冶铁矿

圣彼得堡严重的经济危机像病毒一样在欧洲蔓延开来，铁路建设大规模削减，钢铁进口量猛烈下降。向俄国出口大量钢铁的美国跟着爆发危机，钢铁产量减少三成。通过甲午战争攫取中国两亿白银的日本，短短几年就获得了空前的繁荣，随着本国经济与欧美接轨，经济危机的病毒迅速将日本也拉下水。日本的生铁产量下降近五成，造船业削减近三成，铁路建筑更是下降了七成。经济危机直接导致伊藤博文内阁下台。

明治维新之初，伊藤博文就开始推动以钢铁为首的重工业的发展，八幡制铁所就是伊藤博文一手培养出来的企业，所以连铁矿石交易这样的事情他都会亲自到中国来谈判。伊藤博文现在寄希望于八幡制铁所，因为从大冶铁矿运回日本的铁矿石终于快冶炼出炉了。一旦八幡制铁所能够冶炼出优质的铁轨，日本的重工业就能重整旗鼓迅速地腾起。

就在伊藤博文等待八幡制铁所好消息的时候，老对手李鸿章终于走完了自己的人生。1901年11月7日，李鸿章在贤良寺与世长辞。那一天，落叶飘满了贤良寺的台阶，王公大臣们目送李鸿章走完了最后一程。伊藤博文对死了的李鸿章依然恨之入骨，因为他生前跟沙俄走得太近了，俄国一直在跟李鸿章谈判远东铁路的建设问题，"闻薨之前一点钟，俄使尚来催促画押。"[29]

李鸿章的死打乱了俄国人在远东的计划，负责俄国远东铁路建设的财政大臣维特感叹，没有了李鸿章，一切谈判都要从头再来，更关键的是北京再也没有一个人能勇敢地站出来，负责与外国人交涉。伊藤博文不信邪，他认为大冶的铁矿石已经运回日本了，现在张之洞已经成了北京的新贵，他跟刘坤一的"江楚会

奏"已经成了北京改革的蓝本，日本在湖北的生意不但会一直进行下去，还会越来越大。

1901年11月18日，八幡制铁所从大冶铁矿运回去的铁矿石第一次冶炼开炉，日本首相桂太郎代表明治天皇率领总理内阁大臣、参议院、众议院全体议员，邀请各国驻东京大使观看开炉仪式。人们在大高炉前焦急地等待了两三个小时，只见几个工人疯了一般上蹿下跳，最后出现尴尬的一幕——"熔铁炉的炉门打不开，熔融的铁不能流出。"失败，两院议员、当局大臣等都目瞪口呆。[30]

日本犯了低级的错误，遭遇了世界性的尴尬。盛宣怀很快就得到一个消息，伊藤博文为了找出熔炉门打不开的原因，将因贪污辞职的原东京帝国大学教授野吕景义给招回八幡制铁所。野吕景义很快就找出了问题的症结所在，原来八幡制铁所采购的英国熔铁炉因为烧焦等问题，不能熔炼大冶的铁矿石，要想冶炼大冶的铁矿石，只有将熔炉更换成德国的。

八幡制铁所的失败让日本内阁非常恐慌，因为张之洞利用德国人陈兵汉江的机会，已经将《煤铁互售合同》的有限期修订为五年，也就是说五年之后合同对汉阳铁厂再无约束能力，到1903年日本如果不能解决熔炉问题，大冶铁矿石交易就要重新谈判，而一旦萍乡至湘潭的铁路建成，中国方面完全可以拒绝跟日本的煤铁互换交易。

1902年12月27日，日本外务大臣小村寿太郎给小田切万寿之助发来密电，"闻外国人中也有觊觎于此者"，八幡制铁所的问题还没有彻底解决，合同五年到期时矿石售价如果谈不拢的话，之前的合同就跟废纸一样，日本的制铁所事业必受大挫，"希望在商定期限届满前"，将日本"权利再予以确定"。[31]

《辛丑条约》让中国赔偿四点五亿两白银，北京财政已经空虚，盛宣怀在湖北主导的钢铁厂与铁路资金缺口巨大，连从萍乡至湘潭的铁路都没有资金建设。日本见状，立即想到贷款的老招，"为了便于达到上述目的，对于该矿如有贷款之必要，我方决定将予以应允"；小村还指示小田切万寿之助，"希即善体此意，拟定适当方案，见机与盛宣怀进行商谈"。

小村寿太郎可能对盛宣怀当时的处境还不太了解。

你回乡葬老父，我乘机捞好处

1902年10月24日，盛宣怀的父亲盛康去世，按照大清帝国的礼仪规制，盛宣怀此时应该向朝廷辞去一切官职，回到老家为父亲守制三年。盛宣怀一开始以为，现在北京正在推行全方位的改革，而自己又总领了航运、铁路、电报等多个领域，朝廷一定会通过"夺情"的方式，让自己边工作边守制。

让盛宣怀意料不到的是，他的报告送到北京后，朝廷只保留了他铁路督办一职，其他的职务要么是开缺，要么是署任。北京方面决定派张翼执掌轮船招商局与津沪电报局，以便"归入户部筹饷"之用。[32]张翼，老醇亲王奕譞的侍从，1901年跟随醇亲王载沣出使欧洲，回国后成为清政府执政集团屈指可数的海归人士。盛宣怀决定反击张翼的接任。

谁才能阻止张翼接任？盛宣怀第一个想到的是袁世凯。李鸿章去世后，盛宣怀反复向朝廷举荐袁世凯任直隶总督，意在巩固自己跟袁世凯的盟友关系。而且如此一来，盛宣怀跟直隶、两江、湖广天下三大总督都成了新的政治盟友。盛宣怀给袁世凯急电："轮、电发端于北洋，宣怀系文忠（李鸿章）所委，并非钦派。"

盛宣怀在给袁世凯的电报中诉苦，自己在轮船招商局跟电报局二十多年，"不过坚忍办事而已"，"至于利息盈亏，皆股商受之，局外不知，则以独揽权利为诟病"。盛宣怀抱怨那些批评自己的官僚，他们根本不了解自己在轮船招商局和津沪电报局的艰难，现在时局艰难，自己正"愿藉此卸肩"。[33]盛宣怀希望袁世凯能够阻止张翼接自己的班。

改革是地方督抚们最大的筹码，直隶总督很容易成为帝国的盲肠，李鸿章努力让自己成为清政府执政精英眼中的河豚，美味而有毒。曾经在朝鲜监国的袁世凯，骨子里有着指挥千军万马的血性，他一直视李鸿章为人生导师。巡抚山东前，李鸿章将袁世凯举荐到荣禄门下，并让他在小站训练新式陆军，由此成为大清中央军的灵魂。总督直隶的袁世凯岂能成为盲肠？他只有重组北洋，才能改写盲肠的命运。

淮军集团领导下的北洋已经土崩瓦解，李鸿章留下的经济遗产是庞大的工业集团：轮船招商局、津沪电报局、开平煤矿。袁世凯相当清楚，一旦北京方面"钦派"张翼督办轮、电，并将两大集团的财务纳入帝国财政体系，李鸿章费尽心血维护的"官督商办"改革路线将彻底改变，商人们将远离中央推行的"国进民退"改革，李鸿章留下的信誉遗产将消失殆尽。钱袋子决定枪杆子，北洋的改革如果没有商人们的支持，袁世凯重振北洋只能是水中之月。

清政府执政精英有他们自己的算计。现在的大清中央政府已经没有公信力，反倒是汉族官僚集团在南方的威信极高。盛宣怀导演的东南互保已经让清政府执政精英们焦虑不安，汉族官僚集团通过互保成功地让南方避免兵祸，民众对地方政府的信任度在不断增加，由此形成了地方自治权架空中央统一管理权的格局。在清政府执政精英的眼中，盛宣怀是导致这一格局的罪魁祸首。

盛宣怀一直是"官督商办"改革路线的忠实践行者，他最大的盟友就是遍布全国的商人，守制是免除他官员身份的最好机会。没有了红顶子，盛宣怀在商人盟友面前就失去了威信，这同时也是中央推行"国进民退"最好的时机。清理了盛宣怀，袁世凯继承李鸿章北洋遗产自然也成为了空谈。这简直就是一箭双雕的机会。

袁世凯看重的是盛宣怀电报中"发端于北洋"这句话，这是自己继承北洋遗产的合法基础，自己既然总督直隶，插手甚至是全面接管轮船招商局与津沪电报局就是名正言顺的事。袁世凯给盛宣怀回电："留侯（张翼）接局，鄙人断不谓然，当电京阻止。"[34]袁世凯同时又给轮船招商局的官员密电："商局创自北洋，拟奏请仍由北洋维持。"

在盛宣怀的邀请下，当时身在河南的袁世凯立即去了上海。盛宣怀跟袁世凯进行了深入交流，当面表达了自己不愿意辞职的真实意愿，可是袁世凯"力劝解去利柄"，这让盛宣怀感到不安。更让盛宣怀失望的是，袁世凯回京后，"即有收回电线、整顿招商之举"。盛宣怀在给一位长沙朋友的信中很焦虑地写道："在制本应去差，但以后华商恐更寒心，官办电线尤不利军务。"

袁世凯当时安慰盛宣怀，大清帝国以孝治天下，如果盛宣怀不辞去官职，很容易让人诟病，更何况现在盯着轮船招商局跟津沪电报局的"不止留侯"。袁世凯又给盛宣怀戴高帽子，"以公才资，久当开府，困于庶事，实在可惜"。袁世凯建议盛宣怀"趁此摆脱清楚，亦同志之幸也"。

盛宣怀使尽浑身解数，对付袁世凯

汉阳铁厂成了盛宣怀对付袁世凯的法宝。

盛宣怀在官场宣扬，轮船招商局和津沪电报局是"肥壤"，汉阳铁厂是"瘠土"，汉阳铁厂的投资人基本都投资了轮船和电报，轮、电与铁厂"互为济用"，"相为勾连"，一旦北洋夺走了"肥壤"，留下的"瘠土"是不能长久的。[35]盛宣怀这一招无疑是挑动了直隶、湖广两大总督的利益神经，一旦袁世凯夺走轮船招商局和津沪电报局，商人们就要从汉阳铁厂撤资，那张之洞的卢汉铁路伟业将成为空谈。

北洋要控制轮船招商局和津沪电报局，商人的利益是个很现实的问题。盛宣怀跟袁世凯争斗期间，津沪电报局的面值一百元的股票市价达到一百五六十两，"中外买者纷纷"，甚至有人将股价炒到了一百七八十两。盛宣怀让袁世凯按照股票市价另给商人利息以予补偿，仅二十一省的电报线价值就超过二百五十万两，两家大型企业的收购成本超过五百万两。

商人们看准了商机，疯狂地投资轮船招商局与津沪电报局的股票。盛宣怀给袁世凯出了一道难题，北洋如不现金赎回，强行控制将"阻塞商务"，也将严重违背慈禧太后推行的新政。而一直惦记中国航运和电报控制权的洋商们也蠢蠢欲动，"颇想从中攘夺"，一旦洋人高价收购了轮船与电报股权，李鸿章推行的改革将付诸流水。而袁世凯也将触及朝廷禁令：轮船、电报股权不能落入洋商之手。

守制是清政府执政精英跟袁世凯排挤盛宣怀的杀手锏，盛宣怀一方面煽动舆论，疯狂拉升股票价格，给袁世凯制造很高的现金收购门槛；另一方面对袁世凯声明，"某本不愿权利久操，为世指目"。[36]为了确保自己的计划能够成功，盛宣怀暗中策动清政府执政精英中的领袖荣禄，"草木余生，极应知难而退"，可是"数载以来，受朝廷特达之知，蒙中堂（荣禄）期许之厚，只有当一日差尽一日心而已"。

八国联军撤离北京后，荣禄成为清政府执政集团的绝对领袖，是慈禧太后推行改革的左膀右臂。盛宣怀明知袁世凯跟荣禄的关系非同一般，却冒险走荣禄的门子，由此可以窥见盛宣怀对轮船招商局、津沪电报局主导权的重视非同一般。他对北京一位副部级官员抱怨，"日本商务大旺"，而中国只有两家公司，现在中央跟袁世凯强推"国进民退"，"必欲毁之而后快"。[37]

盛宣怀很快发现，袁世凯也走了荣禄的门子。汉族官僚集团的内讧正是清政府执政精英们最乐见的局面，因此荣禄没有做出任何裁决。盛宣怀相当沮丧，但还是继续在北京中央高层制造舆论，商办电报在"多事之秋"毫无阻滞，"机密绝无迟漏”，“改归官办，非有强兵力不能自守”，一旦发生战争，“则他人通消息而我不通，此军务时一大弊也”。更为要命的是，一旦中央跟地方政府要强推“国进民退”，“若不付给现款，恐股票即为外人所得”。

袁世凯很快就提出了一个股权重组方案，商人持有百分之五十的商股，政府收购百分之五十的商股。袁世凯担心轮船招商局跟津沪电报局的财务有问题，提出政府收购部分“尚须核减”。袁世凯的重组方案立即暴露出其地方财力不足的弱点，盛宣怀嘲笑袁世凯企图“坐收现成之利”。盛宣怀将袁世凯的重组方案提交给商人，“签名者不及四分之一，其中愿领回票价者居多”。[38]

在1872年轮船招商局成立之前，商人都依附在洋商名下苟活，之后开始大量参与汉族集团的经济改革，逐渐跟汉族武装集团形成一个改革联盟。在商业利益迅速加强的过程中，商人们开始有了自己的政治立场与主张。在执政者眼中，资本干预政治是一个相当危险的倾向，所以他们要通过“国进民退”来给商人戴上一个紧箍咒。

盛宣怀失望了，无论是中央还是北洋，“国进民退”之策已成定局。袁世凯在给张之洞的电报中态度很坚决，“款已筹齐，定归官收”。但袁世凯在给轮船招商局的管理层密电时，却安慰董事会的高管们，“只要易一督办而已”。[39]1903年1月15日，清政府执政精英选择了袁世凯，在直隶总督、北洋大臣的职务后面，又给袁世凯增加了一个电政大臣的官衔。

北京方面的任命一下，袁世凯立即派出直隶布政使吴重憙为驻沪会办大臣。吴重憙身为北洋驻上海首席代表，一到上海就接收了津沪电报局的管理大权。盛宣怀口中的“肥壤”轮船招商局也迅速被北洋掌控。袁世凯吞下“肥壤”后，担心商人们会远离自己，所以希望同张之洞结成政治联盟，并决定收下“瘠土”汉阳铁厂。

盛宣怀提交守制报告时，北京方面保留了盛宣怀铁路督办的职务。夺了盛宣怀轮船和电报的控制权后，袁世凯又找了一帮说客，希望能够说服其交出汉阳铁厂、卢汉铁路的管理控制权。盛宣怀立即给袁世凯发电：“今之议者，皆云铁厂宜交慰帅（袁世凯字慰亭）一手办理。”袁世凯毫不客气，给盛宣怀回电表示“愿自任”铁路督办。与此同时，国际国内谣言四起，攻击袁世凯以权牟利。盛宣怀借着谣言警告袁世凯：“皆谓我公以石压卵。”[40]

从法国驻华使馆医生多德福进入紫禁城那一天起，大清帝国再无秘密，帝国执政者的一言一行都成为国际关注的焦点。袁世凯曾经是淮军集团的中坚分子，跟荣禄结盟后迅速成为清政府执政精英的座上宾。身为直隶总督的袁世凯被传出"以石压卵"，很容易遭致国际社会的谴责。很快，袁世凯就弄明白了造谣者是谁，盛宣怀却卷入了造谣者更大的陷阱之中。

▶▶ **注释：**

[1] 屈桂庭撰：《诊治光绪皇帝秘记》，载1937年《逸经杂志》第29期。

[2] 胡滨译：《英国蓝皮书有关义和团运动资料选译》，中华书局1980年版。

[3] 中国第一历史档案馆馆藏：《奉宸苑值宿档》，"光绪帝被囚瀛台医案"，《历史档案》2003年第2期。

[4] 胡滨译：《英国蓝皮书有关义和团运动资料选译》，中华书局1980年版。

[5] 虞和平编：《经元善集》，华中师范大学出版社1988年版。

[6] 胡滨译：《英国蓝皮书有关义和团运动资料选译》，中华书局1980年版。

[7]（清）祝芾：《庚子教案函牍》，中国近代史资料丛刊《义和团》（四），上海人民出版社1957年版。

[8] 胡滨译：《英国蓝皮书有关义和团运动资料选译》，中华书局1980年版。

[9]（清）盛宣怀：《愚斋存稿》卷26，文海出版社1975年版。

[10]（清）吴永口述，刘治襄记：《庚子西狩丛谈》，岳麓书社1985年版。

[11]（清）仲芳氏：《庚子记事》，中华书局1978年版。

[12]（清）景善：《景善日记》，中国近代史资料丛刊《义和团》（一），上海人民出版社1957年版。

[13] 黄鸿寿编：《清史纪事本末》卷67，北京图书馆出版社2003年版。

[14]（清）盛宣怀：《愚斋存稿》卷26，文海出版社1975年版。

[15]（清）盛宣怀：《愚斋存稿》卷36，文海出版社1975年版。

[16]（清）盛宣怀：《愚斋存稿》卷50，文海出版社1975年版。

[17]《清德宗实录》卷467，中华书局1987年版。

[18]（清）盛宣怀：《愚斋存稿》卷47，文海出版社1975年版。

[19] 武汉大学经济学系编：《旧中国汉冶萍公司与日本关系史料选辑》，上海人民出版社1985年版。

[20]（清）张之洞，《张文襄公全集·电牍》卷12，中国书店出版社1990年版。

[21] [日] 西泽公雄：《大冶铁矿历史谈》，载《东方杂志》第17卷，第9期。

[22] 日本外务省编撰：《日本外交文书》卷36，原书房出版社1955年版。

[23] 日本外务省编撰：《日本外交文书》卷36，原书房出版社1955年版。

[24] 日本外务省编撰：《日本外交文书》卷36，原书房出版社1955年版。

[25] （清）朱寿朋编：《光绪朝东华录》卷4，中华书局1984年版。

[26] [美] 亨廷顿：《转变中的社会的政治秩序》，黎明文化出版公司1983年版。

[27] （清）甘韩辑，杨凤藻校正：《皇朝经世文新编续集》，商绛雪斋书局1902年版。

[28] （清）沈桐生：《光绪政要》，江苏广陵古籍刻印社1991年版。

[29] 梁启超：《李鸿章传》，海南出版社1993年版。

[30] 《东京经济杂志》，1901年11月30日。

[31] 日本外务省编撰：《日本外交文书》卷36，原书房出版社1955年版。

[32] 日本外务省编撰：《日本外交文书》卷59，原书房出版社1955年版。

[33] （清）盛宣怀：《愚斋存稿》卷59，文海出版社1975年版。

[34] （清）盛宣怀：《愚斋存稿》卷59，文海出版社1975年版。

[35] 夏东元：《盛宣怀传》，上海交通大学出版社2007年版。

[36] （清）盛宣怀：《愚斋存稿》卷首，文海出版社1975年版。

[37] 陈旭麓等编：《盛宣怀档案资料选辑之八——轮船招商局》，上海人民出版社1981年版。

[38] 陈旭麓等编：《盛宣怀档案资料选辑之八——轮船招商局》，上海人民出版社1981年版。

[39] 陈旭麓等编：《盛宣怀档案资料选辑之八——轮船招商局》，上海人民出版社1981年版。

[40] 陈旭麓等编：《盛宣怀档案资料选辑之四——汉冶萍公司》，上海人民出版社1981年版。

17

第十七章
全面改革

日本空手套白狼，借假币抢资源

通商银行假钞案引发的挤兑潮

1903年2月4日，凛冽的北风裹着寒潮南下，大街小巷行人稀少，毫无过年的喜庆气氛。通商银行上海分行的店门一打开，一个戴着小毡帽的小伙儿就进店了，他从棉袄里摸出一张该行钞票，快速递给柜台员工，要求兑换银两。柜台员工反复摸了摸钞票，眼珠子越鼓越大，脸色越来越怪异。[1]

毡帽小伙儿是上海钱庄的职员，经常到通商银行来办理业务，跟柜台员工相当熟。小伙儿看柜台员工的脸色越来越不对劲儿，正欲转身出门。这时柜台员工突然站起来，冲着柜台外的银行安保人员一声大喊："抓住他，别让他跑了。"毡帽小伙儿迅速被通商银行的安保人员给摁在地上。柜台员工将假钞递到了毡帽小伙儿面前："具体情况你到衙门里去说吧。"毡帽小伙儿很快被送进了上海县大牢。

盛宣怀正在办公室跟德国人商洽汉阳铁厂贷款事宜。德国人的条件十分苛刻，一笔四百万马克的贷款居然提出要用招商局、汉阳铁厂、大冶铁矿以及卢汉铁路作抵押。如果袁世凯知道德国人的这个条件，肯定会第一个站出来反对。德国人的目的很明确，只要盛宣怀答应了贷款条件，日本人从大冶铁矿离开就只是一个时间问题了。

通商银行员工慌慌张张敲开了盛宣怀办公室的门，把钱庄员工使用假钞的事情向盛宣怀进行了汇报。盛宣怀一下子蒙了，假钞？不要命了？一问，人已经让县衙给关起来了。

消息传出之后，上海"市中大闹"。各店铺、钱庄纷纷拒绝使用通商银行的纸币，这导致很多持有通商银行纸币的人纷纷去兑换现银。

2月5日，盛宣怀一大早就坐在通商银行的办公室。银行的门刚一打开，上海滩的商家掌柜、东家什么的就一窝蜂拥向了柜台，要求通商银行兑现开出的银行券。盛宣怀表面在满面笑容地接待着客户，实际上身上早已是汗流浃背。只要客户们不断提现，通商银行就会被挤兑拖垮。

更让盛宣怀心寒的是，五元、十元的假钞不断被验出。有了毡帽小伙儿用假钱被抓进大牢的先例，柜台员工一见假钞就当场撕掉。营业窗口顿时变成了演武场，情绪激动的银行券持有人爬上柜台，甚至有人向柜台员工丢砖块。整个营业窗口乱成一团，盛宣怀一看场面已经失控，立即报请巡捕房将打砸的闹事者给抓起来。

盛宣怀陷入了泥潭之中，一旦拒绝兑换银行券，通商银行的信誉将不复存在。1883年金融危机，胡雪岩的阜康钱庄遭遇挤兑，中央立即派出专案组接管了胡雪岩的产业。这一次袁世凯完全可仿照1883年金融危机的陈例，以维护地方稳定，确保金融安全为由，向中央提出接管通商银行的建议。

现在的袁世凯已经有一个庞大的改革计划：金融与实业并举。

在跟盛宣怀争夺轮船招商局、津沪电报局的过程中，袁世凯于1902年从天津海关、银元局以及北洋各局调拨一百一十万两银子作为股本，在天津成立了天津官银号。天津官银号也完全按照现代银行的运作模式，借助公帑搞社会储蓄和发行银两票、银元票和钱票，以此来集聚大量官民资金，以低息放款方式将集聚之资金借垫于私营企事业。

1900年之前，袁世凯就曾向北京提出建议，希望朝廷能开办一家由中央控制货币体系的银行，但战乱跟繁杂的行政程序让国家银行的开设计划一拖再拖。袁世凯总督直隶后，在慈禧太后的默许下，天津官银号成了中央银行的地方试验品，在全国各地开设了32家分号。国家银元局在1903年的年度计划中，决定将20批1100万枚银元拨解天津官银号，由该号会同地方政府选择殷实钱铺40家，"取连环保结"承领，再由钱铺投放市面。[2]

找主谋抓真凶，到底谁操控了假钞案？

假钞案背后的主谋是袁世凯吗？

天津官银号成立之前，通商银行是户部的绝对大客户，银元的发行都是走通商银行的渠道。盛宣怀一直谋求将通商银行推向中央银行的地位，现在天津官银号正在取代通商银行的货币发行权，袁世凯利用统率北洋的行政之权，将天津官银号一步步推向中央银行的位置。

通商银行是天津官银号向中央银行转变过程中的最大竞争者，一旦通商银行因为假币出现挤兑，天津官银号就可以顺理成章地重组通商银行。没错，通商银行利润丰厚，是盛宣怀跟商人们最牢固的结盟平台。一旦天津官银号重组了通商银行，袁世凯的银行将成为中国第一大银行，商人们自然就会站到袁世凯的阵营，北洋要收归汉阳铁厂那样的"瘠土"，盛宣怀就再也没理由嘲笑北洋没钱了。这简直就是一个完美的重组计划，天衣无缝。

但盛宣怀很快就发现，自己的臆测错了。国际舆论对袁世凯"以石压卵"的批评不绝于耳，这些批评自然有利于阻止袁世凯吞并汉阳铁厂。可又会是谁在造袁世凯的谣？自己正在跟德国人谈借款，难道是德国人？通商银行的股东跟汉阳铁厂股东为同一批，一旦通商银行出现问题，汉阳铁厂的资金链就会立即断裂。如此一来，德国人到时就没有机会吞并汉阳铁厂了。

汉阳铁厂的资金链攸关煤矿、铁矿、铁厂、铁路的生死，汉阳铁厂一旦陷入瘫痪破产，日本人将成为最大的赢家。早在1898年，汉阳铁厂已经跟日本人签订了《煤铁互售合同》，1903年是合约执行的最后一年，汉阳铁厂一旦破产，日本绝对不会给德国人机会，他们会手持合同接管铁矿等企业，大冶就会成为日本振兴民族工业的原料基地。

西泽公雄一刻也没有闲着，他将盛宣怀与德国人商洽借款的情报发回日本。日本内阁召开了部长会议，再次强调执行1902年的计划。小村寿太郎向小田切万寿之助连发电令和机密函，将其同有关阁僚咨议及召制铁所长官磋商的贷款条件和矿石购买合同的修订要领知照进行传达。日本内阁命令小田切万寿之助"以此为基础与盛氏进行交涉"。

日本内阁早已掌握了盛宣怀跟袁世凯内讧的情报，他们更希望打交道的人是盛宣怀。在日本政界和军界看来，袁世凯是大清帝国典型的鹰派人物，日本曾经在朝鲜策划了两次内乱，甚至劫持了朝鲜国王，两次都是袁世凯领兵平定朝鲜内乱。现在，袁世凯统率北洋，日本在东北很难获得新的利益，而日本在1898年已经成功地跟盛宣怀达成了交易。一旦袁世凯掌控了汉阳铁厂，日本人在大冶铁矿的计划可能要全盘落空。[3]

武汉身为大清帝国的腹地，一直是英国人的势力范围，而且德国人在汉阳铁厂的根基也很深，日本内阁可不想在武汉发动一场战争，那样会令日本陷入孤立状态。日本希望通过资本援助的方式，兵不血刃地将大冶铁矿控制在自己手中。小村寿太郎在给小田切万寿之助的密电中反复强调："对大冶铁矿的方针在于使其与我制铁所的关系更加巩固，并成为永久性的；同时又须防止该铁矿落入他国人之手，此乃确保我制铁所将来发展的必要条件。"

一直以来，贷款是日本内阁套牢盛宣怀的方针。

日本内阁要求小田切万寿之助在谈判的时候，"借款期限亦当以尽可能的长期为得策，故特定为三十年"，"大冶铁矿本身不能归他国人所有，固不待论，即其事业之经营也须防止落入他国人之手"，"除铁矿以外，其附属铁道、建筑物及机器等一切物件均必须作为贷款抵押"，中国方面"不得将上述抵押品出让或再抵押与他国政府或私人"，同时"还必须要求对方承诺雇佣我国工程师"[4]。

垄断汉阳铁厂及其整个工业集团已成为日本内阁的决心，雇用日本工程师，意在赶走德国人与英国人。现在，日本无法干涉德国人给盛宣怀贷款，但是他们可以先将盛宣怀的信誉败坏。盛宣怀很快意识到，日本人才是这场阴谋的幕后黑手。一旦通商银行因挤兑而破产，德国人考虑到贷款风险肯定会自动退出竞争。为了对抗袁世凯重组汉阳铁厂，盛宣怀一定会接受日本方面提出的苛刻贷款，如此一来日本就可以垄断大冶的铁矿石资源，甚至操控卢汉铁路。

盛宣怀已经没有退路，他第一步要做的是平息通商银行的挤兑风潮。盛宣怀将通商银行保险库里面的金条、银锭以及自己家里所有的金银首饰，全部装箱连夜运到汇丰银行。汇丰银行曾经为胡雪岩贷款数十万两，1883年金融危机后，盛宣怀重返轮船招商局管理层，成为中国经济改革的新贵，汇丰银行自然乐意跟他做生意。经过谈判，盛宣怀的大箱金银首饰抵现七十万元，汇丰银行代通商银行收兑银行券。[5]

1903年2月6日，有一个客户拿着四千元钞票到汇丰银行兑现，汇丰银行的柜台员工将客户的钞票跟通商银行提供的假钱一对比，发现其所持钞票全部都是假钞，于是将此事告知英租界内的巡捕房，租界巡警将客户带回巡捕房审讯。一审，发现这是个日本人，名叫中井义之助。中井义之助不禁打，三下两下就招了。

中井义之助说自己是一家贸易公司的老板，假钱是从几个朋友手里拿的。这几个朋友要通过自己的贸易公司将他们的钱流出去，没想到通商银行发生了挤兑，所以他就想将手上的假银行票兑换成金子或者银子。盛宣怀一听，前天晚上自己一直在脑子里琢磨的可怕预感出现了，难道当年通商银行北京分行被抢的主谋是日本人？

1900年6月15日，日本少将司令官福岛安正带着一干人马开进了肃亲王府，后来就发生了通商银行北京分行被抢的悲剧，通商银行的银元、银行券被抢劫一空。[6]

日本内阁焦急的贷款计划，蹊跷的假币挤兑，让盛宣怀怀疑是福岛安正的部队在驻进肃亲王府后抢劫了通商银行。盛宣怀怀疑福岛安正的一个重要原因是，1900年日本发生了严重的经济危机，福岛安正抢银子已经成为一个任务，一个可以帮助日本渡过危机的政治任务。

日本军队已经将假钞给抢走了，却在盛宣怀跟德国人洽谈贷款的时候拿出来，显然是为了制造恐慌引发挤兑危机，这样一来，日本内阁一直密谋的贷款计划才能顺利实施。福岛安正从大清帝国户部抢回去的银子正好可以转手借给汉阳铁厂，这种"以华制华"的策略简直就是在空手套白狼，用中国人的银子霸占中国的铁矿资源，从而完成日本振兴重工业的宏伟计划。

盛宣怀思前想后，目前还不能马上断定中井义之助手上的假钞就是来自福岛安正率领的部队所抢的那些，因为此时贸然下结论将带来更大的外交麻烦。更为离谱的是，《辛丑条约》签订后，清政府执政精英跟日本军政界走得更近，福岛安正的干将川岛浪速就与肃亲王善耆结成了金兰兄弟，善耆的第十四格格爱新觉罗·显玗还过继给了川岛浪速当养女。[7] 显玗后来改名川岛芳子，也带给中国人民无尽的灾难。

日本人给盛宣怀出了一个难题。袁世凯一直在逼盛宣怀交出轮船招商局和津沪电报局的督办大权，甚至还得陇望蜀，觊觎汉阳铁厂。一旦此时得罪了清政府亲贵，招惹上外交麻烦，盛宣怀连铁路督办一职都难保。因此，盛宣怀决定，通过正常的外交途径，由大清帝国外务部跟日本政府交涉，要求日本方面查清楚中井义之助使用假钱一案，揪出幕后主谋。因为这关系到大清帝国的货币安全问题，更关系到大清帝国的财政安全问题。

日本人翻云覆雨玩阴谋，抢不到资源不罢休

外务部大臣奕劻接到盛宣怀的问题报告后，立即紧张了起来，一旦日本人拿着假钱来颠覆大清帝国的金融，那可就会危及国家的金融安全。八国联军入侵北京，奕劻跟肃亲王善耆一样，没来得及逃跑，后来一路追着逃跑的皇帝与太后。慈禧太后下令奕劻会同李鸿章与八国联军谈判，一直庸碌无为的奕劻被推到了风口浪尖，最终和谈成功，奕劻成为清政府执政集团新的领袖级人物。而这一次的假钞案又给了奕劻一个独立展示外交才能的机会。

在任何一个国家，假币都是令人深恶痛绝万般唾弃的。日本人居然敢在中国的银行用假钱，奕劻深知自己这一次能得到国际上的声援，这也是巩固自己在帝国权力中枢地位的大好机会。所以，奕劻马上义正词严地给日本驻沪总领事小田切万寿之助发了外交照会，希望小田切万寿之助配合英国巡捕，就中井义之助使用假币蓄意破坏大清帝国金融稳定一案给北京一个说法。[8]就在奕劻同小田切万寿之助交涉期间，西泽公雄已经完全掌握了盛宣怀跟德国人洽商借款的机密。小村寿太郎在给小田切万寿之助的密电中下令，全力拿下盛宣怀的贷款，打消德国人对大冶铁矿的念头。此时，到底怎么处理中井义之助使用假钞案，已经成为日本外务省和内阁最为头痛的事情，尤其是英国的巡捕已经从中井义之助口里审出了同谋，一旦1900年抢劫的丑闻也给牵涉出来，肯定会引发以德国为首的欧洲国家的强烈抨击。

小村寿太郎现在很窝火，日本一直在跟德国洽谈签订盟约一事，以遏制俄国在胶州湾的势力，但是首相桂太郎更倾向同英国结盟，毕竟在大清帝国的地盘上英国人是老大。1902年，日本与英国签订盟约之后，德国皇帝很不高兴，中井义之助假钞案很容易成为德国人攻击日本的把柄，美、法、俄等国会站到德国人一边。迫于欧美国家的外交压力，北京方面一定会让盛宣怀与德国人进行贷款交易。这样一来，日本在中国的利益肯定会受到损害，尤其是钢铁产业将受到重大的打击。

小田切万寿之助装出一副很认真负责的态度，一本正经地将一个经不起推敲的谎言，通过外交照会的方式抛向了大清帝国外务部（1901年，总理衙门改组成外务部）：

探得大阪山下忠太郎、菅野源之助、上田元七及中井义之助等四名系伪造钞票人犯。共谋与造中国通商银行伪钞票十元及五元两种，则元七嘱其在大阪石印业亲友浦上文助刷印十元钞票六百五十五张，上田元七将该钞票四百零五张交中井义之助、使前田某等二人。上田将其余二百五十张藏匿后将此致交付山下忠太郎及菅野源之助等二人，使之行用，原版票纸存置家中。又山下忠太郎虽欲与造五元伪钞票未果广造，仅造得五元伪票一百张。悉数拿获于与伪票人犯，并搜出伪票全数及在大阪地方所造机器原板用纸等物，而伪票恐其散失，当经全数烧毁原板机器等物，紧要部位尽行毁灭。[9]

小田切万寿之助还在照会中承诺说，日本政府查处的假币都已经烧毁了，以后也不会出现挤兑谣言了。

但让盛宣怀气愤的是，日本人居然说，"伪造他国钞票日本法律无专条"。也就是说，山下忠太郎这几个造假钱的家伙引发了通商银行挤兑，现在就凭日本外交官一句话，就可以轻松逃脱法律制裁。盛宣怀坚信，小田切万寿之助在撒谎，因为通商银行的银行券都是由英国的印刷公司印刷的，中井义之助几个日本土鳖在私人作坊捣鼓出来的通商银行银行券，还敢趁着挤兑的风口浪尖来兑现，岂不是自投罗网？

如果是专业造假，那么中井义之助这几个人的脑子肯定有毛病，辛辛苦苦冒着国际风险，才造出几百张五元十元的银行券。他们完全可以造面额更大的，总量更多的假钱。更令盛宣怀觉得不可思议的是，中井义之助通过贸易公司，将在日本国内造的假钱拿到中国来用，这可以说是一种有组织的跨国犯罪，既然是有组织，那么他们造假的数量就应该很大，而事实上日本警察在大阪搜查出的假币并不多。

根据日本的外交照会来推断，日本人用高成本造少量假币，在银行挤兑期间去兑现，这根本就不符合造假的风险常理。由此更加可以确定，在假钞案的背后，一定是有组织地通过公司将之前抢劫的钱运到上海变现，制造假钱恐慌。盛宣怀现在终于明白，日本方面的照会函是有意通过几个小老百姓，或者说操控几个日本浪人来掩盖日本抢劫通商银行的强盗行径，日本的真正目的是崩断自己的资金链。

通商银行自开业以来共发行货币130万两。而在这一次的挤兑风潮中，一个星期内就兑现了70万两。如今日本造假钱者被英国巡捕逮捕，再加上汇丰银行的帮助，盛宣怀总算躲过挤兑破产的劫难。可问题是，奕劻收到日本人的照会后，假币案居然也就稀里糊涂结案了。小田切万寿之助带着日本驻华公使内田康哉找到盛宣怀，商洽汉阳铁厂借款的事情，主动提出日本愿意助汉阳铁厂一臂之力，而且条件绝对比德国人优厚。

现在的通商银行资金链紧张，如果过几天再冒出个假钞案，通商银行最终的命运就是破产。日本人以毒攻毒的招术，将盛宣怀彻底逼向借款的境地。盛宣怀随即用日本人的贷款条件跟德国人讲价。德国方面坚持要求在担保物方面增加轮船招商局，可是袁世凯已经掌控了轮船招商局，盛宣怀岂能擅作主张？

小田切万寿之助与日本驻华公使内田康哉分别在上海、北京两地对盛宣怀进行轮番轰炸式谈判。日本政府愿意出面让日本银行向汉阳铁厂贷款三百万日元，贷款期三十年，汉阳铁厂只要提供厂矿、附属铁道、建筑物及机器等一切物件作为借款抵押。日本方面提出，在贷款期内，贷款方不得将借款抵押物转让于他国政府和私人。外务部长奕劻接到盛宣怀的报告，慢悠悠地说了一句话："矿山运路作为担保，甚有流弊。"[10]

现在，汉阳铁厂确实需要一笔巨额资金来运转。盛宣怀思前想后，特意请示了张之洞，张之洞根本没有料想到日本人的借款抵押会是一个长久侵占大冶铁矿的圈套，他对拿矿山作担保表现得相当轻松："凡借洋款，必须作保，况得道湾山厂运路，系商购开，虽指山作保，亦与大局无妨，更无窒碍。"有了张之洞的话，盛宣怀再次上奏外务部，奕劻也只有勉强同意。

1904年1月15日，盛宣怀同日本签订了所谓"大冶购运矿石预借矿价正合同"，计十项条款。汉阳铁厂向日本兴业银行借入日金300万元，30年为期，年息6厘；以大冶矿山、矿局现有及将来接展之运矿铁路、器厂为担保，并不得将此担保或让或卖或租于他国官商；大冶铁矿聘用日本矿师驻矿；以制铁所按年所购矿石价值给还本息；每年收买头等矿石至少7万吨，至多10万吨。[11]

300万日元贷款只是汉阳铁厂落入日本圈套的一个开始。日本农商务、外务、大藏三省大臣之后屡次召开联席会议，要求政府看准时机，在避免与英国和德国发生冲突的情况下，使大冶铁矿和萍乡煤矿的开采权完全归于日本。日本首相桂太郎向日本驻汉口总领事发出政府训令，为谋取日本在汉口的权力，汉口总领事必须按照内阁的计划执行。[12]

　　盛宣怀为了避免汉阳铁厂以及随后建立的汉冶萍集团落入袁世凯之手，再加上他本人难以抵御权力与利益的诱惑，于是在一桩致命的假钞案的逼迫下，汉阳铁厂和汉冶萍集团最终落入了日本政界跟商界的圈套。盛宣怀一步步地答应了日本的全部要求，导致中国政府逐步失去了对汉冶萍的控制权，使之成为日本重工业复兴的重要资源基地。通商银行假钞案令清政府执政精英们惶恐不安，一场金融保卫战正在酝酿。

一次难产的货币体制改革

一个濒临破产的朝廷

1904年2月22日，紫禁城天寒地冻。

西北来的寒流冲破了朱红宫墙，大红灯笼在寒风中摇摆。皇家护卫队浩浩荡荡地走向午门，轿夫抬着两顶蓝呢大轿紧跟着护卫队，轿子旁边有一个小太监跟着一路小跑，轿子后面还有持枪的洋人警卫队。过午门时，小太监将腰牌递给值守的宫廷侍卫，宫廷侍卫很认真地对轿子中的两位洋人进行了安全检查，确保这两位洋人身上没有携带管制枪械。小太监告诉侍卫，两位洋人是皇帝的客人。[13]

这两位洋人最后被带进了乾清宫。正在乾清宫等候客人的光绪皇帝面色苍白，精神状态跟新年的喜庆气氛一点儿都不匹配。第一位上前向光绪皇帝脱帽行礼的洋人名叫康格（E. H. Conger），是美国驻华公使，曾多次偕夫人参加过宫廷晚宴，慈禧太后还曾赠送其夫人手镯。[14]康格像老朋友一样给光绪皇帝介绍了身边的洋人：精琪（Jeremiah Whipple Jenks）。此人是美国国际汇兑委员会委员、总统特使。

光绪皇帝记不住康格身边这个洋人的名字，于是翻译官耐心地向光绪皇帝解释，康格介绍的陌生人中文名叫精琪，是美国康奈尔大学和纽约大学的教授，在美国经济学界享有盛名，连美国总统遇到经济问题都要经常向精琪请教。光绪皇帝终于明白了，眼前这位书卷气十足的美国人，是美国总统的经济顾问。

是的，现在，帝国经济出了大问题。

鸦片战争前，针对中国白银大量流向海外的问题，林则徐曾经向道光皇帝提交过一份货币改革的报告。林则徐在报告中详细分析了白银外流的贸易与汇率关系，希望大清帝国能铸造国际通行的银币。道光皇帝在经济方面学识很差，整整琢磨了八年，才明白林则徐的货币改革方案的好处。后来，林则徐成为道光皇帝禁烟的不二人选，也许皇帝认为，只有控制住鸦片交易，才能遏制沿海的国际炒汇交易。[15]遗憾的是，林则徐的南下禁烟触动了鸦片贸易大佬——英国商人的利益。最终，一场国际战争以中国失败而告终。

《南京条约》签署后，在《天津条约》《北京条约》《马关条约》《辛丑条约》等一系列不平等条约中，均涉及巨额的战争赔款。签署《马关条约》时，两点五亿两赔款已经搞垮了中央财政。从1901年1月开始，国际银价开始暴跌，到1902年12月已经暴跌了23%。《辛丑条约》签署后，欧美列强希望拿到手的是能够保值的黄金，英国首席商务谈判代表马凯（J.L.Mackay）就向中方提出，战争赔款必须以金价进行结算。

白银价格下跌两成，国际金价走强，这意味着中国政府每年要多支付给列强1100多万两白银。[16]清政府1901年的财务报告显示，政府的财政年收入为8820万两白银，支出为10112万两，财政赤字达1300万两。政府每年还要支付战争赔款1900万两，如果再加上金银汇率波动造成多支出的1100多万两，清政府的财政就要破产了。光绪皇帝相当清楚现在国家财政存在的问题，这远比财务报表上所展现的糟糕多了。

清政府一直推行货币双轨制，民间交易以制钱结算，财政以白银结算。在国际交易过程中，中国一直采取银本位制。1872年，全球经济危机爆发，欧美国家加大了工业发展力度，对矿产资源的开发迅速扩张。德国、美国均发现了超级银矿，全球的白银总产量在不断提升，银价长期处于下降趋势，于是西方国家转而采取金本位制度。[17]实施金本位制的国家与中国进行金融和贸易时，要求中国根据国际银价来进行结算。

光绪皇帝登基的前一年，日本出兵台湾，船政大臣沈葆桢率领淮军精锐巡视台湾生番。为了巩固台湾军事防卫，沈葆桢从汇丰银行借款200万两白银，汇丰银行当时提出了一个还款条件：借银还金。国际银价以英镑兑换比率，从1872年的79.75便士下跌到1902年的31.2便士，30年间跌落了60.9%，每年跌幅超过3.4%。台湾防卫贷款如果按照白银结算，汇丰银行将亏损6.8万两白银。

早在《辛丑条约》谈判之初，列强们就提出要以黄金结算。黄金结算让李鸿章如芒在背，为了避免赔款带来的汇率损失，李鸿章就"还金还银"反复跟列强进行谈判。一开始联军统帅瓦德西态度强硬，拒绝了李鸿章提出的还银条件。李鸿章威胁，如果不接受还银条件，列强可能一两银子都拿不到。于是，列强在《辛丑条约》上签了字，但随后白银的暴跌导致列强们迅速变脸，又要求用黄金结算。

李鸿章在签约时气得口吐鲜血，割地、驻军让清政府沦落成像朝鲜、越南那样的藩属国。列强对结算币种反悔后，4.5亿两战争赔款的汇率损失成为压垮政府财政的最后一根稻草，两成五的财政收入白白地损失了。光绪皇帝相当清楚，支付《辛丑条约》的赔款需要帝国进行大量的国际贷款，清政府还将遭遇上千万两的汇率损失，再加上铁厂、电报、铁路诸多工商业贷款，中国的汇率损失将超过三千万两。

清政府执政精英现在最苦恼的不是汇率损失，而是本国混乱的货币体系。英国首席谈判代表马凯的一句话，击中了清政府执政集团的痛处，他说中国的货币体系实在太混乱了。早在咸丰皇帝期间，户部曾推动过货币改革，发行过钱钞和银票两种纸币，但一度被寄予厚望的钱钞和银票将中国拖入了通货膨胀的泥潭，传统的制钱体制濒临崩溃。1883年的金融危机又冲垮了传统的钱庄票号，实体经济也卷入了金融危机之中，整个货币体系崩溃了。

帝国官员开始疯狂地玩造钱游戏

早在1887年，北京方面就下令沿海各省使用新式机械来铸造优质钱币，重塑制钱的价值，平衡金融与实业的发展。为了回收旧式制钱，政府允许商民在缴纳商业税与盐税时可以搭用制钱，并要求地方政府收回旧式制钱运送到京师集中处理。[18] 货币铸造权下放到地方后，地方官开始大规模发行制钱，收支不平衡的问题很快暴露出来，中央预期的调控目标落空。

时任两广总督的张之洞看准了机会，认为中央既然将制钱铸造权下放地方，那么地方一样可以申请铸造银元来对抗市面上的西洋银元。1887年2月，张之洞给北京方面提交了一份报告，报告中批评外国银元搅乱了中国货币体系。张之洞指出，外国银元不仅在广东，在其他地方也有流通，不少外国货币已经"霉黑破碎不可辨识"，可"民间争相行用"，导致"利归外洋，漏卮无底"。张之洞认为，国家"铸币便民，乃国家自有之权利"[19]。

张之洞将货币推向了商业民族主义的高度，他建议中国通过新式机械自铸银元来驱逐外国银元。在维护中国主权货币地位的同时，自铸银元还可以填补铸造制钱所产生的损失。张之洞向北京方面推销自己铸造的样品，"刻镂精工，成色有准，较之东洋银钱有过无不及"。

张之洞对广东铸造的银元样品相当有信心，"商民既肯用洋铸之银钱，岂有转不愿用中国自铸银元之理"？当时，市面上的外国银元已经遍布全国，一旦中央下令禁绝外国银元，很容易引起国际外交纠纷。张之洞建议"不禁外国之洋钱，又不强其必用官铸之银钱，于市面、民情两无纷扰"。

张之洞的报告令清政府执政精英们振奋。没错，商民宁愿用发霉的外国银元，也不用中国的制钱，可见银元已经取代了制钱在民间的流通地位。北京方面很快批准了张之洞在广东试点的报告。1890年，两广政府第一次发行了地方铸造的银元。[20]

张之洞调任湖广总督后，将铸造银元的设备引至湖北。1893年，因为广东试点的成功，张之洞很快取得了湖北自铸银元的行政许可。很快，直隶、闽浙、两江、陕甘等地督抚们也发现，银元铸造能产生巨大利益，于是他们也纷纷向北京提出了地方铸造的申请。到了1899年，奉天、吉林、直隶、江苏、福建、安徽、新疆、湖南、浙江等地的地方政府纷纷发行了自铸银元。

失去了中央的统一规制，这些地方银元迅速成为各地督抚们的敛财工具。1898年，直隶发行的面额一元的大银元重0.7289两，两年后吉林铸造的一元大银元只有0.6988两重。督抚们会在银元的重量方面做文章，同样会在纯度方面做手脚。张之洞在湖北试点时，大银元的纯度为0.904，可是奉天发行的大银元纯度下降到0.845。

地方督抚们很快又发现了铸造利益率的玄机，大银元的铸造利益率差不多2%，而纯度为0.82的二角小银元铸造利益率高达10%以上，于是各地督抚们不顾当地市场的货币需求，大量发行小银元。各地发行的银元在省内流通相对稳定，一旦流出省外就迅速贬值，这导致商民们对地方政府铸造的银元信任度极低，宁愿用霉烂的外国银元也不用地方政府铸造的银元。

清政府执政精英们觉察到地方督抚们的铸造银元大赛，并发现在所有的地方银元中，只有广东跟湖北铸造的银元质量上乘。北京方面于1899年6月下令，除湖北、广东以外，其他所有地方造币厂停止自铸银元。[21]北京方面此举意图相当明确，要通过湖北和广东两个造币厂来统一银元。

第一个站出来反对的是时任直隶总督的裕禄。北京禁令下发不到一个月，裕禄就向北京提交申请报告，希望朝廷允许直隶继续在天津造币局自铸银元。

裕禄申请自铸银元的报告送到北京后，消息很快传到了两江，两江总督刘坤一立即给北京呈递了同样的申请报告。吉林、闽浙各地督抚也纷纷上奏，希望朝廷批准各自管辖的地方也能自铸银元。[22]1898年昭信股票为地方督抚敛财提供了机会，可惜昭信股票后来被光绪皇帝叫停了。如果这一次的自铸银元再度叫停，经历了戊戌变法创痛的清政府执政集团担心强大的地方势力会反扑生变，于是1899年6月的禁令很快成了一纸空文。

地方督抚们为了各自的利益，根本没将中央货币改革的整体利益当一回事。滥发银元导致整个货币体系紊乱，老百姓又开始广泛使用制钱。八国联军进京之前，制钱铸造不振导致出现了"银贱钱贵"的局面。到了1902年2月，北京不得不再次下令沿海各省铸造铜元。

银元信用的降低推高了铜元的市场价值。各地督抚们发现，银元的铸造利益率越来越低，甚至会亏本，相反铜元的发行流通价值却高于法定价，铸造铜元的利益率最高可达50%。各地督抚们下令铸币局的机器开足马力，二十四小时不停地铸造铜元。市面上可供铸铜元的红铜越来越紧张，大量的锡、铅加入到铜元之中，劣质的铜元货币跟银元货币充斥着市场，通货膨胀的苗头出现了。

清政府执政精英们对此已经束手无策了。南方的督抚们可以在皇帝、太后出逃紫禁城时搞互保同盟，甚至将北京的诏令视为伪诏，并拒不奉诏。现在国家推行新政，各地督抚们为了巩固自己在地方的利益，充分利用国家货币改革的机会敛财。《马关条约》之后，汇率损失让中央财政破产了，可是地方督抚们毫不顾及中央利益。货币问题已经威胁到改革的成功，清政府执政集团必须想出一个万全之策，确保中央对货币的控制。

"金本位"币改，马笼头给牛戴？

英国首席谈判代表马凯提议，中国应统一货币。随后，总税务司赫德向北京方面提交了一份报告。他在报告中提出，可以先从海关税进行金本位试点改革，具体的措施就是，实行"关税收金"的政策。赫德的改革意图是，借助外力，直接将金本位制度引入内地，这样可以规避贸易汇率损失，丰盈贸易财政收入，同时通过时间换空间的方式，缓冲朝廷跟地方在铸币权方面的争夺。

在朝廷高层讨论赫德方案期间，各国的驻华公使们给外交部发来照会，强烈抗议中国实行"关税收金"制度。[23]清政府执政精英们已经被八国联军吓破了胆，一看见各国公使的抗议，立即宣布不再讨论"关税收金"制度。赫德很快又提出了另一套方案：金本位制度。清政府执政精英们对金本位很是陌生，正在这个时候，墨西哥驻华公使找到了大清帝国外交部。

墨西哥遭遇了和大清帝国一样的麻烦。和大清帝国一样，墨西哥当时也是银币使用大国，而且还大量出口白银，可是出口的白银每两仅值五六十美分，银价的持续下跌会拖垮墨西哥的财政跟经济。于是墨西哥驻华公使向北京方面提出，随着工业技术的发展，白银开采量越来越大，价格下跌成为必然趋势，现在西方国家都推行了金本位制度，如果固守银本位制度，大量的财富将通过贸易等途径流向金本位制度国家。

墨西哥驻华公使提议，中国政府可以与墨西哥政府联合，邀请美国政府帮助本国实行货币改革。美国是新生的独立国家，没有经历过封建专制阶段，国内独立战争的军费都是通过资本运作的方式筹集，美国对资本有着天然的敏感性。于是，1903年1月，外交部电令驻美代办沈桐与墨西哥政府代表一起，向美国政府递交了照会和备忘录，请美国政府为两国的货币改革提供协助。[24]

时任美国总统的罗斯福立即下令组成国际汇兑委员会。1903年6月，美国开始照会欧洲各国。美国在外交照会中提出，以后各国在殖民地导入金本位制的过程中，应该相互照会，步调一致，以保证国际市场银价的稳定。《辛丑条约》中4.5亿两白银的赔款事关各国利益，如果中国汇率损失太大，最终可能会出现烂账。为了保障各国的利益，在中国应立即实行以导入金本位制为内容的币制改革。

沈桐在跟美国政府交涉的过程中发现，北京单方面请求美国帮助维持白银价格的问题并不是那么简单，而跟中国的货币体制有着密切的关系。沈桐一次又一次地向北京报告欧美各国对中国货币改革的意见，他在报告中还提到，各国将中国的货币改革事项专门提交本国议院讨论。清政府执政集团为了将货币大权收归中央，邀请美国代表赴京详细筹划货币改革方略。

收到北京和墨西哥方面的邀请后，罗斯福总统立即下令国际汇兑委员会选派总统特使赴中国和墨西哥进行调查。很快，以高兰（C. Connant）、汉纳（H. Hanna）、精琪三人为首的美国专使团前往这两国进行调查。精琪作为总统特使，被派遣到北京。

在乾清宫，光绪皇帝接见了精琪。

精琪第一次亲眼见到以前在报章上才能见到的皇帝。宽大的龙袍、瘦弱的身体、苍白的面色、空洞的双目，光绪皇帝俨然没有欧洲皇帝的威严。光绪皇帝看上去很焦急，说了很多话，可是精琪一句都听不懂。通过翻译，精琪终于明白，光绪皇帝希望精琪能拿出一个可以维护白银价格稳定的货币改革方案。

经过一番鸡同鸭讲的对话，光绪皇帝终于弄明白，金本位制的改革势在必行。经过庙堂上的一番讨价还价，美国总统特使给大清皇帝抛出了一整套改革方案：立即导入金汇兑本位制；聘用外国人担任司泉官，并由欧美各国"监督"币制运营；来维持新币金平价所需的金储备的筹备办法和运行方式等。[25]

精琪提出的改革方案很快就以《中国新圜法觉书》向全国进行了通报。清政府执政集团担心改革方案在地方难以推行，从银元到铜元改革，地方督抚们抓住铸币权，将货币改革当成了唐僧肉。这一次，精琪的方案将地方督抚们手上的铸币权收归中央，这无异于断了地方督抚们的财路。

从昭信股票开始，光绪皇帝已经对地方督抚们失去了信心。到八国联军进京，督抚们私下结盟互保，旁观皇帝、太后落荒而逃。有了铸币权后，地方督抚们又利用手中的铸币机不断地给自己捞好处，巩固自己在地方的势力。现在，政府再度推行改革，如果没有财政中央集权化，改革的主导权就会被地方架空，所以统一货币的改革已经到了不得不改的地步，光绪皇帝决定派精琪以美国总统特使的身份进行全国调研。

精琪调研的第一站是上海。

《辛丑条约》签订之后，各国陆续与中国展开了更为详细的通商谈判，经历几十轮的谈判无果，北京方面不得不起用正在守制的盛宣怀，任命盛宣怀为中方谈判代表。金本位制度关系到赔款，自然成为了通商谈判的重点。要想实现自己的改革方案，精琪第一个需要说服的人就是盛宣怀，否则改革必将失败。

盛宣怀在上海跟精琪进行了深入交流。他现在关心的一个重要的问题是，中国如果推行金本位制度，黄金储备从何而来？

借外债。没办法，留给中国的只有借外债这一条路。盛宣怀一直跟国际银行家们谈判贷款问题，对国际通行的金本位制早已了然于胸。现在，北京方面将货币大权收归中央，意在限制地方督抚的过度膨胀。如果中央为了推行金本位制进行国际贷款，巨额的贷款谁来偿还？

这是一个可笑的问题，但在清政府执政精英看来是一个现实的问题。

朝廷强收改革大权，督抚违命架空商部

慈禧太后回銮后收到一份报告："各省事权寄在疆吏，朝廷以情形不同，每有政令辄付督抚，或务名而不复实，或谋始而不图终。"报告出自清政府执政集团一位少壮派之手，清政府执政精英们已经对地方督抚权力过大、政府管理收效甚微的局面表现出极大的担忧，"中国不欲振商务则已耳，苟欲振兴商务，必得一脉贯通，中无阻隔"[26]，清政府执政集团的少壮派们希望将工商改革大权收归中央。

1903年9月7日，大清帝国商部成立，庆亲王奕劻之子、御前大臣载振出任商部尚书，状元黄思永、张謇出任商部高级顾问。商部的管辖事务涉及农务、工艺、商务、铁路、矿务、税务、货币银行等多个方面。外务部一直分管商务，可惜权力虚化，实权皆在地方督抚之手，载振掌管商部总算是替其父奕劻重拾改革大权。

商部这两位顾问给慈禧太后提交了一份报告并指出，现在工商业均由地方督抚们掌管，资源、资本的浪费情况相当严重，督抚们为了垄断地方利益，经常会排斥中央政策，这导致中央改革难以落到实处。商部顾问建议商部在各地设立商局，由商部垂直领导，这样一来既提高了商部的管理效率，又能有效地进行资源配置，加快商业的发展。

慈禧太后立即批准了顾问们的报告，下令裁撤路矿总公司，把所有路矿事务统归商部管理。由汉阳铁厂、卢汉铁路及相关企业组成的庞大的工业集团是张之洞柄权的重要筹码，自然成为清政府执政集团少壮派改革的重点。路矿大权只是清政府少壮派集权化的一个开始，商部在各地设立商局的真正目的是，要将地方督抚们的政绩工程主导权收走，地方督抚们将再度成为清政府执政集团管理地方事务的家奴角色。

盛宣怀成为商部改革的第一个受害者，他头上唯一保留的铁路监督一职自然成了空头衔。盛宣怀对商部的改革不以为然，在他的眼中，黄思永和张謇都不成气候。之前，黄思永推动发行昭信股票，最后却成了戊戌变法失败的诱因，直接

导致了地方督抚跟皇帝的分裂。张謇就更不值得一提，此人一度希望能跟盛宣怀合作，未曾想身无分文，流落到在上海卖字才得以回家的地步。盛宣怀开始不断地跟张之洞、刘坤一沟通，嘲讽商部的新计划就是一个笑话。

清政府执政集团少壮派为了控制地方改革之权，决定向上海、汉口商务局派出管理人员。上海是两江总督刘坤一的辖区，是帝国最大的商业城市。汉口是湖广总督张之洞的辖区，是帝国最大的工业基地。刘坤一、张之洞见状，决定联手反击北京行动。经过一番讨价还价，载振最后提出了一个折中方案，商务局总办由督抚选派，再由商部批准任命，商部吸收商务局总办为商部议员。[27]

两江跟湖广总督的示范效应犹如病毒一般传播开来，地方督抚们敏锐地意识到，控制商务局可以增强自己的实力与地位，于是他们仿效两江与湖广的做法，对北京派出的官员拒绝接纳。商务局无论督办、总办、会办，还是提调、委员，督抚们都牢牢地抓在自己手中。名为"选派通达时务，熟识商情人员"充任，事实上，地方督抚们都以候补道、府作为驻局总办。

地方商务局的创办和用人权全部被督抚们控制，商部完全被架空。少壮派们发现，"局为官设，仍用候补人员，不用商董"，"官与商视如秦越，商情甘苦终难上达"[28]，更为要命的是，地方督抚们选派入商局的官员还成了商部议员，可以参与重大的商务改革决策、监督，这些人成了地方督抚安插在决策层的钉子，地方督抚通过他们能够在第一时间掌握北京方面的一举一动。

两广总督岑春煊就是一个典型的督抚刺儿头。当时，东南亚巨富张煜南筹备广厦铁路，岑春煊就以张煜南没与地方官及督抚商办为由，要张煜南将筑路方案交予地方会商核夺。岑春煊当时出任两广总督才几个月，需要巩固自己在地方的权力，所以经常通过文件往来的方式冷处理北京派到两广的商务官员。

袁世凯更是第一个跳出来，拒绝交出路矿权。当时，商部发文要求各条铁路的分管大臣们将各条铁路上的工作人员履历进行登记造册，写下切实的考评送抵商部，对自行筹办的铁路，由商部核查，对官办铁路则"密派干员分途查查"。袁世凯拒绝商部派出官员担任铁路领导，甚至弹劾商部"侵越权限"，对商部派来核查的商部官员"只准专司稽查，不得干预路权"[29]。

商部的改革一开始就被地方督抚们架空了，商部将资源、资本收归中央的配置计划也同样落空。各地海关税赋也被督抚们以各种理由截留，中央财政的赤字一年比一年糟糕。盛宣怀的问题一下击中了清政府执政精英的软肋，没有黄金储备的金本位改革就是一句空话。盛宣怀在跟精琪会谈的时候坚持一条原则，中国货币改革绝不允许"外人干预"。[30]

币改引发的反扑，帝国官员成了造币狂人

精琪还到汉口、广州、天津、厦门、芝罘等地进行了调研，拜访了10位总督、巡抚及12个省的地方官，在跟地方督抚们交换意见的过程中，精琪发现，官员们都强烈反对外国人参与中国的币制运营。其实早在1903年夏天，驻法公使孙宝琦就批评国际汇兑委员会无视中国主权，欧美各国议会商讨中国货币改革是干涉中国内政。[31]

在主权问题方面，精琪的改革方案无疑刺激了传统官僚的神经，张之洞是反对最强烈的总督。他在给北京提交的报告中言辞激烈，抨击精琪借币制改革之机，将有关资料向各国公开，这是列强欲将中国作为共同贸易市场、掌握中国财权的阴谋。

精琪回到北京后，向清政府执政集团解释，币制改革的方案是应中国政府之邀做出来的，外籍专业人士是美国总统派来协助中国币制改革的，不是出于对中国主权的蔑视。针对最早方案中有列强监督、干涉货币运行的内容，户部、商部等多个部委的高级官员成立了汇兑中国委员会，从6月20日到8月24日，精琪同中国委员会进行了20多次会谈。[32]

经过两个月的会谈，精琪成功说服了清政府执政精英们。

1904年8月24日，精琪与户部尚书赵尔巽进行了最后的会谈。"因办新圜法，非有专门之人不可，绝非有意夺中国主权。"精琪再度声明，自己只是协助北京推动货币改革。赵尔巽也肯定了精琪在人事安排上的正当性："中国如办新圜法，必须聘用专门外国人，聘用专门洋人，立定权限，绝不侵中国主权。"赵尔巽的肯定代表了朝廷的意思。

清政府执政集团之所以肯定精琪的方案，是因为与银本位制相比，金本位制能多出15%以上的铸造利益率，精琪认定，"在当前的财政状态下政府怎能无视这笔收益呢？"地方督抚们铸造的各种货币并不会立即被禁止流通，跟金银等价的新币不过是另一个"新种类的银两"，不需要担忧会因此带来混乱。更何况选择银本位制，新的货币会跟随国际银价变动而不稳定。

　　精琪提出的黄金储备方案是通过外债解决。精琪建议中国将关税收入、烟酒专卖利权、矿山利权、铁路进行抵押，同时中央财政加收地丁钱粮，以及新设各种租税。很显然，精琪不了解中国国情，矿山、铁路的主导权都在地方督抚，商业税在围剿太平军时已经落入地方督抚之手，新征收的租税是为了实现中央统一货币，地方督抚们岂能拱手将地方利益送给中央，让中央拿着租税再来剥夺地方的铸币利益？

　　1904年8月25日，精琪离开北京回美国，军机大臣、外务部尚书奕劻在最后一刻都没有给精琪一个明确的答案。[33] 精琪回到华盛顿时收到了奕劻的来信，奕劻在信中对精琪的改革方案表示了充分肯定，甚至表示中国政府有必要采用精琪的方案。可主权问题成了地方督抚拒绝精琪方案的最好借口，尽管北京方面在货币改革方案中严格规定了聘用的外籍专家不能越权，但督抚们还是站到了张之洞一边。所以，奕劻在给精琪的信中也不得不对整体方案持保留意见。[34]

　　清政府执政集团何尝不想立即推动货币改革呢？当时，整个政府因为汇率损失而面临巨大的财政危机。无论是赔款还是国际贷款，由于国际白银价格的剧烈波动，导致中央不能准确地测算财政收入与支出，财政预算制度无法建立。没有财政预算制，北京方面推动的一切改革都是水瓢上的油彩画。

　　北京方面并没有因为地方督抚们的反对而彻底放弃精琪的改革方案。1905年，商部侍郎顾肇新给慈禧太后提交了一份报告，讲了一大堆"楚材晋用"、日本明治政府聘用外国人的故事，希望中央高层能够力排众议，广纳天下贤士。顾肇新在报告中提出，"上年美遣精琪来京，条陈财政，所著论说，不无可采"。

　　顾肇新的报告立即引起了地方督抚们的强烈报复，全国846台铸币机开足马力，疯狂铸造铜元16.431亿枚。铜元兑银元汇率，从6月间的1银元兑换96枚，跌到了年底的107枚，这意味着铜元的面值贬值了10%左右。可是地方督抚们依然可以收获50%的铸造利益率。

　　地方督抚们的报复行为将大清推向了通货膨胀的深渊，中国的货币体系完全瓦解。外国商人看不懂中国的货币政策，他们在上海召开专题商业会议，在会议上惊呼："中国人要举其所食五谷，倾其所穿衣物，尽其所居房舍乃至所生子女，都拿来换铜以赶制货币吗？"铜元的贬值进一步导致民众对政府失去信心，币制改革成了政府敛财的借口，中央跟地方的矛盾进一步尖锐化。

　　1906年，宪政考察大臣端方、戴鸿慈率领33人考察团抵达美国，总统特使精琪全程陪同考察团。在考察美国期间，端方、戴鸿慈二人向北京方面提交了一份报告，建议聘请精琪为财政顾问。两位的报告很快泄露出去，外界一片哗然。北京方面不得不通过舆论向公众解释，精琪跟端方他们的会谈只是外交礼仪，"并无有揽中国财政之意"。

爱新觉罗家族发起的政治改革

中国第一部商业法律：《公司律》

美国记者托马斯·F. 米拉德坐到了袁世凯的面前。

现在的袁世凯完全继承了李鸿章的政治遗产，北洋集团进入了袁世凯时代，改革成为袁世凯摆脱直隶总督盲肠宿命的唯一选择。美国总统特使精琪重返中国的计划流产后，慈禧太后推行的改革到底是成是败成为国际舆论的焦点。身为汉族武装集团新兴政治领袖的袁世凯，自然成为外界关注的焦点，托马斯试图从他身上找到中国改革的答案。

托马斯很直接地问袁世凯："清国目前最需要改革的是什么？"

在托马斯眼中，袁世凯是个很有趣、素质很全面的官僚精英。袁世凯毫不避讳地谈论起改革话题，他对托马斯侃侃而谈："我们的财政制度、货币流通体系以及法律结构。只有做好了这些事，大清国才能恢复完整的主权。而且，也只有等她彻底恢复了主权，才能真正理顺国家正常的经济和政治生活。这三项改革中的任何一项都与其他两项有着密不可分的依赖关系。"[35]

精琪出任大清帝国财政顾问是一个敏感问题。托马斯接过袁世凯的话很隐晦地问，在三项改革中，大清帝国有没有可能像日本改革那样，引进国际顾问以求援助？以张之洞、岑春煊为首的南方督抚反对精琪之声言犹在耳，袁世凯岂能正面回答托马斯的敏感问题。袁世凯在回答中只是强调大清国还有很多东西要向西方学习，感谢任何善意的建议和忠告。

以袁世凯为首的地方督抚们相当清楚改革的目标，可是货币改革触动了地方政府的利益，所以他们坚决反对。慈禧太后试图通过完善法律来规范行政管理，将改革纳入一个整体的法制框架范围内。她下令商部召集律法精英，制定商业法律。1904年，在大律师伍廷芳等人的共同努力下，《公司律》正式颁布实施，这是中国有史以来第一部针对工商业制定的国家大法。

法制是经济改革的基石。《公司律》颁布之前，工商企业都是无限责任制，企业一旦出现危机，企业主轻则被抄没家产，重则被流放边关。如果遇到外贸纠纷，事关外交政治，国家会出面赔偿。《公司律》出台后，公司既可注册无限公司，也可以注册有限公司，股东对有限公司的债务清偿仅以出资额或认股额为限，一改过去公司亏了就抄家的恐怖做法。

《公司律》规定，公司必须进行正规化运作，改组成立董事会，公司一切大小事务都需要经过董事会表决通过才能实施。《公司律》特别强调股权权益的保障问题，股东有权查阅公司账目，尤其规定公司创办人不得隐匿非分利益，"以欺众股东"，如果查出，必须"追缴所得原数"，另外还得受罚。[36]

清政府执政精英们可谓煞费苦心。

以李鸿章为首的汉族武装集团在推动经济改革之初，商人们对政府毫无信任度可言，为了"维持保护"商人利益，李鸿章提出了"官督商办"的改革路线，商人经营企业，政府派官员监督，在遭遇国际竞争时，政府可以出面保护中国商人的利益。经过轮船招商局、津沪电报局等公司的试验，中央政府认可了"官督商办"这一改革路线。这一改革路线也逐渐演变成地方督抚们插手辖区企业的合法理由。

虽然北京方面试图通过商部来收归经济改革之权，可由商部垂直领导的地方商务局的实权却又很快落入督抚之手。在"官督商办"的改革路线下，商务局那些候补的官员们成为了各地公司命运的决定者。《公司律》的实施，终结了"官督商办"的改革路线。官派督办、总办、会办们的大权将交给商人，各地商务局的权力被关进了法制的笼子里，同时地方督抚们的权力将得到约束。

清政府执政集团之所以要通过法律来约束督抚的权力，目的就是为财政制度跟货币制度的改革铺路。《公司律》颁布后，1904年3月14日，奕劻立即向慈禧太后提交了一份试办中央银行、推行货币改革的报告："现当整齐币制之际，亟赖设有银行，为推行枢纽。臣等再四筹商，现拟先由户部设法筹集股本，采取各国银行章程，斟酌损益，迅即试办银行，以为财币流转总汇之所。"[37]

筹建第一家中央银行：户部银行

奕劻的报告意图很明显，要想推动精琪提出的货币改革方案，一定要有中央银行进行配合。很快，户部尚书鹿传霖接到慈禧太后的谕令：筹建中央银行。

鹿传霖，直隶保定人，同治元年进士，1900年出任江苏巡抚。慈禧太后宣布向列国开战后，鹿传霖加入盛宣怀主导的东南互保联盟。八国联军攻占北京后，鹿传霖招募三营兵马北上救驾，从山西开始，一路护送慈禧太后和光绪皇帝到西安。慈禧太后感念鹿传霖的救驾之功，擢升其为两广总督，旋升军机大臣。1901年回京后，鹿传霖出任户部尚书兼督办政务大臣。

经过户部、财政处等多个中央部委的讨论，户部决定将中央银行命名为户部银行，并很快就拟订了设置和管理银行的章程三十二条，将户部银行的职能定位为国家金融管理，为大清帝国的货币发行进行宏观调控，并且将统一发行银两、银元兑换券证。[38] 按照鹿传霖制订的计划，户部银行总股本四百万两，户部划拨二百万两国有资本，招募二百万商股。

户部很快就派出官员到山西推销户部银行股票，鼓动山西的票号购买户部银行股票。山西票号的老板们对户部银行的股票没有一点儿兴趣。慈禧太后与光绪皇帝西逃时，从山西票号拆借了大笔银子，至今未还，政府的信用在山西已经完全丧失。在北京官员到山西之前，袁世凯就已经到山西来推销过天津官银号。当时，山西的票号老板也拒绝购买天津官银号股票。

北京官员在山西招股失败，鹿传霖决定以军机大臣、督办政务大臣、户部尚书的三重身份，召集四十八家山西票号北京分号的经理进行路演，各家分号的老板掌柜都参加了户部尚书的路演推销会议。[39] 会议一开始气氛很冷清，鹿传霖晓之以理、动之以情地给掌柜们描绘了户部银行发展的美好蓝图。鹿传霖的演讲感动了北京分号的掌柜们，这些经理人满口答应，均表示会购买户部银行的股票。

山西的票号垄断着帝国北部的金融系统，在帝国南部也有着举足轻重的地位，北京方面对山西招股相当重视。1904年3月19日和20日，《南洋官报》连续两天刊发《劝设山西银行说帖》，此文提到，"银行为各国财政之命脉"，"中国富商久不能见信于天下，只有山西人声名尚好"，"晋省富商从速变计，早立一日之新基，则早辟数年之大业"，"倘能借重办一大银行以保利权"，"则晋民幸甚，天下幸甚"[40]。

鹿传霖看重山西钱庄票号的信誉，"以山西两字为银行招牌以昭信实"。他希望通过山西票号的资本，招徕更多的民间资本。没过几天，户部就陆陆续续接到山西票号大老板的回复。让鹿传霖部长生气的是，这些票号的老板们还是一个子不愿掏，理由很简单，户部银行是朝廷控股管理国家金融的机构，票号持有的股份也只能是陪太子读书。

根据光绪皇帝批准的《试办户部银行则例》的规定：户部银行的组织构架仿英格兰银行的三权分立制，设总办、副总办各一人，由户部选派；设理事四人、监事三人，由股东公举，监事监察本行一切事务。[41] 山西票号的老板很担心，户部选派官员是为了把持银行，股东选举的理事、监事只是个摆设。《试办户部银行则例》还特别强调，户部银行归国家保护。山西的老板们担心，国家借口保护，实则将商人的利益生吞活剥。

山西票号的老板们在拒绝认购户部银行股票的同时，还给北京分号的掌柜、经理们下令，严禁任何人到户部银行工作。鹿传霖将户部银行招股的工作简报上呈给慈禧太后，慈禧太后深为震惊，由堂堂督办政务大臣、军机大臣、户部尚书鹿传霖向那些土财主推销股票，他们居然都敢阳奉阴违不买朝廷的账。殊不知，皇上、太后西逃，清政府执政集团的权威已经丧失殆尽，信誉早已破产，商民对政府已经完全失去信心。

发展才是硬道理。

钱从何来？现在，国家需要的是资本，以前那种学而优则仕的儒家思想已经不能治理万里江山了。商部尚书载振给慈禧太后提出一份相当沮丧的报告："商情观望已久，倘无以鼓舞而振兴之，决难冀其踊跃从事。"[42] 在地方官员疯狂铸铜元并导致通货膨胀的情况下，留给清政府执政集团的唯一选择是：吸纳民间资本。载振提议，为了推动改革全面进行，大清帝国完全可以商而优则仕。

"恐龙家族"卖官鬻爵，拉拢商人

卖官鬻爵是任何一个执政者都相当忌讳的弊政。商部首席顾问黄思永当年蛊惑光绪皇帝发行昭信股票，最后演变成了变相的卖官鬻爵。如今载振的商而优则仕就是明目张胆的卖官鬻爵。爱新觉罗家族已经是一个拥有四万皇亲国戚的恐龙家族[43]，是帝国最大的利益集团，官职是清政府执政集团治理国家事务，维系恐龙家族利益最有效的管理工具。

改革是一场利益重组。身为执政者，爱新觉罗家族自然希望改革可以巩固、扩大当前的利益。但是，一旦放开卖官鬻爵的口子，官僚精英就会成为资本的奴隶。那些为官职付出了大把银子的商人一旦混入国家公务员队伍，就会戴着红顶子，在改革的旗帜下，四处圈占优质资源，变本加厉地将买官花掉的银子给赚回来。

载振提醒慈禧太后，地方官僚利益集团垄断了改革资源，商部成为了地方督抚垄断资源的道具，中央只有约束地方督抚的权力才能全面推动改革。因此，载振抛出了一个约束地方督抚权力的方案：赏商人乌纱。

地方督抚们派出大量的候补道台、知县控制着地方商务局，他们牢牢地掌握着商人的命运。在载振看来，过去商人都喜欢捐虚衔，无非就是死要面子。既然他们在乎面子，就可以给足他们面子，只要掏钱购买国家发行的股票，加大在工商业方面的投资，就可以赏赐给他们没有实权的官爵。载振的目的非常明确，乌纱可以将商人从地方督抚手中拉到中央的阵营中。

张煜南就是一个典型，他曾经是东南亚的大商人，北京方面任命他为驻槟榔屿副领事。1903年张煜南回国，慈禧太后亲自接见，赏赐他二品顶戴。有了官职，张煜南就跟两广总督岑春煊死磕广厦铁路，尽管岑春煊想尽办法阻挠，张煜南后来还是动员张氏家族力量，将广厦铁路修建完成。张煜南成为商人效忠北京方面的一个成功典型。载振有理由相信，以官爵为饵可刺激投资。

为了控制管理获得官爵的商人，慈禧太后督令商部出台了《奖励华商公司章程》，这是中国千百年来第一部政府通过法律的形式向商人派发官帽的律例。《奖励华商公司章程》规定：官商绅民投资兴办公司，凡能集股50万元以上者，按集股数额多寡，给予不同奖赏，包括奖以议员或商部头等顾问官等职衔，加以七品至头品顶戴，集股5000万以上者，奖商部头等顾问官，加头品顶戴，赐双龙金牌，子孙世袭商部四等顾问官。[44]

《奖励华商公司章程》的出台，体现了清政府执政精英们内心的惶恐与焦灼。地方督抚们已经架空了中央政权，商民只知督抚不知皇上。由于地域资源、官僚能力的差异，导致各地区的发展失衡，这种失衡犹如火药筒，随时可能爆发。现在，清政府执政集团需要加速削弱地方督抚们控制资源和利益的权力，将改革的主导权收归北京，有效地配置和管理国家资源，维护地区的稳定。同时，朝廷担心由官爵刺激的投资反过来会危害清政府执政集团的执政地位，所以又试图通过法律来约束商人的红顶子。

山西票号的老板们对红顶子兴趣不大，他们更乐意将金银铸造成元宝藏在密室里。鹿传霖对山西商人失望了，决定重返曾经任职的两江。江浙丝绸布商经历了1883年的金融危机，他们对现代金融的理解相当深刻。鹿传霖到两江后，向江浙丝绸布商进行了路演，商人们纷纷解囊认购户部银行股票，从此拉开了江浙财团一夺天下财富的大幕。

户部银行的成立体现了清政府执政集团推行货币改革的决心。可就在这个关键时刻，日本联合舰队对盘踞在旅顺口的俄国太平洋舰队发动突然袭击。[45]日本侵吞中国东北的"大陆政策"与俄国欲把东北变成"黄色俄罗斯"的野心发生激烈冲突。一场邪恶的战争在中华土地上涂炭生灵，中国的政界、商界却隔岸观火，并且泾渭分明地分成两派，专制保守派希望俄国胜，开明立宪派则希望日本胜。

"国之强弱，不是由于种，而是由于制。"立宪派站到日本一方，他们提出国家的强弱与皮肤的颜色毫无关系，关键在于制度，他们并不觉得战争方无耻，相反觉得国人会"悟世界政治之趋势，参军国之内情"。立宪派觉得"专制、立宪，中国之一大问题"。如果俄国胜利，政府一定会觉得，"中国所以贫弱者，非宪政之不立，乃专制之未工"。立宪派还通过舆论鼓噪，"日俄之战不可谓非中国之幸"[46]。

日俄战争还在如火如荼地进行，俄国的御前会议已经一片混乱。当时法俄结盟，驻法公使孙宝琦自然关注日俄战争的走势。沙俄的混乱在于专制导致本国革命暴动不断，执政集团"需要一场小小的胜利的战争，以便制止革命"[47]。日本能够在战争中取得主动权，跟日本的宪政改革关系重大。欧美国家之所以能够借助国际汇兑干涉中国货币主权，根源在于政府失去民心，朝廷已经难以保全国家主权。现在清政府执政集团无耻地一边宣布在日俄战争中保持中立，另一边却在不断地加强中央集权。

清政府执政精英们想破脑袋，要将地方之权收归中央，借口自然是新政。在孙宝琦看来，清政府执政精英们的中央集权如果没有约束，恐龙家族将成为全民公敌，国家将陷入动荡不安的灾难之中。精琪进京一个月后的1904年3月24日，孙宝琦联络了驻英公使张德彝、驻俄公使胡惟德、驻美公使梁诚等驻外公使联名电请朝廷宣布立宪。驻外公使们主张"仿英、德、日之制定立宪政体之国"[48]。

驻外公使犹如朝廷遍布世界之耳目，可他们并非手握实权的疆臣。联名致电北京后，孙宝琦还给张之洞密电，希望张之洞能够说服朝廷立宪，"先行宣布中外，以固民心，保全邦本"。当时，精琪正在中国各地调研，各地的督抚对列强插手中国货币主权相当不满，孙宝琦借机在给北京的电报中警告："外侮日逼，民心惊惧相倾，自铤而走险，危机一发，恐非宗社之福。"

在孙宝琦致电北京立宪的背后，还有一个庞大的政治集团。

清政府执政精英用红顶子收买商人，地方商务局的官僚们立即成了北京批评的对象，说他们阻碍商情上达，简直就是新政的绊脚石。在权力与利益的双重博弈中，地方督抚们自然也不会放弃对商人的拉拢，作为帝国"早期的改革者"[49]，商人代表的不仅仅是一种先进的生产资本，更是一种革新的文化与开放的精神，李鸿章主导改革期间，商人一直是淮军集团的座上宾。

太后宣布：废除科举，解除党禁

改革成为必然的趋势，改革的主动权跟主导权将决定未来的利益分配。孙宝琦身后的政治集团包括直隶总督袁世凯、湖广总督张之洞、军机大臣王文韶、侍读学士宝熙、庆亲王奕劻，以及盛宣怀。没错，这是一个新的政治联盟，手握枪杆子的北洋统帅、南洋领袖、清政府宗室精英、工商业改革领军者、皇帝近臣、军机枢要，他们是手握中央与地方权力以及资本的实权人物。

张之洞跟袁世凯一南一北，已经成为地方督抚中的领军人物；奕劻身为清政府宗室，在处理八国联军问题时得罪了庞大的保守派，他现在需要袁世凯的支持。宝熙是光绪皇帝的近臣，可在第一时间掌握内廷动向。胡雪岩、唐廷枢去世后，盛宣怀已经成为商业界当仁不让的顶级大佬。孙宝琦家女儿多，除了张之洞，还跟很多盟友结成了姻亲[50]，孙宝琦与袁世凯还是换帖把兄弟。

孙宝琦的联名电报震动了清政府执政集团，当一个执政者已经没有能力管理一个国家，并令这个国家动荡不安，甚至暴民四起时，那么执政者的合法性就会成为一个致命的问题。在改革没有希望的情况下，民众们只有通过武装暴动来反抗无能的政府。如今，为了减少暴动，执政者增强政权的合法性已经变得刻不容缓。1904年6月21日，慈禧太后70岁寿辰，她作出了一个前无古人的决定：解除党禁。

"除谋逆立会之康有为、梁启超、孙文三犯"外，"其余戊戌案内各员，均著宽其既往，予以自新。曾经革职者，俱著开复原衔；其通饬缉拿，并现在监禁及交地方管束者，著即一体开释"[51]。清政府执政精英们已经意识到，新政一定是要建立一种新的秩序，"一种新秩序的制度和象征应该允许各种意见的存在"，开放党禁是清政府执政集团增强执政合法性最有效的手段。

康、梁两位在戊戌变法期间密谋刺杀慈禧太后，自然成为清政府集团不可饶恕的敌人。孙中山则立志"驱逐鞑虏"，身为执政者，可容异议者，但绝不容忍像孙中山这样颠覆政权的敌人。清政府执政集团有限度地解除党禁，试图营造一个宽松的政治氛围，给新社会阶层参政的机会，以赢得民众对政权的支持。

党禁一开，让不少秘密组织、社团走向公开，单一的政治组织很快发展成多样化的功能团体。可是地方督抚们发现，科举依然是选拔国家管理人才的唯一通道，执政者垄断着官僚选拔机制，无论是政党还是社团的精英，都难以进入国家管理体系，党禁开放也只是一个摆设，地方督抚们还是难以向中央进行权力渗透。

1905年9月2日，直隶总督袁世凯会同盛京将军赵尔巽、湖广总督张之洞、两江总督周馥、两广总督岑春煊、湖南巡抚端方等联名给北京报告，以科举"阻碍学堂，妨误人才"，奏请立停科举，以广学堂。将军、督抚们警告清政府执政集团，"科举不停，学校不广，士心既莫能坚定，民智复无由大开，求其进化日新也难矣。"[52]

科举的废除意味着"政治系统与社会精英的传统联系已经割断"。而乡村精英的上升通道随着科举的废除也被斩断了，他们现在需要通过合法的途径寻求参政的机会。随着交通运输、商业和手工业的扩展，督抚们驻地城市开始迅速发展，新式学堂也集中在大城市或省城，乡村精英们开始大规模涌向城市。单向的精英流动导致出现了系列问题，其中最重要的问题就是他们在城市生存、发展的机会和空间。

督抚们给清政府执政集团出了一个难题。乡村精英进城，通过在新式学堂的学习跟交流，他们形成了各种学术和政治派别，这些派别相互学习、相互影响，最终走向联合，成为一股日益重要的政治力量。立宪或革命都会威胁到清政府执政集团的核心利益。北京方面的立宪运动一旦迟缓，精英们定会失望，进而走向激进反抗甚至武装革命的地步。在新学堂学习的精英们深入了解西方的意识形态，他们很容易创造出异端学说，并将异端学说发展成武装叛乱的思想武器。

地方督抚为立宪可谓煞费苦心。1905年6月，袁世凯联合周馥和张之洞电奏，请以12年为期实行立宪。周馥更为激进，当年7月单独奏请实行"立法、行法、执法"三权分立和地方自治的立宪政体。晋升为闽浙总督的端方进京面圣，更是当面提出实行立宪。岑春煊言辞激烈地说："欲图自强，必先变法；欲变法，必先改革政体。为今之计，惟有举行立宪，方可救亡。"[53]

慈禧太后一看地方督抚言辞激烈，便决定学习日本明治维新之法，派遣宪政考察团出洋考察政治。1905年9月24日，载泽、戴鸿慈、端方、徐世昌、绍英5位宪政考察大臣及随员一登上火车，立即遭遇革命党的炸弹恐怖袭击，载泽、绍英等多人被炸伤。此事一出，舆论哗然，"五大臣此次出洋考察政治，以为立宪准备，其关系于中国前途最重且大"，"暴徒丧心病狂"，"罪真不容诛哉"[54]！

炸弹恐怖事件大大地刺激了慈禧太后，她万万没有想到政府的权威已经衰落到如此地步，"慨然于办事之难，凄然泪下"[55]。一时间，京城谣言四起，王公贵胄的府邸都加强了武装警戒。直隶总督袁世凯敏锐地嗅到了政治机会，立即提议让还处于筹备阶段的巡警部提前成立，管理京师地方警察和统辖全国警政。袁世凯推荐把兄弟徐世昌出任部长级的尚书，心腹赵秉钧出任副部长级的侍郎。

立宪？放弃？

清政府执政集团意识到一个严重问题，铁路、电报推动了经济与社会的发展，同时也使新的社会阶层、民众之间的交往更加方便快捷，政党、社团走向联合，政治运动速度加快。如果不提高新阶层的政治参与度，就难以缓解执政集团面临的严重的权威危机；如果扩大新阶层的政治参与度，按照地方督抚们提出的地方自治来管理，又将削弱清政府执政集团的中央政治整合、地方控制、社会渗透的能力。

端方，一位注定要改变大清帝国历史的疆臣。在五大臣遭遇恐怖袭击后的第三天，端方给上海报界发去电报，强烈谴责革命党的恐怖行动："炸药爆发，奸徒反对宪政，意甚险恶！"端方对恐怖袭击这一行径非常气愤，"一身原无足惜，中国前途可虑耳"，端方在电报中代表政府慷慨陈词，认为因一颗炸弹就导致宪政考察大臣的考察活动迟缓，有损国家威严，"立宪不可缓也"[56]。

1905年12月7日，北京城寒风刺骨。袁世凯一声令下，京师戒严，满大街的巡警持枪巡逻，前门火车站更是三步一岗、五步一哨，闲杂人等都不能进入车站。第一路宪政考察大臣在家中完成祭祖仪式后，由持枪巡警护送上火车。12月19日，第一路考察团在上海吴淞口登上美国太平洋油船公司的"西伯利亚"号，当天下午两点，油轮驶向日本。[57]

▶▶ 注释：

[1] 朱镇华编著：《中国金融旧事》，中国国际广播出版社1991年版。

[2] 中国人民银行总行参事室编：《中国近代货币史资料》，中华书局1964年版。

[3] 日本外务省编撰：《日本外交文书》卷36，原书房出版社1955年版。

[4] 日本外务省编撰：《日本外交文书》卷36，原书房出版社1955年版。

[5] 朱镇华编著：《中国金融旧事》，中国国际广播出版社1991年版。

[6] [美] 辛普森：《庚子使馆被围记》，中华书局1917年版。

[7] [日] 渡边龙策：《川岛芳子》，江苏人民出版社1983年版。

[8] 中国人民银行上海分行金融研究室编：《中国的第一家银行》，中国社会科学出版社1982年版。

[9] 中国人民银行上海分行金融研究室编：《中国的第一家银行》，中国社会科学出版社1982年版。

[10] 陈旭麓等编：《盛宣怀档案资料选辑之四——汉冶萍公司》，上海人民出版社1981年版。

[11] 陈旭麓等编：《盛宣怀档案资料选辑之四——汉冶萍公司》，上海人民出版社1981年版。

[12] 日本外务省编撰：《日本外交文书》卷38，原书房出版社1955年版。

[13] （清）朱寿朋编：《光绪朝东华录》，中华书局1984年版。

[14] [美] 萨拉·康格：《北京信札——特别是关于慈禧太后和中国妇女》，南京出版社2006年版。

[15] 李德林：《暗战1840》，中华工商联合出版社有限责任公司2011年版。

[16] F. Anderson, *Memorandum on Chinese Currency*, North China Herald, 5 March 1903.

[17] Hang-lin Hsiao, *China's Foreign Trade Statistics 1864—1949*, Cambridge: Harvard University Press 1974.

[18] King, *Money and Monetary Policy in China*, 1845—1895.

[19] （清）张之洞，《张文襄公全集·奏议》卷19，中国书店出版社1990年版。

[20] 吴志辉、肖茂盛编：《广东货币三百年》，广东人民出版社1990年版。

[21] 《大清德宗景皇帝实录》卷443，华文书局1970年版。

[22] 《大清德宗景皇帝实录》卷443，华文书局1970年版。

[23] 王树槐：《庚子赔款》。

[24] "Notes of the Governments of China and Mexico to the United States", The Commission on International Exchange, Stability of International Exchange: Report on the Introduction of the Gold—Exchange Standard into China and Other Silver—Using Countries (Washington D. C. : Government Printing Office, 1903).

[25] 中国人民银行总行参事室编：《中国近代货币史资料》，中华书局1964年版。

[26] 何良栋：《皇朝经世文四编》，文海出版社1966年版。

[27] 《东方杂志》，1903年3月11日。

[28] （清）盛宣怀：《愚斋存稿》卷7，文海出版社1975年版。

[29] 《申报》，1903年10月16日。

[30] （清）盛宣怀：《愚斋存稿》卷64，文海出版社1975年版。

[31] （清）王彦威、王亮：《清季外交史料》，文海出版社1964年出版。

[32] 中国人民银行总行参事室编：《中国近代货币史资料》，中华书局1964年版。

[33] 《申报》，1904年8月28日。

[34] 《国闻报》，1910年5月19日。

[35] 《纽约时报》，1908年6月14日。

[36] 商务印书馆编译所编：《大清光绪新法令》第16册，商务印书馆1910年版。

[37] 周葆銮：《中华银行史》，商务印书馆1920年版。

[38] 周葆銮：《中华银行史》，商务印书馆1920年版。

[39] 李宏龄：《山西票商成败记》，山西人民出版社1989年版。

[40] 《南洋官报》，1904年3月19日、20日。

[41] 周葆銮：《中华银行史》，商务印书馆1920年版。

[42] 商务印书馆编译所编：《大清光绪新法令》第16册，商务印书馆1910年版。

[43] 《纽约时报》，1880年4月1日。

[44] 商务印书馆编译所编：《大清光绪新法令》第16册，商务印书馆1910年版。

[45] 辽宁省档案馆编：《日俄战争档案史料》，辽宁古籍出版社1995年版。

[46] 《中外日报》，1904年2月9日。

[47] 苏俄国家中央档案馆编：《日俄战争》，商务印书馆1976年版。

[48] （清）孙宝琦：《出使法国大臣孙上政务处书》，载《东方杂志》1904年第7期。

[49] ［美］柯文：《在传统与现代性之间——王韬与晚清革命》，江苏人民出版社1998年版。

[50] 宋路霞：《盛宣怀家族》，上海科学文献出版社2009年版。

[51] 中国第一历史档案馆编：《光绪宣统两朝上谕档》，广西师范大学出版社1996年版。

[52] （清）朱寿朋编：《光绪朝东华录》，中华书局1984年版。

[53] 侯宜杰：《二十世纪初中国政治改革风潮：清末立宪运动史》，人民出版社1993年版。

[54] 《时报》，1905年9月25日。

[55] 侯宜杰：《二十世纪初中国政治改革风潮：清末立宪运动史》，人民出版社1993年版。

[56] 《时报》，1905年9月29日。

[57] （清）戴鸿慈：《出使九国日记》，岳麓书社1986年版。

18

第十八章

丁未政潮

开平煤矿被盗案始末

1906年1月，直隶总督袁世凯收到一份来自伦敦的电报。

电报不是宪政考察团发来的，而是三品官张翼发来的。张翼站在伦敦高等法院的大门口，紧紧地攥住法院的判决书，热泪止不住地流。3年的国际官司，21次法庭审理，终于拿到了一纸可以回国交差的判决书。在冰冷的电报局，张翼给袁世凯发电报说："英堂不以卖约为据，即系作废明证。移交约未废，但系诈骗而成，亦不足为据。在英已无办法，坚请回华料理。"[1]

张翼，字燕谋，曾经是老醇亲王奕譞的侍从官，1892年10月出任开平煤矿的总办，后升任督办。在八国联军进入北京期间，张翼掌管的北洋最大的煤炭企业开平煤矿被英商骗占。

开平煤矿是淮军集团改革的重点企业，袁世凯承接了李鸿章的权杖，岂能让开平煤矿流入他人之手？袁世凯将张翼参奏革职后，又责令其收回开平煤矿的主权。1906年，张翼拿到的伦敦高等法院判决书，正是关于开平煤矿主权的最终判决。走在冰冷的伦敦大街上，张翼泪流满面，回想起了那一场不堪回首的国际诈骗。

督办不禁吓，洋人阴谋深

1897年，张翼通过德璀琳（Gustav von Detring），以天津、上海等地港口设备作抵押，向德华银行借款六十万两。德璀琳，英籍德国人，津海关税务司，曾做过李鸿章的洋幕僚，参与了中法、中日和谈。1899年，开平矿务局筹建秦皇岛码头，在德璀琳的穿针引线下，英国墨林公司以抵押开平矿务局全部资产为条件，为开平矿务局发行秦皇岛债券二十万镑。

墨林公司拿到开平煤矿的产业抵押后，迅速派美国矿师胡佛（Herbert Clark

Hoover）来华。按照墨林公司的要求，开平矿山聘请胡佛为张翼的"技术顾问"[2]。实际上，胡佛就是墨林公司安插在开平煤矿的间谍。

英国人一直图谋在中国建立远东的能源基地，在德璀琳的努力下，英国的工程师成为开平煤矿的技术中坚力量。1900年4月，开平煤矿技术顾问胡佛带着由一百名大清帝国骑兵和二十名军官组成的考察队伍浩浩荡荡地周游全中国，尤其是对开平煤矿进行了彻底的考察，两个月之后的6月1日，胡佛写出了一份详细的《开平矿务局报告》。

胡佛的报告翔实地记录了开平煤矿的开采历史、地理位置、煤田面积以及采矿权、地质、煤质、采煤成本、煤的产量、运输部门、铁路、运河、港口、轮船、运费、煤价、市场等各个方面的情况以及数据，并得出了"这项产业肯定值得投资一百万镑，这个企业绝不是一种投机事业，而是一个会产生非常高的盈利的实业企业"的结论。胡佛的这份报告将墨林公司与德璀琳计划霸占开平煤矿的阴谋推向了更悬秘的高潮。[3]

1900年6月，八国联军炮轰大沽炮台，一直力主借用义和团之手剿灭洋人的直隶总督裕禄服毒自尽，天津陷落。6月17日晚，前北洋大臣杨士骧、升道杨士苟、升守唐绍仪、开平矿务局总办周学熙等一批北洋集团干部，携带眷属三百多人仓皇逃往英租界内张翼的家中。都是官场上的老朋友，张翼快速将三百多口人让进屋子里，藏匿于家里的防空洞。

6月22日，驻津英国领事H.金带领英国官兵四十余人，骑着高头大马在英租界转悠，他们的目标是张翼的住宅，H.金得到消息，说英租界的张翼家里养了很多鸽子，可能是有义和团在他家中埋伏了内应。英国军队野蛮地将张翼家的门给撞开了，H.金指挥着英国士兵冲进内屋，将躺在床上抽大烟的张翼像抓小鸡一般给提到了大院。

在醇亲王的庇护下，仕途一帆风顺的张翼从未受过这样的奇耻大辱。他拿出一副天朝官员的架子，质问H.金为什么如此野蛮无礼。H.金一脸严肃，指着张翼家房上的鸽子："人口众多，迹近埋伏，信鸽传递消息，疑与拳匪相通"，[4]张翼一听，顿时瘫在地上。当时，不管是谁，一旦跟义和团扯上关系，都是列强的敌人。张翼不断喊冤枉，但H.金没有给他任何辩解的机会，以涉嫌勾结拳匪的罪名，将张翼逮捕了。

英军逮捕张翼后，将其关押在天津太古洋行的一个旧厨房里，并多次以就地处决对张翼进行恐吓。

德璀琳与胡佛以顾问的身份来到了关押张翼的地方。德璀琳向张翼建议：加招外国商股，以中外合办的方式，凭借国际势力，来保全开平矿务局。从轮船招商局开始，中央早已明文严禁招募洋股，张翼岂能违背北京方面的规定？胡佛又恐吓张翼说："非诡立一约作卖，托言与中国无关，不足以拒联军之忧。"[5]

"卖约"一签，开平煤矿落入洋人虎口

在德璀琳和胡佛的怂恿下，张翼签署了一份"保矿手据"。这份手据委任德璀琳为开平矿务局的代理总办，并"予以便宜行事之权"，"听凭其所筹最善之法，以保全矿产股东利益"。

袁世凯向北京方面提交的开平煤矿案证据显示，"保矿手据"的签字日期为6月23日，很显然这是德璀琳一行人事先准备好的，可见英国人的夺矿计划早有预谋。德璀琳身为李鸿章的幕僚，对中国官场了如指掌，他知道虽然张翼身为督办，周学熙身为总办，可他们俩并不是开平矿务局的股东，很容易被股东们弹劾。为了彰显手据是在客观公正的情况下签署，德璀琳让同样遭遇软禁的唐绍仪，以及"东方辛迪加"财团驻天津代表法拉士（Fraser）作见证人。

6月29日，德璀琳搂着张翼的肩膀，走出了戒备森严的英军军营。英国人的阴谋开始了，胡佛已经草拟好一份《出卖开平矿务局合约》。但是，之前的"保矿手据"还没有赋予德璀琳处置矿权的权力，直接变卖将来必然会引起矿权纠纷。德璀琳与胡佛密谋一番，决定在签订《出卖开平矿务局合约》之前，先拿到张翼签字的绝对处置权的授权书。

1900年7月30日，八国联军开始向北京进军。当天，德璀琳和胡佛跑到塘沽找到张翼，说"保矿手据"代理委任状是在联军的厨房里签订的，是一种非正常环境下的签订，在国际上不具备法律效力。现在，联军在天津驻防，自己无法保证能对开平矿务局资产进行完全保护，所以需要张翼在人身完全自由的情况下，以开平矿务局督办的名义，正式签署两份正规公函。

张翼接过胡佛掏出来的两份公函，这哪是在自由状态下签署，完全就是这两人事前预谋好的嘛，两份公函一个落款日为1900年5月17日，一个为1900年6月24日。[6]德璀琳见张翼犹豫不决，立即解释将时间倒签的原因，如果在联军登陆

大沽之后签署公函，联军一定会认为是中国方面故意造假，不会承认公函的效力，开平矿务局的资产安全就得不到有效保护。

两份公函提出广招洋股，将开平矿务局作为中外合办的公司，并加大整顿，由德璀琳全权处理。签署完公函，德璀琳又掏出一份备用合同，合同规定"矿务局的一切产业"，"转让给居住中国的德国臣民"，"并向他提出保证"，"合同之目的和意旨是将该矿务局的一切土地、房屋、矿山、轮船以及其他一切财产之所有权与管理权全交给德璀琳，他将有权按其意愿出售、抵押租赁、管理、经营及管辖该项产业。"[7]

张翼在公函和备用合同上签字的当天，德璀琳以代理总办的名义代表开平矿务局，胡佛代表墨林公司，两人在塘沽签署了一份《出卖开平矿务局合约》，合约规定："开平矿务局所有之权利、利益，一并允准、转付、移交、过割与胡佛……胡佛有权将其由此约所得的一切权利、数据、利益，转付、移交与开平矿务有限公司。"英国律师伊美斯（Eames Bromley）对这种产业的移交提供了法律上的论证。

德璀琳老奸巨猾，为了让交易看上去公正合理，除了请律师见证，他还邀请了德国商人汉纳根（Von Hanneken）做证，并在"卖约"（即《出卖开平矿务局合约》）上签字画押。

在合约中所提及的开平矿务有限公司的背后，隐藏的是一场跨国资本腾挪游戏。墨林公司担心吃独食会引发屯兵天津的盟军发难，在矿权资产还没有正式移交之前，墨林公司决定出让一部分利益，转手将开平矿务局卖给了"东方辛迪加"财团。在墨林的主导下，"东方辛迪加"找到欧洲财团"东方国际公司"的副经理、比利时资本家蔡斯（ThysA）密谋，决定在伦敦成立一个"开平矿务有限公司"，将开平矿务局拥有的资产装入伦敦开平矿务有限公司。[8]

开平矿务局督办张翼签字后，加盖了直隶全省和热河矿务督办关防，同时加盖了开平矿务局关防。伊美斯提出，按照法律程序，合同上还应有总办的签字。胡佛找到总办周学熙签字，周学熙认为这份私约与之前的"保矿手据"有着天壤之别，立即以"合同内容和办法，甚为不妥"[9]为由，"拒不签字"，当即辞职。

墨林公司拿到合约后，心里还很不踏实，在开平矿务局资产没有移交之前，变数丛生，尤其是当时李鸿章已经北上与八国联军和谈。胡佛担心李鸿章一旦知悉张翼将开平煤矿卖掉，身为和谈大臣的李鸿章会参张翼一本。那样的话，远在西安的醇亲王载沣也保不了张翼的项上人头。张翼一旦死掉，德璀琳代表张翼签订的合约将全部作废。

1901年2月18日，农历除夕夜。德璀琳与胡佛已经急不可耐，趁中国官员们都在过春节期间，要求张翼签订一份移交约，约定开平矿务局一切权力"由开平矿务有限公司及其接班人永远执守"[10]。张翼签字的酬劳是，终身担任新公司的"驻华督办"，还可委派一名中国董事部董事，伦敦建议张翼委派德璀琳充任。张翼欠银号的债款三十四万两，新公司也承担偿还义务，此外还有一笔二十万两白银的酬劳。

张翼因事关重大，未敢应允。胡佛又拟制了一份只是合办增股而非卖矿的"副约"，并哄骗张翼说"移交约"是为了满足英国法律的要求，而"副约"才是据以行事的文件。当然，张翼也可以不签约，那么德璀琳与自己就保证不了盟军占领捣毁矿山。

1901年2月19日，张翼、德璀琳、胡佛共同在契约上签了字。伦敦开平矿务有限公司的资本估定为一百万英镑，分为一百万股，其中三十七点五万股份给中国旧股东，作为一切权利、利益之完全补偿，其余面值六十二点五万英镑的股票，除了作为贿赂费分给张翼和德璀琳各二点五万股之外，其余全部以馈券的形式，分给英国、比利时资本家。在德璀琳、胡佛的努力下，墨林公司一个便士没出，却获得了开平煤矿百分之六十以上的股票。[11]

胡佛，一个美国孤儿，在开平煤矿欺诈案中，获得了开平煤矿八千股股份，赚取了人生第一桶金。在三年后，他在向南非输出华工时又赚取了四十三万佣金。他相当得意地宣称："人们永远也不会知道资本到底是哪儿来的。"没错，这个一个便士都没花就赚取了数万英镑的家伙，后来成为美国第31任总统，在他主政白宫期间，美国1929年爆发了历史上空前的经济危机。

上英国高等法院告洋状去

袁世凯得知消息后，震怒不已，立即将张翼私卖开平煤矿一案向光绪皇帝提交了弹劾报告。[12]张翼在给光绪皇帝与慈禧太后提交的陈情报告里说：由于战乱紧急，为保护矿山和股东利益，只有将开平煤矿产业置于外国旗帜的保护之下，才能保全开平产业，所以加招外国商股，实行中英合办。

袁世凯在弹劾报告中言辞激烈："国家产业股资乃商人血本,口岸河道土地乃圣朝疆域,岂能任凭一二人未经奏准私相授受……庚子之乱环球动兵尚未损失土地,又岂能凭片纸私约侵我疆域?"袁世凯对德璀琳与墨林公司签署的所有合约都进行了否定。张翼是清政府执政集团选出来的工业改革执行者,现在,他却被袁世凯推到了出卖国家利益的道德审判台。

弹劾报告按照程序很快就送到了慈禧太后与光绪皇帝的案头。当时,北京方面正欲派张翼接管轮船招商局与津沪电报局,有了开平煤矿案的道德问题,张翼自然不能插手北洋产业。光绪皇帝在袁世凯的弹劾报告上朱批:"责成张翼赶紧设法收回,如有迟误,惟该侍郎(张翼时任工部侍郎)是问,并著外务部切责磋商妥办。"[13]

袁世凯的弹劾令张翼如坐针毡。张翼慌忙请京师大学堂译书局总办严复代笔,就开平矿务局纠纷的来龙去脉进行了解释和辩护。

可是,严复很快就发现了问题,矿务局的"一切理财用人之权都在洋人手里","所有支票由胡佛签字,即生效力,实握公司全权,外间人尚鲜知之也"。[14]

严复给张翼写的辩护奏疏通篇只有一个重点,那就是在整个矿产交易过程中英商进行了欺诈,而对付之方针便是依据公理,参照相关的国际及国内法律条款,谋取法律的解决,而不宜使用其他的办法。在严复的主张下,张翼立即派在开平矿务局工作的洋员工庆世理到伦敦,向伦敦高等法院控告墨林和伦敦开平矿务有限公司。

1903年6月17日,庆世理向伦敦高等法院呈递控词,控诉开平煤矿转移本末,谴责被告不履行"副约",使开平煤矿股东蒙受亏损的罪状,要求法院批明1901年2月19日的"副约"为有效,并要求判令墨林和英国公司履行"副约"的各项规定,否则批明1901年2月19日"移交约"系设骗得来,判令作废;或批明被告若不遵守"副约"办事,则不能享受"移交约"之利益。同时,他还提出了赔偿股东损失的要求。[15]

但是,官司还没有正式开打,张翼就开始跟英方代表那森在私底下洽谈弥补协议,明确开平矿务局作为中英合办有限公司;公司不得侵损中国主权、地方事权及秦皇岛主权;每年账目呈北洋大臣审核;张翼与那森公平议办公司一切事务等。

张翼将补充协议呈递给袁世凯后,袁世凯对此嗤之以鼻,这跟自己撤销英公司、将开平矿权收归中国之初衷简直就是南辕北辙。1903年12月14日，袁世凯再次向慈禧太后提交弹劾张翼的报告："张翼当日不过一局员，而胡华者一外国之商旅耳。以国家之土地产业，如听其私相授受，而朝廷无如之何，则群起效尤，尚复何所顾忌？"[16]（引文中的"胡华"即为胡佛）

袁世凯嘲笑张翼的愚蠢，"不费兵力轻易而得"，"为环球所希闻"，将遭到"万邦所腾笑"。袁世凯批评张翼"利令智昏，挟奸欺而甘心损国"，"结宵小而阴售狡谋之徒，使公家大受其亏"。袁世凯警告，"私卖土地官产此端亦万不可开，现在国势积弱，人心叵测，觊觎窥伺纷至沓来"。

看罢袁世凯的报告，慈禧太后觉得张翼实在太过分，让大清帝国很没面子。1903年12月，慈禧太后下旨将张翼的官职给免掉，并命令张翼迅速收回开平煤矿。可张翼一直躲在天津英租界的家里拖延时间，理由是自己一个平头老百姓根本没法跟英国老鬼交涉。[17]

1904年4月3日，袁世凯第三次向慈禧太后提交了弹劾张翼的报告。慈禧太后无奈，只有先赏张翼三品衔，然后再让他到英国控告墨林公司。这时，正在伦敦兴讼的庆世理给张翼发来了电报，伦敦高等法院希望张翼跟德璀琳、胡佛一起当面对质。

大清"打赢了"官司，输掉了煤矿

1904年11月，代表大清帝国前往伦敦打官司的张翼，头顶三品官帽，邀请严复与自己一同前往。1905年年初，这一场跨国大案终于在伦敦高等法院开庭，庭审规模空前。张翼这一次也是破釜沉舟，一下子就聘请了勒威特、吉尔、杨格尔以及劳伦斯四位皇家律师。墨林公司也是有备而来，连同伦敦开平矿务有限公司一起，共聘请了休士、艾萨克、哈特、郝尔丹、汉弥顿、魏尔六位皇家律师。[18]

伦敦高等法院也相当重视这一场官司，派出审判长卓侯士主审这一场震惊世界的国际诉讼案。张翼提出的证据有20多种，在十四次的开庭审理过程中，张翼在法庭上试图将责任推给德璀琳。而德璀琳也当堂拿出证据，即张翼亲笔签名的"手据"以及合约，尤其是张翼在伦敦开平矿务有限公司持有的股份也被德璀琳作为证据给当堂甩出来，这一下子让大清帝国的诉讼代表团陷入了被动局面。

一直为张翼开脱的严复意识到了问题的严重性。在给友人的一封信中，严复非常忧虑和担心，并尖锐地指出这一场声势浩大的跨国大案内情复杂，时间拖延了太久，在英国审理即使能够得到公正的法律判决，张翼也不一定能够获得如数的赔偿。经过21次开庭审理，在长达两年的如马拉松一般的激烈交锋下，1906年1月，张翼终于拿到了伦敦高等法院的判决书。[19]

伦敦高等法院判决交易无效，主审法官卓侯士在宣读判决时说："我想我也许应当再说一句，那就是，在我面前对于有关事件所进行的调查中，我没有发现张燕谋阁下有丝毫背信的罪行或失当的行为，至于对被告方面有些人我是不能说这样话的。"张翼看上去赢了官司，可是法院不能直接命令被告履行些什么。伦敦开平煤矿有限公司董事特纳嘲笑说："这次判决不曾产生任何结果，张翼所得到的实际上等于零。"[20]

直隶总督在天津大搞改革试点

考察团取洋经回来

袁世凯正在推行一次史无前例的试验，他需要一个强大的经济后盾。

日俄战争让秉持"皇权天下"的清政府执政精英惊出一身冷汗，一直在东北虎视眈眈的沙俄败在立宪的日本小国之手。以袁世凯、张之洞、周馥为首的一帮督抚们上书，奏请实行立宪政体，以12年为期。以孙宝琦为首的驻外公使们的立宪预备期更为激进，只有短短五年时间。

帝国的老百姓对宪政相当陌生，清政府执政精英们担心宪政会完全剥夺他们的既得利益。宪政考察团到了日本才发现，宪政没有想象得那么恐怖，无非就是国家立定一部根本大法，把民主的游戏规则确认下来，用法治的精神发展和完善规定的民主事实，以此保障公民的权利，实现依法治国。说白了，宪政就是要将"王子犯法，与庶民同罪"的口号变成现实，让民主、法治和人权成为治理国家的准则。

改革精英们的内心相当焦虑。现在，列强们对中国"蚕食生心，逼处日近"，"中国不变法则不能自存，不选择西法则不能致富致强"，"赶紧预备立宪之一法，若仍悠悠因循，听其自然，则国势日倾，主权日削，疆域日蹙，势不至今日朝鲜止"。[21]改革精英向清政府执政集团发出严重警告："敢有阻立宪者，即是吴樾。"[22]

在改革与革命的选择中，爱新觉罗家族选择了改革，但有一个条件，保留世袭皇权。考察大臣回到国内将面临一系列的现实问题，什么时候确定预备立宪？谁来制定立宪的规则？谁将主导未来的政府内阁？改革试点选在何处？从货币改制主导权到实业控制权，地方督抚们对进入未来的权力中枢跃跃欲试。

　　直隶总督为天下总督之首，在考察宪政的大臣们奔走于海外之时，袁世凯正在"邀赏"国内外立宪诸贤。在立宪问题上，一度跟袁世凯分道扬镳的状元张謇却与袁世凯重新结成了政治盟友。在张謇看来，袁世凯"执牛耳登高一呼，各省殆无不响应者"[23]。慈禧太后一直欲杀之而后快的梁启超，在日本为袁世凯的立宪之举摇旗呐喊。连一直忌惮袁世凯的日本政客们，都觉得袁世凯完全有资格领导立宪这项全国性运动。[24]

　　张翼在伦敦发电报时，袁世凯正在天津搞地方自治试验。

　　北京方面派遣宪政大臣出国时，袁世凯已经出台了《试办天津县地方自治章程》。章程规定，议事会和董事会为地方自治机关，议事会议员以30人为限，均用复选举法选出，议长、副议长由议员公推；董事会是执行机关，会长以本县知县兼任，副会长和会员均由议事会选举。[25]

　　1906年3月，天津设立了选举总课、选举分课负责推动选举，依巡警区域将天津县划分成8个选区，由自治研究所毕业的学员任分课员，根据选举章程，对规定的选举人和议员候选人资格进行调查。1906年5月6日至8日，举行城内初选，16日至18日，举行四乡初选，规定一人一票制。民众对自治和选举的活动不甚明了，印刷的20万张选票，散发了不足7万张。

　　1906年5月24日，初选票箱武装押运到河北直隶总督府开票，巡警现场维持秩序，天津府大小官员、两千民众现场监督。经过公开统计，合格选票只有5997张，选出初选当选人135名。6月15日，由初选当选人相互投票进行复选，当天投票者127人，投票率为94%，每人可投30票，共得3810票，选出议员30名。7月10日，天津县成立议会，当天第一次全体会议选出议长、副议长，并由议长筹议董事会。[26]

　　天津县议会成立后的两天，即7月12日，以皇族宗室载泽为首的一路考察团回国抵达上海，7月23日回到北京。载泽一路考察了日、英、法、比、美等国，均受到各国元首的国礼接待。端方一路，考察团考察了美、德、奥、俄、意，游历了荷兰、瑞士、比利时、瑞典、挪威、丹麦等国，也受到各国元首的国礼招待，这一路于8月10日抵京。[27]

　　两路宪政考察大臣在各国参观了上至议院、行政机关、警察、监狱、工厂、农场、银行、商会、邮局，下至博物馆、戏院、教会、浴池、动物园等公共场所，聘请了政治家、法学家讲解宪政原理，既从实地了解了宪政，也从理论上加强了对宪政制度的学习。考察团还详细调查各项制度，从宏观上考察了西方的政治组织，同时搜集和翻译相关图书、参考资料。

载泽回国后派人编辑了67种书籍，并就其中的30种分别撰写提要，呈报给慈禧太后和光绪皇帝御览，另外还有400多种外文书籍送到考察政治馆。端方带回很多资料，还专门撰写了《欧美政治要义》一书，介绍欧美各国的政体和制度。考察团还编撰了《列国政要》133卷，叙述各国政治的渊源、概况，为慈禧太后、光绪皇帝、清政府执政精英们提供了政治改革和制度建设的参考资料。

考察团回京后，先是分别向慈禧太后、光绪皇帝进行了汇报，然后又与清政府贵胄等进行了反复的沟通。1906年8月25日，慈禧太后、光绪皇帝在乾清宫召开御前会议，醇亲王载沣、军机大臣奕劻、政务处大臣张百熙、大学士孙家鼐、王文韶、世续、那桐、参与政务大臣袁世凯参加了会议。

御前会议主要讨论载沣、端方和戴鸿慈三人提交的《奏请改定全国官制以为立宪预备折》。天津县的民主选举试验让袁世凯成了会议的主角儿。另外，在御前会议召开前，慈禧太后召见了袁世凯，袁世凯提出"先组织内阁，从改革官制入手"。会议召开时，便也重点讨论成立责任内阁，调整中央机构，划分中央和地方权限，改革地方行政制度，重新制定官员考核体制。

"立即立宪"还是"推迟立宪"？

慈禧太后和光绪皇帝认真听取了第一天会议的内容，考察团成员提出了立宪官制改革思路，明确推行西方的三权分立和责任内阁制度。可是，这些重大的官制改革关系到中央各部门官员、地方督抚的切身利益。尤其是，官制改革之前的领属机构将成为改革后的主导机构，这种转变将会导致权力的重新划分，因此王公大臣的争论异常激烈。[28]

8月26日，慈禧太后在颐和园再开御前扩大会议。

除了第一天参会的王公大臣外，军机大臣荣庆、铁良、瞿鸿禨，商部尚书载振，巡警部尚书徐世昌，刑部尚书葛宝华，吏部尚书奎俊，工部尚书陆润庠，理藩部尚书寿耆，考察大臣端方、戴鸿慈、载泽、尚其亨也参与会议。湖广总督张之洞、两广总督岑春煊、两江总督周馥、四川总督锡良、陕甘总督升允等地方督抚派出代表旁听会议。[29]

扩大会议上的辩论比第一天更激烈，"是否赞成立宪"成了会议讨论的重点。奕劻第一个发言，认为立宪是"民之趋向"，"拂民意是舍安而趋危，避福而就祸"。但荣庆觉得，立宪之前先应"整饬纪纲"，"定上下相维之制，行之数年，使官吏尽知奉法，然后徐议立宪"，否则，"徒徇立宪之美名，势必至执政者无权，而神奸巨蠹得以栖息其间。日引月长，为祸非小"。

瞿鸿禨突然插话："惟如是故，言预备立宪而不能遽立宪也。"瞿鸿禨是一个立宪温和派，希望通过预备立宪向立宪过渡，避免政权出现动荡。铁良则提出一个滑稽的问题："各国立宪皆由国民要求，甚至暴动。日本虽不至暴动而要求则甚力。夫彼能要求，固深知立宪之善，即知为国家分担义务。今未经国民要求而辄授之以权，彼不知事之为幸而反以分担义务为苦，将若之何？"

一直没说话的袁世凯回答了铁良的问题："昔欧洲之民，积受压力，复有爱国思想，故出于暴动以求权利。我国则不然，朝廷既崇尚宽大，又无外力之相迫，故民相处于不识不知之天，而绝不知有当兵纳税之义务。是以各国之立宪因民之有知识而使民有权，我国则使民以有权之故而知有当尽之义务。其事之顺逆不同则预备之法亦不同。使民知识渐开，不迷所向，为吾辈莫大之责任则吾辈所当共勉者也。"

袁世凯与铁良的辩论将御前会议推向了高潮，两人进行了长时间的辩论。袁世凯在进京之前就放出狠话，"官可不做，法不可不改。"[30]袁世凯警告以铁良为首的保守派，等到"极委屈繁重"的"钱币之画一也，赋税之改正"，将是"日不暇给矣"。一直没说话的醇亲王载沣最后一个发言："立宪之事既如是繁重而程度之能及与否，又在难必之数，则不能不多留时日，为预备之地矣。"

会议最后作出决议：预备立宪期为10年或15年；大体仿效日本，废除现行督抚，各省通过改革官制，设立新型督抚，权限与日本府县知事相当；财政权、军事权，从各省收回到中央；中央政府的行政组织原则，与日本的现有体制相等。[31]会议决定"次日面奏两宫，请行宪政"。

御前会议结束后，袁世凯马不停蹄地回到天津。1906年8月29日，袁世凯委派天津知府凌福彭和金邦平筹办天津府自治局。八国联军撤出天津后，凌福彭随袁世凯接收天津，并到日本考察后创办了直隶工艺总局，成为袁世凯的心腹；金邦平毕业于日本早稻田大学政法科，是袁世凯的洋务文案和北洋常备军督练处参议，袁夸赞其"才识明通用，安详谨饬"，"志趣纯正，才识闳通"。[32]

预备立宪就是调整未来权力格局的过渡期。御前会议决定仿日本政治体制改革，地方自治的试点成功将决定该地方督抚未来在权力中枢的地位。袁世凯要求自治局"招募在日本留过学者、从法政学校毕业者及官绅入局"，他还特别强调"此次法政毕业官绅即均调派任使，俾资练习，分赴各属会同地方官办事；另选学识最优者在局参议佐理"。自治局成立后，14名管理干部都是有一定功名的官绅和绅商，超过一半的人曾到日本留学或考察。[33]

袁世凯对天津的自治极其重视，他的目的非常明确，就是为了能在立宪的时候占据领导地位。袁世凯要求"所有章程节目参以本国风俗分别缓急妥议施行"。他在对自治局的官员们训话时强调，"此为他日宪政先声，至关紧要"。[34]

天津自治局很快出台了《天津县地方自治公决草案》，袁世凯亲自划定自治应办、议协和监察事项范围，在筹办之事中加入四乡巡警、小学堂及宣讲所。作为全国第一部具有法律效力的地方自治草案，在袁世凯的亲自主持下，经过了19次的修改。袁世凯告诫自治局的官员："此次试办地方自治，为从前未有之事，凡在官绅，务必和衷共济，一秉大公，以为全省模范。"[35]

御前会议期间，无论是瞿鸿禨还是铁良，均以民智未开为由，希望立宪推迟。袁世凯将天津自治升级为预备立宪期间的试点，要求天津县议事会要以"准备地方自治为宗旨"，培训劝办人员，在全县以及直隶全省宣传和普及地方自治的知识，"以期家喻户晓，振聋发聩"。袁世凯对推行进度、规模、方式方法等进行了十多次批示。[36]

《新官制改革案》逼得太后要跳湖

1906年9月1日，光绪皇帝签署了"仿行宪政"的命令，宣布中国将"仿行宪政"，做到"大权统于朝廷，庶政公诸舆论"，"以立国家万年有道之基"。命令中提出，现在"民智未开，若操切从事，涂饰空文，何以对国民荫昭大信"。根据御前会议的决议，宪政改革决定"从官制入手"，"将各项法律详慎厘定"，"广兴教育，清理财务，整饬武备，普设巡警，使绅民明悉国政"，"以预备立宪之基础"，命令对立宪期限要"视进步之迟速"而定。[37]

光绪皇帝的命令一经昭告天下，清政府执政精英中的保守派也不得不面对一个现实，只有宪政才是清政府立国的万年之基，对抗宪政者，将是改革的淘汰者。改革意味着利益重组，清政府执政集团找出民智未开这个理由，为中央与地方督抚、清政府权贵与汉族权臣、清政府执政集团内部、立宪派官僚内部的利益博弈留下一个"预备立宪"的空间。

在第一天的立宪御前会议中，地方督抚唯有袁世凯一人，可谓督抚执宪政之牛耳者。盛宣怀安插在京城的坐探很快发现，在袁世凯的天津自治试点中，参与者多数是有留日背景的士绅和社会名流。袁世凯这么做一方面是为涌向城市的基层精英提供参政议政的空间。而且这种借助社会力量弥补地方政府管理不足的自治，为直隶辖区的社会稳定提供了治理范本。更重要的一方面是，袁世凯以得预备立宪、地方自治等方面之先机和在全国的示范性，为立宪后自己能够进入权力中枢捞取重要的政治筹码。

1906年9月4日，慈禧太后在颐和园召开官制改革编制大臣会议。

官制改革编制大臣会议的名单中除了考察大臣载泽、军机大臣与各部尚书外，袁世凯成为唯一的地方督抚代表。由此不难看出，袁世凯在天津未雨绸缪的自治试点已经得到慈禧太后的首肯。9月6日，编制馆设于恭王府的朗润园，张之洞、升允、锡良、周馥、岑春煊派出的代表作为参议进驻编制馆。袁世凯举荐了一大批有日本留学经历的精英进入起草、评议、考定、审定委员会。[38]

袁世凯成了编制馆的实际控制者。他很快拿出了一份《新官制改革案》，明确撤销军机处，建立责任内阁制。改革案规定内阁由总理1人，副总理2人，各部尚书11人组成。责任内阁"辅弼君上，代负责任"，"凡用人、行政一切重要事宜"，均由总理大臣"奉旨施行"，并有"督饬纠查"行政官员之权。责任内阁保证"立法、司法、行政各有责任，互不统属"。

改革案讨论会在朗润园召开，作为会议的主持者，奕劻是清政府执政精英中最老成持重的领袖级人物，他将是内阁总理的内定人选。在讨论改革案时，奕劻站到了袁世凯一边。军机大臣荣庆只能专管学部，铁良出任副总理就意味着要交出财政权和兵权。铁良立即将矛头对准了以袁世凯、张之洞为首的地方督抚，"立宪非中央集权不可，实行中央集权非剥夺督抚兵权财权，收揽于中央政府则又不可。"

官员们正在朗润园激烈交锋时，一大群太监跑到颐和园，齐刷刷地跪在慈禧太后面前号啕大哭，原因是《新官制改革案》做出了裁撤内务府的提案。内务府是太监的家，一旦内务府裁撤，则意味着这个已经存在千年之久的特殊群体将无家可归。太监们的号啕大哭令清政府宗室王公们热血沸腾，他们立即攻击崛起的汉族官僚集团。慈禧太后寝食俱废,非常无奈地抛出一句话:"我如此为难,真不如跳湖而死。"[39]

在太后发出"跳湖而死"之无奈的背后,体现出的不仅是一个王朝的疲惫不堪,更是一种体制的疲惫。这边慈禧太后欲跳湖,那边在朗润园的辩论会上,载泽弹劾袁世凯"假立宪以粉饰虚文,借改官制以驱除异己",而年轻的醇亲王载沣在跟袁世凯辩论时"强词驳诘,不胜,即出手枪",载沣的手枪顶在袁世凯的胸前,厉声呵斥袁世凯:"尔如此跋扈,我为主子除尔奸臣!"[40]

天津的试点让袁世凯掌握了组阁的筹码,可是朗润园的手枪让袁世凯出了一身冷汗。清政府执政集团企图通过推动宪政以保皇权永固,可是改革案的讨论已经闹得满城风雨。各种利益集团的冲突在不断加剧,政坛的动荡令慈禧太后疲惫不堪,袁世凯很快就失望地看到慈禧太后的"五不议":第一,军机处之事不议;第二,内务府事不议;第三,八旗事不议;第四,翰林院事不议;第五,太监事不议。

袁世凯放权,以退为进

袁世凯决定转移战场。

1906年7月31日,日本成立了关东都督府,作为在南满殖民统治的工具,美国人对此相当愤怒。因为在日俄战争之前,日本向美国承诺"愿在满洲维持门户开放",美国大力扶持日本战胜了俄国,可是战后日俄突然结盟,"保护两国在南满势力",[41]日本对美国的承诺成了空头支票。美国不甘心被日本排挤在东北权益圈之外,决定转移联合目标。

东北是清政府执政集团的根据地,一直实施军府制度,在黑龙江、奉天、吉林各省设将军,将军之下设副都统、总管、协领等,分为驻防和民政两个系统,两者属于各不相辖的管理机构。"事权不一,政令歧出",导致军政管理一片混乱,给以日本、俄国为首的列强可乘之机。袁世凯看出了东北的政改机会,必须建立多元功能及制度化的官僚行政组织,才能确保帝国在东北的利益。[42]

1906年9月,在袁世凯的运作之下,中央准备在东北实行立宪国家试点。慈禧太后特派商部尚书载振、民政部尚书徐世昌前往东北以查办事件为名,实地勘察。慈禧太后在派遣命令中对根据地东三省的"民物凋残"痛彻心扉,"深宫惓怀民瘼"，"弥深廑念"。慈禧太后对根据地的立宪改革试点做出重要批示，"该省当兵燹之余。亟应培养元气。固植根本"。^[43]

3个月后，载振、徐世昌东北考察团在提交的考察报告中提出，"东三省比岁以来，迭遭变故，创巨痛深，为二百余年所未有"，"事势至此，犹不亟图挽回之术，则此后大局，盖将无可措手"。现在，中国对东三省"拥领土之虚名"，日俄"攘主权之实利"。报告毫不客气地指出，东三省"旧时行政官已无效力"，必须进行官制改革。[44]

1906年11月6日，中央颁布了新官制。新官制令袁世凯相当失望，11个部委的13个大臣、尚书中，满人占7席，汉人仅占5席，蒙古人占1席，尽管外务部尚书由汉人担任，可外务部尚书之上又设有管部大臣和会办大臣，均由满人担任。清政府执政集团打破了以前"满汉平衡"的游戏规则，重用满族官僚，崛起的汉族官僚集团的心理平衡立即被打破。

两天后，袁世凯向慈禧太后提交了辞职报告，除直隶总督以外的八项兼职全部辞去。更让清政府执政精英们意想不到的是，袁世凯主动交出北洋六镇中的一、三、五、六镇兵马，交归陆军部指挥，自己只掌握第二、四镇，因为"直隶幅员辽阔，控制弹压须赖重兵"，所以仍须由自己掌握。同时，袁世凯以检阅新军南北秋操为名请调出京，以避清政府执政精英之锋芒。

袁世凯远离北京还有一个重要的交换条件：东三省自治。

东三省成了日俄控制区，清政府执政集团相当的难堪。袁世凯的政治盟友、换帖兄弟徐世昌警告："东三省之安危存亡，非仅一隅之安危存亡而已，中国前途之交替，实以此为枢纽。"很快，慈禧太后任命徐世昌出任东三省总督，希望徐世昌"慎选廉吏，广辟利源"，在东三省进行官制改革，"各直省官制先由东三省开办俟有成效逐渐推广"，"以树新政之风声"。[45]

东三省成了地方官制改革的国家试点区。除了东三省总督由徐世昌担任外，在中央的三省行政长官任命名单中，在朝鲜就与袁世凯相识，对袁世凯唯命是从的唐绍仪出任奉天巡抚；袁世凯曾经向慈禧太后举荐，为其写下了"近畿循史第一"好评的朱家宝出任吉林巡抚，遗憾的是，朱家宝未到吉林，袁世凯的幕僚陈昭常接替朱家宝出任吉林巡抚；唯袁世凯马首是瞻，直接认袁世凯为干爹的段芝贵出任黑龙江巡抚。袁世凯名义上退出中央，但北洋集团实际上垄断了东三省的官场，北洋集团成了地方官制改革的先锋。

风云诡谲的丁未政潮

盛宣怀又一次密谋入主轮船招商局

远在澳门的郑观应收到了盛宣怀的密电。

"徐雨翁（徐润）因其子洋布亏折数十万，将要自退。"盛宣怀在密电中告诉郑观应，袁世凯将轮船招商局收归北洋后，任命徐润为总办，可是徐润的儿子做生意巨亏，现在徐润有隐退之意。"回念从前创成此局，谈何容易，岂能听其溃败耶"？盛宣怀觉得轮船招商局要想持久不败，"断不可归官场经理，惟有全归商办之一法"。[46]

盛宣怀觉得时机已经成熟。光绪皇帝签署了预备立宪命令后，中央官制改革重组了商部，主管工商实业的部门已经重组为农工商部，部长为奕劻的儿子载振。农工商部新规定，允许企业商办注册。盛宣怀给郑观应的密电中提出："将轮船招商局改归商办，赴部注册，如有应禀之事，与部直接，毋庸官督。"盛宣怀决定通过商业与政治手段，让轮船招商局摆脱袁世凯的控制。

陶湘，江苏武进人，盛宣怀的同乡。1902年，盛宣怀举荐陶湘出任京汉路养路处机器厂总办，陶湘由此成为盛宣怀的心腹。1906年，北京召开立宪御前会议期间，陶湘一直在京逗留，成为盛宣怀的京师坐探，他不断以《齐东野语》为暗号，向远在上海的盛宣怀传递京师情报。历次御前会议、官制编制馆会议、政治派系联络斗争等敏感信息，陶湘均在第一时间传达给了盛宣怀。

陶湘还给盛宣怀传递了一个非常重要的情报，军机大臣瞿鸿禨与袁世凯暗斗汹涌，瞿鸿禨抓住袁世凯"欲乘机行责任内阁制，俾奕劻以总理大臣握行全权"的政治目的，多次"短袁于太后，谓其专权跋扈"，并提醒慈禧太后，"袁世凯热衷于设立责任内阁，祸心弥天，万不可批准。"1906年11月6日宣布的中央官制命令证明，慈禧太后"采鸿机之议"。[47]

军机处得以保留，袁世凯未能如愿坐上内阁副总理的位置，相反瞿鸿机接替了袁世凯的位置。官制命令宣布后，袁世凯自动辞去除直隶总督之外的所有职务。慈禧太后立即批准了袁世凯的辞呈，盛宣怀由此判断，慈禧太后开始疏远袁世凯。

北京的政治风气给了盛宣怀夺回轮船招商局的信心。更重要的是，现在轮船招商局的股东们对北洋已经忍无可忍。1903年至1906年，"四年之内，产业既有减无增，公积亦有少无多"，"亏空百万，局势日颓"，可是袁世凯毫不在意股东们的利益，除了让轮船招商局大宗认购北洋公债外，"北洋提去用款每年数十万"，"各股东畏官如虎，敢怒不敢言"。[48]

袁世凯太缺钱了。开平煤矿被英国人侵占，津沪电报局又是个烧钱的工程，成不了北洋集团的提款机。他在天津搞地方自治试点，经费只有盐商振德黄家的报效银8万两和罚款银5500两，尽管有大批留学日本的精英加盟，但有经济实力的新型绅商依然袖手旁观。只有轮船招商局每天都有大量的现金流入，自然成为袁世凯的小金库。

中央官制改革命令发布后，盛宣怀开始密谋轮船招商局去"官督化"，"应照商律，即由各股商公举总理、协理、办事董、议事董。"盛宣怀在给郑观应的密电中称："如蒙大部批准，年内即由商股公举总、协理及各董事，自明年正月起即归商办，届时必须预先电请各省埠股商公举代表，到沪会议一切章程，以符公理而救危局。"

1907年3月4日是轮船招商局一年一度的股东大会，作为轮船招商局的大股东，盛宣怀希望郑观应能够动员香港其他股东，在股东大会上联手驱逐北洋的官方代表。1907年2月14日，正月初二，郑观应给盛宣怀回电，在电报中谦卑地自称"门下士"，详细汇报了自己动员香港股东的细节，说轮船招商局香港总办卢冠廷愿意站在盛宣怀一边。[49]

盛宣怀担心光凭卢冠廷一个人的力量不足以影响香港股东，于是秘密派遣好友温宗尧回香港动员，希望能联合广东、香港的股东一起抵制袁世凯的代表徐润。徐润在1883年金融危机中被盛宣怀清理出局，袁世凯此次派遣其出任轮船招商局总办，徐润对袁世凯的知遇之恩感激涕零，他万万没有想到盛宣怀再次出手了。

万事俱备。1907年3月4日，徐润在香港杏花楼召集股东大会。盛宣怀万万没有想到，以广东潮州巨商张振勋为首的股东突然参加大会，张振勋总股本高达8000多股，[50]一举超越了温宗尧、郑观应在香港召集的股份。张振勋尽管是通商银行的董事，却因为在直隶辖区进行了大量投资而跟袁世凯的关系更亲密。

1907年的香港股东大会否决了江浙股东的提议，通过了由轮船招商局"现任总办、会办遵照公司律报商部注册，无须另派股东及被人专任注册事"的决议。股东大会导致江浙商帮与广东商帮在轮船招商局的对立公开化。因张振勋久居香港、南洋一带，江浙商人便将其视为"港商"，盛宣怀对张振勋这样的"港商中阻"[51]相当愤慨，他很快意识到，以自己的政治力量远不是袁世凯的对手，必须借助第三方势力对抗袁世凯。

"官屠"洒泪谏言，打击政敌

1907年5月3日，慈禧太后任命岑春煊为邮传部尚书。

邮传部，1906年11月6日成立，是中央发布官制命令当天成立的一个全新的中央部级单位。邮传部分设船政、路政、电政、邮政、庶务五司，以往南北洋主导的电报、轮船、铁路等所有跟交通通信有关的产业，统统划归邮传部管理。

岑春煊，晚清著名的官二代，云贵总督岑毓英的儿子，少年时放荡不羁，有"京城恶少"之名。岑毓英死后，岑春煊荫佑五品京堂候补。成年后的岑春煊浪子回头，在出任山西巡抚期间，兴办山西大学堂。署理四川总督期间，岑春煊一次性弹劾了300多名地方官员。岑春煊在总督两广期间，又有1400多名官员遭遇弹劾回家种地。官场同僚因此送给他"官屠"的绰号。

屠官最大的风险就是，屠到执政者的敏感神经。有一次，北京发出调令，调粤海关监督秘书周荣耀出任驻比利时公使。岑春煊异常惊讶，早闻粤海关贪腐严重，没想到一个监督秘书居然成了外交大臣。岑春煊派员秘密调查，发现周荣耀"舞弊侵饷，侵蚀公帑，积资数百万"，"得庆亲王奕劻之援，简任出使比国大臣"。岑春煊担心小吏"滥窃名器，贻笑友邦"，[52]以贪墨之罪法办了周荣耀。

岑春煊逮捕周荣耀后，没收了其百万家资，"奕劻熟视，不敢出一辞救也"。随后，粤汉铁路举行了武汉会议，会议决定广东、湖南两省铁路归民办。可是，岑春煊希望通过派捐的方式官民合办。广东商人发起公开对抗，希望铁路完全民营化。在官商对抗中，岑春煊下令逮捕商人中的领头人道员衔巨商黎国廉。岑春煊的抓捕行动激怒了广东商帮，商人们公推前闽浙总督许应骙为首领，向北京告御状。

周荣耀一案令庆亲王奕劻颜面尽失，粤汉铁路的官商对抗让奕劻抓住了岑春煊的把柄。现在全国立宪呼声不断，中央派出五大臣考察，摆明了是要做出顺应民意的姿态，可是岑春煊抓捕商人的行为导致政府与地方绅商的对抗扩大化。很快，朝廷命令两江总督周馥南下调查粤汉铁路筹资案，岑春煊调往云南镇压马民叛乱。[53]

身为袁世凯的政治盟友，周馥南下均由奕劻操控。岑春煊已经不再是当年的放荡少年，他不想被流放到云贵边陲，于是决定在张之洞的地盘上逗留。岑春煊在八国联军进京期间曾千里救驾，这令慈禧太后感激涕零，因而慈禧太后对逗留不赴任的岑春煊一再宽容。1907年5月3日，一直在汉口的岑春煊突然出现在北京，当天还觐见了慈禧太后。

岑春煊觐见之时，慈禧太后"语及时局日非，不觉泪下"。岑春煊当面弹劾奕劻："近年亲贵专权，贿赂公行，以致中外效尤，纪纲扫地，皆由庆亲王奕劻贪庸误国，引用非人。若不力图刷新政治，重整纪纲，臣恐人心离散之日，虽欲勉强维持，亦将挽回无术矣。"[54]

奕劻作为中央官制改革任命的内阁总理人选，却被岑春煊弹劾成一个祸国殃民之辈。慈禧太后"初闻此言，颇有怒容"，当面质问岑春煊："何致人心离散？汝有何证据，可详细奏明。"岑春煊将周荣耀案进行陈说后，反问慈禧太后："今日中国政治是好是坏？"慈禧太后说："因不好才改良。"岑春煊再次反问慈禧太后："改良是真的还是假的？"慈禧太后这一次"又现怒容"，质问岑春煊："改良还有假的？此是何说？"[55]

岑春煊见慈禧太后一怒再怒，立即改变语气："太后固然真心改良政治，但以臣观察，奉行之人，实有蒙蔽朝廷，不能认真改良之据。请问太后记得在岔道行宫时，蒙垂询此仇如何能报？臣当时曾奏云：报仇必须人才，培植人才全在学校。旋蒙简授张百熙为管学大臣，足见太后求才之切。"

在岑春煊看来，20世纪最贵的是人才，要想报八国联军进京的奇耻大辱，一定要拥有各方的人才，让中国富裕强大起来。可是，岑春煊告诉慈禧太后："此刻距回銮已将七载，学校课本尚未审定齐全，其他更不必问。"

连课本审定都还没有搞完，更别提人才培养了。改革能是真的？

"前奉上谕，命各省均办警察，练新军，诏旨一下，疆臣无不争先举办。"岑春煊认为，督抚们办警察、练新军的真实目的是卖官敛财，"创行新政，先须筹款，今日加税，明日加厘，小民苦于搜括，怨声载道。倘果真刷新政治，得财用于公家，百姓出钱，尚可原谅一二。现在不惟不能刷新，反较从前更加腐败。从前卖官鬻缺，尚是小的；现在内而侍郎，外而督抚，皆可用钱买得。丑声四播，政以贿成，此臣所以说改良是假的。"[56]

岑春煊突然反问慈禧太后："太后亦知出洋学生有若干否？"慈禧太后说："我听说到东洋学生已有七八千，西洋尚未知悉，想必亦有几千。"岑春煊又道出了人才教育的一个最危险的问题："古人以士为四民之首，因士心所向，民皆从之也。此去不过数年，伊等皆毕业返国，回国后眼见政治腐败如此，彼辈必声言改革。一倡百和，处处与政府为难，斯即人心离散之时。"

过去，科举是中国执政者选拔官员的唯一合法通道。如今，国家的富强需要全方位的新型人才，因此清政府执政集团一厢情愿地认为，废除科举可以让更多的人才接受新式教育，为国家的改革贡献力量。而现实是，废除科举导致乡村精英失去了在基层的地位，更失去了在官僚系统的发展机会，他们涌向城市进入新学堂进行学习，寻求一个全新的生活与发展空间，一旦现实不能满足他们的预期，他们就会倒逼改革。

岑春煊在跟慈禧太后对话时，没有将更危险的极端革命问题说出来，只说了一句，"臣愚实不敢言矣"。说着说着，岑春煊开始"失声痛哭"，慈禧太后的眼泪也跟着哗啦啦流下。慈禧太后抹了抹眼泪说："我久不闻汝言，政事竟败坏至此。汝问皇上，现在召见臣工，不论大小，即知县亦常召见，均勖以激发天良，认真办事，万不料全无感动。"[57]

慈禧太后一直对岑春煊宠信有加，万万没有想到一直倡导立宪的岑春煊对改革竟会如此失望。奕劻跟袁世凯已经结成了一个牢固的政治联盟，清政府执政集团的少壮派羽翼未丰，不足以与奕劻、袁世凯的联盟抗衡，唯有瞿鸿禨可以在中央钳制奕劻。袁世凯虽交出四镇兵马，但重生的北洋集团实力依然强大。因此，慈禧太后任命岑春煊出任邮传部尚书，意在让他收归北洋集团的实体产业，抽走袁世凯的资金链。

商部尚书收贿赂、喝花酒、纳歌姬

1907年5月5日，即岑春煊走马上任邮传部尚书的两天后，御史赵启霖将一份《段芝贵夤缘亲贵，物议沸腾折》的弹劾报告呈报到慈禧太后的手上，揭露黑龙江巡抚段芝贵花巨金买歌姬，性贿赂农工商部尚书载振："上年贝子载振往东三省，道过天津，段芝贵复夤缘充当随员，所以逢迎载振者更无微不至。以一万二千金于天津大观园戏馆（天仙茶园）买歌妓杨翠喜，献之载振。"[58]

赵启霖的弹劾令慈禧太后震怒，原来载振前往东三省正是去考察政务，为东三省的立宪政改试点做调研。没想到，这小子路过袁世凯的地界儿，居然跟一个歌姬搞到了一起。更夸张的是，载振同其父奕劻利用东北三省立宪政改试点，大搞卖官鬻爵的勾当，段芝贵"从天津商会王竹林处措十万金，以为庆王奕劻寿礼"，"遂得署理黑龙江巡抚"。

这时，慈禧太后想起了两天前岑春煊说过的话，现在连督抚都可以买卖，天下还有什么不能买卖的呢？段芝贵十万金买黑龙江巡抚，那么黑龙江的巡抚衙门岂不成了段芝贵捞钱的工具？赵启霖在弹劾报告中说，段芝贵跟载振的勾当早不是秘密，已经臭满大街了，"人言籍籍，道路喧传"，载振、奕劻父子"变通贿赂，欺罔朝廷，明目张胆，无复顾忌，真孔子所谓：是可忍，孰不可忍者矣"。[59]

赵启霖的弹劾报告让慈禧太后内心惶恐，北洋集团到底买卖了多少乌纱？慈禧太后任命岑春煊担任邮传部尚书时，岑春煊最初并没有答应。这令慈禧太后大为惊讶，因为邮传部掌管全国通信交通大权，可是个人人觊觎的肥差。

在慈禧太后的一再追问下，岑春煊道出了拒绝的实情。原来，岑春煊认为邮传部的左侍郎朱宝奎"市井驵侩，工于钻营，得办沪宁铁路，勾结外人，吞没巨款，因纳贿枢府，得任今职"。岑春煊态度坚决地对慈禧太后说："若该员在部，臣实羞与为伍。"[60]

慈禧太后很想知道，朱宝奎的巨额贿款流向了何方？

出生在常州的朱宝奎是第一批留洋幼童，游学西洋归后，投入盛宣怀门下。盛宣怀给他在铁路局谋了个小差，"不数年由同知捐升道员，遂充上海电报局总办"。朱宝奎对盛宣怀主管的"各局弊窦，无不知之"，他"窥宣怀有婢绝美，求为篷室，宣怀不许"。[61]朱宝奎怀恨在心，将各局积弊抄录给袁世凯。这份积弊文件成为袁世凯夺取轮船招商局、津沪电报局、纺织局等多处产业的筹码，令盛宣怀铩羽。

不难发现，盛宣怀在3月4日争夺轮船招商局失利后，便更坚定地站到了岑春煊一边。盛宣怀很有可能让温宗尧游说岑春煊弹劾朱宝奎，为自己夺回电报、轮船等诸多产业铺路。岑春煊的弱项一直是实业，弹劾朱宝奎就可以牢固自己与盛宣怀的联盟关系。更重要的是，朱宝奎身为袁世凯的心腹，出任邮传部左侍郎，主要是为袁世凯的北洋产业看家护院。不清除朱宝奎，岑春煊这个邮传部尚书不可避免地会遭遇北洋集团的掣肘。

当年，清政府执政集团将左宗棠当成钳制李鸿章的重要棋子。现在，岑春煊则是少数几个能跟袁世凯抗衡的重臣，时人有"南岑北袁"之称。慈禧太后听完岑春煊的弹劾，当场表态："朱某既然不肖，可即予罢斥。"但慈禧太后又为罢黜朱宝奎的理由伤脑筋，问岑春煊："据何罪状以降谕旨？"岑春煊回答："可言系臣面参。"慈禧太后点头同意，当天就"特旨褫宝奎职"。[62]

赵启霖的弹劾显然是岑春煊与瞿鸿禨的连环招。岑春煊在进京之前，送了瞿鸿禨一套密电码，随时同瞿鸿禨沟通机要。[63] 岑春煊突然进京，身为瞿鸿禨门生的赵启霖立即就到火车站迎接，可见岑、瞿二人之亲密。无论是朱宝奎觊觎盛宣怀的婢女，还是载振纳歌姬，桩桩事件都指向奕劻和袁世凯的联盟。慈禧太后任命醇亲王载沣和政务大臣孙家鼐成立专案组，赴天津调查载振纳歌姬、段芝贵买官案。

御史弹劾皇亲失败，反被倒打一耙

岑春煊、瞿鸿禨正等着专案组的调查报告，却万万没有想到，载沣、孙家鼐在接到慈禧太后派下的调查任务之后，径直到了庆亲王府，将慈禧太后的手谕一五一十地告诉了奕劻。

奕劻意识到了问题的严重性，作为内阁副总理，瞿鸿禨深得慈禧太后的赏识。作为瞿鸿禨的门生，赵启霖牢牢地抓住了载振的桃色把柄，将绯闻案与立宪政改挂钩，意在瓦解奕劻、袁世凯联盟。当晚，奕劻就派遣亲信从通州乘船走水路，连夜将歌姬杨翠喜秘密退回天津。袁世凯也立即授意表弟张镇芳，将杨翠喜转赠盐商王益孙，并让王益孙签订了一份纳杨翠喜为妾的假协议，协议时间倒推到载振途经天津之前。

这么一来，专案组的天津调查自然是徒劳的。1907年5月16日，载沣与孙家鼐联名向慈禧太后汇报了所谓的调查结果：赵启霖指控纯属子虚乌有，杨翠喜实为王益孙使女，现在室内充役；借款10万金之事，调查账簿，亦无此款。慈禧太后看完调查报告，当即指令光绪皇帝颁下诏书，谕旨称：

> 该御史于亲贵重臣名节攸关，并不详加访查，辄以毫无根据之词率行入奏、任意污蔑，实属咎有应得。赵启霖着即革职。以示惩儆，朝廷赏罚黜陟，一秉大公。现当时事多艰，方冀博采群言，以通壅蔽。凡有言责诸臣。于用人行政之得失、国计民生之利疾，皆当剀切直陈，但不得摭拾浮词，淆乱视听，致启结党倾轧之渐。嗣后如有挟私参劾、肆意诬罔者，一经查明，定予从严惩办。[64]

农工商部尚书载振的官位保住了，赵启霖却落了个"坐污蔑亲贵褫职"的下场。

赵启霖落罪立即引起了瞿鸿禨、岑春煊一派的反弹。瞿鸿禨的门生汪康年主办的《京报》特刊布消息："言官大会于嵩山草堂，谋联衔入告赵御史声援。"5月19日、23日，御史赵炳麟、恽毓鼎先后向慈禧太后提交抗议报告，声称"言官不宜获罪，言路不宜阻遏"，并以挂冠辞职来抗议。御史江春霖详细分析了载沣、孙家鼐报告中的种种疑窦，要求朝廷将该案推倒重查，结果遭拒。

但是，仅仅两个月过后，在宫廷内外强大的舆论压力下，载振深感自己名声狼藉，自知自己这个农工商部尚书难服同僚难服天下臣民，就很识趣地向慈禧太后提交了辞职报告。

现在，地方督抚们都盯着慈禧太后的处理意见，革命党又在海外抨击立宪是假，中央集权是真。宪政的真意是法治，革命党自然不会信任专案组的调查，一旦慈禧太后曲意祖护清政府执政集团的少壮派，那么地方官制改革推动的公信力将大大下降。慈禧太后又命令光绪皇帝下了一道圣旨：

> 载振自在内廷当差以来，素称谨慎。朝廷以其才识稳练，特简商部尚书，并补授御前大臣。兹据奏陈请开差缺，情词恳挚，出于至诚。并据庆亲王奕劻面奏，再三叮恳，具见谦畏之忱。不得不勉如所请。载振着准予开去

御前大臣、领侍卫内大臣、农工商部尚书等缺及一切差使，以示曲体。[65]

在慈禧太后看来，尽管载振在生活作风上问题很大，但却是清政府亲贵中少有的人才。慈禧太后在圣旨末尾特意说明："现在时事多艰，载振年富力强，正当力图报效，仍应随时留心政治，以资驱策，有厚望焉。"

慈禧太后将辞职后的载振视为储备人才，这令瞿鸿禨他们大为尴尬。慈禧太后单独召见瞿鸿禨时，瞿鸿禨告诫太后，说奕劻意图篡夺政权。慈禧太后听后说庆亲王奕劻上年纪了，应该让年轻人成为改革的主力。瞿鸿禨一高兴，将慈禧太后的话向自己的小老婆说了，小老婆与《京报》主笔汪康年的妻子是闺蜜，这话经此一传，又传到了汪康年耳中。汪康年很快又将消息捅给《泰晤士报》的调查员曾广铨，"庆王失宠，将出军机"成为一条重要的政治消息流传开来。[66]

日俄战争后，列强在中国的利益争夺暗流汹涌。仰仗着奕劻，英国人在扬子江流域获得了铁路等权益，他们担心奕劻远离权力中心会影响到本国的利益。人事变动是中国内政，英国公使不好直接出面，就让公使夫人在参加宫廷晚宴时，当面向慈禧太后确认奕劻是否即将离职。慈禧太后听到英国公使夫人的质疑，顿时感到很尴尬，只有当面否认。

谁才是消息的泄密者？

慈禧太后认定瞿鸿禨是泄密者，因为当时没有第三人在场。袁世凯派员调查发现，英国公使夫人的消息来自于曾广铨。曾广铨是曾国藩的孙子，与瞿鸿禨是世交，还持有《京报》的股份。慈禧太后对瞿鸿禨泄露消息的行为异常愤怒，因为不仅自己的人事部署被打乱了，还差点酿成外交事件。[67]

一张PS照片引发的信任危机

5月23日，曾为赵启霖叫屈，甚至扬言要辞职回家的御史恽毓鼎到天津，为京津铁路事同袁世凯面商。袁世凯用18000金拉拢恽毓鼎，将其雇用为枪手。袁世凯的智囊、农工商部右侍郎杨士琦已经准备好一大堆弹劾瞿鸿禨的材料，只等奕劻在北京的消息。

5月27日，按照军机处惯例，奕劻在会议结束后单独向慈禧太后汇报，说两广总督周馥、闽浙总督松寿频繁致电军机处，饶平、黄冈、钦廉等地会党"合力掳抢"，难以平靖。所以，奕劻极力主张派遣岑春煊回任两广总督平乱。

岑春煊进京后，慈禧太后准其随时觐见。岑春煊也毫不客气地用上了慈禧太后给予他的便利，几次推荐盛宣怀、张謇等人进入中央，但慈禧太后都没有表态。除了举荐自己的政治盟友，岑春煊还继续发扬着自己在地方"官屠"的作风，经常向慈禧太后弹劾朝中臣僚，搞得朝野上下暗流涌动，人人自危，慈禧太后渐有"倦勤之意"。[68] 南方会党叛乱将直接影响新学精英，慈禧太后当即批准岑春煊回任两广总督。

面对突如其来的调令，岑春煊、瞿鸿禨当时就傻眼了，但中央的命令已经宣布了，没有回旋的余地。其实，周馥的平乱急电只是袁世凯清除岑春煊的第一张牌。奕劻在北京的行动顺利完成，袁世凯立即命令杨士琦出手。恽毓鼎收受了袁世凯的贿金，拿着杨士琦草拟好的弹劾材料，弹劾瞿鸿禨四宗罪：一、暗通报馆；二、授意言官；三、阴结外援；四、分布党羽。[69] 次日，瞿被开缺。

岑春煊本想赖在北京不走，没想到瞿鸿禨也被清除了，就只能以养病为名在上海逗留。岑春煊一到上海就找到盛宣怀，没想到御史陈庆桂又弹劾岑春煊勾结盛宣怀，仰仗合资经营企业，与康有为、梁启超、麦孟华等"逆党"有关系，并且多次"礼招"麦孟华为幕僚。慈禧太后将跟盛宣怀有关的内容摘出来，派两江总督端方秘密调查盛宣怀在上海的活动。

袁世凯的亲信、上海道台蔡乃煌很快收到任务，用重金"赂照相师，将岑春煊、康有为、梁启超、麦孟华四像合制一片"[70]。用现在的话说，蔡乃煌找了一位国际照相师，PS了一张岑春煊与慈禧太后最痛恨之人的合影照。

照片最终由奕劻单独向慈禧太后面呈，慈禧太后看到合影照后又惊又恐，沉默良久，相当失望地说："春煊亦通党负我，天下事真不可逆料矣！"[71] 恽毓鼎也趁机弹劾岑春煊："逗留上海，勾结康有为、梁启超、麦孟华，留之寓中，密谋掀翻朝局。康梁自日本来，日本以排满革命之说煽惑我留学生，使其内离祖国，为渔翁取鹬蚌之计，近又迫韩皇内禅，攘其主权，狡狠实甚，余惧岑借日本以倾朝局，则中国危亡。"[72]

蔡乃煌伪造合影照，将照片送抵奕劻之手，同时又让恽毓鼎依据照片情节编造了弹劾报告。恽毓鼎向慈禧太后递完弹劾报告后回家，回家的路上雷雨交加，到家时蔡乃煌已在自己府上喝茶，两人进行了长谈。[73] 8月12日，慈禧太后回忆起西逃路上岑春煊千里救驾，现在居然同康、梁搞在一起阴谋叛乱，万分痛心地说："彼负我，我不负彼，可准其退休。"[74]当天，光绪皇帝发布了任免令：两广总督岑春煊开缺养病。

瞿鸿禨免职，岑春煊病退。奕劻、袁世凯联盟击退了政敌，却没有尝到胜利的滋味。慈禧太后同时将袁世凯、张之洞两位封疆大吏调入军机处，图谋让这两位重臣相互钳制。同时，瞿鸿禨的亲信林绍年一同进入军机处，也成为钳制袁世凯的一枚棋子。为了培育接班人，慈禧太后下令醇亲王载沣开始在军机上行走。

载沣以学习的名义进入权力中枢后，立即开始培植自己的势力。陆军部尚书铁良是袁世凯的劲敌，自然加入载沣的政治联盟。度支部尚书载泽、光绪皇帝的弟弟载洵和载涛、肃亲王善耆、陆军部军学司司长兼参议上行走良弼迅速团结到载沣身边，形成一个皇族少壮派政治集团。袁世凯突然发现，跟瞿鸿禨、岑春煊你死我活的争斗削弱了汉族官僚的实力，反而让清政府执政集团的少壮派逐步掌握了军权、财权。

袁世凯进入军机处明升暗降，奕劻成了袁世凯翻盘的最大筹码。盛宣怀意识到，载沣集团难以在短时间内超越袁世凯、奕劻联盟，便连忙派在京坐探陶湘送两万元金币给奕劻，"忝值千岁寿旦，谨备日金币二万圆，属令陶道（陶湘）面呈，伏乞赏收。"奕劻回信说："杨柳风前，忽好音之惠我。荷蒙厚赐，崇饰贱辰，百拜承嘉，五中增感。"[75]

盛宣怀丁忧结束后，一直图谋东山再起。1907年3月在轮船招商局股东大会上夺权失败后，他试图通过政治盟友岑春煊重返官场，可是岑春煊一派很快被袁世凯、奕劻击败。落魄的盛宣怀"遍交朝贵，皆不得其欢心，卧病僧舍，几不起"。给奕劻送去大礼后，坐探陶湘在一封密电中很失望地说："至于领袖（指奕劻）者，本属无可无不可，一听命于北洋而已。"[76]

送礼找错了庙门，盛宣怀很快就又将目光瞄向了皇族少壮派。当时，掌握轮船、电报、铁路大权的新任邮传部尚书陈璧是袁世凯的盟友，[77]邮传部侍郎唐绍仪是袁世凯的幕僚，京汉铁路提调梁士诒是袁世凯的心腹。盛宣怀打探到载泽欲将梁士诒、唐绍仪两位广东籍干部赶出去，盛宣怀"乘机进贿"，[78]欲进入邮传部，夺回轮船、电报、铁路控制权。

押宝镇国公，盛宣怀时来运转

盛宣怀走对门路当上了朝廷大官

盛宣怀终于结交上权贵镇国公载泽。

载泽是康熙皇帝第十五子愉恪郡王允祹之五世孙，因嘉庆皇帝第五子惠亲王绵愉之第四子奕询无子，奉旨过继为嗣，袭辅国公，晋镇国公，加贝子衔。载泽虽然出身皇族，但到了他这一代已经被爱新觉罗家族边缘化了。身为清政府执政集团少壮派的代表，载泽决定通过政治婚姻挤进权力中枢。

叶赫那拉·桂祥有两个很有名的女儿，一个叫叶赫那拉·静芬，在慈禧太后的命令下，已经嫁给了光绪皇帝，成为母仪天下的皇后。桂祥的另一个女儿叶赫那拉·静荣，则成为了载泽的福晋。桂祥是慈禧太后的二弟，载泽自然就成了慈禧太后的侄女婿，与光绪皇帝成了连襟。

盛宣怀通过坐探陶湘向载泽送现金，载泽也对盛宣怀相当赏识，称他"谙于财政，为是时第一流人物"。盛宣怀向载泽表达了自己希望进入朝廷高层的愿望，并提出了重组汉阳铁厂、大冶铁矿、萍乡煤矿的庞大计划，承诺为载泽留存重组后的汉冶萍公司股票，"其暗号曰'如春'，谓帝泽如春也"。[79]载泽收下了盛宣怀的现金、股票大礼。

盛宣怀的门子走对了。1908年年初，盛宣怀就接到朝廷的任命：邮传部右侍郎。盛宣怀上任的第一件事就是整合旗下的实业资源，摆脱资金链紧张的困局。

袁世凯夺走轮船、电报产业后，留给盛宣怀的只有大冶山铁矿、汉阳铁厂、萍乡煤矿以及并不赚钱的纺织业。轮船、电报曾经是汉阳铁厂最大的投资方，也是汉阳铁厂最大的资金拆借方。北洋集团接管轮船、电报后，汉阳铁厂这种对资金量需求极大的重工业企业立即陷入资金困局。

"铁厂招集之商股，即轮电两公司之股商，惟恃两公司之稍有盈余，以辅铁厂之不足。"盛宣怀一直希望袁世凯看在发展民族工业的分儿上，能够对轮船、电报两大产业放手，因为汉阳铁厂跟轮船、电报"利害相依，视为命脉，大约该铁厂立脚未定之前，无论何人接办，其势皆能合不能分"。[80]袁世凯没有理会盛宣怀，夺走轮船、电报，断绝了铁厂养命之源。

盛宣怀一直在图谋重夺轮船、电报的控制权。他加入岑春煊、瞿鸿禨联盟，没想到联盟迅速崩溃；他结交清政府权贵，却又总是不对路。在"轮、电两局接济之路已绝"的情况下，盛宣怀一旦放弃汉阳铁厂，就意味着可能失去重夺轮船、电报的政治筹码。为了保证汉阳铁厂的正常运转，给清政府执政精英们一个改革干才的印象，盛宣怀唯一的出路是"非另借巨款不办"。[81]

为了解决汉阳铁厂的燃料问题，盛宣怀招集百万商股，让萍乡煤矿项目上马。大冶铁矿、汉阳铁厂、萍乡煤矿三驾马车对资金的需求越来越大，从国内钱庄票号拆借的资金已经无法满足企业的需求，盛宣怀只能从国际金融机构进行贷款。

日本一直是汉阳铁厂最大的贷款客户，在日本内阁与日本驻华使领馆的谋划下，1903年至1907年，日本方面一共向汉阳铁厂贷款20万两白银、660万日金。涉及的金融机构有大仓组、兴业银行、三井物产会社、正金银行。1904年，盛宣怀还向俄国华俄道胜银行借131971.44两库平银。抵押物均为矿石、钢铁销售权、物业、车辆等。[82]

国际贷款是一把双刃剑。汉阳铁厂通过贷款缓解了资金压力，保障了技术改革和企业扩建。同时，日本通过苛刻特殊的条款，全面渗入到与汉阳铁厂相关的企业，成为汉阳铁厂整个产业链的实际控制人。

1907年8月10日，慈禧太后突然下令张之洞进京，并改由盛京将军赵尔巽出任湖广总督。[83]盛宣怀顿时有一种黑云压城的危机感，汉阳铁厂在1896年重组时，将湖广总督作为汉阳铁厂监护人这一条写入了公司章程。汉阳铁厂民营化重组后，张之洞对汉阳铁厂和盛宣怀扶持有加。张之洞离开后，新任湖广总督赵尔巽顺理成章地成为汉阳铁厂的监护人，盛宣怀和汉阳铁厂的命运就将掌握在赵尔巽手中。

赵尔巽，辽宁铁岭人，东三省试点立宪政改背后，此人功不可没。袁世凯称帝后，册封"嵩山四友"，赵尔巽位列其中，由此可以窥见赵尔巽同袁世凯的关系非同一般。盛宣怀手中只有汉阳铁厂、大冶铁矿、萍乡煤矿这一个产业集群，自己能否和赵尔巽形成以政治利益为基础的稳定关系？盛宣怀相当担心，自己和汉阳铁厂一干企业将要失去湖广总督这一把政治保护伞。

盛宣怀出任邮传部右侍郎时，头上还有汉阳铁厂督办这个职务。汉阳铁厂是官督商办的民营企业，身为中央分管的部委，邮传部右侍郎对汉阳铁厂的管理权没有湖广总督大，所以盛宣怀的督办身份可能会被地方政府架空。更为致命的是，身为袁世凯的政治盟友，赵尔巽完全可能重用袁世凯的霹雳手段，将汉阳铁厂一干企业的控制权从盛宣怀手中夺走。

盛宣怀决定趁赵尔巽在湖北立足未稳之际，将汉阳铁厂和萍乡煤矿合并重组，推行现代化的商业股份制。重组可以将盛宣怀从官督商办下的官方督办，彻底改成股份制下的总理，从而将自己的控制权力完全商业化，杜绝中央以及地方各派政治势力的干预，避免政治势力以"官督"的名义将汉阳铁厂、萍乡煤矿国有化。

在赵尔巽抵达湖北之前，盛宣怀给赵尔巽写了一封信，对轮船招商局、津沪电报局两大优质企业"已得厚利，为官所夺"那种国有化后糟糕的经营相当失望，希望赵尔巽能够在汉阳铁厂、萍乡煤矿项目的推进中表现出高风亮节："将来继公督楚，必是旗族，继倅办厂，必是部员，能俟至弥亏收利之后，尚可为轮、电之续，如不待成功即归腐败，前人苦心，后人藐之，国人捣乱，外人攘之。时局难测，是用隐忧。"[84]

赵尔巽被盛宣怀架到商业民族主义的高度，只能转而支持盛宣怀的重组行动。1908年3月26日，由汉阳铁厂、大冶铁矿、萍乡煤矿重组而来的集团公司——汉冶萍煤铁厂矿股份有限公司成立，公司成立当天就取得了大清帝国农工商部的注册批复。汉冶萍的成功重组令盛宣怀如释重负，可是沪杭甬铁路的一纸草约又将盛宣怀推向了火山口。

沪杭甬铁路借款掀起大风波

1908年3月6日，清政府代表与英国银公司代表在北京签订了《沪杭甬铁路借款合同》，款额为150万英镑，实收139.5万镑，利息5厘，每年交付一次，10年后逐年还本，30年为限。[85] 3月11日，中央发布人事任命，盛宣怀暂时免去邮传部右侍郎一职，出任会办商约大臣，专程赴上海同英方办理借款商约。

盛宣怀在邮传部右侍郎的位置上连屁股还没有坐热，就被派去解决沪杭甬铁路的烂摊子。1898年8月，英、比、法、俄四国争夺卢汉铁路贷款筑路权失败后，向北京方面索要苏杭甬铁路（本拟从苏州经杭州到宁波，后因沪宁铁路修筑在先，此路开修时把起点改为上海）的贷款修建权。当年10月15日，怡和洋行和汇丰银行合资组建的英国银公司与督办铁路总公司大臣盛宣怀签署了贷款草约，[86]一个连贷款额、贷款条件都没有的草约，最终成了盛宣怀的噩梦。

沪杭甬铁路贷款草约签订后，英国卷入了南非殖民战争，1900年八国联军又进入北京，英国银公司一直没有与中国方面签署正式合约。1903年，忙于跟袁世凯争夺工业资产的盛宣怀担心自己会失去对铁路资产的控制权，于当年5月24日通知英国银公司，"如六个月之内再不勘路估计……所有以前合同及往来信函一概作废"。[87]英国方面对盛宣怀的最后通牒不予理睬。

1903年12月，中央颁布《铁路简明章程》，向民间开放铁路修筑权，规定各省官商可以筹集股本修筑省干线或支线。1904年1月，《公司律》颁布，规定"凡现已设立与嗣后设立之公司及局厂行号铺店等均可向商部注册，以享一体保护之权益"。《公司律》明确了民营资本的合法地位，中央还出台了鼓励民间资本创办公司的政策，推动了商办铁路的热潮。例如浙江的一批官商就于1905年8月成立浙路公司，经营全省修路事宜。

1905年9月23日，北京方面给盛宣怀下令："浙江全省铁路，业经商部奏准，由绅民自办，所有前与英商订立苏杭甬草合同，著责成盛宣怀赶紧磋商，务期收回自办，勿得藉词延宕。"[88]盛宣怀同英国银公司磋商，但英国方面坚决不同意废约。如果由英国银公司贷款修路，就意味着浙路公司可能失去苏杭甬这个项目。

浙路公司股东孙宝琦，曾向慈禧太后提交立宪报告。他在听闻英国人不同意废约，担心英国人如果"理应作废之草合同仍得成立，合省股东必不甘于解散，朝廷亦何忍徇英商无理之请，而转夺浙商应有之权，且浙商之自办铁路，系禀由商部奏明奉旨允准。该英商仅于数年前与盛宣怀订立草合同，而又耽延已久，今日何得与浙商争议？"[89]

1906年10月，苏杭甬铁路浙江段开工。英国驻华公使萨道义向外务部提交照会，斥责浙路公司简直就是"无理取闹之举动"，恐吓北京方面如果不制止浙路公司的筑路行为，"中外无法相安"。没过多久，新上任的驻华公使朱尔典更是强硬，他要求北京方面让浙路公司停工。朱尔典指责"中国政府纵容百姓，专与外人为难"，"华政府如此柔懦，轻听浙绅强硬之求，致与英国国体有所损碍，及关我两政府交谊之处，甚属危险"。[90]

英国公使的一席话立即让北京方面胆战心惊。八国联军进京的梦魇令慈禧太后终身难忘，一旦苏杭甬铁路贷款触怒了英国人，英国停泊在上海的远征舰队将对准江浙。

为了化解苏杭甬铁路草约矛盾，北京方面将驻英公使汪大燮调回北京，出任外务部右侍郎，专门与英国方面磋商草约事宜。

1907年10月20日，北京方面宣布："外交首重大信，订约权在朝廷。"北京不再争议草约的存废，而是指责江浙所集股款差额巨大，"势难克期竣工"。北京方面命令外务部派员跟英国方面详细议定借款章程。1908年3月6日，北京方面命苏、浙两省接受《江浙铁路公司存款章程》，规定所借英款150万磅存于邮传部，由邮传部负责还借，架空两省铁路公司，在其下设"沪杭甬铁路局"，聘用英国工程师主持局事。

北京的消息一出，江浙官商哗然。浙路公司发起成立了浙江国民拒款会，进行拒款斗争。同时，浙路公司公开向民间招股，为了扩大招股范围，每股由之前的10元降低到1元。在江浙、上海的招股现场，数万名工人、学生、店员、挑夫、僧道、优伶、妓女、乞丐，均踊跃认购路股，一时间，"杭垣舆论"、"街谈巷议"，"人人皆以不附路股为耻"。[91]

浙江的招股拒外资行动犹如病毒一般，迅速扩散到全国，江苏、安徽、福建、广东、广西、江西、湖南、湖北、四川、贵州、陕西、直隶等十四个省四十八个府县民众，纷纷向浙江铁路公司出资购股。仅一个多月，认购的铁路股款达到两千三百万元之巨，为英国借款数的两倍多。北京方面下令解散"浙江国民拒款会"，调动军队，以武力相威胁。

盛宣怀离开邮传部到达上海，很快同汪大燮一起跟英国方面在细节上达成了一致，即借款不用沪杭甬铁路，而用路成后的运输收入及关内外铁路的余利作抵押，铁路修建、管理、运输的各个环节都由中方做主，路成后债权人不分取运输余利，仅领取一笔抵换款，筑路总工程师用英国人，但听命于中国总办。细节谈判完毕，盛宣怀回任邮传部。

上海谈判完全没有通过浙江、江苏铁路公司股东决议，盛宣怀以邮传部右侍郎、商约大臣身份，替两铁路公司做主。四品京卿、浙路公司总理汤寿潜怒不可遏，向军机处致电："盛宣怀既为借款之罪魁，又为拒款之祸首。苏浙已躬被盛宣怀之累，复使受其教令，忍乎不忍。"汤寿潜嘲笑北京方面任命盛宣怀为邮传部右侍郎管理路政，简直就是"以鬼治病，安有愈理"？汤寿潜希望军机处将盛宣怀"调离路事，以谢天下"。[92]

江浙铁路协会也分别致电军机处、外务部、邮传部、都察院，指出苏浙路事，盛宣怀、汪大燮卖国卖乡。立宪改革的关键在人事任命权，清政府执政集团绝不容忍民间染指官员任命权。汤寿潜的电文激怒了慈禧太后，慈禧太后认为汤寿潜干预朝廷用人，下令将汤寿潜革职，并斥责汤寿潜"措辞诸多荒谬，狂悖已极，朝廷用人，自有权衡，岂容率意枉陈"。[93]

新皇帝上台，清政府少壮派掌权

在江浙商民谴责盛宣怀卖国时，光绪皇帝带着病体正无精打采地坐在龙椅上，甚至连挺直身体都做不到，还得坚持接见外国使节。英国驻华公使朱尔典态度相当强硬，他要求皇帝保证英国在华利益。光绪皇帝相当痛苦地望着公使们，他身体十分虚弱，饱受疼痛折磨，不得不向各省督抚们求医，希望督抚们能够向紫禁城选送医师。[94]

光绪皇帝的身体状况令驻华公使相当焦虑，他们担心北京可能会政变。公使们并不看好光绪皇帝的弟弟醇亲王载沣，认为他不是"一位强有力的人物"，"醇亲王所受的教育和训练"不能"推动大清帝国沿积极的道路向前发展"。公使们认为庆亲王奕劻更适合掌握大清帝国政局，因为他一直主导宪政改革，主管资政院和外务部两大部门。不过，公使们却不能确定奕劻对于新政体会有哪些方面的影响。[95]

一旦光绪皇帝去世，强有力的袁世凯会处在一个什么样的位置呢？公使们相当关心袁世凯的未来，因为"袁世凯一直负责推动整个大清帝国的现代化进程"。公使们分析："如果在新政体中占统治地位的力量是反动势力的话，大清帝国很可能会倒退到她最初呈现于世人面前的情形。那么，它又将成为世界上侵略外交最诱人的战利品，并且又可能重新出现导致彻底崩溃的危险。"

1908年11月14日下午五点，光绪皇帝去世，慈禧太后自己的灵柩也已在宫内准备就绪，因为听闻皇帝死讯的慈禧太后"精神崩溃"，"这种状况让她再也无法利用她和皇储之间的血缘关系来巩固她的权力了"。[96]当天，慈禧太后下达了最后一道人事任命：立醇亲王载沣的幼子溥仪为皇储，载沣为摄政王。清政府执政集团少壮派领袖载沣被授予最高的政务处置权。

1908年11月15日上午八点，溥仪在乾清宫登基。当天下午两点，慈禧太后去世。外务部照会外国使馆，通告光绪皇帝死讯，以及溥仪已经继承大统。在光绪皇帝和慈禧太后去世前几天，"军队就已经进入警戒状态，准备应对由于皇帝驾崩可能引发的任何骚乱，以及由于慈禧太后薨逝而引发的任何武装起义"。

由江浙铁路引发的万人对抗朝廷风潮令北京方面紧张异常，因为这不是孤例。1901年慈禧太后宣布新政后，各级官府不但没有给民众创造新生活，相反，他们还以新政之名征收苛捐杂税。长沙就爆发过饥民暴动，民众高喊"抚台给我饭吃"、"把抚台拖出来杀死"的口号。据不完全统计，1905年全国反苛捐杂税、反饥饿的抗议活动为103次，1907年为188次。[97]

反抗活动常常要通过军队镇压、民政救济措施才能得以平息，而清政府执政集团最担心的就是各地会革命不断。庆亲王奕劻的女婿恩铭于1907年7月6日被革命党刺死；同年12月，孙中山、黄兴在广西镇南关策划武装起义；1908年3月，黄兴领导马笃山起义，孙中山委派会党领袖黄明堂在云南河口领导起义；1908年11月，安徽岳王会成员熊成基领导安庆新军起义。

清政府执政集团在担心民众骚乱的同时，更担心革命党会突然袭击京师。陆军部尚书铁良"调集两支军队作为预备队驻防在首都的各个据点，另有二十支宪兵分队派往各个外国使馆以阻止人们接近"。摄政王载沣向各地督抚们下达命令，"像从前一样继续管理好地方事务"，没有北京诏令不得擅自进京，"全国为过世的皇帝陛下服丧百天，而朝廷将守孝三年"。[98]

盛宣怀豪赌押中的清政府执政集团少壮派正式走上大清帝国的前台。1908年12月，摄政王载沣欲以"跋扈不臣，万难姑容"的罪名，严惩袁世凯。肃亲王善耆、镇国公载泽建议载沣："此时若不速作处置，则内外军政方面，皆是袁之党羽，从前袁所畏惧的是慈禧太后，太后一死，在袁的心目中已无人可以钳制他了，异日势力养成，消除更为不易，且恐祸在不测。"[99]

▶▶ 注释：

[1] 熊性美、阎光华编：《开滦煤矿矿权史料》，南开大学出版社2004年版。

[2] （清）甘厚慈辑：《北洋公牍类纂》，文海出版社1966年版。

[3] 熊性美、阎光华编：《开滦煤矿矿权史料》，南开大学出版社2004年版。

[4] 杨磊主编：《开滦130年重要历史事件》，新华出版社2008年版。

[5]（清）甘厚慈辑：《北洋公牍类纂》，文海出版社1966年版。

[6]《开滦矿物案》翻译稿，私家珍藏。

[7]《开滦矿物案》翻译稿，私家珍藏。

[8] 熊性美、阎光华编：《开滦煤矿矿权史料》，南开大学出版社2004年版。

[9] 胡光麃：《波逐六十年》，《近代史资料》总第36期。

[10]《开滦矿物案》翻译稿，私家珍藏。

[11]（清）甘厚慈辑：《北洋公牍类纂》，文海出版社1966年版。

[12]《开滦矿物案》翻译稿，私家珍藏。

[13]《开滦矿物案》翻译稿，私家珍藏。

[14] 严复：《论世变之亟——严复集》，辽宁人民出版社1994年版。

[15] 熊性美、阎光华编：《开滦煤矿矿权史料》，南开大学出版社2004年版。

[16]《开滦矿物案》翻译稿，私家珍藏。

[17] 熊性美、阎光华编：《开滦煤矿矿权史料》，南开大学出版社2004年版。

[18] 熊性美、阎光华编：《开滦煤矿矿权史料》，南开大学出版社2004年版。

[19] 熊性美、阎光华编：《开滦煤矿矿权史料》，南开大学出版社2004年版。

[20] 魏子初编撰：《帝国主义与开滦煤矿》，神州国光出版社1954年版。

[21] 第一历史档案馆：《清末宪政史料》。

[22] 孔宝暄：《忘山庐记》，上海古籍出版社1983年版。

[23]（清）张謇：《张謇全集》卷6，江苏古籍出版社1994年版。

[24]［日］内藤顺太郎著，范石渠译：《袁世凯正传》，上海文汇书局1914年版。

[25]（清）甘厚慈辑：《北洋公牍类纂》，文海出版社1966年版。

[26]（清）甘厚慈辑：《北洋公牍类纂》，文海出版社1966年版。

[27] 中国史学会主编：中国近代史资料丛刊之《辛亥革命》，上海人民出版社1957年版。

[28]《时报》，1906年9月5日。

[29] 中国史学会主编：中国近代史资料丛刊之《辛亥革命》，上海人民出版社1957年版。

[30] 陈旭麓等编：〝齐东野语〞，《盛宣怀档案资料选辑之一——辛亥革命前后》，上海人民出版社1979年版。

[31]《东方杂志》，1906年9月临时增刊。

[32] 袁世凯：《袁世凯奏议》，天津古籍出版社1987年版。

[33]《大公报》，1906年9月2日。

[34] 天津府自治局辑：《天津府自治局文件录要》，1906铅印本。

[35] 天津市档案馆等编：《天津商会档案汇编》，天津人民出版社1998年版。

[36] 天津府自治局辑：《天津府自治局文件录要》，1906年铅印本。

[37] 商务印书馆编译所：《大清光绪新法令》第1册，商务印书馆1910年版。

[38] 中国史学会主编：中国近代史资料丛刊之《辛亥革命》，上海人民出版社1957年版。

[39] 陈旭麓等编：《盛宣怀档案资料选辑之———辛亥革命前后》，上海人民出版社1979年版。

[40] 郭剑林主编：《北洋政府简史》，天津古籍出版社2000年版。

[41] ［苏］B.阿瓦林：《帝国主义在满洲》，北京商务印书馆1980年版。

[42] 赵中孚：《清末东三省改制的背景》，《中国近代现代史论集》，商务印书馆1986年版。

[43] （清）朱寿朋编：《光绪朝东华录》卷5，中华书局1984年版。

[44] （清）徐世昌：《退耕堂政书》，文海出版社1968年版。

[45] 故宫博物院明清档案部编：《清末筹备立宪档案》，中华书局1979年版。

[46] 王尔敏，吴伦霓霞编：《盛宣怀实业函电稿》，香港中文大学中国文化研究所1993年版。

[47] 汪诒年：《汪穰卿先生传记》卷4，文海出版社 1971年版。

[48] （清）郑观应：《盛世危言后编卷10·商务》，大通书局1969年版。

[49] 王尔敏，吴伦霓霞编：《盛宣怀实业函电稿》，香港中文大学中国文化研究所1993年版。

[50] （清）徐润：《徐愚斋自叙年谱》，江西人民出版社2012年版。

[51] 王尔敏，吴伦霓霞编：《盛宣怀实业函电稿》，香港中文大学中国文化研究所1993年版。

[52] （清）岑春煊：《乐斋漫笔》，文海出版社1971年版。

[53] （清）胡思敬：《国闻备乘》，中华书局2007年版。

[54] （清）岑春煊：《乐斋漫笔》，文海出版社1971年版。

[55] （清）岑春煊：《乐斋漫笔》，文海出版社1971年版。

[56] （清）岑春煊：《乐斋漫笔》，文海出版社1971年版。

[57] （清）岑春煊：《乐斋漫笔》，文海出版社1971年版。

[58] 《清德宗实录》卷571，中华书局1987年版。

[59] 《清德宗实录》卷571，中华书局1987年版。

[60] （清）岑春煊：《乐斋漫笔》，文海出版社1971年版。

[61] （清）胡思敬：《国闻备乘》，中华书局2007年版。

[62] （清）岑春煊：《乐斋漫笔》，文海出版社1971年版。

[63] （清）刘体智：《异辞录》，中华书局1997年版。

[64] 《清德宗实录》卷572，中华书局1987年版。

[65] 《清德宗实录》卷572，中华书局1987年版。

[66] （清）赵炳麟：《赵柏岩集》，广西人民出版社2001年版。

[67] （清）徐凌霄、徐一士：《凌霄一士随笔》，山西古籍出版社1997年版。

[68] 杜春和、林斌生、丘权政：《北洋军阀史料选辑》，中国社会科学出版社1981年版。

[69]（清）恽毓鼎：《澄斋日记》，浙江古籍出版社2004年版。

[70] 刘成禺：《洪宪纪事诗本事簿注》卷2，山西古籍出版社1997年版。

[71] 沃丘仲子：《慈禧传信录》，广文书局1980年版。

[72]（清）恽毓鼎：《澄斋日记》，浙江古籍出版社2004年版。

[73]（清）恽毓鼎：《澄斋日记》，浙江古籍出版社2004年版。

[74] 沃丘仲子：《慈禧传信录》，广文书局1980年版。

[75] 陈旭麓等编：《盛宣怀档案资料选辑之———辛亥革命前后》，上海人民出版社1979年版。

[76] 陈旭麓等编：《盛宣怀档案资料选辑之———辛亥革命前后》，上海人民出版社1979年版。

[77]《盛京时报》，1912年2月10日。

[78]（清）胡思敬：《国闻备乘》，中华书局2007年版。

[79]（清）刘体智：《异辞录》，中华书局1997年版。

[80] 夏东元：《盛宣怀年谱长编》，上海交通大学出版社2004年版。

[81] 夏东元：《盛宣怀年谱长编》，上海交通大学出版社2004年版。

[82] 日本外务省编撰：《日本外交文书》卷40，原书房出版社1955年版。

[83]（清）恽毓鼎：《澄斋日记》，浙江古籍出版社2004年版。

[84] 陈旭麓等编：《盛宣怀档案资料选辑之四——汉冶萍公司》，上海人民出版社1981年版。

[85] 宓汝成编：《中国近代铁路史资料》第二册，中华书局1963年版。

[86] 王铁崖编：《中外旧约章汇编》，三联书店1957年版。

[87]（清）盛宣怀：《愚斋存稿》卷14，文海出版社1975年版。

[88] 宓汝成编：《中国近代铁路史资料》第二册，中华书局1963年版。

[89] 宓汝成编：《中国近代铁路史资料》第二册，中华书局1963年版。

[90] 宓汝成编：《中国近代铁路史资料》第二册，中华书局1963年版。

[91] 宓汝成编：《中国近代铁路史资料》第二册，中华书局1963年版。

[92] 宓汝成编：《中国近代铁路史资料》第二册，中华书局1963年版。

[93] 宓汝成编：《中国近代铁路史资料》第二册，中华书局1963年版。

[94]《纽约时报》，1908年11月15日。

[95]《纽约时报》，1908年11月14日。

[96]《纽约时报》，1908年11月15日。

[97] 郭世佑：《晚清政治革命新论》，湖南人民出版社1997年版。

[98]《纽约时报》，1908年11月16日。

[99] 全国政协文史资料研究委员会编：《辛亥革命回忆录》，文史资料出版社1981年版。

19

第十九章

天朝崩溃

你一脚我一脚，各国都想在中国铁路上占一脚

一次失败的秘密外交联盟

慈禧太后的去世令袁世凯惶恐不安。

肃亲王善耆是个典型的亲日派，他同日军参谋本部间谍川岛浪速是换帖兄弟，善耆的十四格格还认川岛浪速为干爹。川岛浪速强奸了善耆的女儿，善耆依然同他称兄道弟。川岛浪速顶着"二品客卿"的官衔居住在北京，向中国各地派遣间谍，收集大清帝国各种情报，最后向日本内阁、军部汇报。

1908年2月，中国军舰在澳门附近拦截了一批军火，军火的提供方正是日本军方。日本方面试图以事发海域隶属葡萄牙为由而逃脱。中国外务部向日本方面提交抗议照会，最终中国军方购买了军火，日本方面只是口头答应停止再同革命党进行军火贸易。[1]

袁世凯决定自救，他派出密使唐绍仪出使美国和德国，争取拉拢美、德两国作为中国的国际盟友，如此一来北京方面就可以通过美、德钳制在东北、扬子江、汉江一带的日、俄、英、法四国势力。只要唐绍仪的国际结盟成功，清政府执政集团的少壮派就会改变对袁世凯的看法，恢复对袁世凯的宠信。[2]

1908年11月27日，英国驻日大使窦纳乐向伦敦发出一封密电，将德国皇帝威廉二世正在等待会见唐绍仪，并可能趁机挑拨中日关系的情况向英国进行了汇报。三天后，唐绍仪抵达华盛顿。可是提前获得情报的日本抢先一步，已经同美国签署了一个无须国会批准的友好协议。德国皇帝威廉二世也只能欢迎美日协议，表示美日协议是"东方和平的一个新保证"，重申"依照在华各国贸易门户开放的原则来均等地促进各国的利益"。[3]

袁世凯的秘密外交失败了。1909年1月2日，摄政王载沣罢黜了袁世凯，让他

回家养病。清政府执政集团的少壮派们对载沣的行动很不理解，他们更希望载沣能将袁世凯处死。载沣在罢黜袁世凯前，曾密电北洋新军中的汉族官僚，向他们征求对袁世凯的处置意见。第四镇、第六镇的领导人以辞职相威胁，非常明确地提出"请勿诛袁"。英国驻华公使朱尔典也警告载沣，袁世凯是中国政府"唯一强有力的人"，诛杀袁世凯就是自毁基业。

载沣罢黜袁世凯的消息当天就传到了华盛顿。亲美的袁世凯离开权力中枢，美国在华利益存在着诸多变数，以至于美国驻华公使都不愿意再在华工作。美国总统罗斯福向德国皇帝威廉二世写信，讨论唐绍仪的秘密结盟和中国政局的变化。罗斯福对北京相当失望："中国人不管在内政或外交上，如此不能执行任何既定的政策，以致除了同他们极其慎重地往来以外，很难做其他的事。"[4]

英国驻日大使窦纳乐曾经在北京待了很长时间，1909年的春天准备回伦敦休假。离开东京之前，窦纳乐拜见了伊藤博文，两人对中国的未来进行了深入交流。伊藤博文对北京相当担忧，在聊天的过程中，他表示："中国在三年内将有革命。"[5]

"中国情势已经败坏到无以复加的地步，政府和宫廷都忙于阴谋，而各党派则极力争夺权势，这已经够坏了。"在伊藤博文看来，北京方面主导的宪政改革已经成了各派势力争权夺利的舞台，清政府执政集团少壮派们最大的威胁将来自于地方，"主要的危险还在于各省谘议局被赋予太大的权力"。地方督抚的权力被削弱，与中央发生争执时，他们无疑会选择支持谘议局。现在北京的"中央政府已经衰弱的可怜"。

1907年9月，中央成立资政院，为将来的上议院打基础。当年的10月19日，中央准许各地设立谘议局。"谘议局之设，为地方自治与中央集权之枢纽，必使下足以衰集一省之舆论，而上仍无妨于国家统一之大权。"在清政府执政集团看来，"议院乃民权所在，然其所谓民权者，不过言之权而非行之权也。议政之权虽在议院，而行政之权仍在政府"[6]。

在清政府执政精英的眼中，谘议局就是给那些地方精英们发牢骚的地方，国家的执政权、行政权均在中央掌控之中。发牢骚的资格可不是给庶民的，清政府执政集团对谘议局成员做了严格限制：家资伍仟元，有中学文凭，公益事业及办理地方学务满三年著有成绩，曾任实缺地方官未被弹劾革职，非本省户籍年满25岁以上、寄居10年，且在寄居地有万元家资者。

宪政的游戏就是基层精英的娱乐场。有钱有爵位的人也别激动，并不是人人都能享有选举权和被选举权。如果你是品行悖谬、营私武断之人，被处以刑罚之人，做生意失去信用之人，吸食鸦片之人，有精神病之人，身家不清白的娼优隶卒等贱业之人，不识文义的人，都会排除在宪政大门之外。[7] 说白了，有钱、有文化的地方精英才有资格入选谘议局。

清政府执政集团的宪政用心昭然若揭，他们试图借助立宪来达到"上下同心""皇权永固"的目标。可是，支撑皇权合法性的基础是以君臣纲常为核心的儒家意识形态，宪政制度则是以契约和法制为基础的政治制度，其统治原则是权力制衡。基层精英进入谘议局，不再是简单的政府管理者的角色，他们拥有了对国家决策投票表决的权利，谘议局对权力体制的制约作用立即通过选票显示出来了。

民众对宪政改革简直就是迫不及待。慈禧太后和光绪皇帝留给清政府执政集团的宪政遗产就是两个宪法性文件：《钦定宪法大纲》和《重大信条十九条》。[8]《钦定宪法大纲》以维护皇权的至高性为基础，提出了九年实行的期限。宪政却要求皇帝的权力必须"以宪法规定为限"，重大的决策，甚至连皇室的经费和典礼也包括在内，都必须由国会做出，皇帝只是象征性地发布。

"代议机构的建立为各省精英提供了对中央政府表示久已有之的怀疑的渠道，结果，旨在为中央政府提供支持和建立更强大共识的机构，反而导致地方对朝廷的集权动机表示疑虑。"基层精英们通过新学堂的洗脑，对国家管理的理念不再拘泥于传统儒家道德，"不断扩大的参与规模和对于敌视性国际环境更强烈的意识，促使危机加剧起来。"[9]

先来的要"独权"，后进的要"门户开放"

谁才能驾驭危机？清政府执政集团的少壮派将袁世凯赶出了朝廷，这种做法立即让北京的权力中枢尴尬起来，因为朝廷没有一个可以驾驭危机的强势人物。日本内阁很快就发现，"北京现在没有一个人拥有足够的权势和力量，足以使日本政府同他谈判"，美国的总统塔夫脱（William Howard Taft）一上任就在打中国的主意，日本首相桂太郎和明治勋臣伊藤博文希望英国驻日大使窦纳乐向伦敦传递一个信息，日本"同英国的联盟将保持远东的和平"。[10]

德国在华利益一直被英、日、法、俄四国围剿，袁世凯派遣唐绍仪秘密赴欧美结盟，最早的提议就是来自德国皇帝威廉二世，但日本强大的情报组织令威廉二世的计划落空。当日本与美国签署和平协议后，德国的银行家立即同张之洞坐到一起，商洽湖广铁路的借款问题。1909年3月7日，张之洞同德国银行家签署了草约。[11]

英国驻华公使朱尔典听闻德国人签署了草约，立即外交照会外务部尚书梁敦彦，说张之洞曾于1905年对英国驻汉口总领事法雷斯（Fraser）许下诺言，修造粤汉铁路及湖南、湖北境内另造其他铁路需借外资时，英国有提供贷款的优先权。如果这项诺言现在遭毁弃，法雷斯可能会因此失去职位。梁敦彦只好以无法改变为辞，向朱尔典表示歉意。

德国驻华公使雷克司在给柏林的电报中说，粤汉铁路贷款草约的签署令朱尔典坐卧不安，"英国公使有些日子相信为这件事将会使他丢官"，草约的签署对中德邦交的政治意义远远超越经济利益，"中国要求德国资本协助，以对抗英国人在扬子江流域压倒优势的地位得视为一个伟大的政治信任行为，它比许多文字还更好地证明德中邦交的优越地位。"[12]

德国的资本与工业在号称为"英国利益范围"内打开了一个新的富饶的地区，打破了英国人在扬子江流域铁路建筑的独占权。强势的朱尔典自然不甘心因铁路贷款丢官。德国方面同张之洞签署了一个机密的谅解，如果英国人反对得太厉害，德国人可以对英国人妥协，将粤汉铁路的贷款权转让给英国人，条件是德国人可以取得经营管理川汉铁路的新权利作为补偿。[13]

1909年6月6日，在经过艰难的谈判后，张之洞终于同德、英、法三国银团签署了粤汉铁路贷款协议。塔夫脱听闻三国同中方共享扬子江流域利益，立即向北京、伦敦、柏林、巴黎提出抗议。同时，华盛顿方面希望在门户平等的原则下进入满洲，这直接威胁到日本、俄国的利益。塔夫脱直接给摄政王载沣写信，表示"某些有成见的反对者"正在阻挠美国资本"平等参加"粤汉铁路，自己深感"不安"。[14]

"由于我深感为我们当前的谈判争取胜利成果的重要，故此采取与殿下直接通信的异乎寻常的方式，以美国资本作为增进中国福利的工具，利用它来开发中国，增进它的物质繁荣，使它不致卷入纠纷，或不致在独立政治力量的成长方面受到影响。"塔夫脱言下之意是，不干涉中国的宪政改革，自己对使中国"保持自己的领土完整"，"具有强烈的个人兴趣"。[15]

收到塔夫脱的私人信函后，载沣立即同军机处、外务部开会商议对策。1909年7月18日，载沣通过中国驻华盛顿公使馆，以电报的方式答复塔夫脱，对塔夫脱的"热忱关怀"和对中国宪政改革的"浓厚兴趣"极为感激。对于铁路贷款问题，载沣表示："外务部大臣们已受令与美国驻京代办交涉，以期达成一个合适的决定，并采取相应行动"。[16]

载沣的电报传到美国国务院时，塔夫脱正同国会议员们谈论关税问题。塔夫脱的副官问他，什么时候可以递交摄政王的电报，塔夫脱说："立刻"。塔夫脱"极庄严地走进蓝室"，看完载沣的电报，他对副官说："我想那是一个相当大的外交胜利，在北京的某些外国使节通过对中国官吏使用金钱，企图把美国资本排挤出去，使它不能用于改进中华帝国的工作之中。"[17]

塔夫脱得到了摄政王的私人保证，心情相当愉悦，当天下午四点一过就下班去打高尔夫球了。可是东京、圣彼得堡很不高兴，载沣的承诺意味着美国可以向东北渗透，一直觊觎满洲的德国也将会在"门户平等"的口号下进入东北。伊藤博文最担心的局面出现了，载沣没有能力平衡列强们的在华利益，只能通过所谓的柔性策略，让列强们相互钳制，这是极度危险的。

铁路烂摊子是个大难题

合同越签越多，国内民众对新政府的不满越来越强烈。令列强们不解的是，北京方面对四川无可奈何，遥远的成都犹如一个独立王国，"中国政府拒绝提及任何关于湖广铁路延长到四川的事"。外务部尚书梁敦彦告诫国际银行家们，四川人民反对外国侵入他们广大省份之内，"在这个时候提到四川延展线，将激起四川人民风暴般的批评"。[18]四川广汉在当年就爆发了武装起义。

与沪杭甬铁路一样，列强们围食扬子江流域铁路也是和盛宣怀遗留下来的历史烂摊子有关。1897年，湖南、湖北、广东三省商民倡议集股修筑粤汉铁路，呈请设立湘粤铁路公司，身为铁路总公司督办的盛宣怀担心商民分权，当即反对三省民营资本修筑粤汉铁路，并通知驻美公使伍廷芳与美国华美合兴公司草签《粤汉铁路借款合同》，借款400万英镑，以铁路财产作保，借款期限30年。[19]

盛宣怀向华美合兴公司承诺，粤汉铁路由华美合兴公司建筑和经理，华美合兴公司有添建支路之权。如果与比国公司订立的卢汉铁路合同作废，该铁路亦归华美合兴公司承建，中国政府如在铁路附近采煤，允许华美合兴公司勘查开办。1899年，华美合兴公司的代表来中国议立正约，并提出在韶州、衡州、郴州等处开矿，引起鄂、湘、粤三省地方民众不满。美国驻华公使康格出面干涉，扬言粤汉铁路"美国必办，断不能让他人"。

于是，1900年7月13日，《粤汉铁路借款续约》得以在华盛顿签字。续约将借款金额增至4000万美元，并有两条重要补充：第一，进一步扩大美国的路权，规定建筑萍乡、岳州、湘潭等支线，并速造渌口至萍乡路线，从而使美国夺得沿线矿权；第二，粤汉铁路及支线所经过地区不准筑造与干线、支线平行的铁路。

华美合兴公司签约的时候正值慈禧太后向列国宣战的高潮期，北京方面没有正式批准《粤汉铁路借款续约》。到了1900年冬天，华美合兴公司创始人、美国参议员华士宾（W.D.Wasliburn）去世，该公司失去了在国会的政治靠山，股东们开始内讧，部分股东退出后，公司管理层"亲往欧洲，暗中招股"，比利时人乘虚而入，购走了三分之二的股票。华美合兴公司7名董事中除了总经理柏森士，皆为比利时人。[20]

1904年，比利时同美国争夺粤汉铁路筑路权，比利时银公司驻纽约首席代表惠第尔取代柏森士，出任华美合兴公司总经理。这个银公司就是英国通过比利时人控制的、给沪杭甬铁路贷款的公司。比利时人万万没有想到，《粤汉铁路借款续约》第17条规定，华美合兴公司权益一旦转于他国或他人，合约作废。盛宣怀作为商约谈判大臣，负责同美方进行废约谈判。

1905年，粤汉铁路在三省商民的努力下，终于废约。在废约的过程中，岑春煊希望通过收税的方式从民间集资，将粤汉铁路纳入各级政府监管之下，商民们希望粤汉铁路民营化，粤汉铁路的官民对抗直接导致北洋集团插手，岑春煊北上京师。[21]

1909年，袁世凯被罢黜后，他的政治盟友徐世昌出任邮传部尚书。1909年3月，盛宣怀给郑观应密电，说上海有股东准备向农工商部申请注册商办，他担心香港股东反对，因为香港股东多为徐世昌控制，"愿放弃商权"。盛宣怀吩咐郑观应到广东、香港联络股东。[22]5月4日，郑观应在粤港澳招股三千，同一天，轮船招商局划归邮传部管辖。8月15日，轮船招商局股东大会，盛宣怀成功控制轮船招商局董事会，徐世昌阻挠商部注册却未能成功。

盛宣怀筹划夺权招商局期间，张之洞突然同英、法、德、美四国签约，将沉寂的粤汉铁路再度推向了风口浪尖，摄政王载沣也卷入了铁路的国际争端之中。盛宣怀做梦也没有想到，围绕粤汉铁路、沪杭甬铁路借款的主角银公司，犹如病毒一般侵入了大清帝国的肌体，更深深地植入盛宣怀的政治生命体中。列强们想方设法取得了扬子江流域、满洲铁路权益后，川汉铁路成为他们的一个梦。这个梦最终将清王朝推向了灭亡深渊。

大清帝国最后一次币制改革

少壮派军方要扩军

1909年10月4日上午，摄政王载沣的卫队封锁了白米斜街。

载沣在一群人的簇拥下进入了张之洞府邸。张之洞躺在病榻上，欲翻身下床施礼，载沣上前一把扶住张之洞："中堂公忠体国，有名望，好好保养。"张之洞费力地说："公忠体国，所不敢当，廉正无私，不敢不勉。"[23]张之洞对他进行了最后一次劝谏，希望摄政王正视危机，采取协商而不是对抗的政策处理政治争端。载沣冷冷地回了一句："不怕，有兵在。"

载沣离开张之洞府邸后，礼学馆总裁陈宝琛问张之洞："监国之意如何？"张之洞长髯抖动，吃力地挤出一句话："国运尽矣，概翼一悟而未能也。"[24]这位多年来坐镇武汉，遥持朝政的大佬在载沣走后没多久就气绝身亡了。远在安阳洹上村的袁世凯听闻张之洞去世，怅然泪下。伊藤博文的预言成真，大清帝国再无强人。22天后的10月26日上午9点30分，日本枢密院议长伊藤博文在哈尔滨被朝鲜人刺杀。

1909年10月14日，张之洞去世后的第十天，大清帝国各省谘议局宣告开会。江苏省谘议局议长张謇发表《请速开国会建设责任内阁以图补救书》，警告北京"亲贵分赃之政府，绝无通知全国之能力"，[25]若不速开国会，将导致众叛亲离。张謇向北京方面提出，要求务必缩短预备立宪时间，于宣统三年召开国会，组成责任内阁，准许召开临时国会。

张謇呼吁各省组织起来联合请愿。随后，江苏谘议局致函各省谘议局，请各局推派代表齐集上海，洽商进京请愿问题。11月底，江苏、直隶、奉天、吉林、黑龙江、山西、山东、河南、湖北、湖南、江西、安徽、福建、广东、广西等十六省谘议局代表五十五人陆续到达上海。

1909年11月27日，各省的请愿代表聚于上海预备立宪公会事务所，举行"请愿国会代表团谈话会"。各省代表前后集会磋商八次，决定组成三十三人的"请愿国会代表团"赴京请愿。张謇在上海设宴饯行，要代表"秩然秉礼、输诚而请"，"设不得请，至于三、至于四、至于无尽，诚不已，则请也不已"。[26]

1910年1月，全体代表齐集北京。1月16日，代表团赴都察院，递上由直隶谘议局议员孙洪伊领衔署名的请愿书，警告"朝廷若无雷霆之举动，以昭苏薄海之生机，恐人心一去不复回，国运已倾而莫挽"，[27]如果开国会"徘待之九年，九年之中，患机叵测"，要求"期以一年之内，召集国会"。各省议员代表在京城遍访王公大臣，游说他们早开国会。

面对各省的议员代表，载沣在上谕中对请愿的议员们说："具见爱国悃忱，朝廷深为嘉悦"，但对议员们提出的提前召开国会的要求断然拒绝。上谕发出后的第二天，1910年1月28日，同盟会会员熊成基谋刺从欧洲考察回国的海军大臣载洵。随后，同盟会会员刘恩复、谢英伯、陈自觉、朱述堂、高剑父、程克等在香港组织支那暗杀团，以暗杀清廷要员为目的。

同盟会南方支部书记汪精卫更是刺杀的狂热分子，他认为只有冒险成功，才能"挽回党人的精神"。1910年春天，汪精卫致信孙中山、黄兴，写下"弟虽流血于菜市街头，犹张目以望革命军之入都门"的豪言壮语，策划炸死摄政王载沣。汪精卫的预谋很快被北京的情报部门获悉，汪精卫一干人被捕。负责审讯的肃亲王善耆认为杀一二人亦难阻革命，不如慢慢软化，遂判处汪精卫等人终身监禁。

陆军部大臣荫昌提出，为了威慑革命党，陆军部需要扩充新军。军谘大臣毓朗提出了扩编新军18镇的扩军计划。按照计划，度支部需要划拨至少21万军费。针对反政府武装的刺杀、暴动越来越频繁，荫昌还提出要扩大军事演习规模，由之前的北洋新军独演，扩大到四省联合军演。度支部载泽立即跳出来反对陆军部的提议，拒绝向军方提供军演费用，四省联合军演被迫中途停止。[28]

载泽同军方的矛盾越来越大，"军事上各项费用近来颇有不能应手之处，近畿各镇有历两月之久，而度支部应拨之饷项犹未拨发者，虽经陆军部迭次催拨，度支部均以无款应之，即预算案规定之款亦未能照数拨解"。荫昌多次向载泽催拨军费，但到端午节前还是没有划拨，陆军部只有"向某官银行借银三万，利息至三分之巨"，荫昌拿着借款合同去度支部报销，度支部对借款"利息有决不承认"。[29]

摄政王载沣将军事、财政大权收归皇族，没想到度支部与军方势同水火，少壮派内部问题久拖不决，将影响军队的稳定，宪政改革将难产，清政府执政集团的执政合法性将彻底丧失。载沣召集军方与度支部开会，度支部决定向各省派出财政监理官调查军费开支。财政监理官们报告，各省军政经费开支之巨令地方财政无法承受，"甚至广西、贵州小省亦须二三百万，若不及早设法，将来日加扩充，将何以支给？"[30]

度支部拿着财政监理官们的报告找载沣，希望军队能削减军费开支，否则将拖垮财政，宪政改革难以开展下去。载沣相当清楚，现在各地谘议局的代表都在请愿召开国会，削减军费只是早晚的事。可是军方拒绝削减军费。清政府执政集团的内讧令载沣焦头烂额，他决定召集度支部、军谘处、政务处开联席会议。会议期间，海军大臣载洵重申陆军编练压缩，以节省财力重建海军。

朝廷再一次启动货币改革

联席会议召开期间，7月4日，莱阳农民曲诗文一刀杀死妻儿，发誓要跟朝廷血拼到底，毫无牵挂的曲诗文带着数万农民炮轰县城。8月24日，日本发生水灾，朝廷派驻日大使汪大燮携10万元助赈慰问。9月3日，因蒙城一带发生水灾，李大志、张学谦等饥民以朝廷救日本不救帝国子民为由，联合饥民闹起义，三千人的队伍在短短几天内就扩大到四万多人。

在饥民们起义时，各省的立宪社团、商会、学会、华侨商学也分别派出精英代表，联合各地谘议局代表集体到北京上访请愿。10月7日，紫禁城大雨倾盆，请愿团代表孙洪伊联合直隶代表李长生等十七人，一行走着方步到摄政王府递交请愿书，请愿书措辞激烈："国家瓜分在即，非速开国会不能挽救，今第三次请愿势不能再如前之和平。"

载沣忙着内部灭火。弟弟载涛是个狂热的军事分子，荫昌手握数万新式陆军，一旦内部政变，大清王朝将立刻土崩瓦解。请愿团坐在摄政王府门前等待载沣出现。突然，两个年轻小伙儿牛广生和赵振清唰地抽出匕首，咔咔两刀从自己大腿和胳膊上割下两块肉，两个小伙儿用鲜血淋漓的人肉在请愿书上一阵涂抹，狂呼"中国万岁！""代表诸君万岁！"的口号，一时间，摄政王府的门前成了泪水的海洋。

暗杀、暴动、起义、抗议等一系列反政府的行动演化出来的扩军问题，已经搅得执政集团内部鸡飞狗跳，巨额的财政赤字令宪政改革陷入恶性循环，大量的官制、民政改革都需要雄厚的财政支持，可是地方督抚却打着宪政改革的旗号，疯狂地铸造各种银元、铜元，导致货币泛滥，民不聊生。身为主管财政的度支部"一把手"，载泽担心一味地对抗会引发内乱，节流时需要开源。载泽问计于善理财的盛宣怀，两人聊得很投机，于是载泽向载沣推荐了盛宣怀。

载沣相当忧虑，立宪给了地方谘议局太大的权力，地方督抚为了巩固自己的权力，同谘议局站到一边，导致地方货币更加混乱。盛宣怀说："立宪最重要理财，理财先齐币制，以裕财政。"载沣反问："怎样能齐币制呢？"盛宣怀回答道："非专用圜法不可，欲专用圜法，非确定十进位不可。"[31]

盛宣怀的一番话，载沣还是听得云里雾里。盛宣怀解释道，中国推行过银币龙元，可是龙元没有抵制住以墨西哥银元为首的国际货币，地方督抚们转身又开始大量铸造铜元，货币混乱导致商民财富迅速流失。究其根源就是，政府的货币体制没有做到专业的银行管理，如果将制币权收归中央，"银行与币局联络一气"，进行宏观的调控管理，推行统一货币十进位，中央就可权操宪政改革财权。

载沣对盛宣怀的回答很满意，度支部尚书载泽很快提交了《国币则例》，载沣批准了载泽的币制改革法条。作为中国第一部货币专项法律，《国币则例》规定，划一银币及铜币之重量和成色。[32]曾经反对精琪币改的前驻法公使孙宝琦夸赞盛宣怀："海内通达财政币制者，惟公首屈一指。"[33]1910年8月，载沣任命盛宣怀"帮办度制度币制事宜"，专门负责制币权。

美国国务卿诺克斯（Philander Chase Knox）听闻北京再次启动货币改革，立即召见中国驻美公使张荫堂。诺克斯担心个别列强会以早些时候签订的条约来制约中国的改革，尤其是货币改革会影响到中国关税制度。诺克斯不点名地批评了把控中国海关的英国，但是他也认为一个令人满意的币制"可能大大地有助于北京增加进口税则的提议"。[34]

德国皇帝威廉二世在柏林宴请了来访的载涛，他对这位研究德国军事制度的摄政王之弟印象极佳。他向载涛保证，德国像美国一样，将始终遵循尊重中国独立，促进中国经济发展的政策。威廉二世对日俄两个敌对国家的结盟很忧虑，因为清政府执政集团不少实权人物同日本走得太近。日俄两国垄断了满洲利益，他们还操控北京方面的政治决策，北京的警察逮捕刺杀摄政王的汪精卫后，日本方面就向北京施压，汪精卫最终得以保命。[35]

中国的货币改革命令一宣布，美、德两国盯上的是大清帝国脆弱的财政。当年精琪在中国各地进行了详细的调研，掌握了中国的财政货币数据。到1910年再度重启币改时，中国市面流通的旧币总值超过十五亿两白银，如果中国废除旧币，至少需要一千五百万两的准备金，中国货币改革必须大量举债。威廉二世很委婉地告诉载涛："中国的一个重要活动领域是扩大它的铁路网。"[36]

威廉二世试图通过载涛做一笔大生意，德国财团愿意向中国提供贷款，用于货币改革的准备金，条件是用中国铁路的筑路权、管理权抵押。华盛顿更是行动迅速，塔夫脱下令海军哈卜上将率领美国东方舰队的五艘军舰，美国太平洋沿岸商会的4名工商企业家、19个商会的会长、副会长、会董和会员以及律师、记者一干人马，大张旗鼓地访问中国。

访问团领队、美国旧金山商会副会长罗伯特·大来（Robert. llar）与盛宣怀是生意伙伴，代表美国西雅图西方炼钢公司同汉阳铁厂签订过长达20年的生铁供应合同。[37]罗伯特·大来一直筹划给汉冶萍公司贷款，打破日本人垄断汉冶萍公司资源的局面。1910年9月15日，美国商会访问团到达上海，他们的意图同德国人一样，贷款支持币改，监督中国财政，控制中国铁路。

"借款筑路政策鼓吹者"再一次被推到前台

商部头等顾问官张謇奉命到上海接待美国访问团。美国代表团一下军舰，码头上早已站满了欢迎的官学商各界代表。张謇领着访问团参观考察了纺织、造纸、面粉、兵工等企业。9月23日，美国访问团抵达南京，两江总督张人骏宴请了访问团代表。25日，江苏谘议局举行了更为隆重的欢迎仪式，身兼江苏谘议局局长的张謇主持欢迎会，参会的还有其他16省的谘议局代表。[38]

张謇将美国人的访问当成了向世界推介中国宪政改革的介绍会。招待晚宴一开场，张謇致欢迎辞："目前，中国正处在脱胎换骨的新旧交替之中，你们可能已经感受到这种变化。我们所进行的实业改良，与财政、法律、政治制度息息相关，如果政治制度不同时改良，实业改良也不会有大的成效。现在，能够称得上已见成效的改良业绩，就是我们今天欢聚一堂的谘议局。"[39]

美国访问团在南京同政府官员、商界代表、知识分子们进行了深入交流，谘议局的代表们思想激进，对北京的改革相当不满，希望用法制来约束政府，推动政治改革与经济改革同步。美国商会会长朋汉代表美国访问团在三天后致辞说："中国在政治方面取得重大进步，是以民选谘议局为代表，江苏谘议局更是首屈一指的标志。深深期望谘议局以后与弗兰费亚的自由厅媲美。"[40]

张謇在南京同美国人就宪政问题侃侃而谈时，载沣在北京已经开始同时间竞赛。巨大的财政压力，执政集团的内乱已经将满清王朝推向了死亡的边缘，载沣现在要做的就是抵挡或推迟国家破产和政治革命。1910年10月24日，资政院会议一致投票决定，压缩国会召开时间。激进的宪政改革让载沣的改革计划落后于时代，货币、财政的改革开支还没有着落。

清政府执政集团为了改革而进行国际贷款，他们将"遭到一切民族主义者的咒骂，在议会问题上已经责问政府的正是这个集团"。10月26日，度支部大臣载泽称赞会议的决定。因为早开国会，国家的预算开支将受到严格的约束，度支部就不用再同军方代表进行没完没了的口水仗，一切的军费开支将通过国会决议，所以召开国会是"整理帝国财政的一个步骤"。[41]

已经加入载泽阵营的盛宣怀被推到了前台。张謇对美国访问团的热情接待，令华盛顿方面大大增进了对北京的信任，盛宣怀同美国摩根财团坐到了谈判桌上。度支部大臣载泽对美国驻华公使嘉乐恒说，美国人"可以随意有多少同伙，但是他将只同美国人签订最后合同"。载泽希望摩根财团"拥有大多数的债券以便控制发行"。

没错，载泽不喜欢欧洲的银行家，尤其是法国资本。孙中山通过法国驻日大使阿尔芒认识了法国众院议长韬美，在韬美的组织下，法国议会中"殖民派"的重量级人物埃里臬、毕盛、班乐卫以及军界的陆军部长贝尔托等组成了一个秘密联盟，支持孙中山在中国进行武装革命。1905年3月底，法国成立了中国情报处，借助驻华使馆之便，为孙中山提供北京情报，法国军政界同时撮合法国东方汇理银行、法国工商银行的老板们，为孙中山提供武装资金。[42]

盛宣怀排他性的谈判进展顺利。1910年10月27日，盛宣怀同摩根财团签署了5000万美元的借款草约，借款主要用于整顿财政和办理东三省实业。当天，嘉乐恒向国务卿诺克斯汇报，摄政王"在日内"将颁发一道谕旨，并由外务部证实。10月31日，华盛顿向驻柏林、伦敦、巴黎、圣彼得堡以及东京的大使发电通知，摩根财团已经同北京签署借款合同。[43]

北京的货币改革已经成了列强们围食中国利益的新渠道，华盛顿在通知中只提到借款"用于改革它的币制"，没有提起满洲开发问题。华盛顿只是强调，中国的货币改革"对于所有与中国有广泛商业关系的列强、中国自己，以及关于这方面有条约规定的国家，都具有根本的重要性"，华盛顿主导的"这个改革实行时将欢迎有关列强的衷心支持"[44]。

殖民派支持孙中山的行动让法国的银行家一直很被动。巴黎的政客们盯上了德国人，德国与美国走得很近，只要怂恿德国坚持银团共同签署合约，相信德国人不会拒绝这样的提议。就在华盛顿照会各国的当天，巴黎和柏林一致坚持银团联合签订借款合同，对中国财政、货币享有平等的监督权。但载泽坚持只同美国方面签署合约。威廉二世为了保证德国在远东的外交关系，派遣皇储进行东方旅行。

德、法、英三国坚持同美国联合签约的原因是，列强们不想让美国人垄断了中国的财政监督权，这事关列强们在中国铁路的投资利益。盛宣怀贿赂载泽的汉冶萍股票已经取得了回报，铁路已经纳入盛宣怀的监管范围之内，但是受到度支部的财政约束。如果让美国人独自同盛宣怀签约，那么美国将成为中国铁路的最大获益方。英国驻华公使朱尔典在给伦敦的信中为盛宣怀的命运担忧，因为盛宣怀是外国投资"铁路政策鼓吹者"，必将触怒各省人民。[45]

压垮清王朝的最后一根稻草

"橡胶泡沫"引发的上海钱庄倒闭潮

摄政王载沣已经被逼到了悬崖之上。

美国访问团考察南京期间，国际橡胶股价暴跌。1910年年初，光是设在上海的南洋橡胶公司就有40多家。在两江辖区内，共计有两千五百万两银子被投入到橡胶股票的炒作之中。[46] 不少钱庄从花旗银行、华比银行、怡和洋行拆借百万巨款，用来炒橡胶股票。百元面值的橡胶股票从1909年12月的920两一股，到1910年2月19日涨到每股1675两。伦敦橡胶从1910年7月开始暴跌，到9月12日，每股跌到了7两。华人损失超过2000万两，上海金融中心成为重灾区。

正元、谦余和兆康三家钱庄重仓百万橡胶股票，这些股票一夜之间成为废纸，三家钱庄的老板关门跑路。[47] 按照1883年股市危机的处理办法，钱庄老板逃跑者，重者罚为奴充军。可是，这三家钱庄与10家小钱庄均有拆借业务，同时亏欠国际金融机构150万两。当时，外国银行对上海钱庄的贷款高达1300万两，三家钱庄的倒闭令国际金融机构胆战心惊，国际金融机构立即收缩对华企业的贷款，扬言要收回其拆借给钱庄票号的资金。[48]

身为上海地方政府的一把手，上海道台蔡乃煌，听闻钱庄老板跑路，吓得额头汗珠直冒。北京方面正在同列强商谈国际贷款，一旦银行倒闭风潮蔓延，外资银行拒绝为中国提供贷款，那么摄政王推动的货币、财政、军事改革将毁于一旦，庞大的铁路、铁厂、煤炭、轮船等实体企业将陷入停顿状态，自己将成为宪政改革失败的替罪羊。

蔡乃煌决定启动政府救市。他亲自出面，与汇丰、麦加利、德华、道胜、正金、东方汇理、花旗、荷兰、华比九家国际金融机构谈判，在用上海地方财政担保的情况下，借款350万两，年息4厘。[49]借款合同刚一签署，源丰润银号的老板严子均就守在蔡乃煌的府邸，希望蔡乃煌将救市银子存放在源丰润。

源丰润银号在全国二十七座城市均有分号，是上海滩数一数二的金融机构。源丰润的老板严子均是严信厚的儿子，跟蔡乃煌是拜把子兄弟。现在源丰润银号旗下的源吉钱庄、德源钱庄投入橡胶股票的资金超过三百万两，严子均参股的四明银行还拆借了不少资金给其他炒作橡胶股票的小钱庄。

蔡乃煌担心严子均旗下的金融机构卷入挤兑风潮，便答应将贷款存入源丰润银号，条件是用其持有的股票、不动产进行抵押。严子均原以为三百五十万贷款能全部拿到手，没想到蔡乃煌只能提供150万两的流动性支持，并且这150万两还需要同义善源钱庄平分。严子均当时就蒙了，蔡乃煌解释到，贷款中的200万两被国际金融机构扣除了，用于偿还倒闭钱庄向国际金融机构贷下的欠款。

75万两对于源丰润银号来说简直就是杯水车薪。可是，义善源钱庄是李鸿章侄子、原两广总督李瀚章的儿子李经楚控股的。义善源钱庄同样是上海金融机构的巨擘，蔡乃煌不能见死不救。蔡乃煌最终决定，从上海道台提出300万两财政资金，加上贷款结余150万两，存入源丰润和义善源这两家金融大户。

蔡乃煌的救市行为没有缓解上海的资金危机。8月13日，鼎余钱庄经理俞召棠、副经理赵久康携账簿外逃。14日，协丰庄司账王槐堂携带洋票2万元逃逸；15日，晋大、会大、协大、协丰四钱庄倒闭；17日，元丰、协源、晋源三钱庄倒闭，亏欠华比银行16余万票银；18日，鼎生钱庄倒闭，股东严兆澄赴上海县署，控告经理王调甫与副经理赵养田欲携款逃逸，当日，鼎余钱庄倒闭。[50]

迅速蔓延的倒闭风潮再次将大清帝国卷入了金融危机的风暴之中。蔡乃煌已经急得犹如热锅上的蚂蚁，9月27日就是从源丰润划拨"庚子赔款"的最后期限。但是现在源丰润已经没有银子可提，财政官款一旦被提出来，源丰润就将破产。

走投无路之下，蔡乃煌只好直接致电度支部，请求从大清银行调拨200万两银子先行垫付战争赔款，理由是：上海市面尚未稳定，一旦政府抽走救市资金，上海钱庄将面临集体破产的局面。

然而，清政府关心的只是能否如期赔款，而度支部左侍郎陈邦瑞与蔡乃煌有隙，就在这时突然跳出来弹劾蔡乃煌，说他现在是拿市场稳定绑架朝廷，完全就是"罔利营私，居心狡诈，不顾大局"。清政府最终决定将蔡乃煌革职，限令蔡乃煌将经手款项在两个月内悉数缴清。

9月27日，蔡乃煌强行到源丰润跟义善源钱庄提出190万两白银用于支付赔款。一个星期后的1910年10月3日，江苏谘议局第二届年会在南京开幕，16省谘议局代表旁听。江苏谘议局局长张謇向年会提交了一个重要的讨论议题，橡胶风波发生之后，两江总督张人骏特许上海道台蔡乃煌违规用政府的名义帮助商家贷款，归还洋债。这个议题一抛出，会议立刻就充满了火药味。

谘议局议员严厉地质问列席谘议局会议的张人骏："按以往历次与外国所订条约都载明，政府对商家欠洋商之款，只负责代催代追，不担任代偿的责任。身为两江总督兼南洋通商大臣的张人骏是明知故犯，对此案负有不可推卸的责任。"

金融海啸冲进皇城

1910年10月7日，外国银行突然宣布拒收21家上海钱庄的庄票，其中就包括源丰润跟义善源的庄票。当天下午，蔡乃煌派人拿着七点五万两未到期的远期庄票到源吉钱庄提现。源吉钱庄已经没有现银可提，加上这些庄票本来也不到提款期限，所以就拒绝了这一笔远期庄票的提现要求。

当天晚上，源丰润无钱提现的消息传遍上海滩，连夜排队提现的人黑压压地守候在源丰润门口。第二天，源丰润剩余的几十万库存银被一扫而光，源丰润宣告破产。蔡乃煌派出专案组清理，发现源丰润亏欠公私款项超过2000万两。[51]

源丰润的破产立即引发了全国性的金融海啸，凡是源丰润开分号的城市都出现挤兑现象。10月12日，北京城13家钱庄同时宣布破产。摄政王载沣一下子紧张起来，钱庄破产的一个严重后果就是，国家经济完全崩溃。如此一来，从1901年1月29日开始的改革成果就会灰飞烟灭，铁矿、煤矿、铁路、航运等重要工业都将陷入资金恐慌，列强就会进一步通过资本控制帝国的经济命脉。

载沣通过度支部下令，从铁路局抽拨现银50万拯救京城的金融危机。但是随后天津、苏州、杭州、宁波、镇江、汉口、福州、广州、汕头等埠的告急求助信函犹如雪花般飞向紫禁城。10月24日，资政院大会表决通过了速开国会的议案。各地商会纷纷出面，向大清银行、交通银行、直隶银行等银行担保借款，拯救辖区内的钱庄，国内掀起了一股手拉手的商业拯救高潮，钱庄、票号的经营陆续企稳，挤兑也随着贷款的到位而化解。

突然，四川籍京官邓镕向邮传部举报说，川汉铁路上海办事处的经理施典章挪用350万两股款炒橡胶股票，结果亏光了。盛宣怀立即将矛头对准了铁路总局局长梁士诒，这位袁世凯的亲信在担任局长期间广植党羽，难道他对施典章的违法行为一点都没有觉察？

梁士诒还有另一个职务：交通银行帮理（副总经理）。交通银行的总经理是李经楚，义善源的老板，李瀚章的儿子。盛宣怀彻查梁士诒还和敏感人物蔡乃煌有关。蔡乃煌作为袁世凯的亲信，同时肩负交通银行总稽查一职，"随时可自检阅案卷账，簿单件不须告之总协帮理"。[52]蔡乃煌已经被革职，邮传部可以名正言顺地派专案组稽查交通银行的账目。

盛宣怀一查账，李经楚成了惊弓之鸟。严子均炒橡胶股票时，身为交通银行总经理的李经楚将义善源钱庄的资金拆借给严子均。[53]让李经楚意想不到的是，蔡乃煌被免职后，导演了源丰润破产的悲剧，也使得义善源的资金也骤然绷紧。李经楚只得利用总经理的职务便利，在交通银行调集了287万两银子应对天津、北京等地分号的挤兑风波。[54]盛宣怀以"亏挪路款"为名，高调地查梁士诒的账目。

李经楚惊慌失措，在盛宣怀派出的专案组未到上海之前，连夜将义善源总号的银子全部给搬到交通银行的银库，但还是补不起交通银行的287万两银子。第二天，27家分号催促调拨银两的电报在上海电报局如雪花般飘荡。当年胡雪岩的阜康集团遭遇挤兑，全国各地分号催促调拨银两的现象再次在上海电报局上演。盛宣怀想起了胡雪岩最后落魄的容颜。

皇族内阁横空出世

载沣获得了一个令人惊讶的军事情报，美国亚洲舰队司令频频向美国海军发密电请求增派舰队，[55]日本的联合舰队也在秘密向大清帝国的沿海集结。出现这种情况，载沣最担心的是孙中山有可能借助美、日军事力量挑战大清帝制。

美国亚洲舰队司令哈伯特在密电中非常严肃地提醒美国海军部："我希望海军部注意中国在不远的将来将发生严重和广泛骚乱或者革命的可能性……日本已经集结了3万人的大部队，一旦大清帝国发生变故，这些日本将士将迅速登陆。"[56]美国驻华公使嘉乐恒也提醒美国国务院："毫无疑问，在发生动乱事件中日本是只能从中获益的国家，它或者通过动乱获取利益，或者通过帮助中央政府镇压叛乱，从中增强它对北京的影响力。"

载沣很快又收到从南方传来的噩耗。

1911年4月8日黄昏，革命党人温生才被孙中山派到广州，来暗杀几次镇压广州起义的水师提督李准，没想到温生才不认识李准，错将广州将军孚琦给当场击毙。革命党人1910年派出汪精卫刺杀载沣未遂之后，孚琦成为被革命党人刺杀成功的大清帝国第一高级官员。载沣非常惊讶，他觉得大清帝国的责任内阁一定要尽快成立，国会也不能再拖延了。

1911年5月8日，摄政王以宣统皇帝的名义发布了一道圣旨：裁撤旧设内阁及军机处，实行责任内阁制，新内阁一切官制按照《新订内阁官制》为标准，责任内阁由十三名国务大臣组成：庆亲王奕劻为总理大臣，那桐、徐世昌为协理大臣，下设外务部、学部、民政部、度支部、陆军部、海军部、法部、农工商部、邮传部、理藩部十部，以梁敦彦、善耆、载泽、唐景崇、荫昌、载询、绍昌、溥伦、盛宣怀、寿卷分任各部大臣。

圣旨一发布，各地请愿团高呼上当，责任内阁除了梁敦彦、唐景崇、徐世昌、盛宣怀四个汉人以外，其余的要么是皇室贵胄，要么是清政府八旗精英，光是皇族成员就有八名，这是典型的皇族内阁。之前就有传闻，爱新觉罗成立了秘密的宗社党，就是要在上议院中占据绝对席位，以把控国会。责任内阁名单的公布无疑将宗社党的秘密暴露了出来。

清政府执政集团的少壮派们太过自信了，从光绪皇帝和慈禧太后死亡的那一刻开始，敬畏皇帝和太后的官僚士绅们对政府的政治情感就断开了，剩下的只有政治利益的竞争。官僚们倾向于日本的立宪君主，士绅和政治无权者喜欢英国的君主立宪。希望让皇帝保留最大权限的清政府少壮派们，扬言仿照日德模式进行宪政改革，现在却推出了一个"皇族内阁"。

清政府执政集团企图利用组阁的机会，将汉族官僚们手中的权力夺回来。因为从剿灭太平军开始，汉族武装集团就垄断了地方管理大权。左宗棠、李鸿章去世之后，袁世凯成为汉族官僚集团最强势的代言人，清政府执政集团为了集权，将袁世凯罢黜。袁世凯被罢黜后，汉族官僚们一直在积极推动宪政改革，企图维护他们的利益，可皇权内阁的集权行为，再一次严重损害了汉族官僚们的既得利益。

一直在立宪前沿奔走的立宪派精英，如状元张謇，他从体制内来，却一直徘徊在体制之外。作为新兴士绅阶层的代表，张謇等人自然希望能够在新的政治体制中与皇权体制下的官僚和贵族们共享政治权力。新兴精英阶层分享宪政权力的最佳模式就是英国模式。"皇族内阁"却将新兴士绅阶层完全排除在权力之外，这严重地伤害了他们对宪政的情感，疏远了他们和中央之间的距离，令这个精英阶层失去了对中央改革诚意的信心。

面对革命党人凶猛的刺杀、武装起义，以及美国、日本屯兵枕戈待旦，载沣通过名义上的责任内阁，将军权收归爱新觉罗家族。在责任内阁中，宗社党一党独大，实现了真正意义上党指挥枪。载沣现在需要的是中央集权，那样他就可以继续获得列强们的贷款，借此推动货币、财政和军事改革。

紧跟载泽的盛宣怀成了大赢家。盛宣怀进入邮传部后，将津沪电报局国有化，划归邮传部，以此换取了轮船招商局、汉冶萍两大集团的私有化，两大企业集团通过商办注册的模式，私有化到自己的名下。1910年爆发橡胶股票风波，盛宣怀抓住机会清理袁世凯在交通银行的嫡系，李经楚、梁士诒等人全部下课，交通银行的控制权划归邮传部，盛宣怀成了北洋集团实业的实际控制人。

"铁路国有"导火线点燃了火药筒

1911年1月，在载泽的力挺下，盛宣怀正式升任邮传部大臣，四个月后成为内阁成员。这一方面是盛宣怀用股票贿赂载泽的功效，更重要的一面是因为盛宣怀可以不断地跟国际金融机构周旋，获得更优惠的国际贷款。另外，载洵一直催着载泽划拨海军军费，度支部只能以邮传部拖欠借款未还来搪塞海军部。清政府执政集团的少壮派让盛宣怀加入内阁，就是要让他想办法，归还邮传部拖欠的海军军费。

5月8日，在责任内阁首次会议上，身为邮传部大臣的盛宣怀在遭遇宗社党逼债的压力之下，向内阁会议提交了一份提案：铁路收归国有。盛宣怀一直同国际财团商洽借款，无论是货币改革贷款，还是铁路建设贷款，他们都企图染指铁路。一旦铁路收归国有，邮传部就可以用铁路抵押，向国外贷款。少壮派们为了枪杆子，对盛宣怀的提案投下了赞成票。

1911年5月9日，大清帝国发布了责任内阁一号议案决议"铁路国有"上谕：

> 国家必得有纵横四境诸大干路……从前规划未善……不分枝干，不量民力，一纸呈请，辄行批准商办。乃数年以来，粤则收股及半，造路无多，川则倒账甚巨，参追无着，湘鄂则设局多年，徒资坐耗。……用特明白晓谕，昭示天下，干路均归国有，定为政策。所有宣统三年（1911年）以前各省分设公司集股商办之干路，延误已久，应即由国家收回，赶紧兴筑。除枝路仍准商民量力酌行外，其从前批准干线各案，一律取消。

这样的皇族内阁让天下人有一种上当受骗的感觉，因为请愿团还没有来得及发动新一轮的请愿上书，责任内阁就开始行使自己的职权。这个铁路国有的议案就是一道催命符，点名批评了粤汉铁路销售股票不力，根本不能造路；川汉铁路通过政府层层征收的民捐，居然出现大量倒账，好几年才修了15公里，按照川汉铁路的修路进度，至少要花上百年时间，那样下去后路修好前路就已经烂掉了。

盛宣怀点燃了四川铁路火药筒。

1903年，四川总督锡良提出"不招外股，不借外债，以辟利源而保主权"[57]，自办川汉铁路。1904年，川汉铁路总公司成立，公司暂定资本为5000万两，计划5年竣工，锡良提出以抽租之股、加征捐厘、摊派认购等方式筹资。公司章程规定，无论是佃农、自耕农还是小债主，凡岁入十石以上的，均须以百分抽三的比例交纳租股。在四川，无论贫富贵贱，人人都成了川汉铁路的股东。

1911年5月，川汉铁路筹集的资金总额达到1670余万两，但七年之间川汉铁路在总工程师詹天佑的主持下才修了15公里。其中一个重要的原因是，詹天佑没权没钱。川汉铁路的总办督办都是朝廷指派的官员，其中就包括挪用股款炒股的施典章。资政院决定严惩施典章，命其挪用款项必须追缴充公，并罚款一万元。施典章本人交由管辖案发地的两江总督张人骏处置，张人骏将其关三年禁闭。施典章挪用股款成了盛宣怀将铁路收归国有的借口。[58]

宪政就是民主、法治、人权。如果经济改革只为政治需要与皇族利益需要的单一化的政治诉求，就缺少了政治应该为工业化服务的理论基础。清政府执政集团要通过对工业经济的控制来维系对政权体系的控制，势必将地方企业的管理权收归中央。宪政的基础是法律，当权力粗暴地凌驾在法律之上，就成了骗局。宗社党一党专政完全违背了《钦定宪法大纲》所规定的宪政是"大权统于朝廷，庶政公诸舆论"的原则。

立法权、财政金融权及实业权、教育权等"庶政"在推行之前，必须"公诸舆论"。铁路的改革是在"庶政"范围之内，在决议跟推行这两个环节中，必须通过谘议局跟资政院这两个能够代表人民的组织来进行讨论，以遵奉宪政改革原则。但这种缓解朝野冲突的程序被宗社党视若无物，他们越过谘议局跟资政院，直接由宗社党在小圈子内讨论一下就布告天下，这就违背了宪政基本法《钦定宪法大纲》。

皇族内阁的决议在违背宪法的同时，还做出了一个违背《公司律》中关于股权"转股"的行为，他们直接通过行政命令收股，这在法理上也得不到支持。铁路收归国有既没有依照行政程序，也违背了法律规定，责任内阁完全凌驾于法律规定和行政程序之上，这让大清帝国的宪政根基与法律尊严荡然无存。革命党人一直攻击清政府执政集团独操权柄愚弄宪政，宗社党将革命党的预言变成了现实。

1911年5月，湖南、湖北两地民众站出来挑战责任内阁的决议。5月13日，湖南绅、商、学界各团体发出传单，抨击清政府的卖国行径；14日，长沙举行了各阶层人士均参加的万人大会，决议拒外债、保路权；16日，长沙、株洲1万多铁路工人游行示威，倡议商人罢市，学生罢课，人民抗租税；18日，湖南各界人士聚集在巡抚衙门前，抗议卖国的"铁路国有"政策；在湖北，从宜昌到万县的筑路工人和商人聚集起来抗议铁路国有，清政府调兵前来镇压，数千筑路工人抢起铁锤，挥动棍棒，同前来镇压的清军展开激烈搏斗，当场打死清军20多人。《申报》详细地记录了湖北当时的保路盛况："湖北商办铁路公司、铁路协会、谘议局各大团体以商办铁路收归国有上谕近于政府夺民权利，将来输入外债授权他人，殊可惊惧。遂于昨日刊发传单，奔走相告。拟即日开会举代表赴摄政王府第，泣求收回成命，仍准商办。"[59]

柏林方面认为，湖南、湖北游行的背后是日本人的阴谋，因为在盛宣怀提交铁路国有化议案后，内阁成员肃亲王善耆投下了反对票。善耆一直与日本军方关系密切。美、法、英、德四国一直是湖广铁路以及货币改革贷款的主角。在美国人五千万美元贷款的背后，他们对满洲的觊觎令日本人很不安。柏林觉得日本人的宫廷阴谋将会使事情变得复杂化，德国希望各国能给北京更多的时间来安抚

"激动的湖南人"。[60]

德国人不了解中国。在宪政改革之前，士绅、官僚和皇权之间相互作用，使庞大的基层社会保持着长达两千年的、难以想象的稳定。每一次发生大的动乱，固有的超稳定系统总能快速地进行自我修复。1862年开始经济改革后，曾经无组织的商业阶层开始不断壮大，他们形成了一个新的权势阶层，开始通过谋求政治利益来保护商业利益，这种诉求迅速破坏了固有的超稳定系统，而这次的破坏不是内生因素，而是来自外界的干扰，所以不可能得到修复，王朝的灭亡成了必然。

声势浩大的四川保路运动

铁路国有化政策一出，激动的不止是湖南人和湖北人，湖广铁路中的广东股东们可是商业化的先驱，他们曾经同两广总督对抗，就算坐牢都不屈服。很快，列强发现中国报纸充满着"愤懑的怨言和示威"。《申报》在刊登湖南抗议消息的当天，还记录了广东凶猛的抗议浪潮："粤省绅商大动公愤，纷筹对待之法。已决定一面奏劾盛宣怀，一面质问责任内阁总理大臣奕劻以及协理大臣徐世昌。"[61]

湘鄂粤三省已经是黑云压城。

面对民众的抗议，资政院的议员们警告内阁，盛宣怀推出的铁路国有化是为了他自己在长江流域的私人利益。因为盛宣怀持有大量的铁路以及汉冶萍股票，铁路国有化后，汉冶萍将成为铁路最大的供应商。四个向湖广铁路提供贷款的国家的驻华公使都支持盛宣怀，他们的态度非常强硬，搞得摄政王"非常为难"。[62]5月20日，中外双方在借款合同上签字。

铁路收归国有已经让社会精英阶层怒火万丈。盛宣怀在国有化的过程中再次激怒了四川人。对于湖南、湖北两省的商办铁路公司，因为它们的股票亏损不大，邮传部按两省民办铁路公司股票的票面价额进行接收；广东省民办铁路公司股票的实际价额已经跌到原有面额的一半，邮传部试图以面额的六成来进行结算，其余四成则发给国家作为无利股票。而对川中路款，则只对700万两已支现银及开办等费进行全额赎买，对亏空的300多万两，邮传部则拒绝偿还。

挪用公款300多万两的施典章，正是政府指派的官员。现在，政府却让缴纳苛捐杂税的民众自己埋单，张人骏关了施典章禁闭，让四川人民无处讨回自己的血汗钱，情绪激动的四川人民不干了。5月28日，2400名四川绅民黑压压地涌入岳府大院川汉铁路总公司，一起草拟了一份请愿书。请愿书的措辞相当严厉，谴责盛宣怀对四川商民置若罔闻，要求严惩贪污腐化的施典章等帝国官员。

6月14日，四国银团的借款合同传递到成都，这份已经在湖南、湖北以及广东引发轩然大波的借款合同，一下子将四川人民推到了火山口。按照盛宣怀与四国谈判的还款条件，铁路国有化后，还款要从筑路省的百货、盐业税收之中调拨。《蜀报》发号外，将借款合同批驳得体无完肤，还特别指出，盛宣怀作为汉阳铁厂的大股东，却公然在借款合同中指定汉阳铁厂作为川汉铁路以及粤汉铁路的铁轨供应商，这显然是运用公权为私人谋利。[63]

6月17日，四川保路同志会成立，并推举谘议局议长蒲殿俊为会长，副议长罗纶为副会长。2000人的成立大会一致推举85岁的翰林院编修伍肇龄为带队人，并抬着伍老爷子拥到了四川总督府，愤怒地批驳四国借款合同，散发《保路同志会宣言书》。

护理四川总督王人文一听老编修伍肇龄来了，顿时吓坏了，这个伍肇龄是道光皇帝一朝的进士，在翰林院待了几十年，又在四川的书院教书育人几十年，门生故吏满天下，有"天下翰林皆后辈，蜀中名士半门生"的美誉。看见老爷子被乡绅们搀扶着、拄着拐棍，王人文赶紧上前一步，搀扶着伍肇龄。伍肇龄义愤填膺地将四川保路同志会的抗议书递给王人文。

王人文笑脸相陪，听伍肇龄断断续续地诉说，老爷子嘤嘤地唠叨了两个时辰，听着听着，王人文的眼角也落下了泪花。老爷子可是85岁的老翰林了，还在为了铁路义愤填膺，围在伍肇龄身边的绅民个个垂泪。送走了伍肇龄，王人文将自己一个人关在书房，挑灯研究四国银行的借款合同，还真研究出问题来了，他立即提笔写了一份弹劾盛宣怀的报告——《粤汉、川汉铁路借款合同丧权辱国并请治邮传部尚书盛宣怀误国治罪折》。

王人文在报告中指出："十余年惨不忍闻所谓瓜分之谣传，于此将合力以实践，稍有识者，读此合同，无不痛哭流涕。"[64] 王人文还从法理上对盛宣怀勾结度支部部长载泽进行了批驳。本该经四川省谘议局商讨，再提交资政院讨论的重大议案，被责任内阁在违背宪政大法的情况下直接越过并做出决议，这种做法武断地强奸了民权民意。四川总督王人文这份石破天惊的奏折迅速得到在京四川籍官员的强烈支持。此时的盛宣怀依然认为，这一切还在自己预想的控制范围之内。

老翰林伍肇龄回家也没有闲着，还积极地给保路同志会出点子，建议保路同志会将四川总督王人文的折子以及官员们的行动以新闻报道的方式向全川的老百姓公布。《蜀报》的新闻一出，全川哗然，四川142个州县的工人、农民、学生和市民纷纷投身于保路运动之中，保路同志会的会员不到10天就发展到10万人。

在危急时刻，王人文站在了人民那一边。摄政王载沣气得咬牙切齿，立即下令将护理四川总督王人文就地撤职，命驻藏大臣赵尔丰调任四川总督。这位赵尔丰一直在四川、云南一带镇压会党、土司的起义叛乱。赵尔丰看了王人文之前的奏疏后，对这位前任佩服有加。

7月31日，载沣严令赵尔丰解散包括保路同志会在内的各种群众组织，赵尔丰不但没有遵循载沣的皇命，反而以总督身份两次参加川汉铁路的股东大会，在会上高度表扬了四川人民的斗争精神。8月24日，川汉铁路特别股东大会正在热火朝天地讨论罢市罢课游行的问题，已经被免掉一切官职的王人文敲开了股东大会的门，会场人员一看王人文到来，就集体起立鼓掌欢迎这位因帮老百姓叫屈而被撸了总督顶子的父母官。

8月25日，成都满大街皆是举着光绪皇帝灵位的游行群众。两天之后的8月27日，载沣严令赵尔丰镇压游行者，赵尔丰电告载沣以兵力不足进行推诿。直到9月4日，赵尔丰不仅连抗四道皇命，还上书载沣要求严惩盛宣怀，修改合同。赵尔丰希望朝廷能跟四川的集会群众进行公开谈判。铁路大臣端方站出来，指责赵尔丰办事不力，竭力支持盛宣怀的铁路国有政策，还一个劲儿地在载沣耳朵边鼓噪，要像处置王人文一样，撸了赵尔丰的顶子。

湖广总督瑞澄也鼓噪要出兵镇压，这一下子更让端方嫉妒，直奔湖北插手新军，期冀载沣撸了赵尔丰的官帽，让自己带领新军入川镇压。

9月7日，四川总督赵尔丰既担心端方入川，也不敢再一次违抗朝廷命令，便决定诱捕谘议局正、副议长蒲殿俊、罗纶，以及保路同志会和川路股东会的负责人。[65] 全川哗然，总督府外跪满了请愿的群众，赵尔丰下令军警向手无寸铁的群众开枪，当场打死30多人。当晚，保路同志会的成员曹笃和朱国琛连夜裁截木板数百块，上写"赵尔丰先捕蒲罗，后剿四川，各地同志速起自保自救"字样，然后将木板涂上桐油，投入江中，顺流而下，木板水电报迅速在四川南部、东部地区流传开来。

1911年10月24日下午1点45分，大清帝国责任内阁资政院召开第二次会议。议员牟琳和易宗夔将严惩盛宣怀的提案提交会议讨论。两位议员轮番上阵，控诉盛宣怀在法律跟政治大义上的失败，为一己私利而引发武装暴动。两位议员强烈要求政府仿效汉景帝腰斩晁错的果断决策，将盛宣怀"明正典刑"，杀他一人而谢天下苍生。[66]

不过，这两位议员对盛宣怀的打击不得要领，议员刘荣勋这时冲上讲台，大喊："朝廷自从下旨要实行君主立宪，革命的言论一日少似一日，突然帝国纷乱，革命党揭竿而起，盖因盛宣怀提倡铁路国有，民心丧失殆尽。"刘荣勋讲到最后还高喊口号："盛宣怀其罪当诛。" 议员黎尚雯也跑上讲台高呼："盛宣怀罪大恶极，应该依法绞死。"[67]议员汪荣宝更是声嘶力竭地要让盛宣怀自己来资政院答复他们。

邮传部特派员陆梦熊奉命旁听资政院会议，议员们说到激动的时候，开始围住陆梦熊拉拉扯扯，甚至指着陆梦熊的鼻子破口大骂邮传部误国。陆梦熊刚要开口说话，立即有议员上前就是一个大耳光，资政院变成了演武场。提案议员易宗夔决定跟盛宣怀来个你死我活的火拼，扬言一弹不准，就再弹之，再弹不准，就三弹之，不扳倒盛宣怀，誓不罢休。

醺醺嚷嚷的议会持续到下午4点25分。陆梦熊一散会就直奔盛宣怀府第，为盛宣怀带来了资政院的四宗指控："违宪""乱法""激兵变""侵君权"[68]，这四宗指控可谓是宗宗要命。打发走了陆梦熊，一阵孤独、恐慌感朝着盛宣怀袭来。

1911年10月25日，彻夜未眠的盛宣怀接到了一纸圣旨：革除邮传部大臣职务，永不叙用。[69]曾经因科举不中心灰意冷，最终成为经济改革的领袖；曾经屈居宰辅门下，最终纵横捭阖谋划东南互保；曾经迷恋于官场，最终入阁拜相。夜宴已散场，身为清政府执政集团的一枚棋子，盛宣怀怆然泪下。27日，盛宣怀逃亡美国驻华公使馆。当天夜里，在"多国部队"的持枪保护下逃离北京。[70]

自19世纪中后期清朝少数精英及维新派力主改革以来，在清朝执政利益集团及千年封建专制的强力打压和掣肘下，清朝改革虽在个别领域偶有突破，但总体上举步维艰，停滞不前，民众再也不信摄政王那些言辞恳切的上谕了。戊戌变法的阴影一直笼罩在民众心中，政府从未开明过，充满了阴谋与欺骗，现在清朝政府连改革的官样文章都不愿意做了。他们表面上号召要向西方学习，实际上却大批地选用政治上保守的官僚，他们不断排斥相对开明的官僚。无论是始作俑者盛宣怀，还是现在的赵尔丰，官僚们一直都是顽固、愚蠢、残忍的。全国民众早已对清政府及腐朽没落的封建专制失去了信心。

民国成立，清朝覆亡

自19世纪末以来，几乎与清朝少数精英和维新派人士谋划、推进清朝改革方案的同时，以孙中山为首的中国民主革命人士开始掀起以推翻清王朝专制统治为目标的革命斗争运动。1894年，孙中山在美国檀香山创立兴中会，第一次喊出"振兴中华"的口号。1905年，他在日本东京发起成立中国同盟会，制定"驱除鞑虏，恢复中华，创立民国，平均地权"的十六字革命纲领，首次提出以资产阶级民主共和国取代腐朽专制的清封建王朝的革命目标。

同盟会成立后，革命党人进行广泛的革命宣传和鼓动工作，并积极联络会党和新军，先后在各地组织和发动了一系列武装起义。如湘赣边界萍（乡）浏（阳）醴（陵）起义、广东潮州黄冈起义、惠州七女湖起义、钦（州）廉（州）防城起义、广西镇南关起义、云南河口起义，以及著名的广州起义等。这些起义虽然很快失败，但它反映了中国民主革命党人反对封建专制的革命精神，在全国民众中不断扩大了革命的影响，加速了革命高潮的到来。

10月10日晚，留守武昌的新军工程第八营突然传来一声枪响，革命党人吴兆麟趁武昌新军调往成都镇压起义的大好机会，率领新军兄弟夺取位于中和门附近的楚望台军械所，缴获步枪数万支，炮数十门，子弹数十万发。10点30分，起义军分三路进攻总督署和旁边的第八镇司令部，并命已入城之炮八标军在中和门及蛇山占领发射阵地，向督署进行轰炸。湖广总督瑞澂打破督署后墙，坐船逃走。直到天亮，革命党人占领了督署和镇司令部，湖北军政府成立，黎元洪被推举为都督，改国号为中华民国。[71]

武昌起义后，其他省份和重要城市纷纷响应。从1911年10月10日到11月27日的1个多月里，先后有湖南、陕西、江西、山西、云南、贵州、浙江、江苏、安徽、广西、福建、广东、四川、山东14个省和上海、重庆两市宣布独立，当时三分之二的中国省份均已脱离清政府而独立。

武昌起义和14省独立后，设置中央政府就成为了革命的首要任务。

1911年11月30日至12月7日，各省代表在汉口英租界举行会议，通过《临时政府组织大纲》，决定将临时政府设于南京，并确定临时政府为总统制共和政府，各省代表到南京召开临时大总统选举大会。12月17日，各省代表赴南京，推举黎元洪为大元帅，黄兴为副元帅，代行大元帅职权，负责在南京组织中央临时政府。但是"黎虽承认，黄终不受。代表左右为难，中央临时政府一时无从组织"。

此时，孙中山尚在国外，他从一篇地方报纸的报道上得知武昌起义成功的消息。他当时首先想到的就是要尽快回国，从而实现自己指导革命的夙愿。但是，理智告诉他，应该"先从外交方面致力，俟此问题解决而后回国"。他知道英国的态度对革命事业的关系重大，于是便经纽约来到伦敦。他成功地使英国政府保证，停止与清政府的所有贷款谈判、防止日本援助北京政府，并取消对他进入英国领土以及殖民地的禁令，以便能自由回国。同时他还得到四国银行团主席的许诺：只要列强承认革命政府，银行团便与之进行贷款谈判。

12月25日，孙中山回到上海，受到热烈欢迎，全国各界一致要求选举孙中山为总统。12月29日，17省代表在南京举行临时大总统选举，每省一票，孙中山以16票当选。经过多年的奋斗，孙中山一生的梦想终于得以实现。根据孙中山的提议，新政府以阳历代替阴历，以1912年为民国元年。

1912年1月1日上午，孙中山从上海乘专列到南京赴任，下午抵达南京，一时欢呼声震天，军乐齐奏，长江江面的军舰鸣礼炮21响。傍晚，孙中山到达总统府（设在过去的两江总督衙门，即太平天国时的天王府）。晚上11时，孙中山宣誓就职，宣布中华民国成立，孙中山在誓词中说："倾覆满洲专制政府，巩固中华民国，图谋民生幸福，此国民之公意，文实遵之，以忠于国，为众服务。至专制政府既倒，国内无变乱，民国卓立于世界，为列邦公认，斯时文当解临时大总统之职。谨以此誓于国民。"

他同时还发布了《中华民国临时大总统宣言书》和《告全国同胞书》，规定对内方针是实现民族统一、领土统一、军政统一、内政统一、财政统一、"合汉满蒙回藏诸地为一国"、"合汉满蒙回藏诸族为一人"，奠定中华民国的牢固基础；对外方针是洗清政府"辱国之举措"。

1月3日，各省代表会议又选黎元洪为临时副总统，并通过了孙中山提出的临时政府各部总长、次长名单，组成中华民国临时政府。陆军总长黄兴，次长蒋作宾；海军总长黄钟瑛，次长汤芗铭；外交总长王宠惠，次长魏宸组；司法总长伍廷芳，次长吕志伊；财政总长陈锦涛，次长王鸿猷；内务总长程德全，次长居正；教育总长蔡元培，次长景耀月；实业总长张謇，次长马君武；交通总长汤寿潜，次长于右任。以胡汉民为总统府秘书长。1月28日，改各省代表会议为临时参议院，由各省代表会议的代表充任参议员，推林森为议长。具有历史意义的南京临时政府经过曲折的斗争终于诞生了。

中华民国的诞生是中国历史上一个具有里程碑意义的事件，它结束了中国长达两千余年的封建专制时代。从此，中国不再隶属于任何"天子"或任何王朝，而是归属于全体民众，民主共和流传广远，中国人民革命的洪流汹涌澎湃，势不可当。

▶▶ 注释：

[1] [法] 施阿兰：《使日记》，引自 [美] 李约翰著、孙瑞芹译：《清帝逊位与列强》，江苏教育出版社2006年版。

[2] 美国国务院编：《美国对外关系文件1861—1960年》，威斯康星大学图书馆馆藏。

[3]《科伦日报》，1908年11月28日。

[4] 皮许柏：《罗斯福和他自己的信件中所显示的时代》第二卷，引自 [美] 李约翰著、孙瑞芹译：《清帝逊位与列强》，江苏教育出版社2006年版。

[5] *British Documents on the Origins of the War, 1898—1914, Harold William Vazeille Temperley*, Great Britain. Foreign Office H.M. Stationery Office, 1932.

[6] 故宫博物院明清档案部编：《清末筹备立宪档案》，中华书局1979年版。

[7] 故宫博物院明清档案部编：《清末筹备立宪档案》，中华书局1979年版。

[8] 殷啸虎：《近代中国宪政史》，上海人民出版社1997年版。

[9] 罗兹曼主编：《中国的现代化》，江苏人民出版社1988年版。

[10] *British Documents on the Origins of the War, 1898—1914, Harold William Vazeille Temperley*, Great Britain. Foreign Office H.M. Stationery Office, 1932.

[11] 孙瑞芹译：《德国外交文件有关中国交涉史料选译》，商务印书馆1960年版。

[12] 孙瑞芹译：《德国外交文件有关中国交涉史料选译》，商务印书馆1960年版。

[13] 孙瑞芹译：《德国外交文件有关中国交涉史料选译》，商务印书馆1960年版。

[14] 美国国务院编：《美国对外关系文件1861—1960年》，威斯康星大学图书馆馆藏。

[15] 美国国务院编：《美国对外关系文件1861—1960年》，威斯康星大学图书馆馆藏。

[16] 美国国务院编：《美国对外关系文件1861—1960年》，威斯康星大学图书馆馆藏。

[17] 白脱：《塔夫脱与罗斯福》第一卷，引自［美］李约翰著、孙瑞芹译：《清帝逊位与列强》，江苏教育出版社2006年版。

[18] 美国国务院编：《美国对外关系文件1861—1960年》，威斯康星大学图书馆馆藏。

[19] 金士宣、徐文述：《中国铁路发展史1876—1949》，中国铁道出版社1986年版。

[20]（清）盛宣怀：《愚斋存稿》卷67，文海出版社1975年版。

[21] 宓汝成编：《中国近代铁路史资料》第二册，中华书局1963年版。

[22] 北京大学历史系近代史教研室整理：《盛宣怀未刊信稿》，中华书局1960年版。

[23]（清）许同莘：《张文襄公年谱》，商务印书馆1944年版。

[24]（清）许同莘：《张文襄公年谱》，商务印书馆1944年版。

[25] 刘厚生：《张謇传记》，龙门联合书局1958年版。

[26] 张謇研究中心编：《张謇全集》卷1，江苏古籍出版社1994年版。

[27] 张謇研究中心编：《张謇全集》卷1，江苏古籍出版社1994年版。

[28]《大公报》，1910年6月4日。

[29]《申报》，1910年6月22日。

[30]《盛京时报》，1910年7月19日。

[31]（清）盛宣怀：《愚斋存稿》卷14，文海出版社1975年版。

[32] 中国第一历史档案馆编：《光绪宣统两朝上谕档》，广西师范大学出版社1996年版。

[33]（清）盛宣怀：《愚斋存稿》卷75，文海出版社1975年版。

[34] 美国国务院编：《美国对外关系文件1861—1960年》，威斯康星大学图书馆馆藏。

[35] 溥仪：《我的前半生》，群众出版社2006年版。

[36] 孙瑞芹译：《德国外交文件有关中国交涉史料选译》，商务印书馆1960年版。

[37]［美］罗伯特·大来：《大来回忆录》，引自《旧中国汉冶萍公司与日本关系史料选辑》，上海人民出版社1986年版。

[38]《时报》，1910年9月27日。

[39]《时报》，1910年9月27日。

[40]《时报》，1910年9月30日。

[41] 加梅仑：《中国的改革运动》，引自［美］李约翰著、孙瑞芹译：《清帝逊位与列强》，江苏教育出版社2006年版。

[42] 岳西：《孙中山谋略大全》，远方出版社1997年版。

[43] 美国国务院编：《美国对外关系文件1861—1960年》，威斯康星大学图书馆馆藏。

[44] 美国国务院编：《美国对外关系文件1861—1960年》，威斯康星大学图书馆馆藏。

[45] 胡滨译：《英国蓝皮书有关义和团运动资料选译》，中华书局1980年版。

[46] 许毅：《清代外债史论》，中国财政经济出版社1996年版。

[47]《论近来经济恐慌宜筹调护之长策》，《东方杂志》1910年7月刊。

[48] [日] 菊池贵晴：《清末经济恐慌与辛亥革命之联系》，引自中国社会科学院近代史研究所编：《国外中国近代史研究》，中国社会科学出版社1980年版。

[49] 中国人民银行上海分行编撰：《上海钱庄史料》，上海人民出版社1960年版。

[50] 中国人民银行上海分行编撰：《上海钱庄史料》，上海人民出版社1960年版。

[51]《江苏苏松太道台蔡乃煌革职余闻》，《东方杂志》1910年10月刊。

[52] 邮传部编：《邮传部奏议类编·续编》，文海出版社1967年版。

[53]《东方杂志》，1911年出版。

[54] 中国人民银行上海分行编撰：《上海钱庄史料》，上海人民出版社1960年版。

[55] [美] 布雷斯特德：《美国海军在太平洋》，德克萨斯大学出版社1971年出版。

[56] [美] 布雷斯特德：《美国海军在太平洋》，德克萨斯大学出版社1971年出版。

[57] 宓汝成编：《中华民国铁路史资料》，社会科学文献出版社2002年版。

[58] 宓汝成编：《中国近代铁路史资料》第三册，中华书局1963年版。

[59]《申报》，1911年5月16日。

[60] 孙瑞芹译：《德国外交文件有关中国交涉史料选译》，商务印书馆1960年版。

[61]《申报》，1911年5月16日。

[62] 孙瑞芹译：《德国外交文件有关中国交涉史料选译》，商务印书馆1960年版。

[63]《蜀报》，1911年6月14日。

[64] 戴执礼：《四川保路运动史料汇纂》。

[65] 中国史学会主编：中国近代史资料丛刊之《辛亥革命》，上海人民出版社1957年版。

[66]《盛京时报》，1911年10月25日。

[67]《盛京时报》，1911年10月25日。

[68]《盛京时报》，1911年10月25日。

[69]《纽约时报》，1911年10月27日。

[70]《华盛顿邮报》，1911年10月29日。

[71] 中国史学会主编：中国近代史资料丛刊之《辛亥革命》，上海人民出版社1957年版。

历史总是在螺旋式发展……

六年里的无数个夜晚，这一句话总是在脑子里浮现。在翻阅大量的史料时，就是同一个个故纸堆里的人物对话，他们是那样鲜活，且离我们并不遥远。看他们写过的一份份奏折，一封封书信，或严肃、或轻松、或抱怨、或愤怒，我总是猜测他们落笔时的表情，感受他们当时的心跳。

1911年武昌城的一声枪响，使清王朝土崩瓦解。我一直很好奇一个问题：封建王朝兴衰更替千年，怎么能在一夜之间崩盘呢？太平军被镇压后，以汉族武装集团为首的改革派，一直在搞改革，军工、造船、铁路、煤炭、钢铁、矿业、邮政、金融、纺织、房地产，一应俱全。可是甲午海战过后，以北洋为首的改革派功亏一篑。

"洋务运动就是封建开明派画的纸老虎。"每次听到这样的说辞，我总觉得很怪异。晚清的经济改革波澜壮阔，怎么就成了纸老虎呢？曾国藩、李鸿章、左宗棠、袁世凯一帮汉族官僚，将经济改革当成汉族军事集团向政治集团转型的筹码，但这绝对不是照猫画虎的游戏。

1862年对于清政府执政集团来说简直就是血雨腥风的一年。咸丰皇帝在承德吐血而亡，由他选定的辅政大臣最终成了刀下之鬼，太平军同湘军的拉锯战越来越惨烈，列强们虎视眈眈地盯着时局混乱的中国，甚至企图以戡乱的名义进入帝国腹地。慈禧太后同恭亲王艰难的"叔嫂共和"难以拯救摇摇欲坠的王朝，改革成了清政府执政集团唯一的选择。

改革？对！

谁愿意将江山拱手让人？清政府执政集团绝不甘心，跟太平军死磕了十年，就是要挽回丢尽的祖宗颜面。改革是个大问题，怎么改？钱在那里？人才在哪里？在剿灭太平军的过程中，无论是满蒙亲贵，还是汉族官僚，他们都深刻地感受到工业的重要性。恭亲王试图通过组建现代化海军来巩固自己的执政地位，可汉族武装集团岂能甘心在最后关头被人夺走枪杆子？

改革在一场枪杆子的争夺中拉开了序幕。曾国藩搅黄了恭亲王的海军舰队，在自己的地盘上搞国有企业改革试点。以安庆内军械所、马尾船厂、江南制造局为首的一批军事工业兴起。从1862年到1872年，新式的枪炮、轮船陆续出厂，因为产品都是山寨欧美货，人们嘲笑清政府的改革是一场照猫画虎的"洋务运动"。

军事工业改革是地地道道的国有资本，以曾国藩、李鸿章、左宗棠为首的改革者一直努力地争取民营资本的进入，在没有法律约束和政府信誉破产的情况下，民营资本进入国有企业没有任何的保障，更没有灵活的退出机制。国有企业的改革在10年中弊病丛生，企业被经营成了衙门，保守派不断叫嚣着要关掉国有企业。

经济改革是汉族武装集团向政治集团转型的保障，曾国藩他们岂能轻言放弃？面对"三千年未有之大变局"，李鸿章、左宗棠提出了改革向民营资本开放的建议。没错，那个时候民间资本为了逃避政府的苛捐杂税，纷纷同国际资本合资以寻求保护。国有企业遭遇经营瓶颈，只有让民营资本做改革的接力棒，才能进一步推动改革。

民营资本们很快发现，政府的资本开放根本就不是什么"国退民进"，他们只是希望民营资本为国企脱困。经历几番博弈，最终政府放弃了民营资本为国企脱困的想法，完全将航运业、纺织业向民营资本开放。百年的轮船招商局就是在这种国有、民营改革之争中诞生的。民营资本的活力很快将国有企业甩到身后，直到1900年八国联军进京，清政府的经济改革一直在国退民进、民进国退的旋涡中徘徊。

改革没有浪漫曲。

皇帝跟太后的逃跑令整个政府完全丧失了公信力，商人们的利益丝毫没有保障。经济改革已经不能满足商人的要求。没错，商人不再是那个同妓女一样地位卑贱的行当，而是形成了一个庞大的新精英阶层，他们通过数十年的改革积累，需要拥有政治上的话语权来保护他们的财产安全，影响政治、法律公正成了他们最新的追求。

从1901年慈禧太后在西安发布新政，到1911年辛亥革命，10年中只有一个话题：立宪。当改革使商人们越来越担心自己的人生、财产安全时，当政府的信誉已经为零时，商人们就会越来越多地对政治的改革表达自己观点。清政府执政集团没有重视商人干政的致命逻辑，将立宪改革当成新一轮的中央集权游戏。尽管摄政王很自信地说："不怕，有枪在"，最终执政集团还是丢了政权。

改革是一场自我救赎，在天堂与地狱的选择面前，利益集团的贪婪往往会让他们在改革面前迷失自我，最终走向地狱。改革是一种利益重组，更是一种意识形态的蜕变。在清政府改革50年的漫长过程中，执政者还执着于垄断利益，他们不希望通过法治来确保利益争夺的公平性，拒绝同新崛起的商人精英阶层分享，更没有意识到一个新阶层的出现会打破皇权、士绅、民众三位一体的稳定的国家结构。利益集团丢尽了天朝的脸，死亡只是时间问题。

每每翻阅晚清改革者们的书信，他们的表情总如针刺一般令我难安，他们曾经才华横溢，激情似火，他们遇到了一个最坏的时代，却在干一番前无古人的伟业，他们用毕生的精力为那个时代描摹最华丽的粉彩，最终却成为历史的尘埃。无数个夜晚在故纸堆里惆怅，在窗前感叹。拂去历史的烟尘，一个个活生生的面孔，渐渐地走进我们的生活，原来历史没有远去。

窗外太阳已经落山，茶杯里飘散着淡淡的竹叶清香，再度翻看《改革现场》的书稿，心中突然有一种不安，一个个故去的改革者再度向我走来，嬉笑怒骂，满脸的油彩。"现实总是云山雾海，更何况历史早已满面尘灰。"朋友们的话在耳边萦绕，对不起，我不信邪，六年一挥手间，历史可以给现实提供借鉴。

《改革现场》一如晚清之命运起伏，非常感谢磨铁图书的编辑彭展女士，是她的执着与敬业，提升了这部书稿的品质；感谢这部书稿的编辑崔敏先生，他的严谨让书稿增色；感谢所有为这部书稿付出辛劳的朋友们。

李德林　2014年3月于北京